Ανάμεσα στο Ασπρο και στο Μαύρο

Οταν ο διάβολος αγάπησε τον άγγελο

ΘΑΛΗΣ Π. ΚΟΥΤΟΥΠΗΣ

ΜΥΘΙΣΤΟΡΗΜΑ

Στη μνήμη της μάνας μου.
Μια μάνα αγκαλιά.
Μια μάνα θυσία.
Μια μάνα αγάπη.
Μια μάνα ευλογία.
Μια μάνα του καημού και του
πόνου.
Μια μάνα, μάνα!

ΠΕΡΙΕΧΟΜΕΝΑ

~ ~

ΠΡΟΛΟΓΟΣ

Είναι αξιοσημείωτο! Όταν συνέλαβα την κεντρική ιδέα αυτού του βιβλίου, πριν από τρία περίπου χρόνια, χρειάστηκε να ρωτήσω επιστήμονες, για να βεβαιωθώ ότι κάτι τέτοιο θα μπορούσε θεωρητικά να συμβεί, γιατί δεν υπήρχε προηγούμενο. Με διαβεβαίωσαν ότι επιστημονικά έστεκε απολύτως, αρκεί η φύση να αποφάσιζε να κάνει... τρέλες, καθόλου σπάνιο άλλωστε, όταν έχει κέφια.

Ποιο είναι το αξιοσημείωτο; Ότι δυο χρόνια αργότερα, τον Ιούνιο του 2011, αυτή η κεντρική ιδέα μου επαληθεύθηκε στην πραγματική ζωή, κάπου στην Ινδονησία!

Και σαν να μην έφτανε αυτό, μια εξ ίσου ευφάνταστη ιδέα μου στη ροή του μυθιστορήματος, επιβεβαιώθηκε δυο φορές, μία στη Βραζιλία και μία στην Ινδία, λίγους μήνες αργότερα από τη σύλληψή της.

Κι αυτή είναι η τέταρτη φορά που επιβεβαιώνεται μια ιδέα μου. Οι άλλες δυο προηγούμενες υπήρχαν μέσα στο βιβλίο μου «Ο Θεός δεν είχε αντίρρηση...» και επιβεβαιώθηκαν, πριν περάσει ένας χρόνος από την έκδοσή του, το 2005. Η πρώτη αφορούσε τους γάμους με συμβόλαια με καταληκτική ημερομηνία κι η δεύτερη την ανάπλαση κομμένων ανθρώπινων άκρων, με τη μέθοδο της σαλαμάνδρας.

Ίσως με πείτε ματαιόδοξο και δεν θα έχετε άδικο, αλλά ομολογώ ότι νιώθω μια... συγκρατημένη υπερηφάνεια γι' αυτές τις εύστοχες «προφητείες» μου. Και για όποιον δεν κατάλαβε, διαβάζετε το έργο ενός κλώνου του Ιουλίου Βερν!

Ένα επίσης αξιοσημείωτο όσο και περίεργο στοιχείο είναι ότι πρωταγωνιστές αυτού του μυθιστορήματός μου είναι πάλι δίδυμα αδέλφια, όπως ακριβώς και στο μυθιστόρημά μου «Ο Σκορπιός είχε ωροσκόπο Δίδυμο» και στο «Ο Θεός δεν είχε αντίρρηση...». Κι επειδή δεν έχω ούτε βιολογική ούτε ζωδιακή σχέση με τους διδύμους, σκέφθομαι, μήπως πρέπει να ανατρέξω στον Φρόιντ, για να εξηγήσω αυτή την εμμονή μου...

Όταν ένας συγγραφέας δημιουργεί ιστορίες, πλοκές και χαρακτήρες, ανεξάρτητα απ' το όποιο μικρό ή μεγάλο ταλέντο του, το μοναδικό όριό του είναι η δημιουργική φαντασία του. Κάθε συγγραφέας είναι απόλυτος ρυθμιστής και διαφεντευτής του χρόνου, του τόπου, των γεγονότων, των χαρακτήρων, των συμπεριφορών, ολόκληρης της ζωής των ηρώων του και παίζει τον ρόλο ενός μικρού Θεού.

Φτιάχνει ένα έξυπνο, μελαχρινό, κοντό, κομψό άντρα, με μια ελιά πάνω από το δεξί φρύδι του, μια ψηλή, ξανθιά, με μικρά στήθη, ένα νέγρο γεράκο, με άσπρα μαλλιά, γένια και μουστάκι κι ένα ξανθό σκανταλιάρικο αγοράκι με πράσινα μάτια.

Στέλνει τον άντρα στο Πανεπιστήμιο ή εθελοντή στο Κουρδιστάν, τον κάνει εξερευνητή σπηλαίων, γιατρό, διαιτητή ποδοσφαίρου, αστροναύτη, εργάτη, παπά, επιχειρηματία ή εγκληματία. Τον παντρεύει και του κάνει τρία παιδιά, τον χωρίζει ή τον αφήνει εργένη. Πιάνει τη γυναίκα και τη στέλνει να σπουδάσει Μοριακή Βιολογία στις ΗΠΑ, τη φέρνει «σκλάβα» από τη Μολδαβία, την κάνει πρωταθλήτρια του πόλο, Μις Υφήλιος, Υπουργό, κομμώτρια, τραγουδίστρια ή οικιακή βοηθό. Κάνει τον γέρο άκληρο ή παππού, γκρινιάρη ή καλοκάγαθο και γελαστό, παλιά δόξα του μπάσκετ που υποφέρει από πάρκινσον, συνταξιούχο δικαστή ή υδραυλικό, κοτσονάτο απόστρατο των Ειδικών Δυνάμεων Καταδρομών, άστεγο ή ζάπλουτο. Ανατρέφει το αγοράκι και το κάνει αστέρι της όπερας, ναρκομανή, υπότροφο του Μ.Ι.Τ. και διάνοια στην πληροφορική, ναυτικό ή νεκροθάφτη!

Κι όλα αυτά τα ανατρέπει, όποτε του καπνίσει. Γυρίζει πίσω κι αλλάζει λέξεις, φράσεις, έννοιες, χαρακτήρες, συναισθήματα και γεγονότα. Κάνει τον πλούσιο φτωχό και τον καλό κακό! Πεθαίνει τον ένα κι ανασταίνει τον άλλο. Κάνει τη νύχτα μέρα και το άσπρο μαύρο!

Κάποια στιγμή όμως, το παιχνίδι τελειώνει. Ο συγγραφέας φτάνει στο αδήριτο, οριστικό, απόλυτο τέλος της δημιουργίας του. Είναι η στιγμή, που θα βάλει την τελευταία τελεία και θα στείλει το έργο του στον εκδότη του.

Μέχρι τότε, θα παίζω κι εγώ τον «μικρό Θεό». Είναι συναρπαστικό!

Τέλος, νομίζω ότι αξίζει επίσης να αναφέρω –απλώς ως αξιοπερίεργο– το ότι αυτό το βιβλίο γράφηκε... δυο φορές απ' την αρχή! Κι αυτό, γιατί, μόλις μισή ώρα μετά την ολοκλήρωσή του, εξ αιτίας μιας δαιμονικής ηλεκτρονικής συγκυρίας, ανεξήγητης ακόμη κι από τζιμάνια της πληροφορικής, το έχασα ολόκληρο απ' τον σκληρό δίσκο μου! Το σοκ ήταν ισχυρό! Τόσο ισχυρό, που χρειάστηκα έξι μήνες, για να το ξεπεράσω και να αποφασίσω ηρωικά να το ξαναγράψω απ' την αρχή, σβήνοντας από τον σκληρό δίσκο του μυαλού μου, όσο ήταν ανθρώπινα δυνατόν, την προηγούμενη γραφή μου.

Φιλόδοξη προσδοκία μου, να το διαβάσετε... δυο φορές!

Θαλής Π. Κουτούπης

1ο ΚΕΦΑΛΑΙΟ

– Δικά μου αυτά τα παιδιά; Και τα δύο;

Η Ντόρα δεν είχε συνέλθει ακόμη εντελώς απ' τη νάρκωση. Ξαπλωμένη στο κρεβάτι του μαιευτηρίου, άνοιγε λίγο, πού και πού τα μάτια της, που τα σκέπαζε εκείνο το αχνό πέπλο της ιατρικής νάρκωσης, σαν αχλή δειλινού, ενώ οι αισθήσεις της δεν λειτουργούσαν ακόμη εντελώς. Ένιωθε γλυκά κουρασμένη, αλλά και χαλαρή. Με μισάνοιχτα μάτια έριξε ένα βλέμμα στην κοιλιά της και με έκπληξη είδε ότι ήταν σχεδόν επίπεδη. Τότε, ανάμεσα στη ζάλη της ανάνηψης και στην πραγματικότητα, θυμήθηκε ότι είχε κάνει καισαρική. Δεν ήξερε όμως το αποτέλεσμα...

Το δωμάτιό της, σ' ένα απ' τα καλύτερα κι ακριβότερα μαιευτήρια της Αθήνας, ήταν στον όγδοο όροφο, μεγάλο, πολυτελές, φωτεινό, με θέα στα βουνά της Αττικής. Κάποια στιγμή άνοιξε η πόρτα του δωματίου της και στο άνοιγμά της πρόβαλε μια νεαρή, μελαψή, μελαχρινή, χοντρούλα νοσοκόμα, με πολύ γλυκό χαμόγελο.

– Σας έφερα τα παιδιά σας, κυρία Βακρίδη. Να σας ζήσουν και να τα δείτε όμορφα, μεγάλα και γερά, σαν ρα ψηλά πλατάνια! είπε πρόσχαρα η νοσοκόμα, που κρατούσε στην αγκαλιά της δυο μωρά. Ένα λευκό ξανθό κοριτσάκι, με γαλανά μάτια, στο αριστερό χέρι της κι ένα μαύρο αγοράκι, στο δεξί, με τεράστια μαύρα μάτια και κατσαρά, μαύρα, υπερβολικά μακριά μαλλιά, για ένα μωρό δυο ωρών.

– Τι εννοείς; ρώτησε τη νοσοκόμα, ανοίγοντας διάπλατα τα μάτια της μπροστά στο θέαμα. *Αυτά τα μωρά είναι και τα δυο δικά μου;*

– Ακριβώς! Και τα δυο αυτά αγγελούδια είναι δικά σας! Να σας ζήσουν! ξανάπε η νοσοκόμα, αποβλέποντας στο σχετικό φιλοδώρημα, αλλά η Ντόρα ήταν πολύ ταραγμένη, για να τηρήσει εκείνη τη στιγμή αυτό το κοινωνικό έθιμο.

Το σοκ την είχε ξυπνήσει εντελώς! Θυμήθηκε ότι πράγματι κυοφορούσε δίδυμα, όπως είχε δείξει το υπερηχογράφημα. Δίδυμα ναι, αλλά ένα λευκό κι ένα μαύρο; Δεν μπορούσε να συνειδητοποιήσει αυτό που έβλεπε. Πώς ήταν δυνατόν; Τι παρανοϊκό παιχνίδι ήταν αυτό που της έπαιζε η φύση;

– Δικά μου αυτά τα παιδιά και τα δύο… μονολόγησε ξέψυχα, ενώ στα μάτια της πάλευαν συναισθήματα ευτυχίας, απορίας, έκπληξης και πανικού.

– Μάλιστα, κυρία Βακρίδη, επανέλαβε διστακτικά κι αμήχανα η νοσοκόμα, βλέποντας την έκπληξη και τον τρόμο στην έκφρασή της.

Η Ντόρα είχε παγώσει. Φοβόταν ότι η καρδιά της θα σταματούσε να χτυπάει, ενώ το μυαλό της είχε ήδη σταματήσει να λειτουργεί. Δεν άπλωσε καν τα χέρια της, για να πάρει στην αγκαλιά της τα παιδιά της. Δεν έκανε την παραμικρή κίνηση. Με μισάνοιχτο το στόμα και με διεσταλμένα και καρφωμένα τα μάτια της πάνω στα δίδυμα, αρνιόταν να πιστέψει αυτό που έβλεπε, παρά τη διπλή διαβεβαίωση της νοσοκόμας. Για μια στιγμή, μέσα από το παραζαλισμένο μυαλό της πέρασε η σκέψη ότι κάποιος είχε σκαρώσει μια εξαιρετικά κακόγουστη φάρσα σε βάρος της, αλλά την απέρριψε αμέσως. Η μόνη ελπίδα που της έμενε, ήταν να είχαν κάνει κάποιο ανόητο, τραγικό κι ασυγχώρητο λάθος στο μαιευτήριο, γι’ αυτό ξαναρώτησε τη νοσοκόμα:

– Είσαι σίγουρη; Δεν μπορεί, κάποιο λάθος έχει γίνει. Δεν είναι δυνατόν αυτά τα παιδιά να βγήκαν και τα δύο απ’ τη δική μου κοιλιά!

– Σάς καταλαβαίνω απόλυτα και λυπάμαι ειλικρινά, αλλά σάς βεβαιώνω και πάλι ότι δεν έχει γίνει κανένα λάθος κι ότι αυτά τα πανέμορφα δίδυμα είναι δικά σας. Η αλήθεια είναι ότι είναι ένα πολύ σπάνιο περιστατικό, αλλά…

– Κι έτυχε σε μένα; τη διέκοψε, μ’ ένα τόνο απόγνωσης στη φωνή

της, ενώ ταυτόχρονα άπλωσε διστακτικά, φοβισμένα λες, τα χέρια της προς τη νοσοκόμα.

– *Πάρτε πρώτα την κόρη σας*, είπε η νοσοκόμα, δίνοντάς της συνετά πρώτο το λευκό μωρό, που η Ντόρα το έσφιξε με λαχτάρα απαλά στην αγκαλιά της.

– *Μωρό μου, κοριτσάκι μου, αγγελούδι μου,*την κανάκευε, χαϊδεύοντας με το δάκτυλό της τα μαλλάκια της και κοιτάζοντάς τη στα μάτια με λατρεία.

Η νοσοκόμα έστεκε δίπλα στο κρεβάτι της, με το μαύρο αγοράκι στην αγκαλιά της κι ήταν φανερό ότι δεν ήξερε, τι να κάνει ή τι να πει. Πρώτη φορά βρισκόταν άλλωστε κι αυτή μπροστά σε μια τόσο περίεργη κι ακραία κατάσταση. Μετά από λίγο, αποφάσισε να κάνει μια κίνηση, να πάρει το κοριτσάκι και να της δώσει το αγοράκι.

– *Όχι, μην μου την παίρνεις ακόμη!* είπε παρακλητικά, αλλά και σχεδόν επιθετικά, τυλίγοντας πιο σφιχτά το μωρό με τα χέρια της.

Η νοσοκόμα πισωπάτησε λίγο, με τον φόβο ότι είχε κάνει κάποιο λάθος.

– *Εντάξει, κυρία Βακρίδη. Κρατήστε τη όσο θέλετε...* είπε σχεδόν απολογητικά.

Η Ντόρα συνέχισε να κανακεύει την κόρη της και να της ψιθυρίζει λόγια, που ούτε η νοσοκόμα δεν μπορούσε να ακούσει, ενώ το βλέμμα της περιφερόταν ανήσυχο στον χώρο, αποφεύγοντας όμως να κοιτάξει το άλλο παιδί της. Ήταν φανερό ότι βρισκόταν σε κατάσταση σοκ.

– *Φάνηκε καθόλου ο άντρας μου;* ρώτησε ξαφνικά τη νοσοκόμα.

– *Όχι, απ' όσο ξέρω. Άλλωστε εσείς είπατε ότι λείπει ταξίδι.*

– *Α, ναι... λείπει στην Αμερική για κάποιο συνέδριο,* απάντησε αφηρημένα, προτείνοντας την κόρη της στη νοσοκόμα.

Εκείνη πήρε μέσα στην αριστερή αγκαλιά της προσεκτικά το κοριτσάκι και με τη δεξιά, γυρνώντας και γέρνοντας το σώμα της προς τη Ντόρα, πρότεινε το μαύρο αγοράκι στη μητέρα του, που έκανε μια αδιόρατη ενστικτώδη κίνηση αποφυγής. Τελικά πήρε το μωρό και με τεντωμένα τα χέρια της, το κράτησε λίγο μακριά και ψηλά, κοιτάζοντάς το, σαν να περιεργαζόταν κάποιο εξωγήινο ον.

Στο πρόσωπό της διάβαζε κανείς εύκολα την πάλη του μητρικού ένστικτου, ανάμικτου με την έκπληξη, την απορία και το δέος. Το μωρό άρχισε να κλαίει γοερά, εισπράττοντας ίσως αυτή την ουσιαστική «απόρριψη» της μητέρας του. Εκείνη ταράχτηκε, κατέβασε το μωρό μέσα στην αγκαλιά της και το χάιδεψε μηχανικά με τρυφερότητα, έως ότου καταλάγιασε. Το έδωσε όμως σχεδόν αμέσως πίσω στη νοσοκόμα, γιατί ενστικτωδώς κάτι της έλεγε ότι δεν έπρεπε να δεθεί μ' αυτό το μικρό, μαύρο ανθρωπάκι... Η νοσοκόμα το πήρε και βγήκε απ' το δωμάτιο με τα δύο βρέφη στην αγκαλιά της, αφού ευχήθηκε και πάλι να ζήσουν, χωρίς ούτε αυτή τη φορά να εισπράξει το καθιερωμένο φιλοδώρημα, γιατί στο μυαλό της Ντόρας δεν χωρούσε εκείνη την ώρα καμιά άλλη σκέψη. Ήταν γεμάτο από το σοκ.

Αναστέναξε κι ανακάθισε στο κρεβάτι της. Η σύγκρουση μέσα της μαινόταν. Έμοιαζε με μύγα, εγκλωβισμένη κάτω από ένα αναποδογυρισμένο γυάλινο, διάφανο ποτήρι, που χτυπιέται πάνω–κάτω, δεξιά–αριστερά, δω και κει στα αόρατα τοιχώματά του, πιστεύοντας κάθε φορά, πως βρήκε την έξοδο... Προσπάθησε να ανακτήσει την ψυχραιμία της και να σκεφτεί. Το φαινόμενο ήταν πολύ σπάνιο είπε η νοσοκόμα, αλλά αυτό δεν την παρηγορούσε καθόλου. Σπάνιο–ξεσπάνιο, γι' αυτήν ήταν μια πραγματικότητα. Μια αδυσώπητη πραγματικότητα, που θα έπρεπε να την αντιμετωπίσει με σύνεση και χωρίς συναισθηματισμούς, όσο κι αν αυτό φάνταζε εξαιρετικά δύσκολο.

Το δυνατό μυαλό της άρχισε σιγά–σιγά να δουλεύει σε κανονικές στροφές κι η σκέψη της γύρισε πίσω, στη σειρά των γεγονότων, που είχαν οδηγήσει σ' αυτό το απρόοπτο, σπάνιο και δραματικό συμβάν.

~ ~

2ο ΚΕΦΑΛΑΙΟ

– Το... παιδί μας; Ποιο παιδί μας;

– Χίλιες φορές τα 'χουμε πει αυτά. Τα ίδια και τα ίδια κάθε φορά. Δεν μπορείς ν' αλλάξεις αυτή την καταραμένηκασέτα; διαμαρτυρήθηκε ο Λάκης.

– Όχι! Όχι τουλάχιστον, όσο εσύ δεν εννοείς να καταλάβεις τη μεγάλη αυτή ανάγκη μου, αντιγύρισε στον άντρα της η Ντόρα.

– Ωραία! Πες λοιπόν ότι την κατάλαβα. Τι θες να κάνω;

– Θέλω αυτό, που σε παρακαλάω τόσον καιρό. Θέλω να πάμε μαζί σ' ένα γιατρό και να δούμε, γιατί δεν μπορούμε να κάνουμε παιδί. Να μάθουμε, τι φταίει ή ποιος φταίει και να δούμε, τι μπορούμε να κάνουμε γι' αυτό.

– Άντε πάλι, φτου κι απ' την αρχή. Σου έχω πει χιλιάδες φορές ότι εγώ δεν έχω πρόβλημα.

– Μπα; Και ποιος έκανε τη διάγνωση;

– Δυο γυναίκες, που έμειναν έγκυες από μένα, απάντησε εκείνος, σχεδόν με έπαρση.

– Πρώτον, αυτό δεν το ξέρουμε...

– Τι θα πει δεν το ξέρουμε; Σου λέω ψέματα δηλαδή;

– Όχι, εσύ δεν μου λες ψέματα. Μπορεί όμως να σου είπαν ψέματα

εκείνες... Και, δεύτερον, έχουν περάσει χρόνια από τότε. Μπορεί κάτι να έχει συμβεί εν τω μεταξύ στον οργανισμό σου. Μπορεί να έχει εξασθενήσει το σπέρμα σου ή δεν ξέρω τι άλλο.

– Αυτά που λες είναι τρελά πράγματα! Εν πάση περιπτώσει κι επειδή μ' έχεις κουράσει αφάνταστα μ' αυτό το θέμα, κλείσε ένα ραντεβού σε όποιον γιατρό θέλεις, να πάμε, για να ησυχάσω επί τέλους από σένα.

– Α, «για να ησυχάσεις από μένα» κι όχι γιατί θες κι εσύ να κάνουμε ένα παιδί.

– Κοίτα, Ντόρα, δεν έχω όρεξη γι' άλλους καυγάδες. Ζήτησες να πάμε σε γιατρό. Σου είπα ναι. Τι άλλο θες επί τέλους;

– Τίποτα. Εντάξει. Θα σε ενημερώσω.

Αυτός ο διάλογος, ανάμεσα στο ζευγάρι, είχε γίνει, σχεδόν πανομοιότυπος, πολλές φορές. Αυτή τη φορά όμως, είχε καταλήξει σ' ένα αποτέλεσμα, ακριβώς αυτό που επιδίωκε η Ντόρα. Έτσι, χωρίς να χάσει χρόνο, κανόνισε ένα ραντεβού μ' ένα από τους πιο διαπρεπείς ανδρολόγους, όπου πήγαν μαζί οι δυο τους.

Εκείνο το πρωί, όταν ξεκίνησαν από το σπίτι τους, ο Λάκης έμοιαζε με δαρμένο σκυλί. Η πιθανότητα να πληγεί ο ανδρισμός του από μια αρνητική ιατρική γνωμάτευση τον είχε γεμίσει άγχος κι έμοιαζε με μελλοθάνατο, που οδεύει προς τη γκιλοτίνα. Κάποιες στιγμές σκέφτηκε να κάνει πίσω και να το βάλει στα πόδια, αλλά είχε εκτεθεί στη γυναίκα του και με βαριά καρδιά αποφάσισε να πιει το ποτήρι μέχρι το τέλος, όσο πικρό κι αν αποδεικνυόταν.

Τελικά η γνωμάτευση ήταν ρητή, απόλυτη κι επιβεβαίωσε τους χειρότερους φόβους του Λάκη. Το σπερμοδιάγραμμα έδειξε ότι δεν μπορούσε να κάνει παιδιά. Το σπέρμα του, όπως είχε σωστά υποθέσει η γυναίκα του, είχε εξασθενίσει σε βαθμό, που δεν μπορούσε να γονιμοποιήσει τα ωάριά της. Η Ντόρα δεν θριαμβολόγησε, όπως ίσως θα ήταν φυσικό, μ' εκείνο το κλασικό *«Είδες που στα 'λεγα εγώ;»*... Άλλωστε αγαπούσε τον άντρα της και δεν ήθελε να τον πληγώσει στο πιο ευαίσθητο σημείο του ανδρικού εγωισμού. Αντίθετα, ήταν ιδιαίτερα τρυφερή μαζί του.

– Μην το σκέφτεσαι καθόλου, αγάπη μου! του είπε τρυφερά, μετά την «καταδικαστική» γνωμάτευση του γιατρού, όταν βγήκαν από το ιατρείο και μπήκαν στο αυτοκίνητό τους. *Εμείς άλλωστε θα συνεχίσουμε να κάνουμε έρωτα σαν τρελοί! Όσο για το παιδί, θα βρούμε κάποια λύση...*

– Τι λύση; ρώτησε μηχανικά και φανερά καταπτοημένος εκείνος, ενώ στο μυαλό του στριφογύριζε βασανιστικά η λέξη «ανικανότητα».

– Άστο τώρα... Θα το συζητήσουμε κάποια άλλη στιγμή. Εσύ θέλω να κρατήσεις δυο πράγματα μόνον. Πρώτον, ότι η σεξουαλική ζωή σου συνεχίζεται, χωρίς κανένα πρόβλημα και δεύτερον, ότι σε λατρεύω, είπε η Ντόρα, σφίγγοντας τρυφερά το χέρι του άντρα της και δίνοντάς του ένα απαλό, υγρό φιλί στο στόμα.

Ο Λάκης εισέπραξε την αγάπη και την τρυφερότητα της γυναίκας του, ακριβώς όπως ένας καρκινοπαθής καταπίνει μια ασπιρίνη, αλλά μέσα του της αναγνώρισε την τρυφερή και διακριτικά παρηγορητική στάση της. Έσφιξε τα δόντια του και το χέρι της γυναίκας του, ενώ ένα χαμόγελο–γκριμάτσα ανέβηκε στα χείλια του. Κανένας και τίποτα δεν μπορούσε εκείνη την ώρα να τον παρηγορήσει. Η γυναίκα τίκτει, αλλά ο άντρας γεννάει! Κι εκείνος μόλις είχε μάθει ότι δεν μπορούσε πια να γεννήσει κι ότι το σημαντικότερο στοιχείο, που τον διαφοροποιούσε από μια γυναίκα, δεν υπήρχε πια!

Τρεις μέρες μετά απ' αυτή τη γνωμάτευση, η Ντόρα επισκέφτηκε τον γυναικολόγο της, που ήταν και παιδικός φίλος της και του ζήτησε να την κατατοπίσει λεπτομερώς για την εξωσωματική γονιμοποίηση. Το θέμα δεν τής ήταν τελείως άγνωστο, αφού είχε μια φίλη, που είχε αποκτήσει ένα υγιέστατο αγοράκι με αυτή τη μέθοδο και τής είχε διηγηθεί όλη τη διαδικασία. Ήθελε όμως μια υπεύθυνη, επιστημονική πληροφόρηση, αλλά και τη συμβουλή του γυναικολόγου της, πριν πάρει την τελική απόφαση, για να κάνει αυτό το βήμα.

– Κοίτα, να δεις, Ντόρα, η εξωσωματική δεν είναι πλέον κάτι ακραίο κι επικίνδυνο. Το αντίθετο. Δεν στέφεται όμως και πάντοτε από επιτυχία, της είπε ο γιατρός της.

– Κι από τι εξαρτάται η επιτυχία;

– Από πολλούς παράγοντες, αλλά κυρίως από τη δύναμη του σπέρματος του δότη κι απ' την υγεία των γεννητικών οργάνων της γυναίκας. Γι' αυτό, αν το αποφασίσεις τελικά, θα κάνουμε τις απαραίτητες ειδικές εξετάσεις, για να διασφαλίσουμε όσο μπορούμε την επιτυχία.

– Εντάξει, Θανάση μου, σ' ευχαριστώ. Θα το σκεφτώ, θα το συζητήσω και με τον άντρα μου και θα τα ξαναπούμε.

Η Ντόρα άφησε να περάσουν λίγες μέρες κι όταν είδε ότι ο άντρας της είχε αρχίσει να συνέρχεται κάπως από το χτύπημα της «ανικανότητας» και να βρίσκει πάλι τον εαυτό του, τού είπε ένα απόγευμα:

– Απόψε λέω να σου κάνω το τραπέζι, αγάπη μου!

– Γιατί; Τι γιορτάζουμε;

– Τίποτα! Γιατί; Πρέπει κάτι να γιορτάζουμε, για να σου κάνει το τραπέζι η γυναίκα σου;

– Όχι, αλλά δεν το συνηθίζεις και...

– Η συνήθεια σκοτώνει την ομορφιά! τον έκοψε, για να κόψει και τη συζήτηση.

Πήγαν σ' ένα πολυτελές, γαλλικό και ήσυχο εστιατόριο, που διάλεξε η Ντόρα. Παράγγειλαν, εκείνη βατραχοπόδαρα κι εκείνος σαλιγκάρια προβενσάλ για πρώτο, μια γιαπωνέζικη σαλάτα και τη διάσημη σπεσιαλιτέ του εστιατορίου, αντρεκότ καφέ ντε Παρί για τους δυο τους, μαζί μ' ένα μπουκάλι κόκκινο κρασί, αγιωργίτικο. Ώσπου να έρθει η παραγγελία τους, η συζήτησή τους περιστράφηκε γύρω από καθημερινά, τετριμμένα θέματα, όπως το φρεσκάρισμα του σπιτιού τους με ταπετσαρία, που ήθελε η Ντόρα, η αντικατάσταση του αυτοκινήτου του Λάκη μ' ένα υβριδικό Lexus, που ήταν της μόδας, ο χωρισμός των φίλων τους, του Γιώργου και της Μυρσίνης, με τη βοήθεια της –συνήθως ύποπτης– καλύτερης φίλης της Μυρσίνης, κι άλλα τέτοια καθημερινά θέματα, που γεμίζουν όμως τις ζωές των ανθρώπων. Όταν τέλειωσαν το πρώτο πιάτο κι ενώ περίμεναν το δεύτερο, η Ντόρα σήκωσε το ποτήρι της, τσούγκρισε το ποτήρι του άντρα της και είπε με νόημα:

– Στο παιδί μας!

Ο Λάκης τα 'χασε.

– Το... παιδί μας; Ποιο παιδί μας;

– Το παιδάκι, που θα αποκτήσουμε με εξωσωματική γονιμοποίηση, αγάπη μου, μπήκε επίτηδες απότομα στο θέμα η Ντόρα, για να αιφνιδιάσει τον άντρα της.

– Εξωσωματική; ρώτησε εκείνος, καταπίνοντας άγαρμπα, τη γουλιά κρασιού, που μόλις είχε βάλει στο στόμα του και βήχοντας.

– Ναι. Εξωσωματική. Πάνω απ' το δέκα τοις εκατό των ελληνικών ζευγαριών σήμερα κάνει παιδιά μ' αυτή τη μέθοδο.

– Δηλαδή, θα έχουμε ένα παιδί «αγνώστου πατρός»;

– Όχι. Τον δότη τον γνωρίζεις και μάλιστα τον επιλέγεις. Όχι προσωπικά βέβαια, αλλά γνωρίζεις μερικά απαραίτητα, βασικά χαρακτηριστικά του και –κυρίως– γνωρίζεις την υγεία του και τη δύναμη του σπέρματός του.

– Α, πολύ ωραία! Όπως στο σούπερ–μάρκετ, ας πούμε, που διαλέγεις γαλοπούλα, της Γεωργικής Σχολής ή ελεύθερης βοσκής, εκεί διαλέγεις πατέρα, ξανθό, μελαχρινό, ψηλό, κοντό, μορφωμένο...

– Έλα τώρα, Λάκη μου, μη κάνεις σαν τη γιαγιά μου! Ο κόσμος προχωράει κι όλα αλλάζουν και μάλιστα με ιλιγγιώδεις ταχύτητες. Πριν λίγα χρόνια, εσείς οι άντρες, δεν παντρευόσαστε κοπέλες, αν δεν ήταν παρθένες κι οι γυναίκες δεν είχαμε δικαίωμα ψήφου.Εδώ και τριάντα χρόνια γεννιούνται παιδιά του σωλήνα και πριν τριάντα χρόνια πήγαμε στο φεγγάρι, για να μην αναφέρω και την κλωνοποιημένη Ντόλυ. Όλα αυτά ήταν κάποτε αδιανόητα πράγματα! Κάνε μου τη χάρη κι άδειασε το μυαλό σου, σε παρακαλώ, από παλιά, αραχνιασμένα στερεότυπα, ταμπού και προκαταλήψεις και δες θετικά τις λύσεις, που προσφέρει σήμερα η επιστήμη.

– Τι λες, τώρα Ντόρα; Τι σχέση έχει η επιστήμη και τ' αραχνιασμένα στερεότυπα με το δικό μας παιδί; Με το παιδί μου; Εσύ μου προτείνεις να έχω ένα παιδί από άλλο πατέρα και θες να πηδάω κι απ' τη χαρά μου *από πάνω;*

– Όχι, δεν είπα αυτό, αλλά η μόνη άλλη λύση είναι η υιοθεσία. Στην υιοθεσία όμως, δεν είναι μόνο ο πατέρας, αλλά κι οι δυο γονείς «άλλοι» και...

– Πολύ πιο καλά από μια νόμιμη οιονεί μοιχεία! τη διέκοψε με κάποια επιθετική πικρία. *Δεν χωνεύεται εύκολα αυτό το πράγμα! Άλλωστε υπάρχει κι άλλη λύση, που...*

– Ποια είναι η άλλη λύση; τον διέκοψε με τη σειρά της η εκείνη.

– Απλούστατα, να μην έχουμε παιδί και να ζήσουμε πολύ πιο αγαπημένοι και χωρίς τα βάρη, τις δεσμεύσεις και κυρίως τις αγωνίες, που έχει το μεγάλωμα ενός παιδιού, χωρίς τις συνεχείς προστριβές για το πού θα πάει, τι θα κάνει, πώς θα ντυθεί, πότε θα κοιμηθεί κι όλες αυτές τις ψυχοφθόρες κόντρες της καθημερινότητας, που υπονομεύουν τις σχέσεις των ζευγαριών. Δεν βλέπεις τον αδελφό του πατέρα μου και τη θεία Κατερίνα, που κλείσανε σαράντα χρόνια γάμου, τρισευτυχισμένοι, χωρίς παιδιά, γλεντώντας τη ζωή τους;

– Αυτό ξέχνα το! Εγώ θέλω οπωσδήποτε ένα παιδί κι οι μόνες επιλογές που έχεις, είναι ή υιοθεσία ή εξωσωματική γονιμοποίηση.

– Ντόρα, νομίζω ότι αυτό είναι πολύ εγωιστικό. Εσύ μεν θα γεννήσεις το παιδί, αλλά μαζί θα το μεγαλώσουμε. Κι η απόφαση πρέπει να είναι κοινή. Αυτό σημαίνει οικογένεια.

– Οικογένεια χωρίς παιδιά, δεν είναι οικογένεια, αγάπη μου! Γι' αυτό και σου άφησα δυο επιλογές, για να κάνουμε ακριβώς μια πραγματική οικογένεια!

Ο Λάκης άναψε ένα τσιγάρο κι έμεινε για λίγο σιωπηλός, ενώ αλληλοσυγκρουόμενες σκέψεις στριφογύριζαν στο μυαλό του. Δεν είχε συνέλθει ακόμη εντελώς από τη διάγνωση του σεξολόγου. Για τον άντρα, οποιοδήποτε έλλειμμα, μικρό ή μεγάλο, στη σεξουαλική λειτουργία του αποτελεί βαρύτατο τραύμα στον εγωισμό του και την αυτοπεποίθησή του. Μοιάζει με αητό χωρίς φτερά, με ποτάμι χωρίς νερό, με υπολογιστή χωρίς σκληρό δίσκο. Και στον Λάκη αυτό το τραύμα ήταν ακόμη ανοιχτό. Η αυτοπεποίθησή του, που ήταν πάντα χαμηλή και καταπιεσμένη από τη γυναίκα του, είχε μειωθεί κι άλλο. Δεν έτρεφε ιδιαίτερη αδυναμία στα παιδιά ούτε είχε ποθήσει ποτέ έντονα κι εγωιστικά να δει τη συνέχειά του σ' ένα παιδί, αλλά από τη στιγμή που του είπε ο γιατρός ότι δεν μπορούσε να γίνει πατέρας, ένιωσε ότι έμεινε μισός, κάτι σαν ανάπηρος! Η απόκτηση δε ενός παιδιού, χωρίς τη δική του συμμετοχή τον τρόμαζε και δεν ήταν καθόλου βέβαιος, ότι θα κατάφερνε να φερθεί σαν πραγματικός πατέρας σ' ένα «ξένο» παιδί. Απ' την άλλη, αγαπούσε παθολογικά κι είχε μεγάλη αδυναμία στη γυναίκα του. Ήξερε ότι η Ντόρα, που είχε πάντα το επάνω χέρι στη σχέση τους, ήταν αποφασισμένη και φοβήθηκε ότι, αν τραβούσε κι άλλο το σκοινί, θα έφταναν σε βίαιη σύγκρουση με απρόβλεπτες συνέπειες, όπως ένας χωρισμός ίσως, τον οποίο δεν ήθελε ούτε να τον σκέπτεται. Έτσι, αποφάσισε να μαλακώσει την ένταση και να κάνει μια τακτική υποχώρηση.

– Εντάξει, αγάπη μου, αφού το θες τόσο πολύ, συμφωνώ να αποκτήσουμε ένα παιδί. Θα μου αφήσεις όμως λίγο χρόνο, να το σκεφτώ.

– Δηλαδή, πόσο χρόνο;

– Ε, κάτσε, δεν μας κυνηγάει και κανείς. «Άντρα θέλω τώρα τον θέλω» ή μάλλον σπέρμα θέλω τώρα το θέλω! Σε λίγες μέρες θα σου απαντήσω.

– Εντάξει!

Πράγματι, σε λίγες μέρες το ξανασυζήτησαν κι όπως γινόταν σχεδόν πάντα, πέρασε η άποψη της Ντόρας κι αποφασίστηκε «από κοινού» να προχωρήσει σε εξωσωματική γονιμοποίηση.

~ ~

3ο ΚΕΦΑΛΑΙΟ

– Κεράτωμα, ξεκεράτωμα, εγώ δεν έρχομαι!

Μόλις πήραν την τελική απόφαση –δηλαδή, μόλις πήρε η Ντόρα την απόφαση– πήγε πάλι στον γιατρό της κι έκανε τις απαραίτητες εξετάσεις. Η πρώτη αφορούσε τις σάλπιγγες, για να διακριβωθεί η ελεύθερη διάβαση των σπερματοζωαρίων προς τη μήτρα, η δεύτερη την ωορρηξία και την ποιότητα των ωαρίων και η τρίτη ένα γενικό ορμονικό έλεγχο, του θυρεοειδούς, των επινεφριδίων και της προλακτίνης. Όσο περίμενε τα αποτελέσματα των εξετάσεων, ήταν νευρική και αγχωμένη. Με τρόμο σχεδόν σκεπτόταν την πιθανότητα να είχε κι αυτή κάποιο πρόβλημα, που θα απέκλειε την εξωσωματική. Έτσι, ένιωσε φοβερά ανακουφισμένη κι ευτυχής, όταν στην επόμενη επίσκεψή της στον γιατρό, τον άκουσε να της λέει:

– Ντόρα μου, είσαι γερή σαν λέαινα! Οι εξετάσεις σου είναι όλες άριστες! Θα κάνεις παιδιά θηρία!

– Αχ, μπράβο, Θανάση μου, γιατί δεν σου κρύβω ότι είχα μεγάλη αγωνία. Φοβόμουνα, μήπως, εκτός απ' τον Λάκη, είχα κι εγώ κάποιο πρόβλημα.

– Όχι απλώς δεν έχεις πρόβλημα, αλλά είσαι σε άριστη κατάσταση.

– Μπράβο, μπράβο. Δόξα τω Θεώ! Και ποιο είναι τώρα το επόμενο βήμα;

– Τώρα θα πάτε με τον άντρα σου σε μια Τράπεζα Σπέρματος, για να διαλέξετε τον δότη. Και μετά πάλι εδώ. Προτού πάτε όμως, κάντε ένα τηλεφώνημα, να σάς πουν, τι χαρτιά ακριβώς χρειαζόσαστε.

– Ωραία. Σ' ευχαριστώ πολύ Θανάση μου. Θα σε δω σύντομα.

– Μισό λεπτό. Μη βιάζεσαι. Για να μη σου δημιουργήσω τυχόν λαθεμένες εντυπώσεις, πρέπει να σου πω ότι, εάν και το σπέρμα είναι δυνατό, θα έχουμε απλώς διασφαλίσει τις καλύτερες δυνατές προϋποθέσεις. Αυτό δεν σημαίνει αυτόματα και σίγουρη επιτυχία του εγχειρήματος.

– Τώρα με μπέρδεψες, είπε ελαφρά απογοητευμένη η Ντόρα. *Εσύ δεν μού είπες ότι εάν οι εξετάσεις μου είναι καλές και το σπέρμα δυνατό, όλα θα πάνε καλά;*

– Σού είπα ότι αυτές είναι οι βασικές και απαραίτητες προϋποθέσεις, για να πάνε όλα καλά. Δεν σού είπα ότι εγγυώνται εκατό τοις εκατό την επιτυχία.

– Δηλαδή, τι ακριβώς μου λες τώρα; είπε σχεδόν επιθετικά η Ντόρα.

– Σού λέω πολύ απλά, ότι μπορεί να αποτύχει το εγχείρημα ή να χρειασθεί και δεύτερη και τρίτη, ίσως και τέταρτη προσπάθεια.

– Και γιατί να αποτύχουν, αφού θα υπάρχουν άριστες προϋποθέσεις;

– Για πολύπλοκους και σύνθετους ιατρικούς λόγους, που δεν μού είναι εύκολο να σού εξηγήσω τώρα. Αυτό όμως, που θέλω να κρατήσεις, είναι η άριστη δική σου κατάσταση, που αυξάνει πολύ τις πιθανότητες να μείνεις έγκυος με την πρώτη!

– Μάλιστα... είπε προβληματισμένη και χωρίς άλλο σχόλιο, χαιρέτησε τον Αντωνοράκη κι έφυγε.

Βγήκε απ' το ιατρείο του, με πεσμένα φτερά και με τον αρχικό ενθουσιασμό της πετσοκομμένο. Αλλιώς το είχε φαντασθεί. Πιο εύκολο και πιο σίγουρο! Το δίλημμα, έστω και σε πολύ μικρότερη ένταση, επέστρεψε. Παρ' όλα αυτά, με τη μεγάλη δύναμη χαρακτήρα που τη διέκρινε, κατάφερε να κρατήσει την ψυχραιμία της. «Τι διάβολο;» σκέφτηκε, «και μια και δυο και τέσσερις φορές, δεν χάθηκε ο κόσμος! Λίγη ταλαιπωρία παραπάνω…». Έτσι, τις επόμενες μέρες αφιερώθηκε στη συλλογή των πιστοποιητικών και βεβαιώσεων, που της ζήτησαν απ' την Τράπεζα Σπέρματος, όπου πήγε μόνη της τελικά με μια εξουσιοδότηση του Λάκη θεωρημένη από την Αστυνομία, γιατί εκείνος δεν ήθελε με τίποτα να συμμετάσχει σ' αυτή τη διαδικασία.

– Κοίτα, συμφώνησα, μετά από τις πιέσεις σου, να σου κάνω το χατίρι να κάνεις παιδί χωρίς εμένα, αλλά δεν θα παραστώ και στην επιλογή αυτού, με τον οποίο θα με κερατώσεις! της είπε πικρά, όταν του πρότεινε να πάνε στην Τράπεζα Σπέρματος, για να διαλέξουν μαζί τον δότη.

– Τι είναι αυτά που λες, βρε Λάκη μου; Για πιο κεράτωμα μιλάς; Η... διαδικασία για το κεράτωμα, όπως ξέρεις, γίνεται με άλλο τρόπο και...

– Εν πάση περιπτώσει, κεράτωμα–ξεκεράτωμα, εγώ δεν έρχομαι, την έκοψε αποφασιστικά.

– Καλά, Λάκη μου, όπως θες, είπε εκείνη, με βαριά καρδιά, αλλά κατανοώντας και σεβόμενη τα αισθήματα του άντρα της.

Η Ντόρα θα ήθελε τον άντρα της μαζί της αυτές τις στιγμές, γιατί ούτε για κείνη ήταν το πιο εύκολο πράγμα του κόσμου. Δεν μπορούσε να επιμένει άλλο όμως. Στο κάτω–κάτω είχε κι αυτός τα δίκια του, σκέφτηκε. Ένιωθε πάντως κι εκείνη λίγο, σαν να πήγαινε στο σούπερ–μάρκετ να ψωνίσει φρέσκο, καλό σπέρμα. Στην ουσία άλλωστε, περί αυτού ακριβώς επρόκειτο. Απλώς, για λόγους αισθητικής, δεν το έλεγαν «σούπερ–μάρκετ σπέρματος», αλλά το είχαν βαφτίσει κομψά «Τράπεζα».

Ντύθηκε και βάφτηκε με τη γνωστή κοκεταρία της κι έριξε μια τελευταία ματιά στον καθρέφτη της, που της έστειλε την εικόνα μιας όμορφης, μεγαλόσωμης γυναίκας, με τέλειες αναλογίες, κοντά κόκκινα μαλλιά, μεγάλα πράσινα μάτια, λείο βελούδινο δέρμα, σαν πέταλο σομόν τριαντάφυλλου, που το τόνιζαν δυο καλογραμμένα κατακόκκινα χείλη. Ικανοποιημένη απ' την εικόνα της, έφτιαξε μια μικρή φράντζα που έπεφτε στο μέτωπό της, με μια ανάλαφρη κίνηση των μακριών λεπτών δαχτύλων της, έβαλε στην τσάντα της τα σχετικά δικαιολογητικά και ξεκίνησε για το «τυφλό ραντεβού» της με τον μελλοντικό πατέρα του παιδιού της.

Όταν πλησίαζε στην Τράπεζα Σπέρματος, η καρδιά της άρχισε να χτυπάει πιο γρήγορα. Είναι άραγε τελικά ο καλύτερος τρόπος, για να αποκτήσω παιδί, αναρωτήθηκε. Η επιτυχία δεν είναι σίγουρη. Ύστερα, ποιος ξέρει ποιανού και τι παιδί θα είναι αυτό; Άσε και την ταλαιπωρία της εγκυμοσύνης και τους κινδύνους της γέννας. Μήπως θα ήταν προτιμότερο να υιοθετήσουμε ένα παιδί, όπως λέει ο Λάκης; Ξέρεις σίγουρα τι παίρνεις και γλιτώνεις και την ταλαιπωρία της εγκυμοσύνης και τους κινδύνους της γέννας. Οι δισταγμοί της διακόπηκαν όμως, γιατί είχε φτάσει ήδη στη βαριά δίφυλλη κρυστάλλινη πόρτα της Τράπεζας Σπέρματος. Κοντοστάθηκε για λίγο κι αμέσως μετά την άνοιξε αποφασιστικά και κατευθύνθηκε με σταθερό, γρήγορο βήμα προς την υποδοχή.

– *Καλημέρα σας, Ντόρα Βακρίδη,* ανάγγειλε τον εαυτό της στην κοπέλα, που καθόταν πίσω από το μοντέρνο, γυάλινο γραφείο. *Έχω ραντεβού με τον κύριο Δαρμετζή.*

– *Ναι, κυρία Βακρίδη, σάς περιμένει. Περάστε παρακαλώ, στη δεύτερη πόρτα δεξιά.*

Προχώρησε προς το γραφείο του Προκόπη Δαρμετζή, ενώ το μυαλό της συνέχισε να στριφογυρίζει γύρω απ' την εξωσωματική. Έχω ακόμη τον καιρό να φύγω, σκέφτηκε. Μπαίνω σε μια περιπέτεια, της οποίας το τέλος δεν γνωρίζω. Αλλά μήπως ξέρει κανείς ποτέ το τέλος της περιπέτειας μιας κανονικής εγκυμοσύνης, η οποία μάλιστα έρχεται καμιά φορά κι απρογραμμάτιστα; Τουλάχιστον τώρα ορίζω εγώ τον χρόνο και –δόξα τω Θεώ– είμαι θηρίο, από ό,τι είπε ο Θανάσης. Και στο κάτω–κάτω, άλλο το ξένο παιδί κι άλλο το δικό σου, αυτό που γεννάς εσύ, σπλάχνο από τα σπλάχνα σου, που η καρδιά του χτυπάει με το δικό σου αίμα. Χτύπησε κι άνοιξε μηχανικά την πόρτα του γιατρού.

– *Καλημέρα σας, κυρία Βακρίδη,* είπε, ειδοποιημένος απ' τη γραμματέα του, ο Δαρμετζής, που ήταν Καθηγητής Γενετικής, ειδικευμένος στην εξωσωματική γονιμοποίηση, διακόπτοντας τις σκέψεις της.

– *Καλημέρα σας, κύριε Καθηγητά,* είπε η Ντόρα εντυπωσιασμένη από το πολυτελές και σύγχρονο περιβάλλον, που σε τίποτα δεν θύμιζε ιατρείο.

– *Καθίστε, παρακαλώ.*

– *Ευχαριστώ.*

– *Πήρατε λοιπόν την απόφαση, όπως μου είπε ο γιατρός σας, ο κύριος Αντωνοράκης.*

– *Ναι, κύριε Καθηγητά, την πήρα.*

– *Ωραία. Φαντάζομαι ότι έχετε φέρει και τα απαραίτητα δικαιολογητικά.*

– *Ναι, τα έχω,* απάντησε λίγο αφηρημένα, ενώ στο μυαλό της δεν είχε ακόμη στεριώσει οριστικά η απόφαση.

– *Θαυμάσια! Τώρα θα δούμε μαζί μια βάση δεδομένων με δότες, καθώς και τα βασικά χαρακτηριστικά τους, για να διαλέξετε αυτόν που προτιμάτε.*

– *Μήπως θα ήταν καλύτερα κύριε Καθηγητά, να τον διαλέξετε εσείς; Εσείς άλλωστε μπορείτε να κρίνετε, ενώ εγώ...*

– *Μα φυσικά θα σάς βοηθήσω, αλλά την τελική επιλογή πρέπει να την κάνετε εσείς, που αναλαμβάνετε και την ευθύνη, υπογράφοντας τα σχετικά χαρτιά.*

Το στομάχι της αναστατώθηκε πάλι, λες κι είχε καταπιεί αχινό μαζί με τα αγκάθια του! Κάθε άλλο παρά οπισθοδρομική ή πουριτανή ήταν, εκείνη τη στιγμή όμως ένιωσε ότι αυτή η παράκαμψη της φύσης, που ετοιμαζόταν να κάνει, την ενοχλούσε, αλλά χωρίς να ξέρει καν γιατί. Απλώς, όσο πλησίαζε η αποφασιστική, η χωρίς γυρισμό στιγμή, τόσο εντείνονταν οι αμφιβολίες κι η ανησυχία της, που επιτάθηκαν από την αναφορά και μόνο της λέξης «ευθύνη» από τον Δαρμετζή.

Ο γιατρός πάτησε διάφορα πλήκτρα στον υπολογιστή του, γύρισε ελαφρά την οθόνη προς το μέρος της, ώστε να μπορεί να τη βλέπει κι εκείνη κι άρχισε να της περιγράφει τα συν και τα πλην κάθε ενός από τους υποψήφιους δότες του καταλόγου.

Η Ντόρα άκουγε τη φωνή του γιατρού σε δεύτερο επίπεδο, σαν ένα μουρμουρητό. Σε πρώτο επίπεδο άκουγε τη σκέψη της, τα ερωτήματα, τις απορίες, τις επιφυλάξεις, τις ανησυχίες της. Δεν της άρεσε καθόλου αυτό που της συνέβαινε. Είχε μάθει να είναι αποφασιστική και γρήγορη σε κάθε δύσκολη περίσταση στη ζωή της κι αυτή η διλημματική κατάσταση τη στενοχωρούσε και την εκνεύριζε. Δικαιολόγησε τον εαυτό της, επειδή η συγκεκριμένη απόφαση δεν ήταν καθόλου απλή. Ήταν απόφαση ζωής κυριολεκτικά κι ούτε θα υπήρχε τρόπος να την ακυρώσει από τη στιγμή που θα έκανε το τελικό βήμα. Προσπάθησε να συγκεντρωθεί, διέκοψε τις σκέψεις της κι είπε στον γιατρό:

– *Κύριε Καθηγητά, για να μην σάς κουράζω, πείτε μου τη δική σας επιλογή κι εγώ θα σας πω, αν συμφωνώ.*

– *Εντάξει, κυρία Βακρίδη. Κατά τη δική μου, καθαρά επιστημονική ευγονική, άποψη, η καλύτερη περίπτωση είναι ενός άνδρα, με τον κωδικό TPCHU/281040, η ηλικία του οποίου, το διάγραμμα της υγείας του, ο τρόπος ζωής του και τα χαρακτηριστικά του σπέρματός του, μάς εγγυώνται ένα άριστο αποτέλεσμα.*

– *Το HU σημαίνει μήπως Χιούστον;*

– *Όχι, όχι. Τυχαίο είναι.*

– *Εντάξει, γιατρέ μου, εμπιστεύομαι την επιστημονική γνώση κι εμπειρία σας. Ας είναι αυτός!* είπε μηχανικά και βιαστικά, χωρίς να ρωτήσει βέβαια, ποιος ήταν αυτός ο «άνδρας», αφού ο γιατρός τής είχε πει ότι αυτό το στοιχείο είναι απόρρητο. Άλλωστε ήθελε να τελειώνει πια αυτή η διαδικασία, όσο πιο γρήγορα γινόταν, γιατί φοβόταν τον εαυτό της, μην υπαναχωρήσει.

– *Πολύ ωραία! Εγώ δεν σάς χρειάζομαι άλλο. Για τα υπόλοιπα θα συνεννοηθώ απ᾽ευθείας με τον γυναικολόγο σας, τον κύριο Αντωνοράκη.*

– *Ευχαριστώ πολύ, κύριε Καθηγητά. Τι σάς οφείλω;*

– *Θα σάς πει, καθώς θα βγαίνετε, η γραμματέας μου.*

Η Ντόρα χαιρέτησε τον γιατρό, πλήρωσε στη γραμματέα του και βγήκε στον δρόμο, αλλά το μυαλό της είχε μείνει στο ιατρείο του Δαρμετζή. Εξακολουθούσε να είναι μπερδεμένη κι αυτό την ενοχλούσε περισσότερο ίσως κι από το ίδιο το μπέρδεμα. Αποφάσισε να διώξει αυτές τις σκέψεις απ' το μυαλό της. Στο κάτω–κάτω, σκέφτηκε, έχω κι άλλα περιθώρια, αφού δεν έχω κάνει ακόμη το τελευταίο, ανεπανόρθωτο βήμα.

– *Τι νέα;* τη ρώτησε ο Λάκης, όταν γύρισε σπίτι τους.

– *Μια χαρά, Λάκη μου. Ο Δαρμετζής με βοήθησε πάρα πολύ και διαλέξαμε τον δότη.*

– *Α, μπράβο! Ποιος είναι;*

– *Δεν ξέρουμε βέβαια, ποιος είναι. Ξέρουμε όμως τι είναι.*

– *Τι εννοείς;*

– *Εννοώ ότι δεν ξέρουμε τ' όνομά του κι ούτε θα το μάθουμε ποτέ ούτε εκείνος το δικό μας φυσικά. Αλλά έχουμε μια πλήρη και λεπτομερή εικόνα της υγείας του και του σπέρματός του, που είναι σε άριστη κατάσταση.*

– *Πολύ ωραία! Άρα, κανένα πρόβλημα!*

– *Κι όμως υπάρχει ένα πρόβλημα.*

– *Τι πρόβλημα;*

– *Να... σκέπτομαι, μήπως τελικά είναι προτιμότερο να υιοθετήσουμε ένα παιδάκι...*

– *Χμ, έκανε συγκαταβατικά ο Λάκης. Βλέπω ότι γέρνεις προς τη δική μου άποψη. Εσύ όμως θα αποφασίσεις, γιατί εσύ θα μπεις στην περιπέτεια. Νομίζω πάντως ότι απ' τη γυναικεία σκοπιά, η επιλογή της εξωσωματικής είναι καλύτερη. Εγώ, το ξέρεις, ότι προτιμώ την υιοθεσία, αλλά ό,τι ήταν να πω το είπα ήδη. Δεν θέλω να σε επηρεάσω στην απόφαση που θα πάρεις. Μπορώ όμως να σου υποσχεθώ ότι, όποια κι αν είναι αυτή, θα σταθώ δίπλα σου και θα σε στηρίξω.*

– *Σ' ευχαριστώ, μωρό μου. Θα κοιμηθώ απόψε με το δίλημμά μου κι αύριο το πρωί θα πάρω την οριστική απόφασή μου.*

Ο ύπνος της ήταν ταραγμένος, με εφιάλτες, αλλά και όνειρα, από τα οποία θυμόταν ένα μόνον, όταν ξύπνησε. Ήταν, λέει, μόνη της, μπροστά από ένα τεράστιο, ανομοιογενές, πολύχρωμο, ανάμικτο πλήθος αγριωπών και με θυμωμένη έκφραση ανθρώπων, ενήλικων ανδρών και γυναικών, απ' όλες τις φυλές του πλανήτη. Πρωτόγονοι, αρχαίοι και σύγχρονοι, που βάδιζαν συντεταγμένοι σαν στρατός εναντίον της, με μια τρομακτική σιωπή, χωρίς να ακούγονται τα βήματά τους ούτε καν η ανάσα τους. Το τοπίο έμοιαζε με μια καταπράσινη εντελώς επίπεδη πεδιάδα, που δεν στηριζόταν πουθενά, κρεμασμένη ανάμεσα γη κι ουρανό, με τεράστια, πανύψηλα δέντρα, οργιαστική βλάστηση και αμέτρητες, μικρές κρυστάλλινες λίμνες, σε άψογα γεωμετρικά σχήματα, ολοστρόγγυλες, τετράγωνες, ελλειψοειδείς, παραλληλόγραμμες και ρομβοειδείς. Σύννεφα από σμήνη πουλιών, προϊστορικά ονειρικά τέρατα, αλλά και αγέλες από σημερινά άγρια ζώα κατακλύζανε το τοπίο. Το πλήθος την είχε κυκλώσει, προχωρώντας απειλητικά, με στρατιωτικό βήμα προς το μέρος της και την έσπρωχνε προς την άκρη της πεδιάδας, όπου έχαινε η άβυσσος. Αναγκαστικά, άρχισε να τρέχει προς τον χαοτικό γκρεμό, που ήταν κι η μόνη ελεύθερη κατεύθυνση που της είχαν αφήσει. Γύρω της, μπροστά της, πίσω της, δεξιά της κι αριστερά της, κάθε τόσο το έδαφος έσκαζε και κομματιαζόταν, ανοίγοντας αβυσσαλέες χαράδρες, αλλά και μικρούς και μεγάλους κρατήρες. Άλλοτε τους απέφευγε λοξοδρομώντας κι άλλοτε πηδούσε από πάνω τους. Κάθε κρατήρας έκλεινε αμέσως μετά που τον προσπερνούσεκαι σε άλλους από αυτούς φύτρωναν υπέροχα, πολύχρωμα εξωτικά λουλούδια, ενώ από άλλους ξεπετάγονταν τεράστιες φλόγες. Συνέχιζε να τρέχει, ενώ η καρδιά της χτυπούσε άτακτα η ανάσα της όλο και κόνταινε κι ένιωθε κρύο ιδρώτα να κυλάει στο σώμα της. Πάσχιζε με όλες τις δυνάμεις της να ξεφύγει και να βρει τον δρόμο προς τη σωτηρία, αλλά μάταια. Το πλήθος, λες κι αυτός ήταν ο σκοπός της ύπαρξής του, την έσπρωχνε με ολοένα πιο γρήγορα βήματα, σχεδόν με τροχάδην, προς το θανάσιμο χάος. Ξαφνικά, λίγα μέτρα πριν από τον φοβερό γκρεμό, ξεπετάχτηκε απ' τη γη ένα θεόρατο, πανύψηλο δέντρο, με μεγάλους, στρογγυλούς καρπούς, που είχαν όλοι τη μορφή του προσώπου του άντρα της. Χαμήλωσε τα κλαδιά του, και σ' ένα απ' αυτά φύτρωσαν χέρια, που την πήραν, την ανέβασαν ψηλά και την απόθεσαν μαλακά, σχεδόν τρυφερά, σ' ένα κρυστάλλινο κάστρο στην κορφή του δέντρου, από όπου έβλεπε ολόκληρη τη γη, σαν από διαστημόπλοιο κι ανάμεσα σε θείες μελωδίες άκουσε μια βαθειά φωνή από το υπερπέραν να της λέει:

– Τράβα τον δικό σου δρόμο Ντόρα και μην κοιτάζεις ούτε πίσω ούτε κάτω! Ο άντρας σου κι εγώ σε στηρίζουμε...

Ξύπνησε με εντελώς διαφορετική διάθεση κι απόλυτα αποφασισμένη να προχωρήσει στην εξωσωματική, λες και δεν την είχε ποτέ απασχολήσει αυτό το δίλημμα. Έτσι, αφού έκανε το πρωινό μπάνιο της και ήπιε τον καφέ της, έκανε άλλο ένα βήμα, τηλεφωνώντας στον Αντωνοράκη, τον οποίο ενημέρωσε για την επιλογή του δότη και του ζήτησε να συνεννοηθεί με τον Δαρμετζή και να ορίσει την ημερομηνία της σπερματέγχυσης.

~ ~

4ο ΚΕΦΑΛΑΙΟ

– Αυτό το παιδί πρέπει να εξαφανιστεί!

Ένας στιγμιαίος οξύς πόνος, από τράβηγμα στην καισαρική τομή, καθώς μετακινήθηκε πάνω στο κρεβάτι της, διέκοψε την ανάμνηση των γεγονότων, που είχαν οδηγήσει σ' αυτόν τον τοκετό και την ξανάφερε στην πραγματικότητα. Μια πραγματικότητα, που η λογική της αρνιόταν να δεχτεί. Μια πραγματικότητα, που είχε μεταλλάξει σε εφιάλτη το όνειρό της ν' αποκτήσει παιδί.

«Καλά μου έλεγε ο Λάκης, να υιοθετήσουμε ένα παιδάκι», σκέφτηκε. «Τίποτα απ' όλα αυτά δεν θα είχε συμβεί κι εγώ δεν θα ήμουνα τώρα κρεμασμένη, ανάμεσα στ' άσπρο και στο μαύρο»!...

Δεν αισθανόταν καθόλου καλά. Κύματα αίματος σφυροκοπούσαν τα μηνίγγια της, η καρδιά της χτυπούσε δυνατά και άναρχα, η πίεσή της πρέπει να είχε τιναχτεί στο είκοσι, ένιωθε ένα έντονο σφίξιμο στο στήθος και τα δάχτυλα των χεριών της είχαν συσπαστεί κι είχαν ασπρίσει στις κλειδώσεις. Ένιωθε πως θα λιποθυμούσε. Τα ήξερε αυτά τα συμπτώματα της παθολογικής υστερίας, που την επισκεπτόταν σε στιγμές μεγάλης έντασης και δεν ανησυχούσε, αλλά δεν έπαυαν να είναι εξαιρετικά ενοχλητικά. Φώναξε αμέσως τη νοσοκόμα, που πάτησε με τα δυο της χέρια τις ωοθήκες της Ντόρας, τής έδωσε ένα ηρεμιστικό και σε δέκα περίπου λεπτά συνήλθε εντελώς.

Τι θα έκανε με τον μαύρο γιο της, αναρωτήθηκε κι άρχισε να αναλύει το αναπάντεχο πρόβλημα, που είχε γεννήσει. Πώς θα έβγαινε από αυτό το αδιέξοδο; Ναι, παιδί της ήταν. Από τα σπλάχνα της είχε βγει, αλλά η κοινωνία δεν ήταν ούτε αγία, για να το αγκαλιάσει με αγάπη ούτε τόσο καλοπροαίρετη, ώστε να ανεχτεί έστω αυτό το ασπρόμαυρο δίδυμο, χωρίς αποκλεισμούς και κακεντρεχή σχόλια και σε βάρος των παιδιών της και σε βάρος της ίδιας και κυρίως του άντρα της, που με χαρά θα τον βάφτιζαν κερατά. Ποιος θα καθόταν να ακούσει «επιστημονικές» εξηγήσεις, αλλά κι αν τις άκουγε, ποιος θα τις πίστευε; Τι ζωή θα ζούσε αυτό το παιδί; Ποιες λοιδορίες και ποια περιθωριοποίηση, παρενόχληση και εχθρότητα ίσως θα αντιμετώπιζε στο σχολείο του και στην πιο ευαίσθητη ηλικία του; Πώς θα αντιμετώπιζε η κοινωνία την οικογένειά της;

Έπρεπε να κάνει κάτι δραστικό και να το κάνει γρήγορα, αμέσως! Δεν είχε καθόλου καιρό να χάσει. Κάθε δευτερόλεπτο σχεδόν ήταν πολύτιμο. Έβαλε το μυαλό της να δουλεύει εντατικά. Κι είχε πολύ και γρήγορο μυαλό. Μετά από ελάχιστα λεπτά, είχε σχεδιάσει τη λύση του προβλήματος. Δεν μπορούσε όμως να την εφαρμόσει μόνη της. Χρειαζόταν βοήθεια. Βοήθεια αποτελεσματική και, κυρίως, εχέμυθη, απόλυτα εχέμυθη. Σήκωσε το τηλέφωνο και ζήτησε να πάει επειγόντως στο δωμάτιό της, ο γυναικολόγος της, ο Θανάσης Αντωνοράκης, ο οποίος, πριν γίνει «γυναικολόγος της», υπήρξε συμμαθητής και στενός παιδικός φίλος της.

– Με ζήτησες Ντόρα; ρώτησε ελαφρά ανήσυχος εκείνος, ανοίγοντας την πόρτα του δωματίου της, μετά από λίγα λεπτά.

– Ναι, έλα μέσα. Σε χρειάζομαι επειγόντως.

– Συμβαίνει τίποτα;

– Ναι. Συμβαίνει κάτι εξαιρετικά σοβαρό και χρειάζομαι τη βοήθειά σου. Κλείσε την πόρτα, σε παρακαλώ κι έλα κάτσε.

– Ντόρα, με τρομάζεις, είπε συνοφρυωμένος ο Θανάσης, κλείνοντας την πόρτα.

– Θανάση, θέλω τον λόγο της τιμής σου ότι αυτά που θα πούμε θα μείνουν αυστηρά μεταξύ μας. Δεν πρέπει να τα μάθει κανένας απολύτως, ούτε ο ίδιος ο άντρας μου. Κυρίως αυτός!

– *Ντόρα μου, όπως γνωρίζεις, έτσι κι αλλιώς, οι συζητήσεις μεταξύ ασθενούς και γιατρού καλύπτονται απ' το ιατρικό απόρρητο και...*

– *Δεν μου φτάνει αυτό, τον διέκοψε εκείνη. Θέλω τον ρητό λόγο της τιμής σου.*

– *Εντάξει λοιπόν, έχεις τον λόγο της τιμής μου.*

– *Ωραία! Πρώτα–πρώτα θέλω να σ' ευχαριστήσω για όλα όσα έκανες για μένα, με επιστημοσύνη, δεξιότητα, αλλά και ανθρωπιά. Το επιστημονικό αποτέλεσμα ήταν άψογο, αλλά...*

– *Αλλά, τι;* τη διέκοψε ακόμη πιο ανήσυχος αυτή τη φορά ο Θανάσης.

– *Το ανθρώπινο και κοινωνικό αποτέλεσμα είναι καταστροφικό!*

– *Χμ...* Καταλαβαίνω, είπε σκεπτικός ο Θανάσης.

– *Συγνώμη που το λέω, αλλά δεν είμαι βέβαιη ότι καταλαβαίνεις απολύτως. Το πρόβλημα είναι τεράστιο και σε χρεώνω με το ότι δεν ήλθες να μου το πεις εσύ, προτού βρεθώ μπροστά σ' αυτή την τραγικά οδυνηρή έκπληξη.*

– *Ναίαιαι... κόμπιασε ο Θανάσης, έχεις δίκιο, αλλά δυστυχώς, αμέσως μετά τη δική σου καισαρική, είχα ένα κατεπείγοντα και πολύ δύσκολο τοκετό, όπου κινδύνευε η ζωή και του παιδιού και της μητέρας. Αλλιώς να είσαι βέβαιη ότι...*

– *Τέλος πάντων, δεν είναι αυτό το θέμα μας και δεν σε φώναξα γι' αυτό, τον διέκοψε πάλι. Όπως σου είπα, χρειάζομαι τη βοήθειά σου. Βοήθεια φίλου, γιατρού, ανθρώπου και εξομολόγου. Αυτό το παιδί πρέπει να εξαφανιστεί!*

– *Για όνομα του Θεού, Ντόρα!* είπε τρομαγμένος εκείνος. *Τι είναι αυτά που λες;*

– *Όχι, όχι! Με παρεξήγησες. Δεν εννοώ αυτό που φοβήθηκες. Εννοώ ότι δεν πρέπει να εμφανιστεί ως δικό μου παιδί.*

– *Δηλαδή;* είπε ο Αντωνοράκης, που έδειχνε ακόμη να μην καταλαβαίνει.

– Θανάση μου, το παιδί αυτό θα έχει δραματική ζωή μέσα στην κοινωνία, αλλά κι ο άντρας μου κι η οικογένειά μου δεν αντέχουν ένα τέτοιο σκάνδαλο.

– Μα... δεν είναι σκάνδαλο. Είναι απλώς ένα σπάνιο, σπανιότατο γενετικό περιστατικό.

– Ναι, ένα σπάνιο γενετικό περιστατικό, που θα δημοσιευθεί στα μεγάλα διεθνή ιατρικά περιοδικά, αλλά και σ᾽ όλα τα μέσα ενημέρωσης και στις σκανδαλοθηρικές εκπομπές και εφημερίδες και στις κίτρινες φυλλάδες. Η κοινωνία μας όμως, δεν ξέρει από «σπάνια γενετικά περιστατικά», Θανάση. Δεν της καίγεται καρφάκι και δεν έχει αυτιά για τέτοιες εξηγήσεις. Και μάλλον δεν τις θέλει καθόλου, για να μπορεί να συνεχίσει να κουτσομπολεύει και να χαίρεται αρρωστημένα με το πάθημα του άλλου!

– Σύμφωνοι, έτσι είναι περίπου, αλλά αυτό το αγγελούδι, δεν το σκέπτεσαι, βρε Ντόρα;

– Αυτό ακριβώς το αγγελούδι σκέπτομαι κυρίως, Θανάση. Η ζωή του θα είναι ανυπόφορη, με λευκούς γονείς και λευκή αδελφή! Τα πικρόχολα σχόλια, οι κακόβουλοι υπαινιγμοί, οι λοξές ματιές και η περιθωριοποίηση θα το κυνηγάνε σ᾽ όλη του τη ζωή. Πολύ περισσότερο, με το ρατσιστικό κλίμα που απλώνεται σήμερα. Το σκέφτεσαι;

– Ναι, έχεις δίκιο... Αλλά πάλι, δεν βλέπω ειλικρινά, τι μπορούμε να κάνουμε.

– Εγώ βλέπω. Χρειάζεται όμως ταχύτητα, συντονισμός και –προ πάντων– εχεμύθεια!

– Θες να γίνεις λίγο πιο συγκεκριμένη;

– Αυτό ακριβώς είχα σκοπό να κάνω. Λοιπόν, το αγοράκι δεν θα δηλωθεί ούτε στην κλινική ούτε στο ληξιαρχείο ως παιδί μου, αλλά ως παιδί μιας οικογένειας, που θα βρούμε αμέσως, θα βρεις εσύ δηλαδή, να το υιοθετήσει.

Ο Αντωνοράκης έδειχνε πολύ προβληματισμένος, στο άκουσμα της ιδέας της Ντόρας. Μετά από μία παύση μερικών δευτερολέπτων, είπε τελικά:

– Δεν γίνονται αυτά τα πράγματα, Ντόρα!

– Γίνονται και παραγίνονται κι αν χρειαστούν χρήματα –όσα χρήματα κι αν χρειαστούν– μη σε απασχολεί.

– Μπορεί να γίνονται, αλλά δεν μπορώ να τα κάνω εγώ, είπε ο Θανάσης.

– Δεν θες, δηλαδή να με βοηθήσεις; Δεν θες να βοηθήσεις μια συμμαθήτρια και παλιά σου φίλη, ώστε να μη γίνει η ζωή αυτού του παιδιού κόλαση; του είπε μαλακά και παρακλητικά.

– Μην το θέτεις έτσι, είπε ο Θανάσης. Ξέρεις πολύ καλά ότι σ' αγαπώ και σε νοιάζομαι. Δεν είναι λοιπόν ότι δεν θέλω να σε βοηθήσω, αλλά υπάρχει κι η ιατρική δεοντολογία.

– Απ' όσο γνωρίζω, αυτό που σου ζητώ, δεν συγκρούεται πουθενά με τον Όρκο του Ιπποκράτη.

– Ναι, έτσι είναι, αλλά είναι παράνομο.

– Είναι πράγματι παράνομο, αλλά δεν αξίζει τον κόπο, για να ζήσει μια φυσιολογική ζωή αυτό το παιδί, αλλά κι η οικογένειά μου; Στο κάτω– κάτω, μόνον εσύ κι εγώ θα το ξέρουμε.

– Και το προσωπικό της κλινικής; Κι η οικογένεια, που θα το υιοθετήσει;

– Σε ό,τι αφορά το προσωπικό σου, βρες εσύ τον τρόπο, όσο για την οικογένεια, δεν είναι καθόλου απαραίτητο να μάθει ολόκληρη την αλήθεια.

– Δεν ξέρω, Ντόρα. Ειλικρινά δεν ξέρω... Χρειάζομαι λίγο καιρό, για να σκεφτώ.

– Δυστυχώς, δεν έχεις καιρό, Θανάση. Σε λίγες ώρες θα είναι εδώ ο άντρας μου. Και τότε... Ξέρω ότι δεν αποτελεί σημαντικό κίνητρο για σένα, αλλά, εκτός απ' την ηθική ικανοποίηση για το ότι θα βοηθήσεις μια φίλη σου και θα εξασφαλίσεις μια ζωή χωρίς προβλήματα σ' αυτό το παιδί και στην οικογένειά μου, θα έχεις και μια διόλου ευκαταφρόνητη

ανταμοιβή για τις υπηρεσίες σου. Σκέψου το! Και το καλό θα κάνεις και δεν θα το ρίξεις στον γιαλό!

– *Δεν είναι αυτό το θέμα*, διαμαρτυρήθηκε χλιαρά και μάλλον προσχηματικά ο Θανάσης.

– *Το ξέρω*, είπε εκείνη, που με χαρά κατάλαβε ότι η χλιαρή, προσχηματική άρνησή του προοιωνιζόταν τη συνεργασία του, *αλλά επαναλαμβάνω ότι το σημαντικό είναι το καλό που θα κάνεις. Και το καλό είναι δίκαιο να ανταμείβεται, με –ας πούμε– πενήντα χιλιάδες ευρώ, συν το αντίτιμο της «πώλησης» του παιδιού και φυσικά τα όποια παράπλευρα έξοδα!* συμπλήρωσε, προχωρώντας ανοιχτά και τολμηρά στην εξαγορά του.

Ο Θανάσης την κοίταξε για μερικά δευτερόλεπτα ερευνητικά και μετά είπε αποφασιστικά:

– *Εντάξει, Ντόρα! Με έπεισες! Φεύγω αμέσως τώρα να το φροντίσω και θα σε κρατάω ενήμερη* και μ' ένα αδιόρατο χαμόγελο στο πρόσωπό του, σηκώθηκε απ' την πολυθρόνα του και με γρήγορο βήμα βγήκε από το δωμάτιο.

Η Ντόρα άφησε ένα βαθύ αναστεναγμό ανακούφισης και ικανοποίησης. Ευτυχώς είχε δράσει γρήγορα κι έγκαιρα έλπιζε. Βέβαια, η όλη υπόθεση εξαρτιόταν από την ταχύτητα και την αποτελεσματικότητα, με την οποία θα ενεργούσε ο Αντωνοράκης. Του είχε εμπιστοσύνη όμως κι ήξερε ότι οι πενήντα χιλιάδες ευρώ μπορούσαν να κινήσουν και βουνά. Είχε μάλιστα την αίσθηση –από τον εύκολο και γρήγορο τρόπο με τον οποίο συναίνεσε τελικά ο Θανάσης– ότι οι «αντιρρήσεις» του ήταν «για τα μάτια» κι ότι είχε ήδη έτοιμους τους «πελάτες–γονείς», από τους οποίους επίσης θα κέρδιζε κάποιες δεκάδες χιλιάδες ευρώ επί πλέον. Παρ' όλα αυτά, δεν μπορούσε να αισθανθεί ασφαλής, έως τη στιγμή που θα ολοκληρωνόταν το σχέδιο και βέβαια αν αυτό γινόταν, προτού γυρίσει ο άντρας της.

Η ώρα δεν πέρναγε εύκολα. Προσπάθησε να διαβάσει, αλλά το μυαλό της στριφογύριζε βασανιστικά στο μαύρο παιδί της και δεν την άφηνε να αφομοιώσει ούτε αράδα, λες κι είχε υψωθεί μια μαύρη οθόνη, ανάμεσα στις λευκές σελίδες και τον φλοιό του εγκεφάλου της. Άνοιξε την τηλεόραση, αλλά κάθε εικόνα της, όποια κι αν ήταν, μέσα από απίθανους και παράλογους συνειρμούς, ξανάφερνε στη σκέψη της το πρόβλημα. Την έκλεισε και κοίταξε το ρολόι της. Είχε πάει εννέα και μισή. Κατέβασε το προσκέφαλο του κρεβατιού της, έκλεισε τα μάτια της κι άφησε ανάσκελα το σώμα της να βυθισθεί πάνω στο στρώμα, σαν στα νερά μιας ήρεμης λίμνης. Χαλάρωσε και ξαναζύγισε αυτό που είχε κάνει. Όχι! Δεν είχε την παραμικρή τύψη, μητρική ή ανθρώπινη. Αντίθετα, πίστευε ότι είχε κάνει πραγματικά αυτό που έπρεπε κι είχε σώσει το αγοράκι της από πολύ άσχημη μοίρα, που είχε σχεδιαστεί σαδιστικά από μια σπάνια ιδιοτροπία της φύσης. Ήταν άλλωστε σίγουρη, ότι το εχθρικό περιβάλλον για το μαύρο αγοράκι της θα προκαλούσε υποσυνείδητα στην ψυχούλα του ζήλεια και αντιπαλότητα με τη λευκή αδελφή του, που θα ζούσε μέσα σ' ένα εντελώς διαφορετικό, θετικό περίγυρο. Αλλά και το οικογενειακό πρόβλημα δεν θα ήταν καθόλου μικρότερο, αν άφηνε τα πράγματα, όπως είχαν έρθει. Τρόμαζε ακόμη και στην ιδέα ότι θα μπορούσε να βρεθεί στη θέση να πρέπει να εξηγεί σε όλους, τι και πώς έγινε. Και ποιος θα την πίστευε; Μάλλον κανείς...

Οι άνθρωποι είναι κανίβαλοι! Τρέφονται με το αίμα, τον πόνο και τη δυστυχία του άλλου. Φτάνει να παρατηρήσει κανείς, με πόση επιτήδεια κρυμμένη χαρά και υποκριτική λύπη, ανακοινώνουν τα παθήματα συνανθρώπων τους στον κύκλο τους. Προτιμούν κι επιλέγουν πάντα την κακή, την άσχημη εκδοχή, ακόμη κι όταν η καλή εκδοχή είναι αναμφισβήτητη. Πόσο μάλλον, όταν η εκδοχή αυτή είναι περίεργη, σπάνια κι αμφιλεγόμενη, όπως στην περίπτωση των ετερόχρωμων διδύμων. Έτσι, οι επιπτώσεις και στα δυο παιδιά της, στην ίδια και στον άντρα της θα ήταν πολύ άσχημες. Άριστα είχε πράξει, συμπέρανε. Έμενε βέβαια να δει εκτελεσμένο το σχέδιό της, γιατί ο κίνδυνος ήταν ακόμη παρών και μεγάλος. Εάν ο Αντωνοράκης δεν τα κατάφερνε ή δεν τα κατάφερνε έγκαιρα, η καταστροφή θα ήταν αναπόφευκτη. Δεν ήθελε όμως να σκέφθεται αρνητικά και μ' αυτές τις σκέψεις, αποκαμωμένη από την ταλαιπωρία της καισαρικής και την ψυχολογική ένταση, την πήρε ο ύπνος.

Δεν ήξερε, πόσες ώρες είχε κοιμηθεί, όταν την ξύπνησε ένα απαλό φιλί στα μάτια. Τα μισάνοιξε αργά και το βλέμμα της σταμάτησε πάνω σ' ένα παραπέτασμα από δεκάδες κατακόκκινα τριαντάφυλλα. Η τεράστια ανθοδέσμη μετακινήθηκε αργά και πίσω της φάνηκε χαμογελαστό κι ευτυχισμένο το πρόσωπο του άντρα της. Η Ντόρα ταράχτηκε. Την είχε πιάσει κυριολεκτικά στον ύπνο και δεν ήξερε, τι είχε κάνει εν τω μεταξύ ο Αντωνοράκης και τι γνώριζε ο άντρας της. Άπλωσε τα χέρια της, τον αγκάλιασε, τον φίλησε και σκέφτηκε ότι έπρεπε να τον ψαρέψει, για να δει τι ήξερε.

– *Καλώς ήρθες, αγάπη μου.*

– *Καλώς σάς βρήκα, γλυκειά μου κι εσένα και την υπέροχη κόρη που μου χάρισες και σ' ευχαριστώ.*

– *Πρόλαβες και την είδες κιόλας; τον ρώτησε διερευνητικά.*

– *Φυσικά. Είναι ένα πανέμορφο αγγελούδι. Κρίμα, βέβαια που χάσαμε το δίδυμο αδελφάκι της...*

– *Ναι, είναι τραγικό! Για σκέψου! Θα είχαμε δυο παιδάκια, ένα αγοράκι κι ένα κοριτσάκι. Δεν θα ήταν πολύ όμορφα; είπε μ' ένα ελαφρό τρέμουλο στη φωνή της, που δεν ήταν καθόλου προσποιητό, αλλά αποτέλεσμα της πίεσης που είχε δεχθεί και της λυτρωτικής ανακούφισης που ένιωσε, από την καθησυχαστική απάντηση του άντρα της.*

– *Έχεις δίκιο, αλλά δεν θέλω να στενοχωριέσαι! Αρκεί που είσαστε καλά εσύ κι η κόρη μας. Θέλημα Θεού ήταν άλλωστε...*

«Θέλημα δικό μου ήταν», σκέφτηκε η Ντόρα, αλλά δεν είπε τίποτα φυσικά. Η καρδιά της είχε ξαναπάει στη θέση της. Δεν είχε καν χρειαστεί να ψαρέψει τον άντρα της, γιατί τα είχε πει όλα μόνος του. Τα λόγια του ήταν απόδειξη ότι το σχέδιό της είχε μπει σ' εφαρμογή, αν δεν είχε ήδη ολοκληρωθεί. Ένιωσε ξαλαφρωμένη κι ελεύθερη να εκφραστεί.

– *Είναι μεγάλο σοκ, αλλά, όπως είπες κι εσύ ήταν θέλημα Θεού, αγάπη μου.*

– *Μην το σκέφτεσαι άλλο, κυρά μου! Η κόρη σου σε χρειάζεται χαρούμενη κι ευτυχισμένη. Και, στο κάτω–κάτω, άμα θες, κάνουμε αργότερα κι ένα αγοράκι!*

– *Μπράβο, Λάκη! Σε βρίσκω πολύ απελευθερωμένο. Είδες, που είχες επιφυλάξεις;*

– *Έχεις δίκιο αγάπη μου κι ευτυχώς, που δεν επέμεινα, έως το τέλος στην άρνησή μου. Και θα σου πω κάτι, που δεν θα το πιστέψεις! Νιώθω ήδη αυτή την υπέροχη πιτσιρίκα, σαν δικό μου παιδί!*

– *Αυτό είναι το πιο όμορφο πράγμα που μπορούσα ν’ ακούσω αυτή τη στιγμή, αγάπη μου και με κάνει πραγματικά διπλά ευτυχισμένη.*

– *Πόνεσες με την καισαρική;*

– *Άμπα! Δεν κατάλαβα τίποτα. Τώρα με ενοχλεί ελαφρά, που και που το τραύμα, αλλά δεν είναι τίποτα, μπροστά στην ευτυχία μου!*

– *Κι εγώ είμαι ευτυχισμένος, αγάπη μου. Πότε με το καλό θα έρθετε σπίτι;*

– *Μεθαύριο, είπε ο γιατρός, αν πάνε όλα καλά, όπως έως τώρα.*

– *Ωραία, για να προλάβω να προετοιμάσω την υποδοχή σας.*

Ο Λάκης κάθισε λίγη ώρα ακόμη κοντά της, κρατώντας τρυφερά το χέρι της, συζητώντας και κάνοντας σχέδια για την τριμελή πια οικογένειά τους και μετά από μισή ώρα περίπου της είπε:

– *Εγώ θα φύγω όμως τώρα, γλυκειά μου, γιατί είμαι πτώμα απ’ την κούραση. Δεν έχω κοιμηθεί καθόλου, για να προλάβω να έρθω γρήγορα και…*

– *Ναι, μωρό μου, πήγαινε να ξεκουραστείς, τον διέκοψε εκείνη. Κάνε μου μόνο τη χάρη και δώσε μου ένα απ’ τα υπέροχα τριαντάφυλλα που μου έφερες και πες στην προϊσταμένη, καθώς θα βγαίνεις, να βάλουν τα υπόλοιπα σ’ ένα βάζο.*

Ο Λάκης έδωσε ένα τριαντάφυλλο στη γυναίκα του, έσκυψε και τη φίλησε τρυφερά στο στόμα και τη χαιρέτησε μ’ ένα νεύμα, καθώς έβγαινε απ' το δωμάτιο.

Μόλις έκλεισε πίσω του την πόρτα ο Λάκης, η Ντόρα έβγαλε ένα βαθύ αναστεναγμό και κοίταξε το ρολόι της. Ήταν δέκα και μισή το πρωί. Είχε κοιμηθεί δώδεκα ολόκληρες ώρες. Σήκωσε αμέσως το τηλέφωνο και πήρε τον γιατρό της. Ήθελε να μάθει την εξέλιξη του σχεδίου της και τις λεπτομέρειες.

– Καλημέρα, Θανάση! Ήταν εδώ πριν από δυο λεπτά ο άντρας μου και κατάλαβα ότι τα πράγματα πάνε καλά, αλλά θέλω να μου πεις λεπτομέρειες.

– Να σου πω. Πήγα...

– Όχι, μη μου πεις τώρα. Θα τα πούμε από κοντά. Μου επιβεβαιώνεις πάντως ότι είμαστε σε καλό δρόμο, έτσι;

– Όχι απλώς σε καλό. Σε άριστο! Ουσιαστικά όλα έχουν τελειώσει, αλλά, όπως είπες, θα τα πούμε σε λίγο.

– Εντάξει και... Θανάση, σ' ευχαριστώ πολύ, ε;

Η Ντόρα ησύχασε οριστικά. Σε λίγο θα μάθαινε και τις λεπτομέρειες, αλλά το σημαντικό ήταν ότι το πρόβλημα είχε λυθεί έγκαιρα, διώχνοντας απ' την καρδιά και το μυαλό της ένα τεράστιο βάρος.

Ο Αντωνοράκης εμφανίστηκε κατά τις έντεκα και μισή στην πόρτα του δωματίου της.

– Καλημέρα σας, κυρία μου! Πώς κοιμηθήκατε;

– Υπέροχα, κύριε Αντωνοράκη. Κλείσε όμως την πόρτα κι έλα κάτσε δίπλα μου, γιατί ανυπομονώ να μάθω τις λεπτομέρειες.

– Λοιπόν, όλα πήγαν κατ' ευχήν και πολύ πιο εύκολα, από ό,τι κι εγώ ο ίδιος φανταζόμουνα, είπε ο Θανάσης, αφού προηγουμένως είχε κλείσει την πόρτα κι είχε κάτσει δίπλα στο κρεβάτι της. *Το πιο δύσκολο ήταν το θέμα του προσωπικού της κλινικής, γιατί...*

– Και πώς το λύσαμε αυτό; τον διέκοψε ανυπόμονα, ξέροντας ότι αυτός ήταν ο αδύναμος κρίκος της «συνωμοσίας».

– *Έκλεισα τα στόματά τους με δεκαπέντε χιλιάδες, θυσιάζοντας ένα τμήμα της προσωπικής ανταμοιβής μου, για το καλό που έκανα, είπε αυτοσαρκαστικά ο Θανάσης.*

– *Όχι, αυτά θα τα πληρώσω εγώ, γιατί είχα πει ότι θα καλύψω κι όλα τα έξοδα. Άρα, σου οφείλω εξηνταπέντε χιλιάδες. Για πες μου, πώς διασφαλιζόμαστε όμως, από τυχόν μελλοντικές εκβιαστικές απαιτήσεις αυτών των ανθρώπων;*

– *Ο εκβιασμός είναι ποινικό αδίκημα, όπως ξέρεις. Δεν φαντάζομαι λοιπόν ότι κάποιος από αυτούς θα διακινδύνευε να μπει φυλακή για εκβίαση και να προσθέσει μερικά χρόνια φυλάκισης στην ποινή του για παραποίηση δημοσίων εγγράφων και πλαστογραφία, ίσα–ίσα για να πάρει μερικά χιλιάρικα παραπάνω.*

– *Δεν μου αρέσει πολύ που εξαρτώμεθα απ' τη «σύνεση» άλλων, αλλά φαντάζομαι ότι δεν υπήρχε άλλος, καλύτερος τρόπος. Και με την υιοθεσία, τι έγινε;*

– *Α! Εδώ σου έχω τα πολύ καλά νέα. Με είχε πλησιάσει συμπτωματικά πριν από λίγες εβδομάδες ένα ζευγάρι Νιγηριανών, που ζουν αρκετά χρόνια εδώ. Δεν μπορούν να κάνουν παιδιά και μου είχαν ζητήσει ένα παιδάκι. Δέχτηκαν αμέσως την προσφορά μου κι έκαναν σαν τρελοί, όταν είδαν τον γιο σου, όχι μόνον επειδή είναι υγιέστατος και όμορφος, αλλά κι επειδή έχει το χρώμα τους.*

– *Α, μπράβο και πώς τους λένε;* τον ρώτησε, ενώ σκέφθηκε πόσο δίκιο είχε, όταν διαισθάνθηκε ότι ο Θανάσης είχε έτοιμους «πελάτες».

– *Αυτό δεν πρόκειται να στο πω. Πήρα ιερό όρκο ότι δεν θα αποκαλύψω ποτέ το όνομά τους, όπως άλλωστε και το δικό σου σ' αυτούς.*

– *Γιατί;*

– *Γιατί, Ντόρα μου, οι άνθρωποι είμαστε περίεργα και μυστήρια όντα. Συχνά αλλάζουμε γνώμη και διαθέσεις. Κι αυτό το μικρό πλάσμα δεν χρωστάει τίποτα να γίνει ίσως κάποια μέρα αντικείμενο διεκδικήσεων και να...*

– Μα, εγώ αποκλείεται να...

– Τίποτα δεν αποκλείεται στη ζωή, Ντόρα. Καλύτερα λοιπόν, να μην ξέρει κανείς κανένα!

– Εντάξει. Όπως θες, αλλά...

– Περίμενε. Μισό λεπτό, γιατί τα πιο καλά νέα δεν στα είπα ακόμη. Αυτό το ζευγάρι λοιπόν είναι νέοι άνθρωποι, μορφωμένοι και εύποροι. Ο μικρός νεγράκος μας είναι πολύ τυχερός!

– Α, μπράβο! Αυτό είναι υπέροχο! Θα ήταν κρίμα και θα μου κόστιζε πάρα πολύ, αν κακόπεφτε, γιατί δεν έπαψε βέβαια να είναι παιδί μου. Και τώρα που όλα τέλειωσαν ωραία και καλά, για εξήγησέ μου Θανάση, τι ακριβώς συνέβη και βρέθηκα εγώ κρεμασμένη, ανάμεσα στο άσπρο και στο μαύρο;

– Τι να σου πω και τι να σου εξηγήσω; Ήταν πράγματι συγκλονιστικό, απίθανο και πρωτόφαντο, αυτό που συνέβη. Είναι το δεύτερο παρόμοιο περιστατικό στην πρόσφατη τουλάχιστον ιστορία της γενετικής. Το πρώτο σημειώθηκε μόλις πριν λίγους μήνες στην Ινδονησία. Και, όπως είπες, θα κάνω φυσικά ειδική ανακοίνωση στο επόμενο διεθνές συνέδριο γενετικής. Τα δικά σου δίδυμα γονιμοποιήθηκαν συγκεκριμένα από δυο διαφορετικά σπερματοζωάρια. Προφανώς λοιπόν στο ένα από αυτά υπερίσχυε κάποιο μαύρο γονίδιο. Μπορεί ίσως ο δότης να ήταν μιγάδας και να μην το ήξερε καν ο ίδιος ή να μην το δήλωσε. Αλλά κι έτσι αν ήταν, πρόκειται για ένα εξαιρετικά σπάνιο λαχνό...

– Κατάλαβα. Κι εγώ τράβηξα το μαύρο λαχείο!

– Να ευχαριστείς τον Θεό, που όλα πήγαν καλά και στην εξωσωματική και στη γέννα και μετά.

– Ναι, έχεις δίκιο. Τώρα μένουν τρία πράγματα. Να σε συγχαρώ για την αποτελεσματικότητα και την ταχύτητα, με την οποία έδρασες, να σ' ευχαριστήσω και να μου δώσεις τον αριθμό του τραπεζικού λογαριασμού σου ...

– Θα προτιμούσα μετρητά, αν δεν σε πειράζει, τη διέκοψε ο Θανάσης διστακτικά. *Καταλαβαίνεις...*

– Φυσικά και καταλαβαίνω και δεν έχω την παραμικρή αντίρρηση. Μόνον που θα μου δώσεις μερικές μέρες, γιατί, όπως κι εσύ καταλαβαίνεις, δεν έχω πρόχειρα τόσα μετρητά κι είναι μια δουλειά, που πρέπει να την κάνω μόνη μου.

– Φυσικά! Κανένα πρόβλημα.

– Ωραία, πολύ ωραία! Θα σου τηλεφωνήσω την επόμενη εβδομάδα.

– Μην αγχωθείς. Σου έχω απόλυτη εμπιστοσύνη. Ανάρρωσε με το καλό και τα λέμε.

– Σύμφωνοι. Και πάλι σ' ευχαριστώ για όλα, Θανάση. Με έσωσες κι εμένα και την οικογένειά μου και τον μικρό νεγράκο μου. Σού είμαι ειλικρινά ευγνώμων. Να 'σαι καλά!

– Κι εσύ, Ντόρα.

~ ~

5ο ΚΕΦΑΛΑΙΟ

– Ε, όχι και να μας δικάζει αράπης!

– Καλημέρα σας. Είμαι η Αλίκη Κερτάνη και θα κάνουμε φέτος μαζί Μαθηματικά. Πριν ξεκινήσουμε όμως, θα ήθελα να γνωριστούμε. Παρακαλώ λοιπόν τον καθένα και την κάθε μια από εσάς να μου πείτε με τη σειρά, το ονοματεπώνυμό σας, τι δουλειά κάνουν οι γονείς σας, αν έχετε αδέλφια, σε ποια τυχόν σχολεία είχατε πάει πριν έρθετε σ' αυτό και τι σκοπεύετε να κάνετε, όταν τελειώσετε με το καλό το σχολείο. Μετά, θα σάς πω κι εγώ δυο λόγια για μένα. Ας αρχίσουμε λοιπόν...

Η Αλίκη Κερτάνη ήταν μια νεαρή καθηγήτρια, που εκτός από Πτυχίο Μαθηματικών είχε πάρει και Πτυχίο Παιδαγωγικής κι αυτή ήταν η δεύτερη χρονιά που δίδασκε. Ήταν μικροκαμωμένη, λεπτή, με μικρά αλλά εκφραστικά γκριζοπράσινα μάτια, κοκκινωπό δέρμα με φακίδες, κοντά, σχεδόν αγορίστικα κομμένα, κόκκινα μαλλιά κι έμοιαζε συνομήλικη με τις μαθήτριές της. Αγαπούσε πολύ τα παιδιά και τη δουλειά της, ήταν πολύ εργατική κι ενημερωνόταν συνεχώς για την επιστήμη της. Δεν περιχαράκωνε όμως τη ζωή της ή τις γνώσεις της μόνον σ' αυτήν. Ζούσε για τους μαθητές της και το σχολείο, αλλά όχι μόνο μέσα σ' αυτό κι είχε πλατιά εγκυκλοπαιδική μόρφωση και εξαιρετικά σύγχρονη και προοδευτική αντίληψη για τον τρόπο που πρέπει να λειτουργεί μια σχολική τάξη, για τη μαθησιακή διαδικασία και για τις σχέσεις δασκάλου–μαθητή.

Ο Διευθυντής την είχε ενημερώσει ότι στην τάξη της είχε έρθει αυτή τη χρονιά από ένα δημόσιο σχολείο ένας εξαιρετικός μαθητής, ο

Άγγελος Μασούκου, που ήταν όμως κι ο μοναδικός μαύρος στην τάξη και της είχε πει ότι θα έπρεπε να έχει τον νου της στη συμπεριφορά των συμμαθητών του απέναντί του, καθώς τα παιδιά είναι συχνά ιδιαίτερα σκληρά. Ήταν ο μικρός «νεγράκος», που είχε γεννήσει η Ντόρα Βακρίδη και τον είχε δώσει για υιοθεσία.

Είχαν περάσει πάνω από δύο δεκαετίες, από την εποχή που η Ελλάδα είχε αρχίσει να δέχεται μεγάλους αριθμούς μεταναστών, κυρίως από τις γειτονικές χώρες της, αλλά και αρκετούς απ' την Αφρική και την Ασία. Το επίπεδο ανεκτικότητας του ελληνικού λαού ήταν αρκετά υψηλό κι η ώσμωση των διαφορετικών φυλετικών, εθνικών και θρησκευτικών μειονοτικών πληθυσμιακών ομάδων ήταν πολύ ικανοποιητική. Υπήρχαν όμως κι εξαιρέσεις. Κυρίως εξ αιτίας του ότι, ανάμεσα στους εκατοντάδες χιλιάδες μετανάστες υπήρχαν και λίγες χιλιάδες εγκληματίες, συνήθως συγκεντρωμένοι σε συγκεκριμένες συνοικίες, οι οποίοι με την εγκληματική δραστηριότητά τους ενεργοποιούσαν τους μηχανισμούς αυτοάμυνας και τα ένστικτα επιβίωσης των Ελλήνων «γειτόνων» τους.

Η προπαγάνδα της υποκριτικής «πολιτικής ορθότητας», εκμεταλλευόμενη αυτή την απολύτως δικαιολογημένη αμυντική στάση, τη χαρακτήριζε «ρατσισμό». Τα παιδιά και περισσότερο οι μαθητές των ιδιωτικών σχολείων, όπου σπάνιζε η συμβίωση με «διαφορετικούς ξένους», επηρεασμένα από αυτή την περιρρέουσα αντίληψη που διαχεόταν από τα μέσα ενημέρωσης, ήταν ακόμη πιο «ευαίσθητα» και αντιδρούσαν ενστικτωδώς, δεδομένης και της σκληρότητας αυτής της ηλικίας.

Εάν εξαιρέσει κανείς μια ελάχιστη μειονότητα ακραίων, συνειδητών ρατσιστών, πάρα πολλοί άνθρωποι, που δεν ήταν καθόλου ρατσιστές, ένιωθαν αμήχανα, άβολα ή και εχθρικά απέναντι στους ξένους «εισβολείς», εξ αιτίας ακριβώς αυτής της αυξημένης εγκληματικότητας μιας μειονότητας των μεταναστών, που κάλυπτε όμως το 50% της εγκληματικότητας της χώρας και είχε δημιουργήσει ένα κλίμα δικαιολογημένης ανησυχίας, αλλά και άδικης ισοπεδωτικής φοβίας για κάθε «ξένο», από την άλλη πλευρά.

Η Αλίκη τα ήξερε όλα αυτά και πίστευε ότι ο ελληνικός λαός στη συντριπτική πλειονότητά του δεν ήταν ρατσιστής. Θεωρούσε λοιπόν πολύ φυσικές, ανθρώπινες και θεμιτές τις αντιδράσεις των Ελλήνων σε ακραίες παραβατικές συμπεριφορές ξένων, αλλά εντελώς άδικη και ασύστατη γενίκευση αυτών των αντιδράσεων, σε βάρος κάθε «ξένου» αδιακρίτως.

Περιφέροντας το βλέμμα της στην ευρύχωρη, φωτεινή και σύγχρονη αίθουσα ενός από τα καλύτερα ιδιωτικά σχολεία της Αθήνας, που πρώτο είχε εφαρμόσει το «Σχολείο του Μέλλοντος», ασυναίσθητα και αναπόφευκτα σταμάτησε στον Άγγελο και σκέφτηκε αυτά που της είχε πει ο Διευθυντής. Ότι δηλαδή θα είχε πιθανότατα ν' αντιμετωπίσει και να χειριστεί ένα λεπτό κι ευαίσθητο πρόβλημα. Όχι τον μαύρο μαθητή, αλλά τη συμπεριφορά των συμμαθητών και των συμμαθητριών του απέναντί του.

Τα παιδιά άρχισαν ν' απαντάνε στα ερωτήματα της Καθηγήτριάς τους, το καθένα με τη σειρά του. Κάποια στιγμή έφτασε κι η σειρά του Άγγελου κι η Αλίκη βρέθηκε αντιμέτωπη με το πρόβλημα, πολύ πιο γρήγορα από ό,τι φανταζόταν.

– Με λένε Άγγελο Μασούκου, οι γονείς μου είναι από τη Νιγηρία κι ήρθαν εδώ πριν από είκοσι περίπου χρόνια. Ο πατέρας μου είναι Πολιτικός Μηχανικός κι η μητέρα μου είναι Παιδίατρος. Είμαι μοναχοπαίδι. Πριν από αυτό το σχολείο, φοιτούσα στο δημόσιο της γειτονιάς μου και σκοπεύω να σπουδάσω νομικά και να γίνω δικαστής.

Όση ώρα μιλούσε ο Άγγελος, η Αλίκη άκουγε καθαρά κάποιους ψιθύρους από μια μαθήτρια κι ένα μαθητή, που κάθονταν μακριά του, αλλά κοντά σ' εκείνη. Ψίθυροι ειρωνικοί και σκληροί, όπως *«Χαριτωμένο ονοματάκι έχει το παλικάρι!», «Το ιδιωτικό σχολείο σου 'λειπε, μαύρε μου!», «Ε, όχι και να μας δικάζει αράπης»!*

Η Αλίκη δεν έκανε κανένα σχόλιο εκείνη τη στιγμή. Έκρινε ότι θα ήταν πολύ χειρότερο για τον Άγγελο –που πίστευε ότι μάλλον δεν είχε ακούσει τίποτα– ενώ ταυτόχρονα θα τροφοδοτούσε την αντιπαλότητα των δυο παιδιών μαζί του, αλλά και μαζί της, οπότε το παιχνίδι θα ήταν οριστικά χαμένο. Παράλληλα σκέφτηκε ότι, αν ο Άγγελος είχε ακούσει τα κακεντρεχή σχόλια σε βάρος του και δεν αντέδρασε, της είχε δώσει ο ίδιος το παράδειγμα. Δεν ήταν καθόλου βέβαιη άλλωστε, ότι τα δηκτικά εκείνα σχόλια ήταν προϊόν ενός υποσυνείδητου ή – ακόμα χειρότερα– ενός συνειδητού ρατσισμού κι όχι μια απλή, αφελής όσο και άστοχη εφηβική επίδειξη εξυπνάδας, για να εντυπωσιάσουν τους συμμαθητές τους. Αποφάσισε λοιπόν να χειριστεί το θέμα σε μια άλλη, ανύποπτη στιγμή.

Έτσι, όταν τέλειωσε το μάθημα και τα παιδιά βγήκαν στο προαύλιο, για το μεγάλο δεκαπεντάλεπτο διάλειμμα, η Αλίκη πλησίασε ξεχωριστά, πρώτα τη μαθήτρια, που είχε και μια ευδιάκριτη κυπριακή προφορά και μετά τον μαθητή, που είχαν κάνει τα κακόβουλα σχόλια σε βάρος του Άγγελου.

– *Για πες μου κούκλα μου, από πού είπες ότι κατάγονται οι γονείς σου;* τη ρώτησε η Αλίκη.

– *Ο πατέρας μου είναι Κύπριος κι η μητέρα μου Αιγύπτια.*

– *Μπράβο! Και πότε ήρθαν οι γονείς σου εδώ, στην Αθήνα;*

– *Πριν από δέκα χρόνια.*

– *Πολύ ωραία! Και δεν μου λες, κορίτσι μου, σε πείραξαν ποτέ οι συμμαθητές σου, σε προσέβαλαν, σε προκάλεσαν, σου είπαν κάτι που να σε στενοχωρήσει;*

– *Όχι! Γιατί να τα κάνουν όλα αυτά;*

– *Να, ίσως επειδή οι γονείς σου είναι μελαψοί μετανάστες και δεν γεννήθηκαν και δεν μεγάλωσαν εδώ!*

– *Και τι μ' αυτό;*

– *Αυτό ακριβώς λέω κι εγώ. Σε πίκραναν λοιπόν ή σε αδίκησαν ποτέ οι συμμαθητές σου, επειδή οι γονείς σου ήταν διαφορετικοί;*

– *Μμμ... Όχι! Δεν θυμάμαι τίποτα τέτοιο.*

– *Πολύ ωραία. Μπορείς τότε να μου εξηγήσεις, γιατί εσύ διάλεξες να πικράνεις τον Άγγελο, επειδή άκουσα πολύ καλά, τι είπες, παρά το ότι ψιθύριζες.*

Η συμμαθήτρια του Άγγελου φάνηκε να τα χάνει, χαμήλωσε τα μάτια της και κοκκίνισε.

– Συγγνώμη, ψιθύρισε. Έχετε δίκιο. Ήταν επιπόλαιο κι άδικο εκ μέρους μου.

– Μου φτάνει αυτό. Βλέπω ότι το κατάλαβες κι είμαι βέβαιη ότι δεν θα το ξανακάνεις...

– Σάς δίνω τον λόγο μου.

Αμέσως μετά, η Αλίκη πλησίασε τον μαθητή, που είχε ειρωνευτεί τον Άγγελο. Ήταν μαζί με άλλους δυο συμμαθητές του, τρώγανε ένα σάντουϊτς, πίνοντας Coca Cola, μιλάγανε δυνατά και γελάγανε, κοιτάζοντας προς το μέρος του Άγγελου, που στεκόταν μόνος του σε μια άκρη της αυλής, διαβάζοντας ένα βιβλίο.

– Κεφάτους σάς βλέπω, παιδιά. Μπράβο!

– Ε, αποτοξινωνόμαστε απ' το μάθημα.

– Και πολύ καλά κάνετε. Γιατί δεν φωνάζετε όμως και τον Άγγελο στη χαρούμενη παρέα σας, που είναι καινούργιος και κάθεται εκεί μόνος του;

– Γιατί θα πάψει να είναι χαρούμενη, είπε ειρωνικά ο Κώστας, που είχε λοιδορήσει τον Άγγελο μέσα στην τάξη .

– Μμμ... Και γιατί θα συμβεί αυτό;

– Γιατί δεν μάς ξέρει και δεν τον ξέρουμε, βιάστηκε να μπαλώσει κάπως τα πράγματα ο δεύτερος.

– Ναι, αλλά πώς θα τον μάθετε, αν δεν κάνετε παρέα;

– Δεν κάνουμε παρέα με μαύρους, είπε ψυχρά κι εχθρικά ο Κώστας.

– Αχά! Πολύ ενδιαφέρον αυτό. Μπορείς να μου πεις, σε παρακαλώ, γιατί «δεν κάνετε παρέα με μαύρους»;

– *Γιατί βρωμάνε,* συνέχισε πιο επιθετικά εκείνος.

– *Για να δω τα χέρια σου.*

– *Γιατί;*

– *Δείξε μου τα χέρια σου,* είπε αυστηρά η Αλίκη.

– *Ορίστε,* είπε ο Κώστας, προτείνοντας απρόθυμα και διστακτικά τα χέρια του.

– *Απ' ό,τι βλέπω όχι μόνο δεν τα έχεις πλύνει, αλλά και τα νύχια σου είναι κατάμαυρα, για να μην πω για το μπλουζάκι σου, που έχει συλλογή λεκέδων και για τα λιγδιασμένα, βρώμικα μαλλιά σου.*

– *Δεν καταλαβαίνω...*

– *Απλώς, αναρωτιέμαι, ποιος από τους δυο, ο Άγγελος ή εσύ, βρωμάει πραγματικά,* είπε η Αλίκη κι έφυγε, δίνοντας ένα σκληρό μάθημα και ελπίζοντας ταυτόχρονα ότι ο Άγγελος δεν θα αντιμετώπιζε πια πρόβλημα, τουλάχιστον μ' αυτούς τους δυο.

Καθώς η Αλίκη απομακρυνόταν, πηγαίνοντας προς την Αίθουσα των Καθηγητών, άκουσε μια φωνή σχεδόν δίπλα της. Ήταν ο Άγγελος.

– *Κυρία Κερτάνη, μπορώ να σάς απασχολήσω μισό λεπτό;*

– *Ευχαρίστως, Άγγελε.*

– *Βλέπω, μάθατε κιόλας το όνομά μου. Έχει και τα καλά της η διαφορετικότητα...είπε ο Άγγελος.*

Η Αλίκη εισέπραξε το πικρό χιούμορ του, αλλά το προσπέρασε.

– *Πες μου Άγγελε, τι θέλεις;*

– *Θέλω να σάς παρακαλέσω να μου κάνετε μια μεγάλη χάρη.*

– *Σ' ακούω.*

– *Σάς είδα προηγουμένως, που μιλούσατε στους συμμαθητές μου, που με πείραξαν μέσα στην τάξη και θα ήθελα να σάς παρακαλέσω πολύ, με όλο τον σεβασμό, να μην ξαναναμιχθείτε. Το πρόβλημα είναι δικό μου και θα το λύσω μόνος μου. Δεν θα ήθελα να δημιουργήσετε τριβές με τους συμμαθητές μου, εξ αιτίας μου και...*

– Άγγελε αυτό που μου λες είναι πολύ ευγενικό, πολύ υπεύθυνο και πολύ γενναίο, τον έκοψε η Αλίκη, αλλά το πρόβλημα δεν είναι μόνο δικό σου, όπως πιστεύεις. Μάλλον δεν είναι καθόλου δικό σου. Το πρόβλημα είναι αυτών των παιδιών. Κι επειδή ο ρόλος μου εδώ, δεν είναι απλώς να σας μαθαίνω εξισώσεις και λογαρίθμους, αλλά κυρίως να διαμορφώνω καλούς ανθρώπους και πολίτες, φοβάμαι ότι δεν μπορώ να σου κάνω τη χάρη, που μου ζήτησες.

– Επιτρέψτε μου να επιμένω λίγο και να σάς προτείνω μια συμφωνία.

– Συμφωνία; ... Τι συμφωνία; ρώτησε λίγο έκπληκτη η Αλίκη.

– Να μου δώσετε λίγο καιρό, δέκα μέρες ας πούμε, κι αν δεν τα καταφέρω να το λύσω μόνος μου, τότε να ξαναεπέμβετε!

– Αυτό δεν μπορώ να στο αρνηθώ ούτε να σου κρύψω τον θαυμασμό μου για το ήθος σου, για το οποίο και σε συγχαίρω!

– Σάς ευχαριστώ. Σάς ευχαριστώ μέσα απ' το βάθος της καρδιάς μου, είπε ο Άγγελος, χαμηλώνοντας τα μάτια του και συμπλήρωσε. Και να δείτε ότι δεν θα μετανιώσετε! Θέλω μόνο να με βάλετε να κάτσω στο μπροστινό θρανίο, μαζί με τον Κώστα.

– Εντάξει, Άγγελε. Αύριο κιόλας...

Η Αλίκη θαύμασε πραγματικά την αγωγή και το ήθος αυτού του νεαρού κι ευχήθηκε να πάνε όλα καλά, αλλά αποφάσισε ότι έπρεπε να παρακολουθεί από κοντά το θέμα.

Λίγες μέρες αργότερα, η Αλίκη έβαλε στην τάξη της πρόχειρο διαγώνισμα. Τα παιδιά έσκυψαν πάνω στα πληκτρολόγια των υπολογιστών τους κι άρχισαν να γράφουν. Η Αλίκη, καθισμένη στην έδρα, είχε ανοίξει τον δικό της υπολογιστή και διάβαζε στο διαδίκτυο τα συμπεράσματα ενός διεθνούς συνεδρίου παιδαγωγικής. Κάποια στιγμή, είδε τον Κώστα να σκύβει προς το μέρος του Άγγελου και κάτι να του ψιθυρίζει βιαστικά. Ο Άγγελος του απάντησε επίσης ψιθυριστά.

Το ίδιο επαναλήφθηκε μετά από λίγο. Σε άλλες περιπτώσεις, η Αλίκη θα είχε επέμβει αμέσως, γιατί ήταν φανερό ότι ο Άγγελος βοηθούσε τον συμμαθητή του να γράψει το θέμα. Έκρινε όμως ότι αυτό ήταν ένα δεύτερο πολύ καλό και αποτελεσματικό «μάθημα» για τον Κώστα κι έκανε πως δεν καταλάβαινε, τι συνέβαινε κάτω απ' τη μύτη της.

Ο Άγγελος τέλειωσε πρώτος, τύπωσε στον κεντρικό εκτυπωτή της τάξης το κείμενό του και την ώρα που άφηνε το χαρτί του πάνω στο γραφείο της Αλίκης, της είπε ψιθυριστά: *«Σάς ευχαριστώ πολύ».* Εκείνη συγκατάνευσε σιωπηλά.

Ο Άγγελος είχε κερδίσει τη μάχη μόνος του, όπως είχε υποσχεθεί στην καθηγήτριά του. Όχι μόνον δεν αντιμετώπισε ποτέ ξανά κανένα πρόβλημα με κανένα από τους συμμαθητές του, αλλά αντίθετα, πολύ γρήγορα, με την ευγένεια, την καλοσύνη του και το χιούμορ του, κατέκτησε την εκτίμηση και τη συμπάθεια των συμμαθητών του, σε βαθμό που μετά από λίγες εβδομάδες, στις εκλογές της τάξης για το Μαθητικό Συμβούλιο, τον εξέλεξαν Πρόεδρο.

~ ~

6ο ΚΕΦΑΛΑΙΟ

– Εμένα πάντως μου μοιάζουν με δόσεις ηρωίνης...

Η ώρα ήταν έντεκα το βράδυ, όταν άνοιξε προσεκτικά την πόρτα και γλίστρησε αθόρυβα στο γραφείο της Γραμματείας του Σχολείου. Στο αριστερό χέρι της κρατούσε ένα μικροσκοπικό, αλλά πολύ δυνατό φακό. Κατευθύνθηκε στο γραφείο, που ήταν ο ηλεκτρονικός υπολογιστής κι ακούμπησε τον φακό σ' ένα σημείο, από όπου φώτιζε το πληκτρολόγιο. Άνοιξε τον υπολογιστή και μπήκε στις ετήσιες βαθμολογίες. Πήγε κατ' ευθείαν στο όνομα Βακρίδη Αγλαΐα, ένα όνομα, που υπήρχε μόνον στα επίσημα κατάστιχα. Είχε επιβάλει σε όλους το όνομα «Λάγια» κι όποιος τολμούσε να την προσφωνήσει Αγλαΐα, γινόταν αυτόματα εχθρός της.

Ο συνολικός βαθμός της ήταν 19,5. Έβγαλε ένα ψιθυριστό ανα-στεναγμό ικανοποίησης και πήγε αμέσως στο όνομα Καλπαρίδου Βερονίκη. Χωρίς να το θέλει, έβγαλε μια μικρή κραυγή απογοήτευσης και θυμού. Ο βαθμός της Καλπαρίδου ήταν 19,6, ένα μόνο δέκατο πάνω απ' τον δικό της βαθμό, αλλά αποφασιστικό για την πρώτη θέση στην τάξη των τελειοφοίτων. Έμεινε για μερικά δευτερόλεπτα ακίνητη. Στη δέσμη του φακού, που φώτιζε από κάτω το πρόσωπό της τρομακτικά, μπορούσε κανείς να δει μια άσχημη γκριμάτσα! Έκλεισε τον υπολογιστή, βγήκε απ' το γραφείο όσο αθόρυβα είχε μπει και κατευθύνθηκε στ' αποδυτήρια, αφού προηγουμένως είχε περάσει απ' το Νηπιαγωγείο, απ' όπου πήρε ένα κομμάτι πλαστελίνη. Ήδη στο μυαλό της είχε φυτρώσει ο σπόρος μιας ιδέας. Όταν έφτασε στα ντουλάπια των αποδυτηρίων, έβγαλε απ' την τσάντα της την πλαστελίνη, πήρε το αποτύπωμα μιας κλειδαριάς κι έφυγε βιαστικά, ακροπατώντας.

Κατευθύνθηκε σχεδόν τρέχοντας στο αυτοκίνητό της, ενώ το μυαλό της δούλευε εντατικά. Ήταν όλα τα χρόνια πρώτη στην τάξη της και δεν μπορούσε να χωρέσει στο μυαλό της ότι κάποια άλλη –στη συγκεκριμένη περίπτωση η Νίκη Καλπαρίδου, που δεν τη χώνευε κιόλας– θα της έπαιρνε την πρωτιά, πάνω στο νήμα της αποφοίτησης απ' το Λύκειο και μάλιστα μ' ένα μόνο δέκατο διαφορά. Μόλις μπήκε στο αυτοκίνητό της ξέσπασε σ' ένα δυνατό γέλιο, που ακουγόταν όμως περισσότερο σαν κλάμα. Έβγαλε τα γάντια, που είχε φορέσει για να μην αφήσει τυχόν ίχνη, πήρε απ' την τσάντα της ένα πούρο και το άναψε με σπασμωδικές κινήσεις, ξεφυσώντας νευρικά με δύναμη τον καπνό.

– Την πουτάνα! μονολόγησε, οργισμένη. Δεν θα της περάσει όμως! Δεν γεννήθηκε ακόμη αυτή που θα πάρει την πρωτιά απ' τη Λάγια.

Η Λάγια κέρδιζε όλες –ή σχεδόν όλες– τις μάχες στη ζωή της και δεν είχε μάθει να χάνει. Οι γονείς της, η Ντόρα κι ο Λάκης, για διαφορετικούς λόγους ο καθένας, συναγωνίζονταν, ποιος θα την κακομάθει περισσότερο.

Η μητέρα της, εξ αιτίας ενός ενοχικού σύνδρομου για το μαύρο παιδί της, που είχε απαρνηθεί. Μια ενοχή ασύστατη ουσιαστικά, αφού ό,τι έκανε το έκανε κυρίως για το καλό του Άγγελου. Με μια περίεργη όμως, δαιδαλώδη ψυχολογική διαδρομή ανακλούσε στο πρόσωπο της κόρης της. Ίσως επειδή το λευκό μωρό εξοβέλισε το μαύρο... Κι αυτή η ενοχή, όσο κι αν ήταν παράλογη κι εγκεφαλική, ήταν πολύ πραγματική και την οδηγούσε στο να μη χαλάει κανένα χατίρι της Λάγιας, όσο ακραίο κι υπερβολικό κι αν ήταν.

Όσο για τον πατέρα της, έπασχε απ' το συνηθισμένο, κλασσικό οιδιπόδειο σύμπλεγμα, αλλά ενισχυμένο από το γεγονός ότι δεν ήταν ο βιολογικός πατέρας της. Η κόρη του δεν το ήξερε φυσικά, αλλά εκείνος πάσχιζε υποσυνείδητα να μην υστερήσει σε αγάπη και τρυφερότητα από ένα βιολογικό πατέρα. Έτσι, κι αυτός με τη σειρά του, είχε ορθάνοιχτο το πορτοφόλι του και την καρδιά του σε ό,τι κι αν του ζητούσε η Λάγια, ακόμη και το παράνομο δίπλωμα οδήγησης, που είχε εκδώσει για χάρη της, δωροδοκώντας γραφειοκράτες για να παραχαράξουν την ηλικία της και εξεταστές.

Ήταν όμορφη, πανέξυπνη, δυναμική, εγωίστρια, ανάγωγη, φιλόδοξη και φυσικά απίστευτα κακομαθημένη εξ αιτίας όλων αυτών. Αν κοντά σ' αυτά προσθέσει κανείς και το άφθονο και ανεξέλεγκτο χρήμα, που έρεε απ' τις γονικές τσέπες στις δικές της, έχει ένα ολοκληρωμένο πορτρέτο της. Κι επειδή δεν μπορούσε με τίποτα να χωνέψει την ήττα της απ' τη Νίκη, ο σπόρος, που είχε φυτρώσει στο μυαλό της, κάρπισε. Είχε βρει τον τρόπο, με τον οποίο θα ξανάβγαινε αυτή νικήτρια. Κάλπικη, αλλά νικήτρια. Αυτό δεν ήταν βέβαια καθόλου εύκολη υπόθεση, γιατί η συμμαθήτριά της είχε άψογη συνολική παρουσία στο σχολείο, σ' ολόκληρο το Γυμνάσιο και το Λύκειο. Το πανούργο σχέδιό της όμως θα ακύρωνε την επίδοσή της και το άψογο ιστορικό της και θα έμενε η πρώτη θέση σ' εκείνη, που βαθειά πίστευε ότι της ανήκε! Πήρε το κινητό της και πληκτρολόγησε ένα αριθμό.

– Ναι, Λευτέρη, η Λάγια είμαι.

– Βρε, καλώς την! Σαν τα χιόνια. Πώς και μάς θυμήθηκες; Τι κάνεις;

– Καλά κάνω, αλλά άκουσέ με προσεκτικά. Θέλω επειγόντως, απόψε ή αύριο πρωί–πρωί το αργότερο, δυο δόσεις.

– Κάτσε, ρε Λάγια, Coca Cola είναι, να τη βγάλω απ' τον αυτόματο πωλητή;

– Άσε τις σάχλες και πιάσε αμέσως δουλειά. Α, και πού 'σαι, θα 'χεις κι ένα πεντακοσάρικο έξτρα, για σένα. Εντάξει;

– Α, άμα πρόκειται για πεντακοσάρικο, γίνεται και... Coca Cola. Αύριο το πρωί, στις επτάμισι, στο γνωστό σημείο...

Στα δεκατρία της είχε πέσει στα ναρκωτικά, χωρίς καν να το καταλάβει, όπως συμβαίνει με πολλά παιδιά της ηλικίας της. Ένα αθώο ποτό μ' ένα παραισθησιογόνο χαπάκι, που είχε ρίξει κάποιο επιτήδειο βαποράκι κρυφά μέσα στο ποτό της, ήταν η αρχή. Από κει κι ύστερα η κατηφόρα ήταν δεδομένη, με μαθηματική σχεδόν ακρίβεια. Στην αρχή ήταν ένα καινούργιο ευχάριστο παιχνίδι, με το οποίο έμπαινε στην «ομάδα των προχωρημένων». Μετά έγινε συνήθεια και στο τέλος εξάρτηση. Συνήλθε όμως γρήγορα, όταν είδε και γνώρισε από κοντά τη φυλή των ναρκομανών και ειδικότερα, όταν ένας γνωστός της πυροβολήθηκε από τον προμηθευτή του, γιατί του χρώσταγε πολλά λεφτά κι όταν, λίγες μέρες αργότερα, μια φίλη της πέθανε, από «υπερβολική δόση». Με απίστευτη θέληση και δύναμη, βγήκε μόνη της απ' το τούνελ, χωρίς την παραμικρή βοήθεια και πριν καταλάβει ο,τιδήποτε οποιοσδήποτε άλλος. Εκείνη ακριβώς την εποχή των παραισθητικών αποδράσεων, είχε γνωρίσει και τον Λευτέρη, που ήταν ο προμηθευτής της. Ο Λευτέρης ήταν ακριβής στο ραντεβού του.

– Τι έγινε; τη ρώτησε όταν έφτασε κοντά του. Ξανάπεσες στην άσπρη;

– Δώσε το πράγμα και μη σε νοιάζει!

– Εγώ από ενδιαφέρον ρωτάω...

– Ναι, ξέρω. Ενδιαφέρον, για να σου ξαναγεμίζω την τσέπη.

– Άαα, με αδικείς! Εγώ ξέρεις ότι σε νοιάζομαι και σ' έχω περί πολλού...

– Ναι, ναι ξέρω. Λοιπόν, πάρε το χρήμα, δώσε μου το πράγμα και γεια, γιατί βιάζομαι.

– Καλά ντέεε! Πώς κάνεις έτσι, μωρέ παιδί μου! Ορίστε, παρ' το και καλό τριπάκι! Και... πού' σαι, άμα με χρειαστείς, εγώ πάντα σκλάβος σου!

Η Λάγια έχωσε βιαστικά τα δυο φακελάκια στην τσέπη της και μπήκε γρήγορα στο αυτοκίνητό της. Πάτησε απότομα γκάζι, κάνοντας την Άλφα Ρομέο να σπινάρει πάνω στην άσφαλτο και πήγε σ' ένα κλειδαρά. Του έδωσε το δικό της κλειδί και το αποτύπωμα πλαστελίνης που είχε πάρει από το ντουλάπι της Καλπαρίδου και του είπε να της φτιάξει ένα αντικλείδι. Σε τρία λεπτά ήταν έτοιμο. Το πήρε, πλήρωσε, μπήκε στ' αυτοκίνητό της και πήγε στο σχολείο της. Πάρκαρε και τρέχοντας, γιατί είχε αργήσει, μπήκε στο προαύλιο και πήγε κατ' ευθείαν στ' αποδυτήρια του Λυκείου. Το ντουλάπι της Νίκης βρισκόταν συμπτωματικά ακριβώς δίπλα στο δικό της κι αυτό διευκόλυνε το σχέδιό της, σε περίπτωση, που κάποιο αδιάκριτο μάτι την έπιανε στα ντουλάπια. Το άνοιξε εύκολα, με το αντικλείδι που είχε φτιάξει, έκρυψε μέσα σ' ένα από τα δυο ζευγάρια αθλητικά παπούτσια, που είχε η Καλπαρίδου τις δυο δόσεις ηρωίνης, ξανακλείδωσε το ντουλάπι κι έτρεξε στην τάξη, όπου είχε αρχίσει ήδη το μάθημα.

Μετά την τρίτη ώρα, χτύπησε το κουδούνι για το μεγάλο διάλειμμα του ενός τετάρτου, ύστερα απ' το οποίο ακολουθούσε η γυμναστική. Η Λάγια πλησίασε τη Νίκη, την ώρα που έμπαιναν στ' αποδυτήρια και της είπε, με το πιο αθώο ύφος του κόσμου.

– Νίκη μου, μήπως έχεις κανένα δεύτερο ζευγάρι αθλητικά παπούτσια να μου δώσεις, γιατί τα δικά μου είναι καινούργια και με χτυπάνε;

– Ναι, αμέ, το συζητάς; είπε πρόθυμα κι εντελώς ανυποψίαστη η Νίκη για το βρώμικο σχέδιο της Λάγιας.

Μόλις η Νίκη άνοιξε το ντουλάπι της, η Λάγια άπλωσε αστραπιαία με θράσος το χέρι της και πήρε τα παπούτσια, που είχε βάλει μέσα την ηρωίνη. Κάθισε δίπλα στον πάγκο και προτού γδυθεί δοκίμασε τάχα να τα φορέσει.

– Α, κάτι έχει εδώ μέσα, είπε με προσποιητή έκπληξη και, βάζοντας το χέρι της μέσα στο παπούτσι, έβγαλε τα δυο μικρά, πλαστικά, διάφανα φακελάκια με την ηρωίνη.

– Νίκη, τι είναι αυτά; ρώτησε, κάνοντας πάλι την ανήξερη.

Η Νίκη κοίταξε άφωνη, χωρίς να πιστεύει στα μάτια της.

– Δεν... δεν ξέρω, ψέλλισε. Τώρα τα βλέπω πρώτη φορά...

– Εμένα πάντως μου μοιάζουν με δόσεις ηρωίνης, είπε μεγαλόφωνα η Λάγια, για να την ακούσουν όλες οι συμμαθήτριές της που παρακολουθούσαν με έκπληξη τη σκηνή, αλλά και η Γυμνάστρια, που είχε μπει εν τω μεταξύ στα αποδυτήρια.

– Για φερ' τα εδώ αυτά, Βακρίδη, είπε η Γυμνάστρια, πηγαίνοντας προς το μέρος της.

– Δεν μπορώ να σας τα δώσω, γιατί δεν είναι δικά μου. Θα τα δώσω στην ιδιοκτήτριά τους κι εκείνη, αν θέλει, ας σας τα δώσει, είπε υποκριτικά η Λάγια, δίνοντας τα σακουλάκια στη Νίκη, που τα πήρε στα χέρια της, σαν αναμμένα κάρβουνα, με μάτια διεσταλμένα από την απορία και τον φόβο.

– Έλα, Καλπαρίδου, δώστα μου εδώ, επανέλαβε η Γυμνάστρια.

– Ορίστε, πάρτε τα, είπε ξέψυχα η Νίκη, απλώνοντας το χέρι της, με ανοιχτή την παλάμη που έτρεμε. *Δεν έχω ιδέα, πώς βρέθηκαν μέσα στα παπούτσια μου,* είπε απολογητικά, εντελώς αποσυντονισμένη.

Η Γυμνάστρια άνοιξε το ένα φακελάκι, ύγρανε το μικρό δάκτυλο του δεξιού χεριού της με σάλιο, το έβαλε μέσα σ' ένα φακελάκι και μετά έβαλε στη γλώσσα της την άσπρη σκόνη, που είχε κολλήσει πάνω στο δάχτυλό της.

– Και όμως, είναι ηρωίνη... σχολίασε έκπληκτη η Γυμνάστρια, που γνωρίζοντας πολύ καλά τη Νίκη, την αγωγή της και το ήθος της, είχε πέσει κι αυτή από τα σύννεφα και συνέχισε, απευθυνόμενη μαλακά στη Νίκη. *Ωραία, εσύ δεν έχεις ιδέα, πώς βρέθηκε μέσα στα παπούτσια σου. Μπορείς να μου δώσεις κάποια εξήγηση;*

– Ο... Όχι, αλλά...

– Τι «αλλά»; Μήπως βρήκες διαρρηγμένο το ντουλάπι σου; προσπάθησε να τη βοηθήσει.

– Όχι.

– Μήπως το είχες αφήσει ξεκλείδωτο;

– Απ' όσο θυμάμαι, όχι... Όχι, όχι, γιατί πριν από λίγο το ξεκλείδωσα, είπε με ειλικρίνεια η Νίκη, χωρίς να ξέρει ότι έπεφτε έτσι πιο βαθειά μέσα στην παγίδα, που της είχε στήσει η συμμαθήτριά της.

– Ε, τότε, πώς εξηγείς ότι αυτά βρέθηκαν μέσα στα παπούτσια σου, μέσα στο κλειδωμένο ντουλάπι σου;

– Δεν ξέρω. Ειλικρινά δεν ξέρω... Αλλά σας ορκίζομαι ότι τα βλέπω

πρώτη φορά στη ζωή μου. Εξ άλλου εγώ...

– *Καλά, καλά, την έκοψε η Γυμνάστρια και συμπλήρωσε περισσότερο λυπημένα, παρά απειλητικά, τα υπόλοιπα θα τα πεις στη Διεύθυνση, γιατί το θέμα ξεφεύγει απ' τη δική μου αρμοδιότητα. Έλα, πάμε!*

Η συνέχεια ήταν κάτι που η Νίκη Καλπαρίδου δεν μπορούσε να φανταστεί ούτε στον χειρότερο εφιάλτη της. Ο Λυκειάρχης, ένας άξιος, αλλά στριμμένος, κομπλεξικός, πουριτανός, ένα σκαλοπάτι πριν απ' τη σύνταξη, δεν ήθελε ν' ακούσει τίποτα. Δεν πείστηκε ούτε απ' το άψογο παρελθόν της Καλπαρίδου ούτε απ' τη συνηγορία της παριστάμενης Φιλολόγου της και της Γυμνάστριας ούτε απ' τους όρκους, τους πνιχτούς λυγμούς και τα δάκρυα της Νίκης, που μάταια υπερασπιζόταν με πάθος την αθωότητά της. Την απέβαλε απ' το σχολείο, τηλεφώνησε στους γονείς της, στους οποίους είπε ότι η κόρη τους έκανε χρήση ναρκωτικών και –το χειρότερο– την κατήγγειλε και στην αστυνομία.

Η Λάγια είχε πάρει αυτό που ήθελε. Ανακηρύχθηκε τελικά η πρώτη σε επίδοση απόφοιτη κι η καλύτερη μαθήτρια του σχολείου, αφού η πραγματικά καλύτερη είχε αποβληθεί και μάλιστα «στιγματισμένη» ως ναρκομανής. Στον αποχαιρετιστήριο λόγο, που εκφώνησε, στην τελετή αποφοίτησης, είπε ανάμεσα στα άλλα:

«Μην αφήσετε κανένα να σας παραμυθιάσει. Η ζωή, που μας περιμένει εκεί έξω είναι σκληρή κι αδυσώπητη. Εδώ, στο σχολείο μας και στα σπίτια μας είχαμε μάθει μόνον να ζητάμε και να παίρνουμε. Ήταν μια ζωή εικονική, σαν τα παιχνίδια που παίζουμε στον υπολογιστή. Εκεί έξω, μόνον θα μας ζητάνε και θα δίνουμε. Τα λάθη εδώ πληρώνονται με κακούς βαθμούς, επιπλήξεις και γελοίες τιμωρίες. Εκεί έξω πληρώνονται ακριβά με πόνο, δάκρυα και αίμα. Η ειδυλλιακή ζωή, που ζήσαμε εδώ μέχρι τώρα, είναι μια οφθαλμαπάτη, μια εικονική πραγματικότητα. Μπορεί ν' ακούγεται σκληρό και κυνικό, αλλά εκεί έξω, ο νόμος που βασιλεύει είναι "ο θάνατός σου η ζωή μου". Κι όποιος αγνοήσει αυτόν τον νόμο, είναι καταδικασμένος να μείνει στο περιθώριο. Εγώ το έχω καταλάβει εδώ και πολύ καιρό... Εύχομαι όλοι οι συναπόφοιτοί μου, αλλά και όλα τα άλλα παιδιά του σχολείου μας να το συνειδητοποιήσουν

γρήγορα και ν' αφήσουν πίσω τους την αθωότητα, τα "πρέπει" και τον καθωσπρεπισμό, για να μη βρεθούν μπροστά σε δυσάρεστες εκπλήξεις και να μπορέσουν να επιβιώσουν και να πετύχουν τους όποιους στόχους τους. Εκεί έξω δεν προχωράς ούτε βήμα, "με τον σταυρό στο χέρι". Εκεί έξω χρειάζεται δύναμη, αντοχή και τσαμπουκάς, αλλιώς θα σε φάνε αυτοί που τα διαθέτουν. Καλή τύχη εύχομαι σε όλους».

Τα παιδιά άκουσαν με έκπληξη τον λόγο της κι ένα σούσουρο ψιθύρων ακολούθησε το τέλος της ομιλίας της. Άλλα χαμογελούσαν, κουνώντας το κεφάλι τους επιδοκιμαστικά, άλλα αντιδρούσαν έντονα γιουχάροντας κι άλλα έδειχναν εντελώς αμήχανα, ενώ το διδακτικό προσωπικό είχε παγώσει. Ποτέ κανένας απόφοιτος δεν είχε μιλήσει τόσο κυνικά. Μπορεί όλοι, μαθητές, καθηγητές και γονείς να ήξεραν ότι πράγματι, κάπως έτσι έχουν τα πράγματα στη ζωή, έξω απ' τα προστατευτικά γονικά και σχολικά τείχη, αλλά, σίγουρα δεν ήταν αυτός ο κατάλληλος τόπος και χρόνος, για να λεχθούν αυτά τα πράγματα και μάλιστα από μια μαθήτρια και με αυτόν τον βάναυσα κυνικό τρόπο, που προέτρεπε ουσιαστικά σε αντικοινωνικές, ατομικιστικές και παραβατικές συμπεριφορές. Ο Διευθυντής του σχολείου πήρε τον λόγο αμέσως μετά τη Λάγια και προσπάθησε να τα μαζέψει:

«Πράγματι, θα συμφωνήσω κι εγώ με την πρώτη μαθήτριά μας ότι τα πράγματα στη ζωή δεν είναι ειδυλλιακά, όπως άλλωστε κι οι δάσκαλοί σας συχνά σας προειδοποιούν. Είμαι μάλιστα βέβαιος ότι κι οι γονείς σας δεν σας «παραμυθιάζουν». Πράγματι η κοινωνία ούτε χαρίζει ούτε αγαπάει ούτε συγχωρεί, όπως οι γονείς κι οι δάσκαλοί σας. Και πράγματι τα λάθη τιμωρούνται εκεί σκληρά. Είμαι όμως βέβαιος, ότι κανένας απόφοιτος αυτού του σχολείου δεν θα χρησιμοποιήσει ποτέ αθέμιτα μέσα και πολύ περισσότερο δεν θα πατήσει επί πτωμάτων, για να πετύχει τους στόχους του. Κάτι τέτοιο είναι απολύτως ξένο κι απαράδεκτο για την κουλτούρα αυτού του σχολείου, αλλά και για όλα τα παιδιά μας, που φοιτούν εδώ».

Όλοι όμως ήξεραν ότι η Λάγια εννοούσε απολύτως αυτά που είχε πει, γιατί δώδεκα χρόνια σ' αυτό το σχολείο, δεν είχε διστάσει ποτέ να χρησιμοποιήσει οποιοδήποτε μέσο θα μπορούσε να τη βοηθήσει στην επιτυχία των στόχων της, αν και κανείς δεν ήξερε ακόμη, με ποιο σατανικό και ποταπό τρόπο είχε καταφέρει να βγει πρώτη μαθήτρια.

Στη δίκη που έγινε αργότερα, μετά από μήνυση της Καλπαρίδου, εναντίον της Λάγιας, για ψευδή καταμήνυση και δυσφήμηση, αποδείχθηκε βέβαια η αθωότητα της Νίκης, αλλά ήταν πολύ αργά για την ίδια. Καθόλου άλλωστε δεν την παρηγόρησε το γεγονός ότι η Βακρίδη τιμωρήθηκε απ' το δικαστήριο, σε ένα χρόνο φυλάκιση με αναστολή, αφού η Λάγια, λόγω της αναστολής, δεν μπήκε φυλακή!

~ ~

7ο ΚΕΦΑΛΑΙΟ

– Ο πατέρας σου θα τρελαθεί απ' τη χαρά του

Ήταν ένα ζεστό βράδυ του Ιουλίου κι ο Άγγελος είχε πάει σινεμά με δυο φίλους του, στην υπέροχη ταινία «Οι δώδεκα ένορκοι», με πρωταγωνιστή τον Τζακ Λέμον, μια και λάτρευε τα βιβλία και τα έργα, θεατρικά ή κινηματογραφικά, που είχαν δικανικό περιεχόμενο. Σ' αυτή την ταινία, ένας μόνον απ' τους δώδεκα ενόρκους αμφιβάλλει για την ενοχή του νεαρού κατηγορούμενου για τον φόνο του πατέρα του κι επειδή πιστεύει αταλάντευτα στην αρχή «καλύτερα να αθωωθούν εκατό ένοχοι, παρά να καταδικαστεί ένας αθώος», πασχίζει να πείσει τους υπόλοιπους έντεκα ένορκους, που θεωρούν τον νεαρό ένοχο, να τον απαλλάξουν, «λόγω αμφιβολιών». Έτσι, αργά, μεθοδικά, βασανιστικά, ανατρέπει την αρχική καταδικαστική θέση ενός–ενός από τους έντεκα και καταφέρνει να τους πείσει για την αθώωση του νεαρού, μέσα από μια αριστοτεχνική παράθεση αστυνομικών επιχειρημάτων και δικανικών σκέψεων, θαυμάσιες ερμηνείες των πρωταγωνιστών και μια υπέροχη σκηνοθεσία. Το είδε πολλές φορές αργότερα αυτό το έργο, γιατί εκτός απ' το δικανικό μάθημα και την ακεραιότητα του κεντρικού χαρακτήρα, αποτελούσε ένα ύμνο στο ήθος, την εντιμότητα, την απροκατάληπτη σκέψη, την πίστη, τη συνέπεια, τη δικαιοσύνη και το σύστημα των μικτών ορκωτών δικαστηρίων.

Όταν γύρισε σπίτι του, στη μία και μισή μετά τα μεσάνυχτα, έτρεξε αμέσως στον υπολογιστή του, τον άνοιξε και πήγε κατ' ευθείαν στο ηλεκτρονικό ταχυδρομείο του, όπου είδε ένα μήνυμα που περίμενε εναγώνια απ' το Πανεπιστήμιο Χάρβαρντ. Μετά από δύο κλικ, έβγαλε μια κραυγή θριάμβου. Είχε εγκριθεί η αίτησή του για την εισαγωγή του στη Νομική Σχολή του Χάρβαρντ. Το όνειρό του είχε αρχίσει να παίρνει σχήμα και μορφή κι είχε κατακτήσει την πρώτη μεγάλη νίκη του, την πρώτη κορφή. Έβλεπε ήδη τον εαυτό του, με την Τήβεννο του Αποφοίτου του Χάρβαρντ και μετά με την Τήβεννο του Δικαστή, ξέροντας όμως ότι τον περίμενε μακρύς δρόμος και σκληρή δουλειά, ώσπου να πατήσει αυτές τις επόμενες δυο κορφές, που αποτελούσαν στόχο και όραμά του. Ήθελε να μοιραστεί αμέσως τη χαρά του με τους γονείς του, αλλά λυπήθηκε να τους ξυπνήσει. Έτσι, τύπωσε το μήνυμα κι έπεσε πανευτυχής για ύπνο. Ξύπνησε πρωί–πρωί, πριν από τους γονείς του, πήγε στην κουζίνα κι ετοίμασε ένα πλούσιο πρωινό για τους τρεις τους. Πρώτη πήγε στην κουζίνα η μητέρα του.

– *Μπα, τι βλέπω; Βασιλικό πρωινό ετοίμασες. Μπράβο αγόρι μου. Γιορτάζουμε τίποτα;*

– *Αυτό εδώ μητέρα,* είπε ο Άγγελος, ανεμίζοντας το μήνυμα της εισδοχής του στο Χάρβαρντ.

– *Τι είναι αυτό παιδί μου;* ρώτησε εκείνη, καθώς κράδαινε το χαρτί μπροστά στα μάτια της, χωρίς όμως να μπορεί να δει εκείνη τι γράφει.

– *Αυτό, μάνα, είναι το διαβατήριό μου προς την επιτυχία!*

– *Δεν καταλαβαίνω...*

– *Δες, μόνη σου,* της είπε, δίνοντάς της το χαρτί. *Πήρα το εισιτήριο, για το Χάρβαρντ!*

– *Μπράβο, αγόρι μου. Μπράβο καμάρι μου!* είπε εκείνη, ρίχνοντας κλεφτές ματιές στο «εισιτήριο» και αγκαλιάζοντας και φιλώντας τον γιο της. *Ο πατέρας σου θα τρελαθεί απ' τη χαρά του.*

– *Και ποιος είναι ο λόγος, που θα τρελαθώ κυρά μου;* ρώτησε, μπαίνοντας στην κουζίνα ο πατέρας του Άγγελου.

— *Με δέχθηκαν στο Χάρβαρντ, πατέρα.*

— *Α, αυτό είναι υπέροχο νέο! Μπράβο άντρα μου και σ' ανώτερα!* είπε πατέρας του, που χρησιμοποιούσε για τον γιο του το χαϊδευτικό «άντρα μου», πολύ σπάνια και σε εξαιρετικές περιπτώσεις.

— *Και πότε μάς φεύγεις με το καλό;* ρώτησε η μητέρα του.

— *Εκεί το μυαλό σου εσένα, μάνα, ε;*

— *Έεε, ένα μοναχοπαίδι σ' έχω. Όταν κάνεις κι εσύ παιδιά, θα καταλάβεις...*

— *Και τώρα καταλαβαίνω, μητέρα. Απλώς αστειευόμουνα. Θα φύγω στο τέλος Αυγούστου και...*

— *Τόσο γρήγορα;*

— *Ε, πρέπει να πάει, για να προετοιμάσει το έδαφος και να προσαρμοστεί σε μια εντελώς διαφορετική πραγματικότητα, είπε ο πατέρας του, σαν να ήθελε να τον δικαιολογήσει.*

— *Εντάξει, καμάρι μου, εσύ ξέρεις!*

Ο Άγγελος πράγματι έφυγε για τις Η.Π.Α., αμέσως μετά τον δεκαπενταύγουστο, αφού είχε αρνηθεί ευγενικά, αλλά σταθερά, την πρόταση της μητέρας του να τον συνοδεύσει, για να τον βοηθήσει στην εγκατάστασή του.

— *Δεν υπάρχει τίποτα να με βοηθήσεις, μητέρα, αφού θα μένω στην εστία του Πανεπιστημίου. Άλλωστε, φαντάζεσαι την εικόνα ενός υπότροφου, δίμετρου μαντράχαλου, να συνοδεύεται απ' τη μαμά του; συμπλήρωσε χαμογελώντας.*

— *Έχεις δίκιο, παλικάρι μου, δεν το σκέφτηκα, είπε εκείνη, για να δικαιολογήσει τη λαχτάρα της να τον συνοδεύσει, ξέροντας όμως μέσα της πολύ καλά, ότι δεν τη χρειαζόταν ο γιος της, αλλά εκείνη* τον γιο της.

Όταν έφτασε στο Cambridge της Massachusetts, είδε για πρώτη φορά αρκετούς ομόχρωμούς του κι αυτό, σαν πρώτη εντύπωση, του έφτιαξε το κέφι. Στη συνέχεια, εντυπωσιάστηκε απ' το μέγεθος, την αισθητική, την πληρότητα των πανεπιστημιακών εγκαταστάσεων, των αμφιθεάτρων, των εργαστηρίων, της βιβλιοθήκης, των κοιτώνων, των γηπέδων αθλοπαιδιών, αλλά και την ευταξία και την καθαριότητα, που δεν θύμιζαν σε τίποτα φυσικά την αντίστοιχη μιζέρια των ελληνικών πανεπιστημίων. Δεν είναι τυχαίο, σκέφτηκε, ότι το Harvard –που όπως έμαθε, είχε ιδρυθεί το 1836 κι είχε πάρει την επωνυμία του απ' τον Άγγλο ευγενή και πρώτο μεγάλο ευεργέτη του, John Harvard– θεωρείται ένα απ' τα καλύτερα ανώτατα εκπαιδευτικά ιδρύματα στον κόσμο. Το διοικητικό προσωπικό του πανεπιστημίου, ευγενέστατο, φιλικό κι εξυπηρετικότατο, βοήθησε τον Άγγελο να εγκατασταθεί, να μάθει τα κατατόπια, να ενημερωθεί πλήρως πάνω στην πανεπιστημιακή ζωή και τον έκανε να αισθάνεται πραγματικά «σαν στο σπίτι του».

Απ' τις πρώτες εβδομάδες, τα πρώτα αμφιθέατρα, τα πρώτα σεμινάρια, τα πρώτα εργαστήρια, τις πρώτες δοκιμασίες, ο Άγγελος έδειξε και στους καθηγητές του και στους συμφοιτητές του ότι είχε πολύ υψηλούς στόχους κι ότι είχε και τη θέληση και τη δύναμη και την ικανότητα να τους πετύχει. Όταν τέλειωσε τον πρώτο χρόνο, το Πανεπιστήμιο τού έδωσε υποτροφία. Στα χρόνια που ακολούθησαν, οι επιδόσεις του ήταν τόσο εξαιρετικές, που στο τέλος των σπουδών του τιμήθηκε απ' το Χάρβαρντ, για την υψηλότερη επίδοση των τελευταίων εικοσπέντε ετών στην ιστορία αυτού του διάσημου, κορυφαίου εκπαιδευτικού ιδρύματος. Παράλληλα, ο διαμαντένιος χαρακτήρας του κι η καλοσύνη του τον είχαν κάνει αγαπητό σ' ολόκληρη την ακαδημαϊκή κοινότητα του Χάρβαρντ και του είχαν χαρίσει κι εκεί την Προεδρία της Φοιτητικής Κοινότητας. Με αυτή την ιδιότητα, πήρε την πρωτοβουλία και ίδρυσε ένα Ταμείο Αλληλοβοήθειας, για άπορους σπουδαστές από την Αφρική και πριν αποφοιτήσει, είχε τη χαρά να υποδεχτεί τον πρώτο υπότροφο, που συμπτωματικά ήταν απ' την πατρίδα των γονιών του, τη Νιγηρία.

Η Διδακτορική εργασία του Άγγελου, που είχε θέμα *«Τα εθνικά δίκαια, μέσα σ' ένα περιβάλλον παγκοσμιοποίησης»*, χαρακτηρίστηκε εξαιρετική και βαθμολογήθηκε φυσικά με άριστα. Τρεις μεγάλες Νομικές Εταιρίες των Η.Π.Α. τον ζήτησαν, προσφέροντάς του συμβόλαια υψηλών αμοιβών και δυνατότητες γρήγορης ανέλιξης, με λαμπρό μέλλον, αλλά τις απέρριψε και τις τρεις, γιατί ήθελε να γυρίσει στην Ελλάδα και να γίνει δικαστής, όπως ονειρευόταν από μικρός.

~ ~

8ο ΚΕΦΑΛΑΙΟ

Αποκάλυψα το στήθος μου, για να δείτε το αδιάψευστο τεκμήριο...

— *Καλημέρα σας, Κύριε Πρύτανη.*

— *Καλημέρα, δεσποινίς Βακρίδη. Τι μπορώ να κάνω για σας;*

— *Κύριε Πρύτανη, ζήτησα να σάς δω, γιατί έχω να σάς κάνω μια σοβαρή καταγγελία.*

— *Σάς ακούω, δεσποινίς.*

— *Θέλω να καταγγείλω τον Καθηγητή της Πολιτικής Δικονομίας, τον κύριο Τελήμπαση, για σεξουαλική παρενόχληση.*

— *Τον κύριο Τελήμπαση; Τι λέτε, δεσποινίς; Είστε βέβαιη;*

— *Φυσικά! Αλλιώς δεν θα τολμούσα να σάς ενοχλήσω.*

— *Μένω ειλικρινά κατάπληκτος από την καταγγελία σας, γιατί ο κύριος Τελήμπασης αποτελεί πρότυπο Πανεπιστημιακού διδασκάλου και ηθικού ανδρός.*

— *Δεν ξέρω, τι πρότυπο είναι. Εγώ ξέρω ότι μου την έπεσε και μάλιστα με χυδαίο τρόπο.*

— *Σας παρακαλώ να προσέχετε τις εκφράσεις σας, δεσποινίς! Όταν λέτε με χυδαίο τρόπο, τι ακριβώς εννοείτε;*

— *Προχθές, που έδινα προφορικές εξετάσεις στο μάθημά του, σηκώθηκε απ' το γραφείο του, ήρθε πίσω απ' την καρέκλα που καθόμουνα, μου έπιασε το στήθος με τα δυο του χέρια, το έσφιξε, μέχρι που πόνεσα και μου ψιθύρισε χυδαίες λέξεις, που δεν μπορώ να τις επαναλάβω, γιατί θα μου πείτε να προσέχω τις εκφράσεις μου.*

– Τι λέτε, δεσποινίς Βακρίδη; Καταλαβαίνετε, πόσο σοβαρό είναι αυτό που καταγγέλλετε;

– Βεβαίως! Γι' αυτό άλλωστε έκρινα, ότι είχα καθήκον να σας ενημερώσω, είπε η Λάγια, αφήνοντας ταυτόχρονα πάνω στο γραφείο του τη γραπτή καταγγελία της.

– Καταλαβαίνετε βέβαια επίσης, ότι ελλείψει μαρτύρων, πρέπει αναγκαστικά να εξετασθείτε κατ' αντιπαράθεση κι ότι ο λόγος σας θα σταθμισθεί απέναντι στον λόγο του κυρίου Τελήμπαση.

– Το γνωρίζω. Νομικά σπουδάζω.

– Πολύ ωραία. Αν και ομολογώ ότι αδυνατώ να πιστέψω ότι ο κύριος Τελήμπασης υπέπεσε σ' ένα τέτοιο απαράδεκτο ατόπημα, μετά την καταγγελία σας, είμαι υποχρεωμένος να τον παραπέμψω στο Πειθαρχικό Συμβούλιο της Σχολής και θα σας καλέσω να καταθέσετε κατ' αντιμωλία.

– Σάς ευχαριστώ και θα είμαι στη διάθεσή σας. Καλημέρα σας.

– Καλημέρα, δεσποινίς.

Ο Πρύτανης της Νομικής Σχολής του Πανεπιστημίου Αθηνών δεν μπορούσε να πιστέψει αυτά που είχε καταγγείλει η Λάγια, η οποία ήταν μάλιστα και μια απ' τις άριστες φοιτήτριες. Επί δεκαετίες ολόκληρες, δεν είχε ακουστεί ποτέ το παραμικρό για τον Τελήμπαση. Ακριβώς το αντίθετο. Ήταν εξαίρετος επιστήμων, με μεγάλο ερευνητικό έργο, θαυμάσιος δάσκαλος, βράχος ηθικής και έχαιρε γενικής εκτίμησης και σεβασμού και από τους φοιτητές του και από τους συναδέλφους του και από την ευρύτερη ακαδημαϊκή κοινότητα. Απ' την άλλη μεριά, σκέφτηκε όμως, ότι πολλοί «υπεράνω υποψίας» είχαν αποδειχτεί κάποια στιγμή παλιάνθρωποι και εντελώς ανάξιοι της καλής φήμης που είχαν. Η κοινωνία πολύ συχνά «έπεφτε απ' τα σύννεφα», όταν μάθαινε άνομα κατορθώματα μελών της, που είχαν έως τότε αψεγάδιαστη εικόνα. Και στο κάτω–κάτω, ποιο λόγο μπορούσε να έχει η Βακρίδη, να πει ψέματα; Αυτό που τον ενοχλούσε περισσότερο ήταν ότι δεν θα υπήρχε κανένα αντικειμενικό στοιχείο ή τεκμήριο για τη διάπραξη ή μη του εγκλήματος και το Πειθαρχικό Συμβούλιο θα ήταν υποχρεωμένο να βασιστεί αποκλειστικά και να σχηματίσει άποψη μόνον απ' τον λόγο του Τελήμπαση, κόντρα στον λόγο της Βακρίδη, όπως είχε πει και στην ίδια.

Η Λάγια αντίθετα, βγήκε απ' το γραφείο του Πρύτανη, τρίβοντας νοερά τα χέρια της. Τον είχε καιρό στο μάτι αυτόν τον «άμεμπτο» κύριο Τελήμπαση. Την ίδια, όχι απλώς δεν την είχε ενοχλήσει ποτέ, αλλά αντίθετα της είχε βάλει και άριστα. Από μια περίεργη ψυχολογική διαστροφή όμως, δεν άντεχε στον περίγυρό της «άμεμπτους». Κι όταν τύχαινε να βρεθούν στον δρόμο της, επιστράτευε κάθε δυνατό μέσο –θεμιτό ή αθέμιτο– για να τους πλήξει. Ήθελε να ελέγχει απόλυτα τον περίγυρό της και της άρεσε να δοκιμάζει τις δυνάμεις της πάνω στους δυνατούς, με στόχο την κυριαρχία της στο περιβάλλον. Ήταν ένα αγαπημένο παιχνίδι της, που μερικές φορές το είχε πληρώσει ακριβά, αλλά μάζευε πείρα και τεχνική, για την εξουδετέρωση μελλοντικών, πολύ ισχυρότερων αντιπάλων και σε πολύ σκληρότερους στίβους.

Η συνεδρίαση του Πειθαρχικού Συμβουλίου έγινε, όπως είχε υποσχεθεί ο Πρύτανης, μία εβδομάδα μετά την καταγγελία. Όταν ο Τελήμπασης πληροφορήθηκε από το σχετικό έγγραφο τον λόγο της παραπομπής του, έμεινε άφωνος. Ποτέ στη ζωή του δεν είχε κάνει κάτι άνομο, ανήθικο ή απλώς ανάρμοστο. Όχι από φόβο, αλλά από βαθειά πίστη στην αρετή και στο δίκαιο. Και φυσικά δεν διανοήθηκε ποτέ να προσβάλει με οποιοδήποτε τρόπο κανένα απ' τους φοιτητές του. Με τη βεβαιότητα της αθωότητάς του λοιπόν, προσήλθε στο Πειθαρχικό Συμβούλιο νηφάλιος, ήρεμος και σίγουρος για την τελική αθώωσή του. Τα πράγματα όμως δεν εξελίχτηκαν έτσι ακριβώς.

Όταν κλήθηκε η Βακρίδη, στο Πειθαρχικό Συμβούλιο του Πανεπιστημίου, για να καταθέσει κατ' αντιπαράθεση με τον Τελήμπαση, προτού καν ανοίξει το στόμα της, αιφνιδίασε και σοκάρισε το Συμβούλιο, σηκώνοντας τη μπλούζα της και εκθέτοντας το χωρίς σουτιέν υπέροχο, ολοστρόγγυλο και αυθάδικα στητό στήθος της στη θέα των μελών του. Η κατάπληξη απ' αυτή την κίνησή της, μαζί με τη θέα αυτού γλυπτού, νεανικού στήθους, με τις καλοσχηματισμένες, ορθωμένες θηλές, έκοψε κυριολεκτικά την ανάσα όλων και ερέθισε ακόμη και τους γηραιότερους παριστάμενους. Πρώτος βρήκε την αυτοκυριαρχία του ο Πρύτανης, ο οποίος είπε:

– Καλυφθείτε παρακαλώ αμέσως, δεσποινίς! Η συμπεριφορά σας είναι απαράδεκτη και να είστε βέβαιη ότι θα επισύρει αυστηρότατες κυρώσεις!

– Κύριε Πρύτανη, με παρεξηγήσατε! είπε η Λάγια, που, αντίθετα με την προσταγή του Πρύτανη, έτεινε το γυμνό στήθος της προς το μέρος του. *Αποκάλυψα το στήθος μου, για να δείτε το αδιάψευστο τεκμήριο της εναντίον μου σεξουαλικής επίθεσης από τον κύριο Τελήμπαση. Κοιτάξτε εδώ!* είπε, προβάλλοντας με τα χέρια της προκλητικότατα τα δυο στήθια της, όπου πράγματι διακρίνονταν καθαρά μελανιές, που παρέπεμπαν σε αποτυπώματα δαχτύλων και τις οποίες είχε φυσικά προκαλέσει μόνη της, με τη βοήθεια μιας φίλης της.

Τα μέλη του Συμβουλίου πλησίασαν με λαίμαργα μάτια τη φρέσκια, κρουστή, λαχταριστή, παλλόμενη νεανική σάρκα, στερεώνοντας τα γυαλιά τους, για να δουν από κοντά το «πειστήριο του εγκλήματος», ενώ ο Τελήμπασης είχε παγώσει απ' τη διαβολική μεθόδευση της Λάγιας. Όταν συνήλθε απ' το σοκ, ήρεμα και σταθερά υπερασπίστηκε την αθωότητά του, κατηγορώντας τη Βακρίδη για σκευωρία σε βάρος του.

– Κύριοι συνάδελφοι, προσπαθώ ακόμη να συνέλθω από το σοκ, που μου έχει προκαλέσει η διαβολική σκέψη και ενέργεια της φοιτήτριας Αγλαΐας Βακρίδη. Καταθέτω τον αποτροπιασμό μου γι' αυτή τη σκευωρία σε βάρος μου και δηλώνω με όλη τη δύναμη της ψυχής μου ότι δεν άγγιξα ποτέ μου ούτε καν πλησίασα ποτέ τη δεσποινίδα Βακρίδη. Είναι η πρώτη φορά στη μακρόχρονη ανεπίληπτη σταδιοδρομία μου, την οποία όλοι γνωρίζετε, που βρίσκομαι αντιμέτωπος με μια τόσο φρικτή όσο και ασύστατη, ψευδή και συκοφαντική κατηγορία και δεν έχω να δηλώσω τίποτε άλλο, εκτός από την αθωότητά μου και την οργή μου. Η δεσποινίς Βακρίδη προκάλεσε προφανώς αφ' εαυτής τους μώλωπες,

που αναίσχυντα μάς επέδειξε και ζητώ την πλήρη αθώωσή μου και την παραδειγματική τιμωρία της.

– Κύριε Τελήμπαση, μπορείτε ίσως να μας εξηγήσετε, ποιο λόγο, ποιο κίνητρο θα μπορούσε να έχει η δεσποινίς Βακρίδη, για να εφεύρει και να μεθοδεύσει, όπως ισχυρίζεστε, αυτή την κατηγορία σε βάρος σας; ρώτησε ο Πρύτανης, που έχοντας σχεδόν πειστεί για την καταγγελία της Βακρίδη, προσπαθούσε να ελέγξει την κατάπληξή του και να δημιουργήσει συνθήκες «δίκαιης δίκης».

– Αυτό ακριβώς είναι το στοιχείο που με καταπλήσσει περισσότερο και από την ίδια την πράξη της. Δεν είχαμε ποτέ καμία προστριβή με τη δεσποινίδα και δεν διστάζω να ομολογήσω ότι είναι μια άριστη φοιτήτρια, που ποτέ στο παρελθόν δεν μου είχε δώσει την παραμικρή αφορμή. Δεν μπορώ να βρω λογική εξήγηση για την πράξη της. Ίσως ένας ψυχολόγος θα μπορούσε να μάς δώσει κάποια πειστική απάντηση σ' αυτό το λογικό ερώτημά σας.

– Υπονοείτε ότι είμαι τρελή, κύριε Καθηγητά; παρενέβη με προσποιητή αγανάκτηση η Λάγια.

– Όχι. Προσπαθώ να ερμηνεύσω αυτή την εμπαθή σε βάρος μου, απολύτως αναίτια, ασύστατη και ψευδή καταμήνυση.

Παρά το άμεμπτο παρελθόν του, το Πειθαρχικό Συμβούλιο αποφάσισε, με ισχνή πλειοψηφία, την αποπομπή του Τελήμπαση απ' το Πανεπιστήμιο. Τα μέλη του Πειθαρχικού Συμβουλίου, που καταδίκασαν τον Τελήμπαση, οδηγήθηκαν σ' αυτή την απόφαση είτε επειδή δεν υπήρχε προφανές κίνητρο από τη Βακρίδη για την εξύφανση πλεκτάνης σε βάρος του είτε εξ αιτίας των πάντοτε υπαρκτών εσωτερικών ανταγωνισμών μέσα σε κάθε κάστα είτε επηρεασμένοι από τη θέα του θείου στήθους της Λάγιας είτε για όλους αυτούς τους λόγους μαζί.

Το ίδιο βράδυ που ανακοινώθηκε επίσημα η αποπομπή του Τελήμπαση απ' το Πανεπιστήμιο, η Λάγια οργάνωσε πάρτι για την παρέα της, κομπορρημονώντας για την καταστροφή της σταδιοδρομίας ενός λαμπρού επιστήμονα. Κι όταν κάποια φίλη της, τη ρώτησε «γιατί», απάντησε σκληρά και προκλητικά, γεμάτη αλαζονεία:

– Ήθελα να δοκιμάσω την αποτελεσματικότητα των πνευματικών και σωματικών όπλων μου!

~ ~

9ο ΚΕΦΑΛΑΙΟ

– *Γιατί, με σφαίρες θα ψαρέψουμε;*

Όταν γύρισε στην Ελλάδα ο Άγγελος, διέκοψε αμέσως την αναβολή που είχε λόγω σπουδών και πήγε να υπηρετήσει τη θητεία του στον στρατό. Παρουσιάστηκε στο Εκπαιδευτικό Κέντρο της Κορίνθου κι ο Επιμελητής έψαξε πολύ στις αποθήκες, για να βρει ρούχα και παπούτσια, για τους 216 πόντους και τα 120 κιλά του Άγγελου. Μετά τη βασική εκπαίδευση και την τρίμηνη φοίτησή του στη Σχολή Αξιωματικών, όπου φυσικά πρώτευσε, μετατέθηκε στον Έβρο, με τον βαθμό του Ανθυπολοχαγού. Το ύψος, ο όγκος και το χρώμα του ήταν φυσικό να τον κάνουν να ξεχωρίζει μέσα στη μονάδα του, σαν τη μύγα μεσ' το γάλα. Προσαρμόστηκε πολύ εύκολα, στις καινούργιες συνθήκες ζωής και όπως και στο σχολείο και το πανεπιστήμιο, κέρδισε γρήγορα τη συμπάθεια των ανωτέρων του αξιωματικών και των οπλιτών του, με την ευθύτητα και την ηπιότητα του χαρακτήρα του, τη σοβαρότητα, αλλά και το χιούμορ του και, κυρίως, την καλοσύνη του.

Η ζωή στη μονάδα κυλούσε χωρίς κανένα πρόβλημα για τον Άγγελο, που έβρισκε χρόνο να κατεβάζει απ' το διαδίκτυο πληροφορίες και να διαβάζει ελληνικά συγγράμματα και ιστορικά βιβλία, για τη μεγάλη αγαπημένη του, τη νομική επιστήμη. Η εκτίμηση κι η συμπάθεια, που έδειχναν στο πρόσωπό του οι ανώτεροί του, αλλά κι οι υφιστάμενοί του, σε συνδυασμό με την αυτοπειθαρχία του, έκαναν ακόμη πιο εύκολη κι άνετη τη ζωή του στην ακριτική αυτή στρατιωτική μονάδα. Ανάμεσα σ' αυτούς, που είχαν έρθει πιο κοντά στον Άγγελο, ήταν ο Δεκανέας, Άλκης Φελετίδης, που τον ρώτησε μια μέρα.

– *Πάμε για ψάρεμα;*

– *Δεν ξέρω να ψαρεύω, απάντησε ο Άγγελος σχεδόν ντροπαλά, σαν να απολογιόταν.*

– *Μη σε νοιάζει, θα σου δείξω εγώ. Δεν είναι τίποτα.*

– *Εντάξει τότε. Πότε;*

– *Αύριο βράδυ, με πυροφάνι. Πάρε μόνον και το όπλο σου μαζί σου.*

– *Γιατί, με σφαίρες θα ψαρέψουμε;*

– *Όχι, αλλά μπορεί να μάς χρειαστεί. Εκεί που θα πάμε είναι πέρασμα εμπόρων ναρκωτικών.*

– *Α, πάμε για χοντρό ψάρι δηλαδή, αστειεύτηκε ο Άγγελος.*

– *Αν είμαστε... τυχεροί!*

Συναντήθηκαν στις δώδεκα τα μεσάνυχτα, μπήκαν σε μια μικρή βάρκα με κουπιά και ξανοίχτηκαν στο Δέλτα του Έβρου. Ήταν μια θεοσκότεινη νύχτα, χωρίς φεγγάρι και με χαμηλά σύννεφα, ενώ ένα ελαφρό αεράκι ρυτίδιαζε τα νερά του ποταμού. Μόλις έφτασαν στον «ψαρότοπο», που ήξερε ο Φελετίδης, έριξαν άγκυρα κι ο Δεκανέας άρχισε να ετοιμάζει τα σύνεργα για το ψάρεμα, όταν άκουσαν τον ήχο μιας μηχανής κι ένα ελαφρό παφλασμό. Τέντωσαν τ' αυτιά τους κι έπιασαν ταυτόχρονα κι οι δυο τα κρεμασμένα από τον ώμο τους αυτόματα όπλα τους. Ξαφνικά, ο ήχος της μηχανής δυνάμωσε κι έγινε σαν βρυχηθμός και πριν προλάβουν να αντιδράσουν, ένα φουσκωτό έπεσε με μεγάλη ταχύτητα πάνω στο βαρκάκι τους. Από τη σφοδρή σύγκρουση, έχασαν την ισορροπία τους και βρέθηκαν κι οι δυο μαζί με τα όπλα τους στα μαύρα, παγωμένα νερά του Έβρου, προσπαθώντας να συνέλθουν απ' το σοκ, ενώ την ίδια στιγμή οι δυο επιβάτες του φουσκωτού άρχισαν να πυροβολούν εναντίον τους με σιγαστήρα. Μια απ' τις σφαίρες βρήκε τον Άγγελο στον δεξιό μηρό του. Παρά τον οξύ πόνο, βούτηξε βαθειά και κολύμπησε κάτω απ' την πλώρη του φουσκωτού, που έπλεε γύρω τους αργά, ενώ οι επιβάτες του έψαχναν όρθιοι μέσα στο σκοτάδι να εντοπίσουν τον Άγγελο και τον Άλκη, για να τους τελειώσουν! Ο Άγγελος, μαζεύοντας κάθε ικμάδα της δύναμής του, με μια υπεράνθρωπη προσπάθεια, τίναξε προς τα πάνω τα εκατόν είκοσι κιλά του, σπρώχνοντας βίαια την πλώρη του φουσκωτού. Το μικρό, ελαφρό σκάφος ταρακουνήθηκε απότομα κι οι δυο επιβάτες του έπεσαν αιφνιδιασμένοι στο ποτάμι, ενώ τα όπλα τους ξέφυγαν από τα χέρια τους.

Η μάχη, που ακολούθησε σώμα με σώμα, μέσα στο νερό, ήταν σκληρή, αλλά έληξε γρήγορα, με νικητές τον Άγγελο και τον Δεκανέα του. Με τα όπλα τους στα χέρια, ανάγκασαν τους κακοποιούς να επιβιβαστούν στο φουσκωτό, στο οποίο ανέβηκαν κι εκείνοι, έδεσαν και τη βάρκα τους στην πρύμνη του κι έβαλαν πλώρη για τη βάση τους. Ενώ ο Άγγελος τους κρατούσε ακινητοποιημένους με το όπλο του, ο Φελετίδης έβγαλε τη ζώνη του κι έδεσε σφιχτά το πόδι του Άγγελου, πάνω από το τραύμα, που ευτυχώς ήταν διαμπερές, για να σταματήσει την αιμορραγία. Σε λίγα λεπτά έφτασαν στην ακτή, όπου περίμεναν ήδη ένα ασθενοφόρο και δυο περιπολικά, ειδοποιημένα από τον Φελετίδη, με τον ασύρματο. Το ασθενοφόρο παρέλαβε τον Άγγελο κι οι κακοποιοί οδηγήθηκαν, με τη συνοδεία του Φελετίδη, στο Αστυνομικό Τμήμα του Διδυμότειχου. Στην έρευνα που έγινε στο φουσκωτό, βρέθηκαν είκοσι κιλά ηρωίνης μέσα στους πλωτήρες του.

Τιμήθηκαν και οι δύο με το Μετάλλιο Ανδρείας και με Τιμητική Άδεια ενός μηνός, με την οποία έληξε ουσιαστικά η θητεία του Άγγελου στον στρατό.

Αμέσως μετά άρχισε να προετοιμάζεται για τις εξετάσεις αναγνώρισης του Πτυχίου του από την Ελληνική Πολιτεία, τις οποίες πέρασε με ευκολία, όπως με την ίδια ευκολία πέρασε και τις εξετάσεις για την άδεια άσκησης του δικηγορικού επαγγέλματος. Ήταν πλέον έτοιμος, να κάνει το τελευταίο βήμα για την ένταξή του στο Δικαστικό Σώμα. Να δώσει δηλαδή εξετάσεις και να φοιτήσει στη Σχολή Δικαστών, για να πάρει το τελικό εισιτήριο για τη διαδρομή του στη χώρα της δικαιοσύνης.

~ ~

10ο ΚΕΦΑΛΑΙΟ

– Ο άντρας μου, πού είναι ο άντρας μου;

Η Λάγια αποφοίτησε απ' τη Νομική Σχολή του Πανεπιστημίου της Αθήνας με άριστα, αλλά δεν είχε ποτέ σκοπό να δικηγορήσει. Απλώς ήθελε ένα σχετικό επιστημονικό υπόβαθρο, για το μεγάλο έρωτά της, τη δημοσιογραφία, τα Μέσα Ενημέρωσης γενικά και την τηλεόραση ειδικότερα. Αποφάσισε όμως ότι αυτή μπορούσε να περιμένει, γιατί ήθελε πρώτα να ταξιδέψει τον κόσμο, να ξεκουραστεί, να χαρεί, να γλεντήσει, να μάθει, να απολαύσει και να μαζέψει εμπειρίες. Έτσι, γύρισε ολόκληρο σχεδόν τον πλανήτη, καθέτως και οριζοντίως, από την Αλάσκα έως τη Γη του Πυρός και την Ανταρκτική και από τις ΗΠΑ, την Κίνα και την Αυστραλία, έως τη Σκανδιναβία, τη Ρωσία και την Ισπανία και από την Αιθιοπία και τα Αραβικά Εμιράτα, έως τη Ζιμπάμπουε, επί τρία περίπου χρόνια, κορφολογώντας γνώσεις, εντυπώσεις, ακραίες συχνά εμπειρίες κι απολαύσεις, ανάμεσα στις οποίες και άντρες «μιας χρήσης». Όταν χόρτασε, έως κορεσμού από όλα αυτά, αποφάσισε να συνεχίσει τις σπουδές της.

Έτσι, μετά από μία σχετική εκτεταμένη, συστηματική και ενδελεχή έρευνα, διάλεξε και πήγε στο Πανεπιστήμιο Columbia της Νέας Υόρκης, όπου, σημειώνοντας τις ίδιες υψηλές επιδόσεις, σπούδασε Δημοσιογραφία, Ηλεκτρονικά Μέσα Ενημέρωσης και Πολυμέσα. Σ' όλη τη διάρκεια της παραμονής της στις ΗΠΑ και της φοίτησής της στο Columbia, ήταν τύπος και υπογραμμός, φανερώνοντας μόνον τα πολλά και μεγάλα προσόντα και χαρίσματά της.

Καταπιέζοντας κυριολεκτικά τον εαυτό της, έκρυβε έντεχνα την κακή πλευρά της, γιατί ήταν αρκετά έξυπνη, ώστε να καταλάβει ότι το συγκεκριμένο περιβάλλον δεν σήκωνε τις εξυπνάδες, τσαμπουκάδες και μαγκιές, που της άνοιγαν δρόμους στην Ελλάδα. Η στρατηγική της ήταν έξυπνη. Πρώτα θα κέρδιζε την εκτίμηση και την εμπιστοσύνη όλων κι ύστερα θα εκμεταλλευόταν την άψογη εικόνα της!

Στο ίδιο πλαίσιο δημιουργίας μιας άριστης εικόνας για τον εαυτό της, έκανε και τον πρώτο στη ζωή της μακρόχρονο δεσμό, μ' ένα δημοσιογράφο, που είχε γνωρίσει, όταν επισκέφθηκε το NBC, για να πάρει μια γεύση του μελλοντικού επαγγελματικού χώρου της. Ο ενθουσιασμός και το πάθος της για τον πράγματι γοητευτικό Τζέρυ Μπόστον εξατμίσθηκαν πολύ γρήγορα. Έκανε όμως υπομονή, στα όρια της θυσίας, και σχεδόν τον ανεχόταν, στον βωμό της καλής κοινωνικά εικόνας της. Δεν ήθελε να δώσει καμία αφορμή, οποιουδήποτε είδους, γιατί έκρινε ότι ήταν πολύ νωρίς ακόμη, για να εκτεθεί σε δυσμενή και κακεντρεχή σχόλια. Κι όπως χρησιμοποιούσε στο παρελθόν τους άντρες «μιας χρήσης», απλώς για την ικανοποίηση των σεξουαλικών και πρόσκαιρων συναισθηματικών αναγκών της, τώρα χρησιμοποιούσε τον Τζέρυ, για την εικόνα της, αφού τον είχε «σφραγίσει» με μια τριετή ημερομηνία λήξης!

Όταν τέλειωσε το Πανεπιστήμιο και τον Τζέρυ, την περίμεναν δύο επαγγελματικές προτάσεις, μία από την εφημερίδα "New York Times" και μία από το διάσημο κανάλι Rex – WNY TV της Νέας Υόρκης, με εθνική εμβέλεια και παγκόσμιο κύρος. Προτίμησε το «Rex», έχοντας ήδη ως τελικό φιλόδοξο στόχο, να γίνει ιδιοκτήτρια καναλιού στην Ελλάδα. Κι ήξερε πάρα πολύ καλά ότι, αν θέλεις να διοικήσεις σωστά ένα οργανισμό, πρέπει να τον ξέρεις απ' τα θεμέλια, ως τα κεραμίδια!

Ξεκίνησε, με δική της επιλογή, από χαμηλές θέσεις, εκτός οθόνης και πίσω απ' την κάμερα. Θήτευσε στο μακιγιάζ, στους φωτισμούς, στα σκηνικά, στο μοντάζ, στη ροή και στην κάμερα και τέλος στη σύνταξη ειδήσεων, αποσπώντας επαίνους από όλους τους προϊσταμένους της, επί δυο χρόνια. Τότε έκρινε ότι είχε έλθει η ώρα να περάσει μπροστά απ' την κάμερα, πράγμα που δεν της αρνήθηκε βέβαια το κανάλι, το οποίο άλλωστε για ρεπόρτερ την είχε προσλάβει. Οι επιτυχίες δεν άργησαν να έρθουν. Το κοφτερό μυαλό της, η ταχύτητα αντίληψης, ο συνοπτικός, περιεκτικός και ουσιαστικός λόγος της, η ευθυβολία κι η ευστοχία της, η ικανότητά της να χειρίζεται και να χειραγωγεί δύστροπα πρόσωπα και πολυσύνθετες καταστάσεις –όχι πάντα με θεμιτές μεθόδους– σε συνδυασμό με το ότι το όμορφο πρόσωπό της έγραφε άψογα στην κάμερα, ήταν τα μεγάλα όπλα της. Λες κι η τηλεόραση είχε εφευρεθεί για κείνη…

Η πρώτη μεγάλη, παγκόσμια επιτυχία της συνδυάστηκε με το μεγαλύτερο πλήγμα, που είχαν ποτέ δεχτεί οι ΗΠΑ στο έδαφός τους, όταν η Αλ Κάιντα γκρέμισε τους Δίδυμους Πύργους της Νέας Υόρκης, λες κι ήταν φτιαγμένοι από τραπουλόχαρτα, θάβοντας κάτω από εκατοντάδες τόνους ατσάλι, τσιμέντο και γυαλί, τρεις χιλιάδες ψυχές, μαζί με την αλαζονεία της εξουσίας και το αίσθημα άτρωτης υπεροχής και απόλυτης ασφάλειας, που είχαν έως τότε οι Αμερικανοί.

Ήταν ακόμη στο μπάνιο της, όταν άκουσε απ' την ανοικτή πάντοτε τηλεόραση, ότι ένα αεροπλάνο είχε πέσει στον Βόρειο από τους Δίδυμους Πύργους του Μανχάταν. Έκλεισε το ντους κι ολόγυμνη, με τα νερά να στάζουν από πάνω της, έτρεξε στο σαλόνι της κι είδε στην τηλεόραση το πρώτο φονικό αεροπλάνο να μπαίνει σαν μαχαίρι σε βούτυρο στα σπλάχνα του περήφανου ουρανοξύστη. Όπως όλοι οι θεατές αυτής της τρομακτικής εικόνας, ακόμη κι οι πιο αρμόδιοι κι ενημερωμένοι, δεν ήξερε ούτε μπορούσε να φανταστεί, τι ακριβώς και γιατί είχε συμβεί. Το ένστικτό της όμως σήμανε αμέσως συναγερμό. Από την ίδια εκείνη στιγμή, έβαλε το μυαλό της να δουλεύει με όλες τις πολλές στροφές που διέθετε, για να βρει τον τρόπο, με τον οποίο θα εκμεταλλευόταν αυτό το παγκόσμιας εμβέλειας και σημασίας γεγονός, για να εκτινάξει την καριέρα της.

Ντύθηκε αστραπιαία και βγήκε τρέχοντας απ' το σπίτι της, που ήταν πέντε περίπου χιλιόμετρα μακριά απ' τη δουλειά της. Μπήκε σ' ένα ταξί κι έδωσε εντολή στον οδηγό, να την πάει όσο πιο γρήγορα μπορούσε στο κανάλι, τάζοντάς του εκατό δολάρια. Άλλο που δεν ήθελε ο νεαρός οδηγός, με το απωθημένο ραλιτζή. Σανίδωσε το γκάζι, κάνοντας τα λάστιχα να βγάλουν καπνό πάνω στην άσφαλτο και μ' επικίνδυνους ελιγμούς, αγνοώντας συχνά ακόμη και τα κόκκινα φανάρια, έφτασε στον προορισμό του, σε χρόνο μηδέν.

Η Λάγια πέταξε βιαστικά ένα εκατοδόλαρο στο μπροστινό κάθισμα και κατευθύνθηκε τρέχοντας στο κανάλι, όπου επικρατούσε ένα οργανωμένο χάος. Όλοι έτρεχαν, μιλούσαν βιαστικά, τα τηλέφωνα –κινητά και σταθερά– είχαν πιάσει φωτιά και τα πλήκτρα των υπολογιστών ηχούσαν σαν πολυβόλα με σουρντίνα, ενώ στον τοίχο με τις τηλεοπτικές οθόνες, το θέμα ήταν ένα και μοναδικό: εικόνες από τους Δίδυμους Πύργους. Ένα συνεργείο του καναλιού βρισκόταν ήδη στον Βόρειο Πύργο, ενώ τα ανθρώπινα συναισθήματα είχαν υποταγεί πειθαρχημένα στο επαγγελματικό καθήκον και στο κυνήγι της «πρωτιάς». Οι εντολές κι οι οδηγίες απ' τους επικεφαλής έπεφταν βροχή με κοφτές, με ανολοκλήρωτες φράσεις, συχνά χωρίς ρήμα, υποκείμενο ή αντικείμενο, ενώ στα χείλη όλων κυκλοφορούσαν αναπάντητα ερωτήματα και πιθανές ερμηνείες.

Η Λάγια άκουσε τ' όνομά της, μαζί με του εικονολήπτη και του ηχολήπτη του συνεργείου της και την εντολή: *«Γρήγορα στον Νότιο Πύργο»*, που είχε ήδη χτυπηθεί κι αυτός από ένα δεύτερο αεροπλάνο.

Μηχανικά άρπαξε την τσάντα της και μαζί με τους συνεργάτες της όρμησαν στο ασανσέρ. Κατέβηκαν στο υπόγειο γκαράζ και μπήκαν τρέχοντας στο βαν εξωτερικών μεταδόσεων του καναλιού, που τους περίμενε, με αναμμένη τη μηχανή.

Όταν πλησίασαν στο σημείο της τραγωδίας, αυτό που αντίκρισαν ήταν μια γήινη κόλαση. Ο Βόρειος Πύργος είχε ήδη καταρρεύσει! Άνθρωποι αλλόφρονες, άλλοι καλώντας βοήθεια, άλλοι με βλέμμα απλανές, σαν χαμένοι, άλλοι κλαίγοντας, άλλοι ουρλιάζοντας, πολλοί από αυτούς πληγωμένοι, με αίματα στο κεφάλι και στο σώμα, με σκισμένα ή άσπρα από τη σκόνη πρόσωπα, ρούχα και μαλλιά, έτρεχαν να απομακρυνθούν από το σημείο του Αρμαγεδδώνα, για να σωθούν, ενώ πυροσβέστες, αστυνομικοί, διασώστες και νοσοκόμοι, τρέχοντας προς την αντίθετη κατεύθυνση, για να δώσουν βοήθεια, συγκρούονταν μαζί τους. Ένα συμπαγές, εφιαλτικό σε μέγεθος, δύναμη και ταχύτητα σύννεφο από πέτρες, γυαλιά, σίδερα, ξύλα, σκόνη και καπνό, που είχε ξεχυθεί από την κατάρρευση του Βόρειου Πύργου, έμοιαζε ίδιος μανιασμένος δράκος της πιο τολμηρής και νοσηρής φαντασίας, που ήθελε λες να καταπιεί ολόκληρη την πόλη και κυνηγούσε να εξολοθρεύσει κάθε ανθρώπινη ύπαρξη. Όταν ξεθύμαινε, απομακρυσμένο απ' την πηγή του, μια ασφυκτική, λευκή, πηχτή σκόνη κατακαθόταν και κάλυπτε τα πάντα, σαν σάβανο. Ένα σταχτί σάβανο, που τύλιγε ανθρώπους, κτήρια, δρόμους, δέντρα, τσακισμένα αυτοκίνητα, συντρίμμια. Εδώ κι εκεί έκαιγαν διάσπαρτες μικρές φωτιές, από εκτιναγμένα εύφλεκτα υλικά ποτισμένα με κηροζίνη, ενώ όλα τα κτήρια της περιοχής με σπασμένα τα τζάμια τους, έμοιαζαν υπάρξεις με εξορυγμένα μάτια. Την εικόνα συμπλήρωνε ένα έργο τρομοκρατικής τέχνης, από ένα πανύψηλο «μοντέρνο» γλυπτό, κουφάρι του ατσάλινου σκελετού του Βόρειου Πύργου, που έστεκε όρθιο στο θαμπό, γκρίζο φόντο, σαν φύλακας της κόλασης.

Μια ανατριχιαστική συμφωνία, από οιμωγές, κραυγές, κλάματα, στριγκλιές, εκρήξεις, υπόκωφους κρότους και τις σειρήνες των πυροσβεστικών και των ασθενοφόρων, μαζί με έντονες οσμές κηροζίνης και καμένης σάρκας, συμπλήρωναν αυτό το σκηνικό της απόλυτης φρίκης. Ακόμη κι αν η Luftwaffe κι η RAF μαζί, βομβάρδιζαν επί μια εβδομάδα την καρδιά του Μανχάταν, το καταστροφικό αποτέλεσμα δεν θα ήταν τόσο μεγάλο.

Μέσα σ' αυτόν τον ορυμαγδό, τα μάτια της Λάγιας σάρωναν με ταχύτητα το τοπίο, εστιάζοντας ψύχραιμα σε λεπτομερειακές εικόνες, που απομόνωνε απ' το τεράστιο, σύνθετο, ετερόκλητο, χαώδες και φοβερό σκηνικό, ψάχνοντας εκείνη τη μία δυνατή τηλεοπτική εικόνα και την «αποκλειστικότητα», ενώ ταυτόχρονα το δυνατό και γρήγορο μυαλό της δούλευε πυρετωδώς, για να βρει τη «μεγάλη ιδέα», που θα την εκτόξευε ψηλά στον γαλαξία των πετυχημένων τηλεοπτικών και όχι μόνο δημοσιογράφων.

Το βλέμμα της καρφώθηκε άθελά της αφηρημένο για μερικά δευτερόλεπτα σ' ένα φανάρι της κυκλοφορίας, που προβαλλόταν πάνω στη γκρίζα, θολή οθόνη του καταστροφικού σύννεφου, αναβοσβήνοντας ρυθμικά, κίτρινο, κόκκινο, πράσινο, κίτρινο, κόκκινο, πράσινο και πάλι απ' την αρχή. Ένα παράλογο, τρελό συναίσθημα την κατέκλυσε. Θύμωσε με το φανάρι, που συνέχιζε να κάνει τη δουλειά του αδιάφορο, αγνοώντας την κόλαση γύρω του κι αναίσθητο για τον χαμό που γινόταν κι ήθελε –αν μπορούσε– να το σπάσει...

Το μάτι της έπεσε ξαφνικά σε μια νέα, αιμόφυρτη γυναίκα, που τρέχοντας σαν κουτσή, γιατί είχε χάσει το ένα παπούτσι της, παραπάτησε, έπεσε μπρούμυτα στο πεζοδρόμιο κι έμεινε εκεί, ακίνητη. Η Λάγια φώναξε στον οδηγό να σταματήσει, κατέβηκε απ' το βαν κι έτρεξε, μαζί με τους συνεργάτες της κοντά της. Ακούμπησε τα δυο δάχτυλά της στην καρωτίδα της κι είδε ότι ζούσε. Το αίμα έτρεχε από ένα επιπόλαιο μάλλον τραύμα στο τριχωτό του κεφαλιού της, αλλά δεν φαινόταν να έχει άλλη πληγή. Έπιασε μαλακά, με τα δυο χέρια της το κεφάλι της πληγωμένης γυναίκας, ενώ οι συνεργάτες της την έπιασαν από τη μέση και τα πόδια, τη γύρισαν πολύ προσεκτικά ανάσκελα και τη στήριξαν με την πλάτη στον τοίχο ενός κτηρίου. Η γυναίκα άνοιξε τα μάτια της κι έριξε ένα απλανές βλέμμα, γεμάτο όμως τρόμο, πόνο κι απελπισία στη Λάγια. Η κάμερα τραβούσε τη σκηνή σιωπηλά.

– *Τζορτζ, μην ξεχάσεις να πάρεις το κουστούμι σου απ' το καθαριστήριο...*

– *Ησυχάστε, κυρία μου,* της είπε μαλακά η Λάγια, που κατάλαβε ότι η τραυματισμένη γυναίκα βρισκόταν σε κατάσταση σοκ και παραληρούσε.

– Άλισον, σου έχω πει χίλιες φορές να μην τρως τα νύχια σου!

– Πάμε να φύγουμε, Λάγια, δεν βλέπεις ότι έχει σαλέψει το μυαλό της γυναίκας; είπε ο εικονολήπτης.

– Μη βιάζεσαι, Τομ, θα συνέλθει, είπε ήρεμα η Λάγια, που έβγαλε απ' την τσάντα της το άρωμά της κι έβαλε λίγο στη μύτη της γυναίκας, ενώ της χάιδευε το μέτωπο. *Κοίτα, κοίτα!* είπε ξαφνικά στον εικονολήπτη, δείχνοντάς του ψηλά, ένα–δυο ορόφους πάνω απ' την πληγή που είχε ανοίξει το αεροπλάνο στον Νότιο Πύργο. *Τράβηξέ το γρήγορα!*

Ο εικονολήπτης έστρεψε την κάμερα, προς το σημείο, που του είχε δείξει η Λάγια και ζουμάρισε όσο περισσότερο τον έπαιρνε η μηχανή του. Ένας άντρας είχε σκαρφαλώσει σ' ένα απ' τα παράθυρα του 107^{ου} ορόφου, απ' το οποίο ξεχύνονταν σύννεφα μαύρου καπνού και φλόγες, είχε βγάλει το σακάκι του και το ανέμιζε απελπισμένα, ζητώντας βοήθεια. Από ποιον, από πού; Σε λίγα δευτερόλεπτα, ασφυκτιώντας απ' τον καπνό και πανικόβλητος από τις φλόγες που τον έζωναν, ανέβηκε στο πρεβάζι του παραθύρου, άνοιξε τα χέρια του, σαν ένα τεράστιο πουλί, και ρίχτηκε στο κενό! Ήταν τα τελευταία ελεύθερα κι ανώδυνα δέκα δευτερόλεπτα της ζωής του. Στο ενδέκατο, τον περίμενε η μεγάλη λυτρωτική αγκαλιά του θανάτου, καθώς το σώμα του συνάντησε την άσφαλτο του Μανχάταν. Μια αθέλητη κραυγή ξέφυγε απ' το στόμα των τριών μελών του συνεργείου. Το θέαμα ήταν τρομακτικό. Όσο περνούσαν τα λεπτά, όλο και περισσότερα μαύρα, άσπρα, κόκκινα, πράσινα, μπλε, καφετιά, «σημαδάκια», περιγράμματα κορμιών, που προβάλλονταν στην επιφάνεια του γυάλινου Πύργου, σαν πουλιά χτυπημένα κατάστηθα από δεινούς κυνηγούς, γκρεμίζονταν στο κενό, δηλώνοντας την απόλυτη απόγνωσή τους, ενώ κραυγές οδύνης και φρίκης των αθέλητων θεατών αυτού του μακάβριου θεάματος, συνόδευαν κάθε πτώση.

Ο Νότιος Πύργος έστεκε ακόμη όρθιος, σαν ένας τεράστιος, περήφανος, αλλά βαριά πληγωμένος δράκος, που έβγαζε λες φωτιές και καπνούς από τα σωθικά του, από τον πόνο και τον θυμό του. Ο χάρος χόρευε θριαμβικά γύρω απ' τον Νότιο Πύργο, διαλέγοντας κάθε τόσο κι ένα καινούργιο ταίρι για τον θανάσιμο χορό του, ενώ η τηλεόραση κατέγραφε αυτή την τρομακτική κι επιβλητική επίδειξη της δύναμής του. Πάνω από εκατό ψυχές φτερούγισαν, μαζί με τα κορμιά τους, προς τη λύτρωση. Ο ανατριχιαστικός γδούπος, που σημάδευε το τέλος της κάθε θανάσιμης πτώσης, δεν θα έσβηνε ποτέ απ' τη μνήμη όσων είδαν κι άκουσαν εκεί ένα από τα μεγαλύτερα δράματα της σύγχρονης εποχής. Η πράξη των απελπισμένων αυτών ανθρώπινων υπάρξεων έμοιαζε παρανοϊκή. Κι όμως, ήταν απόλυτα λογική. Ανάμεσα σε δυο βέβαιες πορείες προς τον θάνατο, να καούν ζωντανοί ή να γκρεμιστούν στο κενό, είχαν διαλέξει τη συντομότερη και τη λιγότερο επώδυνη...

– *Πού είμαι, τι έγινε;* ψιθύρισε σε λίγο η γυναίκα, που έδειξε να ανακτά τις αισθήσεις της.

– *Τομ, φέρε λίγο νερό απ' το βαν,* είπε η Λάγια και απευθυνόμενη στη γυναίκα, που έδειχνε να συνέρχεται σιγά–σιγά απ' το σοκ, της είπε:

– *Κυρία...*

– *Σέφερ. Τζάκι Σέφερ, με λένε.*

– *Κυρία Σέφερ, χτυπήθηκαν οι Δίδυμοι Πύργοι κι εσείς έχετε τραυματιστεί, ευτυχώς ελαφρά.*

– *Ο άντρας μου, πού είναι ο άντρας μου;*

– *Πού τον αφήσατε;*

– *Στον Πύργο. Στον Βόρειο Πύργο. Εκεί δουλεύει...*

Η Λάγια κατάλαβε ότι μάλλον ο άντρας της ήταν ήδη νεκρός, αλλά έκρινε ότι δεν έπρεπε να της το πει στην κατάσταση που ήταν.

– *Δεν ξέρω, κυρία Σέφερ, πού είναι ο άντρας σας. Ίσως ψάχνει εσάς...*

– *Ναι... θα με ψάχνει,* είπε αφηρημένα η Σέφερ. *Εσείς, ποια είστε;* ρώτησε ξαφνικά.

– Είμαι η Λάγια Βακρίδη, ρεπόρτερ του Rex.

– Α, ωραία! Θα με βοηθήσετε να βρω τον άντρα μου και τα παιδιά μου, σας παρακαλώ;

– Και τα παιδιά σας; Πού είναι τα παιδιά σας;

– Δεν ξέρω. Τα είχα αφήσει στο γραφείο του άντρα μου, για να πάω να τους ψωνίσω ρουχαλάκια για τα γενέθλιά τους. Είναι δίδυμα. Ένα αγοράκι κι ένα κοριτσάκι. Σάς ικετεύω, βοηθήστε με να τα βρω!

– Βεβαίως! Μιλήστε στην κάμερα και πείτε ό,τι θέλετε, άρπαξε αμέσως την ευκαιρία η Λάγια, ενώ ο εικονολήπτης εστίαζε την κάμερα, πάνω στο κατάχλομο κι αιμόφυρτο πρόσωπο της Σέφερ.

– Λάρι, αγάπη μου, άρχισε να λέει η Σέφερ, με σπασμένη φωνή, ενώ ασυναίσθητα προσπάθησε να φτιάξει με τα δάχτυλά της τα μαλλιά της, *ερχόμουνα να πάρω τα παιδιά μας, όταν με χτύπησε ένα κύμα από σκόνη και πέτρες. Πού είσαι, καλέ μου; Πού είναι τα παιδιά μας; Τηλεφώνησέ μου, σε παρακαλώ, γιατί πάω να τρελαθώ απ' την αγωνία.*

Εκείνη τη στιγμή, δίπλα ακριβώς, ένα άλλο κανάλι έπαιρνε συνέντευξη από ένα υψηλόβαθμο αστυνομικό, που είπε:

– Δεν ξέρουμε ακόμη, τι ακριβώς έχει συμβεί. Αυτό που είναι δυστυχώς βέβαιο, είναι ότι όσοι βρίσκονταν μέσα στον Βόρειο Πύργο που κατέρρευσε και δεν πρόλαβαν να βγουν, πρέπει να έχουν σκοτωθεί όλοι!

Η Σέφερ άκουσε τη στιχομυθία και πριν καν προλάβει να πει κάτι, λιποθύμησε!

Την ίδια στιγμή, ακούστηκε ένα ανατριχιαστικό κροτάλισμα, καθώς και ο Νότιος Πύργος άρχισε να λυγίζει με τη σειρά του κι ο ένας όροφος να καταρρέει πάνω στον άλλο. Μέσα σε λίγα δευτερόλεπτα έγινε ένας σωρός ερείπια, μ' ένα εκκωφαντικό, βιβλικό πάταγο, ακολουθώντας τη μοίρα του δίδυμου αδελφού του κτηρίου! Ένα δεύτερο τεράστιο κύμα από κομμάτια τσιμέντου, γυαλιά, σίδερα, ξύλα, σκόνη και καπνό όρμησε στους δρόμους της πόλης, σκορπίζοντας πάλι πανικό.

Η Λάγια κι οι συνεργάτες της τινάχτηκαν τρομοκρατημένοι απ' τις θέσεις τους κι ενστικτωδώς έτρεξαν στην αντίθετη κατεύθυνση, αλλά το σύννεφο ξεθύμανε, πριν φτάσει στο σημείο, που ήταν σταματημένο το αυτοκίνητό τους κι έπαιρνε τη συνέντευξη η Λάγια απ' τη Σέφερ κι απλώς τους έλουσε με την πηχτή γκρίζα σκόνη του.

Το δίδυμο καμάρι και σύμβολο της οικονομικής παντοκρατορίας της Νέας Υόρκης και των ΗΠΑ είχε εξαφανιστεί από μια τρομακτική έκρηξη μίσους ενός κόσμου, που τις θεωρεί δυνάστη του, ίσως όχι άδικα. Ο πλανήτης δεν είχε ξαναζήσει τέτοια μεγάλη, μαζική, στιγμιαία σχεδόν ανθρωποθυσία στον βωμό του φανατισμού και της τρομοκρατίας. Η Αμερική ένιωσε για πρώτη φορά στην ιστορία της ευάλωτη κι αδύναμη και βουβάθηκε! Δεν μπορούσε ούτε να κλάψει ούτε να φωνάξει ούτε να βρίσει. Η τεράστια σε δύναμη στρατιωτική μηχανή της, η πιο ισχυρή στον πλανήτη, το τρομακτικό σε πυκνότητα και μέσα ηλεκτρονικό δίκτυο πληροφοριών, τα Stealth, η Υπηρεσία Εθνικής Ασφάλειας, η CIA και το FBI αποδείχτηκαν εντελώς ανίσχυρα, μπροστά στη δύναμη του τυφλού μίσους, που οδηγεί το παράλογο αυτοκτονικό και καταστροφικό πάθος. Η αλαζονεία της σύγχρονης αυτοκρατορίας της Αμερικής είχε μεταλλαχτεί σε φόβο και ικεσία κι ο τρόμος την είχε παραλύσει!

– *Παιδιά, τι γίνεται; Τι συμβαίνει;* ρώτησε σχεδόν μηχανικά τους συνεργάτες της, μετά από λίγα δευτερόλεπτα η Λάγια, λαχανιασμένη, ενώ είχαν γυρίσει στο αυτοκίνητο εξωτερικών μεταδόσεων.

– *Δεν ξέρω, αλλά σίγουρα δεν πρόκειται για ατύχημα, όπως νομίσαμε, όταν το πρώτο αεροπλάνο έπεσε στον Βόρειο Πύργο,* είπε σκεπτικά ο ηχολήπτης.

– *Δηλαδή, επιθέσεις αυτοκτονίας από τρομοκράτες;* τόλμησε μια ερμηνεία ο Τομ.

– *Το πιθανότερο, συμφώνησε η Λάγια. Στο κανάλι ίσως ξέρουν περισσότερα. Ευτυχώς, που προλάβαμε να πάρουμε τη συνέντευξη της Σέφερ,* συμπλήρωσε, *με τον στυγνό επαγγελματισμό να ξαναπαίρνει* τα ηνία της σκέψης της.

— *Α, ρε Λάγια! Αδιόρθωτη είσαι! Εδώ χάνεται ο κόσμος κι εσύ σκέφτεσαι τη συνέντευξη, σχολίασε ο ηχολήπτης.*

— *Ναι, Τομ, γιατί εγώ δεν μπορώ να σβήσω τη φωτιά! Αλλονών δουλειά είναι αυτή. Κι εγώ, πρέπει να κάνω σωστά τη δική μου δουλειά, όπως πρέπει ο καθένας μας να κάνει σωστά τη δική του δουλειά, όποια κι αν είναι αυτή. Έτσι συνεχίζει να γυρίζει η γη...*

Όταν έφτασαν στο στούντιο, η Λάγια με τον Τομ πήγαν κατευθείαν στο μοντάζ, για να δουλέψουν το υλικό, που είχαν τραβήξει και να κάνει η Λάγια την εκφώνηση και την αποφώνηση, που οι συνθήκες δεν είχαν επιτρέψει να γίνουν επί τόπου.

— *Βρισκόμαστε λίγες εκατοντάδες μέτρα μακριά απ' τον τόπο της συμφοράς, ξεκίνησε την εισαγωγή της η Λάγια. Οι Δίδυμοι Πύργοι, η καρδιά του Μανχάταν, το καμάρι και το σύμβολο δύναμης των ΗΠΑ, είναι πια δυο άμορφοι σωροί από τσιμέντο, ατσάλι και γυαλί, κάτω από τους οποίους είναι θαμμένοι χιλιάδες συμπολίτες μας. Αυτή η βάρβαρη κι απάνθρωπη μαχαιριά στην καρδιά τής πρωτεύουσας του κόσμου σίγουρα δεν θ' αφήσει τίποτα το ίδιο στο μέλλον. Πίσω όμως από τα κτήρια, την οικονομία, την πολιτική, την τρομοκρατία και τους στατιστικούς αριθμούς βρίσκονται πάντα κάποιοι άνθρωποι. Το Rex με αληθινό, θανάσιμο κίνδυνο των ανθρώπων του, φέρνει κοντά σας μια σύζυγο και μητέρα, στο προσωπικό δράμα της οποίας καθρεφτίζεται η οδύνη όλων των αγαπημένων ανθρώπων των θυμάτων και ο πόνος ενός ολόκληρου λαού. Κοντά μας είναι η κυρία Τζάκι Σέφερ, που πήγαινε να βρει τον άντρα της και τα παιδιά της στον Βόρειο Πύργο. Τραυματισμένη στο κεφάλι, σε κατάσταση σοκ και ανυποψίαστη ακόμη για το ξεκλήρισμα της οικογένειάς της, καλεί απεγνωσμένα τον άντρα της να της τηλεφωνήσει μπροστά στην κάμερα του Rex.*

Ακολουθούσε η δραματική έκκληση της Σέφερ κι η λιποθυμία της στο άκουσμα του θανάτου του άντρα της και των παιδιών της, ενώ αμέσως μετά κοβόταν απότομα η εικόνα κι ο ήχος κι ακολουθούσε η αποφώνηση της Λάγιας.

– Η στιγμή, που κόβεται η εικόνα μας είναι η στιγμή, που κατέρρευσε και ο δεύτερος, ο Νότιος Πύργος, ενώ το δολοφονικό σύννεφο από την κατάρρευση ερχόταν με ταχύτητα καταπάνω μας. Το Rex κι εμείς σας ζητάμε συγνώμη γι' αυτή την τεχνική ατέλεια, αλλά το ένστικτο της επιβίωσης νίκησε τον επαγγελματισμό μας και μας ανάγκασε να διακόψουμε τη μαγνητοσκόπηση. Αυτό που αναλογιζόμαστε αυτή την ώρα είναι, πόσες και πόσοι «Σέφερ» θα βρουν ολόκληρη τη ζωή τους θαμμένη κάτω απ' τα συντρίμμια και το απόλυτο κενό μέσα στην ψυχή τους. Όλοι αναρωτιόμαστε, πώς άραγε είναι η κόλαση. Σήμερα τη γνωρίσαμε, την είδαμε με τα μάτια μας και τη βιώσαμε. Η Αμερική οιμώζει! Ας σφίξουμε τα δόντια κι ας σκύψουμε ευλαβικά το γόνυ μπροστά στα θύματα αυτής της θηριωδίας. Η Αμερική πληγώθηκε, αλλά είναι και θα μείνει πάντα μεγάλη! Ήταν η Λάγια Βακρίδη από το Rex.

– Μπράβο, Λάγια! της είπε ο Τομ. *Είσαι αστέρι, τελικά!*

– Ευχαριστώ, Τομ, απάντησε, με επίπλαστη μετριοφροσύνη εκείνη. *Πάω τώρα στην αίθουσα συσκέψεων να δω, μήπως ξέρουν τίποτα περισσότερο από εμάς γι' αυτή την κόλαση...*

Στην αίθουσα ήταν ήδη συγκεντρωμένο ολόκληρο το δημοσιογραφικό δυναμικό του καναλιού, μαζί με τον Διευθυντή Ενημέρωσης. Με πρόσωπα σκυθρωπά κι ανήσυχα συζητούσαν μεταξύ τους νευρικά, ενώ οι δυο λέξεις που κυριαρχούσαν στις συνομιλίες όλων, ήταν «ποιος» και «γιατί». Λίγο μετά την είσοδο της Λάγιας, φάνηκε στο άνοιγμα της πόρτας ο Γενικός Διευθυντής. Όλοι σώπασαν και με έντονη απορία στα πρόσωπά τους, κρεμάστηκαν από τα χείλη του. Ελπίζανε ότι εκείνος θα ήξερε κάτι πιο συγκεκριμένο από τις δικές τους εικασίες κι ερμηνείες και δεν έπεσαν έξω. Ο Τίμοθυ Κλέιτον κάθισε στην καρέκλα του, στην κορφή του μεγάλου τραπεζιού, έριξε μια κυκλική ματιά στους συνεργάτες του και μέσα σε μια νεκρική σιωπή, τους είπε σοβαρά, χωρίς δραματικούς τόνους:

– Επικοινώνησα πριν από λίγο με την Υπηρεσία Εθνικής Ασφάλειας και

μού είπαν ότι όλες οι ενδείξεις οδηγούν στο σχεδόν βέβαιο συμπέρασμα ότι, πίσω απ' το μεγαλύτερο πλήγμα που δέχθηκε ποτέ η χώρα μας, είναι η Αλ Κάιντα!

Συνοφρυωμένος, έκανε μια παύση λίγων δευτερολέπτων, σφίγγοντας τα δόντια του και τρίβοντας νευρικά με τα δάχτυλα του δεξιού χεριού του το φρύδι του, ενώ στην αίθουσα απλώθηκε ένα απροσδιόριστο μουρμουρητό, που διακόπηκε αμέσως, μόλις συνέχισε ο Τιμ.

– Όπως καταλαβαίνετε όλοι, το χτύπημα είναι τραγικό, όχι μόνο σε ανθρώπινες ζωές και υλικές ζημιές, αλλά κυρίως για το κύρος της πατρίδας μας και για την ψυχολογία του λαού μας. Έχουμε ιερό καθήκον όλοι τούτη την ώρα, να σταθούμε όρθιοι και ψύχραιμοι και να κάνουμε όσο καλύτερα μπορεί ο καθένας τη δουλειά του. Αυτό είναι το πρώτο και βασικότερο καθήκον όλων των Αμερικανών, ολόκληρου του λαού μας και του καθενός από εμάς χωριστά, για να ξαναβρούμε την κλονισμένη αυτοπεποίθησή μας και την περηφάνια μας! Είναι η μοναδική απάντηση, που μπορούμε να δώσουμε στην απάνθρωπη τρομοκρατία. Εμπρός λοιπόν, σηκώστε τα μανίκια, για να ενημερώσουμε τον αμερικανικό λαό και ολόκληρο τον κόσμο, με υπευθυνότητα, ακρίβεια, ταχύτητα και χωρίς λαϊκίστικους μελοδραματισμούς. Σας έχω απόλυτη εμπιστοσύνη κι είμαι βέβαιος ότι θα βγάλετε για άλλη μια φορά ασπροπρόσωπο το κανάλι μας, αλλά κυρίως τον λαό μας!

– Να είσαι βέβαιος Τιμ, ότι δεν θα απογοητεύσουμε ούτε το κανάλι μας ούτε εσένα ούτε τον λαό μας, είπε ο Διευθυντής Ενημέρωσης, Κέβιν Σκοτ.

Ο Τιμ σηκώθηκε αργά από τη θέση του, χαιρέτησε όλους με μια αργή, λυπημένη λες, κίνηση του χεριού του και πριν βγει απ' την πόρτα, είπε:

– Τρομοκρατήστε τους τρομοκράτες με την αλήθεια μας και τις αξίες μας!

Μόλις έκλεισε μαλακά πίσω του την πόρτα, η αίθουσα αναταράχθηκε, σαν πολύβουο μελίσσι σε συναγερμό. Ο Κέβιν έκανε ένα ήρεμο νεύμα, για να ησυχάσουν και τους είπε:

– Δεν έχω να προσθέσω τίποτα σ' όσα είπε ο Τιμ, εκτός από δουλειά, δουλειά, δουλειά! Όπως την κάνετε πάντα άριστα, αλλά τώρα... ακόμη καλύτερα! Εμπρός, ο καθένας στο πόστο μας!

Το δημοσιογραφικό επιτελείο του καναλιού ξέσπασε όρθιο σ' ένα αυθόρμητο χειροκρότημα, μετά τα τελευταία λόγια του Κέβιν, εκτονώνοντας τη φοβερή ένταση που επικρατούσε στην αίθουσα, αλλά και σαν υπόσχεση και ένεση ηθικού της ομάδας.

Τα όμορφα, γραμμένα χείλια της Λάγιας έσπασαν σ' ένα άκαιρο και περίεργο χαμόγελο. Όση ώρα μιλούσαν ο Τιμ και ο Κέβιν, το μυαλό της είχε συλλάβει τη «μεγάλη ιδέα». Δεν έμενε, παρά να καταστρώσει το σχέδιο εφαρμογής της, αλλά αυτό ήταν παιχνιδάκι για εκείνη. Είχε έρθει η ώρα της δράσης, αλλά και η μεγάλη στιγμή για την καριέρα της, γιατί το κανάλι περίμενε ανυπόμονα τη μεγάλη, αποκλειστική είδηση, που θα του χάριζε μια παγκόσμια επιτυχία. Ικανοποιημένη πήρε την τσάντα της, χαιρέτισε τους συναδέλφους της κι έφυγε βιαστικά για το σπίτι της. Έπρεπε να οργανώσει αμέσως και να βάλει σ' εφαρμογή το σχέδιό της, όσο πιο γρήγορα γινόταν.

~ ~

11ο ΚΕΦΑΛΑΙΟ

– Λήδα με λένε

Ο Άγγελος, μετά από δυο χρόνια επιτυχούς φοίτησης στη Σχολή Δικαστών, ετοιμαζόταν πυρετωδώς, για τις τελικές εξετάσεις, που θα του άνοιγαν την πόρτα για το Δικαστικό Σώμα.

– Κάνε, βρε αγόρι μου κι ένα διάλειμμα, τον προέτρεψε η μητέρα του.

– Δεν παθαίνω τίποτα, μάνα. Κανείς δεν έπαθε ποτέ τίποτα από το πολύ διάβασμα. Και κανείς δεν πέτυχε τίποτα με... διαλείμματα. Δεν έχω άλλωστε καιρό και θέλω να περάσω πρώτος στις εξετάσεις.

– Ε, δεν χάθηκε ο κόσμος κι αν περάσεις δεύτερος!

– Όχι μητέρα, πρώτος θα περάσω. Και μη νομίσεις ότι είμαι τόσο επηρμένος και ανταγωνιστικός. Αντίπαλοί μου δεν είναι οι άλλοι, αλλά ο εαυτός μου. Τις δικές μου δυνατότητες, τα δικά μου όρια θέλω και πρέπει να ξεπερνάω, όχι τους άλλους!

– Καλά, όπως θες, καμάρι μου. Θέλεις να σου φτιάξω κάτι να βάλεις στο στόμα σου;

– Όχι, ευχαριστώ. Μόνο φτιάξε μου, σε παρακαλώ, ένα δυνατό εσπρέσο.

– Ναι, αγόρι μου, αμέσως.

Στις εξετάσεις πράγματι μπήκε πρώτος, πετυχαίνοντας κι αυτόν τον στόχο του. Έτσι, σκέφτηκε να οργανώσει ένα μικρό πάρτι στο σπίτι του, για να γιορτάσει την επιτυχία του. Τότε ήταν, που γνώρισε και τη Λήδα Κατσαμέλη, ξαδέλφη ενός φίλου του και συμφοιτητή του στη Σχολή Δικαστών, που τον συνόδευε στο πάρτι.

Η Λήδα ήταν μια έξυπνη κοπέλα, πανύψηλη, γύρω στο 1,85, με άψογες *παρά το ύψος της θηλυκές αναλογίες, μελαχρινή, με μεγάλα μήλα, σαρκώδη, γραμμένα χείλια, που άφηναν να φαίνεται μια σειρά από πάλλευκα δόντια όταν χαμογελούσε, κατάμαυρα, μακριά, ίσια μαλλιά και μεγάλα και εκφραστικά μενεξεδένια μάτια.*

– Να σε συστήσω στο αστέρι της Σχολής μας, που βγήκε και πρώτος, είπε ο ξάδελφος της Λήδας.

– Χαίρω πολύ και συγχαρητήρια για την πρωτιά, είπε εκείνη, σφίγγοντας απαλά το χέρι του Άγγελου.

– Κι εγώ χαίρομαι και σας ευχαριστώ πολύ που ήρθατε, απάντησε ο Άγγελος,

– Δεν θα έχανα ποτέ την ευκαιρία να γνωρίσω ένα «αστέρι», είπε η Λήδα, κρατώντας ακόμη το χέρι του.

– Υπερβολές του φίλου μου, είπε μετριόφρονα ο Άγγελος, που είχε εντυπωσιαστεί απ' την ομορφιά της Λήδας κι είχε σημειώσει με χαρά την παρατεταμένη, ζεστή χειραψία της.

Όταν ήρθε η ώρα του φαγητού, ο Άγγελος κανόνισε επιδέξια και διακριτικά να κάτσει η Λήδα δίπλα του.

– Ο ξάδελφός μου με ενημέρωσε για τις ακαδημαϊκές επιδόσεις σας κι ομολογώ ότι είμαι εντυπωσιασμένη! είπε σε κάποια στιγμή η Λήδα στον Άγγελο.

– Δεν βαριέστε, το θέμα...

– Ε, όχι και «δεν βαριέστε»! τον διέκοψε η Λήδα.

– Κοιτάξτε...

– *Λήδα με λένε,* τον διέκοψε πάλι η Λήδα.

– *Κοίτα Λήδα, δεν λέω ότι δεν είναι σημαντικό, αλλά οι εξετάσεις και τα πτυχία είναι πάντα απλά εισιτήρια. Το θέμα είναι, πώς θα τα χρησιμοποιήσει ο καθένας. Άλλοι τα χρησιμοποιούν, για μια άσκοπη βόλτα στη ζωή κι άλλοι, για να ανοίξουν δρόμους και να πατήσουν κορυφές!*

– *Βάζω στοίχημα ότι ανήκεις στους δεύτερους!*

– *Αυτό δεν το ξέρω και μένει να αποδειχθεί, αλλά κάτι δεν μ' αρέσει στη συζήτησή μας.*

– *Τι;* ρώτησε έκπληκτη και μ' ένα ίχνος ανησυχίας στη φωνή της η Λήδα.

– *Δεν μ' αρέσει που μιλάμε συνέχεια για μένα και καθόλου για σένα.*

– *Α, αυτό διορθώνεται αμέσως,* είπε ανακουφισμένη η Λήδα. *Ρώτα και θα μάθεις.*

– *Ωραία! Για πες μου λοιπόν, τι κάνεις, ας πούμε, αυτόν τον καιρό στη ζωή σου;*

– *Μόλις πριν από μία εβδομάδα έδωσα κι εγώ εξετάσεις για Συμβολαιογράφος και για να μη νιώθεις μοναξιά στην κορφή της επιτυχίας σου, σού λέω ότι κι εγώ πέρασα πρώτη!*

– *Μπράβο, συγχαρητήρια! Βλέπω ότι ο καλός Θεός ήταν εξαιρετικά γενναιόδωρος μαζί σου και σε ομορφιά και σε μυαλό και σε... ύψος,* τόλμησε την πρώτη ανοιχτή φιλοφρόνηση.

– *Σ' ευχαριστώ,* είπε η Λήδα, φανερά ικανοποιημένη, *αλλά όπως είπες κι εσύ, αυτά είναι απλά εισιτήρια. Το ταξίδι και το τέρμα είναι τα σημαντικά.*

– *Και ποιος είναι ο επόμενος σταθμός στο δικό σου ταξίδι;*

– *Η καρδιά μου θα ήθελε ν' ασχοληθώ επαγγελματικά με το μπάσκετ.*

Έπαιζα, ξέρεις, στην ομάδα του σχολείου μου και του Πανεπιστημίου κι είχα προτάσεις από μεγάλες ομάδες.

– Και γιατί δεν το κάνεις;

– Γιατί ο πατέρας μου μού άφησε ένα ανθηρό Συμβολαιογραφείο κι είμαι μοναχοπαίδι. Κι επειδή σκέφθηκα ότι είναι κρίμα να πάει στράφι αυτό το κεφάλαιο, το μυαλό νίκησε την καρδιά κι έτσι αποφάσισα να συνεχίσω το Συμβολαιογραφείο.

– Α, θαυμάσια! Αυτό σημαίνει ότι είναι πολύ πιθανόν να συναντηθούμε κι επαγγελματικά.

– Ελπίζω να μη χρειαστεί να περιμένουμε τόσο πολύ, είπε με νόημα η Λήδα και συνέχισε. Εσένα, ο πατέρας σου είναι δικαστικός;

– Όχι. Είναι Πολιτικός Μηχανικός κι έχει μια δική του τεχνική εταιρία, αλλά εμένα με συγκινεί ιδιαίτερα η ιδέα της δικαιοσύνης...

– Κι αποφάσισες να την πάρεις στα χέρια σου, τον διέκοψε χαριτωμένα η Λήδα.

– Όχι και να την πάρω στα χέρια μου! Απλώς να γίνω ένας από τους υπηρέτες της! αντέδρασε μετριόφρονα ο Άγγελος.

– Σού εύχομαι καλή επιτυχία!

– Κι εγώ σε σένα! Πού μένεις; τη ρώτησε, αλλάζοντας θέμα και προχωρώντας σε διερεύνηση της προσωπικής της κατάστασης.

– Στον Λυκαβηττό.

– Μόνη σου;

– Ναι. Δυστυχώς, πριν από δυο χρόνια έχασα και τους δυο γονείς μου σε ναυάγιο, με το πλοίο που είχαν πάει μια κρουαζιέρα στα Νορβηγικά Φιόρδ.

– Ω, πολύ λυπάμαι!

– Βλέπω, μονότερμα την έχεις πιάσει την ξαδέλφη μου, Άγγελε, διέκοψε τη συζήτησή τους περιπαικτικά ο ξάδελφός της.

– Κάθε άλλο! Είναι ένα απολαυστικό παιχνίδι, βιάστηκε ν' απαντήσει η Λήδα.

– Με τη Λήδα να σκοράρει συνέχεια τρίποντα, συμπλήρωσε ο Άγγελος.

– Χμ... Κάτι μού λέει ότι εσείς οι δυο κάνετε καλή ομάδα, σχολίασε με νόημα ο φίλος του Άγγελου.

– Κι εμένα κάτι μού λέει ότι έχεις καλή διαίσθηση, τόλμησε ο Άγγελος και γυρίζοντας προς τη Λήδα, τη ρώτησε. Εσύ, τι λες Λήδα;

– Συμφωνώ απολύτως!

Σ' αυτή την ανάλαφρη στιχομυθία, ο Άγγελος διέγνωσε μια «υπόσχεση» της Λήδας. Είχε σημειώσει άλλωστε και τη φράση της λίγο πιο πριν, «ελπίζω να μη χρειαστεί να περιμένουμε τόσο πολύ» και δεν είχε πέσει καθόλου έξω για τη διάθεση της Λήδας απέναντί του. Αν κι ήταν πολύ πρόωρο, για να κάνει σκέψεις για ένα πιθανό κοινό μέλλον τους, τού άρεσε τόσο πολύ η Λήδα, που άρχισε αμέσως να προβληματίζεται για την τύχη μιας σχέσης μαζί της. Όχι από την πλευρά του, αλλά απ' τη δική της. Δεν ήξερε φυσικά παρά λίγα πράγματα ακόμη γι' αυτήν, αλλά προβληματιζόταν, πώς θα υποδεχόταν μια τέτοια «ανορθόδοξη» χρωματικά σχέση ο κύκλος της. Βέβαια, ήξερε ήδη ότι η Λήδα δεν είχε αδέλφια κι ότι οι γονείς της είχαν πεθάνει. Κι ένιωσε ενοχές, όταν συνειδητοποίησε ότι αυτό το γεγονός τον γέμισε με μια άπρεπη ικανοποίηση, αφού η πιθανή σχέση τους δεν θα κινδύνευε από πιθανές αντιδράσεις τουλάχιστον από το άμεσο οικογενειακό και πιο αποφασιστικό κι «επικίνδυνο» περιβάλλον.

Παρ' όλα αυτά, γνώριζε ότι και το ευρύτερο περιβάλλον παίζει συχνά καταλυτικό ρόλο σε μια σχέση. Το «σαν θέλει η νύφη κι ο γαμπρός» ισχύει μόνο για τον πρώτο καιρό. Μετά, αν το περιβάλλον, έστω και του ενός μόνον από τους δύο, είναι αρνητικό, αρχίζει να ενσταλάζει ανώδυνες καθημερινά, αλλά θανάσιμες μακροπρόθεσμα, μικρές σταγόνες δηλητηρίου, μέχρι να οδηγήσει τη σχέση στον θάνατο. Είναι ένας κανόνας, που οι περισσότεροι από αυτούς που τον αγνόησαν ή πίστεψαν ότι μπορούν να τον εξουδετερώσουν, τον πλήρωσαν ακριβά.

Μ' αυτές τις σκέψεις κι έχοντας πάρει κουράγιο απ' τη φανερά θετική στάση της Λήδας απέναντί του, αποφάσισε να κάνει το επόμενο βήμα και να την καλέσει, να της κάνει ένα βράδυ το τραπέζι. Η Λήδα δέχθηκε αμέσως κι αυθόρμητα την πρότασή του, χωρίς να κρύψει τη χαρά της, ενώ το ύφος της πρόδιδε ότι την περίμενε.

– Θα 'λεγα ότι μ' αρέσει πολύ η ιδέα, είπε, αλλά με μία διαλυτική αίρεση, μια και σπουδάσαμε κι οι δυο νομικά. Δεν θα μου κάνεις εσύ το τραπέζι. Θα... μας κάνουμε μαζί το τραπέζι, γιατί από όσο ξέρω δεν έχεις ακόμη δικά σου εισοδήματα.

– Δεν μου αρέσει πολύ αυτή η αίρεση, αλλά αφού είναι... διαλυτική, τη δέχομαι! Πού ακριβώς μένεις;

– Στρατιωτικού Συνδέσμου 6.

– Ωραία, είπε ο Άγγελος, ενώ ένιωσε το στήθος του να φουσκώνει από χαρά, θα περάσω να σε πάρω μεθαύριο το βράδυ στις εννέα από το σπίτι σου. Α, και ποιο κουδούνι θα χτυπήσω;

– Ναι, σωστά, δεν σου έχω πει το επίθετό μου. Κατσαμέλη. Δεν χρειάζεται πάντως να χτυπήσεις το κουδούνι. Όταν φτάσεις, τηλεφώνησέ μου να κατέβω. Σημειώνεις το τηλέφωνό μου; του είπε, υπαγορεύοντας τον αριθμό.

– Σύμφωνοι. Μεθαύριο λοιπόν στις εννέα, απάντησε χαρούμενος, αφού σημείωσε το τηλέφωνό της, δίνοντας κι αυτός τον αριθμό του δικού του τηλεφώνου.

– Θα σε περιμένω.

Τις επόμενες δυο μέρες, η σκέψη του ήταν συνεχώς στη Λήδα και στο επικείμενο πρώτο ραντεβού τους. Οδηγώντας προς το σπίτι της, έκανε τρελά όνειρα, για μια όμορφη, αγαπημένη οικογένεια, όπως η δική του, αλλά αμέσως μετά κατσάδιασε νοερά τον εαυτό του, για τη βιασύνη του. Έφτασε ακριβώς στις εννέα, της τηλεφώνησε κι εκείνη κατέβηκε αμέσως. Μπήκε στ' αυτοκίνητό του και τον χαιρέτισε μ' ένα πεταχτό φιλί στο μάγουλο, που έκανε την καρδιά του Άγγελου να χτυπήσει γρηγορότερα.

— *Πού σου κάνει κέφι να πάμε; τη ρώτησε.*

— *Αφήνω πάντα τους άλλους να διαλέγουν, για να μπορώ μετά να γκρινιάζω.*

— *Δεν μοιάζεις για γκρινιάρα, αλλά εκτός αυτού, εγώ έλειπα χρόνια κι έχω χάσει πολλά επεισόδια. Επομένως, εσύ ξέρεις καλύτερα.*

— *Ωραία, αφού επιμένεις, προτείνω να πάμε σ' ένα κουτούκι, όνομα και πράγμα, στην Κηφισιά, φτηνό, με πολύ ωραίο φαγητό και ησυχία.*

Ο Άγγελος είχε βρει ήδη άλλα δυο κοινά σημεία με τη Λήδα. Τη συνέπειά της στο ραντεβού τους και το είδος της ταβέρνας που διάλεξε. Το επόμενο κοινό γούστο, που ανακάλυψε, ήταν όταν τη ρώτησε, τι μουσική προτιμούσε.

— *Ό,τι άλλο θες, εκτός από σκληρή τζαζ, σκυλάδικα, χαζοχαρούμενα και βαριά ρεμπέτικα. Αν έχεις μάλιστα φάντο ή λάτιν θα το προτιμούσα.*

— *Ποιος σου το είπε;*

— *Ποιος μου είπε, τι; ρώτησε ξαφνιασμένη η Λήδα.*

— *Ποιος σου είπε ότι αυτή ακριβώς τη μουσική αγαπάω περισσότερο;*

— *Μια καλή νεράιδα, που μου είπε επίσης...*

— *Ότι δεν μου αρέσει να περιμένω, ενώ μου αρέσουν τα κουτούκια...*

— *Ναι, πολύ ωραία όλα αυτά, αλλά μού είπε επίσης ότι, αν δεν βάλεις τον μοχλό στο «D», το αυτοκίνητο δεν πρόκειται να σου κάνει τη χάρη να τσουλήσει, είπε η Λήδα, βλέποντας ότι ο Άγγελος, αφηρημένος πάταγε το γκάζι, χωρίς αποτέλεσμα, ενώ ο μοχλός ήταν ξεχασμένος στο «P».*

Εκείνος γέλασε με την αφηρημάδα του, έβαλε τον λεβιέ των ταχυτήτων στο «D» και το Volvo του πετάχτηκε μπροστά, σαν ανυπόμονο άλογο. Στη διαδρομή περισσότερο άκουγαν μουσική και λιγότερο μιλούσαν. Ο Άγγελος είχε βάλει ένα MP3 με σάμπες απ' τη Βραζιλία, πάσο ντόμπλε απ' την Ισπανία, ταγκό απ' την Αργεντινή και φάντο απ' την Πορτογαλία.

– Δεν είναι περίεργο, που μας αρέσει αυτή η μουσική, αυτά τα τραγούδια, που εμείς δεν τα ζήσαμε; σχολίασε κάποια στιγμή η Λήδα.

– Μοιάζει περίεργο, αλλά δεν είναι και θα σού πω τη θεωρία μου.Κάποτε ακούγαμε μουσική με τ' αυτιά μας και την ψυχή μας. Τώρα «ακούνε» μουσική με τα μάτια και με ένα άλλο όργανο... ενώ ταυτόχρονα δαγκώθηκε, για το σεξουαλικό υπονοούμενό του. Όλο και περισσότερο, το τραγούδι τείνει να γίνει προκλητική εικόνα, αντί στίχοι και νότες. Δεν απαξιώνω αυτή την εξέλιξη της τραγουδιστικής τέχνης, αλλά δηλώνω ευθαρσώς ότι δεν μου αρέσει. Γι' αυτό προτιμώ την ακουστική απ΄ τη... θεαματική μουσική.

– Συμφωνώ απόλυτα μαζί σου. Κι εγώ δεν απορρίπτω καμιά εξέλιξη, σε οποιαδήποτε έκφανση της ζωής και της δημιουργίας, γιατί τότε θα έπρεπε να φορέσω μια προβιά και να γυρίσω στη... σπηλιά μου! Απλώς, με κάποιες από αυτές «τα βρίσκω», όπως, παραδείγματος χάριν, η πληροφορική, η κινητή τηλεφωνία, η κλωνοποίηση, ενώ κάποιες άλλες, παρ' όλο που τις σέβομαι, δεν τις καταλαβαίνω, όπως π.χ. ο σημερινός τρόπος διασκέδασης της γενιάς μας.

– Έλα, ντε! Όρθιοι, μ' ένα άδειο ποτήρι στο χέρι, ίσως κι ένα τσιγάρο στο άλλο, στριμωγμένοι σ' ένα υποφωτισμένο χώρο, δεν συζητούν – και να ήθελαν άλλωστε, τα εκατόν σαράντα ντεσιμπέλ δεν θα τους το επέτρεπαν– δεν φλερτάρουν, δεν χορεύουν, παρά μόνον λικνίζονται στον ρυθμό –beat το λένε– της εκκωφαντικής μουσικής.

– Σίγουρα κάτι βρίσκουν σ' αυτό. Απλώς εγώ δεν το καταλαβαίνω.

– Ούτε εγώ! Παράλληλα όμως απορρίπτω μετά βδελυγμίας, τη μόνιμη

νοσταλγία των μεγαλύτερων, για τα «υπέροχα» δικά τους χρόνια» και την απαξιωτική γνώμη τους, για το σήμερα και το αύριο. Είναι νομίζω μια ψυχολογική ανάγκη των ηλικιωμένων να ζουν με τις αναμνήσεις τους, αφού δεν μπορούν πλέον να ζουν με όνειρα και στόχους για το μέλλον.

– Έτσι ακριβώς είναι, όπως το λες. Γυρνάνε πίσω, στον δικό τους «όμορφο» κόσμο, για να παίρνουν δύναμη, ώστε να μπορούν να συνεχίσουν τον συχνά χωρίς στόχο, ενδιαφέρον και χαρά, ανιαρό δρόμο τους προς το τέλος...

Με τη συζήτηση, φτάσανε στο κουτούκι, χωρίς να το καταλάβουν. Όταν έκατσαν κι αφού παράγγειλαν κοκορέτσι, γαρδούμπα, σαλιγκάρια, παϊδάκια, τηγανητές πατάτες, βρούβες και κόκκινο κρασί, η Λήδα είπε:

– Έχω πολλά κενά ακόμη για σένα και θα 'θελα πολύ να μου τα γεμίσεις.

– Σαν τι κενά;

– Να, την οικογένειά σου, τις σπουδές σου, τα σχέδιά σου...

– Ωραία, ας τα πάρουμε με τη σειρά. Είμαι κι εγώ μοναχοπαίδι, αλλά οι γονείς μου ζουν κι είναι μια χαρά, δόξα τω Θεώ! Ήρθαν από τη Νιγηρία πριν από πολλά χρόνια, ο πατέρας μου είναι Πολιτικός Μηχανικός, όπως σού έχω πει η μητέρα μου Παιδίατρος κι εγώ σπούδασα Νομικά στο Harvard...

– Φαντάζομαι ότι δεν θα ήταν πολύ εύκολο, ε; τον διέκοψε η Λήδα.

– Όχι. Δεν αντιμετώπισα κάποια ιδιαίτερη δυσκολία. Αποφοίτησα μάλιστα, με την καλύτερη επίδοση του πανεπιστημίου, εδώ και εικοσπέντε χρόνια, είπε, μετανιώνοντας την ίδια στιγμή για τη ματαιόδοξη κομπορρημοσύνη του.

– Μπράααβο! Έχω την τιμή δηλαδή να κάνω παρέα με μια ιδιοφυΐα, είπε η Λήδα, σ' ένα τόνο, που ο Άγγελος δεν μπόρεσε να διακρίνει, αν ήταν επιδοκιμασία ή λεπτή ειρωνεία.

– Με συγχωρείς, δεν χρειαζόταν να το πω αυτό, είπε απολογητικά.

– Δεν βρίσκω τον λόγο για να απολογείσαι. Μάλλον εγώ πρέπει να σου ζητήσω συγνώμη για τον τόνο της φωνής μου, αλλά πίστεψέ με, δεν είχα την παραμικρή πρόθεση να ειρωνευτώ ένα τέτοιο επίτευγμα. Μάλλον άστοχη απόπειρα χιούμορ ήταν, αλλά ας το ξεχάσουμε αυτό. Για πες μου τώρα, μίλησέ μου για τα σχέδιά σου από δω κι ύστερα.

– Θέλω να γίνω ένας καλός δικαστής και να κάνω μια όμορφη οικογένεια.

– Δεν είναι τόσο απλά αυτά, όσο τα λες.

– Δεν είπα εγώ ότι είναι απλά. Αντίθετα, πιστεύω ότι είναι εξαιρετικά υψηλοί και δύσκολοι στόχοι. Και περισσότερο ο δεύτερος. Η οικογένεια περνάει μεγάλη κρίση στους καιρούς μας και χρειάζεται πολλή αγάπη, πολλή δουλειά, πολλή αφοσίωση, πολλή αντοχή, επώδυνους συχνά συμβιβασμούς, πολλή σύνεση και, κυρίως, βαθειά πίστη, για να χτίσεις και να διατηρήσεις μια όμορφη οικογένεια.

– Αυτό ξαναπέστο! Δεν σου κρύβω πάντως ότι κι εγώ τους ίδιους περίπου στόχους έχω, αν και ξέρω καλά, πως για μια γυναίκα ο συνδυασμός επιτυχημένης καριέρας και όμορφης οικογένειας –με ό,τι αυτά σημαίνουν– είναι πολύ δύσκολος, αν όχι ανέφικτος.

– Έχεις δίκιο. Εγώ θαυμάζω, αλλά και λυπάμαι τις γυναίκες, που αναγκάζονται να παίζουν ταυτόχρονα τους ρόλους της εργαζόμενης, της συζύγου, της νοικοκυράς και της μητέρας! Κι αυτά που λυπάμαι ακόμη περισσότερο είναι τα παιδιά τους, που μεγαλώνουν ουσιαστικά «ορφανά». Πιστεύω πως η παρουσία της μάνας στα πρώτα χρόνια του παιδιού είναι αναντικατάστατη και χρωστάω πολλά στη δική μου μητέρα, που για χάρη μου, άφησε την καριέρα της για τέσσερα χρόνια και την ξανάπιασε, όταν πήγα στο νηπιαγωγείο.

– Κάτι τέτοιο σκέπτομαι να κάνω κι εγώ, αν και όταν αποκτήσω παιδιά και εφ' όσον βέβαια δεν θα έχει ανάγκη η οικογένειά μου, απ' το δικό μου εισόδημα...

Δεν ήθελε ν' ακούσει τίποτ' άλλο ο Άγγελος. Η ομορφιά, το δυνατό μυαλό, η μόρφωσή της, η αγωγή, το χιούμορ, η απουσία άμεσου περιβάλλοντος κι οι απόψεις της Λήδας για τη ζωή από τα μικρά – όπως η ταβέρνα και η μουσική– έως τα σοβαρά –όπως η τεχνολογική εξέλιξη, η οικογένεια κι η ανατροφή των παιδιών– ακόμη, ακόμη και το… ύψος της, είχαν διαλύσει κάθε αρχική επιφύλαξή του. Η πρώτη, επιφανειακή έλξη, που είχε νιώσει για τη Λήδα, είχε αρχίσει να αποκτά έκταση και βάθος και το έντονο αυτό συναισθηματικό σκίρτημά του, είχε αρχίσει να υποστηρίζεται κι απ' τη λογική του. Όλα, τού έμοιαζαν ιδανικά. Έτσι, αποφάσισε να κάνει και το επόμενο βήμα.

~ ~

12ᵒ ΚΕΦΑΛΑΙΟ

– Εσύ πας φιρί–φιρί να με μπλέξεις άσχημα!

Μόλις μπήκε σπίτι της η Λάγια, γδύθηκε, λούστηκε κι έκανε ένα γρήγορο ντους, για να διώξει από πάνω της τη σκόνη και τον θάνατο απ' τους Δίδυμους Πύργους. Το σχέδιο για τη «μεγάλη δημοσιογραφική επιτυχία» είχε ολοκληρωθεί στο μυαλό της. Δεν έλειπε, παρά η εφαρμογή του. Έκατσε στον υπολογιστή της κι από μια απόρρητη διεύθυνση e–mail που είχε, έστειλε ένα μήνυμα:

«Μεγάλη ανάγκη να σε δω γρήγορα, ει δυνατόν σήμερα, ό,τι ώρα θες».

Η απάντηση δεν άργησε να έρθει.

«Σε μία ώρα, στο γνωστό μπαρ».

Η Λάγια έβγαλε ένα στεναγμό ανακούφισης, χτύπησε ελαφρά την παλάμη της πάνω στο γραφείο της κι είπε "Yes"! Αυτή η συνάντηση ήταν το πρώτο βήμα, για την πραγμάτωση του σχεδίου της, που θα την έκανε διάσημη σ' ολόκληρο τον κόσμο, σε χρόνο μηδέν. Πήγε στο ψυγείο, πήρε ένα μπουκάλι γάλα και δυο μπανάνες και γύρισε στο σαλόνι της, άνοιξε την τηλεόραση και παρακολουθούσε τα ρεπορτάζ απ' το μέτωπο των Πύργων. Ο αρχηγός της Αλ Κάιντα, Οσάμα Μπιν Λάντεν, με μαγνητοσκοπημένη δήλωσή του, που προβλήθηκε από όλα τα κανάλια του κόσμου, είχε αναλάβει και επίσημα και με περισσή απάνθρωπη αλαζονεία την ευθύνη του φονικού. «Θαύμα!», αναφώνησε χαμογελώντας περίεργα, σχεδόν χαρούμενα, επειδή το σχέδιό της ήταν βασισμένο ακριβώς στο ότι πίσω από την επίθεση στους Πύργους ήταν πράγματι η Αλ Κάιντα, όπως τους είχε ενημερώσει κι ο Διευθυντής του Rex για τις σχετικές εκτιμήσεις.

Μετά από λίγο, σηκώθηκε, φόρεσε ένα τζιν, ένα μπλουζάκι κι ένα μπουφάν, ένα ζευγάρι μεγάλα γυαλιά ηλίου–καθρέφτες κι ένα καπέλο, με μεγάλο, χαμηλό γείσο, που έκρυβε το μισό πρόσωπό της, πήρε την τσάντα της και περπάτησε μέχρι το μπαρ "Drink–Drink", που ήταν κοντά στο σπίτι της. Μπήκε μέσα κι έριξε μια ματιά τριγύρω, αλλά το ραντεβού της, δεν είχε πάει ακόμη. Κάθισε σ' ένα σκαμπό του μπαρ και παράγγειλε ένα ντράι μαρτίνι. Πριν προλάβει να έρθει το ποτό της, στο άνοιγμα της πόρτας φάνηκε ο Τζελάλ Ακράμ, ένας μαρκαρισμένος, πρώην Ιρακινός τρομοκράτης, που είχε όμως «αλλαξοπιστήσει» και συνεργαζόταν με τις μυστικές υπηρεσίες των ΗΠΑ. Του έκανε νόημα, σηκώνοντας το χέρι της κι εκείνος πήγε και κάθισε στο διπλανό σκαμπό και παράγγειλε μια μπίρα.

– *Καλησπέρα!* τη χαιρέτησε, κοιτώντας μπροστά του.

– *Καλησπέρα! Οι δικοί σου χτύπησαν διάνα σήμερα, ε;* σχολίασε η Λάγια, κοιτάζοντας κι αυτή τον μπάρμαν.

– *Μαύρη διάνα,* είπε απαξιωτικά ο Ακράμ. *Σήμερα γελάνε, αλλά αύριο θα κλαίνε με μαύρο δάκρυ οι «δικοί μου».*

– *Γιατί το λες αυτό;*

– *Γιατί ευκαιρία έψαχνε ο Μπους, για να κάνει επίδειξη της δύναμης της αυτοκρατορίας του και να «εξυπηρετήσει» την πολεμική του βιομηχανία. Και του τη δώσαμε στο πιάτο. Γιατί νομίζεις ότι αποτραβήχτηκα εγώ; Γιατί είδα ότι αυτή η ιστορία της τρομοκρατίας δεν έβγαζε πουθενά. Αλλά ας τ' αφήσουμε αυτά. Πες μου, ποια είναι η «μεγάλη ανάγκη», που με κουβάλησες εδώ άρον–άρον;*

– *Σε θέλω να με βοηθήσεις να κάνω μια «ζαβολιά», που θα με βοηθήσει στην καριέρα μου.*

– *Δηλαδή, σαν τι «ζαβολιά»;*

– *Θέλω να μου βρεις κάποιον πρόθυμο να παραδεχτεί μπροστά στην* κάμερά μου ότι αυτός ήταν, που οργάνωσε την επίθεση στους Δίδυμους Πύργους και το Πεντάγωνο.

– Αυτό δεν είναι «μικρή ζαβολιά». Είναι colpo grosso ή μεγάλη απάτη, μεταξύ μας! Αλλά έτσι ή αλλιώς, είσαι θεότρελη!

– Μπορεί, αλλά είναι μια πολύ χρήσιμη ιδιότητα, μέσα στον θεότρελο κόσμο που ζούμε, είπε με πικρή ειρωνεία η Λάγια και συνέχισε. Δεν μου απάντησες όμως!

– Τι να σου απαντήσω, βρε Λάγια; Πού να βρω κάποιον, που να θέλει να πεθάνει, χωρίς μάλιστα να έχει εξασφαλίσει τον Παράδεισο, όπως πιστεύουμε εμείς οι ανόητοι φανατικοί ισλαμιστές τρομοκράτες; Άσε πού πρέπει να έχει κι άλλες ιδιότητες, εκτός απ' τη θέληση να αυτοκτονήσει.

– Σαν ποιες άλλες ιδιότητες, δηλαδή;

– Να, η οργάνωση ενός τέτοιου χτυπήματος δεν είναι παιχνιδάκι. Ακόμη και για να την περιγράψεις απλώς, χρειάζεται γνώσεις, πείρα και πολύ δυνατό μυαλό.

– Α, αυτό μη σε νοιάζει. Θα του φτιάξω εγώ ένα προφίλ, που θα το ζήλευε κι ο Αϊνστάιν. Όσο για την «αυτοκτονία» του, δεν κινδυνεύει καθόλου. Τη συνέντευξη,της οποίας θα γράψω εγώ και τις ερωτήσεις και τις απαντήσεις, θα την πάρω μόνη μου, σε απροσδιόριστο από το βίντεο σημείο, που θα ορίσουμε μαζί και δεν θα το ξέρει κανένας άλλος!

– Λάγια, ακούς αυτά που λες; Δεν θα το ξέρει λοιπόν κανένας άλλος κι όταν σε ρωτήσει η CIA, θα τους πεις «με συγχωρείτε, επαγγελματικό απόρρητο» κι εκείνοι θα σου φιλήσουν το χέρι και θα σου κάνουν χώρο να περάσεις. Δεν γίνεται, ξέχνα το!

– Γίνεται και θα γίνει. Με ογδόντα χιλιάδες δολάρια για τον «οργανωτή» και είκοσι χιλιάδες για σένα.

– Εσύ πας φιρί–φιρί να με μπλέξεις άσχημα!

– Κανείς δεν πρόκειται να μπλέξει. Το σχέδιο είναι απολύτως στεγανό και ασφαλές κι εσύ ειδικά θα μείνεις εντελώς απ' έξω. Κι αν ανακατευτεί η CIA, πράγμα που είναι πιθανότατο, όπως είπες, θα τους πω ότι ο *«οργανωτής» ήταν εκείνος που είχε την πρωτοβουλία και με πλησίασε, θα τους δώσω κι ένα ψεύτικο όνομα κι ας πάνε να τον βρούνε!*

– Και δεν θα δουν τη φάτσα του στο γυαλί;

– Όχι, βέβαια! Θα τον έχω «πλάτη». Λοιπόν, θα πάρεις τα είκοσι ή να πάω αλλού;

– Εντάξει, Λάγια. Θα το κάνω και το κρίμα στον λαιμό σου...

– Α, μπράβο! Πάρε τώρα μια προκαταβολή, είπε η Λάγια, δίνοντάς του πέντε χιλιάδες δολάρια που έβγαλε απ' την τσάντα της, και τα υπόλοιπα, «άμα τη εμφανίσει», σε τριανταέξι ώρες από τώρα, μέχρι την Τετάρτη το βράδυ. Α, και θέλω και μια φωτογραφία του. Και, για όνομα του Θεού, δεν πρέπει με τίποτα να έχει φάκελο στην Υπηρεσία Εθνικής Ασφάλειας, στη CIA ή στο FBI, ούτε καν κλήση απ' την Τροχαία!

– Έλα, βρε Λάγια! Παιδάκια είμαστε τώρα; Αλλού είναι το πρόβλημα. Δεν προλαβαίνω με τίποτα σε...

– Προλαβαίνεις, προλαβαίνεις, τον έκοψε η Λάγια. Στείλε με μου e–mail ή πάρε με στο κινητό μου, έτσι; Άντε, γεια!

– O.K., γεια.

Το πρώτο τμήμα του σχεδίου της είχε μπει στ' αυλάκι. Έμενε το δεύτερο και πολύ δυσκολότερο. Είχε όμως εκπληκτική δικτύωση, σ' όλα τα επίπεδα και με κάθε είδους ανθρώπους και κατάφερνε να βρίσκει πάντοτε τον κατάλληλο άνθρωπο, για την κάθε δουλειά. Η συγκεκριμένη «δουλειά» βέβαια δεν ήταν συνηθισμένη κι ήταν κι εξαιρετικά επικίνδυνη. Αλλά και γι' αυτή είχε τη λύση. Πήγε σπίτι της, άνοιξε πάλι τον υπολογιστή της και με το ίδιο, απόρρητο e–mail της, έστειλε ένα καινούργιο μήνυμα.

«Επείγουσα ανάγκη καθαρισμού του χώρου μου».

Το μήνυμα προσγειώθηκε στον προσωπικό υπολογιστή ενός πολιτικού υπαλλήλου του Πενταγώνου, που τον είχε γνωρίσει, σε προηγούμενη έρευνά της, σχετικά με τις αμυντικές δαπάνες των ΗΠΑ. Ο Άλαν Μπάρτον ήταν ένας σαρανταπεντάρης, με την κοψιά του γείτονα της διπλανής πόρτας. Όλα πάνω του φώναζαν για μια χρυσή μετριότητα. Αυτή η μετριότητα όμως, έκρυβε ένα σπουδαίο ταλέντο στην ανάληψη και εκτέλεση συμβολαίων θανάτου. Έτσι συμπλήρωνε το εισόδημά του, προκειμένου να ικανοποιεί το πάθος του για τζόγο. Μόλις διάβασε το μήνυμα της Λάγιας, έσπευσε ν' απαντήσει:

«Συνεργείο έτοιμο. Δώστε λοιπά στοιχεία. Κόστος, ογδόντα».

Η Λάγια υπολόγιζε πάντοτε τα πάντα και δεν άφηνε τίποτα στην τύχη. Τα σχέδιά της ήταν πλήρη, καλοδουλεμένα σε κάθε λεπτομέρεια και στεγανά κινδύνων για την ίδια. Προέβλεπε κάθε πιθανή κι απίθανη αναποδιά κι έκλεινε τις τυχόν χαραμάδες. Οπλισμένη με οξύτατο μυαλό και χωρίς την παραμικρή ηθική αναστολή, δεν σταμάταγε πουθενά, προκειμένου να πετύχει τους στόχους της. Έτσι και τώρα, είχε αποφασίσει να εξαφανίσει τον δήθεν «οργανωτή» της τρομοκρατικής επίθεσης, αμέσως μετά τη στημένη συνέντευξη. Ο κίνδυνος να μπλέξει πράγματι με τις Αμερικανικές υπηρεσίες ασφάλειας, να αποκαλυφθεί στο κανάλι η απάτη της ή και να γίνει θύμα εκβιασμού του «οργανωτή» ήταν πολύ πιθανός, όσο θα ζούσε εκείνος και δεν ήταν καθόλου διατεθειμένη να ρισκάρει.

Όταν διάβασε το μήνυμα του Μπάρτον, χαμογέλασε ικανοποιημένη. Το σχέδιό της προχωρούσε προς την ολοκλήρωσή του. Η αμοιβή που ζήταγε ο Μπάρτον —σε χιλιάδες δολάρια φυσικά— ήταν λογική και μέσα στο πλαίσιο της αγοράς του υποκόσμου. Άλλωστε σ' εκείνη δεν θα κόστιζε τίποτα. Είχε σκοπό να ζητήσει και να πάρει εκατό χιλιάδες δολάρια από το κανάλι, όντας σίγουρη ότι ο Κέβιν δεν θα είχε αντίρρηση κι έτσι —όπως είχε σχεδιάσει— δεν επρόκειτο ποτέ να δώσει ούτε σεντ στον «οργανωτή». Επομένως, το κανάλι θα χρηματοδοτούσε όλες τις δαπάνες της απάτης της! Έστειλε αμέσως το μήνυμα συμφωνίας.

«Σύμφωνοι. Συνάντηση επί τόπου για λεπτομέρειες, την επόμενη Τετάρτη το βράδυ, στις 8.30 '».

Παρά το ότι βιαζόταν, δεν μπορούσε να κλείσει το ραντεβού νωρίτερα, γιατί δεν θα είχε τα αναγκαία στοιχεία του «μελλοθάνατου», για να τα δώσει στον Μπάρτον. Έκλεισε τον υπολογιστή της, πήρε την τσάντα της κι έφυγε για το κανάλι, όπου ζήτησε να δει τον Διευθυντή Ειδήσεων και Ενημέρωσης, τον Κέβιν Σκοτ.

– *Καλώς την! Τι καλά κακά νέα μάς φέρνεις;* την καλωσόρισε με το πικρό χιούμορ του ο Κέβιν.

– *Σου ετοιμάζω τη συνέντευξη του αιώνα!*

– *Κι είμαστε ακόμη στην αρχή του!*

– *Τι εννοείς;*

– *Λέω, είμαστε ακόμη στο πρώτο έτος του αιώνα, αλλά εσύ είσαι βέβαιη ότι θα είναι «η συνέντευξη του αιώνα».*

– *Καλά, κορόιδευε εσύ και θα τρίβεις τα μάτια σου και τ' αυτιά σου.*

– *Παρακάτω.*

– *Το μόνο που μπορώ να σου πω τώρα, είναι ότι έχει σχέση με το χτύπημα των Δίδυμων Πύργων και την Αλ Κάιντα.*

– *Α, εσύ μιλάς σοβαρά,* είπε αλλάζοντας το ύφος του ο Σκοτ.

– *Φυσικά και μιλάω σοβαρά. Θα μου υποσχεθείς όμως, ότι δεν θα μου κάνεις καμιά ερώτηση για το πώς, ποιος και λοιπά, ούτε πριν ούτε μετά τη συνέντευξη.*

– *Λίγο επικίνδυνο το ακούω αυτό. Μήπως θα έπρεπε ως υπεύθυνος των ειδήσεων να ξέρω τουλάχιστον το όνομα αυτού, που θα πάρεις τη συνέντευξη; Γιατί, αν –ο μη γένοιτο!– κάπου στραβώσει το πράγμα, μαζί με σένα, θα κλείσουν κι εμένα πίσω απ' τα κάγκελα!*

– *Πίστεψέ με, δεν θέλεις να ξέρεις... Άσε που είναι και πιο ασφαλές και για σένα και για το κανάλι.*

– *Εντάξει, γενηθήτω το θέλημά σου. Φέρε τη συνέντευξη και να 'σαι σίγουρη ότι κανείς δεν πρόκειται να σε ρωτήσει τίποτα. Δεν μπορώ να σου εγγυηθώ όμως, ότι το ίδιο θα κάνουν το FBI ή η CIA.*

– *Άστο πάνω μου αυτό!*

– Ελπίζω να ξέρεις τι κάνεις και ν' αξίζει τον κόπο.

– Γι' αυτό να είσαι σίγουρος. Θα χρειαστούμε όμως εκατό χιλιάδες δολάρια για την αμοιβή αυτού, απ' τον οποίο θα πάρω τη συνέντευξη.

– Εκατό χιλιάδες δολάρια, ε; Εντάξει. Αν είναι όπως τα λες, ακούγεται μια λογική τιμή.

– Ωραία! Α, και θέλω και δεκαπέντε λεπτά στο κεντρικό δελτίο ειδήσεων των έξη.

– Αν τα καταφέρεις, αυτό είναι αυτονόητο!

– Δεν υπάρχει «αν», μόνον το πότε. Υπολογίζω ότι, αν όλα πάνε όπως τα έχω σχεδιάσει, θα την έχω σε δυο–τρεις μέρες.

– Εντάξει, θα τη βγάλω την Πέμπτη ή την Παρασκευή.

– Ο.Κ., είπε η Λάγια και χαιρέτησε τον Σκοτ, απολύτως ικανοποιημένη απ' την έκβαση της συζήτησης.

Το ίδιο απόγευμα χτύπησε το απόρρητο κινητό της. Ήταν ο Ακμάρ.

– Ακούω, απάντησε κοφτά.

– Αύριο το πρωί η συνάντηση. Πού θες;

– Στην αποβάθρα του μετρό, στον σταθμό Broadway, στις οκτώ και μισή το πρωί ακριβώς.

– Ο.Κ. Έχω δώσει τη φωτογραφία σου, θα σου πει: «Έρχεται καύσωνας» κι εσύ θ' απαντήσεις «Ναι, αλλά δεν θα κρατήσει πολύ». Το υπόλοιπο ρευστό, πότε θα το παραλάβω;

– Αύριο, στις εννιά και μισή το πρωί.

– Εντάξει. Καλή τύχη!

– Ευχαριστώ, γεια.

Στις οκτώ και τέταρτο το πρωί της επομένης, η Λάγια ήταν στο καθορισμένο σημείο της συνάντησης. Στις οκτώμισι ακριβώς, μια ψηλόλιγνη, μελαψή, πανέμορφη κοπέλα, με μαύρα κοντά μαλλιά και αμυγδαλωτά μαύρα μάτια, κατευθύνθηκε κατ' ευθείαν πάνω της. Κάτι θα συνέβη στον «οργανωτή» και μου στέλνει μήνυμα, σκέφτηκε. Μόλις πλησίασε κοντά στη Λάγια η κοπέλα, την κοίταξε καλά και της είπε με σιγουριά:

– *Έρχεται καύσωνας.*

– *Ναι, αλλά δεν θα κρατήσει πολύ,* απάντησε διστακτικά η Λάγια.

– *Με λένε Μαλίκα κι είμαι στη διάθεσή σου,* είπε η νεαρή γυναίκα.

– *Μάλιστα... Και;* ρώτησε, αποσυντονισμένη η Λάγια, που δεν μπορούσε ακόμη να καταλάβει, τι συνέβαινε.

– *Εγώ πρέπει να σε ρωτήσω,* απάντησε η Μαλίκα.

– *Εσύ;* ρώτησε αμήχανα η Λάγια.

– *Τι εννοείς; Δεν σου κάνω;*

– *Όχι... δεν... Απλώς περίμενα άντρα, αλλά φυσικά και μου κάνεις κι εσύ,* είπε τέλος η Λάγια, που κατάλαβε ότι ο «οργανωτής» ήταν τελικά «οργανώτρια».

Κρύβοντας όσο μπορούσε την έκπληξή της, από τον «οργανωτή», που της είχε στείλει ο Ακράμ, περιέγραψε στη Μαλίκα το σχέδιό της και της πρότεινε να συναντηθούν το επόμενο απόγευμα, της Πέμπτης, στις τρεις, σ' ένα εγκαταλελειμμένο κτήριο, στους εκατόν τριάντα επτά δρόμους του Χάρλεμ. Το είχε εντοπίσει, πριν από καιρό και φυσικά το είχε «επιθεωρήσει» την προηγουμένη, για να είναι βέβαιη ότι δεν το έχουν καταλάβει άστεγοι κι ότι κάνει πράγματι για τη δουλειά που το ήθελε. Στο τέλος της συνέντευξης θα της έδινε –της είπε– τα ογδόντα χιλιάδες δολάρια κι ένα πλαστό διαβατήριο για τη διαφυγή της, που θα έφτιαχνε εν τω μεταξύ, με τη φωτογραφία της, που ζήτησε και πήρε. Σφίξανε τα χέρια και συμφώνησαν να πάνε –για καλό και για κακό– χωριστά στο ραντεβού, με χρονική απόσταση δεκαπέντε λεπτών η μια απ' την άλλη.

Η Λάγια έτριβε νοερά τα χέρια της κι είχε αρχίσει ήδη να καταστρώνει στο μυαλό της τη «συνέντευξη», για την οποία βέβαια έπρεπε να ετοιμάσει και τις δικές της ερωτήσεις, αλλά και τις απαντήσεις, που θα έδινε δήθεν η Μαλίκα, καθώς και το προφίλ της «οργανώτριας». Έβλεπε ήδη τη ζήλεια και τον φθόνο των συναδέλφων της και τον γύρο που θα έκανε η συνέντευξή της στα Μέσα Ενημέρωσης όλου του κόσμου, ενώ το όνομά της θα γινόταν διάσημο μέσα σε λίγες μόνον ώρες.

Τώρα δεν έμενε, παρά να ετοιμάσει το πλαστό διαβατήριο της Μαλίκα –δουλειά πανεύκολη, που γινόταν μ' ένα απλό τηλεφώνημα στον κατάλληλο άνθρωπο– και να δώσει στον Μπάρτον τις τελευταίες οδηγίες, για το «καθάρισμα» του τοπίου και την εξαφάνιση κάθε ίχνους της απάτης της και της κατ' εντολή της δολοφονίας. Έμενε βέβαια ανοιχτή μια χαραμάδα στο σχέδιό της, ο Ακράμ, αλλά για κάποιο λόγο, που δεν μπορούσε να εξηγήσει, του είχε απόλυτη εμπιστοσύνη. Άλλωστε, δεν μπορούσε να «καθαρίσει» κι αυτόν. Δυο φόνοι έπεφταν πολύ βαριοί, ακόμη και για τους δικούς της ώμους!

Το ίδιο βράδυ, με καθυστέρηση δεκαπέντε λεπτών απ' το προγραμματισμένο ραντεβού, ο Μπάρτον χτύπησε το κουδούνι της.

– Καλησπέρα!

– Καλησπέρα, αλλά άργησες κι αυτό είναι αντίθετο με τον επαγγελματισμό σου, είπε σε κάπως αυστηρό τόνο η Λάγια.

– Έχεις δίκιο, συγνώμη, αλλά κάποια στιγμή νόμιζα ότι με παρακολουθούσαν κι έκανα μερικούς γύρους, για να με χάσουν.

– Σε παρακολουθούσαν; ρώτησε ανήσυχη.

– Όχι, τελικά ήταν ευτυχώς μόνον η εντύπωσή μου, αλλά όπως ξέρεις καλά, ειδικά στη δουλειά μας, το «φύλαγε τα ρούχα σου» αποτελεί απαράβατο κανόνα επιβίωσης και επιτυχίας.

Αυτό το «στη δουλειά ΜΑΣ» δεν της άρεσε πολύ, αλλά δεν το έδειξε.

– Λοιπόν, επειδή βιάζομαι πολύ, γιατί πρέπει να πάω στο κανάλι κι η αναπάντεχη αργοπορία σου, μ' έβγαλε απ' το πρόγραμμά μου, να σου πω τα καθέκαστα. Ο στόχος είναι αυτός, είπε η Λάγια, δείχνοντάς του

τη φωτογραφία της Μαλίκα και πρέπει να...

– *Γυναίκα;* τη διέκοψε, απορώντας ο Μπάρτον.

– *Γιατί, σε χαλάει αυτό;*

– *Όχι, αντίθετα γουστάρω, γιατί είναι η πρώτη φορά στη... σταδιοδρομία μου, που μου ανατίθεται καθαρισμός φούστας. Πού θα τη βρω;*

– *Αν δεν με διέκοπτες, αυτό ακριβώς θα σου έλεγα. Λοιπόν, αύριο το απόγευμα στις τρεις, θα είμαι μαζί της, Μαλίκα τη λένε, για μια συνέντευξη στον τρίτο όροφο του εγκαταλελειμμένου κτηρίου, στους εκατόν τριάντα επτά δρόμους, το ξέρεις...*

– *Ναι, συνέχισε.*

– *Γύρω στις τρεις και μισή θα έχουμε τελειώσει. Θα της πω να περιμένει εκεί ένα δεκάλεπτο, ώσπου να απομακρυνθώ εγώ. Εκεί ακριβώς μπαίνεις εσύ στο κάδρο. Δεν ξέρω και δεν με νοιάζει, πώς έχεις σχεδιάσει τη δουλειά, αλλά το πτώμα της δεν πρέπει με κανένα τρόπο να είναι αναγνωρίσιμο.*

– *Αυτό που ζητάς είναι πάρα πολύ δύσκολο. Όλες τις δουλειές μου τις τελειώνω από μακριά.*

– *Ε, αυτή τη φορά, θα την τελειώσεις από κοντά!*

– *Ναι, εσύ το βρίσκεις απλό, αλλά εγώ παίζω το κεφάλι μου κορώνα– γράμματα!*

– *Γι' αυτό ακριβώς παίρνεις και τα ογδόντα χιλιάρικα, τα οποία, σημείωσε, θα τα πάρεις απ' την τσάντα της.*

– *Από την τσάντα, της πώς τη λέμε; Της... Μαλίκα;*

– *Ναι, είναι η αμοιβή της για τη συνέντευξη κι εκεί θα τα έχει βάλει σίγουρα.*

– *Μια χαρά τα έχεις σχεδιάσει, βλέπω! Μ' ένα σμπάρο, δυο τρυγόνια! Είναι πάντως η πρώτη φορά στην καριέρα μου, που θα με πληρώσει το θύμα!* σχολίασε σαρκαστικά ο Μπάρτον.

– Ε, τι περίμενες; Να θάψω, μαζί με τον «οργανωτή», ογδόντα χιλιάρικα; απάντησε εκείνη.

– Ωραία. Κι αν δεν τα βάλει στην τσάντα της;

– Άλαν, μη με προκαλείς να σε ρωτήσω, πού αλλού νομίζεις ότι μπορεί να τα βάλει!

– Εντάξει... Κι αν δεν κάτσει, να περιμένει, όπως λες;

– Το θεωρώ απίθανο, αλλά τότε το έργο σου θα γίνει λίγο πιο δύσκολο, γιατί θα πρέπει να βρεις άλλο καθαριστήριο, σε άλλη στιγμή! του είπε σαν «αφεντικό» και τον χαιρέτησε. *Άντε στο καλό!*

– Στο κακό, εννοείς! Θα σ' ενημερώσω αμέσως, όταν καθαρίσω τη φούστα.

Ο σχεδιασμός είχε ολοκληρωθεί. Έμενε η εκτέλεση, μεταφορικά και κυριολεκτικά. Το πρώτο που έπρεπε να κάνει, ήταν να γράψει τη συνέντευξη, που θα αποτελούσε τον πύραυλο της εκτόξευσής της στο παγκόσμιο στερέωμα των επιτυχημένων δημοσιογράφων. Θα τη γράψω το πρωί, γιατί τώρα πρέπει να πάω στο κανάλι, σκέφτηκε, αν και δεν της άρεσε να αφήνει πράγματα για την τελευταία στιγμή.

~ ~

13ο ΚΕΦΑΛΑΙΟ

– Βρε, παλιάνθρωπε, βρε μασκαρά, τι είναι αυτό;

Εκείνο το βράδυ στο κηφισιώτικο κουτούκι έμελλε να είναι η αρχή ενός μεγάλου, αμοιβαίου έρωτα και μιας σχέσης ζωής, ανάμεσα στη Λήδα και τον Άγγελο. Όση ήταν η διαφορά στο χρώμα του δέρματός τους, τόση ήταν η συμφωνία κι η αρμονία τους σε όλα τα άλλα, καθημερινά και σημαντικά, μικρά και μεγάλα. Λες και κάποιος είχε συντονίσει αυτές τις δυο υπάρξεις ακριβώς στα ίδια κύματα! Ο δεσμός τους «επισημοποιήθηκε» λίγες μέρες αργότερα στο σπίτι της Λήδας, όταν για πρώτη φορά ενώθηκαν «εις σάρκα μίαν», με συγκλονιστικό τρόπο και για τους δυο.

Την πρώτη αυτή φορά δεν χρειάστηκαν «κόλπα» ούτε καν απλά προκαταρκτικά παιχνίδια. Ήταν τόσο διψασμένοι κι δυο, που μόλις τα γυμνά σώματά τους άγγιξαν τα μεταξωτά σεντόνια βρέθηκαν ενωμένα, κινημένα λες αυτόνομα, από δική τους πρωτοβουλία, πριν καν λάβουν τη σχετική εντολή απ' τον εγκέφαλο. Τα δυο ετερόχρωμα κορμιά, μπλεγμένα στο δίχτυ της ηδονής, με συγχρονισμένες, απαλές, πλαστικές κινήσεις, έδιναν ρεσιτάλ χορού, πάνω στο μεταξωτό ταπί του κρεβατιού, ενώ παράλληλα, το άσπρο και το μαύρο σύμπλεγμα έφτιαχνε περίεργες σκιερές και φωτεινές φιγούρες, καθώς σάλευε, στριφογύριζε, παλλόταν και σφάδαζε από ηδονή, δημιουργώντας ένα υπέροχο ζωγραφικό πίνακα πάνω στον μεταξένιο καμβά. Κι όταν ήρθε εκείνη η μοναδική, η ανεπανάληπτη, η θεία στιγμή της ολοκλήρωσης, ο χορός έγινε πρωτόγονος, άγριος, με βρυχηθμούς και άναρθρες κραυγές.

Ένα μήνα αργότερα, ο Άγγελος μετακόμισε στο ιδιόκτητο πεντάρι ρετιρέ της Λήδας, στη Στρατιωτικού Συνδέσμου, με φανταστική θέα στην Αθήνα και τον Σαρωνικό.

Εν τω μεταξύ η Λήδα είχε εκσυγχρονίσει κι εμπλουτίσει, σε επίπλωση, εξοπλισμό και ανθρώπινο δυναμικό το Συμβολαιογραφείο, που της έδινε ένα πολύ γερό εισόδημα κι ο Άγγελος, είχε διοριστεί Εισαγγελέας Πρωτοδικών.

Ένα βράδυ, η Λήδα γύρισε πολύ αργά απ' την υπογραφή ενός μεγάλου συμβολαίου πώλησης μιας πολυτελούς βίλας στη Μύκονο, που είχε τραβήξει σε μάκρος, εξ αιτίας της μεμψιμοιρίας του αγοραστή, σε σχέση με κάποια «παράνομα» τετραγωνικά της βίλας. Ο Άγγελος την περίμενε, όπως πάντα στο γραφείο του, διαβάζοντας κάποιες δικογραφίες, γιατί κατά κανόνα η Λήδα γύριζε μετά από εκείνον.

– Καλώς την κυρά μου!

– Καλησπέρα, αγάπη μου, είπε η Λήδα φανερά κουρασμένη.

– Είσαι ψόφια, ε;

– Όχι, ακριβώς, αλλά μου έσπασε τα νεύρα αυτός ο καρμίρης.

– Ποιος καρμίρης;

– Να μωρέ, ένας μίζερος κι αρχιτσιγκούναρος νεόπλουτος, που αγόρασε μια βίλα στη Μύκονο και το μόνο που δεν ζήτησε, ήταν να μπει στο συμβόλαιο ποινική ρήτρα, σε περίπτωση που θα 'βρισκε ποντίκια στο σπίτι!

– Τι να κάνουμε, καρδιά μου, έχουνε και τα στραβά τους τα επαγγέλματά μας. Να ετοιμάσω να φάμε; Έχει ωραία γεμιστά και κοκκινιστό κουνέλι με πουρέ μελιτζάνας.

– Εγώ θα φάω μόνο μια γεμιστή ντομάτα με λίγη φέτα, αν έχουμε.

– Έχουμε. Ξεντύσου εσύ και πάω εγώ να ετοιμάσω.

Όταν έκατσαν στο τραπέζι, που είχε στρώσει ο Άγγελος στην κουζίνα, ρώτησε τη Λήδα:

– *Νομίζω ότι είναι ώρα να γνωρίσεις τους γονείς μου. Τι λες;*
– *Και αργήσαμε νομίζω.*

– *Ωραία. Πότε σε βολεύει;*

– *Δεν ξέρω, δεν έχω πρόβλημα, όποτε μπορούν εκείνοι. Απλώς πες το μου μια δυο μέρες πριν, για να μην κλείσω κανένα συμβόλαιο και να φτιάξω λίγο τα μαλλιά μου.*

– *Ωραία, μάλλον την Πέμπτη, γιατί ο πατέρας λείπει σ' ένα έργο της ΔΕΗ, στην Πτολεμαΐδα και θα γυρίσει την Τετάρτη.*

– *Εντάξει, η Πέμπτη είναι μια χαρά.*

Το απόγευμα της Πέμπτης η Λήδα έφυγε νωρίς απ' το γραφείο της, πήγε στο κομμωτήριο κι όταν γύρισε σπίτι της, ξάπλωσε λίγο, έκανε ένα μπάνιο κι άρχισε να ετοιμάζεται για το βραδινό «οικογενειακό» δείπνο. Την ώρα που ετοιμαζόταν, σκεπτόταν, τι θα μπορούσε να πάει στα μελλοντικά πεθερικά της, για δώρο. Ξαφνικά της ήρθε μια ιδέα. Σταμάτησε το βάψιμο των χειλιών της στη μέση κι έτρεξε σχεδόν σ' ένα παλιό, ξύλινο σεντούκι, με επένδυση δέρματος, μπρούτζινους μεντεσέδες και κλειδαριά, μέσα στο οποίο φύλαγε παλιά ενθύμια, μικρούς οικογενειακούς «θησαυρούς». Το άνοιξε κι άρχισε να ψαχουλεύει με αδημονία, ώσπου βρήκε αυτό που έψαχνε. Ήταν μια παλιά, σκαλισμένη με πολλή τέχνη, υπέροχη φιλντισένια κορνίζα, διακοσμημένη με ασημένια ανθέμια. Την πήρε, την καθάρισε, τη γυάλισε, έβαλε μέσα μια φωτογραφία της με τον Άγγελο, την τοποθέτησε προσεκτικά σ' ένα όμορφο μπλε κουτί και την τύλιξε με μια ασημένια κορδέλα. Στην κάρτα έγραψε:

«Για να είμαστε πάντα κοντά σας.
Με όλη την αγάπη μας

Άγγελος–Λήδα»

Εν τω μεταξύ γύρισε κι ο Άγγελος απ' τη δουλειά του, ενώ είχε ήδη φροντίσει να στείλει στους γονείς του μια ανθοδέσμη με «παραδεισένια πουλιά». Ετοιμάστηκε κι αυτός και ξεκίνησαν για το σπίτι των γονιών του. Στον δρόμο, διαισθάνθηκε ότι η Λήδα ένιωθε λίγο πιεσμένη.

– Έχεις τρακ, αγάπη μου; τη ρώτησε.

– Λοιπόν, δεν θα το πιστέψεις, αλλά ναι!

– Με κοροϊδεύεις! Πώς και γιατί μπορεί να έχει τρακ μια πανέμορφη, πανέξυπνη, μορφωμένη, επαγγελματίας, γοητευτική και πάνω απ' όλα γλυκειά σαν καραμέλα κοπέλα, όπως ο άγγελός μου;

– Αγάπη μου, τα μπέρδεψες. Εσύ είσαι ο Άγγελός μου. Εγώ είμαι η Λήδα σου, αστειεύτηκε αμήχανα εκείνη. Αν θες όμως μια σοβαρή απάντηση, αυτό το «συμβόλαιο», που καλούμαι να κλείσω σε λίγο, είναι το πιο σημαντικό της ζωής μου και θέλω να είναι το τέλειο συμβόλαιο! Δεν είναι λοιπόν φυσικό να είμαι λίγο ανήσυχη;

– Όχι, γιατί σίγουρα θα είναι το τέλειο συμβόλαιο!

– Χαρά μου, πώς μπορείς να είσαι τόσο σίγουρος; Άλλο το πώς με βλέπεις εσύ κι άλλο το πώς θα δουν οι γονείς του μοναχοπαιδιού τους την «εισβολέα» στην οικογένειά τους.

– Όταν γνωρίσεις τους «αντισυμβαλλόμενους», θα σού φύγει κάθε ανησυχία. Μακάρι άλλωστε όλες οι οικογένειες να είχαν τέτοιους εισβολείς! Έλα, καλή μου, μην το σκέπτεσαι άλλο! Φόρα το υπέροχο χαμόγελό σου και θα δεις πως οι γονείς μου θα σε λατρέψουν!

– Καλά! Για καλό και για κακό όμως, δεν μου δίνεις σε παρακαλώ ένα Λεξοτανίλ!

– Λεξοτανίλ; Πού να το βρω εδώ; ρώτησε έκπληκτος.

– Ένα φιλί, εννοώ χαζέ!

Ο Άγγελος έκοψε αμέσως ταχύτητα, σταμάτησε το αυτοκίνητο στην άκρη του δρόμου, αγκάλιασε σφιχτά τη Λήδα και της έδωσε ένα μεγάλο, ερωτικό και τρυφερό φιλί.

– Μμμ! Εκπληκτικό φάρμακο! Ελπίζω, όπως λένε, να μην είναι εθιστικό, αν και νομίζω ότι είμαι ήδη εξαρτημένη, είπε η Λήδα, φτιάχνοντας τα μαλλιά της και τη μπλούζα της.

Τους υποδέχθηκαν με φανερή χαρά, συγκίνηση και ανοιχτές αγκαλιές. Η μητέρα του Άγγελου ευχαρίστησε τον γιο της για τα λουλούδια, ενώ ταυτόχρονα άνοιγε το κουτί, που της είχε δώσει η Λήδα.

– Τι όμορφη κορνίζα! Αλλά ακόμη πιο όμορφη είναι η κάρτα, σχολίασε αυθόρμητα κι αγκαλιάζοντας τη Λήδα τη φίλησε και της είπε, *σ' ευχαριστώ πολύ γλυκειά μου, θα τη βάλω εδώ, πάνω από το τζάκι, για να βλέπουμε και να έχουμε πάντα κοντά μας τα αγαπημένα μας παιδιά. Ελάτε, καθίστε!*

Κάθισαν, ο Άγγελος κι Λήδα στον καναπέ, απέναντι στο τζάκι κι οι γονείς του σε δυο πολυθρόνες, δεξιά κι αριστερά απ' τον καναπέ. Η Λήδα, όπως είχε προβλέψει ο Άγγελος, δεν δυσκολεύτηκε καθόλου ούτε έκανε κάποια ιδιαίτερη προσπάθεια, για να κερδίσει την εκτίμηση και τη βαθειά συμπάθεια των πεθερικών της. Ήταν έτσι κι αλλιώς αξιαγάπητη και την αγκάλιασαν αμέσως και κυριολεκτικά και μεταφορικά.

– Ξέρω πολύ καλά, Λήδα, ότι τίποτα και κανένας δεν μπορεί να υποκαταστήσει τη μάνα και τον πατέρα, αλλά πολύ θα θέλαμε να μας θεωρείς δικούς σου ανθρώπους, είπε κάποια στιγμή, φανερά συγκινημένη η μητέρα του.

– Σας ευχαριστώ πολύ για την αγάπη σας και να είστε βέβαιοι ότι κι εγώ θα είμαι ευτυχής, αν καταφέρω να γίνω άξια κόρη σας!

Ο Άγγελος σηκώθηκε απ' τον καναπέ και πήγε κι αγκάλιασε σφιχτά και φίλησε πρώτα τη μητέρα του κι ύστερα τη Λήδα.

– Είμαι ο πιο ευτυχισμένος άνθρωπος στον κόσμο και το χρωστάω σε σας τις δυο, είπε, ενώ προσπαθούσε να κρατήσει ένα δάκρυ, που απειλούσε να κυλήσει από τα μάτια του.

– Κάτι μου λέει, ότι εμένα με ξεχάσατε, είπε, μεταξύ αστείου και σοβαρού ο πατέρας του και μάλλον το εννοούσε.

– Είναι λίγο παραπονιάρης, αλλά είναι ο καλύτερος σύζυγος και πατέρας

στον κόσμο, είπε η μητέρα του, απευθυνόμενη στη Λήδα, ενώ έστειλε με το χέρι της ένα φιλί στον άντρα της.

– Αν κρίνω απ' τον γιο του, δεν χρειάζεται άλλη απόδειξη, συνέχισε την επίθεση αγάπης προς τον μελλοντικό πεθερό της η Λήδα και τη συνέχισε ο Άγγελος, που είπε:

– Πατέρα, για να σε ξεχάσει ο γιος σου, θα πρέπει να κάνεις ένα άλλο γιο, γιατί αυτός που έχεις σε λατρεύει και δεν θα ξεχάσει ποτέ!

– Εντάξει, εντάξει, με πείσατε! Ένα αστείο έκανα, είπε φανερά ευχαριστημένος από τις εκδηλώσεις αγάπης και των τριών ο πατέρας του.

Η βραδιά κύλησε υπέροχα. Μπορούσες ν' απλώσεις το χέρι σου και να πιάσεις αγάπη, που ήταν διάχυτη στον χώρο. Ένας τρίτος θα νόμιζε, ότι είναι μια από καιρό ενωμένη κι ευτυχισμένη οικογένεια.

Όταν έφυγαν, ο Άγγελος είπε στη Λήδα μέσα στ' αυτοκίνητο:

– Σ' ευχαριστώ, καρδιά μου!

– Εγώ πρέπει να σ' ευχαριστήσω για την οικογένεια που μου ξαναδίνεις. Κι είχες τόσο δίκιο! Οι γονείς σου είναι δυο υπέροχα πλάσματα κι ομολογώ ότι δεν περίμενα τέτοια και τόση αγάπη από την πρώτη στιγμή.

– Αυτά τα πράγματα είναι καθρέφτης αγάπη μου. Ό,τι προβάλλεις, αυτό παίρνεις. Είσαι ένας υπέροχος άνθρωπος κι ευχαριστώ εσένα που υπάρχεις και τον Θεό, που σ' έφερε σε μένα.

– Κι εγώ, αγάπη μου, είπε η Λήδα και σκύβοντας του έδωσε ένα ζεστό φιλί στο στόμα.

Μερικούς μήνες αργότερα, ο Άγγελος έκανε και το επόμενο βήμα, για την ουσιαστική και τυπική δημιουργία της οικογένειάς του. Ήταν Σάββατο βράδυ και πρότεινε στη Λήδα να πάνε σε μια ψαροταβέρνα, στη Φρεαττύδα, με θαυμάσια θαλασσινά και ψάρια και όμορφη θέα στον Σαρωνικό.

Παραγγείλανε στρείδια, ψητό χταπόδι, γόνο καλαμαριού, ψίχα καραβίδας, μια πελαγίσια τσιπούρα και χόρτα. Πρώτα σερβίρισε το γκαρσόνι τα στρείδια κι άσπρο κρασί «Αθήρι». Τα στρείδια, σερβιρισμένα έξι σε κάθε πιάτο, με επιδέξια ζωγραφική γαρνιτούρα φύκια και κομμάτια λεμονιού, ήταν μεγάλα και κλειστά κι ο Άγγελος προθυμοποιήθηκε να τ' ανοίξει για τη Λήδα.

– Όχι, αγάπη μου, σ' ευχαριστώ, γιατί το άνοιγμα είναι για μένα κομμάτι της απόλαυσης, του είπε εκείνη κι ο Άγγελος δεν επέμεινε καθόλου.

Ήταν το τρίτο στρείδι, που άνοιγε η Λήδα, όταν της ξέφυγε ένα δυνατό επιφώνημα.

– Τι είναι, Λήδα μου, κόπηκες; τη ρώτησε με προσποιητή ανησυχία.

Η Λήδα είχε μείνει άφωνη, με το στόμα ανοιχτό και με μάτια διάπλατα από την έκπληξη κοίταζε μια τον Άγγελο και μια το ανοιγμένο στρείδι, μέσα στο οποίο υπήρχε ένα δαχτυλίδι, με περίτεχνο πλατινένιο δέσιμο κι ένα μεγάλο ροζ μαργαριτάρι.

– Βρε, παλιάνθρωπε, βρε μασκαρά, τι είναι αυτό; Πώς κατάφερες να το βάλεις μέσα σε κλειστό στρείδι;

– Με λίγη UHU κάνει κανείς θαύματα! είπε ο Άγγελος γελώντας από χαρά κι ικανοποίηση για την έκπληξη, που της είχε σκαρώσει.

– Είναι υπέροχο, αγάπη μου και σ' ευχαριστώ πάρα πολύ, αλλά...

– Αλλά, τι; τη διέκοψε ανήσυχος.

– Να... Απ' όσο θυμάμαι, δεν έχουμε σήμερα κάποια επέτειο και σίγουρα δεν είναι σήμερα ούτε η γιορτή μου ούτε τα γενέθλιά μου.

– Άαα, αυτό; είπε, ανακουφισμένος. *Όχι, δεν έχουμε επέτειο, αλλά από δω κι ύστερα θα έχουμε τη σημερινή μέρα, που σου ζητάω να γίνεις γυναίκα μου και να κάνουμε εκείνη την όμορφη οικογένεια, που λέγαμε!*

– Αγάπη μου, άγγελέ μου, λατρεία μου, είπε η Λήδα που έσκυψε, τον αγκάλιασε και του έδωσε ένα ερωτικό φιλί στο στόμα.

– *Σ' ευχαριστώ, καρδιά μου, είπε ο Άγγελος, πνιγμένος ακόμη στην αγκαλιά της, αλλά απάντηση στην πρότασή μου δεν άκουσα, συμπλήρωσε μισοαστεία, μισοσοβαρά.*

– *Δηλαδή ποια καλύτερη απάντηση από αυτό κι άλλο ένα φιλί, θα περίμενες; είπε η Λήδα, που ξαναπήρε διψασμένη τα χείλια του Άγγελου.*

~ ~

14ᴼ ΚΕΦΑΛΑΙΟ

Και θα το δεις και θα το πιστέψεις!

Η Λάγια ξύπνησε πολύ νωρίς εκείνο το πρωί, πράγμα που δεν το συνήθιζε. Είχε βάλει το ξυπνητήρι στις έξι και τον χρονοδιακόπτη της καφετιέρας στις έξι παρά τέταρτο. Σηκώθηκε με κόπο και δύσθυμη απ' το κρεβάτι της και τρίβοντας τα μισόκλειστα μάτια της, πήγε κατ' ευθείαν στην κουζίνα, όπου γουργούριζε ήδη η καφετιέρα, υπακούοντας στην εντολή του χρονοδιακόπτη της. Γέμισε μια μεγάλη κούπα, με τη φωτογραφία των περήφανων, πριν απ' την καταστροφή τους Δίδυμων Πύργων, τυπωμένη πάνω στην πορσελάνη, ήπιε δυο μεγάλες γουλιές και, παίρνοντας μαζί της την κούπα, πήγε στο μπάνιο. Έκανε ένα ντους, έπλυνε τα δόντια της, έριξε δυο βιαστικές βουρτσιές στα ανακατεμένα απ' τον ύπνο μαλλιά της, ήπιε άλλες δυο γουλιές καφέ και, πάντα μαζί με την κούπα της, πήγε στον φορητό υπολογιστή της. Τον άνοιξε, μαζί με την τηλεόραση, αλλά χωρίς ήχο και βάλθηκε να εφεύρει ένα πειστικό σύντομο βιογραφικό της Μαλίκα και να «στήσει» τη συνέντευξη.

Ήταν σε μεγάλα κέφια και τα δάχτυλά της, παρ' όλο που έτρεχαν με φρενιτιώδη ρυθμό πάνω στα πλήκτρα του υπολογιστή, δεν προλάβαιναν να κατεβάσουν από το μυαλό της στην οθόνη τον χείμαρρο των ιδεών που την κατέκλυζε. Όταν τέλειωσε ολόκληρη τη συνέντευξη σε ελάχιστο χρόνο, την ξαναδιάβασε προσεκτικά και σε επίπεδο κειμένου και σκηνοθετικά και μετά τη διάβασε φωναχτά, για να δει πώς ακουγόταν. Έμεινε απολύτως ευχαριστημένη και, εκτός από μερικές ελαφρές φραστικές πινελιές, δεν άλλαξε τίποτα. Ήταν πανέτοιμη για το "colpo grosso"!

Φόρτωσε σε τρία CD και τύπωσε σε τρία αντίτυπα τη συνέντευξη και μετά την έσβησε, μαζί με όλα τα σχετικά ηλεκτρονικά μηνύματα, έκλεισε τον υπολογιστή και μπήκε στο μπάνιο, για να βαφτεί και να φτιάξει τα μαλλιά της. Μετά πήγε στην κρεβατοκάμαρά της κι έβαλε μια κατακόκκινη μπλούζα, με μακριά μανίκια, μια μπλε φούστα κι ένα λευκό, μακρύ φουλάρι, που τύλιξε με χάρη, γύρω απ' τον λαιμό της. Έβαλε στην τσάντα της τα CD και τα αντίτυπα της συνέντευξης και τον φορητό υπολογιστή της κι έφυγε τρέχοντας για το κανάλι. Μόλις έφτασε, πήγε κατ' ευθείαν στο γραφείο του Διευθυντή της.

– Καλώς την! Πολύ πρωινή βλέπω σήμερα.

– Ναι, γιατί σήμερα είναι μια μεγάλη, η μεγαλύτερη ίσως, μέρα για το κανάλι μας!

– Γιατί, θα μου φέρεις συνέντευξη του Μπιν Λάντεν;

– Περίπου! Εγώ θα είμαι έτοιμη κατά τις πέντε. Κανόνισε το πρόγραμμα. Η διάρκεια θα είναι περίπου δεκαπέντε λεπτά, στα οποία το Rex θα γράψει ιστορία.

– Κοίτα, Λάγια, αρκετά με τους γρίφους! είπε ελαφρά εκνευρισμένος ο Σκοτ. *Τι ετοιμάζεις, τι θα μου φέρεις; Δεν μπορώ στα τυφλά ν' αλλάξω το πρόγραμμα του καναλιού.*

–Δηλαδή, δεν μου έχεις εμπιστοσύνη; τον ρώτησε εκείνη, μισοαστεία, μισοσοβαρά.

– Εμπιστοσύνη σου έχω, αλλά εδώ μου μιλάς για πολύ μεγάλο κι ίσως επικίνδυνο πράγμα και πρέπει να ξέρω.

– Εντάξει λοιπόν, έχω ραντεβού, μ' ένα υψηλόβαθμο στέλεχος της Αλ Κάιντα. Τα υπόλοιπα θα τα δεις στο βίντεο.

– Στέλεχος της Αλ Κάιντα; Δεν νομίζεις ότι δεν είναι ώρα για αστεία;

– Καθόλου αστεία! Μιλάω απολύτως σοβαρά. Θα σου έχω συνέντευξη με στέλεχος της Αλ Κάιντα και μάλιστα υψηλόβαθμο, όπως σου είπα!

– Είσαι τρομερή! Να το δω και να μην το πιστεύω!

– Και θα το δεις και θα το πιστέψεις, του είπε με αυτοπεποίθηση κι έφυγε, κλείνοντάς του το μάτι και με υψωμένο προς την πλευρά του τον αντίχειρα του δεξιού χεριού της.

Πήγε πρώτα στο τμήμα των σκηνικών, πήρε κι έβαλε μέσα σε μια τεράστια μαύρη τσάντα δεκαπέντε μεγάλα, λευκά χαρτόνια, ένα θαλασσί φόντο –που θα το έστηνε πίσω απ' τη Μαλίκα, για να μην μπορεί με κανένα τρόπο να εντοπιστεί ο τόπος της συνέντευξης– ένα φωτιστικό με μπαταρίες και δυο τρίποδα, πήρε στο χέρι της μια φορητή κάμερα και πήγε στο γραφείο της. Τακτοποίησε κάποιες μικροεκκρεμότητες κι άρχισε να κοιτάει κάθε τόσο το ρολόι της. Δεν έβλεπε την ώρα να παίξει, ως πρωταγωνίστρια, την τελευταία σκηνή του δράματος, που είχε γράψει και σκηνοθετήσει η ίδια κι είχε την αίσθηση ότι οι δείκτες του ρολογιού της δεν προχωρούσαν...

~ ~

15ᴼ ΚΕΦΑΛΑΙΟ

«Κι ο κλήρος πέφτει στον Άγγελο»

Ο γάμος του Άγγελου και της Λήδας έγινε στο γραφικό εκκλησάκι του Άη Γιώργη στον Λυκαβηττό κι ήταν όμορφος, λιτός, παραδοσιακός, με λίγους συγγενείς και στενούς φίλους του ζευγαριού. Κάποιοι απ' αυτούς έκαναν σχόλια για τη χρωματική διαφορά του ζευγαριού, αλλά ήταν σχόλια με αγάπη και χιούμορ, όπως μιας στενής φίλης της Λήδας, που είπε στον κύριο που τη συνόδευε: «Μαύρο δαγκωτό έριξε η φίλη μας!» ή ενός φίλου του Άγγελου, που είπε: *«Εδώ έχουμε αναβίωση της ελληνικής μυθολογίας. Μόνο που ο Άγγελος, έγινε μαύρος κύκνος, για να ρίξει τη Λήδα».*

Εν τω μεταξύ, είχαν μετακομίσει το σπιτικό τους, στο πατρικό της Λήδας, ένα υπέροχο, διώροφο αρχοντικό στο Μετς, των αρχών του εικοστού αιώνα, το οποίο ανακαίνισαν, με συναρπαστική θέα στην Ακρόπολη και στο Φάληρο. Στο πίσω μέρος είχε ένα καταπράσινο κήπο, με ελιές, κυπαρίσσια, γαζίες, τριανταφυλλιές, ζουμπούλια, το απαραίτητο γιασεμί και μια μικρή, στρογγυλή λίμνη, με νούφαρα στη μέση, όπου το νερό έρεε απ' το στόμα ενός μπρούτζινου λιονταριού.

Η δουλειά της Λήδας, αναπτυσσόταν με όλο και περισσότερο αυξανόμενους ρυθμούς κι ο δικαστής Άγγελος Μασούκου, ανέβαινε γρήγορα την κλίμακα της ιεραρχίας του Δικαστικού Σώματος, δίνοντας απτά δείγματα της υψηλής κατάρτισής του, της εξαιρετικής δικανικής δεξιότητάς του και, κυρίως, του ήθους και της αμερόληπτης κι αδέκαστης κρίσης του.

Τρεις μήνες μετά τον γάμο τους, ήρθαν τα μηνύματα του πρώτου παιδιού τους, που θα ολοκλήρωνε την ευτυχία τους. Τις ελεύθερες ώρες τους τις αφιέρωναν σε συχνά ταξίδια στις ομορφιές της Ελλάδας, σε θεατρικές ή μουσικές παραστάσεις και δείπνα σε κάποιο εστιατόριο ή στα σπίτια των φίλων τους, αλλά και στο σπίτι τους με φίλους. Η ζωή τους κυλούσε, όπως ονειρεύεται κάθε ζευγάρι νέων ανθρώπων, χωρίς κανένα πρόβλημα, με οικονομική άνεση και –κυρίως– με πολλή αγάπη.

Το πρώτο παιδί τους ήταν... δύο! Δίδυμα! Ένα μαύρο κοριτσάκι κι ένα λευκό αγοράκι. Τα λευκά και τα μαύρα γονίδια είχαν έρθει ισόπαλα, στον μεταξύ τους αγώνα επικράτησης. Η Λήδα αφοσιώθηκε στο μεγάλωμα των παιδιών της και πήγαινε στο γραφείο της μόνον μια– δυο φορές την εβδομάδα, αφήνοντας για λίγες μόνον ώρες τα παιδιά της σε μια παραδοσιακή ελληνίδα παραμάνα. Είχε φροντίσει όμως παράλληλα, να προσλάβει ένα ικανότατο νεαρό βοηθό, που κράταγε μια χαρά το γραφείο της, περιορίζοντας στο ελάχιστο τις επιπτώσεις απ' την απουσία της Λήδας.

Είχαν συμφωνήσει οι δυο τους ότι ήθελαν πολλά παιδιά. Έτσι, η Λήδα δεν άργησε να ξαναμείνει έγκυος και να δώσει ζωή σ' ένα μαύρο αγοράκι και δυο χρόνια αργότερα, σ' ένα λευκό κοριτσάκι. Η χρωματική ισορροπία είχε διατηρηθεί μέχρι τέλους, αφού το ζευγάρι αποφάσισε ότι τα τέσσερα παιδιά ήταν αρκετά και δεν θα έκανε άλλα. Όταν το μικρότερο έφτασε τα τέσσερα χρόνια, η Λήδα επέστρεψε στην καθημερινή διοίκηση του Συμβολαιογραφείου, αφού όλα τα παιδιά της πήγαιναν πλέον σχολείο ή νηπιαγωγείο.

Τα χρόνια περνούσαν, τα παιδιά μεγάλωναν, το Συμβολαιογραφείο είχε γίνει ένα από τα καλύτερα και μεγαλύτερα της Αθήνας κι ο Άγγελος, είχε προαχθεί στον νεότερο στην ιστορία, Εισαγγελέα Εφετών.

Τότε ήρθε ένα γεγονός, που έμελλε να αποτελέσει μια μεγάλη ευκαιρία και πρόκληση για τον Άγγελο, αλλά και να ταράξει την ηρεμία και τη γαλήνη της ζωής του και της οικογένειάς του.

Τα τελευταία χρόνια, το πολιτικοκοινωνικό σκηνικό στην Ελλάδα συγκλονιζόταν από σκάνδαλα. Πολιτικοί, κρατικοί λειτουργοί, δημοσιογράφοι και επιχειρηματίες –μερικοί από τους οποίους είχαν στην κατοχή τους και ισχυρά έντυπα και ηλεκτρονικά μέσα ενημέρωσης– δικαστικοί, ακόμη και Δεσπότες έσερναν τον χορό της διαπλοκής και της διαφθοράς. Δεν υπήρχε κανένας χώρος ή τομέας, που να μην είχε προσβληθεί απ' αυτή την επιδημία, που διέτρεχε καθέτως και οριζοντίως ολόκληρη την κοινωνία και τη διεφθαρμένη επί δεκαετίες κρατική μηχανή, με πρωταθλήτριες την Τοπική Αυτοδιοίκηση, την Πολεοδομία και την Εφορία. Υπόγειες, αθέμιτες συμφωνίες, μίζες, λαδώματα, εκβιασμοί, ξέπλυμα βρώμικου χρήματος ήταν στην ημερήσια διάταξη και το κύρος κι η αξιοπιστία των πολιτικών και των μέσων ενημέρωσης είχε φτάσει στο Ναδίρ, όπως αποδείκνυαν διαχρονικά επανειλημμένες δημοσκοπήσεις. Παράλληλα, είχε αυξηθεί δραματικά η εγκληματικότητα, με την καθοριστική συμβολή και κάποιων χιλιάδων εγκληματιών μεταναστών, αλλά και η αυθαιρεσία κομματικών συνδικάτων, γκρουπούσκουλων και οργανωμένων συμφερόντων, που κατέστρεφαν δημόσια και ιδιωτική περιουσία, αναστάτωναν την καθημερινότητα των πολιτών και παρέλυαν την παραγωγική διαδικασία, με τις συνεχείς προκλητικά ακραίες κινητοποιήσεις τους.

Το Κράτος έμοιαζε παράλυτο και ανίκανο να προστατεύσει τη ζωή, την περιουσία και την καθημερινότητα των πολιτών του και ο κοινωνικός ιστός είχε αποσυντεθεί, ενώ η παραγωγικότητα καταβυθιζόταν σε αντίθεση με την υπερκατανάλωση, που άνθιζε. Τα φαινόμενα αυτά επιδείνωνε η τραγική αργοπορία της Δικαιοσύνης, στην οποία εκκρεμούσαν εκατοντάδες χιλιάδες δίκες, ενώ για την τελεσιδικία μας υπόθεσης χρειάζονταν 8–10 χρόνια, γεγονός που οδηγούσε ουσιαστικά σε μια τραγική αρνησιδικία!

Η διαφθορά βέβαια υπήρχε, υπάρχει και θα υπάρχει παντού και πάντα. Η διαφορά με άλλους τόπους και χρόνους, ήταν ότι η διαφθορά στην Ελλάδα τις τελευταίες δεκαετίες συνοδευόταν από πλήρη ατιμωρησία. Σ' αυτό το φαινόμενο συνέβαλε κι ο μιθριδατισμός του λαού, που σχεδόν θεωρούσε αναπόφευκτη, έως και φυσική, αυτή την κατάσταση. Άλλωστε εκατομμύρια Έλληνες έπαιρναν μέρος στο φαγοπότι εμμέσως ή αμέσως, με τον ένα ή τον άλλο τρόπο. Μόνο που κάποιοι από αυτούς τσιμπολογούσαν απλώς κάποιες μαρίδες, ενώ κάποιοι άλλοι καταβρόχθιζαν αστακούς!

Κι όταν άρχισε η οικονομία να καταρρέει, κάτω από το βάρος της κομματοκρατικής, πελατειακής, ανεύθυνης και ανίκανης πολιτικής διοίκησης κι άρχισαν να επιβάλλονται πολύ σκληρά οικονομικά μέτρα, κάποιοι «διαμαρτυρόμενοι», που εμφανίζονταν ως θύματα ήταν και αυτοί θύτες! Άλλωστε ολόκληρος ο λαός ήταν συνυπεύθυνος, αφού επί δεκαετίες επέλεγε τους συγκεκριμένους πολιτικούς και ανεχόταν τις καταστρεπτικές πολιτικές τους.

Μέσα σ' αυτό το νοσηρό περιβάλλον, η κοινή γνώμη μάταια αποζητούσε κι απαιτούσε κάθαρση. Τα συμφέροντα ήταν πολύ ισχυρά κι ο νόμος της "omerta" είχε δημιουργήσει ένα αδιαπέραστο στεγανό, γιατί όλοι σχεδόν οι εμπλεκόμενοι είχαν στο συρτάρι τους «θανάσιμα» στοιχεία ο ένας για τον άλλον κι έτσι ήταν ταυτόχρονα υποψήφια θύματα και θύτες. Αναγκαστικά, η μοναδική ελπίδα που απέμενε, για να κλείσει αυτός ο φαύλος κύκλος, ήταν η δικαστική εξουσία. Και ο πρώτος και σημαντικός κλήρος έπεσε στον Άγγελο Μασούκου.

~ ~

16ᴼ ΚΕΦΑΛΑΙΟ

Η φούστα είναι πεντακάθαρη!

Μιάμιση ώρα πριν απ' το καθορισμένο ραντεβού, η Λάγια ήταν στη θέση της, σ' ένα χώρο, στον τρίτο όροφο του εγκαταλελειμμένου κτηρίου, έχοντας αφήσει το αυτοκίνητό της τέσσερα τετράγωνα μακριά. Αφού πήρε μερικές ανάσες, για να ξελαχανιάσει απ' το βάρος του εξοπλισμού που κουβάλαγε ανεβαίνοντας τρία πατώματα, έβγαλε πρώτα τα μεγάλα χαρτόνια και μ' ένα παχύ μαρκαδόρο έγραψε σε καθένα από αυτά μία–μία τις απαντήσεις της Μαλίκα.

Στερέωσε σ' ένα ξεφτισμένο, βρώμικο τοίχο, απέναντι από το μοναδικό, χωρίς κουφώματα παράθυρο, το θαλασσί φόντο και στα δύο περίπου μέτρα έστησε δύο τρίποδα, που θα στήριζαν τον προβολέα και την ελαφρειά κάμερα, κάτω ακριβώς απ' την οποία θα στερέωνε τα χαρτόνια με το κείμενο της Μαλίκα. Ύστερα, άνοιξε μια ελαφρειά, πτυσσόμενη καρέκλα, που είχε πάρει απ' το πορτ–μπαγκάζ του αυτοκινήτου της, την τοποθέτησε με την πλάτη ένα περίπου μέτρο μπροστά από το φόντο, έβγαλε απ' την τσάντα της τα αντίτυπα της συνέντευξης και βάλθηκε να περιεργάζεται το σκηνικό του σατανικού σχεδίου της, που θα της έφερνε την πρώτη μεγάλη επιτυχία της. Αμέσως μετά, έστησε στα τρίποδα την κάμερα και το φωτιστικό και έλεγξε το κάδρο και τον φωτισμό. Η κοπιαστική προεργασία είχε τελειώσει και τώρα ήταν έτοιμη να δρέψει τους καρπούς μιας ανεπανάληπτης επιτυχίας. Καθόλου δεν την απασχολούσε το γεγονός ότι αυτή η «επιτυχία» ήταν μια απάτη, σχεδιασμένη με αίμα.

Κοίταξε το ρολόι της. Ήταν τρεις παρά πέντε και την ίδια στιγμή περισσότερο διαισθάνθηκε, παρά άκουσε ελαφρά πατήματα στη σκάλα. Πήγε στο άνοιγμα, που κάποτε ήταν πόρτα, για να υποδεχτεί τη Μαλίκα, που ανέβαινε τα τελευταία σκαλιά.

– Καλώς την! της είπε.

– Ο Αλλάχ μαζί σου! απάντησε η Μαλίκα.

– Σ' ευχαριστώ και πάλι που ήρθες και τώρα, ας πιάσουμε αμέσως δουλειά, γιατί δεν έχουμε πολλή ώρα μπροστά μας. Θέλω πρώτα να διαβάσεις δυο–τρεις φορές τη συνέντευξη, που έχω γράψει και κυρίως τις δικές σου απαντήσεις. Δεν χρειάζεται βέβαια να τις μάθεις απ' έξω, γιατί σου έχω ετοιμάσει αυτά εδώ τα χαρτόνια, με τα μεγάλα γράμματα, για να μπορείς να διαβάζεις τις απαντήσεις, κοιτάζοντας παράλληλα την κάμερα. Μελέτησέ τη όμως με προσοχή, για να νιώθεις άνετα και να μη φανεί καθόλου, ότι τη διαβάζεις. Κι αν –ο μη γένοιτο!– κάποια στιγμή τα χάσεις, μην πανικοβληθείς, θα...

– Ευτυχώς, που μικρή, μου άρεσε να αποστηθίζω ποιήματα και να τα απαγγέλλω στο σχολείο και στους δικούς μου. Αλλά δεν σου κρύβω, ότι ανησυχώ! τη διέκοψε η Μαλίκα, με φανερά τα σημάδια του τρακ που είχε.

– Μπράβο, αλλά μην ανησυχείς καθόλου! Πρώτον, θα κάνουμε δυο– τρεις πρόβες, για να λυθείς και δεύτερο, στη χειρότερη περίπτωση, θα το ξαναγυρίσουμε, αν τυχόν κάνεις κάποιο αδιόρθωτο λάθος και θα το φτιάξω εγώ στο μοντάζ. Επομένως, χαλάρωσε και μη σε νοιάζει τίποτα! Λοιπόν, διάβασέ τη δυο–τρεις φορές, όπως είπαμε και μετά θα κάνουμε πρόβες, της είπε η Λάγια, προσπαθώντας να την ηρεμήσει και να της δώσει κουράγιο.

Η νεαρή Μουσουλμάνα κάθισε στην καρέκλα, κρατώντας στα χέρια της τα χαρτιά της συνέντευξης, άφησε δίπλα της μια πράσινη, κακόγουστη, παπαγαλί πλαστική τσάντα κι άρχισε να διαβάζει δυνατά τις απαντήσεις, που δήθεν είχε δώσει, ενώ η Λάγια ρύθμιζε τον φωτισμό και τον ήχο και την παρακολουθούσε μέσα απ' την κάμερα, για να βρει το σωστό κάδρο, μέσα στο οποίο το σταρένιο άβαφο, τριγωνικό πρόσωπό της, με μαύρα, κοντά μαλλιά και μαύρα μάτια «έγραφε» σαν ζωγραφικός πίνακας.

Ζουμάρισε λίγο πάνω της, ώστε το κάδρο της να την παίρνει λίγο κάτω απ' το στήθος της και ν' αφήνει ένα αέρα, πάνω απ' το κεφάλι της και κυρίως, χωρίς να παίρνει το παραμικρό στοιχείο απ' το περιβάλλον, εκτός απ' το αδιάφορο και μη ανιχνεύσιμο μπλε φόντο. Δεν είχε φυσικά την πρόθεση να τη βάλει «πλάτη», όπως είχε πει στον Ακράμ για να τον καθησυχάσει, αφού η εικόνα της Μαλίκα αλλά κι η ίδια θα έσβηναν για πάντα μετά τη συνέντευξη.

Η φωνή της Μαλίκα, με την κάπως ιδιότυπη προφορά της, καταγραφόταν κρυστάλλινη, με καθαρή στρογγυλή άρθρωση. Το μόνο που έκανε η Λάγια, ήταν να της δώσει μερικές οδηγίες, για χροιές και παύσεις στον λόγο της, για το βλέμμα της και τις εκφράσεις της. Η νεαρή δήθεν «οργανώτρια» έμοιαζε να 'ναι γεννημένη για την τηλεόραση. Ήδη στη δεύτερη πρόβα, είχε αφομοιώσει άριστα τις οδηγίες απ' την πρώτη κι έδειχνε απολύτως άνετη. Η Λάγια, ενθουσιασμένη απ' την απόδοση της «μαθήτριάς» της, παρενέβη μόνον μια φορά στη δεύτερη πρόβα, όταν της ζήτησε μεγαλύτερη ένταση και πάθος στο κλείσιμο της συνέντευξης.

– Είσαι καταπληκτική, της είπε. Πάμε να τη γράψουμε!

Η Μαλίκα κουνήθηκε ελαφρά δεξιά–αριστερά πάνω στην καρέκλα της, για να βρει τη σωστή θέση, με την καθοδήγηση της Λάγιας, έβγαλε απ' την τσάντα της ένα μικρό καθρεφτάκι, έφτιαξε τη μπλούζα της, ταχτοποίησε τα μαλλιά της, πήρε μια βαθειά ανάσα κι έκανε νόημα ότι ήταν έτοιμη. Η Λάγια της εξήγησε ότι θα της έκανε νόημα ν' αρχίσει, κατεβάζοντας το χέρι της, κάθε φορά, που θα τελείωνε εκείνη τις ερωτήσεις της. Η Μαλίκα κατάνευσε με το κεφάλι της σιωπηλά. Η Λάγια, με σηκωμένο το χέρι της, μέτρησε «τρία, δύο, ένα, πάμε» κι εκφώνησε την πρώτη ερώτηση, γράφοντας στην κάμερα τα πρώτα δευτερόλεπτα της μεγαλύτερης ίσως δημοσιογραφικής απάτης όλων των εποχών:

ΛΑΓΙΑ: *Αγαπητοί τηλεθεατές μας, απόψε είναι κοντά μας η δεσποινίς Μαλίκα, το όνομα της οποίας είναι ψευδώνυμο και θα καταλάβετε σε λίγα δευτερόλεπτα γιατί. Το Rex είναι εξαιρετικά υπερήφανο που εξασφάλισε σε παγκόσμια αποκλειστικότητα αυτή τη συγκλονιστική συνέντευξη και ευχαριστώ θερμά τη δεσποινίδα Μαλίκα, που δέχθηκε να μού την παραχωρήσει, με κίνδυνο της ζωής της! Ναι, με κίνδυνο της ζωής της, γιατί η Μαλίκα είναι ανώτερο στέλεχος της Αλ Κάιντα και ήρθε εδώ για να μας μιλήσει για το γεγονός που συντάραξε την πατρίδα μας και ολόκληρο τον πλανήτη, για την τρομοκρατική επίθεση στους Δίδυμους Πύργους. Η δεσποινίς Μαλίκα έχει παίξει ένα πολύ σημαντικό ρόλο σ' ατή την πρωτόφαντη σε σκληρότητα τρομοκρατική ενέργεια –θα μας πει η ίδια ποιον ακριβώς– και θα μας αποκαλύψει συγκλονιστικά στοιχεία. Εγώ απλώς να σας πληροφορήσω ότι η αυτή νέα και όμορφη κοπέλα είναι μια εξαίρετη επιστήμων, που σπούδασε με υποτροφία Ηλεκτρολόγος Μηχανολόγος στη Γερμανία και Πληροφορική στις ΗΠΑ. Είναι είκοσι οκτώ ετών, ανύπαντρη, Μουσουλμάνα και υψηλόβαθμο στέλεχος της Αλ Κάιντα. Ας δούμε όμως, τι ακριβώς έχει να μας πει η Μαλίκα, είπε η Λάγια, που και κοιτάζοντάς τη, ξεκίνησε τις ερωτήσεις:*

ΛΑΓΙΑ: *Αφού σας ευχαριστήσουμε πολύ το κανάλι μου κι εγώ προσωπικά γι' αυτή τη συνέντευξή σας, λύστε μας παρακαλώ μια απορία, δεσποινίς Μαλίκα. Όταν κάποιος μετέρχεται τρομοκρατική βία και μάλιστα τόσο εκτεταμένη, σκληρή κι απάνθρωπη, έχει πάντα ένα στόχο, όπως π.χ. την εκδίκηση, τον εκφοβισμό, τον προσπορισμό κάποιου οικονομικού ή άλλου οφέλους ή τη βίαιη διάδοση μιας ιδέας. Ποιος ήταν πραγματικά ο συγκεκριμένος στόχος της Αλ Κάιντα, όταν αποφάσισε να χτυπήσει στην καρδιά των παντοδύναμων Ηνωμένων Πολιτειών;*

ΜΑΛΙΚΑ: *Κι εγώ σας ευχαριστώ, που μου δίνετε ελεύθερο βήμα, για να εκθέσω τις θέσεις του κινήματός μας και σας υπόσχομαι να σας μιλήσω απόλυτα ειλικρινά, είπε η νεαρή Μουσουλμάνα, κοιτάζοντας λίγο αμήχανα μια τον φακό και μια τη Λάγια.*

Η Λάγια σταμάτησε προς στιγμή το γύρισμα κι είπε στη Μαλίκα να κοιτάζει μόνιμα και αποκλειστικά τον φακό της κάμερας, σαν να ήταν το πρόσωπο της Λάγιας. Ξανάγραψε λοιπόν την πρώτη απάντηση, με τη Μαλίκα να ακολουθεί πιστά την οδηγία της και προχώρησε στη δεύτερη ερώτηση.

ΛΑΓΙΑ: *Ωραία! Ας αρχίσουμε τότε από αυτό. Ποιο είναι ακριβώς το κίνημά σας, τι πρεσβεύει και τι επιδιώκει;*

ΜΑΛΙΚΑ:*Η Αλ Κάιντα, είναι ένα κίνημα ανθρωπιάς, όσο κι αν αυτό ακούγεται ίσως οξύμωρο ή υποκριτικό, ιδιαίτερα μετά το χτύπημά μας στους Δίδυμους Πύργους. Στόχος μας είναι ο απάνθρωπος πολιτισμός σας, που έχει μετατρέψει τον άνθρωπο σε μηχανή κι έχει αναγάγει το χρήμα σε Θεό του. Αντίθετα, εμείς έχουμε άλλες αξίες, Δικός μας Θεός είναι μόνον ο ένας και αληθινός, ο Αλλάχ και προφήτης του ο Μωάμεθ και στόχος μας είναι η διάδοση κι επικράτηση του Ισλάμ και των αξιών του, σε ολόκληρο τον πλανήτη. Γι' αυτό και τιμά κι εσάς προσωπικά και το κανάλι σας και τη χώρα σας το γεγονός ότι δίνετε σήμερα φωνή στον θανάσιμο εχθρό σας, που κατάφερε εναντίον σας το μεγαλύτερο πλήγμα της ιστορίας σας. Ειδικός στόχος μας ήταν, ναι, να σας τρομοκρατήσουμε και να σπείρουμε τον φόβο στις ψυχές και των ηγετών σας και του λαού σας, να αποδείξουμε ότι δεν είσαστε μια άτρωτη υπερδύναμη και να σας συνετίσουμε, ελπίζοντας να εγκαταλείψετε την επεκτατική, ιμπεριαλιστική πολιτική σας. Στόχος μας επίσης, που εντάσσεται στον ευρύτερο σκοπό μας, είναι να κάνουμε τη Δύση να συνειδητοποιήσει ότι, πέρα απ' το χρήμα, το πετρέλαιο, τα υλικά αγαθά, την καταναλωτική απληστία και τα όπλα, υπάρχουν οι άνθρωποι κι οι μεγάλες, αιώνιες ανθρώπινες αξίες τις οποίες περιφρονεί προκλητικά, βάναυσα και βέβηλα, οδηγώντας τον Δυτικό Κόσμο σ' ένα πραγματικά βάρβαρο, απάνθρωπο Μεσαίωνα. Απαντώντας τώρα συμπληρωματικά στην πρώτη ερώτησή σας, μπορώ να σας πω, ότι ο λόγος, για τον οποίο αποφασίστηκε αυτό το χτύπημα, αν και είναι σύνθετος, είναι νομίζω προφανής. Αρκετοί αναλυτές σας άλλωστε τον έχουν ήδη καταγράψει. Οι ΗΠΑ, μαζί με τη Μεγάλη Βρετανία και τον υπόλοιπο Δυτικό Κόσμο –τον πολιτισμένο, όπως σας αρέσει αυτάρεσκα να τον αποκαλείτε– απομυζούν, εκμεταλλεύονται και οδηγούν στην εξαθλίωση τον Τρίτο Κόσμο –δικός σας και αυτός ο απαξιωτικός προσδιορισμός– διαιωνίζοντας την υπανάπτυξη και την εξαθλίωσή του, εξ αιτίας της υποδούλωσής του σε σας! Αυτή η ανάλλαγη και αδυσώπητη, εδώ και αιώνες, πολιτική πρέπει...*

ΛΑΓΙΑ: *Με συγχωρείτε, να σας διακόψω, μ' ένα ερώτημα: Δεν έχει συμβάλει καθόλου ο Δυτικός Κόσμος, με βοήθεια σε χρήμα, είδος και τεχνογνωσία, στη βελτίωση της ποιότητας ζωής του Τρίτου Κόσμου; Εγώ ξέρω ότι δισεκατομμύρια δολάρια επενδύονται κάθε χρόνο γι' αυτόν τον σκοπό και από τον ΟΗΕ και από τις ΗΠΑ και από άλλες χώρες, ακόμη και από ιδιώτες, όπως ο Bill Gates, ο Warren Buffett και άλλοι.*

ΜΑΛΙΚΑ: *Ακούστε, ξεκίνησε η νεαρή τρομοκράτισσα, ενώ κουνήθηκε λίγο νευρικά πάνω στην καρέκλα της, κάνοντας ταυτόχρονα μια απορριπτική κίνηση στον αέρα με το χέρι της, οι Κινέζοι έχουν μια σοφή παροιμία, που λέει «Αν θες να βοηθήσεις ένα πεινασμένο, μην του δίνεις ψάρια. Δωσ' του ένα καλάμι και μάθε τον να ψαρεύει». Εσείς όχι απλώς δεν μας μαθαίνετε να ψαρεύουμε, αλλά μας παίρνετε κι απ' το στόμα τις πλούσιες ψαριές, που με ιδρώτα και αίμα παράγουμε. Κι ύστερα, μας δίνετε πού και πού μια σταλιά ψάρια και μάλιστα παρακατιανά και σάπια πολλές φορές, για να είσαστε βέβαιοι ότι οι λαοί αυτοί θα εξακολουθήσουν να είναι εξαχρειωμένοι και να εξαρτώνται απ' τη δική σας υποκριτική «φιλανθρωπία». Η πείνα, η λειψυδρία, το AIDS, η ελονοσία κι άλλες θανατηφόρες αρρώστιες θερίζουν κατά εκατομμύρια τους λαούς μας κι εσείς μου λέτε ότι μας δίνετε τα μέσα να τους θάβουμε! Αλλά, ναι, μας βοηθήσατε ουσιαστικά σε κάτι, που είμαι υποχρεωμένη να το αναφέρω...*

ΛΑΓΙΑ: *Ποιο είναι αυτό;*

ΜΑΛΙΚΑ: *Μας δώσατε τα μέσα και την τεχνογνωσία, για να μπορούμε να σας χτυπάμε εκεί που πονάτε! είπε μ' ένα ειρωνικό χαμόγελο.*

ΛΑΓΙΑ: *Μάλιστα!... Επομένως, αν κατάλαβα καλά, με βάση την πολιτική ανάλυση, που κάνατε πριν από λίγο και την κοσμοθεωρία του Ισλάμ, πιστεύετε ότι αυτό το απάνθρωπο χτύπημα είναι απολύτως δικαιολογημένο και νομιμοποιημένο.*

ΜΑΛΙΚΑ: *Απάνθρωπο; ρώτησε ειρωνικά η Μαλίκα, ενώ το πρόσωπό της πήρε μια σκληρή, θυμωμένη έκφραση. Μη με προκαλείτε, σας παρακαλώ, κυρία Βακρίδη. Δεν είναι απάνθρωπο να οδηγούνται στον αφανισμό εκατομμύρια άνθρωποι κάθε χρόνο, που είναι και πολύ περισσότερο αθώοι, από τις δυο–τρεις χιλιάδες μόνο, που βρίσκονταν στους Πύργους σας και που αποτελούν άλλωστε γρανάζια του απάνθρωπου πολιτικοοικονομικού σας συστήματος; Δεν είναι απάνθρωπο να πεθαίνουν εκατομμύρια παιδιά, από έλλειψη νερού, τροφής και φαρμάκων κι είναι απάνθρωπη η απώλεια τριών χιλιάδων βολεμένων και χορτασμένων μικροαστών, που υπηρετούν και στηρίζουν συνειδητά ή υποσυνείδητα το σύστημά σας και που ως μοναδική θεότητά τους λατρεύουν το δολάριο και διαλέγουν ηγέτες, σαν τον Μπους; Και για να σας δώσω άλλη μια απάντηση στο αρχικό ερώτημά σας, ναι, άλλος ένας λόγος, για τον οποίο αποφασίσαμε να χτυπήσουμε μ' αυτόν τον σκληρό τρόπο, ήταν η τιμωρία κι ο παραδειγματισμός! Τιμωρία για όσα έχετε κάνει και παραδειγματισμός, για να μην τα ξανακάνετε!*

ΛΑΓΙΑ: *Όταν λέτε αποφασίσαμε, ποιος «αποφασίσαμε»;*

ΜΑΛΙΚΑ:*Ο Οσάμα Μπιν Λάντεν φυσικά, ο Μεγάλος Αρχηγός μας!* απάντησε με βαθύ σεβασμό στη φωνή της. *Αυτός είναι ο εκπρόσωπος του Μωάμεθ στην οργάνωσή μας, αυτός αποφασίζει για τα πάντα κι ο λόγος του είναι θεία διαταγή!*

ΛΑΓΙΑ: *Είπε δηλαδή ο Μπιν Λάντεν ότι έπρεπε να χτυπήσετε τους Πύργους;*

ΜΑΛΙΚΑ: *Όχι ακριβώς. Ο Αρχηγός είπε ότι ήθελε ένα πολύ σκληρό, καταλυτικό, εξουθενωτικό υλικά και κυρίως ψυχολογικά χτύπημα. Η ιδέα για τους Πύργους ήταν δική μου, απάντησε, ενώ μια ελαφρειά λάμψη φάνηκε στο βλέμμα της.*

ΛΑΓΙΑ: *Δική σας;*

ΜΑΛΙΚΑ: *Ναι, γιατί; Σας φαίνετε περίεργο, επειδή είμαι γυναίκα και νέα; Η οργάνωσή μας διαθέτει σωρεία, νέων, μορφωμένων, πανέξυπνων και εξαιρετικά ικανών ανθρώπων. Ένα παγκόσμιο κίνημα άλλωστε, με πλοκάμια σ' ολόκληρο σχεδόν τον πλανήτη, δεν θα μπορούσε να λειτουργήσει αλλιώς αποτελεσματικά. Μπορεί ο Οσάμα Μπιν Λάντεν να είναι ένας στυγνός «δικτάτορας» στα μάτια σας, αλλά έχει τη σοφία να συμβουλεύεται, να εμπιστεύεται και να αναθέτει πρωτοβουλίες στα πανάξια στελέχη της οργάνωσης, τα περισσότερα από τα οποία είναι νέοι και μορφωμένοι άνθρωποι.*

ΛΑΓΙΑ: *Και πώς φτάσατε εσείς στην ιδέα των Πύργων;*

ΜΑΛΙΚΑ: *Όπως φαίνεται κι απ' τα γεγονότα, η ιδέα δεν ήταν να χτυπηθούν μόνον οι Πύργοι. Η αρχική ιδέα ήταν να χτυπήσουμε, το μυαλό, την καρδιά και το σώμα των ΗΠΑ. Ένα ολοκληρωτικό χτύπημα δηλαδή που θα γονάτιζε και πρακτικά και ψυχολογικά την πατρίδα σας!*

ΛΑΓΙΑ: *Δηλαδή;*

ΜΑΛΙΚΑ: *Σύμφωνα με το σχέδιό μου, είπε με φανερή περηφάνια η Μαλίκα, πρώτος στόχος ήταν το κέντρο διοίκησης του απάνθρωπου, δήθεν δημοκρατικού πολιτικού συστήματός σας, το Καπιτώλιο. Δεύτερος στόχος ήταν το κέντρο της πανίσχυρης πολεμικής μηχανής σας, που σκορπάει τον θάνατο αδιάκριτα σε εμπόλεμους και γυναικόπαιδα, το Πεντάγωνο. Και τρίτος ήταν το οικονομικό και επιχειρηματικό κέντρο παραγωγής και επιβολής της αμαρτωλής τρυφηλής ζωής που κάνετε, οι Δίδυμοι Πύργοι, το εμπορικό κέντρο σας, στην παγκόσμια πρωτεύουσα της κατανάλωσης. Με δυο λόγια, θα διαλύαμε τους τρεις άξονες του πλέγματος πολιτικής, στρατιωτικής και οικονομικής εξουσίας των ΗΠΑ. Δυστυχώς, ο βασικός και κυριότερος στόχος του Καπιτωλίου δεν επιτεύχθηκε, ενώ και στο Πεντάγωνο, το πλήγμα ήταν πολύ μικρότερο απ' το σχεδιασμένο. Ο Αλλάχ όμως είναι μεγάλος. Έστω και μόνον με την επίτευξη του πενήντα τοις εκατό του αρχικού συνολικού στόχου, το μήνυμά μας πέρασε. Εσείς, οι Αμερικανοί, δεν μπορείτε πλέον να αισθανόσαστε αλαζονικά παντοδύναμοι, υπεράνθρωποι και άτρωτοι. Από δω κι ύστερα θα ζείτε με τον διαρκή φόβο. Θα τρέμετε το επόμενο χτύπημά μας, γιατί σίγουρα θα υπάρξουν κι επόμενα χτυπήματα και στις ΗΠΑ και σε άλλες συνένοχες χώρες του Δυτικού Κόσμου σας, που μάλλον βαίνει προς την πραγματική δύση του!*

ΛΑΓΙΑ: *Εδώ εγώ τέλειωσα τις ερωτήσεις μου και σας ευχαριστώ πολύ για τις ειλικρινείς, τολμηρές, αφτιασίδωτες και σαφείς απαντήσεις σας. Προτού κλείσουμε, θα θέλατε να πείτε κάτι στα εκατομμύρια των τηλεθεατών από τις ΗΠΑ κι ολόκληρο τον κόσμο, που μας βλέπουν και μας ακούνε;*

ΜΑΛΙΚΑ: *Ναι,* είπε με σιγουριά η νεαρή Μουσουλμάνα, κοιτάζοντας κατάματα τους τηλεθεατές, κατ' ευθείαν μέσα από τον τηλεοπτικό *φακό. Πρώτον, όσοι ανήκετε στον Δύοντα Κόσμο σας, να φοβόσαστε! Να φοβόσαστε την Αλ Κάιντα, αλλά και τη Νέμεση των θεών, ακόμη και του δικού σας. Και, δεύτερον, να πάψετε να στηρίζετε δολοφονικές κυβερνήσεις και να συνειδητοποιήσετε ότι υπάρχουν κι άλλοι άνθρωποι, που σαν εσάς, θέλουν απλώς να ζήσουν. Δεν μας ενδιαφέρουν, δεν μας αφορούν και δεν ζηλεύουμε ούτε τα πλούτη σας ούτε την πολυτελή, αμαρτωλή, τρυφηλή ζωή που κάνετε. Θέλουμε μόνον να μην πεθαίνουμε από την πείνα, τη δίψα και τις αρρώστιες. Και να θυμόσαστε πάντα τη μία, αλλά τεράστια διαφορά, που μας χωρίζει, όπως την περιέγραψε αποφθεγματικά ο Μεγάλος Αρχηγός μας, ο Οσάμα Μπιν Λάντεν: «Εσείς οι δυτικοί αγαπάτε τη ζωή. Εμείς αγαπάμε τον θάνατο». Αυτή είναι η κολοσσιαία διαφορά μας, που θα κρίνει τελικά και τη μοίρα των δύο κόσμων. Ο Αλλάχ είναι μεγάλος κι η τελική νίκη θα είναι δική μας!*

ΛΑΓΙΑ: Σας ευχαριστώ πολύ, δεσποινίς Μαλίκα. Αυτή ήταν, κυρίες και κύριοι, σε παγκόσμια αποκλειστικότητα, η συγκλονιστική συνέντευξη της Μαλίκα, του υψηλόβαθμου στελέχους της Αλ Κάιντα, που οργάνωσε την επιδρομή εναντίον του έθνους μας. Τα συμπεράσματα δικά σας.

Η συνέντευξη είχε κυλήσει νεράκι, χωρίς να χρειαστεί ούτε μια φορά να διακόψει η Λάγια, εκτός απ' την αρχή της. Αμέσως μετά, την είδανε μαζί οι δυο γυναίκες κι η Λάγια διαπίστωσε ότι η Μαλίκα ήταν τόσο πειστική, σαν να ήταν αληθινή!

Κατενθουσιασμένη απ' το τελικό αποτέλεσμα, συγχάρηκε κι ευχαρίστησε τη Μαλίκα κι ανοίγοντας την τσάντα της, της έδωσε ένα χοντρό φάκελο με τα ογδόντα χιλιάδες δολάρια και το διαβατήριο, που τα πήρε η Μαλίκα κι αφού τα φίλησε και τα 'σφιξε με λαχτάρα στο στήθος της, τα έβαλε στην τσάντα της. Η κίνησή της αυτή δεν πέρασε απαρατήρητη απ' τη Λάγια, που έτσι ησύχασε, πως ο Μπάρτον θα έβρισκε την αμοιβή του.

— Δηλαδή, τ' αξίζω τα ογδόντα χιλιάδες δολάρια; ρώτησε συγκινημένη, με κρυφή περηφάνια η Μαλίκα.

— Και με το παραπάνω!

— Δεν μπορείς να φανταστείς, τι σημαίνουν αυτά για μένα! Σ' ευχαριστώ

απ' το βάθος της καρδιάς μου, δεν θα το ξεχάσω ποτέ! Ο Αλλάχ να σ' ευλογεί! Μού χάρισες μια άλλη ζωή!

«Ναι, στον άλλο κόσμο», σκέφτηκε ειρωνικά η Λάγια.

– Εγώ σ' ευχαριστώ! Άλλωστε κέρδισες το κάθε σεντ με την αξία σου, απάντησε και το εννοούσε, ενώ άρχισε να μαζεύει τα σύνεργά της. Άσε, που θα γίνεις και διάσημη σ' ολόκληρο τον κόσμο! Θέλω μόνο μια τελευταία χάρη. Θα περιμένεις εδώ και θα φύγεις δέκα λεπτά μετά από μένα. Ούτε λεπτό νωρίτερα. Εντάξει;

– Εντάξει. Δεν με περιμένει κανείς άλλωστε για να βιάζομαι, αλλά γιατί; Κινδυνεύουμε;

– Όχι, απάντησε με προσποιητή έμφαση η Λάγια. Έχω πάρει όλα τα μέτρα, αλλά όποιος φυλάει τα ρούχα του...

– Εντάξει, όπως θες. Να σε βοηθήσω να κατεβάσεις όλα αυτά τα πράγματα; ρώτησε η Μαλίκα.

– Όχι, βέβαια! Σ' ευχαριστώ πολύ, αλλά δεν είπαμε, ότι εσύ θα μείνεις εδώ;

– Α, ναι έχεις δίκιο. Το ξέχασα. Ωραία, να σε χαιρετίσω λοιπόν τότε, είπε η Μαλίκα, φιλώντας τη τρεις φορές σταυρωτά.

Η Λάγια ενοχλήθηκε από αυτόν τον διαχυτικό τρόπο χαιρετισμού, αλλά δεν το έδειξε και με προσπάθεια ανταπέδωσε τα φιλιά. Για μια στιγμή σκέφτηκε ότι αυτό το έξυπνο, χαριτωμένο κι όμορφο κορίτσι δεν θα προλάβαινε να κάνει πραγματικότητα τα όνειρα, που έφτιαχνε με τα ογδόντα χιλιάδες δολάρια, αφού σε λίγο θα ήταν νεκρό κι ότι αυτή η κασέτα θα ήταν το τελευταίο ντοκουμέντο απ' τη σύντομη ζωή της. Σαν να ένιωσε ένα ελαφρό σφίξιμο στο στομάχι της –κάτι σαν τύψεις– αλλά το 'διωξε αμέσως. Η ανθρώπινη πλευρά της είχε ξυπνήσει, αλλά μόνο για μια στιγμή. Ο αμείλικτος στόχος της επιτυχίας είχε επανακτήσει αμέσως τον έλεγχο των συναισθημάτων της. Χαιρέτησε μ' ένα τελευταίο νεύμα τη Μαλίκα, κατέβηκε τις σκάλες όσο πιο γρήγορα μπορούσε, φορτωμένη με όλα αυτά τα σύνεργά της και με γρήγορο βήμα κατευθύνθηκε στο αυτοκίνητό της, πέταξε τη βαλίτσα, την κάμερα και την καρέκλα στο πορτ–μπαγκάζ, έβαλε μπρος και ξεκίνησε μαλακά, με κατεύθυνση το κανάλι. Μετά από δέκα λεπτά περίπου και πριν φτάσει, χτύπησε το κινητό της.

– Η φούστα είναι πεντακάθαρη! Την έκανα αγνώριστη! είπε η φωνή κι έκλεισε.

Δεν χρειαζόταν ν' ακούσει τίποτ' άλλο. Έβγαλε ένα στεναγμό ανακούφισης κι ένα άσχημο χαμόγελο θριάμβου χαράχτηκε στο πρόσωπό της... Πριν φτάσει στο κανάλι, έκανε άλλη μια στάση, σε μια γωνιά άστεγων, που είχαν αναμμένη μια φωτιά μέσα σ' ένα βαρέλι, για να ζεσταίνονται.

– Σας πειράζει να ταΐσω λίγο τη φωτιά σας; ρώτησε, χωρίς να περιμένει απάντηση απ' τους απόκληρους της ζωής, που την κοίταζαν από αδιάφορα έως εχθρικά.

Έβγαλε απ' το αυτοκίνητό της τα χαρτόνια, το μπλε φόντο και την πτυσσόμενη καρέκλα και τα πέταξε μέσα στο βαρέλι, μαζί με τα τυπωμένα κείμενα της συνέντευξης, τα CD, το κινητό της και φυσικά τον φορητό υπολογιστή της.

Ο σατανικός φαύλος κύκλος είχε κλείσει.

~ ~

17ο ΚΕΦΑΛΑΙΟ

– ... αλλιώς, σε περιμένει φωτιά και σίδερο!

Το κυρίαρχο, ανάμεσα στ' άλλα πολλά σκάνδαλο, που είχε αναστατώσει ολόκληρη την κοινωνία εκείνη την εποχή, ήταν ένα απ' τα μεγαλύτερα των τελευταίων δεκαετιών. Άλλωστε, όλα τα οικονομικά σκάνδαλα αυτού του χρονικού διαστήματος ήταν μεγάλα, εξ αιτίας της αθρόας εισροής χρήματος απ' το Ευρωπαϊκό Ταμείο Σύγκλισης. Η διαφθορά διέτρεχε πλέον όλους τους χώρους και τις τάξεις, οριζοντίως και καθέτως, χωρίς να γνωρίζει στεγανά. Ακόμη και στους κόλπους της δικαιοσύνης, είχε αποκαλυφτεί και παταχθεί ένα βρώμικο κύκλωμα, το οποίο μάλλον ως άλλοθι χρησιμοποιήθηκε όμως, για να μη γίνει πλήρης κάθαρση και να εξουδετερωθεί εντελώς η διαφθορά στο δικαστικό σώμα.

Το συγκεκριμένο, μεγάλο, κυρίαρχο σκάνδαλο είχε άλλη μια ιδιαίτερη διάσταση, που το έκανε ακόμη πιο βαρύ και απεχθές. Αφορούσε τα αποθεματικά των ασφαλιστικών ταμείων, τα προορισμένα για την ιατροφαρμακευτική περίθαλψη και τις συντάξεις των απόμαχων της ζωής. Ανθρώπων εξηνταπέντε, εβδομήντα και ογδόντα ετών, που είχαν δουλέψει σκληρά τριάντα και σαράντα χρόνια και που έβλεπαν να λεηλατούνται οι κόποι τους, που θα τους εξασφάλιζαν μια αξιοπρεπή δύση της ζωής τους. Ήταν μια απαράδεκτη υπεξαίρεση του αίματος των απόμαχων της εργασίας και της ζωής. Στην υπόθεση φαινόταν να ήταν μπλεγμένοι, η πολιτική ηγεσία του Υπουργείου Πρόνοιας, ένας χρηματιστής, επτά Πρόεδροι ισάριθμων μεγάλων ασφαλιστικών ταμείων, ένας τραπεζίτης και ιδιοκτήτης έντυπων και ηλεκτρονικών μέσων ενημέρωσης κι ένας δημοσιογράφος, Σύμβουλος του Υπουργού και του επιχειρηματία και περιώνυμος για την άσκηση εκβιασμών και την αποκάλυψη δήθεν σκανδάλων.

Η υπόθεση ανατέθηκε, με απόφαση της Ολομέλειας Εφετών, στον Άγγελο και η ανάκριση στον Εφέτη Ανακριτή, Άρη Κονιρόπουλο, ένα επίσης διακεκριμένο, έντιμο, αφοσιωμένο υπηρέτη της Θέμιδος και συμπτωματικά στενό φίλο του Άγγελου. Με την ανάγνωση των φακέλων και μετά τις πρώτες ανακρίσεις, ο Άγγελος κι ο Άρης κατάλαβαν δυο πράγματα. Πρώτον, ότι το σκάνδαλο ήταν πράγματι δεδομένο και μεγάλο και, δεύτερον, ότι θα έπρεπε να τα βάλουν με το παντοδύναμο τριαξονικό σύστημα εξουσίας, που «κυβερνούσε» ουσιαστικά τη χώρα, δηλαδή τα μέσα ενημέρωσης, τους πολιτικούς και τους επιχειρηματίες, με αυτή τη σειρά. Δεν ανησυχούσαν για τη δική τους τύχη. Αγωνιούσαν όμως, μήπως το σύστημα κατάφερνε να αποτρέψει την απόδοση δικαιοσύνης.

Τα γεγονότα δεν άργησαν να επιβεβαιώσουν τους φόβους τους, όταν η «σπείρα» έβαλε στόχο τον Άγγελο. Στην αρχή ήταν κάποια απειλητικά ανώνυμα και δύσκολα ανιχνεύσιμα μηνύματα, που έφταναν σ' αυτόν με κάθε τρόπο, με το παραδοσιακό ταχυδρομείο, με το τηλέφωνο και με μηνύματα στον υπολογιστή του και στο κινητό του. Οι απειλές ήταν ποικίλες κι οι πηγές αποστολής μη αναγνωρίσιμες, τουλάχιστον χωρίς επισταμένη έρευνα, την οποία δεν είχε κρίνει ακόμη απαραίτητη σ' εκείνη τη φάση ο Άγγελος. Στην αρχή ήταν αόριστες, όπως «Καλά θα κάνεις να κλείσεις αυτόν τον φάκελο». Όσο ο Άγγελος αδιαφορούσε και προχωρούσε στο ξετύλιγμα του βρώμικου κουβαριού τόσο σκλήραιναν οι απειλές, όπως «Δεν σκέπτεσαι τα τέσσερα παιδιά σου;».

Τον πρώτο καιρό δεν είχε πει τίποτα στη Λήδα, για να μην την ανησυχήσει. Όταν όμως οι απειλές άγγιξαν τα παιδιά τους, θεώρησε σκόπιμο να την ενημερώσει, ξέροντας ότι οι αποστολείς των απειλών δεν είχαν ούτε ιερό ούτε όσιο κι ότι ήταν ικανοί για όλα. Η Λήδα αντέδρασε πολύ λογικά, χωρίς πανικό κι υστερικές αντιδράσεις κι είπε ότι θα φρόντιζε να ενημερώσει τα παιδιά, χωρίς να τα τρομάξει κι ότι θα πρόσεχε κι η ίδια και θα 'παιρνε κάποια βασικά προληπτικά μέτρα. Η ψύχραιμη στάση της γυναίκας του τον ξαλάφρωσε κάπως απ' το μεγάλο βάρος. Παρακάλεσε τον Άρη Κονιρόπουλο να συνεχίσει με μεγαλύτερη ένταση και ταχύτητα το ανακριτικό έργο του, ενώ εκείνος τον ενημέρωσε ότι σε κάθε νέο βήμα ανακάλυπτε στοιχεία, που έδεναν όλο και πιο στέρεα την υπόθεση. Δεν υπήρχε πια η παραμικρή αμφιβολία για τη μεγάλη απάτη ούτε για τα πρόσωπα, που την είχαν σχεδιάσει κι εκτελέσει.

Λίγες μέρες αργότερα, δέχτηκε ένα τηλεφώνημα στο κινητό του απ' τον εμπλεκόμενο δημοσιογράφο, Τάσο Μπερικάνη, που του ζήτησε να τον δει, για να του δώσει στοιχεία για την υπόθεση, όπως του είπε. Ο Μπερικάνης είχε παίξει ένα βρώμικο, σύνθετο ρόλο στο σκάνδαλο. Πρώτον, ήταν αυτός, που είχε φέρει σ' επαφή κι έκανε τις πρώτες «διαπραγματεύσεις» εκ μέρους του τραπεζίτη, με το υπουργείο, τα ταμεία και τους χρηματιστές, για το ποιος θα εισπράξει πόσα απ' την κομπίνα, μαζί με τη δική του μίζα φυσικά. Δεύτερον, μέσα απ' την εφημερίδα και τους ραδιοτηλεοπτικούς σταθμούς του τραπεζίτη, προωθούσε θετικά τη βασική ιδέα της κομπίνας. Τρίτον, όταν ξέσπασε το σκάνδαλο –από άλλον, ανταγωνιστή του μεγαλοδημοσιογράφο– πήρε «συνεντεύξεις» απ' τους πρωταγωνιστές και με κατάλληλες ερωτήσεις–πάσες, τούς έδωσε την ευκαιρία να διαλαλούν την αθωότητά τους, με κατασκευασμένα, ψευδή στοιχεία. Τέλος, όταν κλήθηκε σε σχετική εκπομπή άλλου καναλιού, διαρρήγνυε τα ιμάτιά του, για την αθωότητα των «κατηγορουμένων» –και τη δική του βεβαίως– δηλώνοντας μάλιστα, ότι θα άλλαζε επάγγελμα, αν η δικαιοσύνη τούς έκρινε ενόχους. Φυσικά, με τα λεφτά, που είχε μαζέψει απ' τη βρώμικη καριέρα του κι απ' τη μεγάλη αυτή κομπίνα, δεν θα του ήταν καθόλου δύσκολο ν' αλλάξει δουλειά ή και να μη δουλεύει καθόλου!

Ο Άγγελος έκλεισε ραντεβού στον Μπερικάνη, το ίδιο βράδυ στις οκτώ, στο γραφείο του, στην Εισαγγελία.

– *Καλησπέρα σας, κύριε Εισαγγελέα,* είπε ο Μπερικάνης, μπαίνοντας στο γραφείο του Άγγελου, *σας ευχαριστώ, που με δεχθήκατε και σας φέρνω τους θερμούς χαιρετισμούς του Υπουργού.*

– *Καλησπέρα, κύριε Μπερικάνη. Από ποιον υπουργό μού φέρνετε χαιρετισμούς;* ρώτησε τάχα αφελώς και ψυχρά ο Άγγελος.

– *Μα, του Υπουργού Πρόνοιας! Θα γνωρίζετε μάλλον ότι είμαι Σύμβουλός του.*

– *Α, μάλιστα! Ευχαριστώ, καθίστε! Ήταν υποχρέωσή μου να σας δεχθώ, όπως θα δεχόμουνα και κάθε πολίτη, που θα είχε να καταθέσει στοιχεία για την υπόθεση,* του απάντησε, για να του δείξει ότι δεν του είχε επιφυλάξει κάποια ιδιαίτερη μεταχείριση, λόγω της διπλής ιδιότητάς του, ως μεγαλοδημοσιογράφου και Συμβούλου του Υπουργού.

– *Πώς πάει αυτή η ιστορία των ασφαλιστικών ταμείων;*

– *Κύριε Μπερικάνη, εδώ, σ' αυτόν τον χώρο, οι ερωτήσεις είναι δικό μου προνόμιο,* είπε ο Άγγελος, σε αυστηρό τόνο. *Απορώ μάλιστα με την ερώτησή σας, όταν καλώς γνωρίζετε ότι εκ του νόμου η ανάκριση κι η έρευνα είναι μυστικές και απόρρητες.*

– *Ναι, έχετε δίκιο, κύριε Εισαγγελέα, συγνώμη. Ξέρετε, ρώτησα σχεδόν μηχανικά, γιατί, λόγω της δουλειάς μου, έχω κι εγώ σαν δεύτερη φύση τη συνήθεια να υποβάλω ερωτήσεις.*

– *Το καταλαβαίνω, μόνον που τώρα, εδώ, πρέπει να ξεχάσετε αυτή τη δεύτερη φύση σας. Πείτε μου, λοιπόν, τι ξέρετε για την υπόθεση. Σας ενημερώνω πως ό,τι πούμε θα μαγνητοφωνείται.*

– *Δεν έχω αντίρρηση, απλώς θέλω να σάς πω δυο κουβέντες, πριν ανοίξετε το μαγνητόφωνο, off the record, που λέμε εμείς οι δημοσιογράφοι.*

– *Αν είναι για την υπόθεση, δεν το δέχομαι, διότι...*

– *Όχι, κοιτάξτε,* τον διέκοψε ο Μπερικάνης, *όπως σας είπα, έρχομαι ως απεσταλμένος του Υπουργού και μου είπε να σάς διαβιβάσω την παράκλησή του να δείτε με εθνικό μάτι την υπόθεση, επειδή...*

— Ποιο ακριβώς περιεχόμενο δίνει ο Υπουργός σας εν προκειμένω στη λέξη «εθνικό», κύριε Μπερικάνη; τον διέκοψε ο Άγγελος, που αμέσως μετά τη σχετική ενημέρωση του δημοσιογράφου και παρά τις αντιρρήσεις του, είχε πατήσει το κουμπί του μαγνητοφώνου, κίνηση που δεν πρόσεξε ο επισκέπτης του.

— Να, ότι τυχόν ατυχείς χειρισμοί, μπορεί να οδηγήσουν σε καταστρεπτικές αναταράξεις.

— Καταστρεπτικές για ποιον; επέμεινε ο Άγγελος.

— Ακούστε, κύριε Μασούκου, για να μην παίζουμε τις κουμπάρες, μεγάλοι άνθρωποι, είπε ο Μπερικάνης, βγάζοντας τη μάσκα της ευγένειας και του σεβασμού προς το αξίωμα του Εισαγγελέα, *ο Υπουργός μου είπε να σας πω ότι αυτή η υπόθεση πρέπει να κλείσει το δυνατόν ταχύτερο κι ότι αυτό είναι επιθυμία της Κυβέρνησης. Καταλαβαινόμαστε ή πρέπει να σας τα κάνω πιο λιανά;*

— Η συνάντησή μας τελείωσε, κύριε Μπερικάνη, απάντησε σε αυστηρό τόνο ο Άγγελος, στην απαράδεκτη αυτή απόπειρα παρέμβασης στο έργο του και μάλιστα μ' αυτή την αγοραία γλώσσα.

— Με συγχωρείτε, δεν καταλάβατε ή μάλλον δεν το διατύπωσα εγώ καλά, προσπάθησε βιαστικά να τα μπαλώσει ο Μπερικάνης, θορυβημένος απ' την αποτυχία αυτού του τρόπου «προσέγγισης» και την έντονη αντίδραση του Εισαγγελέα. *Εννοούσα να απονεμηθεί το δυνατόν ταχύτερα η δικαιοσύνη, ώστε να μη σέρνεται αυτή η υπόθεση.*

— Ό,τι και να εννοούσατε, κύριε Μπερικάνη, το γραφείο αυτό δεν δέχεται ούτε συμβουλές ούτε παραινέσεις ούτε, πολύ περισσότερο, πιέσεις από κανένα, όπως δεν δέχεται και αγοραίες εκφράσεις. Και για την ιστορία, όταν είπατε «Κυβέρνηση», εννοούσατε και τον Πρωθυπουργό;

— Αυτό δεν είμαι σε θέση να το γνωρίζω, απάντησε διστακτικά ο

Μπερικάνης.

– Πάλι καλά... Λοιπόν, όπως σας είπα, η συνάντησή μας τελείωσε. Σας ευχαριστώ, που εκάματε τον κόπο, είπε ο Άγγελος, ενώ σηκώθηκε απ' την πολυθρόνα του κι έτεινε εκβιαστικά το χέρι του σε χαιρετισμό.

– Όπως θέλετε, κύριε Εισαγγελέα, αλλά επιμένω ότι με παρεξηγήσατε, απάντησε κάπως ταραγμένος ο Μπερικάνης, που έδωσε παγωμένος το χέρι του στον Άγγελο.

Όταν έφυγε ο Μπερικάνης, ο Άγγελος ζήτησε αμέσως απ' τη γραμματέα του να του πάρει στο τηλέφωνο τον Υπουργό Πρόνοιας.

– Καλησπέρα σας, κύριε Υπουργέ.

– Καλησπέρα, κύριε Εισαγγελέα, πώς είστε; Υποθέτω, ότι για να με πάρετε τέτοια ώρα, πρέπει να είναι κάτι επείγον.

– Είμαι καλά, ευχαριστώ. Σας κάλεσα, αυτή την ώρα, για να σας ενημερώσω, ότι προ ολίγου δέχτηκα την επίσκεψη του δημοσιογράφου και Συμβούλου σας, κυρίου Τάσου Μπερικάνη, εκ μέρους σας, είπε ο Άγγελος, τονίζοντας τις τρεις τελευταίες λέξεις.

– Μμμ, ναι... Και; ρώτησε ο Υπουργός διστακτικά, περιμένοντας να δει, πού το πήγαινε ο Εισαγγελέας.

– Τα υπόλοιπα θα σας τα πει ο ίδιος, απάντησε κοφτά ο Άγγελος. Εγώ απλώς ήθελα να σας ενημερώσω και να βεβαιωθώ ότι ήρθε εκ μέρους σας. Καληνύχτα σας.

– Καλή σας νύχτα, κύριε Εισαγγελέα, είπε μαγκωμένα ο Υπουργός.

Ο Άγγελος κατάλαβε ότι το παιχνίδι χόντραινε κι ήταν περίεργος, αλλά και λίγο ανήσυχος, να δει, ποιο θα ήταν το επόμενο βήμα της σπείρας, γιατί ήταν βέβαιος πια ότι επρόκειτο για σπείρα. Η περιέργειά του δεν άργησε να ικανοποιηθεί. Το επόμενο βράδυ δέχτηκε ένα τηλεφώνημα στο κινητό του.

– Ο κύριος Άγγελος Μασούκου;

– Μάλιστα.

– Ο αδέκαστος νέγρος δικαστής;

– Με ποιον ομιλώ, παρακαλώ;

– Αυτό δεν σε νοιάζει! Άλλωστε, κι αν σου πω ένα ψεύτικο όνομα, τι θα καταλάβεις; Αυτό που πρέπει να σε νοιάζει είναι η ζωή σου.

– Ακούστε κύριε, δεν συνηθίζω να συνομιλώ με ανώνυμους. Εάν δεν μου πείτε το όνομά σας, θα αναγκαστώ δυστυχώς να κλείσω το τηλέφωνο, παρά...

– Και να το κλείσεις, εγώ θα σε παίρνω, μέχρι ν' ακούσεις αυτό που θέλω να σου πω, τον διέκοψε ο άγνωστος. Άκουσέ με λοιπόν τώρα, για να μην το κουράζουμε. Αν κλείσεις την υπόθεση, σε περιμένουν τρία εκατομμυριάκια σε μια τράπεζα, σ' εκείνα τα περίεργα νησιά Καϊμάν, αλλιώς σε περιμένει φωτιά και σίδερο. Απλά πράγματα.

– Αισχρά πράγματα, για τα οποία θα δώσετε λόγο στη δικαιοσύνη κι εσείς και οι εντολείς σας!

– Πω, πω! Σκιάχτηκα τώρα! Λοιπόν, επειδή είσαι νέγρος κι εγώ γουστάρω τους μαυρούκους, θα σου κάνω μια χάρη. Θα σου δώσω σαρανταοκτώ ώρες, για να μου απαντήσεις. Θα σου τηλεφωνήσω, μεθαύριο το βράδυ, την ίδια ώρα. Και μην τολμήσεις να μην απαντήσεις στο τηλέφωνο! είπε η φωνή κι έκλεισε.

Έκλεισε κι εκείνος το τηλέφωνό του και το ακούμπησε ψύχραιμα, πάνω στο γραφείο του, ενώ το μυαλό του είχε αρχίσει ήδη να καταστρώνει σχέδιο για την αντιμετώπιση κι εξουδετέρωση αυτών των άθλιων. Ήξερε ότι δεν είχε να κάνει με ερασιτέχνες, αλλά με πανούργους, αδίστακτους και ικανούς για τα πάντα επαγγελματίες, που δεν θα άφηναν τίποτα στην τύχη. Μάζεψε τα χαρτιά του, πήρε την τσάντα του και σκεπτικός κατέβηκε στο γκαράζ, για να πάρει το αυτοκίνητό του. Έβαλε μπροστά τη μηχανή ξεκίνησε και πάτησε το πλήκτρο του CD. Ξαφνιάστηκε δυσάρεστα κι ενστικτωδώς πάτησε απότομα φρένο, όταν, αντί για τους Ουγγρικούς Χορούς του Μπραμς, που είχε στο CD, άκουσε τη φωνή που τον είχε απειλήσει λίγο πριν στο κινητό του.

«Σου θυμίζω απλώς, ότι σε περιμένουν τρία εκατομμύρια ή φωτιά και σίδερο. Και μην τολμήσεις τίποτα περίεργα κόλπα, γιατί δεν παίζουμε. Άντε, καλό δρόμο και τους χαιρετισμούς μας στη γυναικούλα σου και τα παιδάκια σου».

Η απειλή για τη Λήδα και τα παιδιά του ήταν σαφής. Κι αυτό ήταν το μόνο, που τον τρόμαζε πραγματικά. Πάτησε το πλήκτρο της εξαγωγής του δίσκου. Από τη θήκη του ηχοσυστήματος πρόβαλε ένα CD χωρίς σήμανση. Το έπιασε μ' ένα χαρτομάντιλο, το έβαλε στην τσάντα του, έβαλε στη θέση του το CD του Μπραμς, που ήταν ακουμπισμένο στο διπλανό κάθισμα και πάτησε μαλακά το γκάζι. Αυτή η «έκπληξη» έδειχνε πολλά και τον είχε προβληματίσει έντονα, πολύ περισσότερο απ' το τηλεφώνημα, που είχε προηγηθεί. Μπήκε στο σπίτι του συννεφιασμένος.

– Καλησπέρα, αγάπη μου, τον καλωσόρισε η Λήδα

– Καλησπέρα, είπε ο Άγγελος άκεφα, δίνοντας μηχανικά ένα απαλό φιλί στο στόμα της γυναίκας του.

– Τι έχεις, αγάπη μου, τι τρέχει; μίλησε αμέσως η γυναικεία διαίσθηση.

– Μια μικρή αναποδιά, απάντησε ο Άγγελος, για να μην την τρομάξει, θα σου πω στο φαγητό. Τα παιδιά είναι καλά;

– Μια χαρά! Η Αιμιλία μόνον έπεσε στο βόλεϊ και χτύπησε λίγο το γόνατό της, αλλάδεν είναι τίποτα. Πάω να ετοιμάσω να φάμε, είπε η Λήδα και κατευθύνθηκε στην κουζίνα.

Εκείνος μπήκε στο γραφείο του, ακούμπησε την τσάντα του και μετά πήγε στην κρεβατοκάμαρα, έβγαλε το σακάκι του, έλυσε τη γραβάτα του, γύρισε στο σαλόνι κι άνοιξε την τηλεόραση.

«...δήλωσε ο Υπουργός Πρόνοιας, ενώ η αντιπολίτευση αξιώνει άμεση δικαστική εκκαθάριση του σκανδάλου των ομολόγων των ασφαλιστικών

ταμείων, χωρίς καμία χρονοτριβή και υπεκφυγές καθώς και τη σύσταση Εξεταστικής των Πραγμάτων Επιτροπής».

Έκλεισε την τηλεόραση. Η είδηση ήταν αδιάφορη. Ήξερε πολύ καλά ότι καμία Εξεταστική Επιτροπή δεν είχε ποτέ οδηγήσει σε κάθαρση κι ότι αυτό ήταν ένα από τα πολλά υποκριτικά τεχνάσματα του πολιτικού προσωπικού, για να κουκουλώνει τις ανομίες του, ρίχνοντας στάχτη στα μάτια του λαού. Είχε χάσει το μόνο που τον ενδιέφερε, τη δήλωση του Υπουργού, αλλά θα την έβλεπε αργότερα στο διαδίκτυο.

– *Λοιπόν, αγάπη μου, θα μου πεις, τι σε απασχολεί; ρώτησε η Λήδα, όταν κάθισαν στο τραπέζι κι ο Άγγελος της περιέγραψε και της εξήγησε την όλη υπόθεση και διηγήθηκε με κάθε λεπτομέρεια το τηλεφώνημα και το CD, χωρίς να κρύψει την ανησυχία του.*

– *Και τι σκέπτεσαι να κάνεις;*

– *Δεν ξέρω. Ειλικρινά δεν ξέρω. Δεν είναι καθόλου εύκολο. Έχω απέναντί μου, συνασπισμένο ολόκληρο το τριαξονικό σύστημα εξουσίας κι αυτοί οι άνθρωποι δεν ορρωδούν προ ουδενός. Πρέπει να κινηθώ μεμεγάλη ταχύτητα, πολλή προσοχή και περισσότερη εξυπνάδα, ώστε και εσείς να μην κινδυνεύσετε και αυτοί να πληρώσουν το έγκλημά τους.*

– *Αγάπη μου, σίγουρα δεν είναι ευχάριστα όλα αυτά, αλλά ένα μόνον θέλω να ξέρεις. Ό,τι κι αν αποφασίσεις, εγώ θα είμαι δίπλα σου και θα σε στηρίξω με όλες τις δυνάμεις μου. Κι αν νομίζεις ότι θα νιώσεις πιο άνετα και θα μπορείς να κινηθείς πιο ελεύθερα, μπορώ να πάρω τα παιδιά και να φύγουμε για λίγο καιρό απ' την Αθήνα.*

– *Σ' ευχαριστώ, κυρά μου. Δεν είχα καμιά αμφιβολία για την αγάπη σου, και την εμπιστοσύνη σου και δεν φαντάζεσαι, πόση ανακούφιση, αλλά και δύναμη μου δίνεις. Δεν σου κρύβω ότι αυτή η λύση πέρασε κι απ' το δικό μου μυαλό κάποια στιγμή, αλλά άσε με να το σκεφτώ λίγο ακόμη. Το χειρότερο απ' όλα θα είναι να κάνουμε βιαστικές και σπασμωδικές κινήσεις.*

– *Όπως νομίζεις, Άγγελε. Μήπως θα ήταν όμως σκόπιμο να ζητήσεις και την προστασία της Αστυνομίας;*

– Είναι κι αυτή μια ιδέα, αλλά αν σου πω ότι δεν ξέρω ποιον να εμπιστευτώ, θα με πιστέψεις; Αυτοί οι άνθρωποι είναι δικτυωμένοι παντού!

– Εσύ ξέρεις! Εγώ απλώς σου ξαναλέω πως ό,τι κι αν αποφασίσεις, θα είμαι δίπλα σου και θα σε στηρίξω. Κι αν νομίζεις ότι μπορώ να κάνω κάτι εγώ για να βοηθήσω, πες το μου!

– Ναι, θα ήθελα σε παρακαλώ, να κάνεις γεμιστές ντομάτες, που τις κάνεις τόσο νόστιμες και τις έχω πεθυμήσει, είπε σε άλλο τόνο ο Άγγελος, για να ελαφρύνει την ατμόσφαιρα.

– Α, μου βάζεις δύσκολα, αλλά αφού σού υποσχέθηκα να σε βοηθήσω, θα την κάνω κι αυτή τη θυσία, απάντησε στον ίδιο τόνο η Λήδα, δίνοντας ένα φιλί στον άντρα της.

Εκείνο το βράδυ, ο Άγγελος δεν μπορούσε να κοιμηθεί. Προσπαθούσε να καταστρώσει ένα σχέδιο άμυνας κι επίθεσης μαζί. Ανάμεσα στις σκέψεις που έκανε ήταν και να προσποιηθεί ότι δέχεται τη δωροδοκία, να τους παγιδεύσει και να τους ξεσκεπάσει με ατράνταχτα, αδιαμφισβήτητα στοιχεία. Ο ύπνος όμως, πρόλαβε οποιαδήποτε απόφασή του.

Είχε πάει πέντε και μισή περίπου η ώρα το πρωί, όταν ξαφνικά άκουσε ένα εκκωφαντικό θόρυβο, σαν έκρηξη, που έμελλε να ανατρέψει τα σχέδιά του. Πετάχτηκε τρομαγμένος απ' το κρεβάτι του κι έτρεξε στη μπαλκονόπορτα. Η Λήδα αγουροξυπνημένη, ανασηκώθηκε στο κρεβάτι και ρώτησε κι αυτή τρομαγμένη:

– Τι είναι, τι έγινε; ενώ την ίδια στιγμή ακούστηκαν φωνές απ' τα δωμάτια των παιδιών, που είχαν κι αυτά τρομάξει απ' την έκρηξη.

Η Λήδα σηκώθηκε κι έτρεξε στα παιδιά τους κι ο Άγγελος βγήκε στο μπαλκόνι. Είδε το αυτοκίνητό του μέσα στις φλόγες. Έβαλε βιαστικά ένα παντελόνι, ένα πουκάμισο κι ένα σακάκι και κατέβηκε στον δρόμο.

Όταν πλησίασε το αυτοκίνητό του, αντίκρισε με φρίκη λίγα μέτρα πιο κει ένα νέο άνδρα διαμελισμένο και πολύ αίμα. Έτρεξε κοντά του κι είδε ότι ζούσε, αλλά ότι ήταν σε πολύ κρίσιμη κατάσταση κι ότι δεν ήταν πολλά αυτά που μπορούσε να κάνει, για να τον βοηθήσει. Τα παράθυρα των γύρω σπιτιών άρχισαν να φωτίζονται ένα–ένα, οι μπαλκονόπορτες να ανοίγουν βιαστικά και θορυβημένοι κάτοικοι να σκύβουν να δουν, τι είχε συμβεί, ενώ κάποιοι απ' αυτούς κατέβηκαν στον δρόμο, άλλοι γεμάτοι ανησυχία κι άλλοι από απλή περιέργεια.

Ο Άγγελος έβγαλε το σακάκι του, το δίπλωσε και το έβαλε μαλακά κάτω απ' το κεφάλι του άτυχου άντρα, που μέσα σε μια λίμνη αίματος, με αποκομμένο εντελώς το αριστερό πόδι του και φοβερές ανοιχτές πληγές στο σώμα του, ούρλιαζε κι έλεγε ακατάληπτες φράσεις. Ύστερα, κάλεσε με το κινητό του το ΕΚΑΒ, την αστυνομία και την πυροσβεστική και στη συνέχεια φωτογράφησε το αυτοκίνητό του και τον τραυματισμένο άντρα κι έμεινε δίπλα του, μέχρι να έρθει βοήθεια. Μόλις έφτασε το νοσοκομειακό και πήρε τον τραυματία, ο Άγγελος κατευθύνθηκε προς το περιπολικό που είχε φτάσει σχεδόν ταυτόχρονα, δήλωσε την ταυτότητά του, έδωσε μια πρώτη κατάθεση κι ανέβηκε σπίτι του, ενώ είπε στους αστυνομικούς να τον τηρήσουν ενήμερο.

Πήγε κατ' ευθείαν στο δωμάτιο των παιδιών τους, όπου ήταν κι η Λήδα, προσπαθώντας να τα καθησυχάσει.

– *Τι ήταν τελικά αυτή η έκρηξη;* τον ρώτησε, η γυναίκα του.

– *Το αυτοκίνητό μου! Ήταν παγιδευμένο με βόμβα. Ευτυχώς για μας και δυστυχώς γι' αυτόν, την πλήρωσε ένας φουκαράς, που μάλλον προσπαθούσε να το κλέψει. Όπως καταλαβαίνεις, δεν έχουμε πια άλλο χρόνο. Ετοιμασθείτε, σε παρακαλώ εσύ και τα παιδιά να φύγετε.*

– *Τώρα;*

– *Ναι, τώρα, προτού ξημερώσει.*

– *Πού λες να πάμε;*

– *Θα τηλεφωνήσω να σας κλείσω δωμάτια σ' ένα μικρό, ήσυχο ξενοδοχείο στο Ναύπλιο, που ξέρω καλά τον ιδιοκτήτη του και μετά βλέπουμε.*

Πράγματι, ο Άγγελος τηλεφώνησε πρώτα στο ξενοδοχείο κι έκλεισε τρία δωμάτια και μετά σ' ένα ραδιοταξί, γιατί για λόγους ασφάλειας, δεν ήθελε να ταξιδέψουν με το αυτοκίνητο της Λήδας. Έτσι, μετά από περίπου μία ώρα, η Λήδα και τα παιδιά χαιρέτησαν τον Άγγελο, μπήκαν στο ταξί κι έφυγαν για το Ναύπλιο.

Ήταν πια οκτώ το πρωί, όταν χτύπησε το τηλέφωνό του. Ήταν ο επικεφαλής της Αντιτρομοκρατικής, που του ανακοίνωσε ότι η πρώτη έρευνα είχε αποδείξει αυτό που είχε υποπτευθεί κι εκείνος. Το αυτοκίνητο ήταν παγιδευμένο με τη μίζα του κι εξερράγη, όταν ο άτυχος νεαρός, επίδοξος κλέφτης προσπάθησε να το βάλει μπροστά. Ο Άγγελος κατάλαβε ότι δεν είχε άλλο χρόνο. Έπρεπε να δράσει αμέσως!

Έκανε ένα ντους, παράγγειλε στην Ιμέλντα, την οικιακή βοηθό τους, ένα δυνατό καφέ, έκατσε στο γραφείο του και βάλθηκε να σκέφτεται, με ποιο τρόπο θα αντιμετώπιζε την κατάσταση. Μετά από πολλή σκέψη κι αφού μελέτησε κάθε λεπτομέρεια και ζύγισε όλα τα υπέρ και τα κατά, κατέληξε σ' ένα σχέδιο αντίδρασης, που πίστευε ότι θα ήταν αποτελεσματικό. Άνοιξε τον υπολογιστή του κι άρχισε να γράφει. Αργά, προσεκτικά, σταματώντας κάθε λίγο για να σκεφτεί την καλύτερη διατύπωση, άρχισε να πατάει τα πλήκτρα.

«Είμαι ο Εισαγγελέας Εφετών, Άγγελος Μασούκου, στον οποίο έχει ανατεθεί η διερεύνηση του σκανδάλου των ομολόγων των ασφαλιστικών ταμείων. Διαβιβάζω αυτό το μήνυμα προς όλες τις αρμόδιες πολιτικές, δικαστικές και αστυνομικές αρχές της Ελλάδας και της Ευρωπαϊκής Ένωσης, καθώς και σε όλα τα ελληνικά και διεθνή μεγάλα μέσα ενημέρωσης.

Καταγγέλλω με βδελυγμία, ότι από τη στιγμή που η Πολιτεία μού ανέθεσε τη διαλεύκανση αυτής της υπόθεσης, έγινα αποδέκτης σωρείας απειλητικών μηνυμάτων, για τη ζωή μου και τη ζωή της οικογενείας μου. Παράλληλα, με επεσκέφθη ο δημοσιογράφος και Σύμβουλος του Υπουργού Πρόνοιας, κ. Τάσος Μπερικάνης, ο οποίος μου εζήτησε αναίσχυντα να «κλείσω» την υπόθεση. Ακολούθησε ανώνυμο τηλεφώνημα στο κινητό μου, με το οποίο μου υποσχέθηκαν τρία εκατομμύρια, εάν κλείσω την υπόθεση και με απείλησαν με «φωτιά και σίδερο» και με τη ζωή της συζύγου μου και των παιδιών μου, αν δεν υπακούσω. Περιληπτική επανάληψη του ίδιου μηνύματος, από την ίδια φωνή, βρήκα λίγο αργότερα στο CD του αυτοκινήτου μου.

Τέλος, σήμερα το πρωί στις πέντε και μισή περίπου, κάποιος αποπειράθηκε να κλέψει το αυτοκίνητό μου, το οποίο όμως ήταν παγιδευμένο –με προφανή στόχο εμένα– και εξερράγη τραυματίζοντας σχεδόν θανάσιμα ένα άτυχο, νεαρό επίδοξο κλέφτη.

Δηλώνω ότι, σε πείσμα των σκοτεινών αυτών κύκλων και όλων όσοι τους στηρίζουν, η δικαιοσύνη θα επιτελέσει οπωσδήποτε και με οποιοδήποτε κόστος το καθήκον της στο ακέραιο, θα φέρει όλη την αλήθεια στο φως και θα επιβάλει τις δέουσες κυρώσεις σε όσους αποδειχθούν ένοχοι, όποιοι κι αν είναι αυτοί.

Προς τούτοις, καθιστώ υπεύθυνη την Ελληνική Κυβέρνηση και προσωπικώς τον Πρωθυπουργό και τον Αρχηγό της Ελληνικής Αστυνομίας, για ό,τιδήποτε τυχόν συμβεί σε μένα ή σε μέλη της οικογενείας μου».

Πέρασε το μήνυμα σ' ένα CD, φόρτωσε τη μαγνητοφωνημένη συνομιλία του με τον Μπερικάνη, το CD με την απειλή και τις φωτογραφίες του αυτοκινήτου του και του τραυματία, που είχε πάρει με το κινητό του. Σηκώθηκε ήρεμος, έκανε ένα γρήγορο ντους, ντύθηκε, κάλεσε ένα ταξί και πήγε στο γραφείο του κατά τις δέκα.

Καλημέρισε τη γραμματέα του και την κάλεσε στο γραφείο του, όπου της έδωσε το CD, που είχε φτιάξει και τις σχετικές οδηγίες, για να βρει τις συγκεκριμένες ηλεκτρονικές διευθύνσεις και να στείλει το μήνυμα που είχε ετοιμάσει.

– Σας βλέπω λίγο ανήσυχο και προβληματισμένο, του είπε με ειλικρινή έγνοια η γραμματέας του. Συμβαίνει τίποτα;

– Θα δεις, όταν διαβάσεις το μήνυμα που θα στείλεις. Σ' ευχαριστώ πάντως για το ενδιαφέρον σου.

Η γραμματέας του πήγε στο γραφείο της κι εκείνος έγειρε πίσω στην πολυθρόνα του κι άρχισε ν' αναλογίζεται το ντόμινο αντιδράσεων, που θα προκαλούσε η βόμβα, που θα έφευγε σε λίγο μέσα απ' το διαδίκτυο. Τώρα δεν είχε, παρά να περιμένει. Παράγγειλε ένα καφέ, που δεν είχε προλάβει να πιει στο σπίτι του κι άνοιξε να μελετήσει τους φακέλους του σκανδάλου.

~ ~

18ο ΚΕΦΑΛΑΙΟ

– Τι σας έχω εδώ;

Η Λάγια μπήκε στο κανάλι τρέχοντας, κρατώντας στο ένα χέρι την τσάντα της και στο άλλο την κασέτα της συνέντευξης και πήγε κατ' ευθείαν στην αίθουσα του μοντάζ. Έστησε στον τοίχο ένα ίδιο ακριβώς μπλε φόντο, με αυτό που είχε χρησιμοποιήσει στη συνέντευξη και εκφώνησε την εισαγωγή, τις ερωτήσεις, που είχε κάνει στη Μαλίκα και την αποφώνηση και έλεγξε ολόκληρο το βίντεο από την αρχή ως το τέλος, απολύτως ικανοποιημένη.

Πήρε την κασέτα και τρέχοντας πήγε στην αίθουσα συσκέψεων, όπου εκείνη την ώρα γινόταν η συνάντηση του Διευθυντή Ειδήσεων και Ενημέρωσης με τους δημοσιογράφους, για τον καθορισμό της γραμμής, των θεμάτων, της διάρκειας και της σειράς, με την οποία θα προβαλλόταν το καθένα απ' αυτά στο κεντρικό δελτίο ειδήσεων του καναλιού στις έξη, αν και το μοναδικό θέμα ουσιαστικά ήταν το χτύπημα της Αλ Κάιντα.

Οι ομιλίες διακόπηκαν και τα μάτια όλων στράφηκαν προς την πόρτα της αίθουσας, καθώς η Λάγια την άνοιξε φουριόζικα, σχεδόν βίαια, χωρίς να χτυπήσει. Προς στιγμήν, ένιωσε αμήχανα, με όλα τα βλέμματα καρφωμένα επάνω της επιτιμητικά, αλλά αμέσως βρήκε την αυτοκυριαρχία της και κουνώντας την κασέτα στον αέρα, είπε θριαμβευτικά:

– Τι σας έχω εδώ;

– *Δεν ξέρω, τι μας έχεις εκεί, απάντησε σκωπτικά ένας συνάδελφός της, αλλά μέρες που είναι, καλά θα κάνεις να χτυπάς την πόρτα, γιατί μας κοψοχόλιασες!*

– *Συγνώμη, γλυκέ μου, αλλά δεν ήξερα ότι τρομάζεις τόσο εύκολα, απάντησε στον ίδιο τόνο η Λάγια, ενώ ταυτόχρονα έδινε την κασέτα στον Διευθυντή της.*

– *Είναι αυτό που νομίζω; ρώτησε εκείνος κι η φωνή του έκρυβε ανυπομονησία και ικανοποίηση.*

– *Ακριβώς! Προτείνω να τη δούμε αμέσως, γιατί θέλω ν' ακούσω και τις δικές σας απόψεις και ιδέες, είπε η Λάγια, με προσποιητή μετριοφροσύνη.*

– *Ναι, αυτό θα κάνουμε, είπε ο Κέβιν, και συνέχισε, απευθυνόμενος στους παρόντες: Αγαπητοί συνάδελφοι, η Λάγια προσέφερε σήμερα μια μεγάλη –τι λέω; – μια τεράστια επιτυχία στο κανάλι μας. Μια επιτυχία, που θα γίνει σίγουρα πρωτοσέλιδο σ' ολόκληρο τον κόσμο και θα γράψει ιστορία. Είναι μια αποκλειστική συνέντευξη, μ' ένα υψηλόβαθμο στέλεχος της Αλ Κάιντα! Τη συγχαίρω και την ευχαριστώ και εκ μέρους του Rex και εκ μέρους μου, αλλά και εκ μέρους σας, στη δουλειά των οποίων θα έχει σίγουρα ευνοϊκό αντίκτυπο. Ας δούμε λοιπόν αυτό το μεγάλο λαυράκι της Λάγιας κι ας το σχολιάσουμε αμέσως μετά, πρότεινε, ενώ ταυτόχρονα έβαλε την κασέτα στο βίντεο και πάτησε το πλήκτρο προβολής.*

Με τις πρώτες λέξεις της Μαλίκα, ακούστηκαν τα πρώτα έκπληκτα, αλλά κι επιδοκιμαστικά επιφωνήματα, ενώ όσο προχωρούσε η συνέντευξη, οι παρόντες δημοσιογράφοι άρχισαν να τη σχολιάζουν χαμηλόφωνα μεταξύ τους, σε βαθμό που ανάγκασαν τον Διευθυντή να τους καλέσει να ησυχάσουν. Όταν τέλειωσε η συνέντευξη, ξέσπασαν όλοι αυθόρμητα σε ηχηρά επιφωνήματα και χειροκροτήματα κι έσπευσαν να συγχαρούν τη Λάγια, που βρισκόταν στον Έβδομο Ουρανό, ξέροντας ότι είχε ήδη πυροδοτηθεί ο πύραυλος, που θα έστελνε τ' όνομά της στην κορφή του δημοσιογραφικού γαλαξία.

Ο Κέβιν είπε ότι η συνέντευξη έπρεπε να αναγγελθεί επανειλημμένα και πανηγυρικά, με τον δέοντα για το κανάλι εμφαντικό τρόπο και να προβληθεί φυσικά πρώτο θέμα στο κεντρικό δελτίο.

– *Λοιπόν, Λάγια, φύγε εσύ, είπε ο Κέβιν, και συνεννοήσου με το διαφημιστικό τμήμα μας για να ετοιμάσουν τα τρέιλερ της συνέντευξης που θα τους πεις. Τα θέλω ευρηματικά, σοβαρά και λίγο αινιγματικά, για να τη δει όλη η Αμερική.*

– *Μείνε ήσυχος,* είπε η Λάγια, που πήρε την κασέτα κι έφυγε σχεδόν τρέχοντας, μ' ένα τεράστιο χαμόγελο στο πρόσωπό της.

Αμέσως μετά ζήτησε και πήρε τον λόγο η αρμόδια για τα εξωτερικά θέματα δημοσιογράφος κι είπε ότι είχε στα χέρια της μια πραγματική βόμβα απ' την Ελλάδα– που δεν ήταν άλλη απ' αυτή που είχε στείλει ο Άγγελος– και τους είπε περιληπτικά την υπόθεση. Ο Κέβιν έδειξε να προβληματίζεται για λίγο, αλλά γρήγορα αποφάσισε κι είπε:

– *Σε άλλη περίπτωση, θα ήταν μια απ' τις πρώτες ίσως ειδήσεις μας, αλλά αυτές τις μέρες δεν υπάρχει σχεδόν καθόλου χώρος στο κεντρικό δελτίο μας για άλλες ειδήσεις, εκτός από αυτές, που αφορούν το τρομοκρατικό χτύπημα που δεχθήκαμε. Έχουμε ιερό χρέος και προς την πατρίδα και προς τα χιλιάδες αθώα θύματα και τους δικούς τους, αλλά και προς το κοινό μας, να τους ενημερώσουμε ακόμη και για το παραμικρό στοιχείο, που θα καταφέρετε να βρείτε. Βάλε λοιπόν το ελληνικό θέμα στο δελτίο των έντεκα, για σαράντα–πενήντα δεύτερα.*

– *Εντάξει, συμφωνώ,* είπε η δημοσιογράφος.

– *Εμείς, μπορούμε να συνεχίσουμε τώρα, είπε ο Κέβιν, αλλά να έχουμε στο μυαλό μας για τον τελικό σχεδιασμό και τη συνέντευξη της Λάγιας, που θα παίξει πρώτη για 15' περίπου λεπτά.*

Όπως ήταν φυσικό, η συνέντευξη έκανε πάταγο, κυρίως στην Αμερική, λόγω αμέσου ενδιαφέροντος κι αυξημένης ευαισθησίας, αλλά και σ' ολόκληρο τον κόσμο, που είχε συγκλονισθεί απ' τη συντριβή των Δίδυμων Πύργων.

Κανείς δεν έδωσε σημασία στην τελευταία ολιγόλογη είδηση του Δελτίου, πως, σύμφωνα με ανακοίνωση της Πυροσβεστικής Υπηρεσίας της Νέας Υόρκης, μετά την κατάσβεση πυρκαγιάς στον τρίτο όροφο εγκαταλελειμμένου κτηρίου στο Χάρλεμ, είχαν βρεθεί οι στάχτες ενός εντελώς αποτεφρωμένου πτώματος, άγνωστου ατόμου…

~ ~

19ᴼ ΚΕΦΑΛΑΙΟ

Προχωρήστε, κύριε Εισαγγελεύ!

Λίγα λεπτά αργότερα, μετά την ολοκλήρωση της αποστολής του μηνύματος, η γραμματέας του Άγγελου του είπε ότι τον ζητάνε απ' το γραφείο του Πρωθυπουργού.

– *Τα σέβη μου, κύριε Πρόεδρε, είπε ο Άγγελος, μόλις του έδωσε τη* γραμμή η γραμματέας του.

– *Μισό λεπτό, σας συνδέω με τον Πρόεδρο της Κυβέρνησης, κύριε Εισαγγελεύ, άκουσε από την άλλη άκρη.*

Ο Άγγελος συγχύστηκε λίγο με το λάθος του και επανέλαβε απλώς, όταν τον συνέδεσαν με τον Πρωθυπουργό:

– *Τα σέβη μου, κύριε Πρόεδρε.*

– *Καλή σας ημέρα, κύριε Εισαγγελέα. Θα ήθελα παρακαλώ, αν δεν σας κάνει κόπο, να έρθετε στο γραφείο μου να συζητήσουμε, ξέρετε για ποιο θέμα.*

– *Βεβαίως, κύριε Πρόεδρε! Πότε θέλετε;*

– *Τώρα, αμέσως, αν δεν έχετε πρόβλημα.*

– *Σε δεκαπέντε λεπτά θα είμαι εκεί.*

– *Ευχαριστώ, σας περιμένω.*

Ο Άγγελος σηκώθηκε αμέσως, πήρε την τσάντα του, ενημέρωσε τη γραμματέα του κι έφυγε βιαστικά για το Μέγαρο Μαξίμου. Πέρασε αμέσως απ' την πύλη, όταν είπε το όνομά του και τον οδήγησαν κατ' ευθείαν στο γραφείο του Πρωθυπουργού. Μόλις μπήκε μέσα, ο Πρωθυπουργός σηκώθηκε απ' την πολυθρόνα του κι έσπευσε να τον προϋπαντήσει, σαν να ήταν παλιοί φίλοι.

– *Μη σηκώνεστε, Κύριε Πρόεδρε,* έσπευσε να πει ο Άγγελος, αλλά εκείνος του έσφιγγε ήδη το χέρι.

– *Σας ευχαριστώ που ανταποκριθήκατε αμέσως στο κάλεσμά μου,* του είπε ευγενικά.

– *Τιμή μου και χρέος μου, κύριε Πρόεδρε,* απάντησε, ακόμη σαστισμένος απ' τη θερμή υποδοχή ο Άγγελος.

– *Κύριε Μασούκου,* είπε ο Πρωθυπουργός, αφού προηγουμένως τον είχε καλέσει να καθίσει στο σαλόνι των επισκεπτών, μπροστά στο γραφείο του, όπου κάθισε κι εκείνος, αντί της πρωθυπουργικής πολυθρόνας, *γνωρίζω πολύ καλά τη μέχρι τώρα πορεία σας και το ήθος σας και επιτρέψτε μου να σας συγχαρώ ειλικρινά και θερμά. Θεμιστοπόλοι, όπως εσείς, τιμούν τη δικαιοσύνη και τους έχει απόλυτη ανάγκη η δημοκρατία μας. Ομολογώ ότι συγκλονίστηκα με το μήνυμά σας, για το οποίο επίσης σας συγχαίρω! Ήταν μία πολύ έξυπνη, έντιμη, γενναία και αποτελεσματική αντίδραση στις απειλές αυτών των αχρείων. Δεν θέλω να μπω στις λεπτομέρειες και δεν με αφορούν άλλωστε. Τρία μόνον πράγματα θέλω να σας πω. Πρώτον, απελύθη σήμερα το πρωί ο Υπουργός Προνοίας και διεγράφη από το κόμμα μας. Δεύτερον, τα μέλη της Κυβέρνησής μου και –πολύ περισσότερο– εγώ προσωπικά δεν έχουμε την παραμικρή σχέση με το επαίσχυντο αυτό σκάνδαλο. Αυτή είναι η αλήθεια. Τρίτον, έχετε την απόλυτη προσωπική μου στήριξη στο έργο σας. Προχωρήστε στην αποκάλυψη και παραδειγματική τιμωρία των ενόχων, όποιοι κι αν είναι αυτοί. Είναι μια προσωπική ισχυρή δήλωση και δέσμευση, την οποία θα κάνω και δημόσια. Η Πολιτεία θα σας προσφέρει πλήρη κάλυψη, στήριξη και προστασία, για να μπορέσετε απερίσπαστος, να φέρετε σε πέρας το έργο της δικαιοσύνης. Έχω ήδη δώσει εντολή στον Υπουργό Δημόσιας Τάξης, να πάρει όποια μέτρα είναι αναγκαία, για την περιφρούρηση της οικογένειάς σας και τη δική σας και στον Υπουργό Δικαιοσύνης να σας βοηθήσει, όπου εσείς κρίνετε σκόπιμο, για τη διευκόλυνσή σας στο δικαστικό έργο σας και κυρίως να προχωρήσει τις αμέσως επόμενες ημέρες σε τροποποίηση του Κώδικα Ποινικής Δικονομίας, για την επιτάχυνση απόδοσης της δικαιοσύνης.*

– Κύριε Πρόεδρε, σας ευχαριστώ θερμά για τους καλούς και τιμητικούς λόγους σας. Ήμουν βέβαιος ότι εσείς προσωπικά θα τιμούσατε τον κορυφαίο θεσμικό ρόλο σας, προσφέροντας τη στήριξη της Πολιτείας στο έργο της δικαιοσύνης. Σας διαβεβαιώ, με τη σειρά μου, ότι θα τιμήσω τη δικαιοσύνη και την εμπιστοσύνη σας.

– Ευχαριστώ, κύριε Εισαγγελέα, και κάτι τελευταίο. Το γραφείο μου θα σας δώσει το προσωπικό μου τηλέφωνο και παρακαλώ να μη διστάσετε να το χρησιμοποιήσετε, για οποιονδήποτε λόγο και οποτεδήποτε το κρίνετε σκόπιμο.

Ο Άγγελος έφυγε πολύ ικανοποιημένος και περήφανος απ' το Μέγαρο Μαξίμου, αλλά ήξερε καλά ότι ο δρόμος ήταν ακόμη πολύ μακρύς, τραχύς κι επικίνδυνος κι ότι η σπείρα θα χρησιμοποιούσε κάθε θεμιτό και αθέμιτο, ακόμη κι εγκληματικό μέσο, για να ανακόψει και –ει δυνατόν– να ματαιώσει τον κολασμό των μελών της και τη διάλυσή της.

Επέστρεψε στο γραφείο του, όπου τον περίμενε σωρεία ηλεκτρονικών κυρίως μηνυμάτων, που είχε προκαλέσει η διαδικτυακή διάχυση της εκρηκτικής καταγγελίας του, όχι μόνο από τα μέσα ενημέρωσης που εκείνος το είχε στείλει, αλλά και από πάμπολλα ιστολόγια. Πάνω στο γραφείο του ήταν κι ένας λευκός μεγάλος φάκελος, χωρίς σήμανση και αποστολέα, που έγραφε απ' έξω με κόκκινα γράμματα «Αυστηρά προσωπικό». Τον περιεργάστηκε λίγο πήρε ένα χαρτομάντηλο, τον έψαυσε και τον άνοιξε, όντας σχεδόν βέβαιος για το περιεχόμενό του. Πράγματι, ήταν ένα καινούργιο μήνυμα της σπείρας, γραμμένο με χοντρό κόκκινο μαρκαδόρο σ' ένα λευκό χαρτί, με κεφαλαία γράμματα:

«ΑΝ ΝΟΜΙΖΕΙΣ ΟΤΙ ΚΑΘΑΡΙΣΕΣ ΜΕ ΤΗΝ ΕΞΥΠΝΑΔΑ ΤΟΥ INTERNET, ΕΧΕΙΣ ΚΑΝΕΙ ΤΗ ΜΕΓΑΛΥΤΕΡΗ ΓΚΑΦΑ ΤΗΣ ΖΩΗΣ ΣΟΥ ΚΑΙ ΓΡΗΓΟΡΑ ΘΑ ΒΛΑΣΤΗΜΗΣΕΙΣ ΤΗΝ ΩΡΑ ΚΑΙ ΤΗ ΣΤΙΓΜΗ, ΠΟΥ ΑΠΟΦΑΣΙΣΕΣ ΝΑ ΤΑ ΒΑΛΕΙΣ ΜΑΖΙ ΜΑΣ. ΤΡΕΜΕ!».

Δεν έδωσε ιδιαίτερη σημασία σ' αυτό το μήνυμα. Σχεδόν το περίμενε. Χωρίς να υποτιμά καθόλου τους αντιπάλους του, θεώρησε ότι αυτό το μήνυμα ήταν περισσότερο μια προσπάθεια της σπείρας να «σώσει το πρόσωπό της», παρά ουσιαστική απειλή. Μια ισχυρή ένδειξη αυτής της εκτίμησής του ήταν το γεγονός, ότι ο εκβιαστής, που τον είχε απειλήσει δεν του ξανατηλεφώνησε, όπως είχε πει. Έβαλε το χαρτί μέσα στον φάκελό του κι αυτόν μέσα σ' ένα άλλο φάκελο, προσέχοντας να μην αφήσει τ' αποτυπώματά του κι είπε στη γραμματέα του να τον στείλει στον Αρχηγό της ΕΛ.ΑΣ.

Ανάμεσα στα ηλεκτρονικά μηνύματα, η συντριπτική πλειονότητα των οποίων ήταν θετικά κι επαινετικά και τον προέτρεπαν να προχωρήσει και να φτάσει μέχρι το τέλος, υπήρχαν και πολλά από θεσμικούς παράγοντες, που επιδοκίμαζαν ανεπιφύλακτα τις ενέργειές του, τον συνέχαιραν και δήλωναν ρητά τη στήριξή τους. Τα υπόλοιπα ήταν από ελληνικά και διεθνή μέσα ενημέρωσης, που ζητούσαν συνέντευξη ή μια δήλωσή του. Τα διάβασε όλα, τα αρχειοθέτησε κατά κατηγορία και έδωσε εντολή στη γραμματέα του:

– Γράψε, σε παρακαλώ μια δήλωση, που θα δίνεις επί λέξει, σε οποιονδήποτε από οποιοδήποτε μέσο ενημέρωσης –ακόμη και το BBC– ζητήσει συνέντευξή μου ή δήλωση. Γράφεις;

– Μάλιστα, κύριε Εισαγγελέα.

«Ο κύριος Εισαγγελέας, είπε όσα είχε να πει με το μήνυμα που έστειλε, μέσω του διαδικτύου. Εάν και όταν το κρίνει

εκείνος σκόπιμο και επωφελές για τη δικαιική λειτουργία, θα προβεί σε νεότερη επίσημη ανακοίνωση. Εν τω μεταξύ προσκαλεί και παρακαλεί όλους τους θεσμικούς και μη παράγοντες και τα μέσα ενημέρωσης να συνδράμουν το δύσκολο έργο της δικαιοσύνης για την πλήρη διαλεύκανση του συγκεκριμένου σκανδάλου και την παραδειγματική τιμωρία των όποιων ενόχων».

— *Το έγραψες;*

— *Μάλιστα, κύριε Μασούκου, μείνετε ήσυχος.*

— *Α, και κάνε μου τη χάρη, ακύρωσε το κινητό μου και πάρε μου ένα καινούργιο, με απόρρητο αριθμό ή μάλλον δύο.*

— *Έχετε καμιά προτίμηση σε εταιρία ή μάρκα;*

— *Όχι. Τις ανάγκες μου τις ξέρεις. Διάλεξε εσύ.*

Το επόμενο μήνυμα ήταν τηλεφωνικό κι ερχόταν απ' τον ίδιο τον Πρόεδρο της Δημοκρατίας, πρώην δικαστικό.

— *Κύριε Εισαγγελεύ, εζήτησα να σας ομιλήσω, δι' ένα και μόνον λόγον. Δια να σας συγχαρώ θερμώς δια την αφοσίωσίν σας εις την απόδοσιν δικαιοσύνης, την αγωνιστικότητά σας και το απαράμιλλον σθένος σας και να σας δηλώσω την αμέριστον ηθικήν υποστήριξίν μου. Δυστυχώς, ως εκ της θέσεώς μου, δεν δύναμαι να σας βοηθήσω εμπράκτως, αλλά επιθυμώ να γνωρίζετε ότι είμαι ολοψύχως εις το πλευρόν σας!*

— *Κύριε Πρόεδρε, ειλικρινά δεν έχω λόγους να σας ευχαριστήσω για την τιμή που μου περιποιείτε και για την —επιτρέψτε μου την έκφραση— ισχυρή ένεση ηθικού.*

— *Η πατρίδα έχει απόλυτον ανάγκην, ειδικώς εις την παρούσαν συγκυρίαν, από άνδρας ως εσείς, που αποτελείτε και την μόνην ελπίδα δι' εν φωτεινότερον αύριον. Προχωρήστε, κύριε Εισαγγελεύ, εις τον καλόν δρόμον που χαράξατε! Έχετε μαζί σας ολόκληρον τον ελληνικόν λαόν. Οι ευχές μου σας συνοδεύουν.*

– *Ευχαριστώ, σάς ευχαριστώ θερμώς, κύριε Πρόεδρε. Καλή σας ημέρα.*

Αμέσως μετά το τηλεφώνημα που δέχθηκε από τον Πρόεδρο της Δημοκρατίας, τηλεφώνησε στη Λήδα, για να της πει τα νέα και να δει, τι κάνουν εκείνη και τα παιδιά.

– *Πώς είσαι, κυρά μου, τι κάνουν τα παιδιά;*

– *Είμαστε μια χαρά, το ξενοδοχείο είναι θαυμάσιο, οι άνθρωποι εξυπηρετικότατοι και το Ναύπλιο υπέροχο. Μην ανησυχείς καθόλου. Πες μου τα δικά σου νέα.*

– *Τα δικά μου νέα είναι αναπάντεχα καλά,* απάντησε ο Άγγελος και της διηγήθηκε εν συντομία το e–mail, που είχε στείλει, τη συνάντησή του με τον Πρωθυπουργό, τις θετικές αντιδράσεις και το μήνυμα του Προέδρου της Δημοκρατίας.

– *Μπράβο, αγάπη μου! Τώρα μπορείς να είσαι λίγο πιο ήσυχος, ε;*

– *Ήσυχος δεν θα είμαι ποτέ, μέχρι να κλείσω στη φυλακή αυτούς τους απατεώνες, αλλά, ναι, έχεις δίκιο, αισθάνομαι πολύ καλύτερα από χθες. Δεν μου λες, ξέρεις τι σκέφτηκα, Λήδα; Για να είσαστε πιο άνετα, λέω να πω σ' ένα καλό συνάδελφο και φίλο, τον Άρη Κονιρόπουλο –τον ξέρεις– να μας δώσει τα κλειδιά του σπιτιού, που έχει στη Νεράιδα, ένα οικισμό, πάνω απ' τη λίμνη Πλαστήρα, να πάτε να μείνετε εκεί, όπου...*

– *Δηλαδή, πόσον καιρό υπολογίζεις να μείνουμε μακριά;* τον διέκοψε κάπως ανήσυχη η Λήδα.

– *Δεν ξέρω, αγάπη μου, αλλά και μια βδομάδα να είναι μόνο, δεν είναι καλύτερα εκεί;*

– *Ναι, εντάξει, δίκιο έχεις. Όταν πάρεις τα κλειδιά, πες μου. Να προσέχεις μόνο, σε παρακαλώ, γιατί σε χρειαζόμαστε και σ' αγαπάμε πολύ, πάρα πολύ!*

– *Κι εγώ σας αγαπάω!*

Ο Άγγελος επικοινώνησε αμέσως με τον Άρη και τον ρώτησε, αν

μπορούσε να του παραχωρήσει για λίγες μέρες το σπίτι του στη Νεράιδα, για τις διακοπές της οικογένειάς του. Εκείνος δέχτηκε με μεγάλη χαρά να τον εξυπηρετήσει, μια κι αυτή τη χρονιά ο ίδιος θα πήγαινε με την οικογένειά του για διακοπές στην αδελφή του, στη Μυτιλήνη, όπως του είπε. Στη συνέχεια πήρε πάλι τη Λήδα στο ξενοδοχείο και της είπε ότι, για λόγους ασφάλειας, θα της έστελνε το αυτοκίνητό της και τα κλειδιά του σπιτιού του Άρη στο Ναύπλιο, ώστε να πάνε κατ' ευθείαν από κει στη Νεράιδα. Τη συμβούλεψε επίσης να πάρει κι εκείνη ένα καινούργιο απόρρητο κινητό, ώστε να είναι ασφαλείς οι επικοινωνίες τους.

Αφού τακτοποίησε κι αυτό το θέμα, δούλεψε με πολλή όρεξη όλη τη μέρα, που πέρασε χωρίς άλλο αξιοσημείωτο. Το βράδυ, κατά τις δέκα, μάζεψε τα χαρτιά του, πήρε αντίγραφο ολόκληρου του φακέλου του σκανδάλου, έκλεισε τον υπολογιστή του και πήγε σπίτι του, όπου τσίμπησε κάτι ελαφρό απ' το ψυγείο με μια μπίρα, έκανε ένα ντους κι έπεσε ξερός. Κοιμήθηκε αμέσως, ήρεμα και συνέχεια, μέχρι το πρωί, που τον ξύπνησε το μουσικό ξυπνητήρι.

Ετοιμάστηκε, ήπιε βιαστικά ένα καφέ και πήγε στο γραφείο του, όπου τον περίμενε καινούργια έκπληξη, όταν άνοιξε τον υπολογιστή του κι ανακάλυψε ότι ολόκληρος ο σκληρός δίσκος ήταν «σβησμένος», πράγμα που σήμαινε ότι κάποιοι είχαν πάρει κι είχαν στα χέρια τους όλα σχεδόν τα καίρια στοιχεία της υπόθεσης, που θα τους βοηθούσαν σημαντικά, για να σχεδιάσουν μια πιο αποτελεσματική άμυνα. «Ευτυχώς, που πήρα το αντίγραφο», σκέφτηκε και κάλεσε αμέσως τη σήμανση και διέταξε κατεπείγουσα εσωτερική έρευνα και ένορκη διοικητική εξέταση, γιατί ήταν σχεδόν βέβαιος ότι οι δράστες είχαν βοήθεια μέσα απ' την Εισαγγελία. Για άλλη μια φορά, διαπίστωνε ότι αυτοί οι άνθρωποι δεν σταματούσαν πουθενά κι ότι είχαν δικτύωση σε όλους τους χώρους.

Σε δέκα λεπτά περίπου η Σήμανση ήταν στο γραφείο του, μαζί με τον Αστυνόμο, Γρηγόρη Ξεροκάκη, που είχε αναλάβει και την έρευνα για την ανατίναξη του αυτοκινήτου του Άγγελου.

– Κύριε Εισαγγελέα, μπορώ να σας πω ότι βρισκόμαστε σε καλό δρόμο, για την εξιχνίαση της δολοφονικής απόπειρας εναντίον σας, είπε ο Ξεροκάκης, με φανερά τα σημάδια ικανοποίησης στο πρόσωπό του.

– Μπράβο, Αστυνόμε! Ξέρεις, αυτή η εξιχνίαση μπορεί να παίξει σημαντικό ρόλο στην όλη υπόθεση. Βασίζομαι σε σένα και στους συνεργάτες σου.

– Μείνετε ήσυχος, κύριε Εισαγγελέα. Θέλω να πιστεύω ότι είναι θέμα δυο–τριών ημερών. Έτσι κι αλλιώς, θα σας ενημερώσω αμέσως, μόλις έχω κάτι συγκεκριμένο.

– Ευχαριστώ, Αστυνόμε.

Εν τω μεταξύ, η σήμανση ερευνούσε τον χώρο και μάζευε όσα στοιχεία βρήκε, μεταξύ των οποίων και μια μικρή μαύρη τρίχα, ανάμεσα στα πλήκτρα του υπολογιστή, που, με μια πρώτη ματιά δεν έμοιαζε να είναι ούτε του Άγγελου ούτε της γραμματέας του.

~ ~

20ᵒ ΚΕΦΑΛΑΙΟ

Δεν έχεις ούτε ιερό ούτε όσιο!

Η συνέντευξη με τη Μαλίκα είχε ακριβώς τον αντίκτυπο, που είχε σχεδιάσει και περίμενε η Λάγια. Ολόκληρη η Αμερική καρφώθηκε στο κανάλι Rex, για να την παρακολουθήσει κι όλα τα διεθνή και εθνικά μεγάλα έντυπα και ηλεκτρονικά μέσα ενημέρωσης, μαζί με εκατοντάδες χιλιάδες ιστολόγια σ' ολόκληρο τον κόσμο την αναπαρήγαγαν, εκτοξεύοντας τις μετοχές της στο δημοσιογραφικό χρηματιστήριο στα ύψη. Αυτόματα κατετάγη ανάμεσα στους κορυφαίους ρεπόρτερς του καναλιού, πολλοί απ' τους οποίους είχαν φάει τα νιάτα τους, για να φτάσουν ή απλώς να πλησιάσουν εκεί.

Υπήρξαν όμως και δυσάρεστες επιπτώσεις, τις οποίες η Λάγια κατάφερε να ξεπεράσει ανώδυνα, αφού τις περίμενε κι είχε προετοιμαστεί κατάλληλα. Η πρώτη ήρθε το ίδιο βράδυ, από το αραβικό κανάλι Αλ Ζαζίρα, που πρόβαλε μια μαγνητοσκοπημένη συνέντευξη ενός πραγματικού υψηλόβαθμου στελέχους της Αλ Κάιντα, με την οποία διέψευδε τη συνέντευξη της Μαλίκα, δηλώνοντας ταυτόχρονα και ρητά ότι ήταν τελείως άγνωστη στην οργάνωση. Η Λάγια δεν ανησύχησε καθόλου. Την περίμενε αυτή την αντίδραση κι είχε έτοιμη την απάντηση όταν, ο Κέβιν, φανερά οργισμένος, την κάλεσε στο γραφείο του. Δεν είχε προλάβει να μπει καλά–καλά η Λάγια και την πήρε απ' τα μούτρα, όντας εκτός εαυτού:

– *Συγχαρητήρια, κυρία Βακρίδη! Κατάφερες να εξαπατήσεις κι εμένα και το κανάλι και το έθνος και τον κόσμο ολόκληρο! Δεν έχεις ούτε ιερό ούτε όσιο! Σκύλευσες τα θύματα και εμπορεύτηκες την τραγωδία και τον πόνο ενός ολόκληρου έθνους, μόνο και μόνο για χάρη της άκρατης φιλοδοξίας σου. Θα το πληρώσεις πολύ ακριβά αυτό, αλλά...*

– Σιγά! Σιγά, Κέβιν! Έβγαλες την καταδικαστική απόφαση, χωρίς ν' ακούσεις καν τονκατηγορούμενο, τον διέκοψε ήρεμα και ψύχραιμα εκείνη, απόλυτα προετοιμασμένη και ψυχολογικά και διανοητικά γι' αυτή τη βίαιη, αλλά εντελώς δικαιολογημένη από την πλευρά του Κέβιν επίθεση.

– *Τι να πει ο «κατηγορούμενος», όταν βοάνε τα στοιχεία; Ρεζίλι γίναμε, το καταλαβαίνεις αυτό; Δεν έχεις τσίπα πάνω σου, δεν έχεις ίχνος αξιοπρέπειας;* είπε ο Κέβιν, ενώ οι φλέβες του λαιμού του είχαν φουσκώσει απ' την ένταση της φωνής του και τον θυμό.

– *Κέβιν, με προσβάλλεις άδικα! Άκουσέ με, πρώτα και μετά αποφασίζεις. Αν ήσουν εσύ ο Μπιν Λάντεν κι άκουγες τη συνέντευξη της Μαλίκα, τι θα έκανες;*

– *Τι εννοείς;* είπε εκείνος, ελαφρά αποσυντονισμένος.

– *Εννοώ ότι η συνέντευξη της Μαλίκα ήταν ένα μεγάλο χτύπημα για την Αλ Κάιντα. Οποιοσδήποτε αναλυτής θα σου έλεγε ότι αυτή η συνέντευξη αποκαλύπτει δυο εξαιρετικά δυσάρεστα στοιχεία, για την Αλ Κάιντα. Πρώτον, ότι το χτύπημά της, εναντίον της χώρας μας ουσιαστικά απέτυχε κατά τα δύο τρίτα και, δεύτερο, και κυριότερο, ότι ένα ανώτατο στέλεχός της μήδισε!*

– *Ακόμη δεν καταλαβαίνω, πού το πας...*

– *Έλα τώρα, Κέβιν! Είσαι πολύ πιο έξυπνος από τόσο. Η Αλ Κάιντα ήταν υποχρεωμένη να «διαψεύσει» τη συνέντευξη, για να σώσει το γόητρό της.*

– *Έτσι, ε; Δεν λέω, είναι ένα σοβαρό επιχείρημα αυτό, που θα μπορούσε ίσως να ανατρέψει την κατάσταση,* είπε σκεφτικά και συγκαταβατικά ο Κέβιν και συνέχισε. *Βρες λοιπόν πάλι αμέσως τη Μαλίκα, και βαλ' τη να διαψεύσει τη διάψευση!*

– Αδύνατον!

– Γιατί αδύνατον;

– Γιατί η Μαλίκα είναι ψευδώνυμο και βρίσκεται, αυτή τη στιγμή που μιλάμε, σε κάποια χώρα της Νότιας Αμερικής, που κανείς δεν γνωρίζει ποια είναι. Ήταν δυο από τους όρους της συμφωνίας.

– Θαύμα! Άρα, μένουμε τελικά εκτεθειμένοι!

– Καθόλου. Θα σου ετοιμάσω εγώ ένα κείμενο, με βάση αυτά, που σου είπα και θα το χρησιμοποιήσεις, ως επίσημη θέση του καναλιού, σε απάντηση της διάψευσης της Αλ Κάιντα.

– Εντάξει. Δεν είναι βέβαια η αδιάσειστη διάψευση που χρειαζόμαστε, αλλά κάτσε γραψ' το τώρα, αμέσως και θα δούμε!

– Όπως διατάξετε, κύριε Διευθυντά!

Έκατσε στο γραφείο της αμέσως και χτένισε λίγο το κείμενο, που είχε ήδη γράψει, πριν της το ζητήσει ο Κέβιν και του το πήγε τυπωμένο στο γραφείο του. Ο Κέβιν διάβασε δυο φορές με πολλή προσοχή το κείμενο, που έλεγε:

«Όπως ίσως θα πληροφορήθηκαν οι τηλεθεατές του Rex, το κανάλι Αλ Ζαζίρα μετέδωσε συνέντευξη υψηλόβαθμου στελέχους της Αλ Κάιντα, το οποίο αποπειράθηκε ματαίως να διαψεύσει τη συνέντευξη, που πήρε χθες η δημοσιογράφος μας, Λάγια Βακρίδη, από ένα άλλο, επίσης υψηλόβαθμο στέλεχος της Αλ Κάιντα, με το –για ευνόητους λόγους– ψευδώνυμο «Μαλίκα». Το συγκεκριμένο στέλεχος αποκάλυψε ότι ήταν αυτή, η οποία σχεδίασε το τριπλό χτύπημα των τρομοκρατών στη χώρα μας. Είναι προφανές ότι αυτή η κίνηση της Αλ Κάιντα υπαγορεύθηκε από την προπαγανδιστική ανάγκη να διασώσει το γόητρό της, αφού η Μαλίκα αποκάλυψε επίσης ότι το τρομοκρατικό εγχείρημα μόνο μερικώς πέτυχε τους στόχους του, ενώ η ίδια πρόδωσε ουσιαστικά την πανίσχυρη οργάνωση, της οποίας είναι κορυφαίο μέλος. Η αντικειμενική ανάλυση της συνέντευξης της Μαλίκα αποδεικνύει ότι η εκτελεστική ικανότητα της Αλ Κάιντα είναι προβληματική και –το σημαντικότερο– ότι η θρυλούμενη συμπαγής συνοχή και πίστη των στελεχών της είναι

μύθος, αφού η Μαλίκα πρόδωσε ουσιαστικά την οργάνωση. Ήταν λοιπόν περισσότερο από βέβαιο ότι η Αλ Κάιντα, θα προσπαθούσε να αμβλύνει τις οδυνηρές γι' αυτήν εντυπώσεις από αυτή τη συνέντευξη, με μια χονδροειδώς αφελή «διάψευση», ότι δήθεν η Μαλίκα δεν έχει καμία σχέση με την Αλ Κάιντα κι ότι είναι παντελώς άγνωστη στην οργάνωση. Το Rex, το οποίο, στη μακρόχρονη ιστορία του, υπηρετεί με εντιμότητα, ειλικρίνεια και αταλάντευτη συνέπεια την ενημέρωση της κοινής γνώμης, καταγγέλλει ως απολύτως αναληθή τη διάψευση της Αλ Κάιντα και θα επεκαλείτο την επ' αυτού μαρτυρία της ίδιας της Μαλίκα, εάν η τελευταία δεν είχε φυγαδευθεί εσπευσμένως προς άγνωστη και στο Rex κατεύθυνση, για να αποφύγει τυχόν αντίποινα της Αλ Κάιντα».

– Μπράβο! Πολύ καλό είναι! Δεν είναι βέβαια όπως είπα αδιάσειστη απόδειξη και δεν θα μπορούσε άλλωστε να είναι, χωρίς την προσωπική μαρτυρία της Μαλίκα, αλλά πιστεύω ότι θα κάνει τη δουλειά του, είπε ικανοποιημένος ο Κέβιν κι έδωσε εντολή να προβληθεί ως κείμενο από την οθόνη σε όλα τα δελτία του καναλιού, με παράλληλη εκφώνηση, εκτός κάμερας. Αυτή η έξυπνη διάψευση της διάψευσης, που μεταδόθηκε επανειλημμένα απ' το Rex, μαζί με καίρια αποσπάσματα από τη συνέντευξη της Μαλίκα, πρόσθεσε κι άλλη φήμη και κύρος στη δημοσιογραφική προσωπικότητα της Λάγιας.

Το δεύτερο χτύπημα ήρθε το επόμενο πρωί, όταν επισκέφτηκαν το Rex οι Πράκτορες της Υπηρεσίας Εθνικής Ασφάλειας των ΗΠΑ, Τζεφ Τέρνερ και Πολ Χερνάντεζ και ζήτησαν να δουν τη Λάγια και τον Διευθυντή Ειδήσεων, στο γραφείο του οποίου έγινε η συνάντηση, κεκλεισμένων των θυρών φυσικά.

– Κυρία Βακρίδη, γνωρίζετε βεβαίως ότι η συνέντευξη, που μεταδώσατε –εάν είναι αληθινή κι όχι κατασκευασμένη– αφορά άμεσα στην ασφάλεια της χώρας, μίλησε πρώτος ο Τέρνερ.

– Κύριε Τέρνερ, πρώτον, δεν δέχομαι και απορρίπτω με βδελυγμία την προσβλητική και για μένα και για το REX ασύστατη αναφορά σας σε «κατασκευασμένη» συνέντευξη και δεύτερον, πιστεύω ότι πρόσφερα θετική υπηρεσία στη χώρα μου και στην ασφάλειά της.

– Δεν το λέω εγώ. Η ίδια η Αλ Κάιντα κατήγγειλε ότι η συνέντευξη αυτή

ήταν πλαστή, είπε ο Τέρνερ.

– Ξέρετε πολύ καλά, ότι δεν μπορούσε να κάνει αλλιώς, αλλά το κανάλι μας έδωσε τη δέουσα και πιστεύω απολύτως πειστική απάντηση, παρενέβη ο Κέβιν. *Και συμφωνώ κι εγώ με την κυρία Βακρίδη, ότι προσφέραμε υπηρεσία στην πατρίδα μας μ ' αυτή τη συνέντευξη,* συνέχισε με έμφαση.

– Αυτό μπορεί να είναι κι έτσι, εάν μας δώσετε τα πλήρη στοιχεία αυτής της Μαλίκα, είπε ο Χερνάντεζ.

– Θα θέλαμε ειλικρινά πάρα πολύ να σας βοηθήσουμε, αλλά δυστυχώς, αυτό είναι αδύνατον! Δεν μπορώ να σας δώσω κανένα στοιχείο, γιατί γνωρίζετε πάρα πολύ καλά την προστασία του δημοσιογραφικού απορρήτου, αλλά, εκτός απ' αυτό...

– Κυρία Βακρίδη, τη διέκοψε ο Τέρνερ, *κι εσείς γνωρίζετε πολύ καλά ότι το δημοσιογραφικό απόρρητο έχει τα όριά του, τα οποία κάμπτονται, όταν διακυβεύεται η εθνική ασφάλεια. Προτείνω λοιπόν να συνεργαστείτε εδώ και τώρα μαζί μας, γιατί τα πράγματα θα γίνουν πολύ πιο δύσκολα για σας, αν αναγκαστούμε να εκδώσουμε σχετικό ένταλμα.*

– Αν δεν με διακόπτατε, θα σας εξηγούσα ότι το ένταλμα δεν πρόκειται να βοηθήσει κανένα, για ένα πολύ απλό λόγο. Η Μαλίκα με πλησίασε με δική της πρωτοβουλία και προφανώς χρησιμοποίησε κάποιο ψευδώνυμο, για αυτονόητους λόγους. Αμέσως δε μετά τη συνέντευξη, έφυγε προς άγνωστη κατεύθυνση, την οποία κανένας δεν γνωρίζει. Επομένως, ούτε εγώ ούτε ο κύριος Κέβιν ούτε κανένας άλλος, όσο κι αν ήθελε, δεν μπορεί να σας βοηθήσει στον εντοπισμό της. Το μόνο στοιχείο, που έχουμε κι έχετε κι εσείς βέβαια στα χέρια σας είναι αυτή η κασέτα με τη συνέντευξή της. Αν καταφέρετε με βάση τα χαρακτηριστικά της να την ανακαλύψετε, η χώρας μας θα σας χρωστάει χάρη, είπε μ' ένα ελαφρά ειρωνικό τόνο η Λάγια.

– Και γιατί να το κάνει αυτό; ρώτησε ο Χερνάντεζ.

– Ποιο; ρώτησε με έκπληξη η Λάγια.

– Γιατί να προσφέρει η ψευδώνυμη δεσποινίς Μαλίκα σε σας και στο

Rex αυτή την τεράστια δημοσιογραφική επιτυχία;

– Δεν γνωρίζω και δεν τη ρώτησα, γιατί δεν μ' ενδιέφερε.

– Θέλετε να πείτε δηλαδή, ότι η Μαλίκα ξύπνησε ένα πρωί κι είπε σήμερα θα κάνω διάσημη τη Λάγια Βακρίδη και το Rex;

– Όχι, βέβαια! Ζήτησε ανταλλάγματα!

– Αχά! Και τι ανταλλάγματα ήταν αυτά; παρενέβη ο Τέρνερ.

– Αφ' ενός η αμοιβή, που ζητούν συνήθως διακεκριμένες προσωπικότητες για να παραχωρήσουν σημαντικές συνεντεύξεις και, αφ' ετέρου, η διατήρηση κι η απόλυτη προστασία της ανωνυμίας της και του τόπου διαφυγής της.

– Και ποια ήταν αυτή η αμοιβή;

– Δεν νομίζω ότι παίζει κάποιο σημαντικό ρόλο, αλλά δεν έχω κανένα πρόβλημα να σας την πω. Ζήτησε και πήρε εκατό χιλιάδες δολάρια.

– Ποιος τα έδωσε αυτά;

– Το κανάλι, φυσικά και είναι περασμένα στα επίσημα βιβλία μας!

– Μπράβο γενναιοδωρία!

– Δεν πρόκειται για γενναιοδωρία, παρενέβη ο Κέβιν, αλλά για επένδυση στην ασφάλεια της χώρας μας και στην ενημέρωση του κοινού και στη φήμη και το κύρος του Rex.

– Μήπως τουλάχιστον γνωρίζετε, σε ποια ακριβώς Πανεπιστήμια έκανε αυτές τις θαυμάσιες σπουδές της η κυρία Μαλίκα; ρώτησε με ειρωνικό τόνο ο Χερνάντεζ.

– Όχι, δεν τη ρώτησα. Δεν σκόπευα ξέρετε να την προσλάβω. Μια απλή συνέντευξή της πήρα, απάντησε στον ίδιο ειρωνικό τόνο η Λάγια.

Ο Κέβιν, που παρακολουθούσε ανήσυχος την εξέλιξη της ανάκρισης, αισθάνθηκε την ανάγκη να παρέμβει και πάλι, για να στηρίξει και τη δημοσιογράφο του και το κανάλι.

– Μπορείτε, κύριοι, να μού εξηγήσετε, τι νόημα έχει όλη αυτή η ανάκριση και τι επιδιώκετε;

– Κύριε Κέβιν, γνωρίζετε πάρα πολύ καλά ότι η χώρα μας δέχθηκε το μεγαλύτερο πλήγμα της ιστορίας της και νομίζω ότι είναι αυτονόητο ότι και η παραμικρή σχετική πληροφορία είναι πολύτιμη, απάντησε ήρεμα ο Τέρνερ. Είμαι επίσης βέβαιος ότι καταλαβαίνετε ότι η χώρα μας βρίσκεται αυτή τη στιγμή σ' ένα ακήρυκτο, αλλά εξαιρετικά επικίνδυνο, ανοιχτό πόλεμο με την τρομοκρατία.

– Αυτό το καταλαβαίνω και συμφωνώ απολύτως. Αυτό που δεν καταλαβαίνω είναι γιατί επιμένετε, όταν η συνεργάτις μας σας δήλωσε ήδη ρητά ότι δεν έχει κανένα στοιχείο, που θα μπορούσε να βοηθήσει εσάς και την ασφάλεια της χώρας. Δεν φαντάζομαι να νομίζετε ότι είμαστε... συνεργοί της Αλ Κάιντα κι ότι αποκρύπτουμε στοιχεία τα οποία γνωρίζουμε!

– Όχι, κύριε Κέβιν δεν διανοηθήκαμε κάτι τέτοιο. Απλώς επιμένουμε, γιατί τα μάτια μας έχουν δει πάρα πολλά και χθες είδαν συμπτωματικά τις στάχτες ενός δολοφονημένου ατόμου, μη αναγνωρίσιμου φυσικά, που βρέθηκε σ' ένα εγκαταλελειμμένο κτήριο του Χάρλεμ! είπε με νόημα ο Χερνάντεζ.

– Και ποια σχέση μπορεί να υπάρχει, ανάμεσα σ' αυτό το πτώμα, την κυρία Βακρίδη και το Rex; ρώτησε έντονα ο Κέβιν.

– Δεν ξέρουμε. Αλλά ίσως ξέρετε εσείς, ως δεινοί ρεπόρτερς, είπε ο Χερνάντεζ, με σαφή ειρωνικό τόνο.!

– Δηλαδή, υπονοείτε ότι είμαστε και δολοφόνοι; παρενέβη με προσποιητή οργή η Λάγια.

– Όχι, βέβαια. Μια απλή αναφορά έκανα, μήπως τυχόν γνωρίζατε κάτι γι' αυτό το περίεργο περιστατικό, που συνέπεσε χρονικά με τη συνέντευξη...

– Ωραία, επειδή λοιπόν εσείς μεν μπορεί να έχετε άνεση χρόνου, επειδή σας είπαμε όλα όσα ξέραμε κι επειδή εμάς μας κυνηγάνε τα γεγονότα κι ο χρόνος, επιτρέψτε μας να επιστρέψουμε στη δουλειά μας κι αν το κρίνετε σκόπιμο, εκδώστε ένταλμα και τα ξαναλέμε, είπε αποφασιστικά

ο Κέβιν, δίνοντας τέλος σ' αυτή την ανακριτική συζήτηση.

Οι δυο Πράκτορες τους χαιρέτισαν κι έφυγαν, αλλά στην έκφραση των προσώπων τους ήταν φανερό ότι δεν είχαν πεισθεί απολύτως απ' τις απαντήσεις που είχαν πάρει, ενώ παράλληλα δεν είχαν ανακαλύψει κανένα απολύτως στοιχείο, για να τεκμηριώσουν ευθύνες της Λάγιας και του Rex. Έτσι, η Υπηρεσία Εθνικής Ασφάλειας δεν ξαναενόχλησε ποτέ ούτε το Rex ούτε τη Λάγια, που είχε αποδειχθεί εξαιρετικά επιδέξιος καπετάνιος και στις δυο αυτές φουρτούνες.

Με τον αέρα της ντίβας πια, δούλεψε σαν σκυλί σ' αυτή τη θέση επί πέντε χρόνια, στο τελευταίο από τα οποία είχε κάνει δεσμό με τον παντρεμένο Διευθυντή Ροής του Rex, δίνοντας τροφή σε ιοβόλα κουτσομπολιά. Κανείς όμως δεν τολμούσε να της μιλήσει, γιατί πλέον το κανάλι ήταν αυτό, που είχε ανάγκη τη Λάγια κι όχι η Λάγια το κανάλι. Οι επιτυχίες της διαδέχονταν η μία την άλλη, όχι απαραίτητα με τη χρήση δόλου, γιατί κανείς δεν μπορούσε να αμφισβητήσει τις εξαιρετικές πράγματι ικανότητές της. Έπαιζε πια την τηλεοπτική δημοσιογραφία στα δάχτυλα, οι απολαβές της ήταν βασιλικές κι είχε καταξιωθεί στη συνείδηση του κοινού, αλλά και –το σπουδαιότερο ίσως– στη συνείδηση του σιναφιού της, ως κορυφαία!

Εν τω μεταξύ, είχε ξεκινήσει και μια εβδομαδιαία ζωντανή ενημερωτική εκπομπή, με τίτλο *«Η εξουσία απολογείται»*, όπου η ίδια έπαιζε τον ρόλο του συντονιστή–διαιτητή, ανάμεσα σ' ένα πολίτη, που είχε καταγγείλει επώνυμα κάποιο θέμα γενικότερου ενδιαφέροντος και το αρμόδιο στην κάθε περίπτωση υψηλό στέλεχος της κυβέρνησης. Το πρόγραμμα ήταν το πρώτο στην ιστορία, που έδινε τηλεοπτικό βήμα σε άγνωστους, απλούς πολίτες και τη δυνατότητα να πάρουν απαντήσεις στα αιτήματά τους από πρώτο χέρι, στον αέρα. Πέρα από τον πολύ ενδιαφέροντα δημοκρατικό και συγκρουσιακό χαρακτήρα της, η εκπομπή συνέβαλε στη λύση πολλών προβλημάτων επί τόπου!

Η εκπομπή έσπαγε το ένα μετά το άλλο τα ρεκόρ τηλεθέασης παρόμοιων προγραμμάτων κι η Λάγια είχε αποκτήσει φανατικούς οπαδούς. Η εκπομπή αυτή τής είχε δώσει παράλληλα την ευκαιρία να κάνει πολλές γνωριμίες –τις οποίες και καλλιεργούσε συστηματικά και εκτός στούντιο– με σημαντικούς και ισχυρούς ανθρώπους της αμερικανικής πολιτικής και της γραφειοκρατίας.

Σ' αυτό το απόγειο της οικονομικής ευρωστίας, της επιτυχίας, της φήμης και της δόξας ήρθαν τρεις δελεαστικότατες προτάσεις από άλλα κανάλια, καθώς και πρόταση του Rex, ν' αναλάβει τη Διεύθυνση Ειδήσεων κι Ενημέρωσης, μ' ένα ηγεμονικό μισθό, υψηλά μπόνους κι άλλα πολλά και σημαντικά πλεονεκτήματα, επειδή ο μέχρι τότε διευθυντής Κέβιν Σκοτ, θα αποσυρόταν από την ενεργό δράση. Η Λάγια όμως, είχε άλλα σχέδια. Χωρίς δεύτερη σκέψη, απέρριψε όλες τις προτάσεις, διέλυσε τον δεσμό της κι άρχισε να ετοιμάζεται για την επιστροφή της στην Ελλάδα, πιστεύοντας ότι είχε βάλει πλέον στη φαρέτρα της όλα τα βέλη που χρειαζόταν, για να πραγματοποιήσει τα μεγαλεπήβολα σχέδιά της.

~ ~

21ᴼ ΚΕΦΑΛΑΙΟ

...χρειάστηκε ένας... μαύρος, για να βγάλει
ασπροπρόσωπη τη δικαιοσύνη και τη δημοκρατία!

Ολα κρέμονται μερικές φορές από μια τρίχα. Αυτή τη φορά ήταν η τρίχα, που βρέθηκε στον υπολογιστή του Άγγελου κι οδήγησε στον εντοπισμό και τη σύλληψη του δικαστικού υπαλλήλου, Κώστα Γροκόπουλου, που είχε παραβιάσει το γραφείο και τον υπολογιστή του Εισαγγελέα κι είχε κλέψει τα αρχεία του. Προκειμένου να γλιτώσει τα χειρότερα, ο Γροκόπουλος δεν δίστασε καθόλου να κατονομάσει τους ηθικούς αυτουργούς, αυτούς που τού είχαν δώσει την εντολή και € 20.000, για να κλέψει τα αρχεία και να αντιγράψει και να καταστρέψει τον σκληρό δίσκο του Άγγελου.

Ταυτόχρονα σχεδόν, η ασφάλεια, με τα μέσα και την τεχνογνωσία που είχε πλέον, βρήκε και τον βομβιστή του αυτοκινήτου του. Το στοιχείο, που οδήγησε αυτή τη φορά στον δράστη —μέλος των αναρχικών ομάδων— ήταν ένα αποτσίγαρο, στο ρείθρο του πεζοδρομίου. Και όπως περίμενε ο Άγγελος, οι ηθικοί αυτουργοί και στις δυο περιπτώσεις ήταν τα ίδια πρόσωπα, που είχαν επιστρατεύσει όμως διαφορετικού τύπου ενεργούμενα. Το πρώτο από την περιοχή της ανθρώπινης απληστίας και το δεύτερο απ' τον χώρο της μηδενιστικής αναρχίας.

Τα δύο αυτά παράπλευρα, αλλά ουσιαστικά για την ενοχή της σπείρας στοιχεία, όχι μόνον έδεσαν ακόμη πιο σφιχτά την υπόθεση του σκανδάλου των ομολόγων, αλλά φόρτωσαν τους ενόχους και με εγκλήματα του κοινού ποινικού δικαίου και τρομοκρατίας.

Στη δίκη, που ακολούθησε, η αγόρευση του Άγγελου από την Εισαγγελική έδρα χαρακτηρίστηκε ιστορική.

«Ο μέγας Έλληνας φιλόσοφος Αριστοτέλης έλεγε ότι δικαιοσύνη είναι να έχει καθείς όσα σύμφωνα με τον νόμο απέκτησε, ότι το δίκαιον ταυτίζεται με το κοινό συμφέρον κι ότι η δικαιοσύνη είναι κοινή πηγή όλων των αρετών.

Στο προκείμενο τεράστιο σκάνδαλο, που καλείται σήμερα να δικάσει το Δικαστήριόν σας, είναι προφανές, κατά τον Αριστοτέλη, ότι οι κατηγορούμενοι δεν απέκτησαν όσα έχουν σύμφωνα με τον νόμο, έβλαψαν το κοινό συμφέρον και δεν έχουν την παραμικρή αρετή, διότι δεν έχουν το αίσθημα του δικαίου.

Είναι κοινός τόπος ότι τους τελευταίους χρόνους η χώρα μας κατατρύχεται από άνομες οικονομικές πράξεις ισχυρών και αδίκων και μάλιστα αυτών, τους οποίους ο λαός έταξε ως θεματοφύλακες των θεσμών, των αρχών και των αξιών του λαού μας, καθώς και της ζωής και της περιουσίας του. Και αυτό το στοιχείο καθιστά πολύ βαρύτερη και ασύγγνωστη την εγκληματική συμπεριφορά τους.

Οι κατηγορούμενοι, ενεργούντες με μοναδικό γνώμονα τον ίδιον αυτών πλουτισμό, καταλήστευσαν τη λαϊκή περιουσία, παρεβίασαν σωρεία νόμων του κοινού ποινικού δικαίου και –το κυριότερο– παρεβίασαν τον υπέρτατο ηθικόν νόμο του ευ ζην και πράττειν και της κοινωνικής αλληλεγγύης.

Η δικαιοσύνη δεν είναι και δεν πρέπει να είναι εκδικητική. Η δικαιοσύνη είναι ασπίδα των αδύναμων και των δικαίων, απέναντι στους ισχυρούς και τους αδίκους. Προς τούτοις και ακριβώς στο όνομα της προστασίας των δικαίων και των αδυνάτων, εγώ ζητώ και ο λαός αξιώνει από το Δικαστήριόν σας να κολάσει με τις βαρύτερες των προβλεπομένων από τον νόμο ποινές, τους κατηγορουμένους, εγείροντας το πρώτο ισχυρό ανάχωμα δικαίου και ηθικής, έναντι των σφετεριστών της υλικής και ηθικής περιουσίας του ελληνικού λαού».

Το δικαστήριο υιοθέτησε πλήρως την εισαγγελική πρόταση και καταδίκασε σε βαριές ποινές όλους τους ενεχόμενους, μεταξύ των οποίων τους πρωταίτιους, με πρώτους και καλύτερους τον υπουργό και τον γενικό γραμματέα Πρόνοιας, τον επιχειρηματία–ιδιοκτήτη μέσων ενημέρωσης και τον μεγαλοδημοσιογράφο, καθώς και τους επτά Προέδρους Ασφαλιστικών Ταμείων και όλους όσοι είχαν εμπλακεί σ' αυτό το σκάνδαλο.

Η κοινή γνώμη αναθάρρησε, βλέποντας για πρώτη φορά να οδηγούνται στη φυλακή πραγματικά «ψηλά ιστάμενα πρόσωπα», με εξουσία και δύναμη, απ' τους χώρους της πολιτικής, των κρατικοδίαιτων επιχειρηματιών, των μέσων ενημέρωσης και της δημοσιογραφίας. Το γεγονός μονοπώλησε τις συζητήσεις κι η ελπίδα, ότι κάτι θα μπορούσε να γίνει, για να αναστραφεί ο κατήφορος της διαφθοράς, ήταν διάχυτη.

Τα μέσα ενημέρωσης –κάνοντας την ανάγκη φιλοτιμία– έγραφαν ύμνους για τον «Αδέκαστο Δικαστή», παραλληλίζοντάς τον με τον θεωρούμενο ιστορικά πλέον εμβληματικό Έλληνα νομικό και αγωνιστή, Γεώργιο Τερτσέτη. Η είδηση έκανε τον γύρο του κόσμου και από τα μεγάλα διεθνή μέσα ενημέρωσης, κινώντας και το ενδιαφέρον της Λάγιας, που ενστικτωδώς σημείωσε το όνομα αυτού του Έλληνα μαύρου δικαστή, όταν είδε τη σχετική είδηση στο Rex.

Την επομένη της καταδικαστικής απόφασης, ο Άγγελος δέχτηκε ένα νέο τηλεφώνημα απ' το Γραφείο του Πρωθυπουργού, που ζήτησε να τον ξαναδεί.

– Κύριε Εισαγγελέα, επιτρέψτε μου να σας συγχαρώ προσωπικά, αλλά και εκ μέρους της Κυβέρνησής μου και ολόκληρου του ελληνικού λαού, του είπε ο Πρωθυπουργός, μόλις ο Άγγελος μπήκε στο γραφείο του, σφίγγοντας θερμά το χέρι του. *Η προσφορά σας είναι ανεκτίμητη, γιατί δώσατε ελπίδα και προοπτική σ' αυτόν τον λαό και τον κάνατε να πιστέψει ότι δεν είναι όλα διαβρωμένα και σάπια. Και δεν είναι. Αυτή είναι η αλήθεια. Η νίκη σας, νίκη του κράτους δικαιοσύνης και της δημοκρατίας, σίγουρα θα καταγραφεί στην ιστορία. Ξέρω παράλληλα ότι χρειάστηκε να σηκώσετε βαρύ σταυρό, για να φτάσετε σ' αυτό το αποτέλεσμα κι αυτό κάνει ακόμη πιο μεγάλη, σημαντική κι αξιέπαινη την προσφορά σας κι αποδεικνύει το μέγεθος της ακεραιότητας και της ανδρείας σας. Σάς ευχαριστούμε!*

– Κύριε Πρόεδρε, εάν το χρώμα της επιδερμίδας μου ήταν λευκό, ίσως βλέπατε ότι έχω ερυθριάσει από τον καταιγισμό των –επιτρέψτε μου– υπερβολικών επαίνων σας. Δεν έκανα τίποτε περισσότερο, κύριε Πρόεδρε, από αυτό που έχει χρέος να κάμει κάθε πολίτης, κάθε δημόσιος λειτουργός και πολύ περισσότερο κάθε δικαστής, που σέβεται τη συνείδησή του, τον όρκο του και την αποστολή του. Όπως και να έχει πάντως, σας ευχαριστώ θερμά και σας διαβεβαιώ ότι θα συνεχίσω να επιτελώ στο ακέραιο το καθήκον μου, έναντι της δικαιοσύνης και της δημοκρατίας.

– Δεν είχα ποτέ την παραμικρή αμφιβολία γι' αυτό! Όσο για το χαριτολόγημα σχετικά με το χρώμα της επιδερμίδας σας, επιτρέψτε μου να αποτολμήσω κι εγώ ένα, λέγοντας ότι χρειάστηκε ένας... μαύρος, για να βγάλει ασπροπρόσωπη τη δικαιοσύνη και τη δημοκρατία! είπε ο Πρωθυπουργός.

Σαν να είχαν κι οι δυο ανάγκη εκτόνωσης, ξέσπασαν σε τρανταχτά γέλια, δίνοντας την εντύπωση δυο παλιών, καλών φίλων, που γέλαγαν με κάποιο πετυχημένο ανέκδοτο. Αμέσως μετά, σε σοβαρό, αλλά και φιλικό τόνο, ο Πρωθυπουργός είπε:

– Ξέρετε, κύριε Μασούκου, αυτή η δύσκολη κι επικίνδυνη αποστολή, την οποία φέρατε σε αίσιο πέρας, εκτός από την ευεργετική επίδραση που είχε για τη διαφάνεια, τη δικαιοσύνη και τη δημοκρατία, αλλά και τη φήμη που δικαίως σας απέφερε, ως αδέκαστου δικαστή, γέννησε και κάποια υποχρέωση για εσάς.

– Τι υποχρέωση; ρώτησε απορώντας ο Άγγελος.

– Την υποχρέωση να συνεχίσετε με ακόμη μεγαλύτερη –αν είναι δυνατόν– ένταση και ταχύτητα την εκκαθάριση της κόπρου του Αυγείου! Γεννήσατε ελπίδες στον ελληνικό λαό, κύριε Μασούκου και θα είναι έγκλημα, αν τις διαψεύσουμε. Η Κυβέρνησή μου κι εγώ προσωπικά θα σάς στηρίξουμε με κάθε δυνατό, θεσμικό τρόπο, για να συνεχίσετε την κάθαρση σε όσο μεγαλύτερο βάθος και έκταση μπορείτε. Δεν σάς κρύβω ότι προς στιγμή, μπήκα στον πειρασμό να σάς ζητήσω να αναλάβετε καθήκοντα Υπουργού Δικαιοσύνης. Όταν σκέφτηκα ωριμότερα όμως, είδα ότι από τη θέση του υπουργού δεν μπορείτε να προσφέρετε αυτά

που μπορείτε από τη θέση του δικαστή. Σφίξτε γερά το μαντήλι πάνω στα μάτια της δικαιοσύνης, σύρτε γυμνό το σπαθί της και κατεβάστε το σε όποιον άδικο βρείτε μπροστά σας, όσο ψηλά κι αν βρίσκεται, ακόμη κι αν είναι αυτός που σας μιλάει τώρα! Γίνετε εσείς ο ίδιος το σπαθί της! Το περιμένει και το δικαιούται ο λαός μας!

– Κύριε Πρόεδρε, δεν ξέρω, αν είμαι άξιος για ένα τόσο μεγάλο έργο. Για ένα όμως είμαι βέβαιος. Θα κάνω ό,τι μπορώ, για να μην απογοητεύσω εσάς και τον ελληνικό λαό. Σας ευχαριστώ και πάλι για την τόσο τιμητική εμπιστοσύνη σας.

Βγαίνοντας απ' το Γραφείο του Πρωθυπουργού, αισθανόταν δικαιολογημένα ακόμη πιο ψηλός από ό,τι ήταν. Πήγε κατ' ευθείαν σ' ένα ζαχαροπλαστείο και πήρε μια μεγάλη τούρτα και μετά σ' ένα ανθοπωλείο και πήρε μια αγκαλιά κατακόκκινα τριαντάφυλλα, για να γιορτάσουν με τη γυναίκα του και τα παιδιά του, που θα γύριζαν σε λίγη ώρα από τη Νεράιδα, τη μεγάλη επιτυχία του.

Μερίδιο άλλωστε αυτής της επιτυχίας το χρώσταγε στην οικογένειά του και –κυρίως– στη Λήδα.

Ήταν περίπου πέντε το απόγευμα, όταν άκουσε το αυτοκίνητο της Λήδας να σταματάει έξω απ' την καγκελόπορτα του κήπου σπιτιού τους. Έκλεισε την πόρτα του γραφείου του, όπου είχε βάλει τα γλυκά και τα λουλούδια και πήγε στην εξώπορτα, ακριβώς τη στιγμή, που η Λήδα έβαζε το κλειδί στην κλειδαριά. Την άνοιξε κι έσφιξε στην αγκαλιά του και φίλησε την έκπληκτη γυναίκα του και στη συνέχεια ένα–ένα τα παιδιά του.

– Αγάπη μου, πώς κι είσαι εδώ, τόσο νωρίς; ρώτησε η Λήδα.

– Με απολύσανε! της είπε σοβαρά και δήθεν θυμωμένος.

– Τι έκανε λέει; Σε απολύσανε; Γιατί; ρώτησε παγωμένα η Λήδα

– Γιατί, λέει, καταδικάστηκε ένας υπουργός.

– Α, αυτό είναι από τ' άγραφα! Δεν καταλαβαίνω... Ο ίδιος ο Πρωθυπουργός δεν σου είχε πει να...

– Ναι, κι ο ίδιος με φώναξε σήμερα το πρωί, με συνεχάρη και μου ανέθεσε να καθαρίσω προσωπικά την «κόπρο του Αυγείου», έτσι ακριβώς μου είπε!

– Παλιομασκαρά! είπε η Λήδα αγκαλιάζοντάς τον και φιλώντας τον. *Ευτυχώς, που η δικανική ικανότητά σου δεν είναι σαν το χιούμορ σου!*

– Να υποθέσω, δηλαδή ότι δεν σου άρεσε το αστείο μου;

– Όχι, καθόλου!

– Καλά. Δεν θα το ξανακάνω! Ελπίζω τουλάχιστον να σου αρέσουν αυτά, είπε κι ανοίγοντας ταυτόχρονα την πόρτα του γραφείου του, πήρε την ανθοδέσμη και την έβαλε στην αγκαλιά της γυναίκας του

– Μμμ, τώρα, κάπως διόρθωσες τα πράγματα, είπε εκείνη, δίνοντάς του ένα ζεστό φιλί στο στόμα, ενώ τα παιδιά γύρω τους γελούσαν χαρούμενα.

– Έλα, πάμε να κάτσουμε, να μου τα πεις όλα με τη σειρά. Αλλά όλα! Θέλω να μάθω και την παραμικρή λεπτομέρεια, συμπλήρωσε η Λήδα, φανερά ευτυχισμένη και περήφανη για τον άντρα της.

– Όλα θα στα πω, αλλά πάρτε πρώτα μια ανάσα απ' το ταξίδι, τακτοποιηθείτε και να τα πούμε με την ησυχία μας, την ώρα που θα τρώμε;

– Ναι, δίκιο έχεις, μπορώ να περιμένω λίγο.

– Α, πάρε κι αυτή την τούρτα, συμπλήρωσε, δίνοντάς της το κουτί απ' το ζαχαροπλαστείο. *Είναι, για να σάς γλυκάνω από την ταλαιπωρία, που περάσατε εξ αιτίας μου...*

Μετά από λίγη ώρα, η Λήδα φώναξε τον Άγγελο και τα παιδιά στην κουζίνα, όπου είχε ετοιμάσει να τσιμπήσουν κάτι ελαφρά, απ' ό,τι υπήρχε στο ψυγείο. Ο Άγγελος άρχισε αμέσως σχεδόν να διηγείται στην οικογένειά του, όλα όσα είχαν συμβεί στη δίκη και μετά στις συναντήσεις του με τον Πρωθυπουργό, με ένα κράμα περήφανης σεμνότητας στη φωνή του, ενώ όλοι τον άκουγαν με τεντωμένα αυτιά, χωρίς να τον διακόψουν ούτε μια φορά. Όταν τέλειωσε, πρώτη μίλησε η Λήδα:

– *Αγάπη μου, είμαι πολύ περήφανη για τον άντρα μου, γιατί...*

– *Κι εμείς για τον μπαμπά μας,* πετάχτηκε η μικρότερη κόρη, η Αιμιλία.

– *Ήταν πραγματικός άθλος αυτό που κατάφερες!* συνέχισε η Λήδα.

– *Ένας άθλος, στον οποίο έχετε μεγάλο μερίδιο εσύ κυρίως, αλλά και τα παιδιά μας! Ξέρεις, αγάπη μου, σκέπτομαι, ότι δεν θα μπορούσα να έχω καταφέρει τίποτα, αν στη θέση της υπέροχης και γενναίας Λήδας μου, ήταν μια εγωίστρια, φοβητσιάρα, υστερική γυναίκα!*

– *Καλά, υπερβάλλεις από αγάπη,* είπε μετριόφρονα η Λήδα, ενώ μέσα της χάρηκε για την αναγνώριση της στάσης της απ' τον άντρα της. *Και τώρα, τι σκέπτεσαι να κάνεις;*

– *Να προχωρήσω στον δρόμο, που μου έδειξε ο Πρωθυπουργός!*

– *Α, ξέχασα να σε ρωτήσω. Με τις απειλές, τη βόμβα στο αυτοκίνητό σου και την κλοπή του σκληρού δίσκου σου, τι έγινε;*

– *Αυτή είναι μια ξεχωριστή υπόθεση, που συνδέεται βέβαια άμεσα με το σκάνδαλο. Οι ηθικοί αυτουργοί είναι ήδη στη φυλακή, αφού ήταν οι ίδιοι που έστησαν το σκάνδαλο. Όσο για τα ενεργούμενά τους θα δικαστούν αυτόν τον μήνα.*

– *Λες να έχουμε πάλι τα ίδια πατέρα;* ρώτησε ο μεγάλος γιος του, ο Αλέξανδρος, με κάποιο ίχνος ανησυχίας στον τόνο της φωνής του.

– *Μμμ... Δεν νομίζω. Πιστεύω ότι η εκ μέρους μου δημοσιοποίηση όλων των στοιχείων μέσω του διαδικτύου κι η αυστηρότατη δικαστική απόφαση, που έστειλε στη φυλακή τους ενόχους, θορύβησαν όλους τους άλλους, χθεσινούς ή αυριανούς επίδοξους απατεώνες, και θα τους κάνουν σίγουρα να το σκεφτούν τώρα δυο φορές...*

– *Αυτό όμως δεν αποκλείει την πιθανότητα να κάνουν τα ίδια, ακόμη και μετά από δεύτερη σκέψη! Έτσι δεν είναι;* ρώτησε η Αντιγόνη, η μεγάλη κόρη του.

– *Ναι, έτσι είναι, μωρό μου. Τίποτα δεν αποκλείεται. Ούτε είναι δυνατόν να αποκλείσει κανείς τους κινδύνους απ' τη ζωή. Είναι γύρω μας και παντού. Και να θυμάσαι, ότι είναι πολύ περισσότεροι και πολύ πιο επικίνδυνοι οι αφανείς κίνδυνοι, οι κίνδυνοι που δεν γνωρίζουμε, απ' αυτούς που ξέρουμε και άρα μπορούμε, κατά κάποιο τρόπο, να προφυλαχθούμε ή να τους εξουδετερώσουμε.*

– Εγώ πάντως είμαι βέβαιη ότι κι αυτή τη φορά θα τα καταφέρεις! Το μόνο, που θέλω να σε παρακαλέσω κι εγώ και τα παιδιά, μας είναι να προσέχεις! είπε τρυφερά η Λήδα, κλείνοντας ουσιαστικά τη συζήτηση γύρω από αυτό το θέμα.

Από την επομένη κιόλας ο Άγγελος άρχισε να σκέπτεται, πώς θα οργάνωνε και –κυρίως– πώς θα έφερνε σε αίσιο πέρας την αποστολή κάθαρσης, που του είχε αναθέσει ο Πρωθυπουργός. Το πρώτο, που σκέφτηκε ήταν, ότι ένα τέτοιο τεράστιο, δύσκολο κι επικίνδυνο έργο, δεν θα μπορούσε ποτέ να το καταφέρει ένας άνθρωπος μόνος του, ότι δεν μπορούσε να είναι έργο «ενός ανδρός». Κάθισε λοιπόν κι έφτιαξε ένα πρόχειρο κατάλογο με τα ονόματα φίλων και γνωστών του, άξιων και ακέραιων εισαγγελέων και δικαστών. Πρώτος ανάμεσά τους, ήταν φυσικά ο Άρης Κονιρόπουλος, η συμβολή άλλωστε του οποίου, ως ανακριτή, στην υπόθεση του σκανδάλου των ασφαλιστικών ταμείων ήταν τεράστια και αποφασιστική. Διάλεξε τελικά οκτώ από αυτούς και τους κάλεσε σε μια άτυπη σύσκεψη στο σπίτι του. Αφού τους ενημέρωσε για όλες τις διαστάσεις και τις παραμέτρους της υπόθεσης, που είχε χειριστεί και για την «εντολή» που του είχε δώσει ο Πρωθυπουργός, τους είπε:

– Στη δικαιοσύνη, όπως γνωρίζετε, έπεσε ο κλήρος να βγάλει τη χώρα απ' τον βούρκο της διαφθοράς. Είναι μια πραγματικά ιστορική στιγμή. Είναι βέβαιο ότι ένας άνθρωπος μόνος του δεν μπορεί να φέρει σε πέρας αυτό το τιτάνιο και επικίνδυνο έργο. Θέλω λοιπόν να σάς ρωτήσω ευθέως, αν θέλετε και μπορείτε, εμείς εδώ, να δώσουμε όλοι μαζί τη σκληρή μάχη κατά της διαφθοράς.

– Φαντάζομαι ότι το ερώτημά σου είναι ρητορικό, γιατί αλλιώς θα ήτανπροσβλητικό, πήρε τον λόγο πρώτος ο Άρης Κονιρόπουλος, ο πιο στενός απ' τους παριστάμενους φίλος του.

– Λυπάμαι ειλικρινά, αν το ερώτημά μου ήταν άστοχα διατυπωμένο και οδήγησε σε παρερμηνεία, έσπευσε να διευκρινίσει ο Άγγελος. Αυτό που εννοούσα, δεν αφορούσε καθόλου τη δικανική ακεραιότητά σας, αλλά τη διάθεσή σας, να αναλάβουμε πρωτοβουλίες και να συγκρουσθούμε ανοιχτά με κυκλώματα, που δεν ορρωδούν προ ουδενός. Μια σύγκρουση, που μπορεί να κρύβει και προσωπικούς κινδύνους για τον καθένα από εμάς, όπως συνέβη ήδη σε μένα.

– Νομίζω ότι εκφράζω όλους τους παρόντες, λέγοντάς σου ότι αποδεχόμαστε με χαρά, αλλά και με συναίσθημα της βαριάς ευθύνης που ενέχει η πρόσκλησή σου κι ότι κανένας προσωπικός κίνδυνος δεν μπορεί να μάς κάνει να καταπατήσουμε τον όρκο μας, ξαναμίλησε ο Άρης.

– Σ' ευχαριστώ πολύ Άρη, αλλά επειδή το θέμα είναι πολύ σοβαρό, αλλά και βαθειά προσωπικό, θα ήθελα να έχω τη ρητή θέση του καθενός χωριστά πάνω σ' αυτό.

– Άγγελε, όπως είπες κι εσύ, η στιγμή είναι ιστορική κι εγώ προσωπικά δεν θαεπέτρεπα ποτέ στον εαυτό μου να απουσιάσει από την ιστορία, είπε ο Νίκος Μπερίδης, που είχε διατελέσει και Υπουργός Δικαιοσύνης.

Στο ίδιο περίπου κλίμα, με το ίδιο πνεύμα αφοσίωσης και αποφασιστικότητας απάντησαν κι οι υπόλοιποι έξι, που είχε καλέσει σ' αυτή τη σύσκεψη ο Άγγελος, ο οποίος παίρνοντας πάλι τον λόγο είπε:

– Καταλαβαίνετε και συμφωνείτε νομίζω, ότι πρακτικά δεν υπάρχει τρόπος, αλλά ούτε και λόγος, να δώσουμε κάποιο επίσημο σχήμα σ' αυτή την ομάδα. Είμαστε υποχρεωμένοι να κινηθούμε οιονεί συνωμοτικά, κάτι σαν τη Φιλική Εταιρία. Συστατικά στοιχεία της αποστολής μας είναι η ανυποχώρητη πάταξη της διαφθοράς, από όπου και όποιον κι αν προέρχεται, η ανιδιοτέλεια, η συνεργασία και η άκρα εχεμύθεια, που μπορούμε να τα διασφαλίσουμε, δίνοντας απλώς τον λόγο της τιμής μας. Παράλληλα και έχοντας κατά νου το δικό μου προηγούμενο, δεν πρέπει —επιτρέψτε μου να το επαναλάβω— να μας διαφεύγει το γεγονός ότι η αποστολή αυτή δεν είναι άμοιρη προσωπικών κινδύνων για τον καθένα από εμάς και τις οικογένειές μας. Με βάση όλα τα παραπάνω και

ζητώντας προκαταβολικά να με συγχωρήσετε, θα παρακαλούσα, προτού δώσουμε –ενώπιος ενωπίω– τον λόγο της τιμής μας, να ξανασκεφτούμε όλοι και να ζυγίσουμε καλά την όποια απόφασή μας.

Χωρίς να πει κουβέντα αυτή τη φορά ο Άρης, σηκώθηκε απ' την καρέκλα του, έκανε τρία βήματα, στάθηκε στη μέση του δωματίου κι άπλωσε το χέρι του, με τεντωμένη προς τα κάτω την παλάμη, κοιτάζοντας τους υπόλοιπους, που ένας–ένας σηκώθηκαν απ' τη θέση τους σιωπηλοί κι έβαλαν τις παλάμες τους, τη μία πάνω στην άλλη, πάνω στο χέρι του Άρη. Τελευταίος σηκώθηκε ο Άγγελος, που έβαλε την παλάμη του πάνω από τις παλάμες των υπολοίπων οκτώ και είπε με επίσημο τόνο:

– Δίνω τον λόγο της τιμής μου ότι θα πατάξω με όλες τις δυνάμεις μου τη διαφθορά όπου τη βρω, τηρώντας απαρέγκλιτα τον όρκο μου, ότι δεν θα εκμεταλλευθώ καμία περίσταση για προσωπικό όφελός μου και ότι θα τηρώ απόλυτη εχεμύθεια για όλα όσα υποπίπτουν στην αντίληψή μου.

– Δίνω τον λόγο της τιμής μου, είπαν εν χορώ οι άλλοι οκτώ δικαστές και γύρισαν στις θέσεις τους.

– Δεν νομίζετε ότι είναι σκόπιμο να έχουμε κι ένα αρχηγό; Εγώ θα πρότεινα μάλιστα τον Άγγελο, που είχε και αυτή την πρωτοβουλία, είπε ο Άρης.

– Ευχαριστώ πολύ Άρη για την εμπιστοσύνη σου και την τιμητική πρότασή σου, αλλά επιτρέψτε μου να πω ότι δεν βλέπω ρόλο για κάποιον αρχηγό,είπε ο Άγγελος και συμπλήρωσε. Το θυμικό μας μόνον είναι ομαδικό. Η δράση μας θα είναι ατομική. Ο καθένας από εμάς ξέρει πάρα πολύ καλά, τι πρέπει να κάνει και ο καθένας από εμάς μπορεί να συμβουλεύεται, αν το κρίνει σκόπιμο, κάποιον άλλον ή και να ανταλλάσσει πληροφορίες και στοιχεία, αλλά δεν νομίζω ότι χρειάζεται κεντρικός σχεδιασμός ή κεντρική καθοδήγηση. Με πρωτοβουλία τέλος οποιουδήποτε μέλους αυτής της άτυπης Ομάδας των Εννέα, μπορούμε να συναντιόμαστε, για να αξιολογούμε τα πεπραγμένα και να σχεδιάζουμε τα επόμενα.

Συγκατάνευσαν όλοι επιδοκιμαστικά κι ο Νίκος Μπερίδης σχολίασε:

– Δεν ξέρω, αν ο Άγγελος το είπε συνειδητά, αλλά η προσωνυμία «Ομάδα των Εννέα» παραπέμπει ευθέως στην «Ομάδα των Εννέα Κοινωνιολόγων», με επικεφαλής τον Αλέξανδρο Παπαναστασίου, τον Πρωθυπουργό της πρώτης ελληνικής δημοκρατίας και κατά τούτο νομίζω ότι αυτή η επιλογή ή σύμπτωση είναι ευτυχής.

– Όχι, δεν είναι σύμπτωση, είπε απλά ο Άγγελος. Και θα ήθελα να προτείνω και μια κωδική–συμβολική ονομασία της προσπάθειάς μας, την οποία μπορούμε έντεχνα να διοχετεύσουμε, για να χρησιμοποιείται από τα Μέσα Ενημέρωσης, πριν τη βαφτίσουν αυτά με κάποιο άστοχο ίσως όνομα. Προτείνω λοιπόν τον όρο «Επιχείρηση Δίκαιη Κοινωνία».

Οι δικαστές συμφώνησαν και πάλι με την πρότασή του και σ' αυτό το σημείο έληξε κι η πρώτη σύνοδος των «Εννέα». Κάθισαν λίγο ακόμη, συζητώντας θέματα γύρω απ' τις οικογένειές τους και την καθημερινότητά τους και μετά χαιρετήθηκαν κι έφυγαν. Η γροθιά της δικαιοσύνης, που είχε σχηματιστεί εκείνο το βράδυ, στο σπίτι του Άγγελου, έμελλε να παίξει καταλυτικό ρόλο στα επόμενα χρόνια, να αλλάξει τα δεδομένα και να συγκλονίσει θετικά τον ελληνικό λαό.

~ ~

22ο ΚΕΦΑΛΑΙΟ

Δεν πρόλαβα να τη φιλήσω, πατέρα, δεν πρόλαβα!

Η Λάγια ετοιμαζόταν ήδη να επιστρέψει στην Ελλάδα, όταν τηλεφώνησε ο πατέρας της και της είπε ότι η μητέρα της ήταν στην εντατική, μετά από ένα βαρύτατης μορφής έμφραγμα, που είχε υποστεί, ότι κινδύνευε άμεσα η ζωή της κι ότι την αποζητούσε. Αισθάνθηκε ένα περίεργο σκίρτημα, που ξάφνιασε ακόμη και την ίδια. Το στομάχι της σφίχτηκε, οι παλμοί της αυξήθηκαν κι ένιωσε κάτι σαν ζαλάδα. Έμεινε σιωπηλή για λίγα δευτερόλεπτα, δάγκωσε τα χείλια της, κούνησε ελαφρά, δεξιά–αριστερά το κεφάλι της, για να διώξει τη ζαλάδα κι είπε στον πατέρα της ότι θα έπαιρνε την επόμενη πτήση για την Αθήνα.

Ευτυχώς, προετοιμάζοντας την οριστική αναχώρησή της από τις ΗΠΑ, είχε ήδη συμφωνήσει με μια εταιρία μεταφορών –στην οποία είχε παραδώσει όσα από τα πράγματά της θα έπαιρνε μαζί της– πώς και πότε θα της τα έστελνε στην Ελλάδα κι είχε πουλήσει το αυτοκίνητό της κι όσα από τα έπιπλα και τον εξοπλισμό του σπιτιού της δεν χρειαζόταν. Έτσι, δεν έμενε, παρά να φτιάξει δυο βαλίτσες. Τηλεφώνησε στο αεροδρόμιο Kennedy κι όταν της είπαν ότι υπήρχε μια πτήση για την Αθήνα σε τέσσερις ώρες, κάλεσε αμέσως μια λίμο, για να την πάει στο αεροδρόμιο κι αφού έφτιαξε τις βαλίτσες της, έκατσε να πιει τον τελευταίο –για την ώρα τουλάχιστον– καφέ της στη Νέα Υόρκη, στον λευκό, δερμάτινο καναπέ της, που μέσα απ' τη μεγάλη μπαλκονόπορτα είχε θέα στο Μανχάταν.

Το βλέμμα της πήγε στο σημείο «Ground Zero», όπως είχε σηματοδοτηθεί, όπου άλλοτε καμάρωναν περήφανοι οι Δίδυμοι Πύργοι. Το Μανχάταν έμοιαζε με κάποιο οικείο, αγαπημένο πρόσωπο, που του είχαν εξορύξει φριχτά τα μάτια. Η εικόνα έφερε περίεργες, αντιφατικές σκέψεις στο μυαλό της. Οι ύβρεις της συσσώρευσης πλούτου και της αλαζονείας. Η ματαιότητα των υλικών αγαθών. Η σύγκρουση δύο κόσμων. Η αδυναμία της δύναμης μπροστά στον θάνατο. Οι τρεις χιλιάδες απορφανισμένες οικογένειες. Οι μελαψοί καμι–κάζε. Η προαιώνια κατάρα της ανίκητης δύναμης του ενστίκτου της επιβολής, που οδηγεί σε αέναες συγκρούσεις, σε προσωπικό, οικογενειακό, επαγγελματικό και κοινωνικό επίπεδο και τελικά στους πολέμους, που στερούν την ανθρωπότητα απ' την ευτυχία της γαλήνης και της ευημερίας. Η ανοησία του ανθρώπου, που, είτε δεν έχει τίποτα είτε έχει λίγα είτε έχει πολλά, πασχίζει πάντα να αποκτήσει περισσότερα, με κάθε τρόπο και συχνά με θυσίες, αλλά και με άνομες μεθόδους. Κι εγώ άνθρωπος είμαι, σκέφτηκε, για να δικαιολογήσει ίσως τον εαυτό της, για την άκρατη φιλοδοξία της και την απύθμενη ματαιοδοξία της, που την είχαν οδηγήσει σε αθέμιτες, έκνομες πράξεις και εγκλήματα.

Τις σκέψεις της διέκοψε το χτύπημα του κινητού της. Την ειδοποιούσαν ότι είχε φτάσει η λίμο, που θα την πήγαινε στο αεροδρόμιο. Σηκώθηκε απ' τον καναπέ, πήρε τις δυο βαλίτσες της και την τσάντα της, έριξε μια τελευταία ματιά στον χώρο, που είχε ζήσει τα τελευταία χρόνια και βγήκε απ' την πόρτα. Καθώς την έκλεινε πίσω της, σκέφτηκε ότι άνοιγε ένα καινούργιο κεφάλαιο στη ζωή της.

Μετά από δέκα ώρες ομαλής πτήσης, προσγειώθηκε στο «Ελευθέριος Βενιζέλος», όπου την περίμενε ο πατέρας της, που την καλωσόρισε τρυφερά, αλλά και αμήχανα, κάτω απ' τη βαριά σκιά του θανάσιμου κινδύνου που απειλούσε τη γυναίκα του. Στο αυτοκίνητο, ο Λάκης περιέγραψε στην κόρη του τις στιγμές του εμφράγματος της Ντόρας, της είπε ότι οι γιατροί δεν ήταν ιδιαίτερα αισιόδοξοι και πρότεινε να πάνε κατ' ευθείαν στο νοσοκομείο, πρόταση, με την οποία συμφώνησε αμέσως η Λάγια. Μετά από κάποια λεπτά σιωπής, ο πατέρας της τη ρώτησε για τα δικά της νέα. Η Λάγια άρχισε να διηγείται μηχανικά τη ζωή της στην Αμερική. Ήταν φανερό ότι, είτε μιλούσαν είτε άκουγαν, το μυαλό και των δύο ήταν στη Ντόρα. Μιλούσαν περισσότερο, για να σπάνε την καταθλιπτική σιωπή, παρά γιατί είχαν το παραμικρό ενδιαφέρον σ' αυτά που λεγόντουσαν.

Όταν έφτασαν στον Ερυθρό Σταυρό, όπου νοσηλευόταν η Ντόρα, κατευθύνθηκαν αμέσως στη Μονάδα Εντατικής Παρακολούθησης, όπου παρατήρησαν έντονη κινητικότητα από γιατρούς και νοσοκόμους. Τάχυναν το βήμα τους, ενώ ένα άσχημο προαίσθημα έσφιξε τις καρδιές τους. Όταν πλησίαζαν στην πόρτα της Εντατικής, ένας γιατρός τους απαγόρευσε να μπουν μέσα, γιατί, όπως τους είπε, «*γινόταν προσπάθεια επαναφοράς μιας ασθενούς, που είχε υποστεί ανακοπή*». Την ίδια στιγμή, μέσα απ' το τζάμι της αίθουσας, το βλέμμα τους έπεσε παγωμένο στους απινιδωτές, που ένας γιατρός εφάρμοζε πάνω στο γυμνό στήθος της Ντόρας. Το σώμα της τινάχτηκε βίαια απ' την εκκένωση του ρεύματος, αλλά ο παλμικός δείκτης στη φωτεινή οθόνη του μόνιτορ παρέμεινε οριζόντιος. Η Λάγια έπιασε κι έσφιξε το χέρι του πατέρα της και τον κοίταξε με απόγνωση. Εκείνος, έκλεισε για λίγο τα μάτια του, κούνησε το κεφάλι του ελαφρά κι έσφιξε τα δόντια του, ενώ με το άλλο χέρι του χάιδεψε το κεφάλι της κόρης του. Ο γιατρός επανέλαβε την απινιδωτική διαδικασία άλλες δυο φορές, χωρίς αποτέλεσμα, ενώ ένας άλλος ετοίμαζε μια μεγάλη σύριγγα.

– *Πατέρα, κάνε κάτι*, είπε με βραχνή φωνή και χωρίς λογική η Λάγια, βλέποντας τη σκηνή.

– *Ο Θεός, μωρό μου*, απάντησε εκείνος με σπασμένη φωνή.

Ο γιατρός βύθισε τη σύριγγα με αδρεναλίνη στην καρδιά της, σε μια τελευταία προσπάθεια να την πάρει απ' τα χέρια του θανάτου. Μάταια! Η φωτεινή, πράσινη, ίσια και ασάλευτη γραμμή πάνω στην οθόνη του παλμογράφου έγραφε με τον δικό της κώδικα την αμείλικτη λέξη: ΤΕΛΟΣ! Ο γιατρός έβγαλε τη σύριγγα απ' το άψυχο πλέον σώμα, έσυρε απαλά το σεντόνι προς τα πάνω και κάλυψε το πρόσωπο της Ντόρας, σαν σκηνοθέτης, που έσυρε την τελική αυλαία στο περιπετειώδες δράμα «Ζωή».

Η Λάγια κρατήθηκε απ' το μπράτσο του πατέρα της, καθώς ένιωσε τα πόδια της να λυγίζουν, ενώ εκείνος την έσφιξε στην αγκαλιά του, αφήνοντας τα δάκρυά του να τρέξουν.

– *Έφυγε η μανούλα, μωρό μου και μας άφησε μόνους,* της ψιθύρισε, ανάμεσα σε βουβούς λυγμούς.

– *Δεν πρόλαβα να τη φιλήσω, πατέρα, δεν πρόλαβα!* σπάραξε η Λάγια, που γλίστρησε απ' την αγκαλιά του πατέρα της και μπήκε στην Εντατική.

Μάταια οι γιατροί προσπάθησαν να την κρατήσουν μακριά απ' τη νεκρή. Τίναξε με δύναμη τα χέρια της, απελευθερώθηκε και πλησίασε αργά το κρεβάτι. Σήκωσε το σεντόνι, πήρε ευλαβικά το κεφάλι της μητέρας της ανάμεσα στα δυο χέρια της κι άρχισε να τη φιλάει στα μάτια, στο μέτωπο, στα μάγουλα και να της ψιθυρίζει στ' αυτί, ενώ το κορμί της συνταρασσόταν απ' την οδύνη.

– *Μανούλα εδώ είμαι, δεν με βλέπεις; Είμαι εδώ, μανούλα και σ' αγαπάω. Μανούλα, μη φεύγεις, τώρα που ήρθα, μη φεύγεις, μανούλα! Μη μ' αφήνεις. Σε χρειάζομαι, μανούλα...*

Ένιωσε δυο χέρια να την αγκαλιάζουν δυνατά και τρυφερά και να την απομακρύνουν απαλά απ' τη μητέρα της κι άκουσε τη φωνή του πατέρα της:

– *Έλα Λάγια μου, έλα μωρό μου. Έφυγε η μανούλα. Έλα, πάμε σπίτι μας. Δεν υπάρχει πια τίποτα εδώ για μας... Έλα!*

Η κηδεία έγινε την επομένη στο Α' Νεκροταφείο. Η Λάγια στεκόταν όλη την ώρα της λειτουργίας όρθια κι ανέκφραστη. Μόνον τα κόκκινα απ' το κλάμα μάτια της κι οι κατεβασμένες γραμμές των χειλιών της πρόδιναν την αντάρα της ψυχής της, ενώ κάθε τόσο το κορμί της έτρεμε, σαν να είχε ρίγη. Η σορός της μητέρας της είχε, επί τέλους, ξυπνήσει τον συναισθηματικό κόσμο της, που φρόντιζε να τον διατηρεί πάντα σε νάρκη. Όταν το φέρετρο κατέβηκε στη γη, η Λάγια πήρε ένα τριαντάφυλλο και μια χούφτα χώμα και τα έριξε πάνω του. Ο ανατριχιαστικός ήχος του χώματος πάνω στο ξύλο, επέδρασε σαν καταλύτης πάνω στην έντασή της. Ξέσπασε σ' ένα γοερό κλάμα και κρύφτηκε στην αγκαλιά του πατέρα της, που κι αυτός συνταρασσόταν από σιωπηλούς λυγμούς.

Οι επόμενες μέρες κύλησαν με την παραλαβή των πραγμάτων της απ' την Αμερική και την τακτοποίησή τους στο νεανικό δωμάτιό της, που είχε μείνει ανάλλαγο, από τότε που είχε φύγει. Είχε αποφασίσει να μείνει μαζί με τον πατέρα της για λίγο καιρό, μέχρι να βρει ένα δικό της σπίτι, για να τον συντροφεύει αυτές τις πρώτες δύσκολες ώρες της μοναξιάς του, αλλά και της δικής της. Παράλληλα άρχισε να τηλεφωνάει σε γνωστούς και φίλους, δηλώνοντας την επιστροφή της στην Ελλάδα, να βλέπει παλιούς γνώριμους και να διερευνά την αγορά, για να δει και ν' αποφασίσει, ποιο θα ήταν το πρώτο βήμα της καριέρας της στην Ελλάδα.

Ήξερε, ότι με το όνομα που είχε φτιάξει στην Αμερική, μπορούσε να διαλέξει όποια δουλειά ήθελε. Και πράγματι, τα μεγάλα ελληνικά κανάλια, όταν πληροφορήθηκαν την άφιξή της στην Ελλάδα, έδειξαν αμέσως έντονο ενδιαφέρον για την Ελληνίδα, που είχε διαγράψει μια θαυμαστή τροχιά στο στερέωμα της αμερικανικής τηλεόρασης, εντυπωσιάζοντας με τις επιτυχίες της ολόκληρο τον κόσμο. Ανάμεσα στις εξαιρετικές προτάσεις που δέχτηκε, δεν διάλεξε την πιο πλουσιοπάροχη, αλλά αυτή του Galaxy, πού είχε ένα Διευθυντή Ειδήσεων, η φιλοσοφία, η νοοτροπία κι η επαγγελματική πρακτική του οποίου έκρινε ότι ταίριαζαν με τη δική της δημοσιογραφική νοοτροπία, που είχε ως άξονα την αρχή «Πάνω απ' όλα και όλους η εντυπωσιακή είδηση, με κάθε μέσο, θεμιτό ή αθέμιτο».

Η συμφωνία της, εκτός απ' τον ηγετικό ρόλο της στο κεντρικό δελτίο ειδήσεων, περιελάμβανε και μια εβδομαδιαία εκπομπή, ακριβώς την ίδια, που την είχε αναδείξει στην Αμερική και με τον ίδιο τίτλο «Η εξουσία απολογείται», που είχε κατοχυρώσει στ' όνομά της. Φρόντισε να προσλάβει στην ομάδα της δυο νέους και δυο νέες δημοσιογράφους, αριστούχους της Σχολής Επικοινωνίας και Μέσων Ενημέρωσης του Πάντειου Πανεπιστημίου, για την καθημερινή δουλειά και μια παλιά καραβάνα της ελληνικής τηλεόρασης, τον Παύλο Μερφίνη, που ήξερε καλά πρόσωπα και πράγματα, ως σύμβουλο και οδηγό, μέσα στο πολύμορφο και πολυδιάστατο ελληνικό σκηνικό, το οποίο δεν γνώριζε «από μέσα». Με την αίγλη, που συνόδευε το όνομά της απ' τις μεγάλες διεθνείς επιτυχίες της, δεν βρήκε καμιά δυσκολία να καλεί και να παρουσιάζει στην εκπομπή της τα μεγαλύτερα και πιο διάσημα ονόματα από κάθε χώρο της ελληνικής κοινωνίας. Η εταιρία των τηλεοπτικών μετρήσεων, δεν έκανε τίποτα άλλο, παρά να επιβεβαιώνει με τα υψηλά ποσοστά, που κατέγραφε για την εκπομπή της, τη μεγάλη κλάση της.

Η επιτυχία της έγινε κεντρικό θέμα των τηλεοπτικών περιοδικών και των σχετικών στηλών των εφημερίδων, που δεν τσιγκουνεύονταν επαίνους για τη «Νεοϋρκέζα», όπως την είχαν βαφτίσει. Μια επιτυχία, που συζητιόταν έντονα απ' τους πολιτικούς, τους ιδιοκτήτες μέσων ενημέρωσης, τους δημοσιογράφους, αλλά και τους απλούς, καθημερινούς ανθρώπους, στις καφετέριες, στις ταβέρνες, στα εστιατόρια και στα σπίτια. Παράλληλα, κάποιοι συνάδελφοί της άρχισαν να αισθάνονται πίεση απ' τη μεγάλη επιτυχία και την προβολή της και να βλέπουν με ζήλεια και φθόνο τη γρήγορη άνοδο της «ξενόφερτης», στο ελληνικό στερέωμα των μέσων ενημέρωσης.

Η Λάγια είχε και πολύ μυαλό και ισχυρή διαίσθηση και δεν της διέφευγε το αρνητικό κλίμα, που είχε αρχίσει να σχηματίζεται γύρω της. Άλλωστε, κάποιοι καλοθελητές, που δεν λείπουν ποτέ, φρόντιζαν να της διαβιβάζουν κάποιες καθόλου κολακευτικές για κείνη κουβέντες, από άσπονδους φίλους και εχθρούς της, Τα άκουγε όλα αυτά χαμογελώντας, ενώ μέσα της έλεγε· «Και να ξέρατε, με ποια πάτε να τα βάλετε»!

~ ~

23ᴼ ΚΕΦΑΛΑΙΟ

Ο σώζων εαυτόν σωθήτω!

Λ ίγους μήνες, μετά από εκείνη την πρώτη άτυπη συνάντηση της Ομάδας των Εννέα, άρχισαν να φαίνονται και τα πρώτα αποτελέσματα, που είχαν στόχο τη βαθύτερη και ευρύτερη δυνατή κάθαρση της ελληνικής κοινωνίας απ' τη διαφθορά. Όσο περνούσε ο καιρός τόσο οι παραπομπές ακολουθούσαν η μία την άλλη κι οι παραπεμπόμενοι δεν ήταν όποιοι κι όποιοι. Τρανταχτά ονόματα εν ενεργεία και πρώην υπουργών και ισχυρών ανδρών, από όλους σχεδόν τους χώρους, ακόμα κι από αυτούς του πολιτισμού, του επαγγελματικού αθλητισμού, των επιχειρήσεων, ακόμη και αυτής της ίδιας της δικαιοσύνης. Καθ' όλα ευυπόληπτοι και αξιότιμοι κύριοι, αλλά και κυρίες, συχνά «υπεράνω κάθε υποψίας», έμπαιναν στο στόχαστρο της δικαιοσύνης, με ρυθμούς, που δεν είχε ξαναγνωρίσει η Ελλάδα.

Το έργο των Εννέα και της Δικαιοσύνης είχε διευκολυνθεί ουσιαστικά, από τρεις σχετικούς νόμους, που είχε ψηφίσει η Κυβέρνηση. Ο πρώτος αφαιρούσε από τη Βουλή τη «δικαστική» δικαιοδοσία παραπομπής υπουργών για ποινικές παραβάσεις, που οδηγούσε κατά κανόνα σε ατιμωρησία, κυρίως λόγω κομματικών σκοπιμοτήτων, αλλά κι επειδή συχνά επικρατούσε η αλληλεγγύη της «κάστας». Ο δεύτερος, με εύστοχες τροποποιήσεις στον Κώδικα Ποινικής Δικονομίας, είχε επιταχύνει σημαντικά τη δικανική διαδικασία και την ταχύτητα διεκπεραίωσης των δικαστικών υποθέσεων κι έτσι, όσοι αποδεικνύονταν ένοχοι, έμπαιναν γρήγορα στη φυλακή, ενώ για κάποιους, δημευόταν κι η περιουσία τους, που άνομα είχαν αποκτήσει. Κι ο τρίτος πρόσφερε δικανικά προνόμια και σημαντικά ελαφρότερες ποινές, σε όσους εμπλεκόμενους σε σκάνδαλα, ομολογούσαν και κατέθεταν ισχυρά τεκμήρια ενοχής συγκατηγορουμένων τους.

Ο κόσμος είχε αναθαρρήσει, βλέποντας ότι, επί τέλους, κάτι μπορούσε να γίνει με τη διαφθορά, που τον έπνιγε ασφυκτικά δεκαετίες ολόκληρες. Τα μέσα ενημέρωσης σιγοντάριζαν στην αρχή την «Επιχείρηση Δίκαιη Κοινωνία». Όταν όμως, το χέρι της δικαιοσύνης άρχισε να χτυπάει την πόρτα ιδιοκτητών μέσων ενημέρωσης και δημοσιογράφων, το σκηνικό άλλαξε, μέσα σε μια νύκτα! Όπως αλλάζει κάθε φορά, όταν έτσι υπαγορεύει το συμφέρον των ιδιοκτητών των μέσων ενημέρωσης και της δημοσιογραφικής κάστας. Οι δημοσιογράφοι, άλλοι εκούσια κι άλλοι ακούσια ή και εκβιαζόμενα φερέφωνα της ιδιοκτησίας των ραδιοτηλεοπτικών σταθμών και των εφημερίδων, άρχισαν να μιλάνε για «απαράδεκτες δικαστικές υπερβολές», για «ύποπτες παρεμβάσεις σκοπιμότητας», για «ποινικοποίηση της πολιτικής ζωής», για «φίμωση της ελευθερίας του Τύπου», για «αντισυνταγματική κατάχρηση της δικαστικής εξουσίας» και για «κράτος δικαστών», βάλλοντας ευθέως και με ένταση, εναντίον αυτής της σταυροφορίας κάθαρσης.

Κι όλα αυτά, ερήμην των Εννέα, που τηρώντας απαρέγκλιτα τον όρκο τους, για απόλυτη εχεμύθεια, απείχαν σιωπηλά. Παρά το γεγονός, ότι οι πιέσεις απ' τα μέσα ενημέρωσης ήταν συνεχείς και έντονες, δεν κατάφεραν ποτέ να πάρουν ούτε μία λέξη απ' τους δικαστές της Ομάδας των Εννέα. Εξ άλλου, εντολή «σιγής ασυρμάτου» είχε δώσει κι ο Υπουργός Δικαιοσύνης και ο Πρόεδρος του Αρείου Πάγου στο δικαστικό σώμα. Παρά την εκούσια απουσία όμως αντιλόγου από τους δικαστές, στην ενορχηστρωμένη επίθεση των μέσων ενημέρωσης και σε πείσμα της καταιγιστικής αρνητικής προπαγάνδας, το ένστικτο της κοινής γνώμης ανίχνευε σωστά την αλήθεια κι ο λαός στήριζε ολόψυχα τη δικαστική κάθαρση.

Ταυτόχρονα, η δραστηριότητα, οι κινήσεις και η στάση των Εννέα είχαν δημιουργήσει ένα καινούργιο δυναμικό δικαιικό κλίμα κι είχαν επηρεάσει βαθειά ολόκληρο το δικαστικό σώμα, που, ενθαρρυμένο και απελευθερωμένο από πιέσεις και παρεμβάσεις, στοιχιζόταν σιγά–σιγά, πίσω απ' τους πρωτοπόρους, χτυπώντας με αποφασιστικότητα και ταχύτητα τη διαφθορά, όπου κι αν τη συναντούσε, από τον πιο χαμηλόβαθμο δημόσιο υπάλληλο, έως τους υπουργούς κι απ' τον επίορκο Αξιωματικό, έως τον άνομο επιχειρηματία. Το ποτάμι κυλούσε πλέον ορμητικά και δεν φαινόταν καμιά δύναμη ικανή να το κάνει να γυρίσει πίσω ή να το σταματήσει.

Παρά το γεγονός ότι η κάθαρση είχε πλήξει στελέχη και των δύο κομμάτων εξουσίας, τόσο η Αξιωματική Αντιπολίτευση όσο και τα άλλα κόμματα της Βουλής —προς τιμή τους— δεν ενθάρρυναν μεν ανοιχτά τους δικαστές, αλλά και δεν έβγαζαν άναρθρες κραυγές εναντίον αυτής της εκστρατείας κάθαρσης, όπως συνήθιζαν για ό,τιδήποτε σωστό ή λάθος έκανε η εκάστοτε κυβέρνηση ή και εναντίον της Δικαιοσύνης, όταν οι αποφάσεις της δεν τη βόλευαν. Ειδικότερα η Αξιωματική Αντιπολίτευση, παρακολουθούσε λίγο αμήχανη ειν' αλήθεια τα συμβαίνοντα, αλλά και με μια κρυφή κι ανομολόγητη ελπίδα ότι η δικαστική αυτή εκστρατεία εναντίον της διαφθοράς, θα μπορούσε να αλλάξει το πολιτικό τοπίο και να απαλλάξει ολόκληρο τον πολιτικό κόσμο —άρα και την ίδια— απ' την ομηρία στα διάφορα μεγάλα συμφέροντα και στα μέσα ενημέρωσης και να καταστήσει την πολιτική ανεξάρτητη κι αυτόνομη.

Στον αντίποδα των αρνητικών σχολίων των μέσων ενημέρωσης, όλες οι μυστικές δημοσκοπήσεις, που παράγγελνε η Κυβέρνηση, για να παρακολουθεί τη στάση της κοινής γνώμης, έδιναν συντριπτικά επιδοκιμαστικά ποσοστά, πάνω από 70%, για την «Επιχείρηση Δίκαιη Κοινωνία» από ολόκληρο το εκλογικό σώμα, ανεξαρτήτως κομμάτων. Η λαϊκή επιδοκιμασία εκφραζόταν κι επιβεβαιωνόταν και μέσα απ' το διαδίκτυο. Εκεί, σ' αυτόν τον σύγχρονο, τεχνολογικό παράδεισο ελευθερίας έκφρασης, έως και ασυδοσίας, και ειδικότερα στα ιστολόγια, δημοσιευόταν καθημερινά, με αυξανόμενη συνεχώς ποσότητα και ένταση, ένα πλήθος ενθουσιαστικών σχολίων από απλούς πολίτες, αλλά και γνωστούς παράγοντες της ελληνικής ζωής, που επικροτούσαν την εκστρατεία κάθαρσης, έδιναν κουράγιο στους πρωταγωνιστές της και απαιτούσαν την ολοκλήρωση του έργου της και την πλήρη πάταξη της διαφθοράς.

«Ασφυκτιούμε δεκαετίες τώρα, μέσα στις άνομες δραστηριότητες ασυνείδητων ανθρώπων, που καταληστεύουν τους δημόσιους πόρους, στερώντας τους από τους φτωχούς και αδύναμους, ποδηγετούν τους πολιτικούς και καθηλώνουν την πατρίδα μας στη θέση του φτωχού συγγενή στον διεθνή περίγυρο. Ήρθε η ώρα να μπουν όλοι φυλακή, να αναπνεύσει η χώρα μας και "να ανοίξει τα φτερά, τα φτερά τα πρωτινά της τα μεγάλα"! Αξιότιμοι, Κύριοι Δικαστές, όλος ο ελληνικός λαός είναι μαζί σας, ασπίδα σας και δόρυ συνάμα. Μην κάνετε, για όνομα του Θεού, βήμα πίσω. Ζήτω η Δικαιοσύνη! Ζήτω η Κάθαρση! Ζήτω η Δημοκρατία. Ζήτω η Ελλάδα!».

Αυτό ήταν ένα χαρακτηριστικό δείγμα απ' τα αυθόρμητα σχόλια, που εμφανίζονταν στο διαδίκτυο. Μετά από λίγο, η άτυπη διαδικτυακή κοινότητα οργάνωσε και μια μεγαλειώδη εκδήλωση συμπαράστασης στην «Επιχείρηση Δίκαιη Κοινωνία». Ένα μέγα πλήθος διακοσίων χιλιάδων περίπου πολιτών, από όλες τις πολιτικές παρατάξεις, τις ηλικίες και τις κοινωνικές τάξεις, διαδήλωσε στους δρόμους της Αθήνας, με πάθος και τραγούδια! Τα συνθήματα, που επιδοκίμαζαν την εκστρατεία κατά της διαφθοράς και απαιτούσαν να μπει το μαχαίρι της δικαιοσύνης ακόμη βαθύτερα κι ακόμη πιο γρήγορα, ήταν κόσμια, εύστοχα και με δηκτικό χιούμορ, όπως π.χ. «Ο ΛΑΟΣ ΜΙΛΗΣΕ: ΑΝΤΙ ΣΤΗ ΒΟΥΛΗ, ΣΤΗ ΦΥΛΑΚΗ», «ΕΝΑΣ–ΕΝΑΣ ΚΑΙ ΜΗ ΣΠΡΩΧΝΕΣΘΕ. ΟΛΟΙ ΟΙ ΑΠΑΤΕΩΝΕΣ ΘΑ ΠΑΡΕΤΕ ΚΙ ΑΠΟ ΕΝΑ ΚΕΛΙ», «ΟΤΑΝ ΑΝΑΤΕΛΛΕΙ Η ΔΙΚΑΙΟΣΥΝΗ , ΔΥΕΙ Η ΔΙΑΦΘΟΡΑ», «ΟΣΟ ΠΙΟ ΒΑΘΙΑ ΤΟΣΟ ΠΙΟ ΚΑΛΑ».

Ήταν η πρώτη φορά, που ο λαός κατέβηκε στους δρόμους τόσο μαζικά, όχι για προεκλογικούς, κομματικούς ή συντεχνιακούς λόγους, όχι για να διαμαρτυρηθεί, αλλά για να επιδοκιμάσει και να στηρίξει τη δικαιοσύνη, για να τον απαλλάξει από ένα διαχρονικό ηθικό θέμα, που ταλάνιζε τον τόπο κι έβαζε τροχοπέδες στην πρόοδο και την ανάπτυξή του. Το σημαντικότερο ίσως όμως ήταν, ότι στα πρόσωπα των διαδηλωτών καθρεφτιζόταν για πρώτη φορά όχι οργή και θυμός, αλλά αισιοδοξία κι ελπίδα!

Αμέσως μετά απ' αυτή τη διαδήλωση, ο Άγγελος πήρε την πρωτοβουλία κι οργάνωσε συνάντηση των Εννέα, με στόχο την αποτίμηση των αποτελεσμάτων της έως τότε μάχης και την ανταλλαγή απόψεων για τη μελλοντική πορεία της εκστρατείας. Οι Εννέα ήταν απολύτως ικανοποιημένοι, αλλά και περήφανοι κι είχαν πάρει νέο κουράγιο απ' αυτή τη διαδήλωση. Ερμηνεύοντας σωστά τα μηνύματά της, υποσχέθηκαν να εντείνουν ακόμη περισσότερο τις προσπάθειές τους, με στόχο την ταχύτερη δυνατή εκκαθάριση του τοπίου.

– Αγαπητοί συνάδελφοι, νομίζω ότι μπορούμε να είμαστε περήφανοι, για το έως σήμερα έργο της ομάδας μας και του κάθε μέλους της χωριστά, πήρε πρώτος τον λόγο ο Άγγελος. Η σαφής κι εντυπωσιακή επιδοκιμασία της δουλειάς μας από τον λαό, τόσο στις δημοσκοπήσεις και στο διαδίκτυο όσο και στην ογκώδη και παλλόμενη από αισιοδοξία πρόσφατη διαδήλωση, είναι νομίζω η καλύτερη κι ασφαλέστερη απόδειξή ότι πορευόμαστε τον δρόμο τον καλό. Δεν σας κάλεσα όμως για να αυτοδοξαστούμε, αλλά για να δούμε, ποια τυχόν προβλήματα αντιμετωπίσαμε και πώς μπορούμε να τα λύσουμε, αλλά και για να ανταλλάξουμε ιδέες και απόψεις για το μέλλον αυτής της μάχης μας, που είναι μάχη της Δικαιοσύνης.

– Νομίζω ότι ένα τμήμα της επιτυχίας της εκστρατείας μας το χρωστάμε στην πανηγυρική επιδοκιμασία του αγώνα που δίνουμε από τον λαό, αλλά και στη στάση των πολιτικών. Ομολογώ, ότι στην αρχή, βλέποντας πόσοι και ποιοι πολιτικοί ήταν μπλεγμένοι, φοβόμουνα την αντίδραση και της Κυβέρνησης —παρά τις διαβεβαιώσεις που έδωσε ο Πρωθυπουργός στον Άγγελο— και της Αντιπολίτευσης. Ευτυχώς, η στάση τους με διέψευσε, σχολίασε ο Άρης Κονιρόπουλος.

– *Εμένα, το μόνο που με ανησυχεί, είναι η ολομέτωπη επίθεση, που δέχεται η δικαιοσύνη απ' τα μέσα ενημέρωσης. Ξέρετε ότι, όπως έλεγε ο Λένιν, ένα ψέμα, που επαναλαμβάνεται συνεχώς, καταντάει αλήθεια! Τυχόν αναστροφή του ευνοϊκού κλίματος, που έχει διαμορφωθεί στην κοινή γνώμη, θα μας δημιουργούσε μάλλον σημαντικά προβλήματα, είπε ο Νίκος Μπερίδης και συμπλήρωσε. Με βάση τα παραπάνω, προβληματίζομαι και δεν ξέρω, αν η αποχή μας απ' τα μέσα ενημέρωσης και η απουσία αντιλόγου εκ μέρους μας, που αφήνει εντελώς ελεύθερο το πεδίο στην αναίσχυντη εναντίον της δικαιοσύνης συκοφαντική προπαγάνδα, είναι η σοφότερη και αποτελεσματικότερη τακτική.*

– *Είναι πράγματι σημαντικό το πρόβλημα, που θέτει ο φίλος Νίκος, αλλά εγώ προσωπικά δεν έχω την παραμικρή αμφιβολία ότι η στρατηγική που υιοθετήσαμε είναι ορθή κι ότι πρέπει να συνεχίσουμε την τακτική της εχεμύθειας και της σιωπής, για πολλούς λόγους, από τους οποίους θα αναφέρω δύο μόνον, είπε ο Άγγελος. Πρώτον, δεν υπάρχει πειστικότερος λόγος από το έργο. Αυτό πρέπει να αφήσουμε να μιλάει και να απαντάει για λογαριασμό μας και για λογαριασμό της Δικαιοσύνης. Δεύτερον, είναι γνωστή η ικανότητα των δημοσιογράφων να στρεβλώνουν την πραγματικότητα και την αλήθεια, ακόμη και σε προσωπική, ζωντανή αντιπαράθεση. Είναι ένα παιχνίδι, που εμείς σίγουρα δεν το κατέχουμε, μαθημένοι να αναζητούμε και να καταθέτουμε μόνον την αλήθεια και το δίκαιο. Γι' αυτό νομίζω, ότι ορθώς επιλέξαμε τη σιωπή και έτσι πρέπει να συνεχίσουμε.*

– *Είμαι κι εγώ της ίδιας άποψης, είπε ο Άρης Κονιρόπουλος, και για ένα πρόσθετο λόγο. Με δεδομένη τη σωστή απόφασή μας να είναι άτυπη η ομάδα μας, αν ένας ή περισσότεροι από εμάς, εμφανιστούν στα μέσα ενημέρωσης, θα εξατομικευτεί –αδίκως φυσικά– η επίθεση στα πρόσωπά τους, ενώ αυτή που κρίνεται είναι η έννοια της δικαιοσύνης και η συνταγματικά κατοχυρωμένη ανεξαρτησία της κι όχι οι λειτουργοί της. Κι αυτό δεν πρέπει να το επιτρέψουμε να γίνει.*

Οι υπόλοιποι συγκατάνευσαν κι ο Άγγελος, παίρνοντας πάλι τον λόγο, είπε:

– Θα ήθελα να επισημάνω ένα άλλο θέμα τώρα. Δύο από εμάς, αποχωρούν από την ενεργό δράση και συνταξιοδοτούνται, στους επόμενους μήνες. Νομίζω ότι είναι σκόπιμο και αναγκαίο να μην αποδυναμωθεί αριθμητικά η ομάδα μας και γι' αυτό παρακαλώ τους ίδιους, αλλά και εμάς τους υπόλοιπους, να σκεφτούμε και να προτείνουμε, μέσα στον επόμενο μήνα δυο άξιους διαδόχους τους.

Οι Εννέα συμφώνησαν και πάλι και στη συνέχεια συζήτησαν για τις εμπειρίες απ' τον αγώνα που έδιναν. Χαρακτηριστική ήταν η μαρτυρία του Θεμιστοκλή Δαρύτση, που είπε:

– Ξέρετε, μια από τις υποθέσεις που χειρίστηκα, ήταν αυτή για το σκάνδαλο των παράνομων προμηθειών από την αγορά αρμάτων μάχης για τον Στρατό. Αποδείχθηκε η πιο εύκολη υπόθεση της σταδιοδρομίας μου, από την πλευρά της έρευνας, του εντοπισμού ενόχων και της τεκμηρίωσης της ενοχής τους. Κι αυτό, γιατί οι εμπλεκόμενοι, για να ελαφρύνουν τη δική τους θέση, κατέθεταν πρόθυμα εναντίον αλλήλων, προσφέροντας ταυτόχρονα ατράνταχτα πειστήρια. Είναι νομίζω πλέον προφανές, ότι όλοι όσοι ενέχονται σε σκάνδαλα, διακατέχονται από πανικό και έχουν ως μοναδικό οδηγό τους το «ο σώζων εαυτόν σωθήτω!», γεγονός που κάνει το έργο μας πιο γρήγορο και πιο εύκολο.

Και πράγματι, η διάγνωση του Θ. Δαρύτση ήταν απολύτως εύστοχη. Κάτω απ' την καταλυτικά θετική πολιτική και κοινωνική ατμόσφαιρα, για το έργο των δικαστών, οι όποιοι ενεχόμενοι σε σκάνδαλα είχαν λουφάξει και το μόνο που έκαναν ήταν να προσπαθούν ν' αποφύγουν την τσιμπίδα του εισαγγελέα, ενώ κανείς δεν τόλμησε να απειλήσει έμπρακτα ή έστω φραστικά κανένα απ' τους Εννέα ή τους άλλους δικαστές, που είχαν συστρατευθεί στην «Επιχείρηση Δίκαιη Κοινωνία». Τα κάθε λογής τρωκτικά του δημόσιου χρήματος ήξεραν ότι είχαν μείνει πλέον μόνα κι έρημα κι ο φόβος τα είχε κατακυριεύσει. Ένας φόβος, που λειτουργούσε παράλληλα και αποτρεπτικά για κάποιους τυχόν επίδοξους μελλοντικούς καταχραστές του δημόσιου χρήματος. Κι αυτό ήταν εξαιρετικά σημαντικό, γιατί πέρα απ' την κατασταλτική τιμωρία των ενόχων, ήταν ίσως ακόμη σπουδαιότερη η προληπτική λειτουργία της εκστρατείας, που αποθάρρυνε υποψήφιους καταχραστές, μιζαδόρους και διεφθαρμένους πολιτικούς, δημόσιους λειτουργούς ή ιδιώτες από μελλοντικές παράνομες πράξεις και παραλείψεις.

Η Ομάδα των Εννέα είχε καταφέρει να χτυπήσει αποτελεσματικά το κακό στη ρίζα του και να εξαρθρώσει ολόκληρες σπείρες, που δρούσαν σχεδόν ανεξέλεγκτα επί δεκαετίες. Ήταν μια επιτυχία, που άνοιγε μια καινούργια σελίδα νομιμότητας, εντιμότητας, ήθους και κοινωνικής δικαιοσύνης στη νεότερη Ελλάδα. Κι οι Εννέα ήξεραν καλά ότι ο καταλύτης αυτής της αλλαγής ήταν η Ομάδα τους. Και ήξεραν επίσης καλά, ότι το μεγαλύτερο μερίδιο αυτής της επιτυχίας ανήκε στον Άγγελο Μασούκου, που πρώτος ρίχτηκε στη μάχη, με κίνδυνο μάλιστα για τον ίδιο και την οικογένειά του, όπως ήταν κι αυτός, που είχε την πρωτοβουλία της δημιουργίας αυτής της ομάδας των αδέκαστων κομάντος του δικαίου.

~ ~

24ο ΚΕΦΑΛΑΙΟ

– Αυτή η επιστολή είναι πλαστή και συκοφαντική!

Η Λάγια, που είχε δημιουργήσει αίσθηση με την επιτυχία της –θετική για τους πολλούς, αρνητική για τους λίγους ζηλόφθονους ανταγωνιστές της– είχε αρχίσει να δουλεύει στο μυαλό της, αφ' ενός ένα σχέδιο άμεσης άμυνας, έναντι αυτών που δεν έβλεπαν με καθόλου καλό μάτι την επιτυχία της και για την εξέλιξη της σταδιοδρομίας της, με τελικό στόχο την απόκτηση δικού της καναλιού. Το γεγονός ότι η δικαιοσύνη είχε ήδη αφήσει ακέφαλα δυο κανάλια, ένα μεσαίο κι ένα μεγάλο, στέλνοντας τους ιδιοκτήτες τους στη φυλακή, διευκόλυνε τα προσωπικά σχέδιά της. Απ' την άλλη, καταλάβαινε ότι τα βήματά της έπρεπε να είναι πολύ προσεκτικά και άψογα σχεδιασμένα, χωρίς τη χρήση αθέμιτων ή παράνομων πράξεων, που συνήθιζε, εξ αιτίας της αυξημένης και άτεγκτης παρέμβασης της δικαιοσύνης στον χώρο των μέσων ενημέρωσης, που βρίσκονταν στο επίκεντρο της στόχευσής της.

Το πρώτο σκέλος του σχεδιασμού της αφορούσε την εξουδετέρωση δύο ισχυρών αντιπάλων της, του Τάσου Τσερκενή και του Νίκου Καλαντίρη, που βυσσοδομούσαν εναντίον της κρυφά, αλλά άφηναν και υπονοούμενα εναντίον της, ανοιχτά από τις εκπομπές τους. Παλιοί, δοκιμασμένοι και πολύπειροι δημοσιογράφοι κι οι δύο, εδώ και αρκετά χρόνια, είχαν αποκτήσει ιδιόκτητα μέσα ενημέρωσης, ιδιότητα, που υπερκάλυπτε την ιδιότητα του δημοσιογράφου, την οποία διατηρούσαν όμως, παρά τις ρητές αντίθετες διατάξεις του Καταστατικού της Δημοσιογραφικής Ένωσης, για λόγους καθαρά συμφεροντολογικούς, για να μπορούν δηλαδή να απολαμβάνουν τη γενναιόδωρη ιατροφαρμακευτική περίθαλψη και αργότερα τις παχυλές συντάξεις του πλούσιου Ταμείου τους. Πανέξυπνοι κι οι δύο και γνώστες όλων των θεμιτών και αθέμιτων δημοσιογραφικών τεχνικών, δεν ήταν καθόλου εύκολοι αντίπαλοι, καθώς μάλιστα τον τελευταίο καιρό, είχαν αναστείλει την πολύχρονη αντιπαλότητά τους και βρίσκονταν στην ίδια πλευρά, εν όψει του «κοινού εχθρού», της Δικαιοσύνης. Ακριβώς, αυτή την παλιά αντιπαλότητά τους όμως, σκέφτηκε να ερευνήσει και να αξιοποιήσει η Λάγια.

Η έρευνά της, με τη συνεργασία των βοηθών της, έβγαλε λαυράκι. Έκρυψε τους άσους στο μανίκι της και τους κάλεσε και τους δύο στην εκπομπή της, «Η εξουσία απολογείται», με θέμα τη δικαστική κάθαρση της διαφθοράς. Όταν έφτασαν στο στούντιο, τη συνεχάρησαν υποκριτικά κι οι δυο τους κι ήταν όλο ευγένειες και χαμόγελα. Δεν ήξεραν και δεν μπορούσαν να φανταστούν, τι τους είχε ετοιμάσει η Λάγια, που ήταν φυσικά το ίδιο ευγενική, αλλά και σοβαρή μαζί τους.

Η Λάγια ξεκίνησε με μια σύντομη εισαγωγή της, γύρω απ' το θέμα της εκπομπής και στη συνέχεια άρχισε τις ερωτήσεις.

– Η Ελλάδα, για πρώτη φορά, εδώ και δεκαετίες, ανασαίνει. Η Ελλάδα ελπίζει, η Ελλάδα αισιοδοξεί. Κι αυτό το χρωστάει στην Ελληνική Δικαιοσύνη, που χτύπησε πράγματι στα τυφλά όποιον παράνομο κι επίορκο βρήκε στον δρόμο της, όσο ψηλά κι αν βρισκόταν, στους χώρους της πολιτικής, του κρατικού μηχανισμού, των επιχειρήσεων και των μέσων ενημέρωσης. Θα ήταν παράλειψη, αν δεν σημειώναμε εδώ την ολόψυχη και καθολική σχεδόν συμπαράσταση του λαού, αλλά και τουλάχιστον την ανεκτικότητα αν όχι και τη στήριξη της Δικαιοσύνης από όλα τα πολιτικά κόμματα και κυρίως από τα δυο μεγαλύτερα. Η διαφθορά δείχνει να ξηλώνεται σαν παλιό, κουρελιασμένο πουλόβερ κι η Ελλάδα μπορεί να κοιτάζει με βάσιμη αισιοδοξία το μέλλον. Αυτό ακριβώς το θέμα, θα συζητήσουμε απόψε, με δυο κορυφαίους και

γνωστούς σε όλους σας συναδέλφους μου, τον κύριο Τάσο Τσερκενή και τον κύριο Νίκο Καλαντίρη, είπε στην εισαγωγή της και συνέχισε με τις ερωτήσεις, προς τους καλεσμένους της.

— Κύριε Τσερκενή, αφού σας ευχαριστήσω, που μου κάνατε την τιμή να έρθετε στην εκπομπή μου, θα ήθελα να σας ρωτήσω, αν εσείς έχετε αναμιχθεί ποτέ σε σκάνδαλο, κατέλαβε εξ απήνης τον πρώτο, που ανακάθισε στην καρέκλα του κι έκανε μερικά δευτερόλεπτα, ώσπου να συνέλθει απ' την έκπληξη.

— Εννοείτε, προφανώς, αν έχω ποτέ διερευνήσει δημοσιογραφικά κάποιο σκάνδαλο. Άπειρα! Αυτό άλλωστε το γνωρίζει όλη η Ελλάδα, προσπάθησε έξυπνα κι έντεχνα να αποφύγει την παγίδα ο Τσερκενής και να κερδίσει χρόνο.

— Όχι, εννοώ, αν έχετε αναμιχθεί ποτέ ενεργά σε σκάνδαλο εσείς, με στόχο το δικό σας, προσωπικό συμφέρον.

— Ειλικρινά, δεν μπορώ να καταλάβω, τι σας έκανε να μου υποβάλετε αυτή την ερώτηση, που είναι επιεικώς προσβλητική, είπε ο Τσερκενής, που έδειχνε να έχει χάσει όλη τη γνωστή «μαγκιά» του.

— Οι πληροφορίες μου, κύριε συνάδελφε. Οι πληροφορίες μου λένε ότι είχατε αναμιχθεί, πριν από λίγα χρόνια σ' ένα μεγάλο σκάνδαλο.

— Δεν ξέρω, από πού έχετε αυτές τις πληροφορίες, αλλά είναι προφανώς εντελώς ασύστατες και δεν περίμενα μια δημοσιογράφος, όπως εσείς, που σπουδάσατε κι εργαστήκατε στην Αμερική και μάλιστα με τέτοια επιτυχία, να ενοχοποιεί ένα συνάδελφο, χωρίς κανένα αξιόπιστο στοιχείο. Δηλώνω κατηγορηματικά ότι δεν έχω αναμιχθεί ποτέ σε κανένα σκάνδαλο και το μέτωπό μου είναι πεντακάθαρο, συμπλήρωσε, ανακτώντας την ψυχραιμία του.

— Ποτέ, σε κανένα! επανέλαβε εμφαντικά η Λάγια.

— Ποτέ, σε κανένα!

— Να σας κάνω μια αδιάκριτη ερώτηση;

– *Παρακαλώ, είπε ο Τσερκενής, αλλά με φανερή ανησυχία.*

– *Ποια είναι σήμερα η οικονομική σας κατάσταση;*

– *Τι εννοείτε, ρώτησε αιφνιδιασμένος ο Τσερκενής.*

– *Εννοώ, θα χαρακτηρίζατε τον εαυτό σας φτωχό, εύπορο ή πλούσιο;*

– *Εεε, έκανε αμήχανα ο δημοσιογράφος, όχι, δεν μπορώ να πω ότι είμαι φτωχός...*

– *Σίγουρα όχι. Απλώς τα δικά μου στοιχεία λένε ότι είστε πλούσιος!*

– *Αυτά είναι απόρρητα προσωπικά δεδομένα και δεν ξέρω, πού βρήκατε αυτά τα ασύστατα στοιχεία, αλλά...*

– *Στη φορολογική σας δήλωση βέβαια, τον διέκοψε η Λάγια, που είναι δημόσιο έγγραφο και δεν είναι απόρρητη.*

– *Ωραία, ας πούμε ότι είμαι πλούσιος, παραδέχθηκε απρόθυμα ο Τσερκενής. Πού βρίσκετε εσείς το κακό;*

– *Δεν είπα εγώ ότι είναι κακό. Απλώς θυμήθηκα κάτι που μού είχε πει ο διευθυντής μου στο Rex. «Λάγια, αν δεις ποτέ πλούσιο δημοσιογράφο, είναι από αυτά που ΔΕΝ έγραψε». Έτσι μου είχε πει.*

– *Έξυπνη ατάκα, αλλά δεν βλέπω σε τι αφορά εμένα ή τη συζήτησή μας.*

– *Την αφορά άμεσα, γιατί αποκρύψατε ένα ιδιαίτερα κερδοφόρο σκάνδαλο.*

– *Σας είπα ήδη ότι δεν έχω εμπλακεί ποτέ, σε κανένα σκάνδαλο!*

– *Το άκουσα και το σημείωσα. Πείτε μου τότε, σας παρακαλώ, πώς εξηγείτε αυτή την επιστολή του συναδέλφου σας, κυρίου Νίκου Καλαντίρη, προς τον αείμνηστο Εισαγγελέα, Σταύρο Γκαρέκη; ρώτησε η Λάγια, επιδεικνύοντας στον φακό και δίνοντας μετά στον Τσερκενή μια δακτυλογραφημένη σελίδα.*

Ο Τσερκενής πήρε διστακτικά το έγγραφο στα χέρια του, ενώ ήταν πλέον φανερή η ταραχή του. Την ίδια στιγμή, ο Καλαντίρης, κουνήθηκε ανήσυχος πάνω στην πολυθρόνα του και ψέλλισε:

– Δική μου επιστολή προς τον Εισαγγελέα;

– Μάλιστα, κύριε Καλαντίρη, δική σας, με την υπογραφή σας, φαρδιά– πλατιά, του απάντησε η Λάγια και απευθυνόμενη προς τον Τσερκενή, του είπε: Θέλετε να μας διαβάσετε το περιεχόμενο αυτού του εγγράφου, κύριε Τσερκενή;

– Αυτή η επιστολή είναι πλαστή, συκοφαντική, τα όσα αναφέρει είναι αποκυήματα κάποιας αρρωστημένης φαντασίας και αρνούμαι να της δώσω υπόσταση, διαβάζοντάς την, είπε οργισμένος ο Τσερκενής.

– Καλώς, θα τη διαβάσω εγώ, είπε η Λάγια, και παίρνοντας απ' τα χέρια του Τσερκενή το έγγραφο, το έδειξε στον Καλαντίρη και τον ρώτησε: *Είναι δική σας αυτή η υπογραφή, κύριε Καλαντίρη;*

– Ναι... Μοιάζει με τη δική μου, παραδέχτηκε εκείνος διστακτικά, *αλλά σίγουρα έχει πλαστογραφηθεί.*

– Μοιάζει με τη δική σας, αλλά είστε σίγουρος ότι έχει πλαστογραφηθεί, επανέλαβε η Λάγια. *Το περιεχόμενο της επιστολής σάς θυμίζει τίποτα;*

Ο Καλαντίρης έριξε μια προσποιητή διαγώνια ματιά στο έγγραφο κι είπε:

– Αγαπητή συνάδελφε, ακόμη κι αν –τονίζω– ακόμη κι αν το είχα γράψει εγώ, που δεν το έχω γράψει, πώς είναι δυνατόν να θυμάμαι κείμενα που έγραψα πριν από χρόνια; Εσείς θυμόσαστε δικά σας κείμενα, τα οποία γράψατε πριν από χρόνια; τη ρώτησε ο Καλαντίρης, για να ξεφύγει.

– Αν είναι καταγγελία συναδέλφου, που έχω στείλει στον Εισαγγελέα, ναι!

– Εγώ πάντως, δεν θυμάμαι, επέμεινε ο Καλαντίρης.

– Καλώς, ας διαβάσουμε λοιπόν, τι καταγγέλλατε τότε, που δεν θυμάστε τώρα, είπε η Λάγια, ενώ ο Τσερκενής έριχνε δηλητηριώδη βλέμματα στον Καλαντίρη, που απέφευγε να τον κοιτάξει. *Λέει λοιπόν, επί λέξει,*

αγαπητοί τηλεθεατές, αυτή η επιστολή:

«Κύριε Εισαγγελεύ,

Με την επιστολή μου αυτή θέλω να θέσω υπόψη σας και να ζητήσω την άμεση παρέμβασή σας για την παρακάτω εγκληματική ενέργεια.

Ο δημοσιογράφος, Αναστάσιος Τσερκενής, σε συνεργασία με τον σωφρονιστικό υπάλληλο Σωτήρη Τζερούκα και τον δικαστικό υπάλληλο Κωνσταντίνο Μπαντούγα, πλαστογράφησαν δικαστική εντολή αναστολής της φυλάκισης του βαρυποινίτη, για εμπόριο ναρκωτικών, Ιωάννη Ραρακίδη, γνωστού και με το ψευδώνυμο «Λύκος», έναντι αμοιβής € 150.000. Ο εν λόγω βαρυποινίτης, την επομένη ημέρα της αποφυλάκισής του, πυροβόλησε και δολοφόνησε εν ψυχρώ τον τελούντα εν πενθημέρω αδεία, επίσης βαρυποινίτη και έμπορο ναρκωτικών, Διονύσιο Ντεκέρη, με κίνητρο το «ξεκαθάρισμα προσωπικών λογαριασμών».

Συνημμένως σας υποβάλλω:

– Χειρόγραφα σημειώματα των Σωτήρη Τζερούκα, Ι. Ραρακίδη, και Α. Τσερκενή προς αλλήλους.

– Μαγνητοσκοπημένη σχετική τηλεφωνική στιχομυθία των δύο τελευταίων.

Τα συνημμένα στοιχεία πιστεύω ότι αποδεικνύουν, πέραν πάσης αμφιβολίας, τη διάπραξη του ως άνω εκτεθέντος εγκλήματος.

Μετά τιμής

Νίκος Καλαντίρης»

Αν και καταθορυβημένοι από την ανάγνωση της επιστολής, οι δυο δημοσιογράφοι επέλεξαν να περάσουν στην αντεπίθεση. Δεν είχαν άλλωστε άλλη επιλογή. Πρώτος επιτέθηκε ο Τσερκενής:

– Θα έπρεπε να ντρέπεστε, γι' αυτό το τηλεοπτικό δικαστήριο που στήνετε, που αποτελεί πρακτική ολοκληρωτικών καθεστώτων και θα απαιτήσω την άμεση διαγραφή σας απ' τη δημοσιογραφική ένωση.

Λυπάμαι, λυπάμαι ειλικρινά και σας δηλώνω ότι μόλις βγω απ' αυτό το στούντιο, θα καταθέσω μήνυση για συκοφαντική δυσφήμηση και αγωγή για αποζημίωση, εναντίον όλων όσοι απεργάστηκαν αυτή την ποταπή επίθεση εναντίον μου και λυπάμαι επίσης, που μια συνάδελφος, με τη δική σας φήμη κατασκευάζει λαϊκά δικαστήρια, παραπλανώντας το κοινό.

– Και εγώ, θα προσφύγω φυσικά στη δικαιοσύνη, για την εμπλοκή του ονόματός μου σ' αυτή τη θλιβερή σκευωρία, είπε με τη σειρά του ο Καλαντίρης.

– Είναι απόλυτο κι αναφαίρετο δικαίωμά σας να κάνετε ό,τι νομίζετε καλύτερο, για την υπεράσπιση της τιμής σας, είπε η Λάγια, αλλά προηγουμένως, επιτρέψτε μου να ενημερώσω τους τηλεθεατές μας, για την τύχη αυτής της καταγγελίας. Δυο μέρες λοιπόν, μετά απ' αυτή την έγγραφη καταγγελία του κυρίου Νίκου Καλαντίρη, σε βάρος του συναδέλφου του, κυρίου Τάσου Τσερκενή, ο Εισαγγελέας, αείμνηστος Σταύρος Γκαρέκης, απεβίωσε αιφνίδια από ανακοπή κι ο φάκελος, ως δια μαγείας, εξαφανίστηκε! Τον είχε υπεξαιρέσει ο δικαστικός υπάλληλος, Κώστας Μπαντούγας, ο ένας από τους συνεργούς του κυρίου Τσερκενή, σύμφωνα με την καταγγελία του κυρίου Καλαντίρη, ο οποίος όμως δεν τον κατέστρεψε, αλλά τον πήρε και τον φύλαξε σπίτι του. Πριν από τρεις μήνες, ο Κώστας Μπαντούγας πέθανε και τον φάκελο βρήκε η κόρη του, απ' την οποία και τον πήρε η εκπομπή. Φαντάζομαι δε ότι, όταν με το καλό καταθέσετε τις μηνύσεις και τις αγωγές σας, αυτός ο φάκελος θα είναι ιδιαίτερα ενδιαφέρων και χρήσιμος στις δικαστικές αρχές, στις οποίες έτσι κι αλλιώς θα τον παραδώσω, είπε απευθυνόμενη προς τους δύο καλεσμένους της, με ειρωνικό ύφος.

– Εγώ δεν μένω άλλο, σ' αυτή την κακόβουλη και συκοφαντική στημένη επίθεση εναντίον μου, είπε ο Τσερκενής, ενώ σηκωνόταν κι έβγαζε το μικρόφωνό του απ' το πέτο του. Όσο για σας, κυρία μου, θα μετανιώσετε την ώρα και τη στιγμή, που σκεφθήκατε να τα βάλετε μαζί μου, συμπλήρωσε οργισμένος κι αφού πέταξε με δύναμη το μικρόφωνό του στο πάτωμα, έφυγε.

– *Φοβάμαι ότι ούτε εγώ έχω θέση σ' αυτή τη θλιβερή παράσταση, που στήσατε σε βάρος δυο καταξιωμένων συναδέλφων σας,* είπε ο Καλαντίρης, που σηκώθηκε κι αυτός σχεδόν ταυτόχρονα κι έφυγε.

– *Κυρίες και κύριοι, λυπάμαι ειλικρινά γι' αυτή την εξέλιξη της εκπομπής, αλλά το λάθος δεν είναι δικό μου,* είπε η Λάγια, μιλώντας κατ' ευθείαν στην κάμερα. *Σας ευχαριστώ, που με παρακολουθήσατε και θα τα πούμε την άλλη εβδομάδα, με ένα άλλο εξαιρετικά ενδιαφέρον όπως πάντα θέμα. Να είστε καλά!* συμπλήρωσε, κλείνοντας την εκπομπή.

Τα μάτια της γυάλιζαν απ' τον θρίαμβο. Δεν ήξερε, αν και ποια δικαστική συνέχεια θα είχε η υπόθεση. Ήξερε όμως ότι είχε κατατροπώσει κι εξουδετερώσει και τους δύο αυτούς «αντιπάλους» της, τον ένα ως «εγκληματία» και τον άλλο ως «χαφιέ». Ήξερε επίσης, ότι μετά απ' αυτή την εκπομπή, κανένας δεν θα τολμούσε να τα βάλει μαζί της.

~ ~

25ᵒ ΚΕΦΑΛΑΙΟ

– ... λέω φέτος να δραπετεύσουμε όλοι μαζί!

Το χτύπημα, που είχαν καταφέρει οι «Εννέα» εναντίον της διαφθοράς, ήταν κάτι περισσότερο από αποτελεσματικό. Ο λαός, μετά από πολλά χρόνια, είχε αναθαρρήσει, δήλωνε μέσα απ' τις δημοσκοπήσεις αισιόδοξος κι έδειχνε ν' ανακτά την εμπιστοσύνη του στην πολιτική, η αξιοπιστία της οποίας επί δεκαετίες ήταν σχεδόν μηδενική. Φυσικό αποτέλεσμα αυτής της αλλαγής στάσης του εκλογικού σώματος ήταν, ότι υπερψήφισε την προηγούμενη κυβέρνηση, για να συνεχίσει ουσιαστικά το έργο της κάθαρσης.

Ο Άγγελος ένιωθε απολύτως ικανοποιημένος κι ευτυχής, έχοντας πλήρη συνείδηση της ιστορικής πραγματικά προσωπικής συμβολής του, αλλά και του αισιόδοξου μέλλοντος, που διαγραφόταν για την Ελλάδα. Ένιωθε όμως και πολύ κουρασμένος και σωματικά, απ' την αδιάκοπη, εντατική δουλειά, με δώδεκα έως δεκατέσσερις ώρες την ημέρα, αλλά και ψυχολογικά, τόσο απ' το βαρύ φορτίο ευθύνης όσο και απ' τους κινδύνους, που τον απείλησαν, αλλά κι απ' αυτούς, που μπορούσαν να εμφανιστούν κάθε στιγμή. Επί χρόνια είχε ξεχάσει, τι σημαίνει οικογενειακές διακοπές. Η Λήδα με τα παιδιά πήγαιναν κάπου κάθε καλοκαίρι, αλλά εκείνος τους έβλεπε μόνον ως «επισκέπτης και μόνον όταν κατάφερνε να ξεκλέψει κάποιο Σαββατοκύριακο πού και πού. Έτσι, αποφάσισε εκείνο το καλοκαίρι να πάει διακοπές με τη γυναίκα του και τα παιδιά του.

– Αγάπη μου, λέω φέτος να δραπετεύσουμε και να πάμε όλοι μαζί κάπου για διακοπές, είπε ένα βράδυ στη Λήδα, την ώρα που έτρωγαν. Τι λες;

– Τι λέω; Με ρωτάς; Τι να πω; Όλα τα «ναι» του κόσμου μαζί! είπε χαμογελώντας ευτυχισμένη η Λήδα.

– Ωραία. Ξέρεις, νιώθω λίγο κουρασμένος και κυρίως μου έχετε λείψει πολύ κι εσύ και τα παιδιά μας.

– Όσο κι εσύ σε μας! Και πού λες να πάμε;

– Δεν ξέρω, αγάπη μου, όπου σου κάνει κέφι.

– Μμμ, να σου πω την αλήθεια μου, δεν το είχα σκεφτεί καθόλου, μια και δεν περίμενα ότι θα πηγαίναμε διακοπές μαζί. Τώρα που το λες όμως, μού ήρθε στο μυαλό η Λευκάδα. Όποιος έχει πάει σ' αυτό το νησί, έχει ξετρελαθεί κι η φίλη μας η Ουρανία έχει εκεί ένα μικρό συγκρότημα με πανέμορφες βιλίτσες για τέσσερα έως οκτώ άτομα η κάθε μία, το "Urania Village", και σε λογικές τιμές.

– Ωραία, πάρε τότε την Ουρανία τηλέφωνο και κλείσε μια βιλίτσα για ένα μήνα, από τη μεθεπόμενη εβδομάδα.

– Δηλαδή, θα είμαστε μαζί ένα ολόκληρο μήνα; ρώτησε η Λήδα, με ενθουσιασμό.

– Ε, όχι κι ένα μήνα! Εγώ θα κάτσω δεκαπέντε μέρες και μετά θα πηγαινοέρχομαι. Τώρα που έχουν βάλει κι υδροπλάνα, είναι δυο βήματα από δω.

– Είπα κι εγώ! σχολίασε η Λήδα, με φανερή την απογοήτευση στη φωνή της.

– Ε, να μην είμαστε και πλεονέκτες, αγάπη μου. Αλλά ελπίζω του χρόνου να είναι ένα μήνας ολόκληρος!

Τα σχέδια αυτά όμως, ανατράπηκαν και ματαιώθηκαν από ένα τραγικό γεγονός, που συντάραξε τον Άγγελο. Ο πατέρας του κι η μητέρα του σκοτώθηκαν σε αεροπορικό δυστύχημα, σε πτήση προς την Αθήνα απ' το Μαρόκο, όπου είχαν πάει για διακοπές, ακολουθώντας την παρόμοια μοίρα των γονιών της Λήδας. Χάθηκαν, παίρνοντας μαζί τους το μεγάλο μυστικό, αφού ποτέ δεν είπαν στον γιο τους ότι τον είχαν υιοθετήσει.

Ήταν η πρώτη φορά, που ο Άγγελος βρισκόταν αντιμέτωπος με τον θάνατο αγαπημένων του προσώπων κι ήταν η πρώτη φορά στη ζωή του, που ένιωσε να λυγίζει. Παρά την παροιμιώδη δύναμη του χαρακτήρα του και παρά την ευτυχισμένη οικογένεια, που είχε φτιάξει με τη Λήδα, αυτός ο απότομος απορφανισμός τον γέμισε με μια απέραντη, καταλυτική μοναξιά. Αν και πολύ ώριμος και έμπειρος πια, δεν είχε συνειδητοποιήσει μέχρι τότε την απολυτότητα του θανάτου, γιατί δεν είχε περάσει ποτέ από δίπλα του. Η αίσθηση του απόλυτου τέλους του ισχυρού βιολογικού, αλλά κυρίως ψυχικού δεσμού με τους γονείς του, του γεμάτου αγάπη, τρυφερότητα και φροντίδα τον σπάραξε.

Τριγύριζε στο σπίτι των γονιών του, κλαίγοντας βουβά, με άδειο μυαλό και καρδιά, ψάχνοντας λες να βρει ίχνη ζωής, που θα διέψευδαν τον χαμό τους. Κοίταζε τις φωτογραφίες τους, έψαυε τα προσωπικά αντικείμενά τους κι όταν αντίκρισε τα γυαλιά του πατέρα του, πάνω στο γραφείο του, κρατήθηκε από την πολυθρόνα και ξέσπασε σε γοερούς λυγμούς. Αυτά τα γυαλιά, χωρίς το πολυαγαπημένο πρόσωπο πίσω τους, ίδια μάτια, άδεια από το χθες, το σήμερα και το αύριο, ήταν το πιο αυθεντικό απομεινάρι μιας χαμένης ζωής. Τα πήρε ευλαβικά και τα φόρεσε κι οι φακοί τους θάμπωσαν απ' τα δάκρυά του, ενώ το κορμί του συνταρασσόταν από λυγμούς. Κάθισε εξουθενωμένος στην πολυθρόνα του πατέρα του κι επιστρατεύοντας όλη τη δύναμη του μυαλού του, προσπάθησε να επιβληθεί στην καρδιά του. Σιγά–σιγά ηρέμησε κι αποκαμωμένο τον πήρε ο ύπνος, εκεί, στην πολυθρόνα, με τα γυαλιά του πατέρα του στα μάτια του…

Το χτύπημα όμως ήταν πολύ ισχυρό και για τη Λήδα, που, εκτός του ότι αγαπούσε πολύ τα πεθερικά της, ο χαμός των γονιών του Άγγελου με παρεμφερή τραγικό τρόπο, που είχαν χαθεί κι οι δικοί της, ξαναζωντάνεψε τις μνήμες της τραγωδίας, που είχε ζήσει. Αλλά και για τα παιδιά, που είχαν μεγάλη αδυναμία στον μοναδικό παππού και τη μοναδική γιαγιά τους, η απώλειά τους ήταν και η πρώτη πολύ οδυνηρή επαφή τους με τον θάνατο.

Στην κηδεία, που παρακολούθησαν εκατοντάδες άνθρωποι, είχαν στείλει στεφάνι ο Πρόεδρος της Δημοκρατίας, ο Πρωθυπουργός, ο Πρόεδρος της Βουλής, ο Υπουργός Δικαιοσύνης, πολλοί υπουργοί της κυβέρνησης, αρχηγοί κομμάτων και βουλευτές, η ηγεσία του Αρείου Πάγου, οι οκτώ από την Ομάδα των Εννέα, πολλοί φίλοι και γνωστοί του Άγγελου και της Λήδας και αρκετοί άγνωστοι.

Εντύπωση έκανε στον Άγγελο, δυο μέρες αργότερα, όταν κοιτάζοντας μαζί με τη Λήδα τις κάρτες και τον κατάλογο του νεκροταφείου, με τα ονόματα αυτών που είχαν στείλει στεφάνια ή/και είχαν παραστεί στην κηδεία, είδε και το όνομα Λάγια Βακρίδη, που είχε στείλει στεφάνι. Τη γνώριζε βέβαια απ' την τηλεοπτική παρουσία της κι είχε ακούσει πολλά επαινετικά σχόλια γι' αυτή, αλλά δεν είχε ποτέ την παραμικρή επαφή μαζί της.

– Περίεργο! σκέφτηκε φωναχτά. *Η Λάγια Βακρίδη, η δημοσιογράφος, που ούτε την ξέρω ούτε με ξέρει, έστειλε στεφάνι. Μάλλον ρίχνει γέφυρες, για μελλοντική επαγγελματική αξιοποίηση.*

– Μήπως είναι λίγο βιαστική κι άδικη η ετυμηγορία σου, αγάπη μου; σχολίασε η Λήδα.

– Μπορεί να 'χεις και δίκιο. Συχνά άλλωστε πέφτω θύμα της επαγγελματικής διαστροφής μου, που ψάχνει πάντα να ανακαλύψει υπόγεια κίνητρα. Από την άλλη όμως, δεν υπάρχει εύκολη εξήγηση αυτής της χειρονομίας.

– Υπάρχει και θα στην πω εγώ. Διαβάζοντας τον κατάλογο, πόσα ονόματα αγνώστων μας βρήκαμε; Όλοι αυτοί έχουν κάποιο ύποπτο ή ιδιοτελές κίνητρο ή μήπως απλώς είναι άνθρωποι, που θέλουν μ' αυτόν τον τρόπο να σου δείξουν την εκτίμησή τους και την ευγνωμοσύνη τους, για όσα έχεις κάνει μέχρι σήμερα;

– Χμ... Ναι, μπορεί και να έχεις δίκιο. Και μ' έκανες να ντρέπομαι κι από πάνω για τη «βιαστική κι άδικη» όπως είπες, ετυμηγορία μου.

Μια βδομάδα μετά την κηδεία, ο Άγγελος είπε στη Λήδα.

– Κοίτα, κυρά μου, μεθαύριο θα κάνουμε τα εννιάμερα των γονιών μου. Λέω να πάρεις πάλι τηλέφωνο τη φίλη σου την Ουρανία και να ξανακλείσεις τη βιλίτσα που ακύρωσες –αν βέβαια υπάρχει ακόμη– για την επόμενη εβδομάδα. Είμαι βέβαιος ότι κι εκείνοι αυτό θα ήθελαν...

– Ναι, έχεις δίκιο, γιατί και τα παιδιά είναι πολύ στενοχωρημένα κι εσύ το έχεις τώρα ακόμη περισσότερο ανάγκη, για να ξεκουραστείς και να ξεδώσεις. Θα την πάρω τώρα αμέσως κιόλας.

~ ~

26º ΚΕΦΑΛΑΙΟ

–... η παρουσία σας με τιμεί ακόμη πιο περισσότερο!

Τρεις μήνες μετά από εκείνη τη σημαδιακή εκπομπή, εκδικάστηκαν οι μηνύσεις του Τ. Τσερκενή και του Ν. Καλαντίρη, σε βάρος της Λάγιας. Το δικαστήριο, λόγω συνάφειας, εκδίκασε παράλληλα την υπόθεση της πλαστογραφίας, που είχε οδηγήσει στην αποφυλάκιση του βαρυποινίτη, έμπορου ναρκωτικών. Η Λάγια αθωώθηκε πανηγυρικά κι ο Τ. Τσερκενής οδηγήθηκε στις φυλακές, ενώ ο Καλαντίρης στιγματίστηκε επίσημα ως «χαφιές» και μάλιστα εναντίον συναδέλφου του και διαγράφηκε από την Ένωση Δημοσιογράφων.

Οι μετοχές της εκτοξεύθηκαν ακόμη πιο ψηλά μετά από αυτή τη δίκη κι απέκτησε νέους ακόμη πιο φανατικούς οπαδούς και φίλους σ' ολόκληρη την Ελλάδα, αλλά και περισσότερους ορκισμένους εχθρούς της από το σινάφι της. Όλοι όσοι είχαν πέσει θύματα του Τ. Τσερκενή και γενικά της μιντιοκρατικής και δημοσιογραφικής εξουσίας, ασυδοσίας και αλαζονείας –διάσημοι και μη, γνωστοί παράγοντες της ελληνικής ζωής και άγνωστοι, απλοί πολίτες– έβλεπαν στο πρόσωπό της τον δικό του ο καθένας, προσωπικό «εκδικητή». Απ' την άλλη πλευρά όμως, η δημοσιογραφική κοινότητα την έβαλε σε μια σιωπηλή και άτυπη καραντίνα. Η «Νεοϋρκέζα» είχε τολμήσει να σπάσει την ατσάλινη αρχή της «κάστας», σύμφωνα με την οποία «κόρακας κοράκου μάτι δεν βγάζει» κι αυτό δεν μπορούσε να περάσει ατιμώρητα. Κανείς δεν μέτρησε το γεγονός, ότι, πριν από την «επίθεσή» της, είχε υποστεί η ίδια επιθέσεις απ' τους δυο συναδέλφους της.

Η πίεση αυτού του ιδιότυπου «αποκλεισμού» της απ' το δημοσιογραφικό συνδικάτο γινόταν όλο και πιο έντονη, κάθε μέρα που περνούσε. Στην αρχή ήταν υπαινιγμοί. Μετά ακολούθησαν ανοιχτές επιθέσεις, που συνοδεύονταν από απειλητικά μηνύματα. Η Λάγια ούτε καν ίδρωσε! Απλώς, άρχισε να προετοιμάζει τη δεύτερη φάση του σχεδίου της, που ήταν η αγορά δικού της καναλιού. Αυτή θα ήταν κι η ολοκληρωμένη «εκδίκησή» της, για όλους όσοι είχαν τολμήσει να τα βάλουν μαζί της. «Θα κάνω όλους αυτούς τους κυρίους και τις κυρίες να σέρνονται στα πόδια μου, για μια θέση στο κανάλι μου κι αργότερα –γιατί όχι; – στον ραδιοφωνικό σταθμό μου και στην εφημερίδα μου», σκεφτόταν.

Έτσι, άρχισε να ερευνάει μεθοδικά την αγορά των καναλιών. Ήθελε να βρει ένα κανάλι, που δεν θα είχε κακή εικόνα στη συνείδηση του τηλεοπτικού κοινού, γιατί ήξερε καλά ότι πολύ δύσκολα αλλάζεις την κακή εικόνα ενός «προϊόντος» κι ότι, ακόμη κι αν τα καταφέρεις, θα σου κοστίσει κι ο κούκος αηδόνι και σε χρόνο και σε χρήμα. Δεν ήθελε όμως ούτε και κάποιο μεγάλο και πολύ προβεβλημένο κανάλι, γιατί πάλι θα έπρεπε να πληρώσει τον κούκο αηδόνι, για να το αγοράσει. Τελικά, μετά από επισταμένες έρευνες, που περιελάμβαναν και μεθόδους «επιχειρηματικής κατασκοπίας», κατέληξε σ' ένα μικρό, νοικοκυρεμένο οικονομικά κανάλι, το «Ζήτα TV», με αδιάφορη εικόνα, στο ελάχιστο άλλωστε κοινό, που το έβλεπε.

Θέμα κεφαλαίων για την αγορά των παγίων και ρευστότητας για τη λειτουργία του καναλιού δεν υπήρχε. Είχε δημιουργήσει ένα καλό αποθεματικό απ' τη δουλειά της στην Αμερική κι είχε και μια διόλου ευκαταφρόνητη περιουσία εδώ, απ' την κληρονομιά της μητέρας της. Το σημαντικότερο όμως, ήταν ότι το Rex είχε κατ' αρχήν αποδεχτεί πρότασή της να συμμετέχει επιχειρηματικά στο κανάλι της. Αυτό, εκτός από την οικονομική σιγουριά, θα της εξασφάλιζε πρόσθετο κύρος στο κανάλι της και μια σημαντική βοήθεια στον τομέα της τεχνογνωσίας, σε μια εποχή μάλιστα, που το σκηνικό της τηλεόρασης άλλαξε με γρήγορους ρυθμούς, σε παγκόσμια κλίμακα.

Μετά ήρθε η σειρά των διαπραγματεύσεων με το «Ζήτα TV». Ο ιδιοκτήτης του, Αριστείδης Μεταράς, ήταν ένας τυπικός ελληναράς, άξεστος, παμπόνηρος και καπάτσος, που ζούσε με μαύρο χρήμα, από παράνομες χαρτοπαικτικές λέσχες, άλογα στον ιππόδρομο και μαγαζιά της νύχτας. Είχε στήσει αυτό το κανάλι, σχεδόν σαν παγίδα, για να πιάσει κάποια στιγμή το μεγάλο ψάρι, πουλώντας το την κατάλληλη στιγμή και κάνοντας τη «μεγάλη μπάζα». Οι εγκαταστάσεις του κι ο εξοπλισμός του ήταν στοιχειώδεις, ίσα–ίσα, για να εκπέμπει μια αξιοπρεπή εικόνα. Το μισθολογικό κόστος του προσωπικού του ήταν σχεδόν μηδενικό, γιατί με την εξαίρεση τριών–τεσσάρων «επαγγελματιών» και αυτών τρίτης διαλογής, οι υπόλοιποι, που ήταν είτε νέα παιδιά, που ήθελαν ν' αποκτήσουν κάποια εμπειρία, για να πάνε μετά σ' άλλο κανάλι είτε «ψώνια», που ήθελαν να «πουλάνε μούρη» στους συγγενείς και τους γνωστούς τους, ως «αστέρες της τηλεόρασης», δούλευαν δωρεάν. Τα έσοδα του καναλιού προέρχονταν κυρίως από εκπομπές με ανόητους «δήθεν» διαγωνισμούς, μέσω των χρυσοφόρων τηλεφωνημάτων στο 090 και μηνυμάτων από κινητά, από εκπομπές «τηλεμάρκετινγκ» και κάποιες ψιλοδιαφημίσεις από περιφερειακές επιχειρήσεις και μαγαζάκια. Το αξιοσημείωτο είναι ότι το κανάλι αυτό άφηνε κάποια μικρά κέρδη, αφού το κόστος λειτουργίας του ήταν μηδαμινό.

Τίποτα απ' όλα αυτά βέβαια δεν ενδιέφερε τη Λάγια. Το μόνο που θα κρατούσε απ' αυτό το κανάλι, ήταν το καβούκι του, η άδεια της συχνότητάς του. Έκλεισε λοιπόν ραντεβού και πήγε να συναντήσει τον κύριο Αριστείδη Μεταρά. Βρέθηκε σ' ένα αρχοντοχωριάτικο γραφείο, με παλιομοδίτικα βαριά, ετερόκλητα έπιπλα, κόκκινες βελούδινες κουρτίνες στο μοναδικό παράθυρο, καπιτονέ πόρτα ντυμένη με καφέ δερματίνη και χρυσά «κουμπιά», τρεις πίνακες ζωγραφικής, της συμφοράς, ένα βαρύ πολυέλαιο, που θα ταίριαζε σε εκκλησία κι ένα πλαστικό, φωτεινό συντριβανάκι που άλλαζε χρώματα, πάνω στο γραφείο του ιδιοκτήτη! Την υποδέχθηκε μ' εκείνη την περισσή και υπερβολική ευγένεια και κολακεία, που επιστρατεύουν οι πονηροί, για να ρίξουν το θύμα τους. Προφανώς δεν είχε ιδέα, με ποια είχε να κάνει ή αν ήξερε, την είχε υποτιμήσει.

– Καλωσορίζω στο ταπεινό γραφείο μου το αστραφτερό αστέρι της Νέας Υόρκης, είπε ενώ σηκωνόταν απ' τη θέση του και πηγαίνοντας προς το μέρος της Λάγιας, χτύπησε μπροστά της τα τακούνια του, σαν λοχαγός

των Ες – Ες, έκανε μια αδέξια υπόκλιση, πήρε το χέρι της και κόλλησε ανοιχτά τα χείλια του πάνω του, κάνοντάς τη ν' ανατριχιάσει απ' τα σάλια, που άφησε.

– *Καλή σας μέρα, κύριε Μεταρά, είπε ξερά, τραβώντας το χέρι της.*

– *Σκέτο Αριστείδης, κυρία μου και Αρίστος για τους φίλους, όπως εσείς. Τι μπορώ να προσφέρω στην υπέροχη κυρία, που τιμεί με την παρουσία της αυτόν τον χώρο;*

– *Ένα ελληνικό σκέτο καφέ, σας παρακαλώ, είπε η Λάγια, που σημείωσε* το βάρβαρο «τιμεί» και αγνόησε φυσικά την πρόσκληση οικειότητας του Αρίστου.

– *Η επιθυμία σας διαταγή, κυρία μου, είπε ο Μεταράς και, σηκώνοντας* το εσωτερικό τηλέφωνο, είπε στη γραμματέα του: *Λούλα, παρήγγειλε αμέσως ένα σκέτο ελληνικό καφέ για την εξέχοντα επισκέπτριά μας* και γυρνώντας προς τη Λάγια, συνέχισε το αηδιαστικό γλείψιμό του. *Ξέρετε, όταν εσείς κυρία μου γράφατε ιστορία σ' ένα απ' τα μεγαλύτερα κανάλια, εγώ ήμουνα ακόμη πάνω στο δέντρο, γι' αυτό κι η παρουσία σας με τιμεί ακόμη πιο περισσότερο!*

«Κι ακόμη δεν κατέβηκες από το δέντρο», είπε μέσα της, σημειώνοντας τα καινούργια μαργαριτάρια του Μεταρά.

– *Κύριε Μεταρά, σας ευχαριστώ πολύ που με δεχθήκατε αμέσως και για τις φιλοφρονήσεις σας και θα πρότεινα να μπούμε κατ' ευθείαν στο θέμα μας.*

– *Βεβαίως! Όπως θέλετε. Εδώ, όπως θα έχετε πληροφορηθεί, έχουμε ένα διαμαντάκι. Όχι που να το παινευτώ δηλαδής, αλλά το έστησα με ιδρώτα και αίμα. Εγώ προσωπικώς το αγαπάω πάρα πολύ, γιατί πολύ το γουστάρω. Το έχω σαν παιδί μου, που λέει ο λόγος. Είμαι όμως ένας φτωχός βιοπαλαιστής και δεν μπορώ να τα βγάλω πέρα με τα μεγαθήρια. Όπως ξέρετε, η κοινωνία είναι σκληρά, αξιότιμος κυρία, κι εγώ είμαι αναγκασμένος ν' αποχωριστώ με πόνο το παιδί μου για το δικό του καλό, όπως θα έκανε κάθε αγαπητικός γονιός. Είπα λοιπόν στον εαυτό μου: «Αρίστο, κάνε την καρδιά σου πέτρα κι άμα βρεις μια καλή τιμούλα, πούλα»!*

– Μάλιστα, καταλαβαίνω τον γονεϊκό πόνο σας...

– Πώς το 'πατε αυτό; τη διέκοψε ο Μεταράς. *«Γονεϊκό πόνο», ωραίο, πολύ μου άρεσε.*

– Ναι... Λοιπόν, σας καταλαβαίνω και θα ήθελα να μάθω, ποια είναι αυτή η «καλή τιμούλα».

– Κοιτάξτε, εσείς τώρα, είσαστε μανούλα σ' αυτά. Σας είπα εδώ έχουμε ένα διαμαντάκι. Θέλετε να σας περιοδεύσω δυο λεπτά, να το δείτε με τους ίδιους σας τους ωραίους οφθαλμούς;

– Όχι, δεν είναι ανάγκη. Πείτε μου μόνο την τιμή.

– Κι εκτός που είναι διαμαντάκι, το αγαπάω. Το αγαπάω πολύ, σαν παιδί μου, που λέει ο λόγος...

– Ναι, κύριε Μεταρά, μου τα είπατε αυτά, τον διέκοψε η Λάγια, που είχε αρχίσει να χάνει την υπομονή της. *Την τιμή πείτε μου, για να προχωρήσουμε.*

– Εσείς, τι θα δίνατε;

«Α, δεν θα ξεμπερδέψω εύκολα μ' αυτόν», σκέφτηκε και διατηρώντας ακόμη την ψυχραιμία της, του είπε:

– Ξέρετε, κύριε Μεταρά, συνηθίζεται σε όλες τις συναλλαγές, αυτός που πουλάει να καθορίζει την τιμή κι ο αγοραστής να την αποδέχεται ή όχι.

– Ναι, έτσι είναι, αλλά εδώ δεν είμαστε ξένοι. Πατριωτάκια και συναδέλφοι είμαστε, θα τα βρούμε. Γι' αυτό λέω, πείτε μου εσείς πρώτη μια τιμή κι εγώ θα κάνω το πιο περισσότερο καλυτερότερο.

– Ακούστε, κύριε Μεταρά, δεν προχωράει έτσι η δουλειά. Πείτε μου μια τιμή, για να τελειώνουμε, γιατί ξέρετε, υπάρχουν κι άλλα κανάλια, που πουλιούνται!

Στο άκουσμα της τελευταίας φράσης της, ο Μεταράς ταράχτηκε και παρά την πονηριά του, δεν κατάφερε να το κρύψει.

– Ε, δεν είπαμε κι έτσι, κυρία Βακρίδη μου! Αφού όμως επιμένετε κι

επειδή φαίνεται ότι το κατέχετε το παίγνιον, το διαμαντάκι, που λέγαμε τιμάται ευρώ εννεακοσίας χιλιάδας.

– Πόσο; ρώτησε η Λάγια, που δεν μπόρεσε να συγκρατήσει ένα ειρωνικό γελάκι.

– Γιατί γελάτε, κυρία Λάγια μου; Τι είναι την σήμερον ημέραν εννιακόσες χιλιάδες ευρώ; Ούτε μια βιλίτσα της προκοπής δεν παίρνεις.

– Τρακόσες χιλιάδες!

– Τι, τρακόσες χιλιάδες;

– Τόσα έχω, τόσα δίνω! απάντησε εκείνη ξερά.

– Με σφάζετε, κυρία μου. Τρακόσες χιλιάδες για το παιδί μου; Τρακόσες χιλιάδες γι' αυτό το διαμαντάκι; Άντε, επειδή σας συμπάθησα, να μοιράσουμε τη διαφορά. Εξακόσες χιλιάδες μόνον!

– Κύριε Μεταρά, τρακόσες χιλιάδες είναι η τελευταία μου προσφορά. Ούτε ένα ευρώ παραπάνω, είπε η Λάγια, που έκανε μια κίνηση να σηκωθεί απ' την πολυθρόνα της.

– Μισό, κυρία Βακρίδη, μισό λεπτό. Καθίστε, παρακαλώ. Είσαστε πολύ σκληρή όμως, μαντάμ, ε; Λοιπόν, τετρακόσες χιλιάδες, είπε ο Μεταράς, τείνοντας το χέρι του προς τη Λάγια.

– Τρακόσες πενήντα και σε καλή μεριά! είπε η Λάγια, απλώνοντας κι εκείνη το χέρι της και σφίγγοντας το χέρι του Μεταρά.

– Τζάμπα μου το παίρνετε το παιδί μου, αλλά τι να κάνω, που σάς συμπάθησα! Να μου το προσέχετε όμως, ε;

– Ναι, κύριε Μεταρά, θα σας το προσέχω. Μείνετε ήσυχος.

– Ωραία! Και τώρα που τα συμφωνήσαμε, να σας περπατήσω το βράδυ σ' ένα δικό μου μαγαζί, για να το βρέξουμε;

– Ευχαριστώ πολύ, αλλά δυστυχώς έχω άλλη υποχρέωση. Θα σας τηλεφωνήσει αύριο ο δικηγόρος μου, για να κανονίσετε τη μεταβίβαση.

– Καλώς, Όπως επιθυμείτε. Αλλά, πολύ σκληρή, τζιέρι μου!

Έμεινε απολύτως ικανοποιημένη απ' το παζάρι και το αποτέλεσμα. Στον προϋπολογισμό της είχε βάλει πεντακόσιες χιλιάδες για την αγορά άδειας καναλιού, γιατί βέβαια απ' το «διαμαντάκι» του Αρίστου, μόνον η άδεια θα έμενε. Κι επειδή, κατά κανόνα και σχεδόν χωρίς εξαίρεση, στους προϋπολογισμούς έχει τη μόνιμη συνήθεια να διογκώνεται η στήλη των δαπανών, αυτή η εξοικονόμηση εκατόν πενήντα χιλιάδων ήταν σημαντική.

Αμέσως μετά την απόκτηση της άδειας του «Ζήτα TV», άρχισε να βολιδοσκοπεί τεχνικούς και δημοσιογράφους για τη στελέχωση του καναλιού. Τα τρία μεγάλα όπλα της, στην προσέλκυση ικανών και άξιων στελεχών ήταν η σύμπραξη του Rex, η δική της προσωπική αίγλη και –κυρίως– η υπόσχεση υψηλών αμοιβών, μαζί με συμμετοχή των βασικών στελεχών στα κέρδη του καναλιού. Ο κατάλογος αυτών, που αποδέχονταν την πρότασή της, μεγάλωνε σταθερά μέρα με τη μέρα και γρήγορα είχε στα χέρια της ένα οργανόγραμμα, με γεμάτα όλα τα σημαντικά «κουτάκια» των αρμοδίων και υπευθύνων του κάθε τομέα, από τους Διευθυντές Ειδήσεων, Προγράμματος, Μάρκετινγκ, Διαφήμισης, Ροής, Ψυχαγωγικού Προγράμματος, και Δημοσίων Σχέσεων, έως τους επιδέξιους και έμπειρους σκηνοθέτες, ηχολήπτες, σκηνογράφους, βασικούς κάμεραμέν και μοντέρ, δημοσιογράφους και παρουσιαστές, που όλοι «λογοδόθηκαν» πρόθυμα για συνεργασία μαζί της.

~ ~

27ο ΚΕΦΑΛΑΙΟ

– Σου έχουν κάνει μάγια!

Το «Ζήτα TV» της Λάγιας μπήκε πολύ δυναμικά στην ελληνική τηλεοπτική αρένα κι απ' τους πρώτους μήνες άρχισε να κερδίζει πρωτιές στις μετρήσεις τηλεθέασης, κυρίως με τα Δελτία Ειδήσεων και την εκπομπή της «Η εξουσία απολογείται», πού έσπαγε το ένα μετά το άλλο τα ρεκόρ των ενημερωτικών εκπομπών.

Το κεντρικό Δελτίο Ειδήσεων της «Ζήτα TV» στις οκτώ το βράδυ, στηριγμένο πάνω σε αγγλοσαξονικό πρότυπο, είχε καθαρά ειδησεογραφική δομή. Πρώτα παρουσίαζε τις κυριότερες ειδήσεις, ανάλογα με το βάρος τους και ανεξαρτήτως γεωγραφικής προέλευσης. Ακολουθούσαν οι ελληνικές ειδήσεις, πάλι με αυστηρή ιεράρχηση, με βάση την εσωτερική αξία τους κι όχι τον εντυπωσιασμό και μετά οι διεθνείς. Εκτός από αυτό όμως, εισήγαγε και τρεις πρωτοτυπίες. Η πρώτη ήταν ότι οι ειδήσεις ήταν «ειδήσεις», χωρίς σχολιασμό ούτε άμεσο ούτε παραπλανητικά έμμεσο, με τη βοήθεια του μοντάζ, των ήχων ή και της μουσικής. Η δεύτερη ήταν, ότι μετά το κυρίως Δελτίο, ακολουθούσε ένα άλλο, με ανάλαφρες καλλιτεχνικές και κοσμικές ειδήσεις και αξιοπερίεργα απ' όλον τον κόσμο, βασική πηγή του οποίου ήταν το συνεργαζόμενο μαζί της Rex. Και η τρίτη ήταν, ότι ακολουθούσε ένα σύντομο, τρίλεπτο περίπου σχόλιο για το επίκαιρο θέμα της ημέρας, από διαφορετικό συντάκτη του καναλιού κάθε μέρα. Αυτό όμως, που έκανε το Δελτίο της «Ζήτα TV» να πάρει γρήγορα κεφάλι στις μετρήσεις, ήταν ότι είχε μια αξιοθαύμαστη αντικειμενικότητα. Δεν χαριζόταν σε κανένα κόμμα ή πολιτικό και δεν δίσταζε αυτούς που επέκρινε τη μία μέρα για κάποια λάθη τους, να τους επαινέσει την επομένη, για κάτι θετικό που είχαν κάνει, με το καταληκτικό σχόλιο του Δελτίου.

Οι διαφημιστές κι οι διαφημιζόμενοι έδειξαν γρήγορα την εμπιστοσύνη τους στο «Ζήτα TV» και με σωστή και νοικοκυρεμένη διαχείριση, το κανάλι άρχισε να αφήνει κέρδος από τον δεύτερο κιόλας χρόνο λειτουργίας του, όταν όλα τα άλλα, *πολύ παλιότερα και μεγαλύτερα,* ήταν συνεχώς ζημιογόνα. *Σ' αυτό είχε βοηθήσει πάρα πολύ η τεχνογνωσία, που έπαιρνε συνεχώς απ' το Rex, όχι μόνον σε καθαρά τεχνικά τηλεοπτικά θέματα, αλλά και σε οργανωτικά και οικονομικά ζητήματα.*

Το επόμενο βήμα της ήταν το στήσιμο της ιστοσελίδας του καναλιού, αλλά και του ραδιοφωνικού σταθμού που αγόρασε και που τον βάφτισε «Ζήτα Radio» και τον έστησε στο πρότυπο του καναλιού της, αλλά σε ραδιοφωνική εκδοχή φυσικά. Και αυτό το εγχείρημά της αποδείχτηκε γρήγορα επιτυχημένο. Η ιστοσελίδα της άρχισε γρήγορα να κατακλύζεται από επισκέπτες και συνακόλουθα από διαφημίσεις και το «Ζήτα Radio» άρχισε να υποσκελίζει σε ακροαματικότητα παλιούς και καθιερωμένους ειδησεογραφικούς ραδιοσταθμούς και τον τρίτο χρόνο της λειτουργίας του φιγουράριζε πρώτος στην κατηγορία του.

Στα επόμενα τρία χρόνια, αγόρασε τρεις ημερήσιες εφημερίδες, μία πρωινή, μία απογευματινή, και μία αθλητική και δύο περιοδικά, ένα γυναικείο κι ένα ανδρικό. Και τα πέντε αυτά έντυπα μέσα ενημέρωσης είχαν φυσικά και τις αντίστοιχες διαδραστικές ιστοσελίδες τους στο διαδίκτυο. Τίποτα απ' όλα αυτά όμως, δεν έγινε συμπτωματικά ή βιαστικά και πρόχειρα. Κάθε εξαγορά της ήταν προσεκτικά σχεδιασμένη, με επαγγελματισμό, σύνεση και τόλμη και με βάση επιστημονικές έρευνες αγοράς, τεκμηριωμένες οικονομοτεχνικές μελέτες, συγκεκριμένη στρατηγική και χρονοδιάγραμμα και ποτέ δεν έκανε ένα βήμα, αν δεν είχε κατοχυρώσει και σιγουρέψει την επιτυχία του προηγούμενου.

Η κοινή γνώμη άρχισε να μιλάει για την ελληνίδα «θηλυκή

Μπερλουσκόνι», διαισθανόμενη ότι η Λάγια είχε τελικό στόχο την πολιτική. Αυτή η προοπτική όμως, δεν αποτελούσε στόχο της και δεν είχε περάσει ποτέ απ' το μυαλό της ούτε σαν απλή σκέψη.

Ζούσε και ρούφαγε μ' όλες τις αισθήσεις της το «παραμύθι» της «Βασίλισσας των Μέσων Ενημέρωσης», που είχε δημιουργήσει εντελώς μόνη της. Απολάμβανε κάθε στιγμή της επαγγελματικής επιτυχίας της, της δύναμης και του πλούτου της και δεν ήθελε και δεν χρειαζόταν τίποτ' άλλο. Ξαφνικά, κάτω απ' αυτόν τον αίθριο ουρανό της, άρχισαν να εκδηλώνονται μικρές και μεγάλες θύελλες, με τη μορφή μιας σειράς περίεργων, δυσεξήγητων, για τη μορφή και τη συχνότητα αλληλουχίας τους, συνεχών ατυχιών, χωρίς καμιά προφανή λογική εξωτερική αιτία.

Το πρώτο δραματικό περιστατικό συνέβη στο κανάλι της. Το Συνεργείο Εξωτερικών Μεταδόσεων του «Ζήτα TV», που κάλυπτε ένα βράδυ επεισόδια αναρχικών, στην περιοχή των Εξαρχείων, έγινε παρανάλωμα της φωτιάς, από τρεις μολότοφ ταυτόχρονα. Το τραγικό ήταν ότι οι μολότοφ έπεσαν μέσα στο αυτοκίνητο κι οι τρεις απ' τους τέσσερις τεχνικούς κάηκαν ζωντανοί, ενώ ο τέταρτος υπέστη εκτεταμένα σοβαρά εγκαύματα, καθώς, μέσα σε ελάχιστα δευτερόλεπτα, λόγω των εξαιρετικά εύφλεκτων υλικών του βαν, δημιουργήθηκε κόλαση φωτιάς και μικροεκρήξεων.

Την ώρα της οδύνης, του σοκ και της ταραχής, που επικράτησε στο κανάλι, όταν μαθεύτηκε το τραγικό γεγονός, η Λάγια, ενώ κατέβαινε σχεδόν τρέχοντας από τον τέταρτο στον τρίτο όροφο, στραβοπάτησε, έπεσε κι έσπασε δυο μπροστινά δόντια και το χέρι της στον αγκώνα. Το σπάσιμο ήταν άσχημο και χρειάστηκε να υποβληθεί σε εγχείρηση και οστεοσύνθεση με τρία καρφιά, για να δέσει η άρθρωση.

Τρεις εβδομάδες αργότερα, η οικιακή βοηθός της έβαλε φωτιά στην κουζίνα, με τον κλασικό τρόπο: ξέχασε τις πατάτες, που τηγάνιζε πάνω στο μάτι της κουζίνας, το λάδι άναψε και μετέδωσε τη φωτιά στον απορροφητήρα. Ευτυχώς, η πυροσβεστική έφτασε γρήγορα κι η φωτιά κατέστρεψε μόνο την κουζίνα.

Ακολούθησε, λίγες μέρες αργότερα, ένα περίεργο ατύχημα με το αυτοκίνητό της στην Αττική Οδό. Ένα φορτηγό, που προπορευόταν, είχε μαγκώσει ανάμεσα στους πίσω δεξιούς διπλούς τροχούς του μια πέτρα, την οποία κι εκτόξευσε κάποια στιγμή, κάνοντας το παρ–μπριζ της θρύψαλα. Παρά το σοκ, κατάφερε να κρατήσει το αυτοκίνητό της στον δρόμο, το οδήγησε προσεκτικά στη δεξιά λωρίδα ασφαλείας και σταμάτησε, χωρίς ευτυχώς να τραυματιστεί, ενώ σκεπτόταν ότι παρά τρίχα κι εντελώς συμπτωματικά γλίτωσε απ' του χάρου τα δόντια. Η σειρά όμως αυτών των «περίεργων», συνεχών ατυχιών δεν είχε τελειώσει. Κάποιος φόλιασε το υπέροχο Χάσκι της κι η ίδια έπεσε στο κρεβάτι με ψηλό πυρετό και ουρολοίμωξη.

Η φίλη της Μαριλένα, που ζούσε από κοντά αυτές τις αναποδιές, που συνέβησαν όλες μαζί μέσα σ' ένα μήνα, της είπε, όταν πήγε να τη δει:

– *Βρε, Λάγια μου, δεν εξηγούνται όλα αυτά που σου συμβαίνουν μαζεμένα τον τελευταίο καιρό.*

– *Είδες, βρε μάτια μου, σαν να μ' έχει μουντζώσει κάποιος...*

– *Αυτό ακριβώς λέω κι εγώ. Ότι κάποιος σ' έχει μουντζώσει κι ότι πρέπει κάτι να κάνεις γι' αυτό.*

– *Σαν τι να κάνω, δηλαδή Μαριλένα μου; Να ψάξω να τον βρω και να τον μουντζώσω κι εγώ;*

– *Γνωρίζω μία κυρία, που ξέρει πολύ καλά, τι να κάνει σε τέτοιες περιπτώσεις.*

– *Δεν είμαι βέβαιη ότι καταλαβαίνω...*

– *Να, παιδί μου, είναι μια κυρία, Λευκορωσίδα που, αν υπάρχει πρόβλημα, το βρίσκει και το λύνει.*

– *Πάλι δεν σε καταλαβαίνω, Μαριλένα. Τι πρόβλημα, τι βρίσκει και τι λύνει;*

– *Δεν είπαμε παιδί μου ότι κάποιος σ' έχει μουντζώσει;*

– *Ε, ναι, τρόπος του λέγειν.*

– *Όχι «τρόπος του λέγειν», Λάγια μου. Εδώ το πράγμα είναι φως φανάρι! Σου έχουν κάνει μάγια.*

– Μάγια; είπε η Λάγια και ξέσπασε σε τρανταχτά γέλια.

– Ναι, γέλα εσύ...

– Με συγχωρείς, Μαριλένα μου, αλλά με ξέρεις αρκετά καλά...

– Εγώ ένα θα σου πω, τη διέκοψε η Μαριλένα. Μόνο στον κύκλο μου έχει βρει μάγια σε τρεις φίλες μου και...

– Δεν ξέρω, τι κάνουν οι φίλες σου, αλλά εγώ είμαι άλλο, τη διέκοψε η Λάγια ξερά.

– Κοίτα, Λάγια, δεν σου ζητάω ν' αλλάξεις τις πεποιθήσεις σου, σου ζητάω μόνον...

– Άσε, Μαριλένα, μην επιμένεις, σε παρακαλώ, την έκοψε πάλι ελαφρά εκνευρισμένη.

– Επί τέλους, δεν αξίζω να μου κάνεις μια χάρη;

– Τι χάρη δηλαδή;

– Να έρθω εδώ μ' αυτή την κυρία και...

– Κι εγώ τι θα κάνω;

– Τίποτα, Θα σου πει εκείνη. Κάνε μου τη χάρη, σε παρακαλώ πολύ. Καν' το για μένα, επί τέλους!

– Εντάξει, κάνε ό,τι νομίζεις, είπε απαυδισμένη και συμβιβαστικά η Λάγια, με τρόπο που έδειχνε ότι το έκανε για χάρη της Μαριλένας κι ότι δεν πίστευε καθόλου σ' αυτή τη διαδικασία. Ενημέρωσέ με μόνον έγκαιρα, γιατί πνίγομαι αυτόν τον καιρό...

~ ~

28ο ΚΕΦΑΛΑΙΟ

– Εκεί είναι! Ψάξε να το βρεις!

Τρεις μέρες μετά τη συνάντηση της Λάγιας με τη Μαριλένα, της τηλεφώνησε η φίλη της, για να της κλείσει το ραντεβού με τη «μάγισσα». Πράγματι, την επομένη το απόγευμα στις πέντε, η Μαριλένα εμφανίστηκε στο σπίτι της Λάγιας, συνοδευόμενη από τη Σάσα Γεωργακίδη, μια Λευκορωσίδα, σαρανταπέντε περίπου ετών, εύσωμη, ξανθή, με δυο γκριζοπράσινα μάτια, που εκτόξευαν λες ακτίνες λέιζερ, η οποία τα τελευταία χρόνια ζούσε στην Ελλάδα.

Κάθισαν στις καρέκλες επισκεπτών του γραφείου της Λάγιας. Η Σάσα άνοιξε δυο «ιερά» βιβλία, ένα μικρό, στο μέγεθος πακέτου τσιγάρων κι ένα κανονικό. Έσπρωξε προς το μέρος της Λάγιας το μεγάλο και της είπε να το ανοίξει τυχαία σε μια σελίδα του, όπως κι έκανε, διαπιστώνοντας ότι ήταν γραμμένο στην ιλλυρική γλώσσα. Η Σάσα κοίταξε για λίγα δευτερόλεπτα τις σελίδες, που είχε ανοίξει η Λάγια και μετά άρχισε να τη ρωτάει διάφορα πράγματα. Μετά από λίγο, την παρακάλεσε να την ξεναγήσει στο σπίτι της, όπως κι έκανε.

Όσο διαρκούσε η περιήγηση, η Σάσα κράταγε τεντωμένο το δεξί χέρι της, ανάμεσα στα δυο δάχτυλα του οποίου, τον δείκτη και τον μεσαίο, κρατούσε το μικρό βιβλιαράκι και το έστρεφε προς τον περιβάλλοντα χώρο, σαν φακό. Όταν έβλεπε κλειστό ντουλάπι, την παρακαλούσε να το ανοίξει. Περάσανε από τις τρεις κρεβατοκάμαρες, τα μπάνια και την κουζίνα κα φτάσανε στους χώρους υποδοχής. Όταν φτάσανε πίσω από τη ροτόντα του λίβινγκ–ρουμ, με μέτωπο προς τη μεγάλη βεράντα, το χέρι της, στο οποίο κρατούσε το βιβλιαράκι, άρχισε να τρέμει κι είπε στη Λάγια.

– Βγες έξω. Εκεί είναι!

Παρά το γεγονός ότι η Λάγια δεν είχε ιδέα, τι μπορούσε να ήταν αυτό, που ήταν εκεί «έξω», χωρίς να ρωτήσει σχετικά τη Σάσα, υπάκουσε. Άνοιξε τη μπαλκονόπορτα και βγήκε στη βεράντα, στην οποία υπήρχαν περιμετρικά τριάντα περίπου γλάστρες με φυτά και λουλούδια, ενώ η Σάσα που παρέμεινε μέσα στο λίβινγκ–ρουμ, πίσω απ' τη ροτόντα της είπε:

–Άρχισε να πιάνεις, σε παρακαλώ, με τη σειρά τα φύλλα μιας–μιας γλάστρας.

Όταν έπιασε τα φύλλα της τέταρτης γλάστρας, που ήταν σπαράγγι, της είπε:

– Εκεί είναι! Ψάξε να το βρεις!

Η Λάγια, ακόμα δεν ήξερε φυσικά, τι ήταν αυτό που έπρεπε να βρει, αλλά ήταν βέβαιη ότι δεν θα ήταν χώμα, λίπασμα, πέτρες, ρίζες ή φύλλα... Περιεργάστηκε τη συγκεκριμένη γλάστρα, πολύ. μεγάλου μεγέθους, με σπαράγγι που είχε θεριέψει, σε βαθμό που δεν της επέτρεπε ούτε καν να το παραμερίσει απ' την επιφάνεια της γλάστρας, όπου δεν υπήρχε ακάλυπτο ούτε ένα εκατοστό χώματος. Το είπε στη Σάσα, που παρέμενε πάντα μέσα στο λίβινγκ–ρουμ.

– Σπάσε τη γλάστρα! της είπε.

Υπακούοντας στις οδηγίες της Σάσας, πήρε ένα μικρό φτυαράκι κηπουρού που είχε, έγειρε τη γλάστρα πάνω στα πλακάκια της βεράντας, την έριξε στο πλάι και την έσπασε κι άρχισε να βγάζει με το φτυαράκι χώμα, το οποίο ψαχούλευε με τη χούφτα της. Σε λίγο, η Σάσα της είπε:

– Απομάκρυνε, σε παρακαλώ, το χώμα που έχεις βγάλει, μακριά από τη γλάστρα.

Ακολούθησε πάλι πιστά την οδηγία της κι έσπρωξε το χύμα χώμα τριάντα εκατοστά περίπου, μακριά απ' τη σπασμένη γλάστρα.

– *Είναι ακόμη μέσα στη γλάστρα,* της είπε.

Συνέχισε να βγάζει λίγο–λίγο χώμα κι όταν έφτασε περίπου λίγο πάνω από τη μέση της γλάστρας, η Σάσα την ενημέρωσε ότι ήταν πλέον στο χώμα. Άπλωσε τη χούφτα της, ψαχουλεύοντας το χώμα και την έκλεισε πάνω σε ένα περίεργο σβώλο. Την ίδια στιγμή, άκουσε τη φωνή της Σάσας, μέσα από το λίβινγκ–ρουμ:

– *Αυτό είναι. Φερ' το εδώ!*

Περπατώντας προς τη Σάσα, έτριψε πάνω στην παλάμη της το χώμα, γύρω από τον σβώλο και αποκαλύφθηκε ένας μικρός, μαύρος καουτσουκένιος κύλινδρος, στο σχήμα και στο μέγεθος ενός αποτσίγαρου, με θερμοκόλληση στις δυο άκρες του. Είχε μείνει άναυδη! Πώς το είχε βρει αυτή η γυναίκα, με τέτοια ακρίβεια, αναρωτήθηκε. Τι ιδιότητες και δυνάμεις είχε αυτή η γυναίκα; Τι ήταν αυτό που συνέβαινε μπροστά στα μάτια της;

– *Φέρε τώρα ένα πιατάκι κι ένα μαχαίρι, για να το ανοίξουμε,* της είπε η Σάσα.

Η Λάγια πήγε στην κουζίνα να φέρει το πιατάκι, αφού προηγουμένως ήπιε ένα Λεξοτανίλ, γιατί είχε ταραχτεί. Όχι, δεν ήταν από φόβο. Ήταν από έκπληξη και θαυμασμό γι' αυτή τη γυναίκα κι από περιέργεια κι ενδιαφέρον για τη συνέχεια.

Γύρισε μ' ένα πιατάκι του τσαγιού, έκατσε στο γραφείο της, πήρε το κοπίδι της κι άνοιξε μέσα στο πιατάκι τον μικρό κύλινδρο, ενώ η Μαριλένα ήταν απολύτως ήρεμη, σαν να ήξερε τη συνέχεια του σεναρίου που εκτυλισσόταν.

Όταν άνοιξε τον μικρό καουτσουκένιο κύλινδρο, βρήκε μέσα όλα εκείνα τα στοιχεία, που είχε ακούσει ή είχε διαβάσει σε λαϊκά περιοδικά. Δυο πρόκες, καρφωμένες σ' ένα κομμάτι αποξηραμένου καπνού, στάχτη, ένα μικρό κομματάκι ροζ τούλι με δυο κόμπους, τρίχες από γυναικείο γεννητικό όργανο, τρία κομμένα νύχια χεριού, μια κόκκινη κλωστή με πέντε κόμπους και μια μαύρη κλωστή με είκοσι κόμπους. Έμεινε αμίλητη, για μερικά δευτερόλεπτα... Όταν συνήλθε απ' το σοκ, ρώτησε τη Σάσα:

– Και τι σημαίνει τώρα αυτό;

– Αυτό έχει τοποθετηθεί σ' αυτή τη γλάστρα, πριν από περίπου πέντε χρόνια.

– Και τι σημαίνουν όλα αυτά τα περίεργα αντικείμενα;

– Δεν θα σας κουράσω με λεπτομέρειες. Αυτό που μπορώ πάντως να σας πω με βεβαιότητα, είναι ότι, ενώ τα περισσότερα από αυτά τα «μάγια» είναι ερωτικά διεκδικητικά, αυτό είναι εκδικητικό και στρέφεται εναντίον της στενής οικογένειάς σας. Πρακτικά, ξέρετε τι σημαίνει αυτό;

– Όχι, καθόλου!

– Λοιπόν, πίσω απ' αυτά τα κατασκευάσματα, βρίσκονται άνθρωποι, οι οποίοι είναι ισχυροί πομποί και αποθηκεύουν αρνητική ενέργεια, η οποία εκλύεται στο περιβάλλον...

– Συγνώμη, δεν καταλαβαίνω, τη διέκοψε η Λάγια.

– Θα σας εξηγήσω αμέσως. Όλα αυτά τα χρόνια, αυτό το πραγματάκι έχει γεμίσει τον χώρο σας με αρνητική ενέργεια κι αν δεν είχατε τόσο ισχυρή προσωπικότητα, έπρεπε να είχατε καταστραφεί εντελώς!

– Έτσι, ε; είπε η Λάγια, κολακευμένη από την παρατήρηση, ενώ σκέφτηκε ότι η Σάσα είχε κάνει διάνα! Η γλάστρα ήταν πράγματι πέντε–έξη ετών και το «γεωγραφικό σημείο, στο οποίο βρέθηκε ο κύλινδρος επιβεβαίωνε αυτή τη χρονική εκτίμηση, δεδομένου ότι με τα διαδοχικά ποτίσματα μιας γλάστρας το χώμα φυραίνει και προστίθεται καινούργιο χώμα.

Στη συνέχεια η Σάσα την καθοδήγησε στο τελετουργικό της «εξουδετέρωσης» της «κατάρας». Την έβαλε να κόψει μ' ένα ψαλίδι τις κλωστές, ακριβώς πάνω στους κόμπους, μετά να κάψει όλο το περιεχόμενο και της είπε να πετάξει τα καμένα μαζί με το πιάτο στη θάλασσα.

– Και τώρα, τι γίνεται; ρώτησε η Λάγια, ελαφρά ανήσυχη.

– Κοιτάξτε, μετά την ανακάλυψη και την εξουδετέρωση του πομπού, το αρνητικό πεδίο που έχει δημιουργηθεί και συσσωρευτεί, διαλύεται συνήθως μέσα σε είκοσι με σαράντα μέρες.

Όταν έφυγαν οι δυο γυναίκες κι έμεινε μόνη, αναλογίστηκε, τι είχε γίνει και προσπάθησε με ψυχραιμία να τα αναλύσει με τη βοήθεια της λογικής. Τα δεδομένα της ιστορίας ήταν απλά: Ένας μικρός καουτσουκένιος κύλινδρος με «μάγια» είχε βρεθεί σε μια γλάστρα της. Η σημειολογία του –υπαγορευμένη απ' το μάρκετινγκ της «μαγείας»– υποδείκνυε εκδικητική πρόθεση εναντίον όλης της οικογένειάς της, όπως της είχε πει η Σάσα.

Θυμήθηκε ότι ο Φαξ, το χάσκι που είχε επί τρία χρόνια, τριγυρνούσε κατά μήκος εκείνης της μπαλκονόπορτας, που άνοιγε στη βεράντα, όπου βρισκόταν η ένοχη γλάστρα, αλυχτούσε κι έξυνε με τα νύχια του το παρκέ. Στην αρχή η Λάγια ξήλωσε όλα τα κουφώματα, μήπως υπήρχε εκεί κάτι, ένα ψόφιο ποντίκι ίσως, που ενοχλούσε το σκυλί. Τίποτα. Στη συνέχεια κι επειδή αυτή η «μανία» του Φαξ εντεινόταν, ξήλωσε το παρκέ κατά μήκος των οκτώ μέτρων της μπαλκονόπορτας, σε πλάτος τριάντα εκατοστών. Πάλι τίποτα. Είχε πάει το σκυλί σε τέσσερις διαφορετικούς κτηνίατρους. Δεν έβρισκαν κανένα πρόβλημα. Το σημαντικότερο όμως ήταν, ότι, ενώ το σπίτι είχε τέσσερις μεγάλες τζαμαρίες, ο Φαξ μόνον μπροστά σ' αυτήν υπέφερε. Άρα, κάτι υπήρχε σε κείνο μόνον το σημείο του σπιτιού, που ενοχλούσε το σκυλί.

Αυτονόητο λοιπόν, αβίαστο, αυταπόδεικτο κι αδιαμφισβήτητο προέκυπτε το συμπέρασμα ότι σ' εκείνη την περιοχή, κυκλοφορούσαν κάποια κύματα, ασύλληπτα μεν απ' τις ανθρώπινες αισθήσεις, αλλά σφόδρα ενοχλητικά για τους αισθητήρες του σκυλιού.

Θυμήθηκε ακόμη, ότι ένας φίλος της, Καθηγητής Πυρηνικής Φυσικής, της είχε πει σε ανύποπτο χρόνο ότι η ενέργεια δεν εξαντλείται, δεν τελειώνει, δεν χάνεται ποτέ. Μεταλλάσσεται, αλλά δεν εξαφανίζεται. Ήξερε επίσης ότι υπάρχουν άνθρωποι ισχυροί πομποί και ισχυροί δέκτες –όπως π.χ. η Σάσα– ότι υπάρχουν δίπλα μας και γύρω μας κύματα κάθε είδους, όπως π.χ. τα ερτζιανά, τα οποία όμως αδυνατούν να εντοπίσουν και να συλλάβουν οι πέντε ανθρώπινες αισθήσεις. Ήξερε ότι η τηλεπάθεια και το «μάτιασμα» είχαν προ πολλού αναγνωριστεί απ' τη φυσική επιστήμη, ότι είχε φωτογραφηθεί η αύρα μας κι ότι τα θετικά κι αρνητικά ηλεκτρομαγνητική κύματα, με τα οποία λειτουργεί κι ο εγκέφαλός μας, αποτελούσαν επίσης ένα άλλο επιστημονικό δεδομένο.

Επομένως, αυτό που είχε γίνει, είχε μια απολύτως λογική, φυσική, επιστημονική εξήγηση. Κάποιος ισχυρός πομπός –με εντολή κάποιου ή κάποιας ενδιαφερόμενης– είχε αποθηκεύσει αρνητική ενέργεια σ' εκείνο τον κύλινδρο, η οποία εκλυόταν συνεχώς, γεμίζοντας και μπλοκάροντας τελικά ολόκληρο τον χώρο, στον οποίο ζούσε, όπως της εξήγησε άλλωστε κι η Σάσα. Οι τρίχες, τα νύχια κι οι κλωστές, δεν την απασχολούσαν, γιατί δεν έπαιζαν κανένα ρόλο. Ήξερε ότι ήταν μια παραπλανητική συσκευασία, ανάλογα με τον αιτούμενο στόχο των πελατών, με την οποία πουλούσαν τις υπηρεσίες τους στους αφελείς οι «μάγοι», πολλοί από τους οποίους δεν είχαν καν το χάρισμα του ισχυρού πομπού κι ήταν απλώς επιδέξιοι απατεώνες.

Ήταν απολύτως απαραίτητη για τον χαρακτήρα της η επιστημονική εκλογίκευση αυτής της εμπειρίας κι αισθάνθηκε πολύ πιο ήσυχη και ήρεμη. Το επικίνδυνο θα ήταν να παρασυρθεί και να μπει στη λογική της μεταφυσικής και της μαγείας. Ήταν ένας χώρος, που τον θεωρούσε εξαιρετικά επικίνδυνο και τον αποστρεφόταν. Δεν είχε επιχειρήματα ή αποδείξεις ούτε για την ύπαρξή του ούτε για την ανυπαρξία του. Απλώς, είχε αποφασίσει ότι δεν την αφορούσε και δεν ήθελε να αναλώσει ούτε ένα λεπτό απ' τον χρόνο της ούτε ένα γραμμάριο της φαιάς ουσίας της, για να διερευνήσει ένα θέμα, για το οποίο ήταν βέβαιη ότι δεν θα μπορούσε ποτέ να έχει οριστικές αποδείξεις, βασισμένες στην επιστήμη και στη λογική. Αυτά, ή τα πιστεύεις ή δεν τα πιστεύεις!

Με βάση αυτά τα δεδομένα, κατέληξε σε μερικά σίγουρα κι αυταπόδεικτα συμπεράσματα:

Πρώτον, κάποιος ή κάποια είχε θελήσει να τη βλάψει. Δεν ασχολήθηκε ούτε μια στιγμή, για να βρει τον «δράστη», γιατί ήξερε ότι θα «κατασκεύαζε» αδίκως στο μυαλό της υπόπτους, την ενοχή των οποίων δεν θα μπορούσε ποτέ ν' αποδείξει κι απλώς θα αδικούσε κάποιους αθώους και θα δηλητηρίαζε την ψυχή της, χωρίς λόγο. Κάποιοι στενοί φίλοι της μάλιστα, στους οποίους είχε διηγηθεί αυτή την περίεργη ιστορία, προσπαθούσαν πιεστικά να την πείσουν να σκεφτεί και να βρει, ποιος μπορούσε να είναι ο πιθανός δράστης. Έκοβε αμέσως την κουβέντα, λέγοντας, ότι εφ' όσον ποτέ και με κανένα τρόπο δεν θα μπορούσε ν' αποδείξει την ταυτότητα του δράστη, δεν είχε καμιά όρεξη να μπει σε μια χρονοβόρα, ατελέσφορη και ψυχοφθόρα διαδικασία και να «κατασκευάσει» άδικα ενόχους.

Δεύτερον, ο κύλινδρος σίγουρα εξέπεμπε κάποια κύματα και την αδιάσειστη απόδειξη προσέφερε ο Φαξ.

Τρίτον, είχε υποστεί πράγματι πολλά δεινά τον τελευταίο καιρό.

Τέταρτον, τρεις εβδομάδες, μετά την «εξουδετέρωση» του πομπού αρνητικής ενέργειας, τα πράγματα βελτιώθηκαν και σταμάτησε εκείνη η αλυσίδα περίεργων κακοτυχιών.

Πέμπτον, ενώ ο Φαξ προσέφερε «απόδειξη» ότι υπήρχε πράγματι εκπομπή αρνητικής ενέργειας ή κάποιας ενέργειας εν πάση περιπτώσει, δεν υπήρχε καμιά απόδειξη ότι αυτή είχε πραγματικά επηρεάσει αρνητικά τη ζωή της ή ότι η ζωή της επηρεάστηκε θετικά, μετά την εξουδετέρωσή της. Κάτι τέτοιο, θα μπορούσε να οφειλόταν σε συμπτώσεις ή και σε αυθυποβολή.

Έτσι, και με απολύτως ξεκαθαρισμένα μέσα της τα πράγματα, συνέχισε τη ζωή της, σαν να μην είχε συμβεί ποτέ αυτό.

Είχε περάσει λοιπόν πια ένας μήνας απ' την επίσκεψη της Λευκορωσίδας και πράγματι, στο διάστημα αυτό όλα κυλούσαν ομαλά και τίποτα δεν είχε πάει στραβά κι η Λάγια ένιωθε πολύ ξαλαφρωμένη.

Ένα απόγευμα, που γύρισε απ' τη δουλειά της, έκανε ένα μπάνιο, τσίμπησε κάτι ελαφρά, και μπήκε στο διαδίκτυο, να δει το ταχυδρομείο της. Ανάμεσα στα επαγγελματικά και φιλικά μηνύματα, υπήρχε κι ένα διαφημιστικό, που είχε ξεφύγει απ' την ηλεκτρονική προστατευτική ασπίδα. Ήταν για ένα πολύ όμορφο, όπως φαινόταν στις φωτογραφίες, συγκρότημα μικρών, ιδιαίτερα καλαίσθητων σπιτιών, με τοπική αρχιτεκτονική και χρώμα, δίπλα στο κύμα, στη Λευκάδα. «Urania Village» το έλεγαν. Το βλέμμα της έμεινε για λίγα δευτερόλεπτα αφηρημένο πάνω στην πανέμορφη λευκαδίτικη ακρογιαλιά, που είχε ανακηρυχθεί από την Ευρωπαϊκή Ένωση η «καλύτερη θάλασσα της Ευρώπης». «Νομίζω ότι μου αξίζουν λίγες διακοπές, μετά από όσα έχω περάσει», σκέφτηκε και χωρίς δεύτερη σκέψη, σήκωσε το τηλέφωνο κι έκλεισε ένα απ' τα σπιτάκια για δέκα μέρες.

~ ~

29º ΚΕΦΑΛΑΙΟ

– ... αυτή δεν είναι η Λάγια Βακρίδη;

– *Για δες, αγάπη μου, αυτή δεν είναι η Λάγια Βακρίδη;* ρώτησε τον Άγγελο η Λήδα.

– *Πού; Ποια;*

– *Να, εκεί, κάτω από κείνη τη λευκή ομπρέλα, αυτή που διαβάζει ένα βιβλίο.*

– *Α, ναι. Μάλλον... Ξέρω εγώ; Δεν την έχω ξαναδεί άβαφη και με μαγιό...*

– *Ναι, ναι, αυτή είναι! Κοίταξέ τη τώρα, που γύρισε προς τα εδώ.*

– *Χμ, μάλλον δίκιο έχεις, αλλά τι σ' έπιαψε τώρα με τη Βακρίδη;*

– *Να, έλεγα, μήπως να την ευχαριστούσαμε, για το στεφάνι, που έστειλε για τους γονείς σου.*

– *Ε, της έστειλα ευχαριστήριο.*

– *Άλλο είναι το ψυχρό χαρτί κι άλλο η προσωπική επικοινωνία. Άλλωστε νομίζω ότι μένει κι αυτή εδώ στο «Urania Village» και θα ήταν ίσως μια ενδιαφέρουσα παρέα.*

– *Μμμ, σ' αυτό δεν έχεις άδικο. Καλά, θα πάω να πέσω τώρα κι όταν βγω, θα της μιλήσω.*

Η Λήδα άπλωσε αντιηλιακό στο πρόσωπό της και στο σώμα της, με τη βοήθεια της μικρής κόρης της για την πλάτη της, πήρε απ' την τσάντα της ένα βιβλίο «αμμουδιάς» και ξάπλωσε ανάσκελα, φροντίζοντας να είναι το κεφάλι της στον ίσκιο της ομπρέλας και το σώμα της στον ήλιο, ενώ τα παιδιά έπαιζαν και γελούσαν ευτυχισμένα, μέσα στην υπέροχη ακροθαλασσιά. Ο Άγγελος κολύμπησε για ένα τέταρτο περίπου και βγαίνοντας απ' τη θάλασσα, κατευθύνθηκε προς τη Λάγια, που ξεροψηνόταν στον ήλιο μπρούμυτα. Δίστασε για λίγο, αν ήταν σκόπιμο να την ενοχλήσει, αλλά τελικά αποφάσισε να της μιλήσει.

– Κυρία Βακρίδη...

Η Λάγια γύρισε νωχελικά στο πλάι, με το αριστερό χέρι της συγκράτησε το λυμένο σουτιέν του μαγιό της, έβαλε το δεξί πάνω απ' τα μάτια της, για ν' αποφύγει τον ήλιο και κοίταξε για λίγα δευτερόλεπτα την τεράστια μαύρη φιγούρα, που στεκόταν από πάνω της, προσπαθώντας να θυμηθεί, ποιος ήταν αυτός ο άντρας, που ήξερε τ' όνομά της.

– Ο Εισαγγελέας Μασούκου είμαι, κυρία Βακρίδη, της είπε, καταλαβαίνοντας ότι η Λάγια δεν τον είχε αναγνωρίσει.

– Α, κύριε Μασούκου, συγνώμη, δεν σας κατάλαβα. Είναι κι ο ήλιος... είπε αμήχανα εκείνη, ενώ δένοντας το σουτιέν της, ανασηκώθηκε κι έτεινε το χέρι της προς τον Άγγελο, που το πήρε και το έσφιξε με θέρμη, λέγοντας:

– Ευχαριστώ πολύ, κυρία Βακρίδη, για την ευγενική χειρονομία σας και τη συμπαράστασή σας στο πένθος μου, για τον χαμό των γονέων μου.

– Σας παρακαλώ... Ούτε να το συζητάτε. Ήταν το ελάχιστο, που μπορούσα να κάνω ως πολίτης, για τον άνθρωπο, που διακινδύνευσε, για να χτυπήσει τη διαφθορά.

– Και πάλι σάς ευχαριστώ... Μένετε κι εσείς εδώ, στο «Urania Village»;

– Ναι, ήρθα να ξεκουραστώ λίγο και ν' απολαύσω το ελληνικό καλοκαίρι, που το είχα στερηθεί χρόνια.

– Ωραία. Εμείς είμαστε εδώ με τη γυναίκα μου και τα παιδιά μας. Τι λέτε, θα θέλατε να φάμε μαζί το βράδυ στην ψαροταβέρνα;

– Με μεγάλη μου χαρά. Λατρεύω το ψάρι κι είμαι βέβαιη ότι θα είναι μια πολύ ενδιαφέρουσα βραδιά.

– Θαυμάσια! Είναι καλά κατά τις εννέα;

– Ό,τι πρέπει. Θα τα πούμε το βράδυ λοιπόν.

Ο Άγγελος τη χαιρέτησε κι έφυγε, ενώ η Λάγια παρακολουθούσε με το βλέμμα της αυτόν τον καλοφτιαγμένο άντρα.

– Εγένετο το θέλημά σου, είπε στη Λήδα, μόλις γύρισε κοντά της.

– Ναι, σας είδα που μιλούσατε.

– Και όχι, μόνον. Όπως μου είπες, την κάλεσα το βράδυ να φάμε μαζί στην ψαροταβέρνα.

– Α, μπράβο, πολύ ωραία.

Ο Άγγελος κι η Λήδα πήγαν πρώτοι το βράδυ στην ψαροταβέρνα, ενώ τα παιδιά πήγαν σ' ένα από τα μπαρ της περιοχής. Σε λίγο έφτασε κι η Λάγια κι ο Άγγελος την καλωσόρισε και τη σύστησε στη Λήδα.

– Κυρία μου, είσαστε πολύ τυχερή και πρέπει να είσαστε και πολύ περήφανη για τον άντρα σας, είπε η Λάγια.

– Σας ευχαριστώ πολύ, αλλά θα πρότεινα να εγκαταλείψουμε τον πληθυντικό. Δεν είναι άλλωστε το καλύτερο σχήμα για καλοκαιρινή χαλάρωση, πρότεινε η Λήδα.

– Συμφωνώ απολύτως Λήδα, είπε η Λάγια.

– Ο «τυχερός» πάντως είμαι εγώ, που έχω τέτοια γυναίκα και τέτοια παιδιά, σχολίασε ο Άγγελος.

Παράγγειλαν χταπόδι στα κάρβουνα, αχινοσαλάτα, αθερίνα, χόρτα, ένα ευμέγεθες λαυράκι κι άσπρο ντόπιο κρασί.

– Άγγελε, πότε ήρθες στην Ελλάδα; ρώτησε η Λάγια, ανοίγοντας τη συζήτηση.

– Δεν ήρθα, εδώ γεννήθηκα. Οι γονείς μου ήταν απ' τη Νιγηρία κι είχαν *έρθει εδώ αρκετά χρόνια, πριν κάνουν εμένα. Τέλειωσα το Λύκειο σ' ένα ιδιωτικό σχολείο, στη συνέχεια φοίτησα στη Νομική Σχολή του Χάρβαρντ και μετά επέστρεψα.*

– Α, μάλιστα. Εξ ου κι η τέλεια χρήση της ελληνικής γλώσσας. Εσύ, Λήδα;

– Κατά τραγική σύμπτωση κι εγώ έχασα τους γονείς μου όπως κι ο Άγγελος σε ατύχημα, προτού τον γνωρίσω.

– Τι λες; Λυπάμαι πολύ... Και με τι ασχολείσαι;

– Είμαι συμβολαιογράφος.

– Να συμπεράνω δηλαδή ότι γνωριστήκατε στο Πανεπιστήμιο;

– Περίπου! παρενέβη ο Άγγελος. Και δεν σου κρύβω ότι, ενώ την ερωτεύτηκα σχεδόν με την πρώτη ματιά και παρά το γεγονός ότι η Λήδα ήταν εκείνη, που έκανε το πρώτο, πολύ διακριτικό βήμα, είχα πολλούς ενδοιασμούς στην αρχή, κάτι που δεν έχω ομολογήσει ποτέ ούτε στην πολυαγαπημένη μου γυναίκα, είπε ο Άγγελος, ενώ ταυτόχρονα πήρε και φίλησε τρυφερά το χέρι της Λήδας.

– Για λέγε, για λέγε, είπε η Λήδα, ανάλαφρα, αλλά και με κάποιο ίχνος ανησυχίας στη φωνή της.

– Είχα ενδοιασμούς όχι για τη Λήδα βέβαια, αλλά για το περιβάλλον της, συνέχισε ο Άγγελος, κρατώντας πάντα και χαϊδεύοντας ελαφρά το χέρι της γυναίκας του. Φοβόμουνα ότι η διαφορά χρώματος θα μπορούσε να ενεργοποιήσει αντιρατσιστικές συμπεριφορές, που θα πλήγωναν και τη Λήδα και τη σχέση μας.

– Τελικά όμως, το τόλμησες! σχολίασε επιδοκιμαστικά η Λάγια.

– Ναι. Η γοητεία της Λήδας, βλέπεις, αποδείχθηκε ισχυρότερη!

– Επειδή έζησες κι εσύ στην Αμερική, νομίζω πως θα συμφωνήσεις μαζί μου, ότι εκεί, ίσως να μην το τολμούσες τελικά.

– Δεν ξέρω... Νομίζω ότι η επιθυμία μου να μοιραστώ τη ζωή μου με τη Λήδα θα νικούσε κι εκεί τους φόβους μου, αλλά είναι βέβαιο και

συμφωνώ μαζί σου, ότι τα προβλήματα μετά θα ήταν ίσως περισσότερα, αν κι εδώ δεν αντιμετωπίσαμε κανένα απολύτως πρόβλημα. Πιστεύω ότι ο ελληνικός λαός δεν έχει στο DNA του τον ρατσισμό κι ότι αντιδρά ρατσιστικά αμυνόμενος, μόνον όταν απειλείται και πάντως δεν υπάρχει σύγκριση σ' αυτό το θέμα με τον αμερικανικό λαό...

– Ναι, στην Αμερική ο ρατσισμός είναι πάρα πολύ έντονος. Είναι χαρακτηριστικό ότι, ενώ έχει μειωθεί πάρα πολύ ο ρατσισμός απέναντι στους μαύρους, τουλάχιστον σε σχέση με μόνο πενήντα χρόνια πριν – τρανή απόδειξη ότι ο 44ος Πρόεδρος είναι μαύρος– έχει φουντώσει ο ρατσισμός εναντίον των καπνιστών, που θεωρούνται πολίτες δεύτερης κατηγορίας.

– Τελικά η Αμερική είναι η χώρα των μεγάλων αντιθέσεων! Στη δική μου σκέψη είναι η χώρα, που μου δίνει τους περισσότερους λόγους να τη θαυμάζω, αλλά και πάρα πολλούς για να την κατακρίνω!

– Πώς σου φαίνεται εδώ, Λάγια, περνάς καλά; ρώτησε η Λήδα, γα να αλλάξει θέμα.

– Είναι υπέροχα! Άλλωστε βρισκόμαστε στην πιο όμορφη θάλασσα της Ευρώπης!

– Απ' ό,τι ξέρω, στην Αμερική είχες δημιουργήσει φοβερή καριέρα, γιατί έφυγες κι ήρθες εδώ, παρενέβη ο Άγγελος.

– Ναι, αλήθεια είναι και προτού φύγω, είχα δυο εξαιρετικές προσφορές!

– Τότε, γιατί έφυγες απ' την Αμερική;

– Γιατί ήθελα να γυρίσω στην Ελλάδα, να δημιουργήσω και να ζήσω εδώ, στον τόπο μου!

– Και πότε γύρισες από την Αμερική;

– Πριν από πέντε περίπου χρόνια.

– Έχεις μετανιώσει γι' αυτή την απόφασή σου, με την κατάσταση εδώ;

– Δεν ξέρω Άγγελε... Είναι νωρίς ακόμη. Πάω πολύ καλά βέβαια, αλλά το μέλλον θα δείξει. Αυτό που ξέρω σίγουρα είναι ότι θα ήθελα κάποια

στιγμή να κάνω μια όμορφη οικογένεια, σαν τη δική σας.

Η συζήτηση της παρέας συνεχίσθηκε με άλλα ενδιαφέροντα θέματα και της επικαιρότητας και της καθημερινότητας κι η βραδιά κύλησε ευχάριστα, μέχρι τη μία το πρωί, που καληνυχτίστηκαν κι έδωσαν ραντεβού για το πρωινό μπάνιο.

~ ~

30ᴼ ΚΕΦΑΛΑΙΟ

– Φύλακα άγγελο είχε αυτή η γυναίκα!

Οι μέρες στη Λευκάδα κυλούσαν πολύ όμορφα. Στην παρέα είχε προστεθεί κι ένας συνάδελφος του Άγγελου, με τη γυναίκα του κι ένας δημοσιογράφος, που δούλευε στο κανάλι της Λάγιας.

– Δυστυχώς, αύριο είμαι αναγκασμένος να στερηθώ τη θαυμάσια παρέα σας, γιατί πρέπει να γυρίσω στην Αθήνα, είπε ένα βράδυ ο Άγγελος.

– Κι εσύ; ρώτησε η Λάγια.

– Γιατί; Ποιος άλλος;

– Εγώ. Θα φύγω με το υδροπλάνο των έξη.

– Α, ωραία, θα συνταξιδέψουμε, είπε ο Άγγελος. Κι εγώ στο ίδιο έχω κλείσει θέση.

– Ευτυχής σύμπτωση, λέγεται αυτό, σχολίασε η Λάγια. Να φροντίσουμε να κάτσουμε μαζί.

– Ναι, θα τηλεφωνήσω να το κανονίσω.

Το επόμενο απόγευμα κάλεσαν ένα ταξί στις πέντε κι έφυγαν μαζί, για το ειδικό λιμάνι–αεροδρόμιο, όπου προσθαλασσώνονταν τα υδροπλάνα. Ο καιρός είχε χαλάσει ελαφρά κι έδειχνε σημάδια επιδείνωσης. Ο αέρας δοκίμαζε ήδη τις χορευτικές ικανότητες των κορφών των δέντρων και ζωγράφιζε λευκές πινελιές στις κορφές των κυμάτων, ενώ ο ουρανός κι η θάλασσα έσμιγαν σ' ένα θλιμμένο μολυβί χρώμα.

– *Μας τα χαλάει ο καιρός, σχολίασε η Λάγια, μ' ένα τόνο ανησυχίας στη φωνή της.*

– *Ε, και τι σε νοιάζει εσένα; Αυτοί, που αφήνουμε εδώ, είναι οι άτυχοι. Εμείς πάμε να κλειστούμε, εσύ στο κανάλι σου κι εγώ στο δικαστήριο.*

– *Ναι... Δεν λέω,είπε διστακτικά η Λάγια, αλλά, όσο κι αν σου φανεί περίεργο, δεν αισθάνομαι πολύ άνετα στον αέρα.*

– *Δηλαδή, φοβάσαι; τη ρώτησε χαμογελαστά και καλοσυνάτα.*

– *Όχι ακριβώς, αλλά δεν είναι κι η καλύτερή μου!*

– *Μη φοβάσαι τίποτα! Τα υδροπλάνα είναι τα ασφαλέστερα μέσα μεταφοράς στον κόσμο και θα 'χεις και μένα δίπλα σου, την καθησύχασε.*

– *Δεν θέλω να σε προσβάλω, αλλά άμα πέσει αυτό πράγμα, μόνον αν κάθεται δίπλα μου ο Θεός, μπορώ να έχω ελπίδες! είπε η Λάγια, χαμογελώντας λίγο αμήχανα.*

– *Θα δεις ότι δεν θα χρειαστείς τη βοήθεια ούτε του Θεού ούτε κανενός άλλου. Σε μια ώρα περίπου, τα πόδια σου θα πατάνε με πλήρη ασφάλεια σε στέρεο έδαφος.*

– *Αμήν και πότε!*

Μπήκαν, στο υδροπλάνο και κάθισαν σε διπλανές θέσεις, που είχε φροντίσει να κλείσει ο Άγγελος. Έδεσαν τις ζώνες τους κι άνοιξαν ο Άγγελος την «Καθημερινή» κι η Λάγια ένα τηλεοπτικό περιοδικό, για να ενημερωθεί για τα τελευταία νέα και τις εξελίξεις στην τηλεοπτική αγορά, εν όψει της καινούργιας περιόδου.

– *Διαβάζω εδώ στην «Καθημερινή» ότι παρατηρείται κινητικότητα στον χώρο των μέσων ενημέρωσης και μάλιστα κάποιοι υποστηρίζουν ότι θα αλλάξει εντελώς το τοπίο. Εσύ...*

Τη συνέχεια της φράσης του Άγγελου διέκοψε μια τρομαγμένη κραυγή της Λάγιας, καθώς το υδροπλάνο τραντάχτηκε βίαια. Την ίδια στιγμή, έπιασε με δύναμη και με τα δυο της χέρια το χέρι του Άγγελου, ενώ σε μικρή απόσταση έμοιαζε να 'χει ξεσπάσει θύελλα.

– *Έλα, μη φοβάσai! Δεν είναι τίποτα. Προφανώς πέσαμε σε κάποιο κενό αέρος, της είπε ήρεμα και καθησυχαστικά ο Άγγελος. Δεν είπαμε ότι τα υδροπλάνα είναι τα ασφαλέστερα μέσα μεταφοράς;*

– *Ναι... μέχρις αποδείξεως του εναντίου*, απάντησε η Λάγια, που η ανησυχία της είχε μετατραπεί σε φόβο, που φαινόταν έντονος στη γλώσσα του σώματός της, αλλά και στα μάτια της.

Δεν είχε προλάβει να τελειώσει τη φράση της, όταν ένα δεύτερο, ακόμη πιο βίαιο κι έντονο τράνταγμα, συνοδεύτηκε από τριγμούς κι από περισσότερες τρομαγμένες φωνές. Δευτερόλεπτα μετά, ακούστηκε η φωνή του πιλότου:

– *Σας μιλάει ο κυβερνήτης. Έχουμε πέσει σε θύελλα κι έχουμε χάσει τον ένα κινητήρα. Θα προσπαθήσουμε να προσθαλασσωθούμε, αλλά και στη θάλασσα επικρατεί έντονος κυματισμός, με ανέμους έξη μποφόρ. Θερμά σας παρακαλώ, να διατηρήσετε την ψυχραιμία σας, να φορέσετε όλοι τα σωσίβιά σας και να ακολουθήσετε πιστά και ήρεμα τις οδηγίες του πληρώματος.*

Τα υδροπλάνα πράγματι είναι απ' τα ασφαλέστερα ιπτάμενα μέσα, γιατί το μικρό μέγεθος και η ελαφρειά άτρακτός τους επιτρέπει σ' ένα επιδέξιο πιλότο να διατηρεί τον έλεγχο του αεροσκάφους και να «πλανάρει», σε περίπτωση αντίξοων καιρικών συνθηκών ή μηχανικών βλαβών, αξιοποιώντας τα ανοδικά ρεύματα του αέρα. Παράλληλα, οι επιβάτες έχουν πλήρη σχεδόν εικόνα του τι συμβαίνει, σαν να είναι επιβάτες ενός ταξί. Αυτό σε άλλους λειτουργεί κατευναστικά και σ' άλλους δημιουργεί πανικό. Αυτό ακριβώς συνέβη και με τους δεκαεπτά επιβάτες του υδροπλάνου. Οι μισοί προσπαθούσαν να δώσουν κουράγιο και να ηρεμήσουν τους άλλους μισούς, που είχαν κιτρινίσει κι ιδρώσει. Μερικοί σταυροκοπιόντουσαν, κάποιοι έκλαιγαν κι άλλοι ούρλιαζαν, καθώς το μικρό σκάφος ταλαντευόταν άγρια μέσα στη δίνη της καταιγίδας. Κάποια αντικείμενα που άρχισαν να πέφτουν δεξιά κι αριστερά, επέτειναν τον πανικό τους, ενώ η αεροσυνοδός, επιστρατεύοντας τον επαγγελματισμό της και την ψυχραιμία της, βοηθούσε τους επιβάτες να φορέσουν τα σωσίβια και τους εξηγούσε, όσο πιο ήρεμα μπορούσε, με ποιο τρόπο και από πού θα έβγαιναν απ' το αεροσκάφος, όταν θα προσθαλασσωνόταν.

Αυτό όμως δεν έγινε ποτέ. Μια ισχυρότατη καθοδική δίνη έπιασε το υδροπλάνο, το στριφογύρισε και το εκσφενδόνισε κυριολεκτικά στη θάλασσα, από ύψος τριάντα περίπου μέτρων. Το τράνταγμα ήταν τόσο βίαιο, σαν να είχε πέσει πάνω σε μια τσιμεντένια επιφάνεια. Απόλυτη σιωπή ακολούθησε αυτή τη θανάσιμη βουτιά. Το ουραίο τμήμα του υδροπλάνου, πίσω απ' τα καθίσματα των επιβατών, έσπασε και βυθίστηκε μέσα σε δευτερόλεπτα. Το υπόλοιπο τμήμα, αφού βούτηξε στα κύματα, επέπλεε, μπάζοντας όμως νερά και κλυδωνιζόμενο απ' τη θαλασσοταραχή. Καθώς κάποιοι επιβάτες είχαν λύσει τις ζώνες ασφαλείας, για να φορέσουν τα σωσίβια, το τράνταγμα τους τίναξε προς την οροφή του σκάφους, με αποτέλεσμα μερικοί να τραυματιστούν σοβαρά κι άλλοι να χάσουν τις αισθήσεις τους, ανάμεσά τους κι η αεροσυνοδός. Ο πιλότος έστειλε S.O.S., έδωσε το στίγμα του, σηκώθηκε απ' τη θέση του, φόρεσε το σωσίβιό του και μαζί με τον συγκυβερνήτη προχώρησαν στην καμπίνα των επιβατών, για να βοηθήσουν.

Το σκηνικό ήταν σχεδόν απελπιστικό. Τα νερά έμπαιναν με ταχύτητα στο σκάφος, προμηνύοντας τη γρήγορη βύθισή του. Απ' έξω, η θύελλα έκανε ένα περίεργο, ανατριχιαστικό συριγμό, που μαζί με τον παφλασμό των κυμάτων, που έσκαγαν με δύναμη πάνω στο σκάφος, τάραζαν ακόμη περισσότερο τους ήδη σοκαρισμένους επιβάτες.

Απ' τους πρώτους που βρήκαν την αυτοκυριαρχία τους ήταν ο Άγγελος, που είχε προλάβει να βάλει το σωσίβιό του, πάνω στο οποίο είδε αίματα. Έψαυσε πρώτα το κεφάλι του και με τα δυο του χέρια και με χαρά είδε ότι οι παλάμες του ήταν καθαρές από αίμα. Μετά ψάχτηκε στα άκρα του κι είδε ένα σκίσιμο στο δεξί μπράτσο του, που το θεώρησε επιπόλαιο. Έβγαλε πάντως τη ζώνη του παντελονιού του κι έδεσε σφιχτά το μπράτσο του, για να περιορίσει την αιμορραγία.

Αμέσως μετά, κοίταξε τη Λάγια, που ήταν αναίσθητη και μ' ένα αρκετά εκτεταμένο σκίσιμο στο κεφάλι της, που ξεκίναγε πάνω από το δεξί φρύδι και προχωρούσε μέσα στο τριχωτό. Δεν ήταν η ώρα κι ούτε είχε τα μέσα εκείνη τη στιγμή, για να διακριβώσει τη σοβαρότητα του τραύματός της. Αφού απέτυχε να τη συνεφέρει, την έσυρε απ' το κάθισμά της και, κρατώντας την στην αγκαλιά του, βούτηξε στην ανταριασμένη θάλασσα, απ' το άνοιγμα που είχε δημιουργήσει η αποκοπή του ουραίου τμήματος.

Κολυμπώντας και σέρνοντας πάντα μαζί του τη Λάγια με το γερό μπράτσο του, πήγε απ' την πίσω πλευρά του υδροπλάνου, υπολογίζοντας πως εκεί η θαλασσοταραχή θα ήταν μικρότερη, αφού η άτρακτος του σκάφους θα λειτουργούσε, σαν ανάχωμα των κυμάτων. Και δεν έκανε λάθος. Στηρίχτηκε με την πλάτη στο επιπλέον φτερό και με τη χούφτα του πήρε θαλασσινό νερό και ξέπλυνε απαλά το τραύμα της, για να διαπιστώσει τη σοβαρότητά του. Αυτό που είδε τον τάραξε. Η πληγή είχε μήκος περίπου δέκα εκατοστών, αλλά το χειρότερο ήταν ότι ήταν πολύ βαθειά. Ο Άγγελος τρόμαξε αληθινά αυτή τη φορά και φοβήθηκε ότι η Λάγια δεν θα τα κατάφερνε, αλλά συνέχισε να της κρατάει το κεφάλι έξω απ' το νερό και να της χαϊδεύει τρυφερά το πρόσωπο και το μέτωπο. Κάποια στιγμή, η Λάγια συνήλθε, άνοιξε τα μάτια της, κοίταξε τον Άγγελο και τού είπε, με αδύναμη φωνή:

– *Σκέψου, να μην ήταν το ασφαλέστερο μέσο...*

Η χιουμοριστική διαύγεια της Λάγιας σ' αυτές τις δραματικές στιγμές τον γέμισε αισιοδοξία για τη ζωή της.

– *Μη μιλάς, Λάγια κι όσο μπορείς, παίρνε βαθειές ανάσες. Κάνε κουράγιο. Θα έρθει γρήγορα βοήθεια, γιατί δεν είμαστε μακριά από τη στεριά.*

– Ό,τι και να μου πεις, δεν σε ξαναπιστεύω πια... Σ΄ ευχαριστώ Άγγελε. Δεν θα το ξεχάσω ποτέ...

– Σσσς! Μη μιλάς! την πρόσταξε τρυφερά ο Άγγελος.

Αυτή φορά δεν είχε πέσει έξω ο Άγγελος. Σε λίγα λεπτά, ακούστηκε ταυτόχρονα ο βόμβος απ' τις μηχανές ενός ελικοπτέρου και δύο ταχύπλοων, που πλησίαζαν στο σημείο του αεροναυαγίου, ενώ οι άνεμοι κι η θάλασσα έδειχναν κάπως να κοπάζουν. Η επιχείρηση διάσωσης στέφθηκε από απόλυτη επιτυχία, προτού προλάβει να βυθιστεί το υδροπλάνο κι οι δεκαεπτά επιβάτες, μαζί με το τετραμελές πλήρωμα οδηγήθηκαν με ασφάλεια στον «Ευαγγελισμό», που εφημέρευε, οι περισσότεροι με ελαφρά τραύματα και για προληπτικούς κυρίως λόγους. Εκτός απ' τη Λάγια, υπήρχαν κι άλλοι τρεις σοβαρά τραυματισμένοι, μια νεαρή κοπέλα, ένας ηλικιωμένος άντρας κι ένα αγοράκι περίπου οκτώ ετών.

Όταν φτάσανε στον «Ευαγγελισμό» κι αφού πήραν τη Λάγια με το φορείο, για να την πάνε σε δωμάτιο, ο Άγγελος έδωσε τα στοιχεία του στην Υποδοχή κι αμέσως μετά τηλεφώνησε στη Λήδα.

– Λήδα, αγάπη μου...

– Πού είσαι καλέ μου, είσαι καλά; τον διέκοψε με ανήσυχη λαχτάρα η Λήδα.

– Ναι, κυρά μου, μια χαρά είμαι, δόξα τω Θεώ!

– Σ' ευχαριστώ, Θεέ μου! Ξέρεις, το άκουσα σε έκτακτο δελτίο της τηλεόρασης και τρελάθηκα. Κι αυτά τα κοράκια της τηλεόρασης σχεδόν προεξοφλούσαν τον θάνατο όλων των επιβατών. Ευτυχώς, δεν το είδαν τα παιδιά, αλλά ώσπου να μου τηλεφωνήσεις, πέθανα απ' την αγωνία μου.

– Έχεις δίκιο αγάπη μου, αλλά τέλος καλό, όλα καλά!

– Κι η Λάγια;

– Έχει χτυπήσει στο κεφάλι. Είναι στον «Ευαγγελισμό» τώρα, αλλά δεν νομίζω ότι κινδυνεύει και...

– Θα πάρω αύριο το πρωί τα παιδιά και θα 'ρθουμε στην Αθήνα, τον διέκοψε αποφασιστικά η Λήδα..

– Όχι, κυρά μου, δεν υπάρχει κανένας λόγος. Σου είπα, είμαι απολύτως καλά και το Σαββατοκύριακο ή μάλλον την Παρασκευή θα έρθω εγώ εκεί.

– Είσαι βέβαιος;

– Ναι, αγάπη μου, φίλησέ μου τα παιδιά και κράτα το πιο γλυκό φιλί, για σένα!

– Σ' αγαπώ.

– Κι εγώ.

Όταν έκλεισε το τηλέφωνο, πήγε κατ' ευθείαν να βρει τον νευροχειρουργό του νοσοκομείου, που όπως του είπαν, τον έλεγαν Απόστολο Καζάρη και τον οποίο συνάντησε συμπτωματικά τη στιγμή, που έμπαινε στο δωμάτιο της Λάγιας. Ο Καζάρης εξέτασε κλινικά το τραύμα της, της έκανε επί τόπου μερικά απλά τεστ αντίληψης και συνειδητότητας και διέταξε αμέσως τη νοσοκόμα να την πάνε για αξονική τομογραφία και μια σειρά από άλλες εξετάσεις. Όταν βγήκαν απ' το δωμάτιό της, ο γιατρός είπε στον Άγγελο.

– Φύλακα άγγελο είχε αυτή η γυναίκα! Το τραύμα της είναι σοβαρό, αλλά δεν διατρέχει άμεσο κίνδυνο. Αν, όπως ελπίζω, μου το επιτρέψουν οι εξετάσεις, θα τη χειρουργήσω αύριο το πρωί.

– Ευχαριστώ γιατρέ μου, είπε ο Άγγελος, που ο συνειρμός του ονόματός του με τη φράση του γιατρού, τον έκανε να χαμογελάσει.

– Να μη μ' ευχαριστείτε καθόλου, είπε ο Καζάρης, ενώ ταυτόχρονα, βλέποντας το ματωμένο μπράτσο του Άγγελου, το έπιασε και εξέτασε πρόχειρα το τραύμα του, διαπιστώνοντας ότι δεν ήταν τόσο επιπόλαιο όσο νόμιζε ο Άγγελος.

– *Έχετε χάσει αρκετό αίμα και το σκίσιμο είναι εκτεταμένο, του είπε. Θα χρειαστεί μια μικρή επέμβαση, με απλή τοπική αναισθησία, για να σάς το ράψω. Και θα σάς συνιστούσα, για καλό και για κακό, να μείνετε εδώ σήμερα το βράδυ.*

– *Επείγει, γιατρέ μου;*

– *Όχι, αλλά δεν είναι τίποτα! Δέκα λεπτών δουλειά είναι. Πάμε τώρα να σας το ράψω να ξεμπερδεύετε!*

– *Εντάξει, όπως θέλετε.*

Πράγματι, η επέμβαση δεν κράτησε πάνω από ένα τέταρτο κι αμέσως μετά τον πήγαν στο δωμάτιο 223, όπου κοιμήθηκε αμέσως, εξαντλημένος από όσα είχε περάσει και σωματικά και ψυχικά. Ξύπνησε ευδιάθετος, πήρε το άχαρο νοσοκομειακό πρωινό και τηλεφώνησε στη Λήδα:

– *Καλημέρα, αγάπη μου.*

– *Καλημέρα, καλέ μου, πώς κι έτσι πρωί–πρωί;*

– *Λήδα, χθες, σου είπα ένα μικρό, λευκό ψεματάκι.*

– *Τι; Έχεις χτυπήσει! είπε με τρομαγμένη βεβαιότητα η Λήδα.*

– *Ναι, είχε σκιστεί λίγο το δεξί μπράτσο μου, αλλά μου το ράψανε κι είμαι μια χαρά τώρα.*

– *Δεν θα σε συγχωρέσω ποτέ γι ' αυτό που έκανες! Θα 'θελες να στο έκανα εγώ αυτό;*

– *Αγάπη μου, συγνώμη, αλλά έκρινα ότι δεν υπήρχε κανένας λόγος να σε ανησυχήσω. Σκόπευα μάλιστα να φύγω από το νοσοκομείο, αλλά είδε το τραύμα μου ο νευροχειρουργός της Λάγιας και επέμενε να μού το ράψει και να με κρατήσει εδώ για τη νύχτα προληπτικά. Με συγχωρείς, κυρά μου, έτσι;*

– Μπορώ να κάνω και διαφορετικά; Η Λάγια, τι κάνει; Είναι καλά;

– Όχι, Λήδα μου. Έχει ένα βαθύ τραύμα στο κεφάλι και θα την εγχειρήσουν όπου να' ναι. Μπορεί να είναι ήδη στο χειρουργείο. Το καλό είναι ότι δεν διατρέχει κίνδυνο.

– Πω, πώωω, η κακομοίρα! Ελπίζω να μην της αφήσει κανένα πρόβλημα. Όταν τη δεις, πες της περαστικά κι από μένα.

– Ναι, κυρά μου, θα μείνω εδώ, για να...

– Πού «εδώ»; Στο νοσοκομείο είσαι;

– Ναι, δεν σού είπα ότι με κράτησε εδώ ο γιατρός, για λόγους προληπτικούς;

– Άγγελε, δεν μου λες πάλι κανένα «μικρό λευκό, ψεματάκι», έτσι;

– Όχι, κυρά μου, σου δίνω τον λόγο μου.

– Εντάξει. Σε πιστεύω. Πάρε με να μου πεις, πώς θα τα πάει η Λάγια.

– Εντάξει, θα σε πάρω. Σε φιλώ.

– Κι εγώ.

Ο Άγγελος έκανε μερικά ακόμη τηλεφωνήματα για τη δουλειά του και μετά άνοιξε την τηλεόραση να χαζέψει, περιμένοντας τα νέα της Λάγιας. Σε λίγο, άνοιξε η πόρτα του δωματίου του κι εμφανίστηκε μία γιατρός.

– Καλημέρα σας, κύριε Μασούκου, πώς είσθε σήμερα;

– Μια χαρά ευχαριστώ...είπε ο Άγγελος, περιμένοντας ν' ακούσει τον λόγο της επίσκεψης της γιατρού, με κάποια ανησυχία.

– Με λένε Αμαλία Μπελετάκη κι είμαι βοηθός του κυρίου Κώστα Πέρτογλου, του Διευθυντή του Ογκολογικού, που μου ανέθεσε μια λεπτή αποστολή.

– Του Ογκολογικού, είπατε; Από πού κι ως πού; Απ' όσο ξέρω ούτε η

κυρία Βακρίδη ούτε εγώ έχουμε καρκίνο...

– Εσείς, όχι βέβαια, αλλά οι εξετάσεις της κυρίας Βακρίδη έδειξαν ένα πρόβλημα!

– Τι πρόβλημα; Είναι σοβαρό; τη διέκοψε ανήσυχος ο Άγγελος.

– Δυστυχώς, ναι. Ενενήντα τοις εκατό, πάσχει από Λέμφωμα νον Χότζκιν, όπως διέγνωσε ο κύριος Πέρτογλου.

– Αν καλά γνωρίζω, αυτή είναι μια σπάνια κι εξαιρετικά επικίνδυνη μορφή καρκίνου του αίματος.

– Ακριβώς έτσι είναι, όπως το είπατε κι η μοναδική αποτελεσματική συνήθως θεραπεία είναι η μεταμόσχευση. Κι επειδή ο κύριος Καζάρης, μάς είπε ότι είσαστε γνωστοί κι ότι μάλιστα, όπως του είπε η ίδια η κυρία Βακρίδη, της σώσατε τη ζωή, θεώρησε σκόπιμο να σας ενημερώσω και να μου πείτε, ποιον άλλον τυχόν χρειάζεται να ειδοποιήσω.

– Απ' όσο ξέρω, η κυρία Βακρίδη δεν έχει άλλο συγγενή, εκτός απ' τον πατέρα της, αλλά, αν μου επιτρέπετε, δεν το θεωρώ σκόπιμο να ενημερωθεί σ' αυτή τη φάση. Είμαι μάλιστα βέβαιος ότι ούτε η κυρία Βακρίδη θα το ήθελε. Υπάρχει κάτι, που θα μπορούσα να κάνω εγώ;

– Εδώ ακριβώς είναι το λεπτό θέμα. Αν τελικά η πρώτη διάγνωση είναι σωστή, η μόνη αποτελεσματική και πιθανόν ριζική θεραπεία, όπως σας είπα, είναι η μεταμόσχευση. Παράλληλα λοιπόν, διαπιστώθηκε απ' τις εξετάσεις και των δυο σας ότι η σύνθεση του αίματός σας είναι απολύτως συμβατή και...

– Αν καταλαβαίνω καλά, το λεπτό θέμα, που είπατε, είναι αν δέχομαι να είμαι ο δότης για τη μεταμόσχευση, τη διέκοψε πάλι ο Άγγελος.

– Μάλιστα. Βέβαια είναι νωρίς ακόμη για οποιοδήποτε συμπέρασμα ή απόφαση, γιατί πρέπει πρώτα να περάσει η κυρία Βακρίδη από μία σειρά εξετάσεων, για να διακριβωθεί η γενική κατάσταση του οργανισμού της, να επιβεβαιωθεί η ασθένεια εκατό τοις εκατό και να γίνει και μια δεύτερη εξέταση αίματος και στους δυο σας, για να

εξακριβωθεί με κάθε βεβαιότητα η απόλυτη συμβατότητα. Επειδή όμως και στις δύο περιπτώσεις λείπει μάλλον μόνον η επιβεβαίωση κι επειδή η απόλυτη συμβατότητα του αίματος «μηδέν αρνητικό» είναι εξαιρετικά σπάνιο φαινόμενο, θα ήταν καλό να γνωρίζουμε την κατ' αρχήν δική σας διάθεση για το θέμα.

– Ακούστε, δεν είναι ούτε απλό ούτε εύκολο αυτό το θέμα. Καθόλου εύκολο θα έλεγα…απάντησε σκεπτικός.

– Το ξέρω και σάς καταλαβαίνω απολύτως, αλλά σκεφτήκαμε, μήπως αυτή η συμπτωματική συμβατότητα μπορούσε ν' αποτελέσει μια ελπίδα.

– Ξέρετε, αισθάνομαι λίγο περίεργα. Το γεγονός ότι έσωσα τη ζωή της κυρίας Βακρίδη, με κάνει να νιώθω υπεύθυνος γι' αυτή… Περίεργο δεν είναι;

– Καθόλου! Θα έλεγα ότι φανερώνει απλώς, πως έχετε βαθειά ευαισθησία κι ανθρωπιά!

– Όπως καταλαβαίνετε, επειδή έχω και μια πολυμελή οικογένεια, πρέπει να ζυγίσω πολύ τα πράγματα, σχολίασε, με ύφος, σαν να μιλούσε στον εαυτό του. Υπάρχει κίνδυνος ή κάποια παρενέργεια για τον δότη;

– Όχι. Ο δότης είναι απολύτως ασφαλής και δεν κινδυνεύει από καμία παρενέργεια.

– Ωραία. Προχωρήσετε λοιπόν, προς το παρόν στις εξετάσεις, γεγονός που θα μου δώσει κι εμένα τον καιρό να το σκεφτώ και…

– Επομένως, μπορώ να συμπεράνω ότι κατ' αρχήν δεν είστε αρνητικός, τον διέκοψε με κάποια δόση ενθουσιασμού η Μπελετάκη.

– Θα πρότεινα να μη βιάζουμε τα πράγματα, κυρία Μπελετάκη, είπε λίγο κοφτά ο Άγγελος. Μείνετε, παρακαλώ, σ' αυτό ακριβώς που είπα, κάντε τις εξετάσεις και βλέπουμε!

– Σας ευχαριστώ πολύ, θα σάς ενημερώσω αμέσως για τ' αποτελέσματα. Καλημέρα σας.

– Γεια σας. Α, συγνώμη! Με ξαφνιάσατε με τα δυσάρεστα νέα και ξέχασα να σας ρωτήσω, αν ξέρετε, πώς πήγε η επέμβαση στο κεφάλι της κυρίας Βακρίδη...

– Φυσικά και ξέρω. Πήγε άριστα, αλλά επειδή το τραύμα είχε φτάσει στην εγκεφαλική ουσία, θα μείνει μια–δυο μέρες στην εντατική, για προληπτικούς και μόνο λόγους.

– Α, ωραία! Σας ευχαριστώ.

Όταν έμεινε μόνος του, βυθίστηκε σε σκέψεις. Πώς δέθηκε, μέσα σε λίγες ώρες, με όρους ζωής και θανάτου, με μια τελείως άγνωστή του, μέχρι πριν από λίγες μέρες, γυναίκα; Ποια αόρατη δύναμη είχε φέρει τόσο κοντά αυτές τις δυο ανθρώπινες υπάρξεις; Τι μπορεί να σήμαινε αυτό για την υπόλοιπη ζωή του; Τι άνθρωπος ήταν αυτή η γυναίκα, που της έσωσε τη ζωή και τώρα εκαλείτο να το επαναλάβει; Ερωτήματα, που θα έμεναν αναπάντητα για πολύ καιρό ακόμη...

~ ~

31ο ΚΕΦΑΛΑΙΟ

Λέμφωμα νον Χότζκιν

Το κουδούνισμα του κινητού του διέκοψε τις σκέψεις του. Ήταν η Λήδα.

– Ξέρεις, τι σκέφτηκα αγάπη μου; Εσύ έχεις τις δουλειές σου. Μήπως να έρθω εγώ, να παρασταθώ στη Λάγια; Είναι τόσο συμπαθητική κι απ' ό,τι ξέρω δεν έχει κανένα, εκτός απ' τον πατέρα της. Κι εσείς οι άντρες δεν είσαστε οι καταλληλότεροι για νοσοκομειακή συμπαράσταση...

– Όχι... δεν το βλέπω σκόπιμο, είπε διστακτικά ο Άγγελος.

– Γιατί, το λες αυτό;

– Κοίτα, Λήδα, τις επόμενες μέρες θα είναι στην εντατική, όπου –όπως ξέρεις– απαγορεύονται οι επισκέψεις. Θα παρακολουθήσω εγώ την εξέλιξη και θα σ' ενημερώσω. Εντάξει;

– Εντάξει, καλέ μου, όπως νομίζεις.

«Όπως νομίζεις», είπε στον Άγγελο, αλλά μια αδύναμη φωνούλα μέσα της έσπειρε την πρώτη ελαφρειά ανήσυχη ζήλεια. Δεν είχε κανένα χειροπιαστό στοιχείο, αλλά η γυναικεία διαίσθηση είναι κάποιες φορές πιο ισχυρή από τα στοιχεία.

Ο Άγγελος ντύθηκε, χαιρέτησε τον γιατρό του κι έφυγε απ' το νοσοκομείο. Πήγε σπίτι του, έκανε ένα ζεστό μπάνιο και ξάπλωσε. Αισθανόταν ακόμη κουρασμένος και οργανικά και ψυχολογικά, ιδιαίτερα μετά τα άσχημα νέα για την υγεία της Λάγιας. Αυτές οι τελευταίες σαράντα οκτώ ώρες ήταν γεμάτες συμπυκνωμένη ένταση. Διάβασε δυο σελίδες από ένα μυθιστόρημα κι αποκοιμήθηκε.

Το πρωί τον ξύπνησε το τηλέφωνο, πριν απ' το ξυπνητήρι του. Ήταν ο Πέρτογλου από το νοσοκομείο.

– Καλή σας ημέρα, κύριε Μασούκου. Συγνώμη που σας ενοχλώ τόσο πρωί, αλλά ήθελα να μιλήσω μαζί σας, πριν μπω στο χειρουργείο.

– Καλημέρα, γιατρέ μου. Δεν μ' ενοχλείτε. Τι συμβαίνει;

– Οι εξετάσεις, κύριε Μασούκου, επιβεβαίωσαν ότι η κυρία Βακρίδη, πάσχει τελικά δυστυχώς από Λέμφωμα νον Χότζκιν. Μια εξαιρετικά σπάνια μορφή και επικίνδυνη μορφή καρκίνου του αίματος. Η μόνη αποτελεσματική και ίσως ριζική αντιμετώπιση αυτής της ασθένειας απαιτεί μεταμόσχευση. Κι αυτό μάς φέρνει στο ερώτημα, που σας έκανε ήδη η βοηθός μου, αν θα είσαστε δηλαδή διατεθειμένος να γίνετε ο δότης, μια κι η απόλυτη συμβατότητα των αιμάτων σας, σάς καθιστά ιδανικό.

– Κοιτάξτε γιατρέ, αν κι ακόμη δεν έχω ξυπνήσει καλά–καλά, επειδή το έχω ήδη σκεφτεί, η απάντησή μου είναι καταφατική.

– Χαίρομαι ειλικρινά, σας συγχαίρω για την αλτρουϊστική απόφασή σας και σας παρακαλώ, αν δεν έχετε πρόβλημα, να έρθετε εδώ το μεσημέρι, για να συζητήσουμε το όλο θέμα.

– Σας ευχαριστώ πολύ, αλλά πρέπει να ενημερώσω και την οικογένειά μου. Δεν περιμένω βέβαια κάποια αρνητική αντίδραση, αλλά το θεωρώ στοιχειώδες καθήκον μου. Γι' αυτό θα παρακαλούσα, αν σας βολεύει και σας, να κανονίσουμε τη συνάντησή μας για τη Δευτέρα το πρωί στις δέκα.

– Φυσικά. Ούτε λόγος! Θα σας περιμένω τη Δευτέρα το πρωί.

Η επιβεβαίωση της βαριάς αρρώστιας της Λάγιας, σε συνδυασμό με το βίαιο ξύπνημά του με άσχημα νέα, του χάλασαν τη διάθεση και σηκώθηκε από το κρεβάτι του δύσθυμος. Σκέφτηκε ότι ο γιατρός τον είχε πιάσει κυριολεκτικά στον ύπνο κι ότι είχε δώσει την αποφασισμένη βέβαια συγκατάθεσή του λίγο βεβιασμένα, πριν καν προλάβει να το συζητήσει με τη Λήδα και δεν του άρεσε αυτό...

Στη Λήδα θα το έλεγε αμέσως, το Σαββατοκύριακο, που θα πήγαινε στη Λευκάδα. Μ' αυτές τις σκέψεις είχε φτάσει σπίτι του. Παρκάρισε και την ώρα που έβαζε το κλειδί του στην πόρτα, άκουσε θόρυβο μέσα απ' το σπίτι του. Παραξενεύτηκε κι ανησύχησε, αλλά ήδη είχε ανοίξει την πόρτα κι είδε μπροστά του τη Λήδα.

– Τι θες εσύ εδώ; ρώτησε έκπληκτος.

– Γιατί; Περίμενες κάποια άλλη, αγάπη μου; είπε περιπαικτικά η Λήδα απλώνοντας τα χέρια της κι αγκαλιάζοντας τον άντρα της.

– Ναι, αλλά κι εσύ μου κάνεις, απάντησε στο πείραγμά της, φιλώντας τη γυναίκα του και μετά ένα–ένα τα παιδιά του.

– Ωραία, γι' αυτό ήρθα κι εγώ, για να μην είσαι μόνος σου αυτές τις ώρες. Πώς είναι το χέρι σου;

– Μια χαρά!

– Κι η Λάγια;

– Καλά. Κάτσε να πάρω μια ανάσα, να δω λίγο τα παιδιά και θα σου πω.

– Κάτι δεν πάει καλά, ε; ρώτησε η Λήδα, που η διαίσθησή της έπιασε κάτι όχι ευχάριστο στον τόνο της φωνής του.

– Θα σου πω. Έχει τίποτα να φάμε;

– Δεν πρόλαβα ακόμη αγάπη μου να ετοιμάσω. Θες να παραγγείλουμε κινέζικο;

– Ωραία ιδέα! Παράγγειλε εσύ ό,τι θες κι εγώ πάω να κάνω ένα ντους.

Τη στιγμή που έβγαινε απ' το μπάνιο, χτύπησε το κουδούνι. Ήταν το ντελίβερι, που είχε φέρει το γεύμα τους απ' το κοντινό κινέζικο εστιατόριο. Όταν έκατσαν στο τραπέζι, κι ενώ η Λήδα σερβίριζε τον Άγγελο, τον ρώτησε, χωρίς να χάσει καιρό:

– Λοιπόν, για πες μου, τι συμβαίνει; Γιατί είσαι στενοχωρημένος;

– Δεν είναι πολύ ευχάριστα τα νέα... Με βάση τις εξετάσεις αίματος που έκαναν στη Λάγια, ανακάλυψαν ότι πάσχει από μια σπάνια αρρώστια, το Λέμφωμα νον Χότζκιν .

– Τι είναι αυτό; Δεν το έχω ξανακούσει.

– Είναι ένας σπάνιος, αλλά και εξαιρετικά βαρύς κι επικίνδυνος καρκίνος του αίματος, που...

– Τι λες, βρε παιδί μου! Τι ατυχία αυτή η γυναίκα! Το ένα πάνω στ᾽ άλλο... Και το ένα χειρότερο από το άλλο. Και δεν υπάρχει θεραπεία γι᾽ αυτή την ασθένεια;

– Ναι. Μεταμόσχευση.

– Αλλά θα πρέπει να βρεθεί κάποιος συμβατός δότης, ε;

– Ακριβώς! Κι εδώ είναι τα καλά νέα, γιατί από τις εξετάσεις αίματος, που έκαναν και σε μένα, βρήκαν ότι είμαι απόλυτα συμβατός δότης και...

– Καλά, δεν μου λες, πότε τα έμαθες όλα αυτά κι εγώ δεν ξέρω τίποτα; τον διέκοψε λίγο θυμωμένη η Λήδα.

– Μόλις πριν έρθω εδώ, ήμουνα στο νοσοκομείο, όπου με ενημέρωσε ο γιατρός της Λάγιας, ένας ογκολόγος, ονόματι Πέρτογλου.

– Χμ... Και τι θα κάνεις;

– Δεν ξέρω, αγάπη μου... Μού μοιάζει σκληρό, για να μην πω απάνθρωπο να μη βοηθήσω να σωθεί μια ανθρώπινη ζωή!

– Κι εσύ;

– Τι κι εγώ;

– Δεν διατρέχεις κανένα κίνδυνο, δεν θα έχεις παρενέργειες;

– Όχι! Σ᾽ αυτό ήταν κατηγορηματικός ο γιατρός!

– Τι να πω κι εγώ...

– Εγώ λέω να δεχθώ, Λήδα!

*– Όπως νομίζεις, Άγγελε. Δεν μπορώ να πω ότι με ενθουσιάζει η ιδέα, αλλά συμφωνώ με το σκεπτικό σου, κατανοώ απολύτως την επιλογή σου και θα σε στηρίξω αν και όπου χρειασθεί.*Την ίδια στιγμή όμως ξανατρύπωσε στο μυαλό της εκείνο το σαράκι. Κατηγόρησε τον εαυτό της, που σκεφτόταν τόσο εγωιστικά, μπροστά στη σωτηρία μιας ανθρώπινης ζωής και απώθησε αυτή τη σκέψη.

– Το μόνο που θα χρειασθεί σίγουρα είναι ότι θα μείνεις για λίγο καιρό μόνη σου, γιατί η μεταμόσχευση θα γίνει ή στην Ιερουσαλήμ ή στο Χιούστον.

– Δηλαδή, πόσο «λίγο»;· ρώτησε με φανερή δυσαρέσκεια η Λήδα.

– Αυτό δεν το ξέρω ακόμη. Φαντάζομαι θα μου το πουν, πριν από το ταξίδι.

– Μμμ! Ελπίζω να μην είναι πολύ το «λίγο», αν και θα μού λείψεις βέβαια, ακόμη κι αν ήταν μια μόνο εβδομάδα, αλλά δεν το συζητώ. Με τη δουλειά σου, τι θα κάνεις;

– Ευτυχώς αυτόν τον καιρό δεν έχω επείγουσες υποθέσεις και θα πάρω άδεια χωρίς αποδοχές. Για κάποια σοβαρά θέματα άλλωστε, υπάρχει κι η ηλεκτρονική επικοινωνία.

– Μάλιστα... Η Λάγια ξέρει ότι είναι άρρωστη;

– Όχι, δεν το ξέρει ακόμη. Περιμένει ο Πέρτογλου την απόφασή μου, ώστε μαζί με τα άσχημα νέα, να της ανακοινώσει κι ότι έχει βρεθεί δότης.

Στο τέλος αυτής της συζήτησης, η φωνή μέσα στο μυαλό της και την καρδιά της έγινε πιο δυνατή και το τσίμπημα της ζήλειας πιο έντονο. «Τόση πια αφοσίωση σε μια άγνωστη γυναίκα;» της είπε η φωνή κι η Λήδα συμπλήρωσε νοερά «Είναι άγνωστη, αλλά είναι πολύ όμορφη, ενδιαφέρουσα, δυναμική και γοητευτική». Το σαράκι είχε εισχωρήσει στην καρδιά και στο μυαλό της Λήδας και προχωρούσε κάθε μέρα και πιο βαθειά. Ακόμη όμως δεν είχε το παραμικρό στοιχείο κι ούτε διανοήθηκε βέβαια να το συζητήσει με τον Άγγελο, γιατί θα γελοιοποιόταν χωρίς κανένα στοιχείο, στα μάτια ενός δικαστή, που ήταν και άντρας της.

Τη Δευτέρα το πρωί ο Άγγελος πήγε, όπως υποσχεθεί στον Πέρτογλου:

– Γεια σας. Καλή σας ημέρα και καλή εβδομάδα!

– Γεια σας, κύριε Μασούκου. Επίσης. Συζητήσατε το θέμα με την οικογένειά σας;

– Ναι.

– Και;

– Είμαστε όλοι σύμφωνοι!

– Επιτρέψτε να σας συγχαρώ για άλλη μια φορά, για την απόφασή σας. Ξέρετε, παρά το γεγονός ότι δεν υπάρχει κανένας κίνδυνος για τους δότες, είναι ελάχιστοι οι άνθρωποι που θα δέχονταν να βοηθήσουν ένα άγνωστο συνάνθρωπό τους.

– Μην το συζητάτε, κύριε Πέρτογλου. Το θεωρώ στοιχειώδες καθήκον, για όσους θέλουν να λέγονται άνθρωποι. Πείτε μου όμως τώρα, τι ακριβώς, πότε και που θα γίνει.

– Κοιτάξτε, υπάρχουν δύο διάσημα παγκόσμια κέντρα μεταμοσχεύσεων γι᾽ αυτή την ασθένεια. Το ένα βρίσκεται στην Ιερουσαλήμ και το άλλο στο Χιούστον. Προσωπικά έχω επαφή με τον επικεφαλής της ομάδας του Χιούστον, αλλά κι αν διαλέξετε να πάτε στην Ιερουσαλήμ, δεν υπάρχει κανένα απολύτως πρόβλημα.

– Εμένα δεν με νοιάζει. Ό,τι διαλέξει η κυρία Βακρίδη. Και πότε περίπου υπολογίζετε ότι πρέπει να γίνει η μεταμόσχευση;

– Δεν νομίζω πριν απ᾽ την παρέλευση ενός μηνός και όχι αργότερα από τρεις, αλλά θα σάς ενημερώσω έγκαιρα.

– Ωραία, και πάλι ευχαριστώ γιατρέ, είπε, απλώνοντας το χέρι του και σφίγγοντας με θέρμη το χέρι του Πέρτογλου.

– Στο καλό, κύριε Μασούκου, εύχομαι ειλικρινά το καλύτερο και, όπως είπαμε, θα είμαστε σ' επαφή.

Έφυγε απ' τον «Ευαγγελισμό» ανακουφισμένος και προβληματισμένος. Ανακουφισμένος, επειδή είχε πάρει την απόφαση να σώσει τη ζωή αυτής της άγνωστης ουσιαστικά γυναίκας και προβληματισμένος, γιατί όσο να' ναι και παρά τις διαβεβαιώσεις του γιατρού πως οι δότες δεν κινδυνεύουν καθόλου και δεν έχουν παρενέργειες, θα έμπαινε σε μια βιολογική, πρακτική και ψυχολογική περιπέτεια, την έκβαση της οποίας δεν μπορούσε κανείς να προβλέψει. Παράλληλα θα αναγκαζόταν να εγκαταλείψει για κάποιο διάστημα τη δουλειά του και την οικογένειά του και τότε μόνο σκέφτηκε, ότι είχε ξεχάσει να ρωτήσει τον Πέρτογλου, πόσος χρόνος θα χρειαζόταν για ολόκληρη τη διαδικασία.

~ ~

32ο ΚΕΦΑΛΑΙΟ

Όχι, Θεέ μου, όχι αυτό!

Όταν η Λάγια ξεπέρασε τον βαρύ τραυματισμό στο κεφάλι της, είπε στον γιατρό της, που την παρακολουθούσε, ότι ήθελε ένα πλαστικό χειρουργό, για να περιποιηθεί το τμήμα του τραύματός της, που ήταν έξω απ' το τριχωτό του κεφαλιού της. Πράγματι, μετά από λίγη ώρα εμφανίστηκε στο δωμάτιό της ένας νέος άντρας, γύρω στα σαρανταπέντε, ψηλός, μελαχρινός, που θα μπορούσε κανείς να τον πει και ωραίο.

— Καλή σας μέρα, κυρία Βακρίδη, είπε μπαίνοντας στο δωμάτιο, είμαι ο Χρήστος Ζεγαρίτης, *πλαστικός χειρουργός. Μου είπαν ότι με ζητήσατε κι είμαι στη διάθεσή σας.*

— Καλημέρα, γιατρέ μου, σάς ευχαριστώ που ήρθατε. Θέλω να δείτε το μέτωπό μου και να μου πείτε, τι μπορούμε να κάνουμε, για να εξαφανίσουμε αυτή την ουλή.

Ο Ζεγαρίτης πλησίασε, έσκυψε κοντά στο κεφάλι της, ψηλάφισε απαλά με τα δάχτυλά του την ουλή, και είπε:

— Κυρία Βακρίδη, είναι μια μάλλον εύκολη επέμβαση, μετά από την οποία, σας εγγυώμαι πως δεν θα φαίνεται το παραμικρό. Μήπως, με την ευκαιρία θα θέλατε και κάποια άλλη παρέμβασή μου;

— Όχι γιατρέ μου, ευχαριστώ. Μου φτάνει προς το παρόν η εξαφάνιση αυτής της ουλής. Πότε νομίζετε ότι μπορούμε να κάνουμε αυτή την εύκολη, όπως είπατε, επέμβαση;

– Νομίζω και αύριο, αν δεν έχει αντίρρηση ο συνάδελφός μου, που χειρούργησε το τραύμα σας. Θα τον ρωτήσω και θα σάς πω.

– Ωραία, γιατρέ μου, σάς ευχαριστώ και θα περιμένω τα νέα σας.

Πράγματι, τη μεθεπομένη, η Λάγια ξαναμπήκε στο χειρουργείο, για την πλαστική επέμβαση, που έγινε με απόλυτη επιτυχία, όπως της είπε ο Ζεγαρίτης. Δυο ώρες περίπου αργότερα, την επισκέφτηκε ο Άγγελος.

– Καλώς τον φύλακα άγγελό μου, του είπε, χαμογελώντας ελαφρά η Λάγια.

– Καλή σου μέρα, Λάγια μου!Απ, ό,τι βλέπω, αρχίσαμε το πρόγραμμα ομορφιάς!

– Ποια ομορφιά, μωρέ Άγγελε; Δεν βλέπεις τα χάλια μου;

– Τα «χάλια» σου, όπως λες, είναι προσωρινά. Σε λίγο θα είσαι περδίκι και πανέμορφη, όπως πριν. Αλήθεια, τι σου είπε ο γιατρός; Πότε θα βγεις;

– Σε τρεις–τέσσερις μέρες θα μου κόψει ο Ζεγαρίτης τα ράμματα απ' την πλαστική και φαντάζομαι ότι θα με αφήσουν να φύγω.

– Α, ωραία! Μόλις βγεις με το καλό, θα πάρουμε και τη Λήδα και θα πάμε ένα ταξιδάκι να ξεδώσεις.

– Τι λες, βρε Άγγελε; Ξέρεις, τι δουλειά με περιμένει;

– Η δουλειά μπορεί να περιμένει, έως ότου γίνεις απολύτως καλά, παρατήρησε εκείνος, ενώ το μυαλό του έτρεχε στο μεγάλο κι επικίνδυνο ταξίδι, που θα ήταν αναγκασμένη να κάνει στο Χιούστον και συνέχισε. Ένας σοφός φίλος μου, μού έλεγε ότι δεν υπάρχουν επείγοντα πράγματα, αλλά επειγόμενοι άνθρωποι...

– Καλά! Ας είχε τις δικές μου φουρτούνες και σου 'λεγα εγώ!

– Εντάξει, άσε να βγεις και βλέπουμε... Εγώ, μήπως μπορώ να βοηθήσω σε κάτι;

– Όχι, Άγγελέ μου, αρκετά έκανες ήδη! Άλλωστε η δουλειά μου είναι *ένας χώρος, εντελώς ξένος για σένα. Κι ευτυχώς, κουτσά στραβά –ας είναι καλά το lap top– κάποια σημαντικά πράγματα, κάπως τα ελέγχω.*

Εκείνη ακριβώς τη στιγμή, άνοιξε η πόρτα και μπήκε ο Πέρτογλου.

–Καλή σας μέρα, κυρία Βακρίδη! Είμαι ο Κώστας Πέρτογλου, Διευθυντής του Ογκολογικού Τμήματος του «Ευαγγελισμού» κι ήρθα να δω τι κάνει η τυχερή κι όμορφη ασθενής μας, αυτοσυστήθηκε ο Πέρτογλου και χαιρέτησε τον Άγγελο, που του ανταπέδωσε τον χαιρετισμό.

– Πολύ καλύτερα γιατρέ μου, αλλά μάλλον άτυχη είμαι και σίγουρα όχι όμορφη, στην κατάσταση που βρίσκομαι.

– Αχ, αυτή η γυναικεία κοκεταρία! είπε ο Πέρτογλου και συνέχισε σε άλλο τόνο. *Κυρία Βακρίδη, ήρθα, για να δω πρώτα, τι κάνετε και για να συζητήσουμε ένα θέμα.*

– Συγνώμη! Του Ογκολογικού Τμήματος, είπατε; ρώτησε η Λάγια, που μόλις είχε συνειδητοποιήσει την ειδικότητα του Πέρτογλου.

– Μάλιστα...

– Δεν καταλαβαίνω... Τι σχέση έχει η ειδικότητά σας με μένα; Εγώ βρίσκομαι εδώ εξ αιτίας του τραύματός μου στο κεφάλι μου.

– Ναι, είναι απόλυτα δικαιολογημένη η απορία σας, κυρία Βακρίδη. Ο λόγος που σας επισκέφθηκα είναι επειδή οι προληπτικές εξετάσεις, που σάς έκαναν, πριν σάς χειρουργήσουν, έδειξαν ένα πρόβλημα στο αίμα σας κι είμαι εδώ ακριβώς για να συζητήσουμε αυτό το θέμα.

– Τι πρόβλημα; Ογκολόγος εσείς, πρόβλημα στο αίμα μου... Λευχαιμία έχω; ρώτησε σχεδόν έντρομη.

– Νννναι... Και μάλλον όχι από τις εύκολες περιπτώσεις, σχολίασε λίγο αμήχανα ο Πέρτογλου, αποφεύγοντας ακόμη να της πει την αλήθεια με μια ευθεία απάντηση, *αλλά ευτυχώς, έχουμε βρει τη λύση και...*

– Γιατρέ, δεν είμαι μικρό παιδί! Πείτε μου, σάς παρακαλώ, καθαρά τι έχω!

– Αυτό ακριβώς σκοπεύω να κάνω. Κυρία Βακρίδη και θα είμαι

απόλυτα ειλικρινής μαζί σας. Πάσχετε δυστυχώς από μία σπάνια και σοβαρή ασθένεια, που λέγεται «Λέμφωμα νον Χότζκιν», αλλά όπως σας είπα και το επαναλαμβάνω, ευτυχώς υπάρχει τρόπος αποτελεσματικής αντιμετώπισής της.

– Όχι, Θεέ μου, όχι αυτό! είπε με σχεδόν βραχνή από την απελπισία φωνή η Λάγια.

– Κυρία Βακρίδη, καταλαβαίνω απολύτως την αγωνία σας, αλλά ξέρετε, το καλύτερο φάρμακο σε όλες τις περιπτώσεις είναι η ψυχραιμία, η θετική στάση και η θέληση για ζωή του ασθενούς! είπε μαλακά ο Πέρτογλου.

– Ναι, ναι, τα ξέρω αυτά, σχολίασε ειρωνικά η Λάγια. Εύκολα λόγια, όσων είναι έξω απ' τον χορό!

– Όχι, Λάγια μου, δεν είναι «εύκολα λόγια», παρενέβη ο Άγγελος. Είναι μια αποδεδειγμένη ιατρική αλήθεια. Δεν λέω πως είναι εύκολο, αλλά είμαι σίγουρος ότι η «νικήτρια» Λάγια θα τα καταφέρει!

– Σ'ευχαριστώ Άγγελέ μου, αλλά αυτή τη φορά δεν είναι πολλά αυτά που μπορείς να κάνεις για μένα. Αυτή τη φορά η ζωή μου είναι στα δικά μου χέρια και της επιστήμης...

– Αυτό ακριβώς σού λέει και ο γιατρός κι εγώ, της απάντησε, ενώ μέσα του σκέφτηκε ότι η Λάγια θα μάθαινε σε λίγο ότι η ζωή της ήταν και πάλι στα δικά του «χέρια»...

– Πείτε μου, λοιπόν, γιατρέ μου, ρώτησε η Λάγια, ποιος είναι ο τρόπος «αποτελεσματικής» αντιμετώπισης, που είπατε, γιατί αν δεν κάνω λάθος, το Λέμφωμα νον Χότζκιν είναι μια μορφή θανάσιμου καρκίνου του αίματος.

– Σάς είπα ήδη ότι είναι σοβαρή ασθένεια, γιατί αν προλάβει και προχωρήσει, αδρανοποιεί και εξουδετερώνει το ανοσοποιητικό σύστημα του οργανισμού.

– Κάτι σαν AIDS, δηλαδή!

– Αν και επιστημονικά δεν είναι σωστή η παρομοίωση, θα μπορούσε *κανείς να το πει κι έτσι...*

– Μάλιστα!... Λέμφωμα νον Χότζκιν η Λάγια, μονολόγησε σαν να μην το πίστευε και μετά ρώτησε τον γιατρό. Και πώς είπατε ότι αντιμετωπίζεται;

– Με μεταμόσχευση, η οποία...

– Αν δεν κάνω λάθος, διέκοψε ανυπόμονα τον γιατρό η Λάγια, που όσο προχωρούσε η συζήτηση, ήταν φανερό ότι εντεινόταν η ανησυχία και το άγχος της, για να γίνει οποιαδήποτε μεταμόσχευση, χρειάζεται ο κατάλληλος συμβατός δότης.

– Ναι, έτσι ακριβώς είναι, όπως το λέτε...

– Και πού θα τον βρούμε αυτόν;

– Τον έχουμε ήδη βρει, κυρία Βακρίδη, και...

– Τον έχετε ήδη βρει; ρώτησε έκπληκτη, διακόπτοντας πάλι τον γιατρό, που απ' τη δικαιολογημένη αγωνία της δεν τον άφηνε να ολοκληρώνει τις φράσεις του.

– Κάντε μου, μια χάρη, κυρία Βακρίδη! Καταλαβαίνω και συμμερίζομαι την ανησυχία σας και την αγωνία σας και σέβομαι απόλυτα το άγχος σας. Είναι απολύτως φυσικά κι ανθρώπινα. Δεν είναι καθόλου εύκολο, για ένα νέο άνθρωπο, όπως εσείς, να βρίσκεται ξαφνικά μπροστά σε μια τέτοια ασθένεια. Σάς βεβαιώνω όμως, ότι ελέγχουμε την κατάσταση, γι' αυτό, σάς παρακαλώ πολύ, να ηρεμήσετε λίγο –θα πω να σάς φέρουν κι ένα Λεξοτανίλ– και θα σάς τα εξηγήσω όλα, με κάθε λεπτομέρεια.

– Εντάξει, γιατρέ μου, με συγχωρείτε, αλλά καταλαβαίνετε... είπε απολογητικά η Λήδα. Λέγατε λοιπόν, ότι έχετε βρει δότη. Ποιος είναι;

– Στέκεται μπροστά σας, είναι ο κύριος Μασούκου!

– Οοοχι! Όχι πάλι!

– Τι εννοείτε, «όχι πάλι», ρώτησε έκπληκτος ο Πέρτογλου.

– Δεν μου λες, ρώτησε η Λάγια τον Άγγελο, αγνοώντας την ερώτηση

του γιατρού και μ' ένα απρόσμενο για τη στιγμή χιούμορ, *εσύ δεν έχεις καλύτερη δουλειά να κάνεις, απ' το να σώζεις τη δική μου ζωή;*

– Δεν είναι κακή δουλειά και αφήνει και καλά κέρδη, χαριτολόγησε κι εκείνος, χαϊδεύοντας τρυφερά το κεφάλι της Λάγιας και διαπιστώνοντας με χαρά ότι είχε ξαναβρεί το χιούμορ της, καίριο σημάδι πάντα ψυχραιμίας και ζωντάνιας.

– Δηλαδή, πόσο θα μου κοστίσει;

– Την αγάπη σου!

– Αυτή την έχεις ήδη, μαζί με την απέραντη ευγνωμοσύνη μου. Και πού θα γίνει αυτή η μεταμόσχευση γιατρέ; ρώτησε η Λάγια ελαφρά πιο ήρεμη, στρεφόμενη προς τον Πέρτογλου.

– Υπάρχουν δυο εξειδικευμένα κέντρα σ' όλον τον κόσμο γι' αυτές τις μεταμοσχεύσεις. Το ένα είναι στην Ιερουσαλήμ και το άλλο στο Χιούστον, το οποίο και θα σας συνιστούσα, γιατί έχουμε ξανασυνεργαστεί με τον Δόκτορα Marcel Galgenovel, που θεωρείται ο κορυφαίος στον κόσμο για το Λέμφωμα νον Χότζκιν.

– Κι εγώ προτιμώ το Χιούστον, αν συμφωνεί κι ο Άγγελος φυσικά, είπε η Λάγια, που έδειχνε να βρίσκει την ψυχραιμία της.

– Εμένα δεν μου πέφτει λόγος. Όπου θες εσύ θα πάμε.

– Καλά, εσένα δεν σε βαφτίσανε τυχαία Άγγελο κι εγώ δεν θα κουραστώ ποτέ να σ' αγαπώ και να σ' ευγνωμονώ! είπε η Λάγια και στρεφόμενη στον Πέρτογλου, συνέχισε. *Μια ακόμη πολύ σημαντική ερώτηση, γιατρέ. Πόσες είναι οι πιθανότητες επιτυχίας της μεταμόσχευσης;*

– Κοιτάξτε, κυρία Βακρίδη, το καλό είναι ότι ξεκινάμε με τρία πολύ μεγάλα ατού. Το πρώτο είναι ότι ευτυχώς διαγνώσαμε την ασθένεια στα πρώτα–πρώτα στάδιά της, το δεύτερο είναι ότι σύμφωνα με τις εξετάσεις,έχετε ένα οργανισμό με πολύ ισχυρή κράση και το τρίτο κι ακόμη σημαντικότερο ατού είναι η ιδανική συμβατότητα του δότη μαζί σας, ούτε αδέλφια να είσαστε! Όσο για τις πιθανότητες, δεν μπορώ να σας δώσω απάντηση, επειδή η ασθένεια αυτή είναι πολύ σπάνια, έχει

διαγνωσθεί σχετικά πρόσφατα, σε σχέση με τον ιστορικό επιστημονικό χρόνο ύπαρξής της και τα διαθέσιμα στατιστικά στοιχεία, δεν είναι αρκετά, για να βγάλει κανείς ασφαλή συμπεράσματα.

– Καλά, δεν μπορείτε ούτε κατά προσέγγιση ούτε στο περίπου να μου πείτε;

– Στην επιστήμη, κυρία Βακρίδη, δεν υπάρχει το «περίπου» και δεν μπορώ να σάς δώσω ανεύθυνες πληροφορίες.

– Το καταλαβαίνω πολύ καλά αυτό που μου λέτε και το εκτιμώ, αλλά κι εσείς πρέπει να καταλάβετε την αγωνία μου και να με βοηθήσετε.

– Ίσως ο Δόκτωρ Marcel Galgenovel στο Χιούστον, να έχει περισσότερα στοιχεία και να μπορεί να σάς δώσει πιο ακριβείς και υπεύθυνες πληροφορίες, επειδή...

– Γιατρέ μου, τον διέκοψε, λίγο τεντωμένη, τι να τις κάνω στο Χιούστον; Στο Χιούστον μπορεί να πάω μετά από ένα, δύο, τρεις μήνες κι εν τω μεταξύ θα βράζω στο ζουμί μου. Εγώ τώρα θέλω, τώρα έχω ανάγκη από μια απάντηση. Σάς παρακαλώ, σάς ικετεύω, πείτε μου τη δική σας εκτίμηση, όσο κι αν αυτή δεν είναι απολύτως ακριβής και ασφαλής!

– Αφού επιμένετε τόσο πολύ... είπε συγκαταβατικά ο γιατρός, αλλά σάς τονίζω για άλλη μια φορά ότι είναι μια εκτίμηση την οποία θα σας δώσω με κάθε επιφύλαξη!

– Μείνετε ήσυχος, γιατρέ, δεν θα σας μηνύσω, αν δεν επιβεβαιωθεί!

– Πάει καλά... Λοιπόν, μετά τη μεταμόσχευση, οι πιθανότητες που έχετε, είναι κατά προσέγγιση, το ξανατονίζω, κατά προσέγγιση, 15% θάνατος, 30% να ζήσετε με κάποια προβλήματα, 25% με μια πολύ κακή ποιότητα ζωής και 30% απόλυτη επιτυχία, με θαυμάσια ποιότητα ζωής.

– Εντάξει ο θάνατος είναι πάντα μέσα στο παιχνίδι. Άλλωστε μόλις του ξέφυγα πριν από λίγες μέρες. Αλλά αυτό το ένα στα τέσσερα της «πολύ άσχημης ζωής», ομολογώ ότι με τρομάζει λίγο, συμπέρανε, με φανερή απογοήτευση. Αυτή η μεταμόσχευση μου θυμίζει λίγο ρώσικη ρουλέτα,

συμπλήρωσε με πίκρα.

– Ε, δεν είναι έτσι ακριβώς, αλλά βλέπω, με έκπληξή μου, ότι σάς απασχολεί περισσότερο η τυχόν κακή ποιότητα ζωής απ' τον θάνατο, σχολίασε ο Πέρτογλου.

– Δεν είναι φυσικό, γιατρέ μου; Είναι βέβαιο ότι κάποια στιγμή θα πεθάνω. Σήμερα, αύριο, μετά από δέκα ή πενήντα χρόνια. Αν δεν ήταν ο Άγγελος άλλωστε, θα είχα ήδη πεθάνει. Αυτό δεν με απασχολεί. Αυτό που με απασχολεί, είναι το πώς θα ζήσω!

– Ναι... καταλαβαίνω, τι λέτε. Κάποιοι άλλοι πάντως τρομάζουν κυρίως μπροστά στην απειλή του θανάτου. Εν πάση περιπτώσει, δεν πρέπει να τα σκεπτόσαστε αυτά. Το μόνο από τα ποσοστά, που πρέπει να σκέπτεσθε από δω κι ύστερα είναι το 30% της άριστης ποιότητας ζωής! Το ηθικό σας έχει τεράστια σημασία για την επιτυχή έκβαση της θεραπείας σας. Πρέπει να μπείτε στη διαδικασία της μεταμόσχευσης θετικά, αισιόδοξη, δυνατή και με την πίστη ότι θα βγείτε νικήτρια!

– Κι αν δεν κάνω τη μεταμόσχευση;

– Τι εννοείτε, να μην κάνετε τη μεταμόσχευση; ρώτησε ο Πέρτογλου, που η ερώτησή της τον κατέλαβε εξ απήνης.

– Εννοώ αυτό ακριβώς που είπα. Τι θα γίνει, αν αποφασίσω να μην κάνω τη μεταμόσχευση;

– Η μεταμόσχευση, στην περίπτωσή σας είναι μονόδρομος, κυρία Βακρίδη.

– Αυτό μου ακούγεται, σαν ν' αποφεύγετε ν' απαντήσετε στην ερώτησή μου.

– Ωραία, λοιπόν, στην εντελώς παράλογη κι απίθανη περίπτωση, που θα αποφασίσετε να μην κάνετε μεταμόσχευση, θα έχετε μια όλο και πιο δύσκολη και πολύ άσχημη ζωή, για ένα με τρία χρόνια, έως το τέλος!

– Μπρος γκρεμός και πίσω ρέμα, δηλαδή, σχολίασε η Λάγια, με πίκρα!

– Λάγια μου, έχεις περάσει πολλά στη ζωή σου κι έχεις αποδείξει ότι *είσαι γεννημένη νικήτρια. Δεν έχεις χάσει, απ' ό,τι ξέρω, καμία μάχη μέχρι σήμερα, παρενέβη ο Άγγελος, σε τρυφερό τόνο. Είδες, τι είπε ο γιατρός; Η δύναμή σου, η ψυχολογική και πνευματική δύναμή σου, θα παίξουν καίριο ρόλο στην επιτυχία της μεταμόσχευσης. Μην τα σκέφτεσαι λοιπόν όλα αυτά, επιστράτευσε όλο το κουράγιο σου, κάθε ικμάδα δύναμης που έχεις και την αισιοδοξία σου κι όλα θα πάνε καλά! Και μην ξεχνάς, εγώ είμαι εδώ!*

– Τα ξέρω και τα καταλαβαίνω όλα αυτά που μου λέτε και ο γιατρός κι εσύ κι είναι απολύτως σωστά. Απλώς, θέλω κι εσείς να καταλάβετε, ότι δεν είναι το πιο ευχάριστο κι εύκολο πράγμα, μέσα σε μια στιγμή, να μαθαίνεις ότι είσαι υποψήφιος μελλοθάνατος και να αναποδογυρίζει μέσα κι έξω ολόκληρος ο κόσμος σου! Να σου πω κάτι Άγγελε; Η μόνη σταθερά στη ζωή μου αυτή τη στιγμή είσαι εσύ!

– Ακριβώς, για ν' αποφύγω αυτό το ανθρώπινο κι απολύτως δικαιολογημένο σοκ, προσπαθούσα ν' αποφύγω ν' απαντήσω στις ερωτήσεις σας, παρενέβη ο Πέρτογλου. Σε κάθε περίπτωση, θα σάς δώσω μια ηρεμιστική αγωγή, για να σάς βοηθήσει, αλλά τη μεγάλη, την ουσιαστική βοήθεια, μόνον εσείς μπορείτε να τη δώσετε στον εαυτό σας!

– Σύμφωνοι, γιατρέ, θα κάνω ό,τι μπορώ. Και μια τελευταία ερώτηση. Πότε πρέπει να γίνει η μεταμόσχευση;

– Όσο γρηγορότερα, τόσο το καλύτερο. Δεν μπορεί πάντως να γίνει νωρίτερα από ένα μήνα από σήμερα, γιατί χρειάζεται ένα προκαταρκτικό στάδιο εξετάσεων και προετοιμασίας του οργανισμού σας και δεν πρέπει να καθυστερήσει,περισσότερο από τρεις μήνες.

– Αυτό βολεύεται, είπε συγκαταβατικά η Λάγια, δεν ξέρω μόνον, αν αυτά τα χρονικά περιθώρια βολεύουν και τον Άγγελο, συμπλήρωσε, κοιτάζοντάς τον και πιάνοντας και χαϊδεύοντας τρυφερά το χέρι του.

– Αυτό είναι το τελευταίο, που πρέπει να σ' απασχολεί και, εν πάση περιπτώσει, σε βεβαιώνω ότι δεν έχω το παραμικρό πρόβλημα, είπε ο Άγγελος.

– Ωραία, και τώρα που τα τακτοποιήσαμε όλα, εγώ να σάς αφήσω, είπε ο Πέρτογλου. Θα ετοιμάσω τον φάκελό σας, θα τον στείλω στον Δόκτορα

Galgenovel και θα δώσω και τα τηλέφωνά του και το e–mail του στον κύριο Μασούκου, για να επικοινωνήσει μαζί του απ' ευθείας, να δει, πότε είναι διαθέσιμος και να κανονίσει τις λεπτομέρειες της εισαγωγής σας στο νοσοκομείο "M.D. Anderson".

– Εντάξει, γιατρέ μου, σας ευχαριστώ για όλα, ζητώ συγνώμη, αν σας πίεσα λίγο παραπάνω και σάς υπόσχομαι ότι θα είμαι γερή και δυνατή την ώρα που θα πρέπει.

– Είμαι βέβαιος γι' αυτό και σας εύχομαι από τώρα καλή και γρήγορη επιτυχία!

– Ευχαριστούμε πολύ, γιατρέ, είπε κι ο Άγγελος, θα περάσω σε λίγο απ' το γραφείο σας.

– Θα σας περιμένω...

– Έφερα το μεσημεριανό σας, είπε μια τραπεζοκόμος, που μπήκε εκείνη τη στιγμή στο δωμάτιο μ' ένα δίσκο. Το θέλετε τώρα ή αργότερα;

Η Λάγια έριξε μια ματιά στον δίσκο, με το άνοστο κι άγευστο «νοσοκομειακό» μενού και ρώτησε τη σερβιτόρα:

– Μήπως τυχόν ξέρετε αν είμαι υπό δίαιτα;

– Δεν νομίζω, αλλά θα ρωτήσω την προϊσταμένη.

– Ωραία, ρωτήστε τη κι αν δεν είμαι υπό δίαιτα, θα παραγγείλω κάτι απ' έξω!

– Ορεξάτη σε βλέπω, κυρά μου, μπράβο! σχολίασε με ικανοποίηση ο Άγγελος.

Πράγματι, η Λάγια δεν ήταν υπό δίαιτα. Τα μόνα που δεν έπρεπε να φάει ήταν τηγανητά και μπαχαρικά. Ο Άγγελος τη ρώτησε, τι της έκανε κέφι κι εκείνη είπε ότι είχε επιθυμήσει σουβλάκια και γύρο! Ο Άγγελος βρήκε από το 11888 μια κοντινή ψησταριά και παράγγειλε σουβλάκια καλαμάκια, χωριάτικη σαλάτα και μπίρα. Η παραγγελία ήρθε σε δέκα λεπτά κι η Λάγια έπεσε με τα μούτρα, βγάζοντας μικρά επιφωνήματα απόλαυσης.

– *Κυρία Βακρίδη, αν συνεχίσετε έτσι, μ' αυτή την όρεξη κι αυτό το κέφι, να είστε απολύτως βέβαιη ότι το Λέμφωμα νον Χότζκιν θα βλαστημήσει την ώρα και τη στιγμή, που διάλεξε να σάς επισκεφτεί, είπε ο Άγγελος.*

– *Ναι, ωραία και καλά όλα αυτά! Εσύ μου λες, τι φταις, να τραβιέσαι μαζί μου;*

– *Μην το βλέπεις έτσι, Λάγια μου. Πες ότι συμφωνήσαμε να πάμε μαζί ένα ταξίδι στο Χιούστον, κάτι σαν διακοπές, ας πούμε...*

– *Διακοπές να σου πετύχουν!* είπε σκωπτικά η Λάγια. *Άλλωστε, δεν είπα ακόμη ότι αποφάσισα να κάνω τη μεταμόσχευση, συμπλήρωσε. Πόσο όμορφα θα ήταν όμως, αν πράγματι πηγαίναμε για διακοπές οι δυο μας!*

– *Με συγχωρείς, νόμιζα ότι το είχες αποφασίσει, είπε έκπληκτος κι αμήχανος και για την αμφιταλάντευση της Λάγιας, αλλά και για εκείνο το «διακοπές οι δυο μας».*

– *Δεν είναι εύκολη απόφαση, Άγγελε. Τα ποσοστά επιτυχίας είναι πενήντα–πενήντα! Είναι μια απόφαση κορώνα–γράμματα, για την ίδια τη ζωή μου. Είναι ακριβώς σαν ρώσικη ρουλέτα και...*

– *Ναι, αλλά ο γιατρός σου είπε ότι η μεταμόσχευση είναι μονόδρομος, τη διέκοψε με δυσάρεστη έκπληξη.*

– *Δεν είναι ακριβώς έτσι. Εξαρτάται απ' τον δρόμο που θες να περπατήσεις! Υπάρχουν επιχειρήματα και για τον άλλο δρόμο, όπως π.χ. ότι στον χρόνο ζωής που μου έδωσε ο γιατρός μπορεί να βρεθεί κάποιο καινούργιο, αποτελεσματικό φάρμακο ή να αυξηθούν οι πιθανότητες επιτυχίας της μεταμόσχευσης.*

– *Ναι... Υπάρχει κι αυτή η πιθανότητα, αλλά είναι πολύ ισχνή. Κι αν προχωρήσει κι άλλο η αρρώστια σου, θα χάσεις ένα σημαντικό ατού που έχεις σήμερα, που η ασθένεια είναι ακόμη στο πρώτο στάδιο, τα πράγματα θα γίνουν πάρα πολύ πιο δύσκολα και θα μειωθούν πολύ οι πιθανότητες επιτυχίας!*

– *Σύμφωνοι, αλλά δεν πρέπει να τα ζυγίσω όλα αυτά, προτού πάρω την τελική απόφασή μου;*

– Φυσικά! Κι επειδή, όπως είπες, είναι μια απόφαση ζωής, ίσως δεν πρέπει κι εγώ να σε επηρεάζω και να πρέπει να σ' αφήσω να την πάρεις μόνη σου!

– Όχι, όχι, μου κάνει καλό ν' ακούω τις δικές σου σκέψεις. Είσαι ο άνθρωπός μου, Άγγελε, αλλά θέλω λίγο χρόνο...

– Έχεις όσο χρόνο θέλεις. Κανείς και τίποτα δεν σε πιέζει. Μήπως χρειάζεσai κάτι άλλο εν τω μεταξύ;

Η Λάγια δεν απάντησε κι ο Άγγελος κατάλαβε ότι αυτή τη φορά δεν τον είχε ακούσει, χαμένη στις σκέψεις της κι ότι έπρεπε να την αφήσει να ξεκουραστεί και να ηρεμήσει.

– Εγώ θα σ' αφήσω τώρα, να κοιμηθείς λίγο, της είπε, και θα πάω στον Πέρτογλου, για να πάρω τις πληροφορίες για την οργάνωση του ταξιδιού μας, ώστε, αν και όποτε το αποφασίσεις, να είμαστε έτοιμοι.

– Εντάξει, Άγγελέ μου. Έχω υποσχεθεί, έτσι κι αλλιώς, στον εαυτό μου ότι πρέπει να καταλήξω σε μια απόφαση σε δυο, το πολύ τρεις μέρες.

– Εγώ πάντως σου επαναλαμβάνω ότι δεν υπάρχει κανένας λόγος να πιεστείς. Το σημαντικό είναι η απόφαση που θα πάρεις να είναι σίγουρη και στέρεη. Άντε τώρα, καλόν ύπνο και όνειρα γλυκά και να θυμάσαι πως είμαι εδώ και σ' αγαπάω!

– Γεια σου Άγγελε και –πού είσαι; – ξέρω ότι δεν θα μπορέσω ποτέ να σε ξεχρεώσω, αλλά θα σου είμαι βαθειά ευγνώμων, μέχρι να πεθάνω, γιατί δεν μου έσωσες απλώς δυο φορές τη ζωή, μού έδωσες κι ένα υπέροχο μάθημα σπάνιας ανθρωπιάς κι αγάπης!

– Σ' ευχαριστώ γλυκειά μου, αλλά είμαι βέβαιος ότι κι εσύ στη θέση μου, το ίδιο ακριβώς θα έκανες!

– Καλά, μη βάζεις και στοίχημα, είπε γλυκόπικρα η Λάγια. Άντε στο καλό τώρα.

Ο Άγγελος έφυγε κι επισκέφθηκε αμέσως στον Πέρτογλου, πήρε όλες τις πληροφορίες που χρειαζόταν και πήγε σπίτι του, για ν' αρχίσει το ίδιο εκείνο απόγευμα να οργανώνει το ταξίδι. Όσο ήταν με τη Λάγια, προσπαθούσε να το κρύψει –και μάλλον τα είχε καταφέρει– αλλά είχε επηρεαστεί κι αυτός απ' τα ποσοστά, που έδωσε ο Πέρτογλου, για την επιτυχία της μεταμόσχευσης. Θα ήταν αληθινά κρίμα, γι' αυτή τη νέα, γοητευτική γυναίκα να χαθεί και μάλιστα, με αυτόν τον τραγικό ίσως τρόπο μιας φρικτής ζωής, μετά τη μεταμόσχευση. Η διαίσθησή του πάντως τού έλεγε ότι η Λάγια δεν θα παραδινόταν αμαχητί στον Χότζκιν. Μπήκε σπίτι του, μ' αυτές τις σκέψεις κι η έκτη αίσθηση της Λήδας την προειδοποίησε ότι κάτι δεν πήγαινε καλά.

– *Τι είναι Άγγελε; Τι έχεις;*

– *Είχαμε μια συζήτηση με τον ογκολόγο και τα νέα για τη μεταμόσχευση δεν ήταν ιδιαίτερα καλά.*

– *Δηλαδή, δεν θα γίνει;*

– *Όχι, θα γίνει οπωσδήποτε! Άλλωστε, δεν υπάρχει άλλος τρόπος αντιμετώπισης αυτής της καταραμένης αρρώστιας, αν κι η Λάγια δεν έχει πάρει ακόμη την τελική της απόφαση, αλλά...*

– *Αλλά, τι;* τον διέκοψε η Λήδα, ανησυχώντας, μήπως θα είχε κάποιες επιπτώσεις για τον άντρα της.

– *Τα ποσοστά επιτυχίας, που μάς έδωσε ο γιατρός είναι πολύ μικρά!* είπε και της εξήγησε με κάθε λεπτομέρεια, όλα όσα τους είχε πει ο Πέρτογλου.

– *Τι λες, βρε παιδί μου! Άτυχη αυτή η κοπέλα! Πρώτα το υδροπλάνο και τώρα αυτό... Κι ευτυχώς που υπήρχες κι εσύ. Ο Θεός σ' έστειλε!*

– *Ναι... Ίσως ο Θεός, ίσως κάποια καλή μοίρα... Ποιος ξέρει; Εγώ πάω τώρα να ετοιμάσω κάτι χαρτιά, να δω κάποιες εκκρεμότητες του γραφείου μου και μετά να επικοινωνήσω με το Χιούστον, για να οργανώσω το ταξίδι μας και τη μεταμόσχευση.*

– *Μισό λεπτό μόνον, να σε ρωτήσω κάτι, προτού φύγεις, που δεν θυμάμαι αν σε ρώτησα την προηγούμενη φορά που συζητήσαμε, ταραγμένη απ' το διπλό σοκ. Ο δότης σ' αυτές τις περιπτώσεις έχει κάποιες παρενέργειες;*

– Όχι, κυρά μου, στο είπα. Οι γιατροί με διαβεβαίωσαν ότι δεν υπάρχει η παραμικρή παρενέργεια!

– Δεν είναι κι αυτό ένα από κείνα τα αθώα, λευκά ψεματάκια σου, ε;

– Όχι, όχι! Σου δίνω τον λόγο μου!

– Εντάξει, ησύχασα, γι' αυτό τουλάχιστον. Άντε, πήγαινε τώρα να κάνεις τη δουλειά σου.

– Πάω. Στείλε μου, σε παρακαλώ, ένα δυνατό καφέ, με την Ιμέλντα.

– Αμέσως, έφτασε, κύριε κι αφέντη μου, είπε χαμογελώντας η Λήδα!

Ο Άγγελος κάθισε στο γραφείο του, άνοιξε τον υπολογιστή και τον χαρτοφύλακά του κι άρχισε να τακτοποιεί κάποιες εκκρεμότητες. Όταν πήγε η ώρα περίπου οκτώ, έκανε το πρώτο τηλεφώνημα στο Χιούστον, στο νοσοκομείο "M.D. Anderson".

Πέτυχε ευτυχώς και μίλησε με τον ίδιο τον Galgenovel, του είπε ποιος ήταν και την ιδιότητά του και τον ρώτησε, αν είχε λάβει τις εξετάσεις, που του είχε στείλει ο Πέρτογλου, με το ηλεκτρονικό ταχυδρομείο. Ο Galgenovel δίστασε για μια στιγμή, κοίταξε το ηλεκτρονικό ταχυδρομείο του στον υπολογιστή του και του είπε ότι τις είχε λάβει, αλλά δεν είχε προλάβει ακόμη να τις δει. Τότε ο Άγγελος τον παρακάλεσε, μήπως μπορούσε να του πει, πότε θα μπορούσε να είναι διαθέσιμος, στην περίπτωση, που θα αποφάσιζε να αναλάβει τη μεταμόσχευση. Ο Galgenovel κοίταξε το ημερολόγιό του και του είπε, ότι είχε ένα κενό μετά από τρεις εβδομάδες, εφ' όσον φυσικά έκρινε ότι η μεταμόσχευση ήταν δυνατή, αφού μελετούσε τις εξετάσεις. Ο Άγγελος τον ευχαρίστησε κι έδωσαν τηλεφωνικό ραντεβού για τη μεθεπόμενη.

Πράγματι, τη μεθεπόμενη το απόγευμα, ο Άγγελος ξαναμίλησε με τον Galgenovel, ο οποίος του είπε ότι, ναι, θα αναλάμβανε τη μεταμόσχευση, ότι δεν είχε ξανασυναντήσει τέτοια ιδανική συμβατότητα μεταξύ δότη και λήπτη και του έδωσε και συγκεκριμένη ημερομηνία εισαγωγής της

Λάγιας στο νοσοκομείο. Όταν έκλεισε το τηλέφωνο, ο Άγγελος ένιωσε να φεύγει ένα μεγάλο βάρος από πάνω του, μαζί μ' ένα αναστεναγμό ανακούφισης, τόσο δυνατό, που τον άκουσε κι η Λήδα, που πήγε στο γραφείο του και τον ρώτησε τι συμβαίνει.

– Είχα πολύ καλά νέα απ' το Χιούστον, της είπε, με φανερή ικανοποίηση και χαρά και της επανέλαβε αυτά που του είχε πει ο Galgenovel.

– Μπράβο, αγάπη μου, μπράβο καρδιά μου! Τώρα θα είσαι λιγότερο ανήσυχος, έτσι;

– Ναι, κυρά μου. Αν κι ο δρόμος είναι ακόμη πολύ μακρύς και ανηφορικός και κυρίως με άγνωστο τέρμα...

Αμέσως μετά, πήρε τηλέφωνο τη Λάγια και την ενημέρωσε για τα καλά νέα που είχε απ' τον Galgenovel και της είπε ότι θα πήγαινε να τη δει πια στο σπίτι της.

~ ~

33ο ΚΕΦΑΛΑΙΟ

– Έζησα μια ζωή κάλπικη, ψεύτικη, κίβδηλη!

Η Λάγια βγήκε γρήγορα απ' το νοσοκομείο και πήγε σπίτι της. Η ουλή είχε σχεδόν εξαφανιστεί, αφήνοντας μια ανεπαίσθητη ροζ γραμμή, πάνω στο δέρμα της, που, όπως της εξήγησε όμως ο Ζεγαρίτης, θα έφευγε κι αυτή σε μερικές εβδομάδες. Είχε πάρει πια οριστικά την απόφασή της για τη μεταμόσχευση κι αισθανόταν τόσο καλά, τόσο δυνατή και γεμάτη ενέργεια, χωρίς κανένα πόνο ή άλλο δυσάρεστο σύμπτωμα, που της φαινόταν πολύ περίεργο το ότι έπασχε από μια θανάσιμα σοβαρή ασθένεια.

Στο μυαλό της όμως, στριφογύριζαν συνέχεια εκείνα τα καταραμένα ποσοστά. Κάθε φορά που την τάραζαν, προσπαθούσε να τα διώξει, αλλά ξαναγύριζαν απειλητικά. Ακούγοντας για πρώτη φορά το θρόισμα του θανάσιμου δρέπανου στον αέρα, αθέλητα άρχισε να περνάει μπροστά απ' τα μάτια της ολόκληρη η ζωή της. Μπροστά στην κοντινή πιθανότητα της οριστικής, απόλυτης ανυπαρξίας της, κατέρρευσαν με πάταγο όλες οι δικαιολογίες και τα άλλοθι που έδινε στον εαυτό της, για τη στάση ζωής που είχε κρατήσει έως τότε.

Ήταν μια αληθινή όσο και επώδυνη αυτοκριτική κι ήταν η πρώτη φορά που σκέφτηκε ότι δεν ήταν μια καλή ζωή. Μπορεί να είχε κατακτήσει δόξα και διεθνή φήμη και να είχε συσσωρεύσει πλούτη, κερδίζοντας σημαντικές νίκες, αλλά μόνον εκείνη ήξερε ότι κάποιες από αυτές ήταν κίβδηλες, κερδισμένες με δόλο, απάτη κι εγκλήματα. Όπως μόνον αυτή ήξερε, πόσους ανθρώπους είχε βλάψει, καταστρέψει, ακόμη και σκοτώσει, στον μανιασμένο δρόμο της προς την επιτυχία. Και το χειρότερο και πιο επώδυνο ίσως ήταν, ότι ήταν ολομόναχη, χωρίς κανένα αγαπημένο κι αφοσιωμένο πρόσωπο κοντά της, γεγονός που σίγουρα δεν ήταν τυχαίο, αλλά φυσικό αποτέλεσμα της στάσης ζωής, που είχε διαλέξει να κρατήσει...

Αξίζει άραγε μια τέτοια ζωή, αναρωτήθηκε. Αξίζει μια ζωή γεμάτη επιτυχίες και νίκες και άδεια από αγάπη;

Στο μυαλό της ήρθε ο Άγγελος, με τις δικές του μεγάλες, αλλά διαφορετικές, έντιμες και ουσιαστικές επιτυχίες και νίκες, με ευεργετικές τομές σε πολιτικό και κοινωνικό επίπεδο, που τις είχε οραματιστεί για το καλό της κοινωνίας και τις είχε κερδίσει με σκληρούς αγώνες, ακεραιότητα, πίστη, λεβεντιά και ηρωισμό. Ο Άγγελος, που ήταν τριγυρισμένος από αγάπη και καθολική εκτίμηση, με την όμορφη οικογένειά του και που με τη στάση του και την αυταπάρνησή του την είχε κάνει να τον θαυμάζει, να τον ζηλεύει και να τον αγαπάει.

Η σκοτεινή, μαύρη δική της ζωή, που είχε αναδυθεί από τον απολογισμό της, σε αντίστιξη με τη φωτεινή, λευκή ζωή του Άγγελου, την πλημμύρισε ενοχές, τάραξε θετικά τον έως τότε ναρκωμένο συναισθηματισμό της και απελευθέρωσε τη φυλακισμένη μέσα στο τεράστιο «εγώ» της ανθρωπιά της. Αυτή μάλιστα, αυτή είναι ζωή! Πόσο θα ήθελα να ήμουν, σαν τον Άγγελο! Κι αν είχαν συναντηθεί τα βήματά μας νωρίτερα, ίσως να με είχε αποτρέψει από αυτή τη βρώμικη κατηφόρα...

Τότε ακριβώς αποφάσισε να κάνει την ευχετική επιθυμία της πράξη και ν' αλλάξει ζωή. Και σαν πρώτο βήμα της σ' αυτή τη νέα ζωή, αποφάσισε να γράψει τη διαθήκη της και ν' αφήσει ένα κομμάτι της μεγάλης περιουσίας της σε ευαγή ιδρύματα και την υπόλοιπη στον Άγγελο, τον οποίο θα όριζε κι εκτελεστή της διαθήκης. Σκέφτηκε πως μια τέτοια πράξη, θα μπορούσε ίσως να γείρει λίγο την πλάστιγγα της ζωής της προς το «καλό», που έως τότε έγερνε μονόπατα προς το «κακό». Παράλληλα, «χρώσταγε» τόσα πολλά στον Άγγελο κι αυτό θα ήταν ένα μικρό, ένα ελάχιστο «ευχαριστώ». Μπορεί να είχε οικονομική άνεση, αλλά δεν ήταν πλούσιος και σίγουρα θα ήταν χρήσιμα για εκείνον και τα παιδιά του μερικά εκατομμύρια δολάρια, σκέφτηκε. Έτσι, πήγε στο γραφείο της, άνοιξε τον υπολογιστή της κι έγραψε:

«Έζησα μια ζωή κάλπικη, ψεύτικη, κίβδηλη! Ενώ με όσα γενναιόδωρα μου χάρισε η φύση και οι γονείς μου, μπορούσα να πορευτώ έντιμα και πετυχημένα και να είμαι ευτυχισμένη, μια αρρωστημένη κυριολεκτικά μανία γρήγορης επιτυχίας κι επιβολής στο περιβάλλον μου, με οδήγησε σε φρικτές, αποτρόπαιες πράξεις, ακόμη και ποινικά κολάσιμες, για τις οποίες σήμερα ντρέπομαι φρικτά και μετανιώνω.

Κάποιος «σοφός» έχει πει ότι είναι καλύτερα να μετανιώνεις για πράγματα που δεν έκανες κι όχι το αντίθετο. Για κάθε τέτοια «σοφή» ρήση όμως, υπάρχει πάντα σχεδόν και κάποια αντίθετη κι ο καθένας διαλέγει αυτή που του ταιριάζει στη συγκεκριμένη περίσταση και στη δική του ψυχολογική κατάσταση. Κι εγώ διαλέγω τούτη την ώρα της αναδρομής, να μετανιώσω ειλικρινά γι’ αυτά που έκανα, αλλά λυπάμαι πολύ και γι’ αυτά, που δεν έκανα!

Θέλω λοιπόν ν’ αλλάξω, αλλά εξ αιτίας αυτής της καταραμένης αρρώστιας που με βρήκε —θεία Νέμεση ίσως; – δεν ξέρω αν θα προλάβω... Έχω κοροϊδέψει, έχω εξαπατήσει, έχω συκοφαντήσει ανθρώπους. Έχω κερδίσει με δόλιο τρόπο νίκες, που δεν μου άξιζαν. Μέχρι και άνθρωπο έβαλα να σκοτώσουν, για να κορέσω την άκρατη φιλοδοξία μου. Λυπάμαι φοβερά και μετανοώ βαθειά για το παρελθόν μου, αλλά χαίρομαι ειλικρινά για το μέλλον μου, όσο σύντομο ή μακρύ κι αν είναι αυτό. Βρίσκομαι μπροστά σε μια εξαιρετικά επώδυνη, αλλά κι ελπιδοφόρα συνειδητοποίηση.

Βασικός υπεύθυνος γι’ αυτήν είναι αυτός ο υπέροχος άνθρωπος, ο Άγγελος που δυστυχώς γνώρισα πολύ αργά στη ζωή μου και, κατά δεύτερο λόγο, ο... Χότζκιν!

Ζητώ συγνώμη από όλους όσους έβλαψα κι εύχομαι να πάνε όλα καλά με τη θεραπεία μου, για να μπορέσω να επανορθώσω ουσιαστικά και να ζήσω μια καινούργια ζωή!».

Στη συνέχεια, μετά απ' αυτή τη δραματική εξομολόγηση, κατέγραψε και διένειμε την κινητή κι ακίνητη περιουσία της και τις καταθέσεις της σε ευαγή ιδρύματα κατά 40%, κατά 20% στον πατέρα της, επειδή τη λάτρευε κι επειδή την είχε γεννήσει και στον Άγγελο κατά 40%. Προέβλεπε, ότι αν πέθαινε πρώτος ο πατέρας της, το μερίδιο του θα μοιραζόταν εξ ίσου ανάμεσα στα ευαγή ιδρύματα και τον Άγγελο. Τύπωσε το κείμενο σε δύο αντίτυπα, τα υπέγραψε σε όλες τις σελίδες και τα έκλεισε σε δυο φακέλους, έξω από ένα απ' τους οποίους έγραψε: «Άγγελος». Εκείνο το βράδυ κοιμήθηκε, σαν πουλάκι...

Την επομένη, την επισκέφτηκε ο Άγγελος, ο οποίος την είχε ενημερώσει ήδη για τα καλά νέα του Galgenovel.

– *Περδίκι σκέτο, το κορίτσι μου!* της είπε, μόλις την είδε.

– *Πού τέτοια τύχη;* είπε η Λάγια και σχεδόν με φόβο συνειδητοποίησε ότι η αυθόρμητη ευχή της αναφερόταν στο «κορίτσι μου», αλλά συνέχισε ψύχραιμα. *Πάντως, ναι, νιώθω πολύ καλά και δυνατή, Άγγελε!*

– *Πριν πούμε ο,τιδήποτε άλλο, για πες μου, πήρες την απόφασή σου;*

– *Ναι, Άγγελε. Την πήρα. Θα πάμε στο Χιούστον!*

– *Υπέροχα! Στο είπα εγώ παιδί μου, δεν θα περάσει καθόλου καλά μαζί σου ο κύριος Χότζκιν! Λοιπόν, για να πάμε στα πρακτικά θέματα. Είναι κλεισμένα τα εισιτήρια, το ξενοδοχείο και το νοσοκομείο και πετάμε μεθαύριο το μεσημέρι. Ετοίμασε τα μπαγκάζια σου και φύγαμε! Χρειάζεσαι καμιά βοήθεια, θέλεις τίποτα από μένα, προτού φύγουμε;*

– *Ναι! Μια μικρή χάρη. Θέλω να μείνουμε, αν δεν έχεις αντίρρηση στο ίδιο δωμάτιο στο ξενοδοχείο, σε δυο χωριστά κρεβάτια φυσικά,* βιάστηκε να συμπληρώσει. *Ξέρεις, αυτές οι μέρες κι οι ώρες θα είναι* πολύ δύσκολες κι αν είσαι εσύ κοντά μου, θα είναι πιο εύκολο!

– Ούτε να το συζητάς! Κανένα πρόβλημα. Θα στείλω αμέσως ένα e-mail στο ξενοδοχείο να το κανονίσουν. Άλλο τίποτα;

– Όχι, Άγγελε φύλακά μου! Α, ναι... Θέλω κάτι σημαντικό, είπε και πηγαίνοντας δίπλα του, του 'δωσε δυο σταυρωτά φιλιά, που το ένα ακούμπησε ελαφρά στα χείλη του και του είπε: Θέλω να σ'ευχαριστήσω, αλλά μου φαίνεται τόσο φτωχή αυτή η λέξη, μπροστά σε όσα έχεις κάνει και θα κάνεις για μένα!

– Άντε, πάλι τα ίδια! Με κουράζεις, το ξέρεις; είπε χαριτολογώντας ο Άγγελος.

– Αμ το ξέρω, πώς δεν το ξέρω; Απορώ μάλιστα με την αντοχή σου και την υπομονή σου!

Μετά απ' αυτή την ανταλλαγή πειραγμάτων κι αφού συζήτησαν για κάποιες λεπτομέρειες του ταξιδιού τους, ο Άγγελος είπε ότι θα περνούσε να την πάρει για το αεροδρόμιο, στις δώδεκα το μεσημέρι τη μεθεπομένη, την αγκάλιασε σφιχτά, τη φίλησε σταυρωτά κι έφυγε. Είχαν κλείσει πρώτη θέση, σ' ένα από κείνα τα μεγαθήρια του αέρα κι όταν έφτασαν στις θέσεις τους, ο Άγγελος ρώτησε τη Λάγια αν ήθελε να κάτσει στο παράθυρο.

– Όχι, όχι! είπε εκείνη, με ένταση, λες και την είχε ρωτήσει, αν ήθελε να... πηδήξει απ' το αεροπλάνο!

– Εντάξει, στάσου τότε να περάσω εγώ μέσα.

– Ξέχασες, ότι φοβάμαι τα αεροπλάνα;

– Γι'αυτό ακριβώς σου πρότεινα να κάτσεις στο παράθυρο, για να δεις, πότε θα πέφτουμε και να ειδοποιήσεις τον πιλότο!

– Άγγελε, δεν είναι αστεία αυτά, για κάποιον που τρέμει τ'αεροπλάνο!

– Έχεις δίκιο, με συγχωρείς. Το καλύτερο απ'όλα θα είναι να καταφέρεις να κοιμηθείς.

– Εγώ; Να κοιμηθώ στο αεροπλάνο; Ούτε με δέκα Λεξοτανίλ!

– Καλά, όπως θες, είπε συγκαταβατικά ο Άγγελος κι άνοιξε την τηλεόραση, που είχε μπροστά του, στην πλάτη του μπροστινού καθίσματος.

Το ίδιο έκανε κι η Λάγια, που παρά τη σφοδρή άρνησή της, ευτυχώς για κείνη, ένα Λεξοτανίλ μ' ένα ουΐσκυ που είχε πιει, με τη βοήθεια ενός κακού και αργόσυρτου έργου που είχε διαλέξει να δει την κοίμισαν τελικά. Ξύπνησε μετά από τέσσερις ώρες περίπου.

– Φτάσαμε; ρώτησε.

– Σε λίγο. Άλλες πέντε ώρες έμειναν μόνο...

– Δεν είναι σωστό να κοροϊδεύεις ένα άνθρωπο που φοβάται, αλλά και που πλήρωσε ήδη ακριβά ένα αεροπορικό ταξίδι.

– Έλα, μωρέ Λάγια, γι' αυτό ακριβώς προσπαθώ να διασκεδάσω τους φόβους σου. Άλλωστε και με τον νόμο των πιθανοτήτων να το πάρεις, δεν είναι δυνατόν να πέσει το δικό σου αεροπλάνο δυο φορές συνέχεια!

– Καλά, λέγε εσύ! Τέτοια μου 'λεγες και στο υδροπλάνο και γλιτώσαμε απ' του χάρου τα δόντια. Δηλαδή, για να λέμε τα πράγματα όπως είναι, εσύ με πήρες απ' τα δόντια του!

Τελικά, και το υπόλοιπο ταξίδι κύλησε ομαλά κι ευχάριστα, χωρίς απρόοπτα κι η Λάγια έβγαλε ένα μεγάλο αναστεναγμό ανακούφισης, όταν οι ρόδες του αεροπλάνου άγγιξαν τον διάδρομο προσγείωσης, στο αεροδρόμιο Kennedy της Νέας Υόρκης.

– Αυτό ήταν! Τέλειωσε, της είπε παρηγορητικά ο Άγγελος.

– Ναι, και το άλλο;

– Ποιο άλλο;

– Από δω στο Χιούστον!

– Έλα βρε Λάγια! Αυτό είναι μόνον πέντε ωρίτσες ταξίδι! Ώσπου να

δέσεις τη ζώνη σου, θα τη λύσεις!

– Και το υδροπλάνο μόνον μια ωρίτσα ήταν...

– Βρε, κόλλημα, με το υδροπλάνο! Τι θα γίνω εγώ με σένα; Μήπως θες να πάμε στο Χιούστον με το τρένο;

– Όχι, όχι. Σ' ευχαριστώ. Θα το ξεπεράσω, πού θα μου πάει;

– Α, μπράβο! Αυτή είναι η Λάγια μου.

Και αυτή η πτήση προς Χιούστον ήταν καλή κι η Λάγια ήταν ήρεμη. Όταν προσγειώθηκαν, πήραν μια λίμο, που τους πήγε στο ξενοδοχείο τους. Το ραντεβού τους με τον Galgenovel ήταν την επομένη. Εκείνο το βράδυ πήγαν κι έφαγαν σ' ένα ωραίο ιταλικό εστιατόριο. Λίγο πριν τελειώσουν, η Λάγια είπε στον Άγγελο:

– Άγγελε, όπως ξέρεις, η μητέρα μου έχει πεθάνει, στον πατέρα μου δεν έχω εμπιστοσύνη κι αδέλφια δεν έχω.

– Αλήθεια, τώρα που το ανέφερες, δεν θα έπρεπε να ενημερώσουμε έστω και τυπικά τον πατέρα σου; Δεν είναι ανάγκη να του πούμε όλη την αλήθεια και να τον ταράξουμε, αλλά, μπορούμε ίσως να του πούμε ότι ήρθες στην Αμερική για κάποιες δουλειές και με την ευκαιρία θα δεις κι ένα μικρό πρόβλημα υγείας που έχεις...

– Το έκανα ήδη χθες, Άγγελε και πήρα την ευχή του... Έλεγα λοιπόν, ότι όπως ξέρεις κι εσύ, υπάρχουν κάποιες πιθανότητες να μην τα καταφέρω με τη μεταμόσχευση. Τις τελευταίες μέρες λοιπόν, όταν έμαθα ότι πάσχω απ' αυτή την ασθένεια κι όταν μου είπε ο Πέρτογλου, ποια είναι τα ποσοστά επιτυχίας που έχω, έκατσα κι έγραψα τη διαθήκη μου και...

– Έλα τώρα, Λάγια μου, τι κουβέντες ειν' αυτές; τη διέκοψε τρυφερά ο Άγγελος.

– Σε παρακαλώ, Άγγελέ μου, μη με διακόπτεις. Όλοι θα πεθάνουμε κάποτε κι είναι μια πράξη σύνεσης, υπευθυνότητας κι αγάπης γι' αυτούς που μένουν, ν' αφήνουμε διαθήκη. Άλλωστε, αν πάνε όλα καλά, όπως

εύχομαι κι ελπίζω, η διαθήκη μου δεν θα πάει χαμένη. Απλώς θα την ενημερώνω κάθε τόσο, για να είναι πάντοτε έτοιμη. Κι επειδή όπως, σου είπα, δεν έχω κανένα άλλο στον κόσμο, που να τον αγαπάω τόσο πολύ και να του έχω απόλυτη εμπιστοσύνη, όρισα εσένα εκτελεστή, ελπίζοντας ότι δεν θα μου το αρνηθείς, και λέγοντας τις τελευταίες αυτές λέξεις, έβγαλε απ' την τσάντα της τον σφραγισμένο φάκελο με το όνομα του Άγγελου, που είχε ετοιμάσει και του τον έδωσε, ενώ δυο δάκρυα κύλησαν άθελά της απ' τα μάτια της.

Ο Άγγελος έβαλε τον φάκελο στην τσέπη του συγκινημένος κι αναστατωμένος και την ίδια στιγμή σηκώθηκε απ' τη θέση του, πήγε κοντά της, την αγκάλιασε και τη φίλησε τρυφερά, ενώ συγκινημένη κι εκείνη απ' την τρυφερότητά του, ξέσπασε σε πνιχτούς λυγμούς, που τάραζαν το κορμί της. Ο Άγγελος, κρατώντας με πολύ κόπο στεγνά τα μάτια του, της χάιδεψε το κεφάλι και της είπε:

– Έλα Λάγια μου, έλα αγάπη μου. Μην κλαις! Και να δεις, που άδικα έκανες τον κόπο, χαζούλα! Όλα θα πάνε μια χαρά κι αυτός ο φάκελος θα κιτρινίσει απ' την πολυκαιρία! Σ' ευχαριστώ πάντως για την αγάπη σου και την εμπιστοσύνη σου, γιατί...

– Μην αρχίσουμε, τώρα τις ευχαριστίες, τον διέκοψε, συγκρατώντας τους λυγμούς της και σκουπίζοντας τα δάκρυά της, γιατί εγώ θα πρέπει να σου λέω «ευχαριστώ», μέχρι αύριο το πρωί!

– Σύμφωνοι, έλα τώρα να τσουγκρίσουμε στην υγειά σου, είπε ο Άγγελος, σηκώνοντας το ποτήρι του, που το τσούγκρισε η Λάγια, μ' ένα συγκρατημένο χαμόγελο.

Γύρισαν στο ξενοδοχείο, σχεδόν κεφάτοι, με τη βοήθεια αρκετού κρασιού. Ανέβηκαν στο δωμάτιό τους κι η Λάγια μπήκε πρώτη στο μπάνιο, από όπου βγήκε μ' ένα μεταξωτό κατακόκκινο νεγκλιζέ, μέσα από το οποίο διαγράφονταν οι προκλητικές καμπύλες του σώματός της, που προκάλεσαν ένα αυθόρμητο επιφώνημα θαυμασμού του Άγγελου κι ένα χαμόγελο αυταρέσκειας της Λάγιας. Ακολούθησε ο Άγγελος στο μπάνιο κι όταν βγήκε με τις πυτζάμες του, η Λάγια είχε ξαπλώσει στο κρεβάτι της. Πήγε κοντά της, της χάιδεψε τα μαλλιά, της έδωσε ένα απαλό, τρυφερό φιλί στο μέτωπο, της ευχήθηκε «όνειρα γλυκά» και ξάπλωσε στο δικό του κρεβάτι.

Γύρω στις τρεις το πρωί ο Άγγελος άκουσε μεσ' στον ύπνο του ένα ελαφρό θόρυβο κι ένιωσε κάποιον να σηκώνει τα σκεπάσματά του κι ένα κορμί να ξαπλώνεται δίπλα του. Άναψε το φως του κομοδίνου του κι είδε δίπλα του τη Λάγια, μ' ένα τρομαγμένο ύφος στο πρόσωπό της.

– Τι είναι Λάγια; Τι έπαθες; Γιατί είσαι εδώ;

– Είδα ένα τρομακτικό εφιάλτη και φοβήθηκα και ταράχτηκα πάρα πολύ. Η καρδιά μου χτυπάει σαν τρελή... Θέλω μια αγκαλιά!

Ο Άγγελος άπλωσε διστακτικά το χέρι του κάτω από κεφάλι της και την αγκάλιασε από τους ώμους, φροντίζοντας αμήχανα να μην έρθουν σ' επαφή τα σώματά τους. Η νύχτα κύλησε ομαλά, χωρίς άλλα απρόβλεπτα...

Το επόμενο πρωί, κατά τις δέκα, ξεκίνησαν για το νοσοκομείο "D.M. Anderson" και την πρώτη, προκαταρκτική συνάντησή τους με τον Dr. Marcel Galgenovel.

Ο Marcel Galgenovel ήταν ένας πενηντάρης Αμερικανοεβραίος, με μικρά, μαύρα σπινθηροβόλα μάτια, μετρίου αναστήματος, με λίγα κιλά παραπάνω και πρώιμη φαλάκρα κι ένα περίεργο, σχεδόν αστείο μουστάκι. Τους υποδέχθηκε πολύ ζεστά και τους είπε ότι ο παππούς κι η γιαγιά του ζούσαν στη Θεσσαλονίκη και τους είχε σώσει απ' τους Γερμανούς μια ελληνική οικογένεια, που τους είχε κρύψει και γι' αυτό είχε μια ιδιαίτερη συμπάθεια στους Έλληνες. Αμέσως μετά μπήκε στο θέμα.

– Όπως είπα και στον κύριο Μασούκου τηλεφωνικά, οι εξετάσεις, που μου έστειλαν οι συνάδελφοί μου απ' την Αθήνα, είναι πολύ θετικές, για τρεις λόγους. Ο πρώτος είναι ότι η ασθένεια είναι ευτυχώς σε πάρα πολύ πρώιμο στάδιο. Ο δεύτερος είναι ότι ο οργανισμός σας, κυρία Βακρίδη είναι πολύ γερός, αν εξαιρέσει κανείς βέβαια τη συγκεκριμένη

πάθησή σας. Και ο τρίτος και σημαντικότερος είναι ότι, δεκαπέντε χρόνια τώρα, που ειδικεύομαι σ' αυτές τις μεταμοσχεύσεις, δεν έχω ξαναδεί τόσο ιδανική συμβατότητα, μεταξύ δότη και λήπτη. Φυσικά, θα επαναλάβουμε εδώ όλες τις εξετάσεις απ' την αρχή, αλλά δεν περιμένω καμιά δυσάρεστη έκπληξη. Απλώς είναι αρχή και του νοσοκομείου και δική μου, να μη βασιζόμαστε σε ξένες εξετάσεις.

– Γιατρέ μου, καταλαβαίνετε σίγουρα, ότι αυτό που με απασχολεί περισσότερο απ' όλα, είναι οι πιθανότητες επιτυχίας, που έχω με αυτή τη μεταμόσχευση, είπε η Λάγια.

– Θα σας πω, αλλά να λάβετε υπόψη σας ότι τα περιστατικά του Λεμφώματος νον Χότζκιν δεν είναι πάρα πολλά σ' ολόκληρο τον κόσμο και δεν μάς δίνουν ισχυρή βάση δεδομένων, για να εξαγάγουμε σίγουρα συμπεράσματα. Με βάση τα παραπάνω λοιπόν, μπορώ να σας πω με επιφύλαξη όμως, ότι μία στις τρεις πιθανότητες θα έχετε μια θαυμάσια ποιοτικά ζωή. Μια στις τρεις επίσης, θα υποφέρετε μια φρικτή ζωή. Μία στις τέσσερις θα ζήσετε με κάποια προβλήματα και τέλος, υπάρχει δυστυχώς και μία στις έξι πιθανότητα να μην τα καταφέρετε!

– Έχω μία στις τρεις πιθανότητες να έχω μια «φρικτή» ζωή, είπατε; ρώτησε, που η λέξη «φρικτή» την είχε σοκάρει.

– Ναι, δυστυχώς, υπάρχει κι αυτή η πιθανότητα. Πρέπει όμως να σημειώσετε, σας παρακαλώ και το τονίζω ιδιαίτερα αυτό, ότι εσείς μπαίνετε σ' αυτή τη διαδικασία, με τις καλύτερες δυνατές προϋποθέσεις, που έχω χειριστεί εγώ τουλάχιστον. Αυτό σημαίνει ότι στην περίπτωσή σας, αυξάνονται σημαντικά τα θετικά ποσοστά, πέρα και πάνω από τον έως σήμερα καταγεγραμμένο μέσο όρο.

– Όταν λέτε «φρικτή» ζωή –και σας ευχαριστώ για την ειλικρίνειά σας– τι ακριβώς εννοείτε; ξαναρώτησε, με φανερή ανησυχία.

– Σε κάποιες περιπτώσεις, μια τυχόν αναποτελεσματική μεταμόσχευση, προκαλεί μία οξύτατη δερματοπάθεια, που στην τελική φάση της είναι εξαιρετικά επώδυνη και βασανιστική.

– Κάτι σαν λέπρα, δηλαδή;

– Όχι, δεν έχει καμιά επιστημονική σχέση με τη λέπρα, αλλά ναι, θα μπορούσε κανείς να πει ότι τα συμπτώματα της προσιδιάζουν σε αυτά της λέπρας ή εκζέματος οξύτατης μορφής. Σάς είπα όμως, στη δική σας περίπτωση, σχεδόν αποκλείω τον θάνατο και τη «φρικτή» ζωή. Όλα θα πάνε καλά, θα δείτε!

– Γιατρέ μου, μπορείτε να μας πείτε, παρακαλώ, πρακτικά τι θα κάνουμε και πότε; ρώτησε ο Άγγελος, για ν' αλλάξει θέμα και να βγάλει απ' το μυαλό της Λάγιας την εικόνα της «φρικτής ζωής».

– Ναι, βεβαίως! Αύριο και μεθαύριο, θα κάνουμε εξετάσεις και σε σας και στην κυρία Βακρίδη. Την επομένη η κυρία Βακρίδη θα μπει σε μια ισχυρή χημειοθεραπεία δέκα–δεκαπέντε ημερών, ώστε να μηδενίσουμε τα λευκά αιμοσφαίρια. Αμέσως μετά, θα μπει σ' ένα ειδικό, απόλυτα αποστειρωμένο θάλαμο κι εσύ, Άγγελε, θα δώσεις τα συστατικά στοιχεία του αίματός σου, που χρειάζονται για τη μεταμόσχευση, τα οποία στη συνέχεια θα διοχετευθούν στον οργανισμό της Λάγιας. Ελπίζω να μου επιτρέπετε αυτή την οικειότητα!

– Βεβαίως γιατρέ μου, είπε η Λάγια. Και πόσο καιρό θα μείνω σ' αυτόν τον αποστειρωμένο θάλαμο;

– Γύρω στις δέκα, με δεκαπέντε μέρες, ανάλογα με την πορεία αφομοίωσης της μεταμόσχευσης απ' τον οργανισμό σας. Μετά και για δυο περίπου μήνες, θα πρέπει να έρχεστε μια φορά την ημέρα εδώ για παρακολούθηση και αγωγή.

– Πώς ακριβώς δρα η μεταμόσχευση, γιατρέ; ρώτησε ο Άγγελος.

– Κοιτάξτε, αυτή τη στιγμή, μέσα στον οργανισμό της Λάγιας γίνεται μια πραγματική μάχη, ένας πόλεμος. Κάποια κακοήθη κύτταρα επιτίθενται στο ανοσοποιητικό σύστημά της και σιγά–σιγά το καταστρέφουν. Εμείς θα μεταμοσχεύσουμε ένα στρατό από υγιή δικά σου κύτταρα, μια δύναμη κομάντος ας πούμε, που θα αναλάβουν να εξολοθρεύσουν τον εχθρό. Επειδή όμως τώρα με περιμένει μια μεταμόσχευση, αν δεν *έχετε άλλη ερώτηση, μπορείτε να πάτε στη βοηθό μου τη Τζέην, που θα σας καθοδηγήσει για τις εξετάσεις σας κι αν χρειαστείτε ό,τιδήποτε, μη διστάσετε να μου τηλεφωνήσετε.*

– Και μια τελευταία ερώτηση, γιατρέ μου, είπε η Λάγια. Ας κάνουμε μια υπόθεση εργασίας. Ας υποθέσουμε ότι, παρ' όλες τις ευνοϊκές συνθήκες, η μεταμόσχευση –ο μη γένοιτο!– αποτυγχάνει. Υπάρχει άλλο όπλο;

– Ναι. Επανάληψη χημειοθεραπείας. Σας ενημερώνω όμως, ότι η δεύτερη χημειοθεραπεία έχει πάντα μικρότερες πιθανότητες επιτυχίας

– Ευχαριστούμε πολύ, γιατρέ μου, είπαν σχεδόν μ' ένα στόμα η Λάγια κι ο Άγγελος και κατευθύνθηκαν, όπως τους είπε ο Galgenovel προς τη βοηθό του.

Οι εξετάσεις τους, που έγιναν τις επόμενες δυο μέρες –όπως είχε προβλέψει ο Galgenovel– επιβεβαίωσαν απλώς, αυτές που είχαν γίνει στην Αθήνα κι έτσι όλα ήταν έτοιμα για τη μεταμόσχευση.

~ ~

34ο ΚΕΦΑΛΑΙΟ

– Τι θα κεράσω τον σωτήρα μου;

Η πολύ ισχυρή χημειοθεραπεία της Λάγιας έφερε το επιδιωκόμενο αποτέλεσμα την ενδέκατη μέρα κι αμέσως την επομένη ξεκίνησε η διαδικασία της μεταμόσχευσης, πρώτα φυσικά με τον Άγγελο. Του έβαλαν μια αντλία στη φλέβα του δεξιού χεριού του, με την οποία έπαιρναν αίμα, το οποίο περνούσε από ένα μηχάνημα με ειδικά φίλτρα και κατέληγε πάλι στο σώμα του Άγγελου, από τη φλέβα του αριστερού χεριού του. Ήταν μια διαδικασία, που κράτησε περίπου δύο ώρες. Τα φίλτρα αυτά συγκρατούσαν εκείνα τα συστατικά στοιχεία του αίματός, που θα αποτελούσαν τη δύναμη των καλών «κομάντος», όπως είχε πει ο Galgenovel, η οποία θα επετίθετο εναντίον των «κακών», μέσα στο αίμα της Λάγιας.

Αμέσως μετά, αυτό το υγιές και ισχυρό «απόσταγμα» απ' το αίμα του Άγγελου, το πέρασαν στον οργανισμό της Λάγιας, που βρισκόταν ήδη σ' ένα πλήρως αποστειρωμένο μικρό δωμάτιο, χωρίς άλλα έπιπλα, εκτός απ' το κρεβάτι κι ένα κομοδίνο, με κλειστά, σφραγισμένα παράθυρα και διπλή πόρτα εισόδου, που έμοιαζε περισσότερο με διαστημική κάψουλα. Την τρίτη μέρα την επισκέφτηκε ο Άγγελος, αφού απολυμάνθηκε και φόρεσε την ειδική αποστειρωμένη ρόμπα, μάσκα, σκούφο και καλύμματα των παπουτσιών.

– Πώς σου φαίνεται το αίμα μου, Λάγια μου; ρώτησε χαμογελώντας ο Άγγελος, μόλις μπήκε στον θάλαμο.

– Γλυκό και δυνατό, σαν κι εσένα! Το νιώθω ήδη να κυκλοφορεί στις φλέβες μου και ξεκινάω μ' ένα μεγάλο «δόξα τω Θεώ»! Κατά τα άλλα, όπως βλέπεις, είναι λίγο στενόχωρα εδώ μέσα, αισθάνομαι μια ατονία, μια γενική δυσανεξία, έχω συχνές αναγούλες, μου 'χει κοπεί η όρεξη και δεν μπορώ να φάω τίποτα, αλλά...

– Δεν πιστεύω να είσαι έγκυος! αστειεύτηκε ο Άγγελος.

– Δεν νομίζω, αλλά, αν είμαι, μάλλον κάποιος κρίνος φταίει!

– Τι σου είπε ο γιατρός, γι' αυτά τα συμπτώματα;

– Είπε ότι θα πρέπει να κάνω υπομονή μερικές μέρες, οπόταν θα αρχίσουν να υποχωρούν κι ότι θα αρχίσουν να πέφτουν και τα μαλλιά μου...

– Α, Θαύμα, είναι πολύ της μόδας! τη διέκοψε πάλι ο Άγγελος επίτηδες.

– Ναι, το ξέρω, αλλά ευτυχώς θα ξαναβγάλω μαλλιά.

– Ωραία! Ξέρεις, Λάγια μου, μού είπαν ότι δεν πρέπει να μείνω πολλή ώρα μεσ' στον θάλαμο, άρα πρέπει να σ' αφήσω τώρα. Θα έρχομαι να σε βλέπω κάθε μέρα, ώσπου να πάμε στο ξενοδοχείο, όταν βγεις με το καλό.

– Εντάξει, Άγγελε. Σ' ευχαριστώ!

– Θα 'θελα να σε φιλήσω, αλλά απαγορεύεται, είπε και της έστειλε ένα φιλί στον αέρα. *Κουράγιο, ε!*

Όταν βγήκε απ' τον θάλαμο ο Άγγελος, απαλλάχτηκε απ' την αποστειρωμένη «στολή» του και κατευθύνθηκε προς το γραφείο του Galgenovel. Ήθελε να τον ρωτήσει για την πορεία της Λάγιας, γιατί είδε ότι είχε αδυνατίσει λίγο κι ήταν πολύ χλωμή κι αυτό τον ανησύχησε.

– Έχει πάρα πολύ καλή πορεία, Άγγελε. Μην ανησυχείς καθόλου! Οι σχετικοί δείκτες είναι ήδη πολύ θετικοί, περισσότερο κι απ' όσο περιμέναμε, του είπε ο Galgenovel, απαντώντας στην ερώτησή του.

– Το αδυνάτισμα, η χλομάδα, η ανορεξία, οι αναγούλες είναι...

– Μην ανησυχείς! Σας το είχα πει. Αυτά είναι φυσικά κι αναμενόμενα. Αλλά ακόμη κι αυτά τα συμπτώματα είναι σε ηπιότερη μορφή, απ' ό,τι συνήθως. Θυμάσαι, που σας είπα, ότι μέσα στον οργανισμό της Λάγιας γίνεται μια σκληρή μάχη αυτή τη στιγμή και για τους επόμενους μήνες. Σ' αυτό πρέπει να προσθέσεις και τις παρενέργειες της ισχυρής χημειοθεραπείας, που προηγήθηκε της μεταμόσχευσης και που είναι η βασική αιτία των συμπτωμάτων.

– Δηλαδή θα ταλαιπωρείται από αυτά τα συμπτώματα επί μήνες; τον ρώτησε ανήσυχος ο Άγγελος.

– Όχι, όχι! Αυτά θα κρατήσουν δυο–τρεις εβδομάδες μόνον.

– Α, ωραία! Και πόσον καιρό πρέπει να μείνει εδώ;

– Εάν η ανάρρωση συνεχιστεί με τον ίδιο γοργό ρυθμό, λιγότερο μάλλον από τρεις μήνες.

– Και πότε θα γνωρίζουμε ότι νικήθηκε οριστικά ο εχθρός;

– Γύρω στους έξι μήνες, αλλά όχι οριστικά! Είναι μια πολύ ύπουλη αρρώστια και γι' αυτό θα πρέπει κάθε έξι μήνες να ελέγχουμε την πορεία των δεικτών, ώστε, αν –ο μη γένοιτο!– διαπιστώσουμε κάποια επιδείνωσή τους, να επέμβουμε αμέσως!

– Μάλιστα, κατάλαβα. Ευχαριστώ πολύ, γιατρέ μου.

– Τίποτα, να είσαι καλά!

Οι μέρες πέρναγαν αργά για τον Άγγελο, που δεν είχε πολλά πράγματα να κάνει στο Χιούστον και πάρα πολύ πιο αργά για τη Λάγια, κυρίως λόγω της απομόνωσης σ' εκείνο τον αποστειρωμένο θάλαμο. Οι αναγούλες πάντως είχαν μειωθεί και σε συχνότητα και σε ένταση κι είχε αρχίσει να τρώει λίγο. Είχε χάσει όμως κι άλλο βάρος και τα μαλλιά της έπεφταν κάθε μέρα και περισσότερο. Τελικά, τη δέκατη τρίτη μέρα, ο Άγγελος πήγε να πάρει τη Λάγια απ' το νοσοκομείο, ειδοποιημένος απ' τον Galgenovel, που είχε δώσει την πολυπόθητη άδεια εξόδου!

Με μικρά, λίγο ασταθή βήματα, κρεμασμένη στο μπράτσο του Άγγελου, η Λάγια έβγαλε ένα μεγάλο αναστεναγμό και ψιθύρισε «Δόξα τω Θεώ», μόλις βγήκε απ' τον θάλαμο. Ένιωθε, σαν να είχε δραπετεύσει απ' τον τάφο! Πήραν το ασανσέρ, κατέβηκαν στο ισόγειο και κατευθύνθηκαν προς την έξοδο του νοσοκομείου. Η μέρα έξω ήταν υπέροχη, μ' ένα καταγάλανο ουρανό, ένα λαμπρό ήλιο κι ένα ελαφρό, δροσερό αεράκι. Όταν βγήκαν απ' την πόρτα του νοσοκομείου, η Λάγια σταμάτησε, έσφιξε το μπράτσο του Άγγελου και του είπε:

– *Μισό λεπτό, Άγγελε!*

Σήκωσε το κεφάλι της ψηλά προς τον ουρανό, πήρε μερικές βαθειές ανάσες, έβγαλε ένα καινούργιο αναστεναγμό και ξαναείπε «Δόξα τω Θεώ».

Ένιωθε το φως να μπαίνει μέσα της και να κυλάει στις φλέβες της ορμητικά και τον αέρα να ξεχειλίζει τα πνευμόνια της, να διαχέει δροσιά στο μυαλό της και στην ψυχή της και να την αναζωογονεί ολόκληρη. Κοίταζε γύρω–γύρω και παρατηρούσε με ένταση, τον δρόμο, τα κτήρια, τα δέντρα, τα αυτοκίνητα, τους ανθρώπους, σαν να τα έβλεπε πρώτη φορά. Το βλέμμα της σταμάτησε σ' ένα φανάρι κυκλοφορίας, που εκείνη τη στιγμή ακριβώς, άλλαζε από κόκκινο σε πράσινο! «Και για μένα άναψε πράσινο ζωής», σκέφτηκε.

Ήξερε ότι αυτή ήταν μια πολύ σημαντική στιγμή στη ζωή της, που ξαναπέρναγε ολόκληρη μπροστά απ' τα μάτια της. Με τη βοήθεια του Άγγελου και του Galgenovel είχε νικήσει τον θάνατο! Ένιωθε ότι είχε ξαναγεννηθεί κι υποσχέθηκε στον εαυτό της, ότι θα άφηνε πίσω της και μακριά της την παλιά Λάγια. Ναι, δεν έπρεπε να περιφρονήσει αυτό το μεγάλο δώρο. Θα γινόταν μια άλλη Λάγια! Ξαφνικά, γύρισε στον Άγγελο και του είπε:

– *Άγγελε, θέλω μια χάρη!*

– Ό,τι θες, καλή μου!

– Θέλω, προτού πάμε στο ξενοδοχείο, να με πας σ' ένα κομμωτήριο!

– Αυτό, γλυκειά μου, είναι καλύτερη απόδειξη, ακόμη κι από τους άριστους ιατρικούς δείκτες, ότι είσαι περδίκι!

– Περδίκι δεν είμαι ακόμη, αλλά σου υπόσχομαι ότι θα γίνω γρήγορα. Λοιπόν, θα με πας;

– Δεν χρειάζεται, Λάγια μου, όπως σίγουρα ξέρεις, ως κοσμοπολίτισσα, έχει κομμωτήριο στο ξενοδοχείο και μπορείς να πας με την ησυχία σου, όποτε θέλεις.

– Ναι, μωρέ, δίκιο έχεις! Είδες; Απ' τη συγκίνησή μου, ξέχασα βασικές γνώσεις μου...

Μπήκανε σε μια λίμο, που τους περίμενε και πήγαν στο ξενοδοχείο, όπου μόλις έφτασαν, η Λάγια ρώτησε στην Υποδοχή, πού ήταν το κομμωτήριο και πήγε κατ' ευθείαν εκεί, ενώ ο Άγγελος πήγε στο μπαρ να πιει ένα καφέ, λέγοντάς της να τον ειδοποιήσει, όταν θα τέλειωνε.

Είχε αποφασίσει να κουρευτεί «γουλί», όχι μόνον γιατί ήταν αντιαισθητική η εμφάνιση του κεφαλιού της, με «φαλακρές» περιοχές κατά τόπους, αλλά και –το κυριότερο- γιατί η καθημερνή πτώση από τούφες μαλλιών ήταν ψυχολογικά επώδυνη, σαν να έβλεπε κομμάτια του εαυτού της να πέφτουν στο πάτωμα ή στη μπανιέρα...

Μόλις τέλειωσε απ' το κομμωτήριο, πήγε στο δωμάτιό τους, γέμισε τη μπανιέρα με καυτό νερό, άλατα και αρωματικά έλαια και βυθίσθηκε ηδονικά σ' αυτή την υγρή, ζεστή αγκαλιά. Έκλεισε τα μάτια της, έγειρε πίσω το κεφάλι της και βγάζοντας γλυκόηχα, ηδονικά επιφωνήματα χαλάρωσης κι ευχαρίστησης, άρχισε να αναλογίζεται όσα είχαν συμβεί, από τότε που συνάντησε αυτόν τον δυνατό, γοητευτικό άντρα και σωτήρα της, τον Άγγελο. Για άλλη μια φορά υποσχέθηκε στον εαυτό της ότι εκεί, σ' αυτή τη μπανιέρα θα έπνιγε την παλιά Λάγια και θα ξαναβάφτιζε την καινούργια.

Μετά από μισή ώρα περίπου, βγήκε από τη μπανιέρα, τυλίχθηκε στο χνουδωτό, απαλό, λευκό μπουρνούζι του ξενοδοχείου και κοίταξε τον εαυτό της στον καθρέφτη. Στο κομμωτήριο είχαν ξυρίσει σύμφωνα με την εντολή της το κεφάλι της γουλί και την είχαν βάψει διακριτικά, κυρίως για να καλύψουν τη χλομάδα της. «Αν υπολογίσει κανείς, τι έχω περάσει, μια χαρά με βλέπω», σκέφθηκε. Ντύθηκε, τηλεφώνησε στον Άγγελο και κατέβηκε στο μπαρ του ξενοδοχείου.

Όταν έφτασε στο μπαρ ο Άγγελος, είδε μια άλλη Λάγια, ευδιάθετη, ζωντανή, χαμογελαστή, πολύ όμορφη και γοητευτική. Το κουρεμένο γουλί, ολοστρόγγυλο, λείο κεφαλάκι της τής πήγαινε πολύ και το ελαφρό μακιγιάζ την κολάκευε ιδιαίτερα. Φορούσε ένα μαύρο, μεταξωτό πουκάμισο κι ένα κομψό κατακόκκινο ταγιέρ, με μια σειρά μαργαριτάρια στο λαιμό της κι έλαμπε ολόκληρη. Μόνον η αδυναμία της μαρτυρούσε την ταλαιπωρία της. Ο Άγγελος την κοιτούσε εντυπωσιασμένος.

– *Τι θα κεράσω τον σωτήρα μου;* τον ρώτησε, μόλις έφτασε κοντά της.

– *Με ποια θεά έχω την τιμή να ομιλώ;*

– *Όχι και θεά! Όχι υπερβολές! Μια κυρία απλώς, που μόλις βγήκε απ᾽ τον τάφο και ξεκινάει μια καινούργια ζωή!*

– *Είσαι κούκλα, γλυκειά μου, μπράβο! Πού θες να σε πάω να φάμε;*

– *Ρώτησα στο κομμωτήριο και μου είπαν ότι υπάρχει εδώ κοντά ένα πολύ ωραίο μεξικάνικο εστιατόριο. Σ᾽ αρέσει η μεξικάνικη κουζίνα;*

– *Ευκαιρία είναι να τη δοκιμάσω. Πάμε!*

Το βράδυ, η Λάγια, χωρίς καν να ρωτήσει, ξάπλωσε πρώτη στο κρεβάτι του Άγγελου.

– *Έχεις προγραμματίσει και γι᾽ απόψε εφιάλτες;* ρώτησε περιπαικτικά ο Άγγελος.

– *Όχι, έχω προγραμματίσει όμως μια προστατευτική, τρυφερή αγκαλιά.*

Αυτή η νύχτα δεν κύλησε τόσο... αθώα! Τα κορμιά τους ήρθαν σ' επαφή αρκετές φορές, κυλώντας το ένα προς το άλλο, προκαλώντας και στους δυο μια γλυκειά ταραχή κι η Λάγια μπήκε πολλές φορές στον πειρασμό να δώσει ένα ερωτικό μήνυμα, αλλά τελικά κατάφερε να συγκρατηθεί.

Τη μεθεπομένη ο Άγγελος έφυγε για την Ελλάδα, γιατί είχε αφήσει πολύ καιρό τη δουλειά του και κάποιες εκκρεμότητες απαιτούσαν επιτακτικά την παρουσία του και δώσανε ραντεβού στην Αθήνα, όταν θα γύριζε κι η Λάγια.

~ ~

35ο ΚΕΦΑΛΑΙΟ

– Καλώς όρισες, άντρα μου!

Όταν ο Άγγελος μπήκε στο αεροπλάνο της επιστροφής, τον κατέκλυσαν περίεργες κι ανησυχητικές σκέψεις. Ήταν σχεδόν βέβαιος ότι η Λάγια έτρεφε ισχυρά αισθήματα για εκείνον, που είχαν σίγουρα διογκωθεί από το γεγονός ότι δυο φορές τής είχε σώσει τη ζωή. Όταν δυο άνθρωποι συναντιώνται τόσο κοντά με τον θάνατο και ο ένας από τους δύο είναι «σωτήρας», αναπτύσσονται ακατάλυτοι δεσμοί ανάμεσα τους κι αν υπάρχει ερωτική προδιάθεση, αυτή υποδαυλίζεται έντονα.

Έφερε στο μυαλό του όλες τις «ανύποπτες» τότε συναισθηματικές νύξεις και κινήσεις της Λάγιας που επιβεβαίωναν την εκτίμησή του ότι ήταν ερωτευμένη μαζί του, με κορυφαία τα δύο βράδια στο ξενοδοχείο και την ανοιχτή «επίθεσή» της στο κρεβάτι του.

Κι εκείνη τη στιγμή πάγωσε! Αναπόλησε τις μέρες, τις ώρες και τις στιγμές, που έζησε με τη Λάγια, από την πρώτη τους συνάντηση στην παραλία της Λευκάδας, μέχρι που έφυγε για την Αθήνα και συνειδητοποίησε ότι ούτε κι ο ίδιος είχε μείνει εντελώς αδιάφορος. Για μερικές στιγμές μάλιστα, έκρινε, ως δίκαιος δικαστής, τον εαυτό του και συνένοχο! Λάτρευε τη γυναίκα του κι τα παιδιά του και δεν είχε περάσει ποτέ από το μυαλό του, ούτε σαν πειρασμός ούτε καν σαν φευγαλέα σκέψη, να απιστήσει ή, πολύ χειρότερα, να διαταράξει αυτή την υπέροχη οικογενειακή ζωή του. Κι όμως, είχε δεχθεί θετικά το φλερτ της Λάγιας και κάποιες φορές το ανταπόδωσε. Διακριτικά, υπαινικτικά, αλλά το ανταπόδωσε.

Ναι, σίγουρα η Λάγια ήταν μια όμορφη, έξυπνη, γοητευτικότατη, ποθητή γυναίκα, αλλά ο Άγγελος ένιωθε ότι υπήρχε κάτι περισσότερο από αυτά, πιο δυνατό αλλά ακαθόριστο, που είχε προκαλέσει αυτή την ανοχή του και σ' ένα βαθμό συνενοχή του, στο μεταξύ τους ερωτικό παιχνίδι.

Μετά από αυτές τις σκέψεις, ένιωσε κάπως ξαλαφρωμένος που είχε φύγει και γύρναγε σπίτι του, στην αγαπημένη γυναίκα του και τα παιδιά του, μακρυά από αυτόν τον αναπάντεχο πειρασμό. Κοντά στους αγαπημένους του και με τη βοήθεια της απουσίας της Λάγιας και της γεωγραφικής απόστασης, θα μπορούσε, σκέφθηκε, να αποστασιοποιηθεί και να βάλει οριστικό τέλος σ' αυτό το παιχνίδι, προτού τον παρασύρει σε κάτι ανεπανόρθωτο.

Είχε ενημερώσει τη Λήδα για την επιστροφή του, αλλά δεν περίμενε να τη δει στο αεροδρόμιο. Είχε αλλάξει το στυλ και το χρώμα των μαλλιών της και τα χρώματα του μακιγιάζ της και φορούσε ένα καφέ εφαρμοστό φόρεμα, με μια πορτοκαλί πινελιά από το ριγμένο με χάρη στους ώμους της μαντήλι. Έμοιαζε με μια καινούργια, ακόμη πιο όμορφη Λήδα, που εντυπωσίασε τον Άγγελο.

Άνοιξε τα τεράστια χέρια του κι εκείνη έτρεξε και χώθηκε στην αγκαλιά του , σ' ένα αμοιβαία παθιασμένο αγκάλιασμα, μ' ένα βαθειά ερωτικό φιλί. Εκείνη γιατί της είχε λείψει κι εκείνος από αγάπη, αλλά και τύψεις...

– Καλώς όρισες, άντρα μου!

– Καλώς σε βρίσκω, λατρεία μου!

Στη διαδρομή προς το σπίτι τους, η Λήδα άρχισε να τον ρωτάει για τη Λάγια και τη μεταμόσχευση. Ο Άγγελος την ενημέρωσε χονδρικά, όπως άλλωστε είχε ήδη κάνει και τηλεφωνικά από το Χιούστον και της είπε ότι θα τα λέγανε αναλυτικά στο σπίτι, αφού ξεκουραζόταν λιγάκι από το πολύωρο ταξίδι και το τζετ–λαγκ.

Όταν έφτασαν, περίμενε τον Άγγελο μια πολύ όμορφη έκπληξη. Το σπίτι ήταν στολισμένο με λουλούδια, γιρλάντες και μπαλόνια και μια μεγάλη επιγραφή, κρεμασμένη στον τοίχο της τραπεζαρίας , που έγραφε «Καλώς όρισες», ενώ και το τραπέζι ήταν στρωμένο γιορτινά με έξι σερβίτσια και τα τέσσερα παιδιά τους όρθια, πίσω από τις καρέκλες τους, σαν σε τιμητική παράταξη. Μόλις είδαν τον πατέρα τους, έτρεξαν, τον αγκάλιασαν και τον φίλησαν.

Η Λήδα ίσως να είχε οργανώσει αυτή τη «γιορτή» υποσυνείδητα, για να «θυμίσει» στον άντρα της, τι σημαίνει οικογενειακή αγάπη και θαλπωρή...

– *Ούτε από τον πόλεμο να γύριζα δεν θα περίμενα τέτοια υπέροχη υποδοχή. Σας ευχαριστώ και σας αγαπώ όλους!*

– *Θέλεις να κάτσεις να φάμε τώρα ή θέλεις να ξεκουρασθείς πρώτα;* ρώτησε η Λήδα.

– *Τώρα, τώρα! Δεν τη χαλάω αυτή την ατμόσφαιρα με τίποτα! Το πολύ– πολύ να κοιμηθώ κάποια στιγμή πάνω στην καρέκλα μου!...*

Η Λήδα είχε επιστρατεύσει όλη τη δεινή μαγειρική τέχνη της κι είχε ετοιμάσει τα πιάτα που άρεσαν στον Άγγελο: ένα σουφλέ με μπρόκολο, ένα κουνέλι στιφάδο, μια πράσινη σαλάτα με μαρούλι, αγγούρι, αβοκάντο, βραστά αυγά και κόκκινα φασόλια και μια «δολοφονική» σοκολατίνα! Το καλύτερο «πιάτο» όμως αυτού του εορταστικού οικογενειακού γεύματος ήταν η διάχυτη αγάπη, που μπορούσες να την πιάσεις στη χούφτα σου!

Ο Άγγελος διηγήθηκε με λεπτομέρειες την περιπέτεια Χιούστον, αφήνοντας βέβαια απ' έξω τις «ένοχες» στιγμές, απάντησε σε όλες τις ερωτήσεις τους και μετά ρώτησε εκείνος τη Λήδα και τα παιδιά να του πουν τα δικά τους νέα για τον καιρό που έλειπε. Όταν ολοκληρώθηκε ο γύρος των «αναφορών», ο μεγάλος γιος τους Αλέξανδρος είπε:

– *Πατέρα, θα σού πω ένα πολύ καλό ανέκδοτο, που άκουσα χθες.*

– *Είμαι όλος αυτιά...*

– *Περπατάει που λες, ένας μπόμπιρας εννέα–δέκα ετών στον δρόμο μ' ένα τσιγάρο κρεμασμένο στο στόμα του. Τον πλησιάζει ένας ηλικιωμένος κύριος και του λέει: «Βρε παιδάκι μου, καπνίζεις τόσο μικρός και μάλιστα στον δρόμο;». «Ο παππούς μου κύριε πέθανε 102 ετών», απαντάει κοφτά ο μπόμπιρας. «Και κάπνιζε από τόσο μικρός;» ρωτάει εκπληκτος ο κύριος. «Όχι, αλλά δεν ανακατευόταν σε ξένες υποθέσεις»!*

Όλοι ξέσπασαν σε γέλια κι ο Άγγελος σχολίασε:

– Ελπίζω να μην υπαινίσσεσαι με αυτό το πράγματι χαριτωμένο ανέκδοτο ότι άρχισες να καπνίζεις!

– Ο... Όχι, είπε ο γιος του χωρίς ιδιαίτερα πειστικό ύφος.

– Δεν θα ήθελα καθόλου να αρχίσεις το κάπνισμα, αλλά αν ποτέ κάνεις αυτό το λάθος, θα ήθελα να είμαι ο πρώτος που θα το μάθει, μετά από... εσένα! Σύμφωνοι;

– Σύμφωνοι, είπε απρόθυμα ο γιος του, χωρίς να τον κοιτάει στα μάτια, ενισχύοντας έτσι την εντύπωσή του πατέρα του ότι κάπνιζε ήδη.

Μετά από λίγο, ο Άγγελος ένιωσε να βαραίνουν τα βλέφαρά του, τους φίλησε όλους, έκανε ένα γρήγορο ντους και έπεσε στο κρεβάτι του ξερός, σαν κούτσουρο. Ξάπλωσε ανάσκελα, με τα χέρια του σταυρωμένα στο στήθος του και ξαφνικά έκανε μια περίεργη σκέψη.

Γιατί άραγε ελάχιστοι άνθρωποι και σπάνια κοιμούνται ανάσκελα, με τα χέρια σταυρωμένα στο στήθος, ενώ στη συντριπτική πλειονότητά τους προτιμούν να κοιμούνται στο πλάι, στην εμβρυακή στάση, αναρωτήθηκε. Ίσως αποφεύγουν υποσυνείδητα την πρώτη, σκέφτηκε, για να εξορκίσουν τη στοιχειωμένη στο συνειδητό τους εικόνα τους μέσα στο φέρετρο και προτιμούν τη δεύτερη, επειδή έχουν την απωθημένη επιθυμία να ξαναγίνονταν έμβρυα!

Αυτή ήταν και η τελευταία σκέψη του, πριν τον πάρει ο Μορφέας στην αγκαλιά του.

~ ~

36ο ΚΕΦΑΛΑΙΟ

– Ελπίζω να μη χρειασθεί να ξαναρρωστήσω, για να
σε βλέπω...

Η ζωή της οικογένειας Μασούκου και η δουλειά του Άγγελου μπήκαν σε κανονικούς ρυθμούς.

Από την άλλη πλευρά του Ατλαντικού, τα ηλεκτρονικά μηνύματα της Λάγιας προς τον Άγγελο, μέσω e–mail ή Skype, ήταν αρκετά συχνά και όλο πιο έντονα υπαινικτικά ενός ανύπαρκτου ερωτικού δεσμού. Ο Άγγελος απαντούσε σε όλα, με εξαιρετική ευγένεια και τρυφερότητα, αλλά και με σαφή αποστασιοποίηση από το ύφος της Λάγιας. Σιγά–σιγά, διακριτικά, αλλά μεθοδικά πέρναγε το μήνυμα πως ό,τι είχε γίνει είχε γίνει κι αυτό δεν θα είχε καμιά συνέχεια.

Κάποια μέρα, που οι παλιές ανησυχίες ξαναξύπνησαν στη Λήδα, παρασπόνδησε, κόντρα στις αρχές της και στον χαρακτήρα της και άνοιξε το λαπ–τοπ του Άγγελου, που το είχε ξεχάσει σπίτι. Στα πρώτα μηνύματα της Λάγιας που είδε, σχεδόν την έπιασε πανικός, καθώς τα θεώρησε ατράνταχτη απόδειξη των υποψιών της. Ηρέμησε όμως κάπως, όταν είδε τις «ψυχρές» απαντήσεις του Άγγελου. Ο Άγγελος τής ήταν μάλλον πιστός κατά τα φαινόμενα, σκέφτηκε, αλλά η Λάγια τον πολιορκούσε κι αυτό δεν της άρεσε φυσικά καθόλου, γιατί τη θεωρούσε πάντα επικίνδυνο και επίμονο, όπως αποδεικνυόταν, πειρασμό.

Το ίδιο βράδυ, την ώρα που έτρωγαν η Λήδα ρώτησε τον Άγγελο:

– Η Λάγια δεν έχει κανένα δεσμό;

– Δεν νομίζω, αλλά δεν ξέρω, Δεν εμφανίστηκε πάντως κανένας, από τη Λευκάδα μέχρι σήμερα.

– Περίεργο! σχολίασε υπαινικτικά η Λήδα. *Τόσο ωραία, δυναμική, έξυπνη, πλούσια και γοητευτική γυναίκα να μην έχει δεσμό...*

– Έ, μπορεί να είχε πριν τη γνωρίσουμε, γιατί μετά και να ήθελε, ήταν αντικειμενικά αδύνατο με το ατύχημα και την αρρώστια.

– Ναίαιαι, έκανε σκεπτικά η Λήδα. *Άρα, χωρίς συγγενή ή σύντροφο κοντά της αυτές τις τραγικές ώρες, φαντάζομαι ότι θα έχει γαντζωθεί ολοκληρωτικά επάνω σου,* δοκίμασε την πρώτη μπηχτή η Λήδα.

– Θα μπορούσες να το πεις κι έτσι... Είναι γνωστό άλλωστε ότι δημιουργείται ένα παράξενα ισχυρό δέσιμο, ανάμεσα σε δύο ανθρώπους, που βρίσκονται μαζί τόσο κοντά στον θάνατο, κι όταν μάλιστα ο ένας είναι ο «σωτήρας».

– Μμμ! Και ένιωσες μήπως και κάποια ερωτική χροιά από την πλευρά της Λάγιας, μέσα σ᾽ αυτό το «δέσιμο»; τόλμησε ένα βήμα παραπάνω η Λήδα.

– Δεν θα σου πω ψέματα.Ναι, υπήρξαν κάποιες νύξεις από τη Λάγια, γεμάτες διακριτικότητα όμως, τις οποίες φυσικά φρόντισα να αγνοήσω, με αντίστοιχη διακριτικότητα.

– Καλή κι άγια η διακριτικότητα, αλλά δεν είναι πάντα η καλύτερη απάντηση, σχολίασε λίγο πικρά η Λήδα.

– Τι εννοείς;

– Εννοώ ότι όταν κανείς δεν είναι απολύτως ξεκάθαρος και σαφής, ο άλλος μπορεί να παρερμηνεύσει αυτή τη διακριτικότητα και να τρέφει ελπίδες!

– Ομολογώ ότι σε χάνω, αγάπη μου. Τι ακριβώς θες να πεις; Πες το «σαφώς και ξεκάθαρα», για να σου απαντήσω κι εγώ το ίδιο σαφώς και ξεκάθαρα!

– Διαβλέπω μήπως ένα εκνευρισμό;

– Ίσως, αλλά δεν φταίω εγώ γι' αυτό! Ξέρεις πως ξέρω καλά όλες τις τεχνικές της ανάκρισης και οι ερωτήσεις σου μοιάζουν πολύ με μια από αυτές τις τεχνικές. Σε παρακαλώ λοιπόν και πάλι να μού πεις ξεκάθαρα, τι θέλεις.

– Θέλω... κόμπιασε η Λήδα. Θέλω να μου πεις, αν... τρέχει τίποτα ανάμεσα στη Λάγια και σε σένα!

– Α, μπράβο! Τώρα μπορούμε να συνεννοηθούμε. Η απάντηση είναι όχι, χίλιες φορές όχι! Δεν αρνούμαι ότι η Λάγια είναι μια γοητευτική γυναίκα, όπως σωστά είπες, κι ότι οι συνθήκες δημιούργησαν ένα έντονο συναισθηματικό δέσιμο μεταξύ μας. Αυτό όμως δεν θα μπορούσε να επηρεάσει ούτε στο ελάχιστο τη λατρεία μου για σένα και τα παιδιά μας και να αναστείλει τις αρχές μου.

– Εντάξει. Συγχώρεσέ με, αλλά κάποια σημάδια που είδα κι εγώ από τη Λάγια κι αυτές οι «ειδικές συνθήκες» μ' έκαναν ν' ανησυχήσω κι επειδή ξέρεις πόσο σε αγαπώ, ήθελα να βγάλω από μέσα μου αυτό το σαράκι. Με καταλαβαίνεις, ε;

– Σε καταλαβαίνω απόλυτα, αγάπη μου, αρκεί να σκοτώσεις αυτό το σαράκι και να μη χρειασθεί να συζητήσουμε ξανά αυτό το θέμα.

– Σ' ευχαριστώ για την ειλικρίνειά σου και στο υπόσχομαι.

Παρά τη θετική κατάληξή της, αυτή η συζήτηση άφησε ανεξίτηλο το στίγμα της και στους δύο. Το σύννεφο δεν έφερε καταιγίδα, αλλά έμεινε εκεί, στον μέχρι τότε καταγάλανο ουρανό τους.

Δυο μήνες περίπου μετά από αυτή τη συζήτηση, γύρισε στην Ελλάδα η Λάγια και η πρώτη επίσκεψη που έκανε ήταν στο σπίτι του Άγγελου. Η Λήδα δεν τρελάθηκε από τη χαρά της, όταν της το ανακοίνωσε ο Άγγελος, αλλά δεν έδειξε τίποτα.

Όταν τής άνοιξε την πόρτα το συγκεκριμένο βράδυ, βρέθηκε μπροστά σε μια Λάγια, φορτωμένη πακέτα.

– Καλώς όρισες στο σπιτικό μας και σιδερένια, της είπε, φιλώντας τη

σταυρωτά.

– Καλώς σας βρίσκω κι ευχαριστώ πολύ για την πρόσκληση.

Η Λήδα σημείωσε τη λέξη «πρόσκληση» κι ένιωσε πάλι ένα τσιμπηματάκι, γιατί ο Άγγελος της είχε πει ότι η Λάγια είχε «αυτοπροσκληθεί»...

– Τι είναι όλα αυτά που κουβαλάς; Θες να σε βοηθήσω;

– Ναι, είναι μερικά ταπεινά «ευχαριστώ» για τον σωτήρα μου, αλλά και για σένα και τα παιδιά, επειδή σας τον στέρησα τόσον καιρό!

– Ω, δεν ήταν ανάγκη, είπε αμήχανα η Λήδα, που άκουσε κι άλλο καμπανάκι απ' αυτή την κίνηση της Λάγιας.

Την ίδια στιγμή εμφανίσθηκε κι ο Άγγελος. Ελευθερωμένη από τα πακέτα η Λάγια, σχεδόν έτρεξε κοντά του τον αγκάλιασε σφιχτά τον φίλησε στα μάγουλα και του είπε:

– Σωτήρα μου, όπως είχες προβλέψει κι όπως βλέπεις, τον έστειλα από κει που ήρθε τον Χότζκιν!

– Το βλέπω κι είμαι ευτυχισμένος, απάντησε ο Άγγελος, που δεν μπόρεσε να μη ρίξει το βλέμμα του στο βαθύ ντεκολτέ της Λάγιας, χωρίς όμως να της ανταποδώσει τα φιλιά, για τον... φόβο της Λήδας.

– Ελάτε, πάμε να κάτσουμε, είπε η Λήδα, που παρακολουθούσε με ένταση την παραμικρή κίνηση της Λάγιας και του Άγγελου, ενώ παράλληλα φώναξε και τα παιδιά στο σαλόνι.

Η Λάγια τα χαιρέτισε όλα ζεστά κι έδωσε στο καθένα από ένα πακέτο. Μετά έδωσε το πακέτο της Λήδας και τελευταίο του Άγγελου. Άρχισαν όλοι να ξετυλίγουν τα δώρα τους με φανερή περιέργεια και ανυπομονησία. Επιφωνήματα έκπληξης και χαράς ακολουθούσαν το άνοιγμα κάθε πακέτου. Στα παιδιά η Λάγια είχε φέρει ηλεκτρονικές συσκευές και γκάτζετς, στη Λήδα ένα έξοχο περιδέραιο με τρεις σειρές άσπρα και μαύρα μαργαριτάρια, σε υπέροχους συνδυασμούς και στον Άγγελο ένα ολόχρυσο, πανάκριβο ρολόι Vacheron Constantin.

Η Λήδα σηκώθηκε ευχαρίστησε τη Λάγια και τη φίλησε, λέγοντας ότι τα μαργαριτάρια ήταν η αδυναμία της κι ότι δεν είχε δει πιο όμορφο περιδέραιο. Το ίδιο έκανε κι ο Άγγελος, που της είπε:

– Είναι εκπληκτικό. Χίλια ευχαριστώ. Ελπίζω μόνον να δείχνει πάντα τη σωστή ώρα για το κάθε πράγμα!

– Τη σωστή ώρα τη διαλέγουμε εμείς, όχι τα ρολόγια, απάντησε υπαινικτικά η Λάγια, τσιγκλώντας πάλι τη Λήδα.

– Θες να πιεις κάτι; τη ρώτησε η Λήδα.

– Όχι, ευχαριστώ πολύ.

– Τότε, ας περάσουμε στο τραπέζι!

Η βραδυά πέρασε χωρίς απρόοπτα κι η συζήτηση περιστράφηκε κυρίως στο ιστορικό της ασθένειας και της θεραπείας της Λάγιας, με συχνές τρυφερές αναφορές στον σωτήρα της και με αρκετό χιούμορ.

Όταν ήρθε η ώρα να φύγει η Λάγια, χαιρέτισε τα παιδιά, ευχαρίστησε τη Λήδα για την «υπέροχη» βραδυά, αγκάλιασε σφιχτά τον Άγγελο, τον φίλησε και του είπε:

– Ελπίζω να μη χρειασθεί να ξαναρρωστήσω, για να σε βλέπω!

Αυτό πια δεν ήταν τσίμπημα βελόνας για τη Λήδα, Ολόκληρη πρόκα ήταν. Κι όταν βρέθηκαν μόνοι τους στην κρεβατοκάμαρά τους, δεν άντεξε κι είπε στον Άγγελο:

– Την είδες; Ακόμη και μέσα στο ίδιο το σπίτι μας σε φλέρταρε συνέχεια!

– Έχεις δίκιο, αγάπη μου, αλλά νομίζω πως θα συμφωνήσουμε ότι δεν έχει καμιά σημασία τι κάνει η Λάγια, αλλά τι κάνω εγώ! Άλλωστε δεν υπάρχει τρόπος να επιβάλουμε στους ανθρώπους τις συμπεριφορές που θέλουμε εμείς.

– Ναι, μπορούμε όμως να τους αποφεύγουμε, αν δεν μας αρέσει η συμπεριφορά τους!

– Εντάξει, αγάπη μου, αλλά ξέχασες την υπόσχεσή σου, ότι δεν θα

ξανασυζητούσαμε αυτό το θέμα.

– Ναι, μωρέ Άγγελε, δίκιο έχεις και συγγνώμη, αλλά με ερέθισε πολύ η συμπεριφορά της.

– Λοιπόν, το κλείνουμε το θέμα; ρώτησε καταφατικά ο Άγγελος, αγκαλιάζοντας τη γυναίκα του και φιλώντας τη τρυφερά.

– Ναι, αγάπη μου, καληνύχτα!

Όταν έσβησε το φως, ο Άγγελος συνειδητοποίησε ανήσυχος ότι η παρουσία της Λάγιας τον είχε ταράξει, αλλά προσπάθησε να καθησυχάσει τον εαυτό του, αποδίδοντας την ταραχή του στις εξαιρετικά ιδιαίτερες και «θανάσιμες» συνθήκες που τους έδεναν.

~ ~

37ο ΚΕΦΑΛΑΙΟ

– Άγγελε, μη φεύγεις!

Ο Άγγελος είχε πέσει με τα μούτρα στη δουλειά κι η κάθαρση αποτελούσε πια μια από τις σταθερές της ελληνικής πολιτικής, οικονομικής και κοινωνικής ζωής, ενώ και το Συμβολαιογραφείο της Λήδας είχε εξελιχθεί σ' ένα από τα καλύτερα και μεγαλύτερα της Αθήνας. Έτσι, με δεδομένο ότι ο μισθός των δικαστών ήταν μικρός, το μεγαλύτερο βάρος του οικογενειακού προϋπολογισμού το σήκωνε η Λήδα, διασφαλίζοντας στην οικογένεια μια πολύ άνετη, αλλά μετρημένη ζωή, χωρίς υπερβολές κι άσκοπες σπατάλες. Ο Άγγελος δεν είχε κανένα πρόβλημα με αυτό και γιατί είχε ανοιχτό μυαλό και γιατί, σε αντίβαρο απολάμβανε την παλλαϊκή σχεδόν αναγνώριση και τιμές από την Πολιτεία, οι τελευταίες από τις οποίες ήταν η αναγόρευσή του σε Επίτιμο Διδάκτορα του Πανεπιστημίου Αθηνών και η πολύ πιο σημαντική απονομή του Παράσημου του Ανώτερου Ταξιάρχη, από τον Πρόεδρο της Δημοκρατίας. Η «δόξα» είναι πάντα ένα πολύ αποτελεσματικό αντίδοτο στο «χρήμα»...

Όταν πήγε εκείνο το πρωί στο γραφείο του, βρήκε δίπλα στον υπολογιστή του ένα κατακόκκινο κουτί σε σχήμα καρδιάς, όπως και τα σοκολατάκια που περιείχε. Ασυναίσθητα κοίταξε την ημερομηνία, είδε ότι ήταν 14 Φεβρουαρίου και φαντάσθηκε ότι τα είχε στείλει η Λήδα σε επισφράγιση της χθεσινοβραδυνής «εκεχειρίας» τους. Όταν το άνοιξε όμως, είδε μια κάρτα, με την υπογραφή της Λάγιας, που έλεγε:

«Θέλω να σου χαρίζω γλύκα κάθε μέρα κι όχι μόνο του Αγίου Βαλεντίνου... Σ' αγαπώ Λάγια».

Ο Άγγελος έσκισε σε πολύ μικρά κομμάτια την κάρτα και την πέταξε, νιώθοντας και εκνευρισμό και ταραχή. Εκνευρισμό για τη καινούργια, ανοικτή πια ερωτική επίθεση της Λάγιας και ταραχή, γιατί συνειδητοποίησε ότι η παρουσία της τον είχε επηρεάσει...

Η Λάγια, από την άλλη μεριά, είχε βάλει σκοπό της ζωής της να ξελογιάσει και να κατακτήσει τον σωτήρα της. Κι όταν η Λάγια έβαζε ένα στόχο, σπάνια αποτύγχανε. Στο μυαλό της ξαναγύριζαν συνέχεια οι δυο νύχτες στο ίδιο κρεβάτι με τον Άγγελο στο ξενοδοχείο του Χιούστον και φαντασιωνόταν συχνά μια παθιασμένη ερωτική πανδαισία μαζί του. Έτσι, συνέχισε την πίεσή της προς τον Άγγελο, με μηνύματα, τηλεφωνήματα, μικροδωράκια και με τον Άγγελο να αντιστέκεται, περισσότερο με τη βοήθεια του μυαλού του, της λογικής και του «πρέπει», παρά της καρδιάς του και του κορμιού του.

Λίγες μέρες μετά, η Λάγια τηλεφώνησε στο γραφείο του κατά τις επτά το απόγευμα. Η φωνή της ακουγόταν λίγο σπασμένη και του είπε ότι δεν ένιωθε καθόλου καλά, ότι δεν ήξερε το γιατί και τον παρακάλεσε να πάει σπίτι της. Ο Άγγελος φοβήθηκε, μήπως ήταν κάποια οξεία παρενέργεια των χημειοθεραπειών ή ακόμη χειρότερα μια υποτροπή της ασθένειάς της και χωρίς δεύτερη σκέψη τής είπε ότι θα πήγαινε αμέσως.

Όταν του άνοιξε την πόρτα, ο Άγγελος βρέθηκε μπροστά σε μια απαστράπτουσα Λάγια, μέσα σε μια μεταξωτή μαύρη ρόμπα, βαμμένη και χτενισμένη άψογα και μ' ένα πλατύ χαμόγελο στο φιλήδονο στόμα της.

– Καλώς τον, είπε, τον αγκάλιασε σφικτά και τον φίλησε στο στόμα.

– Έι, έι, τι τρέχει; είπε κατάπληκτος ο Άγγελος, πιάνοντας από τους ώμους τη Λάγια και απομακρύνοντας μαλακά το κορμί της από το

δικό του. *Εσύ δεν μού είπες ότι δεν αισθανόσουνα καθόλου καλά;*

– *Ναι, δεν βρήκα πιο έξυπνο τρόπο για να καταφέρω να σε δω.*

– *Ωραία! Αφού είσαι καλά λοιπόν, εγώ να πηγαίνω.*

– *Ε, κάτσε λίγο μαζί μου, μια και ήρθες,* του είπε η Λάγια μ' ένα μίγμα ευγενικής παράκλησης και ερωτισμού.

– *Λάγια, παίζεις επικίνδυνα παιχνίδια κι εγώ δεν είμαι πια παιδί.*

– *Ε, αφού δεν είσαι παιδί, όπως σωστά λες, δεν κινδυνεύεις!*

– *Υπάρχουν επικίνδυνα παιχνίδια και για ενήλικους!*

– *Έλα τώρα, Άγγελέ μου, δεν σού ζητάω τίποτα κακό. Να κάτσεις λίγο μαζί μου, να πιούμε ένα ποτό και να τα πούμε λίγο μόνοι μας, χωρίς... μάρτυρες σου ζητάω. Είναι κακό αυτό;*

– *Όχι,* απάντησε διστακτικά ο Άγγελος, *αλλά...*

– *Άσε τα αλλά,* τον έκοψε η Λάγια *και πες μου τι θες να πιεις.*

– *Πάει καλά...* είπε συγκαταβατικά ο Άγγελος. *Βάλε μου σε παρακαλώ ένα ποτήρι άσπρο κρασί.*

– *Στο φέρνω αμέσως,* είπε εκείνη και κατευθύνθηκε στην κουζίνα.

Ο Άγγελος πήρε στα χέρια του ένα περιοδικό κι άρχισε να το ξεφυλλίζει αφηρημένος, ενώ στο μυαλό του προσπαθούσε να εξηγήσει την υποχωρητικότητά του, απέναντι στη Λάγια. Όταν την άκουσε να έρχεται, σήκωσε το βλέμμα του κι έμεινε άφωνος. Ήταν σχεδόν γυμνή, μ' ένα διάφανο σομόν νεγκλιζέ, που δεν άφηνε κανένα μέρος του χυμώδους κορμιού της καλυμμένο, με τις ρώγες του στήθους της να προσπαθούν λες να τρυπήσουν το αραχνοΰφαντο ύφασμα και την ήβη της να διαγράφεται σε κάθε κίνηση των υπέροχων μακριών, καλλίγραμμων ποδιών της. Κρατώντας δυο ποτήρια κρασί στα χέρια της, τον πλησίασε λικνίζοντας προκλητικά το τους γοφούς της και του έδωσε το ένα ποτήρι με το κρασί, ενώ εκείνος έψαχνε να βρει με ποιο τρόπο έπρεπε να αντιδράσει...

— *Ζεσταινόμουνα*, είπε η Λάγια καθόλου πειστικά, παρατηρώντας την αμηχανία του Άγγελου. *Έλα τώρα, τσούγκρισε το ποτήρι μου και πιες στην υγειά που μού χάρισες!*

— *Στην υγειά σου*, είπε μηχανικά ο Άγγελος, αδειάζοντας σχεδόν μονορούφι το ποτήρι του από την ταραχή του, ενώ η Λάγια κάθισε δίπλα του, σχεδόν κολλητά του στον καναπέ, πλημμυρίζοντάς τον με το βαρύ, αισθησιακό άρωμά της.

Κι ενώ πάσχιζε να βάλει σε τάξη το μυαλό του και να δεθεί στο κατάρτι μπροστά σ' αυτή τη Σειρήνα, με την προκλητική, πολυπόθητη σάρκα, ένιωσε ξαφνικά μετά από λίγο να αντιδρά βίαια ο ανδρισμός του. Το χαπάκι, που είχε ρίξει η Λάγια στο ποτό του είχε δράσει σχεδόν ακαριαία. Με ένα απόλυτα εύστοχο συγχρονισμό, η Λάγια ρίχτηκε επάνω του, κόλλησε παθιασμένα τα χείλη του στα δικά του, σχεδόν βίαια του άνοιξε το στόμα και άρχισε να το εξερευνά με τη γλώσσα της, ενώ πήρε το δεξί χέρι του και το έβαλε πάνω στο ξεγυμνωμένο στήθος της, με τις ορθωμένες ρώγες της.

Ε, αυτό ήταν πια πέρα από τις δυνάμεις κάθε θνητού.

Αυτό που ακολούθησε ήταν μια άγρια πάλη δύο θηρίων, που το ένα πάσχιζε να καθυποτάξει το άλλο, όχι για να το νικήσει, αλλά για να του χαρίσει ύπατες ηδονές. Όταν η μάχη τούς εξάντλησε κι η ηδονή τούς εξουθένωσε, έψαχναν τις ανάσες τους! Τα κορμιά τους, μισά πάνω στον καναπέ, μισά στο πάτωμα, έμοιαζαν με σπασμένες κούκλες...

Πρώτη βρήκε τις ανάσες της η Λάγια. Ανασηκώθηκε στα γόνατά της, πλησίασε τον Άγγελο, άπλωσε το χέρι της και του χάιδεψε το πρόσωπο και είπε:

— *Πόσο δίκιο είχα! Μού χάρισες την πιο όμορφη, την πιο συγκλονιστική, την πιο ευτυχισμένη μέρα της ζωής μου. Σ' ευχαριστώ. Και βαλ' το καλά στο μυαλό σου ότι αυτό δεν πρόκειται με τίποτα να το χάσω από τη ζωή μου!*

Ο Άγγελος, που κοντανάσαινε ακόμη με κλειστά μάτια, ήταν εντελώς μπερδεμένος. Από τη μια δεν είχε ποτέ φαντασθεί ότι υπήρχε ένα τέτοιο αποθεωτικό σεξ κι από την άλλη η σκέψη του πήγε στη Λήδα και στα παιδιά του και στην προδοσία των αρχών του και του χαρακτήρα του. Ήταν ένας άντρας, ευτυχισμένος σωματικά και δυστυχισμένος ψυχικά...

– *Λάγια, είπε διστακτικά και αμήχανα, και για μένα ήταν μια πρωτόγνωρη, συγκλονιστική εμπειρία, αλλά για το καλό όλων μας, πρέπει να είναι και η τελευταία. Θα τη φυλάξουμε στις καρδιές μας, σαν πολύτιμο πετράδι, σαν ανεκτίμητο περιουσιακό στοιχείο της ζωής μας, αλλά δεν μπορεί και δεν πρόκειται να ξαναγίνει!*

– *Κλείνεις την πόρτα κατάμουτρα στην ευτυχία, Άγγελε;*

– *Όχι, την κλείνω σε μια απερισκεψία της στιγμής, που αν συνεχισθεί, θα κάνει δυστυχισμένους επτά ανθρώπους!*

– *Γιατί, Άγγελέ μου, γιατί λατρεία μου; Η ζωή δεν είναι ταινία με προκαθορισμένη εξέλιξη και τέλος, που κάποιος άλλος αποφάσισε για λογαριασμό μας. Εμείς γράφουμε και σκηνοθετούμε τη ζωή μας, ανάλογα με τις συνθήκες, τα προβλήματα και τις ευκαιρίες που παρουσιάζονται. Κι εδώ βρισκόμαστε μπροστά σε μια μοναδική ευκαιρία ευτυχίας. Άλλωστε, χιλιάδες ζευγάρια χωρίζουν κάθε μέρα.*

– *Αυτή τη λέξη σε παρακαλώ να μην την ξαναεκστομίσεις!*

– *Ποια λέξη;*

– *Τον χωρισμό! Δεν υπάρχει ούτε μία στο εκατομμύριο πιθανότητα να χωρίσω τη Λήδα!*

– *Εντάξει, δεν είπα να χωρίσεις αύριο το πρωί...*

– *Ούτε αύριο το πρωί ούτε ποτέ!* την έκοψε αυστηρά και με έντονο ύφος ο Άγγελος.

– *Σύμφωνοι, μη θυμώνεις... Πού πας τώρα; Μη φεύγεις,* του είπε, καθώς ο Άγγελος είχε σηκωθεί και ντυνόταν.

– Φεύγω, για να μπορέσω να βάλω σε μια τάξη το μυαλό μου και να προσπαθήσω να με συγχωρέσω, αν και φοβάμαι ότι δεν θα τα καταφέρω... Σ΄ ευχαριστώ πάντως για την αγάπη σου και γι' αυτή τη μοναδική ερωτική εμπειρία.

–Στάσου μια στιγμή, Άγγελε, είπε σχεδόν απελπισμένα η Λάγια, αλλά ο Άγγελος είχε ήδη ανοίξει την εξώπορτα, που την έκλεισε μαλακά πίσω του, χωρίς ν' απαντήσει στην τελευταία έκκληση της Λάγιας.

~ ~

38ο ΚΕΦΑΛΑΙΟ

– Ένοχη» συμπεριφορά...

Παραπατούσε σχεδόν στον δρόμο ο Άγγελος. Το μυαλό του ήταν ξεχειλισμένο από άτακτες, άναρχες, ασυνάρτητες σκέψεις, οι παλμοί της καρδιάς του είχαν στήσει χορό κι ένιωθε έντονη ψυχολογική πίεση και σωματική εξάντληση. Τα υπόλοιπα τα καταλάβαινε και τα κατανοούσε. Αυτό που τον προβλημάτιζε ήταν η σωματική εξάντληση, την οποία δεν μπορούσε να αποδώσει απλώς στο έντονο σεξ. Ένιωθε λες κι ήταν τύφλα στο μεθύσι και δεν μπορούσε να πάρει τα πόδια του.

Η σκέψη του επικεντρώθηκε για λίγο στην καίρια στιγμή, που παραδόθηκε στην αρχή παθητικά και μετά μανιασμένα στην ερωτική πρόκληση της Λάγιας. «Τι ήταν αυτό άραγε, που μ' έκανε ν' αλλάξω στάση μέσα σε μια στιγμή», αναρωτήθηκε. «Τι ήταν αυτό που εξουδετέρωσε κάθε αναστολή μου και μ' έκανε να περάσω απ' το άσπρο στο μαύρο;». Και τότε, σαν αποκάλυψη, συνδυάζοντας την ανεξήγητη αλλαγή συμπεριφοράς του μέσα σε μια στιγμή και τη σωματική εξάντλησή του, κατάλαβε. Κατάλαβε, ανατρίχιασε και οργίσθηκε! Η Λάγια είχε ρίξει κάτι στο κρασί του!

Σιχαινόταν και μισούσε τη δολιότητα ο Άγγελος, ακόμη κι όταν αυτή επιστρατευόταν, για να οδηγήσει σ' ένα ερωτικό παράδεισο. Συνειδητοποίησε ότι αυτή η γυναίκα ήταν εξαιρετικά επικίνδυνη και θα χρησιμοποιούσε κάθε μέσον, για να φτάσει στον σκοπό της, να τον χωρίσει από τη Λήδα και την οικογένειά του. Παράλληλα όμως, σε μια αυστηρή αυτοκριτική διαδικασία, αναγκάσθηκε να παραδεχθεί στον εαυτό του ότι δεν τον άφηνε ασυγκίνητο ούτε η Λάγια ούτε αυτό που έζησε για λίγες στιγμές μαζί της. Κι αυτό περιέπλεκε κι έκανε ακόμη πιο επικίνδυνο το πρόβλημα.

Στην κατάσταση που βρισκόταν εκείνη την ώρα, ήταν αδύνατο να κάνει μια ολοκληρωμένη σκέψη, να καταλήξει σε κάποιο συμπέρασμα και ακόμη περισσότερο να πάρει κάποια απόφαση.

Αγαπούσε τη Λάγια, σαν «αδελφή» του και ως άνθρωπο που του είχε σώσει δυο φορές τη ζωή. Τον συγκινούσε σαν θηλυκό, αλλά δεν ήταν η πρώτη γυναίκα στη ζωή του που του κινούσε το ενδιαφέρον. Εντάξει, αυτά είχαν σίγουρα διογκωθεί από το δέσιμό τους σε θανάσιμα επικίνδυνες στιγμές. Δεν ήταν όμως ερωτευμένος με τη Λάγια. Τι ήταν αυτό λοιπόν, πέρα από την αγάπη, πέρα απ' το ιδιότυπο δέσιμο, πέρα απ' τη θηλυκή ελκυστικότητα, ακόμη και πέρα απ' το χάπι –για το οποίο ήταν πια σχεδόν βέβαιος– που ασκούσε αυτή την έντονη έλξη του προς τη Λάγια;

Χαμένος μέσα σ' αυτόν τον ορυμαγδό σκέψεων, συνειδητοποίησε κάποια στιγμή ότι είχε προχωρήσει στον δρόμο πολύ παρακάτω από κει που είχε παρκάρει το αυτοκίνητό του. Τίναξε το κεφάλι του, σαν για να διώξει όλες τις σκέψεις του, γύρισε πίσω και με ταχύ βήμα, όσο του επέτρεπε η εξάντλησή του, έφτασε στο αυτοκίνητό του, μπήκε μέσα και ξεκίνησε.

Όταν έφτασε σπίτι του, έσβησε τη μηχανή, κοιτάχτηκε στον καθρέφτη του σκιαδίου, χτένισε τα μαλλιά του, διόρθωσε τη γραβάτα του και έλπισε ότι η άγρια σεξουαλική μάχη δεν θα είχε αφήσει σημάδια στο κορμί του. Σκέφθηκε, πώς θα αντίκρυζε τη Λήδα και πώς θα κατάφερνε να ξεφύγει από τη δαιμονική γυναικεία διαίσθησή της. Έμεινε μερικά λεπτά στο αυτοκίνητο κι αποφάσισε να προφασισθεί μια ίωση, που του είχε φέρει μεγάλη εξάντληση και πονοκέφαλο.

Μόλις τον είδε η Λήδα, ήρθε η ερώτηση, που φοβόταν.

– Τι έχεις Άγγελε, τι σού συμβαίνει;

– Τίποτα, αγάπη μου. Ήταν απλώς μια πολύ δύσκολη και κουραστική

μέρα, αλλά μάλλον πρέπει και να με κόλλησε ίωση η γραμματέας μου, γιατί νιώθω φοβερή εξάντληση κι ένα φοβερό πονοκέφαλο.

– Πήγαινε να ξαπλώσεις και θα σου φτιάξω μια σούπα. Και πάρε κι ένα Panadol Cold and Flu.

– Σ' ευχαριστώ. Θα κάνω όμως πρώτα ένα ζεστό μπάνιο και μετά...

Μόλις μπήκε στο μπάνιο, πέταξε τα ρούχα του κι άρχισε να ψάχνει με τη βοήθεια καθρεφτών, εκατοστό με εκατοστό το σώμα του για τυχόν σημάδια. Ευτυχώς, διαπίστωσε ότι η ερωτική εκείνη μάχη ήταν τελικά... αναίμακτη!

Όταν λίγο αργότερα ξάπλωσε δίπλα του η Λήδα, χώθηκε στην αγκαλιά της σαν μικρό παιδί, που αποζητούσε παρηγοριά και προστασία. Και πριν το καταλάβει, ο ανδρισμός σήμανε πάλι συναγερμό. Έκανε έρωτα στη γυναίκα του, σαν να μην υπήρχε αύριο κι εκείνη ρούφηξε με ευχάριστη έκπληξη την εφηβική ορμή του άντρα της.

Όταν ο Άγγελος ξαναβρήκε την ανάσα του, χώθηκε πάλι στην αγκαλιά της Λήδας, που στο μυαλό της ξαναγεννήθηκε το σαράκι της υποψίας, θεωρώντας τη συγκεκριμένη συμπεριφορά του Άγγελου, κλασσική συμπεριφορά «ενόχου».

~ ~

39ᵒ ΚΕΦΑΛΑΙΟ

– Το βίντεο...

Όπως ήταν σχεδόν βέβαιος ο Άγγελος, η Λάγια όχι μόνον δεν σταμάτησε τις επιθέσεις της, αλλά έγινε ακόμη πιο άμεση και ξεδιάντροπη. Δυο μέρες αργότερα τον πήρε στο προσωπικό τηλέφωνό του.

– Καλημέρα πουλάρι μου!

– Λάγια, έχω πάρα πολλή δουλειά αυτή τη στιγμή και κόσμο στο γραφείο μου, απάντησε ψυχρά ο Άγγελος.

– Δεν θα σε απασχολήσω. Απλώς, πες μου πότε θα ξαναβρεθούμε για να μπεις πάλι ολόκληρος μέσα μου.

– Λάγια, σ' αφήνω, θα σου τηλεφωνήσω εγώ. Καλή σου μέρα.

Δεν της τηλεφώνησε φυσικά, αλλά μετά από δυο μέρες τον περίμενε μια εξαιρετικά δυσάρεστη έκπληξη στο ηλεκτρονικό ταχυδρομείο του. Άνοιξε το συνημμένο ενός μηνύματος από άγνωστο αποστολέα κι έγινε πραγματικά έξαλλος, όταν είδε ένα βίντεο τριών περίπου λεπτών από τις πιο καυτές σκηνές στον καναπέ της Λάγιας. Σήκωσε αμέσως το τηλέφωνο και πήρε τη Λάγια.

– Αυτό που έκανες είναι αποτρόπαιο. Δεν ντρέπεσαι καθόλου; Πρώτα ρίχνεις χάπια στο κρασί μου και τώρα αυτό...

– Γιατί, πουλάρι μου, τον έκοψε η Λάγια, όταν το κάναμε, δεν νομίζω ότι το βρήκες «αποτρόπαιο»! Δεν σού άρεσε που ξανάζησες αυτές τις συγκλονιστικές στιγμές μας;

– Λάγια σε είχα προειδοποιήσει να μην παίζει επικίνδυνα παιχνίδια μαζί μου.

– Δεν είναι επικίνδυνο, αγάπη μου. Μόνο εσύ κι εγώ θα το βλέπουμε. Δεν πρόκειται να φτάσει ποτέ στα μάτια της Λήδας, των παιδιών σου ή κάποιου τρίτου!

Ο Άγγελος εισέπραξε τον έμμεσο, αλλά σαφέστατο εκβιασμό κι έγινε θηρίο, αλλά προσπάθησε να κρατήσει την ψυχραιμία του και ρώτησε τη Λάγια σχεδόν με επαγγελματικό ύφος.

– Εντάξει, Λάγια, κέρδισες! Τι θες από μένα;

– Τίποτα, μωρό μου. Να μού κάνεις μόνο όσο πιο συχνά μπορείς ό,τι μου έκανες στον καναπέ. Θεέ μου, τι πήδημα ήταν αυτό!

– Καλά, είπε σαν υποταγμένος ο Άγγελος, για να κερδίσει χρόνο. Θα το σκεφτώ και θα σε πάρω...

– Όοοχι! Δεν θα το σκεφτείς. Τώρα θα το κανονίσουμε. Την Τετάρτη λοιπόν το απόγευμα θα σε περιμένει ένα ακόμη πιο καυτό κορμί στο σπίτι μου και το επόμενο Σαββατοκύριακο θα πάμε μαζί, μόνοι μας, οι δυο μας, στη Λίμνη Πλαστήρα.

– Δεν γίνονται αυτά τα πράγματα Λάγια.

– Γίνονται, γίνονται κι είμαι βέβαιη πως θα βρεις τον τρόπο. Σκέψου μόνο, τι σε περιμένει!

Αυτή η τελευταία φράση ήχησε στ' αυτιά του Άγγελου αμφίσημη και σαν ερωτική πρόκληση και σαν υπενθύμιση του ποταπού εκβιασμού της. Συνειδητοποίησε ότι είχε μπλέξει πολύ άσχημα, σαν χάνος στα δίχτυα της Λάγιας κι εκείνη τη στιγμή ήταν αδύνατον να φαντασθεί με ποιο τρόπο θα μπορούσε να γλιτώσει... Κατάλαβε ότι ήταν υποχρεωμένος σ' αυτό το στάδιο να «υπακούσει» στις εντολές της Λάγιας, μέχρι να βρει τρόπο να ξεμπλέξει.

Για το απόγευμα της Τετάρτης δεν χρειάστηκε να κατασκευάσει κάποια δικαιολογία για τη Λήδα. Οι απογευματινές επαγγελματικές συσκέψεις, που κρατούσαν ώρες, ήταν συχνές. Το Σαββατοκύριακο ήταν το πρόβλημα. Για καλή του τύχη όμως, ανακάλυψε ότι γινόταν ένα συνέδριο για τη «Δικαιοσύνη και τη διαφθορά στην Ελλάδα», που του ήρθε κουτί, ως δικαιολογία στη Λήδα για την επικείμενη απουσία του.

Το σκηνικό της Τετάρτης δεν είχε μεγάλες διαφορές από την προηγούμενη φορά. Μόνο που η Λάγια τον υποδέχθηκε με μια πάλλευκη γούνα μισάνοιχτη, που άφηνε να φανεί ότι κάτω από αυτήν δεν φορούσε τίποτα άλλο, δεν του έριξε χαπάκι στο κρασί του, η δράση, καταιγιστική και πάλι, εξελίχθηκε στο κρεβάτι της και καλλιεργούσε συνέχεια τον ερεθισμό του με κάθε είδους σεξουαλικά τερτίπια και πρόστυχες λέξεις. Ήταν εννιά η ώρα όταν, μετά από τρεις γύρους, ο Άγγελος κοίταξε για πρώτη φορά το ρολόι στο κομοδίνο.

Τινάχθηκε σαν ελατήριο κι άρχισε να ντύνεται βιαστικά.

– Αυτή τη φορά δεν χρειάσθηκες χαπάκι, πουλάρι μου, αλλά η απόδοσή σου ήταν ακόμη καλύτερη. Κάτι μού λέει ότι το κορμί της Λάγιας σε ανάβει και σε κορώνει από μόνο του!

Ο Άγγελος ένιωθε πολύ αμήχανα, γιατί όσα είπε η Λάγια ήταν αλήθεια. Πράγματι, η επαφή μ' αυτή τη γυναίκα τον τρέλαινε!

– Δεν θα πω ψέματα... Με ξετρέλανες και... χωρίς χαπάκι, απάντησε χαμογελώντας.

– Εγώ σε ξετρέλανα κι εσύ με ξεθέωσες! Θα βογκήξει η λίμνη το Σαββατοκύριακο! Άσε που θα σου 'χω κι άλλα κόλπα!

Ο Άγγελος άφησε ασχολίαστα τα τελευταία λόγια της Λάγιας, τη φίλησε ερωτικά κι έφυγε.

Τι έκανε, πού πήγαινε, αναρωτήθηκε. Έμπαινε όλο και πιο βαθειά στο λαβύρινθο κι ο ταύρος ακόνιζε συνεχώς τα κέρατά του, και σήκωνε ανυπόμονος χώμα με τις οπλές του, έτοιμος να τρυπήσει θανάσιμα το θήραμά του.

Το Σάββατο το μεσημέρι πέρασε και πήρε τη Λάγια, όπως είχαν συνεννοηθεί. Έμειναν στο «Λήθης Δώμα», ένα υπέροχο μικρό σαλέ τεσσάρων δωματίων, σκαρφαλωμένο πάνω σ' ένα γκρεμό, με πιάτο ολόκληρη τη λίμνη και σκιουράκια να κορφολογούν τα μήλα των κυπαρισσιών, που άγγιζαν τα παράθυρα του δωματίου τους. Δεν είδαν πολλά από την περιοχή, γιατί σχεδόν δεν βγήκαν από το σαλέ, παρασυρμένοι σ' ένα ατέλειωτο, σεξουαλικό πανηγύρι.

Γύρισαν την Κυριακή το βράδυ κι ο Άγγελος ήταν εξαιρετικά προσεκτικός, πριν πάει σπίτι του, ώστε να είναι βέβαιος ότι δεν υπήρχε πάνω του κανένα σημάδι από το αμαρτωλό Σαββατοκύριακο.

Το ερωτικό αυτό παιχνίδι όμως συνεχίστηκε. Η απόλυτη ηδονή που απολάμβανε είχε κάμψει πια εντελώς τις αντιστάσεις του. Κι απ' τη στιγμή που «αμάρτησε» μία φορά, άρχισε να λειτουργεί το «σύνδρομο της παρθενίας»! Τι μια φορά, τι δυο, τι δεκαπέντε; Παράλληλα άρχισε όμως να αμβλύνεται κι η προσοχή του στην εξάλειψη των αμαρτωλών πειστηρίων.

Το πραγματικά μεγάλο πρόβλημα του Άγγελου όμως ήταν άλλο, πρακτικό, αλλά κυρίως συνειδησιακό! Ο γάμος του με τη Λήδα! Τη λάτρευε, του είχε σταθεί με σπάνια αγάπη, κατανόηση, αφοσίωση κι ηρωισμό και ήταν η μητέρα των παιδιών του. Επί πλέον, ένιωθε τεράστιες ενοχές για την καταπάτηση των αρχών του. Δεν είχε ποτέ περάσει από το μυαλό του να απατήσει τη Λήδα και πολύ περισσότερο να τη χωρίσει. Δεν είχε πάρει βέβαια ακόμη τέτοια απόφαση, αλλά τα πράγματα εκεί όδευαν σχεδόν ερήμην του, καθώς είχε πια συνειδητοποιήσει ότι η Λάγια είχε εξελιχθεί σε ναρκωτικό του, από το οποίο ένιωθε απόλυτα εξαρτημένος!

Κατάτρωγε λοιπόν τα σωθικά του η βαθειά πληγή που θα προκαλούσε στη Λήδα και στα παιδιά του. Βασανιζόταν από το ότι θα γκρέμιζε το είδωλο των παιδιών του για τον άψογο, δικαστή, άνθρωπο και πατέρα τους. Κατατρυχόταν από αγωνία, έντονη ψυχολογική πίεση κι έβλεπε συνεχώς εφιάλτες.

Η καταλυτική έλξη όμως που ένιωθε για τη Λάγια ξεπέρναγε τις αρχές του και τις αντοχές του. Σ' αυτό ίσως έπαιζε σημαντικό ρόλο και το γεγονός ότι η Λάγια ήταν μόλις η τρίτη γυναίκα της ζωής του κι ήταν άμαθος, άπειρος κι αδέξιος στη διαχείριση τόσο έντονων, σύνθετων και αλληλοσυγκρουόμενων συναισθημάτων και ηθικών διλημμάτων.

Κάθε φορά που σκεφτόταν αυτό θέμα –κι αυτό γινόταν συνεχώς και αδιάκοπα– εμφανιζόταν μπροστά του κυρίαρχη και ακαταμάχητη η εικόνα της γυμνής, λαχταριστής σάρκας της Λάγιας.

Αποφάσισε ότι το μόνο που του έμενε να κάνει ήταν να διασώσει έστω και μερικώς μια από τις αρχές του, την τιμιότητά του. Θα μιλούσε έντιμα, ειλικρινά κι ανοιχτά στη Λήδα. Δεν είχε άλλο δρόμο. Κι έπρεπε να το κάνεις γρήγορα, αμέσως, πριν φτάσει από καραμπόλες ακριτομυθιών στη Λήδα, οπότε τα πράγματα θα ήταν πολύ χειρότερα.

Κατάστρωσε στο μυαλό του τον άξονα της «εξομολόγησής» του και διάλεξε να κάνει αυτή την επώδυνη συζήτηση ένα ήσυχο βράδυ στο σπίτι τους, που θα έλειπαν τα παιδιά, ώστε να μην υποχρεωθεί η Λήδα να καταπιέσει τις όποιες αντιδράσεις της.

– Λήδα, θέλω απόψε να συζητήσουμε κάτι πολύ σοβαρό!

– Ωχ, Θεέ μου, μη μού πεις ότι έχεις κι εσύ κάποιο πρόβλημα υγείας!

– Όχι, Λήδα.

– Στράβωσε τίποτα στη δουλειά σου;

– Όχι, όχι, Λήδα. Σε παρακαλώ μόνο να μ' ακούσεις με προσοχή και με κατανόηση.

Η Λήδα παρατήρησε ανήσυχη ότι την προσφώνησε τρεις φορές μόνο με το όνομα της και χωρίς μ' ένα από τα τρυφερά χαϊδευτικά του, όπως «αγάπη μου», «κυρά μου», «θησαυρέ μου», «λατρεία μου». Κι αυτό ενέτεινε την ανησυχία της. Και το κερασάκι στην τούρτα της ανησυχίας της ήταν η προσοχή και κυρίως η κατανόηση, που της ζήτησε ο Άγγελος. Θέριεψαν μέσα της οι υπόνοιές της ότι τελικά κάτι συνέβαινε ανάμεσα στον Άγγελο και τη Λάγια κι ένιωσε την καρδιά της να κτυπάει πολύ γρήγορα και άτακτα.

– *Ωραία! Ποιο είναι τότε το σοβαρό θέμα, που θες να συζητήσουμε;*

– *Λήδα, λατρεμένη μου, σ' αγαπώ όσο τίποτα στον κόσμο κι αυτό δεν μπορεί και δεν θα το αλλάξει κανείς, ποτέ και τίποτα. Είσαι ό,τι καλύτερο μού έχει συμβεί στη ζωή μου μέχρι σήμερα...*

– *«Μέχρι σήμερα;»*, τον έκοψε η Λήδα, ταραγμένη. *Δηλαδή αυτό δεν ισχύει πια;*

– *Αυτό θα ισχύει πάντα, μέχρι να πεθάνω, αλλά...*

– *Αλλά τι;* τον έκοψε ακόμη πιο ανήσυχη η Λήδα.

Ο Άγγελος πήρε μια βαθειά ανάσα και είπε γρήγορα, για να μην τον διακόψει η Λήδα.

– *Λήδα, είμαι ερωτευμένος με τη Λάγια! Σού ζητώ συγγνώμη, δεν ήθελα ποτέ μου να συμβεί κάτι τέτοιο, είσαι ο τελευταίος άνθρωπος πάνω στη γη που θα ήθελα να πληγώσω ή απλώς να στενοχωρήσω, αλλά αποδείχθηκε πάνω από τις δυνάμεις μου. Έχεις όλα τα δίκια του κόσμου να με βρίσεις, ακόμη και να με χτυπήσεις. Λυπάμαι! Συγγνώμη!*

Όση ώρα μίλαγε ο Άγγελος, η Λήδα είχε κατεβάσει το κεφάλι της κι είχε κρύψει το πρόσωπό της μέσα στα χέρια της.

– *Και τι περιμένεις τώρα από μένα;* ρώτησε με σπασμένη φωνή. *Να σε συγχωρήσω, για να απολαύσεις χωρίς τύψεις τον καινούργιο έρωτά σου;*

– *Ακόμη κι αν με συγχωρήσεις εσύ, δεν θα μπορέσω νε συγχωρέσω* ποτέ εγώ ο ίδιος τον εαυτό μου. Απλώς ένιωσα την ανάγκη να στο πω εγώ, προτού το μάθεις από κάπου αλλού, σαν ένα τελευταίο ξέφτι της εντιμότητάς μου και του σεβασμού μου προς τον άνθρωπό μου.

– Πραγματικό «ξέφτι», αλλά και ξεφτίλισμα! ξέσπασε η Λήδα. Κάνε μου τη χάρη και φύγε τώρα, αλλά τώρα, αμέσως!

– Θα φύγω, αφού σου ζητήσω για άλλη μια φορά συγγνώμη για το κακό που σού έκανα, αλλά κάποια στιγμή πρέπει να συζητήσουμε. Ποιος θα το πει στα παιδιά;

– Προς το παρόν προέχει να το πω εγώ στον εαυτό μου και να τον πείσω ότι δεν βλέπω δυστυχώς κάποιο εφιάλτη κι ότι ο λατρεμένος σύντροφός μου δεν είναι παλιάνθρωπος!

– Όπως θέλεις, είπε σχεδόν ψιθυριστά, με κατεβασμένο το κεφάλι ο Άγγελος και με αργά βήματα άνοιξε την πόρτα κι έφυγε.

Ευτυχώς που τα παιδιά δεν ήταν εκεί, γιατί μόλις έκλεισε η πόρτα πίσω απ' τον Άγγελο, οι σπαραχτικές οιμωγές της Λήδας συντάραξαν ακόμη και τους πέτρινους τοίχους!

Ολόκληρος ο κόσμος της ήταν ο Άγγελος. Κι αυτός ο κόσμος είχε γκρεμισθεί μέσα σε μια στιγμή κάτω απ' τα πόδια της. Καταράστηκε τη διαίσθησή της, που είχε τραγικά επιβεβαιωθεί. Λήδα–Άγγελος και Άγγελος–Λήδα ήταν μια αδιάσπαστη οντότητα στη σκέψη της και στη ζωή της και το μυαλό της δεν μπορούσε να χωρέσει τη διάσπαση. Ήταν μια στριφτή μαχαιριά στην καρδιά της και μια διατρητική σφαίρα στο μυαλό της, που έμοιαζαν να έχουν σταματήσει να λειτουργούν. Μόνο οι φωνητικές χορδές της λειτουργούσαν, παράγοντας άναρθρες κραυγές και ήχους πληγωμένου ζώου... Όταν βράχνιασαν κι έκλεισαν κι αυτές, η Λήδα εξουθενωμένη έπεσε ακίνητη, σχεδόν αναίσθητη στο χαλί.

Δεν ήξερε πόση ώρα είχε περάσει, όταν μηχανικά έριξε το βλέμμα της στο ρολόι του τοίχου. Τινάχτηκε όρθια σαν ελατήριο, γιατί σκέφτηκε πως πλησίαζε η ώρα που θα έρχονταν τα παιδιά της. Έτρεξε στο μπάνιο, έκανε ένα ντους, χτενίστηκε και βάφτηκε, σαν να επρόκειτο να βγει έξω. Έβαλε ένα ειδικό κολλύριο στα μάτια της, για να διώξει την κοκκινίλα, αλλά το μόνο που δεν μπορούσε να κρύψει ήταν το πρήξιμό τους... Πήρε ένα λεξοτανίλ και προετοίμασε ψυχολογικά όσο καλύτερα μπορούσε τον εαυτό της, για την παράσταση που θα ήταν υποχρεωμένη να παίξει σε λίγο, με θεατές τα τέσσερα παιδιά της.

Τελικά, μ' ένα επίπλαστο κέφι, ένα «ζωγραφισμένο» χαμόγελο και τη συνηθισμένη ενεργητικότητά της, κατάφερε να ξεγελάσει τα παιδιά της. Κι όταν η μεγάλη κόρη της η Αντιγόνη τη ρώτησε, γιατί ήταν πρησμένα τα μάτια της, είπε ότι της είχε προκαλέσει αλλεργία μια καινούργια αντιρυτιδική κρέμα που είχε χρησιμοποιήσει. Τέλος, πρόλαβε τις ερωτήσεις για την απουσία του Άγγελου, λέγοντας ότι είχε φύγει ξαφνικά για τη Θεσσαλονίκη για δουλειά.

Με τη συμβολή του εξουθενωτικού ψυχολογικού συγκλονισμού, της σωματικής εξάντλησης και ενός ακόμη λεξοτανίλ κοιμήθηκε αμέσως μόλις έπεσε στο κρεβάτι της, αλλά μ' ένα βαρύ, βαθύ ύπνο, γεμάτο εφιάλτες.

~ ~

40ο ΚΕΦΑΛΑΙΟ

– Άαα, θες δηλαδή και την πίτα γερή και τον σκύλο χορτάτο!

Ξύπνησε πολύ αργά από το κουδούνισμα του τηλεφώνου.

– Εμπρός, είπε, με στεγνό στόμα, ξεροκαταπίνοντας, μεταξύ ύπνου και ξύπνιου.

– Καλημέρα Λήδα, ακούστηκε μαγκωμένη η φωνή του Άγγελου από την άλλη άκρη.

– Θα σε πάρω εγώ, απάντησε η Λήδα κι έκλεισε το τηλέφωνο.

Το μυαλό της κατακλύσθηκε από τα γεγονότα της προηγούμενης μέρας. Ασυναίσθητα κουκουλώθηκε ολόκληρη μέχρι το κεφάλι της, λες και προσπαθούσε να κρυφθεί απ' αυτή την πραγματικότητα. Μετά από λίγα λεπτά, έβγαλε το κεφάλι της από τα σκεπάσματα και κάρφωσε τα μάτια της απλανή στο ταβάνι, ψάχνοντας λες να βρει εκεί τη λύση.

Σηκώθηκε με κόπο απ' το κρεβάτι, σαν να ήταν επί μέρες βαριά άρρωστη. Το κορμί της πόναγε ολόκληρο κι όλα τα κύτταρά της είχαν κηρύξει απεργία. Ήταν σ' εκείνη την ψυχολογική κατάσταση, που δεν θέλουμε να κάνουμε τίποτα, αλλά μας ενοχλεί και το «τίποτα». Έσυρε τα βήματά της στο μπάνιο κι έκανε ένα κρύο ντους, ελπίζοντας να ταρακουνήσει τα κύτταρά της και να πάρει μπρος ο οργανισμός της. Και πράγματι, το κρύο νερό κάπως τη συνέφερε... Με τη βοήθεια ενός λεξοτανίλ κι ενός δυνατού σκέτου καφέ, ένιωσε λίγο καλύτερα, παρά τα δάκρυα που κυλούσαν πού και πού από τα μάτια της.

Προσπάθησε να ανακτήσει την ψυχραιμία της, να πάρει συναισθηματική απόσταση απ' τα γεγονότα, να συγκεντρωθεί και να καταλάβει και να συνειδητοποιήσει τι ακριβώς είχε γίνει.

Το πρώτο, αν και όχι οδυνηρότερο, αλλά επιτακτικότερο χρονικά πρόβλημα που ήρθε στο μυαλό της ήταν τα παιδιά της και πώς θα αντιδρούσαν στον διαφαινόμενο σίγουρο και οριστικό χωρισμό της απ' τον Άγγελο. Η πρώτη σκέψη της ήταν ό,τι «ο τρώσας θα έπρεπε και να ιάσει», δηλαδή ότι τη σχετική ανακοίνωση και συζήτηση με τα παιδιά θα έπρεπε να την κάνει ο Άγγελος.

Όταν ένιωσε ότι είχε βρει κάπως την αυτοκυριαρχία της, τηλεφώνησε στον Άγγελο.

– Καλημέρα. Ζητώ συγγνώμη που σού έκλεισα το τηλέφωνο, αλλά είχα περάσει μια πολύ άσχημη νύχτα και με ξύπνησε το τηλεφώνημά σου.

– Καταλαβαίνω, Λήδα και με συγχωρείς που σε ξύπνησα.

– Εντάξει αυτά είναι αμελητέα... Άλλο είναι το θέμα.

– Ναι το ξέρω... Πολλά είναι τα θέματα... Πώς είσαι;

– Μέσα στην καλή χαρά! απάντησε ειρωνικά η Λήδα.

– Λυπάμαι, λυπάμαι πάρα πολύ, Λήδα, αλλά νομίζω ότι η τηλεφωνική επικοινωνία δεν είναι η πιο κατάλληλη για την περίπτωση.

– Τότε, γιατί μού τηλεφώνησες;

– Γιατί θα ήθελα, αν θέλεις κι εσύ, να συναντηθούμε και να συζητήσουμε.

– Δεν ξέρω... Δεν ξέρω αν είμαι ακόμη έτοιμη και δυνατή για μια τέτοια συζήτηση. Ένα είναι σίγουρο στο μυαλό μου αυτή τη στιγμή, ότι πρέπει το δυνατόν ταχύτερο να μιλήσεις στα παιδιά.

– Ναι, θα το κάνω αυτό, αν και ήθελα πρώτα να μιλήσουμε οι δυο μας και να είμαστε παρόντες και οι δυο μας στη συζήτηση με τα παιδιά μας.

– Επειδή όπως σού είπα αυτό μού είναι πολύ οδυνηρό και δύσκολο τώρα, θα πω στα παιδιά ότι θα μείνεις στη Θεσσαλονίκη μερικές μέρες, όπως τους είπα χθες το βράδυ που με ρώτησαν. Έτσι, την άλλη εβδομάδα, τηλεφώνησέ μου να το κανονίσουμε.

– Όπως θες. Λυπάμαι και πάλι και να ξέρεις ότι σ' αγαπώ και δεν θα πάψω ποτέ στη ζωή μου να σ' αγαπώ.

– Κι εγώ σ' αγαπώ, αλλά δεν βλέπω ειλικρινά πού μας οδηγεί αυτή η... αμοιβαία αγάπη!

– Τέλος πάντων... Θα σού τηλεφωνήσω την άλλη εβδομάδα.

Έτσι κι έγινε. Την επόμενη εβδομάδα συναντήθηκαν η Λήδα με τον Άγγελο, σ' ένα ήσυχο καφενεδάκι στον Λυκαβηττό. Η Λήδα ήταν αρκετά ψύχραιμη, αν λάβει κανείς υπόψη του τις περιστάσεις.

– Λοιπόν, Άγγελε, λέγε. Είμαι όλη αυτιά.

– Δεν έχω να σου πω πολλά, Λήδα. Το ένα στο έχω πει ήδη, ότι σε λατρεύω και ότι λυπάμαι αφάνταστα για το κακό που προξένησα και σε σένα και στα παιδιά μας και ζητώ μια συγγνώμη, που ίσως δεν την αξίζω. Το δεύτερο είναι πως πιστεύω ότι χρειάζομαι χρόνο, για να δω τι έκανα, τι κάνω και που πηγαίνω...

– Χρειάζεσαι χρόνο; Ο γιατρός που τα γιατρεύει όλα, ε; Δεν νομίζω ότι σ' αυτή την περίπτωση υπάρχει γιατρειά!

– Μπορεί να είναι κι έτσι, Λήδα, αλλά η ελπίδα πεθαίνει τελευταία κι εγώ δεν θέλω να τη σκοτώσω ακόμη.

– Ωραία, ας μην τη σκοτώσουμε... Και τι προτείνεις;

– Προτείνω και το έχω σκεφτεί πάρα πολύ, να φύγω από το σπίτι μας, αλλά να μη χωρίσουμε ακόμη, ώστε...

– Άαα, τον έκοψε η Λήδα, θες δηλαδή και την πίτα γερή και τον σκύλο χορτάτο!

– Όχι, όχι. Δεν μ' άφησες να τελειώσω τη σκέψη μου. Εννοώ ότι η παραμονή μου στο σπίτι κάτω απ' αυτές τις συνθήκες θα είναι τραυματική *για όλους και φυσικά και απολύτως δίκαια δεν θα τη δεχόσουν ούτε εσύ! Η ζωή όμως είναι περίεργη... Αλλάζει συχνά μέσα σ' ένα δευτερόλεπτο από το καλό στο κακό ή αντίστροφα. Κι εγώ θέλω ακόμη να ελπίζω ότι υπάρχει κάπου μια τέτοια στιγμή.*

– Εντάξει, σ' αυτό συμφωνούμε. Θα φύγεις από το σπίτι και θα βάλουμε μπροστά το διαζύγιο, ώστε...

– Αυτό είναι που ήθελα να σού προτείνω, τη διέκοψε ο Άγγελος. Να μη βάλουμε δηλαδή αμέσως μπροστά το διαζύγιο!

– Ειλικρινά δεν βλέπω αυτή τη στιγμή τη λογική σου πίσω απ' αυτή την πρόταση. Άσε που εγώ θα πρέπει να κυκλοφορώ ως «επίσημη απατημένη»!

– Το τελευταίο δεν θα επιτρέψω εγώ να γίνει. Θα είμαι απόλυτα διακριτικός και οι φίλοι μας δεν είναι ανάγκη να μάθουν τον ακριβή λόγο της διάστασής μας.

– Καλά, Άγγελε. Έτσι κι αλλιώς δεν θα πάρουμε αυτή τη στιγμή την απόφαση για το διαζύγιο. Νομίζω όμως ότι συμφωνούμε απολύτως σε δυο πράγματα: Πρώτον θα φύγεις από το σπίτι το δυνατόν ταχύτερα και δεύτερον, θα μιλήσεις στα παιδιά, επίσης το δυνατόν ταχύτερα.

– Σύμφωνοι! Θα τα κάνω και τα δύο όσο πιο γρήγορα γίνεται. Πες μου μόνον, όταν μιλήσω στα παιδιά, μήπως θα ήταν καλύτερο γι' αυτά να είσαι κι εσύ μπροστά;

– Δεν ξέρω... Άσε με να το σκεφτώ και θα σου πω.

– Εντάξει Λήδα. Θα σου τηλεφωνήσω αύριο, για να κανονίσουμε, πότε θα δω τα παιδιά και πότε θα πάρω τα πράγματά μου από το σπίτι.

Σ' ολόκληρη τη διάρκεια της συζήτησης η Λήδα δεν είπε ούτε μία κακή, μια σκληρή, μια προσβλητική κουβέντα και δεν άφησε την παραμικρή αιχμή εναντίον της Λάγιας. Όχι μόνον γιατί πίστευε ότι σχεδόν ποτέ δεν φταίει ο τρίτος ή η τρίτη, που μπαίνει ανάμεσα σ' ένα ζευγάρι, αλλά κι επειδή ήταν χαζό και ανόητο, γιατί έτσι ενεργοποιείται η «προστατευτική» αντίδραση του «άπιστου», για την ερωμένη του και τον σπρώχνεις ακόμη πιο βαθειά στην αγκαλιά της. Κι η Λήδα ήταν πολύ έξυπνη, για να κάνει αυτό το λάθος!

Πρώτος έφυγε ο Άγγελος, με σκυμμένο το κεφάλι, χαιρετώντας με ένα νεύμα του χεριού του τη Λήδα. Δεν ήξερε, αν είχε πάρει τη σωστή απόφαση και τον ενοχλούσε αφάνταστα το γεγονός ότι αυτή την απόφαση την είχε υπαγορεύσει η καρδιά του κι όχι το μυαλό του.

Μόλις έμεινε μόνη η Λήδα έσφιξε τα δόντια της και τις γροθιές της, μέχρι που τα νύχια της χώθηκαν μέσα στις παλάμες της και προσπάθησε να μην ουρλιάξει. Δεν κατάφερε όμως να σταματήσει τα δάκρυα, που κύλησαν από τα μάτια της.

Την επομένη συνεννοήθηκαν να πάει το απόγευμα ο Άγγελος στο σπίτι, για να μιλήσει στα παιδιά τους και να είναι μπροστά και η Λήδα. Κάθισαν όλοι μαζί στο σαλόνι κι ο Άγγελος, με μισή καρδιά, άρχισε να μιλάει:

– Παιδιά μου, η ζωή επιφυλάσσει συχνά εκπλήξεις, άλλοτε ευχάριστες κι άλλοτε δυσάρεστες. Απόψε θέλω να σας μιλήσω για μια πολύ–πολύ δυσάρεστη δυστυχώς έκπληξη.

Τα παιδιά είχαν τεντώσει τ' αυτιά τους και τα μάτια τους, ενώ στα πρόσωπά τους είχε ζωγραφισθεί μια γεμάτη περιέργεια ανήσυχη αναμονή.

Ο Άγγελος, ξεκινώντας από το ατύχημα με το υδροπλάνο, τους είπε όλη την αλήθεια, χωρίς να παραλείψει κανένα ουσιαστικό στοιχείο, ενώ η Λήδα προσπαθούσε να τιθασεύσει την ταραχή της, ακούγοντας για πρώτη φορά ολόκληρη την ιστορία, για την οποία μόνο τις υποψίες, τη διαίσθησή της και την ολιγόλογη ομολογία του Άγγελου ήξερε μέχρι εκείνο το απόγευμα. Ήταν ένα αληθινό μαρτύριο, που το υπέμενε με σιωπηλή καρτερία και αξιοπρέπεια...

Συνεχίζοντας ο Άγγελος είπε:

– Πρώτον θέλω να καταλάβετε καλά ότι όλα αυτά δεν έχουν καμιά σχέση με εσάς, που η μητέρα σας κι εγώ σας αγαπάμε και θα σας λατρεύουμε, μέχρι να πεθάνουμε. Είναι θέματα που δημιουργούνται

ανάμεσα στα ζευγάρια, συχνά χωρίς να το θέλει κανένας από τους δυο. Δεύτερον, λυπάμαι, λυπάμαι πάρα πολύ και σας ζητώ συγγνώμη για την αναστάτωση και τον πόνο, που προκαλώ και σε σας και στη μητέρα σας. Επειδή όμως τα πράγματα ήρθαν έτσι και δεν μπορώ να κάνω τίποτα αυτή τη στιγμή για να γυρίσω τον χρόνο πίσω και να τα διορθώσω, αποφασίσαμε με τη μητέρα σας να φύγω για λίγο καιρό απ' το σπίτι, γιατί η παραμονή μου εδώ θα μας άνοιγε κι άλλες, πολλές πληγές και...

Τα παιδιά, που μέχρι εκείνη τη στιγμή παρακολουθούσαν σιωπηλά, αποσβολωμένα και νευρικά τους μονολόγους του πατέρα τους, ρίχνοντας συχνά ματιές βοήθειας προς τη Λήδα, αντέδρασαν. Πρώτη μίλησε η μεγάλη, δίδυμη κόρη τους, Αντιγόνη:

– Τι λες τώρα; ρώτησε επιθετικά και στον ίδιο επιθετικό τόνο συνέχισε ο μεγάλος δίδυμος γιος τους, ο Αλέξανδρος.

– Εμάς δεν μας ρωτήσατε όμως!

– Σας είπα ήδη, αγόρι μου, ότι αυτό το θέμα δεν έχει καμιά σχέση με εσάς, απάντησε ήρεμα ο Άγγελος.

-Αυτή η δήλωση δεν έχει επαφή με την πραγματικότητα, εκτός αν πιστεύεις ότι δεν σας αγαπάμε και δεν σας έχουμε ανάγκη και τους δύο κι ότι ο πόνος σας δεν είναι και δικός μας πόνος, ανταπάντησε ο Αλέξανδρος, με ύφος που έκρυβε περισσότερο παράπονο και πίκρα, παρά επιθετικότητα.

- Όχι, δεν πιστεύω τίποτα απ' αυτά τα δύο, αλλά όταν είπα ότι «δεν έχει καμιά σχέση με σας», δεν εννοούσα συναισθηματική και ψυχολογική, είπε πάλι συγκαταβατικά ο Άγγελος και συμπλήρωσε. *Το ξέρω κι έχεις απόλυτο δίκιο! Αυτή η αναποδιά, αυτό το λάθος μου, πες το όπως θες, θα κοστίσει ακριβά σε όλους μας, αλλά όπως είπα, δυστυχώς δεν μπορώ, προς το παρόν τουλάχιστον, να γυρίσω πίσω το ποτάμι!*

– Και πόσος θα είναι αυτός ο «λίγος» χρόνος, που θα λείψεις απ' το σπίτι; απαίτησε να μάθει η μεγάλη και πριν προλάβει να απαντήσει ο Άγγελος, ο μικρός γιος Άρης πήρε τη σκυτάλη και ρώτησε:

– Και δηλαδή, δεν θα σε βλέπουμε πια; ενώ η μικρή κόρη τους Αγγέλα

είχε ξεσπάσει σε λυγμούς.

Ὁ Άγγελος σηκώθηκε από τη θέση του ταυτόχρονα με τη Λήδα και πήγαν, την αγκάλισαν, τη φίλησαν και προσπάθησαν να τη ηρεμήσουν. Παράλληλα ο Άγγελος είπε:

– *Δεν θ' αφήσω καμιά από τις ερωτήσεις που κάνατε κι όσες άλλες θελήσετε να κάνετε αναπάντητη. Αυτή τη στιγμή που μιλάμε δεν μπορώ να σας πω με ακρίβεια για πόσο χρόνο θα λείψω. Θέλω να πιστεύω και να ελπίζω ότι θα είναι λίγος, αλλά ειλικρινά δεν ξέρω, πού θα οδηγήσει τελικά αυτός ο δρόμος. Τέλος, φυσικά και θα με βλέπετε και θα σας βλέπω κι ίσως πιο συχνά και περισσότερο από πριν... Μην ξεχάσετε ποτέ σάς παρακαλώ, ότι σας λατρεύουμε, ότι η μητέρα σας κι εγώ δεν είμαστε εχθροί κι ότι είμαι βέβαιος ότι θα τη φροντίσετε τώρα ακόμη περισσότερο.*

– *Και πότε θα φύγεις;* ρώτησε ο Αλέξανδρος, ενώ η μικρή είχε κάπως καταλαγιάσει, χωρίς να καταλαβαίνει απολύτως τι συμβαίνει.

– *Σύντομα. Αύριο, μεθαύριο ίσως...*

– *Εγώ ένα μόνο θέλω να πω,* μίλησε για πρώτη φορά η Λήδα. *Η οικογένειά μας μπαίνει σε μια περιπέτεια, που θα μας πονέσει όλους. Να θυμάστε αυτό που σας είπε ο πατέρας σας, πως σας λατρεύουμε και πως εκείνος κι εγώ δεν είμαστε εχθροί. Κι ένα τελευταίο, τώρα πρέπει να είμαστε ενωμένοι κι αγαπημένοι, όπως είμαστε πάντα κι ακόμη περισσότερο από κάθε άλλη φορά!*

Ο Άγγελος έκρινε ότι δεν υπήρχε τίποτα άλλο να ειπωθεί, τουλάχιστον εκείνη την ώρα, σηκώθηκε, φίλησε ένα–ένα τα παιδιά του, έδωσε ένα απελπισμένο φιλί στη Λήδα και έφυγε...

Μέσα του κονταροχτυπιόντουσαν διάφορα συναισθήματα. Ένιωθε ικανοποιημένος, που η συζήτηση με τη Λήδα και τα παιδιά είχε βάλει τα πράγματα σ' ένα αναίμακτο δρόμο κι αυτό το χρώσταγε κυρίως φυσικά, αν όχι αποκλειστικά, στη Λήδα. Ένιωθε ξαλαφρωμένος από την «ελευθερία» του, αλλά τον βάραινε και μια ευθύνη, μαζί με ενοχές, για τη φουρτούνα που είχε προκαλέσει στην οικογένειά του. Ένιωθε χαρά που θα μπορούσε να απολαύσει χωρίς εμπόδια τον έρωτά του με τη Λάγια, αλλά κάπου πολύ βαθειά μέσα στην καρδιά του, μια αδύναμη φωνίτσα τού έλεγε ότι ίσως αυτό θα ήταν απλώς ένα αξέχαστο διάλειμμα. Σκεπτόταν ταυτόχρονα, με ποιο τρόπο θα κατάφερνε να χειρισθεί αυτόν τον δεσμό με διακριτικότητα, ώστε να μην εκθέσει τη Λήδα και τον εαυτό του, αλλά και να μη δυσαρεστήσει τη Λάγια, κάτι που του έμοιαζε με ισορροπία τρόμου... Στενοχωριόταν για τα παιδιά του, γιατί ανεξάρτητα από αυτό που τους υποσχέθηκε και που το εννοούσε, ήξερε καλά ότι ο «πατέρας–επισκέπτης» δεν είναι το ίδιο με τον «πατέρα–παρόντα».

Το ναι και το όχι, η χαρά κι η λύπη, το καλό και το κακό συγκρούονταν μέσα του, χωρίς νικητή! Το μόνο για το οποίο ήταν βέβαιος εκείνη την ώρα ήταν ότι μόνον ο χρόνος θα μπορούσε να αναδείξει τον τελικό νικητή...

~ ~

41ᵒ ΚΕΦΑΛΑΙΟ

– Η λευκή σερβιέτα

– *Λοιπόν, πώς πήγε;* ήταν η πρώτη κουβέντα της Λάγιας, μόλις μπήκε ο Άγγελος, ξέροντας ότι είχε πάει να συζητήσει με τα παιδιά του, με ύφος που πρόδιδε ιδιοτέλεια...

– *Πώς να πάει αγάπη μου; Πώς πηγαίνουν αυτές οι τραυματικές για όλους και ψυχοφθόρες κουβέντες;*

– *Ε, να, θέλω να πω, ήταν μια ήρεμη συζήτηση ή έγινε καυγάς;*

– *Τι νόημα και τι σημασία έχουν αυτά τώρα Λάγια μου; Όχι, κανένας καυγάς δεν έγινε. Αντίθετα, ήταν μια συζήτηση γεμάτη αγάπη, ψυχραιμία και κατανόηση από όλους μας. Σημασία έχει ότι είμαι τώρα μαζί σου και μεθαύριο θα μετακομίσω εδώ!*

– *Αχ, αγάπη μου* είπε, αγκαλιάζοντάς τον σφικτά, *δυο φορές με πήρες από τον θάνατο και τώρα μου χαρίζεις τη ζωή! Και... για το διαζύγιο τι είπατε;* ρώτησε διστακτικά.

– *Έι, έι, σιγά, αγάπη μου! Δεν γίνονται έτσι αυτά τα πράγματα,* απάντησε ο Άγγελος, που τον είχε ενοχλήσει αυτή η ερώτηση εκείνη τη στιγμή, αλλά προσπάθησε να μη το δείξει.

– *Έχεις δίκιο, αγάπη μου. Με συγχωρείς, αλλά ξέρεις, παρασύρθηκα από τη λατρεία που σου 'χω και την προσδοκία του ονείρου. Να είσαι βέβαιος ότι δεν θα ξανασυζητήσουμε αυτό θέμα, παρά μόνον όταν εσύ το θελήσεις,* είπε συγκαταβατικά η Λάγια, που κατάλαβε τη γκάφα της.

– Ωραία... Τώρα θέλω να με βοηθήσεις χωροταξικά, για να δούμε, πού θα βάλουμε το γραφείο μου και τα πράγματά μου, γιατί όπως σού είπα μεθαύριο μετακομίζω.

Μετά από τη χωροταξική διευθέτηση, φάγανε και πέσανε στο κρεβάτι τους. Η Λάγια έδειξε φανερά την ερωτική διάθεσή της, αλλά ήταν η πρώτη φορά, που ο Άγγελος δεν είχε όρεξη για το λαχταριστό κορμί της. Ευγενικά, διακριτικά, τρυφερά αρνήθηκε.

Την επομένη, όπως είχε προγραμματισθεί, ο Άγγελος είχε ήδη οργανώσει τη «μετακόμισή» του στην αγαπημένη του κι ένα μικρό φορτηγό σταμάτησε μπροστά στο σπίτι της Λάγιας κι άρχισε να ξεφορτώνει το γραφείο του και τα επαγγελματικά και προσωπικά πράγματά του.

Εν τω μεταξύ η Λάγια είχε δημιουργήσει τον απαραίτητο «ζωτικό χώρο» για τον Άγγελο, στον μεγάλο χώρο υποδοχής για το γραφείο του, στο dressing room, στην κρεβατοκάμαρα και στο μπάνιο, αναδιοργανώνοντας τα δικά της πράγματα, από τα οποία πολλά φουστάνια, μπλούζες, παπούτσια, παντελόνια, παλτά, τσάντες κ.λπ. χάρισε στην κοπέλα του σπιτιού και σε φιλανθρωπικές οργανώσεις.

Άψογα οργανωμένα, το κάθε πράγμα και το κάθε κιβώτιο, μαρκαρισμένα με το περιεχόμενό τους, πήγαιναν, κάτω από τις οδηγίες του Άγγελου, κατ' ευθείαν στη θέση τους.

Έτσι άρχισε ο κατά κάποιο τρόπο «επίσημος» μήνας του μέλιτός τους. Οι πρώτες εβδομάδες κύλησαν ονειρεμένα. Η Λάγια δεν μπορούσε ακόμη να πιστέψει τόση ευτυχία! Ο δεσμός της με τον «σωτήρα» της ήταν ό,τι καλύτερο μπορούσε να ονειρευθεί και σίγουρα το καλύτερο που της είχε συμβεί στην πολύπλαγκτη ζωή της. Ο Άγγελος ήταν ο τύπος του τέλειου συντρόφου. Εκτός από τη γοητευτική εμφάνισή του, ήταν έξυπνος, ερωτικός, τρυφερός, ρομαντικός, προστατευτικός χωρίς να είναι καταπιεστικός, ευγενικός, δοτικός και μ' ένα χιούμορ, που λάτρευε η Λάγια. Η επιρροή του πάνω της ήταν καταλυτική, σε βαθμό, που μαζί με το γεγονός ότι την είχε γλιτώσει δυο φορές από του χάρου τα δόντια, είχαν αρχίσει να επηρεάζουν σημαντικά τον χαρακτήρα της. Ένιωθε να μαλακώνει, να ηρεμεί, να νοιάζεται για τους άλλους, να αναθεωρεί ριζικά τις αξίες της ζωής κι όλο αυτό κατέβαινε λες από το στήθος της σ' ολόκληρο το κορμί της, σαν ζεστό μέλι... Το καταλάβαινε, το έβλεπε στις συμπεριφορές της και συνειδητά έσπρωχνε κι η ίδια τον εαυτό της όλο και περισσότερο στην καινούργια Λάγια.

Κοίταξε ασυναίσθητα το ημερολόγιο στον τοίχο κι είδε ότι ήταν η μέρα, που θα άρχιζαν οι τρεις δύσκολες μέρες κάθε γυναίκας. Ο κύκλος της ήταν πάντοτε αδιατάρακτος, σταθερός και ακριβής, σαν αγγλικό τρένο. Σηκώθηκε, πήγε στο μπάνιο, έκανε ένα ντους, άνοιξε το φαρμακείο και πήρε μια σερβιέτα. Ντύθηκε, πήρε το πάντοτε πλούσιο πρωινό της και πήγε στο κανάλι της. Η μέρα ήταν γεμάτη με πολιτικά γεγονότα κι ένα πλούσιο αστυνομικό δελτίο. Μια γεμάτη δημοσιογραφικά μέρα, με αλλεπάλληλες, πολύωρες συσκέψεις με τα στελέχη της. Μια μέρα δύσκολη και κουραστική, που τέλειωσε όμως ευχάριστα, με τα νούμερα της προηγούμενης μέρας, που έφερναν το κανάλι της για πρώτη φορά στη δεύτερη θέση συνολικής τηλεθέασης. Έκλεισε τον υπολογιστή της, τακτοποίησε το γραφείο της, βάζοντας, όπως πάντα κάθε αντικείμενο στη μόνιμη θέση του, πήρε την τσάντα της, καληνύχτισε τους συνεργάτες της κι έφυγε από το κανάλι.

Μόλις μπήκε σπίτι της, κλείδωσε την εξώπορτα, έβαλε τα κλειδιά της στο συρταράκι ενός σεκρετέρ δίπλα από την είσοδο, άφησε την τσάντα της στο γραφείο της και πήγε κατ' ευθείαν στο μπάνιο. Γδύθηκε κι αφαίρεσε τη σερβιέτα που φορούσε, όταν με έκπληξη είδε ότι ήταν κατάλευκη! Την κοίταξε καλά–καλά και την πέταξε στο καλάθι, ενώ ένα ερωτηματικό είχε σχηματισθεί στο πρόσωπό της. Δεν θα μέτρησα καλά τις μέρες, σκέφτηκε και μπήκε κάτω από το ντους. Άφησε το χλιαρό νερό να τρέχει πάνω στο κορμί της κι ενώ προσπαθούσε να διώξει απ' τη σκέψη της τη λευκή σερβιέτα, την ίδια στιγμή παρακολουθούσε σχεδόν υποσυνείδητα τα μικρά ρυάκια του νερού, που κατρακυλούσαν πάνω στα μακριά, τορνευτά πόδια της, ελπίζοντας να δει το νερό να ροζίσει από κάποια σταγόνα αίμα. Αλλά το νερό έμενε πεισματικά διάφανο, συμφωνώντας με τη λευκή σερβιέτα και στέλνοντας ακριβώς το ίδιο ανησυχητικό μήνυμα.

Βγήκε απ' το μπάνιο, τυλιγμένη στο μπουρνούζι της, πήγε κατ' ευθείαν στο γραφείο της κι άνοιξε τον πανάκριβο φορητό υπολογιστή της στο ημερολόγιο, όπου, για καλό και για κακό, σημείωνε τον κύκλο της. Εκείνη τη στιγμή άκουσε τα κλειδιά στην πόρτα και μπήκε ο Άγγελος.

– Καλησπέρα, αγάπη μου.

– ...

– Λάγια, είσαι εδώ;

– Ναι Άγγελέ μου, καλησπέρα, απάντησε σχεδόν μηχανικά, καθώς έλεγχε εκείνη τη στιγμή το ημερολόγιο.

Δεν είχε κάνει λάθος στις ημερομηνίες. Εκείνη ήταν η «μέρα» της. Έγειρε πίσω στην πολυθρόνα της και σκέφτηκε, καθησυχάζοντας τον εαυτό της: «Κάποια μικρή ανωμαλία θα είναι. Πάντα υπάρχει μια πρώτη φορά».

– Σού συμβαίνει τίποτα, αγάπη μου;

– Όχι, όχι, βιάστηκε να καθησυχάσει τον Άγγελο. *Απλώς ήμουνα αφηρημένη, κοιτάζοντας τα χθεσινά νούμερα τηλεθέασης,* βρήκε μια πρόχειρη δικαιολογία.

– Και τι λένε τα νούμερα;

– Θαυμάσια! Το κανάλι μου, για πρώτη φορά κατέλαβε χθες τη δεύτερη θέση σε τηλεθέαση!

– Μπράβο, μπράβο! Άντε, γρήγορα και στην πρώτη! Θες να πάμε κάπου να το γιορτάσουμε;

– Αμέ! Κατά τις δέκα όμως, για να ξεκουρασθώ λίγο;

– Θαυμάσια!

Κάθισε για λίγα λεπτά στο γραφείο της προβληματισμένη και προσπαθώντας να πείσει τον εαυτό της ότι όλα θα πήγαιναν καλά. Στο κάτω– κάτω, είπε μέσα της ό,τι είναι να γίνει θα γίνει! Ας μην άγχομαι από τώρα χωρίς λόγο.

Η βραδιά με τον Άγγελο πέρασε, όπως πάντα, ευχάριστα, ρομαντικά και τρυφερά. Φυσικά δεν ανέφερε τίποτα για την ανησυχία της και μόλις γύρισαν σπίτι, πήγε κατ' ευθείαν στο μπάνιο, ελπίζοντας να δει αυτή τη φορά μια κόκκινη σερβιέτα. Απογοητεύτηκε και πάλι απ' τη λευκότητά της...

Πήρε ένα λεξοτανίλ και κοιμήθηκε γρήγορα και ήρεμα. Μόλις ξύπνησε όμως, ξύπνησε μαζί κι η ανησυχία της. Το νέο τεστ με τη σερβιέτα ήταν πάλι αρνητικό!

~ ~

42ο ΚΕΦΑΛΑΙΟ

– Ψάχνω ένα μελλοντικό μπαμπά, μήπως ξέρετε, πού μπορώ να τον βρω;

Η ημέρα της στο κανάλι ήταν περίεργη. Το μυαλό της δεν μπορούσε να ξεκολλήσει από τις λευκές σερβιέτες, συχνά οι συνεργάτες της την έπιαναν αφηρημένη και κάθε τόσο επισκεπτόταν την ιδιωτική τουαλέτα της, χωρίς να βλέπει το λυτρωτικό κόκκινο.

Όταν κι η τρίτη κι η τέταρτη μέρες αποδείχθηκαν λευκές, η ανησυχία της κορυφώθηκε και την πέμπτη μέρα ήταν πλέον βέβαιη πως είτε ο κύκλος της είχε γίνει άτακτος είτε... Αυτό το τελευταίο, ούτε στη σκέψη της δεν επέτρεψε να το προφέρει!

Ο Άγγελος, που έβλεπε την ανησυχία της Λάγιας να ξεχειλίζει από τους πόρους της, την πίεσε ένα βράδυ να του πει, τι συνέβαινε κι εκείνη αναγκάστηκε να του πει την αλήθεια, βγάζοντας ταυτόχρονα ένα βάρος από πάνω της, ειδικά όταν ο Άγγελος ξέσπασε σ' ένα καλοσυνάτο γέλιο και της είπε τρυφερά:

– Και λοιπόν; Πού είναι το πρόβλημα και γιατί ανησυχείς; Αν και όταν αποδειχθούν αληθινοί οι «φόβοι» σου, θα έχεις δυο επιλογές κι όποια κι αν διαλέξεις, εγώ θα είμαι πλάι σου!

– Μα, Άγγελέ μου, μητέρα στα καλά καθούμενα και σε τέτοια ηλικία;

– Γιατί; Τι έχει η ηλικία σου; Ούτε σαράντα δεν είσαι ακόμη...

– Θα είμαι σε δυο μήνες!

– Και λοιπόν; Σήμερα τεκνοποιούν πλέον και πενηντάρες! Κι αν δεν θέλεις, απλούστατα δεν θα το κρατήσεις...

– Ναι, καλά! Εσύ δεν είσαι γυναίκα και δεν καταλαβαίνεις, γι' αυτό τα λες αυτά, τον έκοψε με τρυφερό παράπονο η Λάγια.

– Γιατί; Είπα κάτι παράλογο ή οι γυναίκες δεν έχουν λογική;

– Λογική έχουν, αλλά έχουν και μια μοναδική και ιδιαίτερη βιολογική και ψυχολογική σχέση με την τεκνοποιία.

– Αυτό δεν μπορώ να το αρνηθώ, αλλά όταν έχεις την ελεύθερη επιλογή να μην το κάνεις, δεν βλέπω πού είναι το πρόβλημα.

– Βλέπεις; Νομίζεις ότι η έκτρωση είναι κάτι απλό, σαν να βγάζεις ένα δόντι ας πούμε, αλλά για τη γυναίκα είναι μια πολύ επώδυνη ψυχολογικά διαδικασία, που αφήνει τραύματα για μια ζωή.

– Λάγια μου, αγαπημένη μου Λάγια, ο καλός Θεός ή η φύση σε έκαναν μια πανέμορφη, πανέξυπνη, επιθυμητή και δυναμική γυναίκα, αλλά γυναίκα! Δεν γίνεται να κρατήσεις μόνο τα πλεονεκτήματα του φύλου σου και να αποποιηθείς τα βιολογικά χαρακτηριστικά του. Όλες οι γυναίκες πάνω στον πλανήτη έχουν την ίδια μοίρα με σένα. Μην παραπονιέσαι λοιπόν, γιατί προσβάλλεις τον Θεό ή τη φύση! Κι είπαμε: ό,τι και αν αποφασίσεις, εγώ θα είμαι δίπλα σου!

– Σ' ευχαριστώ πολύ καλέ μου,είπε η Λάγια, γέρνοντας το κεφάλι της στον ώμο του.

Τα αποτελέσματα του τεστ εγκυμοσύνης που έκανε η Λάγια μετά από τρεις μέρες, τα περίμενε πλέον χωρίς αγωνία, και ένιωσε ευτυχισμένη όταν είδε ότι ήταν θετικό. Τηλεφώνησε αμέσως στον Άγγελο.

– Παρακαλώ...

– Ψάχνω ένα μελλοντικό μπαμπά, μήπως ξέρετε, πού μπορώ να τον βρω;

– Τον πετύχατε διάνα, κυρία μου και τον κάνατε τρισευτυχισμένο!

– Θα τα πούμε σπίτι, αγάπη μου.

– Ναι, Λάγια μου, να προσέχεις!

Όλον αυτόν τον καιρό ο Άγγελος απέφευγε τις κοινωνικές και «κοσμικές» εμφανίσεις με τη Λάγια και σε κάποιες από αυτές, που έπρεπε να πάει οπωσδήποτε, πήγαινε μόνος του, ενώ η Λάγια δεν είχε δείξει να δυσανασχετεί. Η μόνη που γνώριζε πλήρως την κατάσταση ήταν η έμπιστη κι αφοσιωμένη γραμματέας του, από την οποία άλλωστε ήταν και πρακτικά αδύνατον να το κρύψει.

Παράλληλα έβλεπε συχνά τα παιδιά του, από τα οποία μάθαινε και τα νέα της Λήδας, γιατί, ανάμεσα στ' άλλα, είχαν συμφωνήσει ότι θα κρατούσαν μεταξύ τους απόλυτη «σιγή ασυρμάτου», εκτός από κάποια τυχόν σοβαρή κι επείγουσα κατάσταση. Έτσι, προς μεγάλη ικανοποίηση του Άγγελου, είχε μείνει μετέωρη κι η συζήτηση περί διαζυγίου.

Αυτή η εξέλιξη όμως, με την εγκυμοσύνη της Λάγιας και την προφανή επιλογή της να κρατήσει το παιδί, όπως φάνηκε από τα όσα είπε και το ύφος της στο τηλέφωνο, τον προβλημάτισε έντονα. Ένα παιδί με τη Λάγια, θα αύξανε τις ευθύνες του απέναντί της και θα περιόριζε τις δικές του επιλογές. Ένιωθε να μπαίνει όλο και πιο βαθειά στον σκοτεινό λαβύρινθο… «Καλά να πάθεις! Ας πρόσεχες…», είπε στον εαυτό του κι αποφάσισε να μην απασχολήσει άλλο τη σκέψη του μ' αυτό το θέμα εκείνη την ώρα, μια και ό,τι είχε γίνει, είχε γίνει και δεν είχε κανένα τρόπο να το αλλάξει.

~ ~

43ο ΚΕΦΑΛΑΙΟ

– ...conjoined dicephalic parapagus twins!

Είχαν περάσει δύο περίπου εβδομάδες, από την ημέρα που επιβεβαιώθηκε η εγκυμοσύνη της Λάγιας κι είχε έρθει η ώρα για το πρώτο υπερηχογράφημα. Πήγαν μαζί με τον Άγγελο στο μαιευτήριο.

Αφού άλειψε την κοιλιά της Λάγιας με το ειδικό ζελέ ο μαιευτήρας, άρχισε να την περιδιαβάζει με τον ηλεκτρονικό ανιχνευτή, ενώ στην οθόνη εμφανίσθηκαν οι πρώτες εικόνες από τη μήτρα της Λάγιας. Ο Άγγελος ήταν δίπλα της και της κρατούσε τρυφερά το χέρι, γεμάτος περιέργεια κι αυτός γι' αυτή τη φωτογραφική απεικόνιση του θαύματος της ζωής, με καρφωμένα με ένταση τα μάτια του πάνω στην οθόνη.

Ξαφνικά, έσφιξε ασυναίσθητα το χέρι της Λάγιας, ενώ ανέβασε σπασμωδικά το άλλο χέρι του κι έκλεισε το στόμα του, λες κι ήθελε να προλάβει κάποια κραυγή.

Η Λάγια που ένιωσε το σφίξιμο του χεριού της κι είδε την κίνηση του άλλου χεριού του Άγγελου, ρώτησε ανήσυχη:

– Τι είναι αγάπη μου;

– Τίποτα, γλυκειά μου, απλώς είδα το θαύμα της ζωής στην οθόνη, είπε μαγκωμένος.

– Πουν' το; Εγώ δεν το είδα...

– Εδώ κοιτάξτε, είπε ο γιατρός, δείχνοντας με το δάχτυλό του πάνω

στην οθόνη και αλλάζοντας πεδίο γρήγορα.

– *Άχουουου! Είναι δίδυμα!* είπε με χαρούμενη έκπληξη η Λάγια, βλέποντας δυο κεφαλάκια στο σημείο που της έδειξε ο γιατρός.

Ο γιατρός κοίταξε με ένα συγκαταβατικά ανήσυχο βλέμμα τον Άγγελο και δεν έκανε κανένα σχόλιο. Και οι δυο είχαν καταλάβει ότι μέσα στη μήτρα της Λάγιας μεγάλωνε ένα τέρας, γιατί τα δυο κεφαλάκια είχαν ένα μόνο σωματάκι. Ο Άγγελος είχε παγώσει και δεν ήξερε πώς να διαχειρισθεί αυτό το τρομακτικό γεγονός, ενώ ο γιατρός έκανε νόημα στον Άγγελο ν' αφήσει το θέμα επάνω του.

Όταν τέλειωσε το υπερηχογράφημα, ο γιατρός έδωσε στη Λάγια μερικές μεγάλες απορροφητικές χάρτινες πετσέτες, για να καθαρίσει το ζελέ και να ντυθεί και τράβηξε διακριτικά από τον αγκώνα τον Άγγελό στο γραφείο του.

– *Τι είναι αυτό που είδαμε, γιατρέ μου;* ρώτησε ψιθυριστά και γεμάτος αγωνία ο Άγγελος, ελπίζοντας σε μια καθησυχαστική ερμηνεία.

– *Λυπάμαι ειλικρινά πάρα πολύ, κύριε Μασούκου, αλλά βρισκόμαστε μπροστά σε μία σοβαρότατη ανώμαλη κύηση. Το έμβρυο πάσχει από μια σπανιότατη γενετική πάθηση που λέγεται conjoined dicephalic parapagus twins και τα έμβρυα που πάσχουν από αυτό το σύνδρομο, γεννιούνται κατά κανόνα νεκρά.*

– *Τι μού λέτε, γιατρέ μου; Τερατογένεση; Δεν υπάρχει καμία πιθανότητα να είναι κάτι άλλο; Μια βλάβη του υπολογιστή, μια παραμόρφωση του υπερηχογραφήματος, κάτι άλλο τέλος πάντων;*

– *Και πάλι λυπάμαι, κύριε Μασούκου, αλλά δυστυχώς δεν υπάρχει η παραμικρή αμφιβολία, αν και είναι μόλις το τρίτο μόνο τέτοιο περιστατικό, που καταγράφεται στα παγκόσμια ιατρικά χρονικά! Μάλιστα και τα δύο προηγούμενα είναι πρόσφατα. Το πρώτο σημειώθηκε πριν από τρεις μήνες στη Βραζιλία και το δεύτερο μόλις πριν λίγες μέρες στην Ινδία και τα έχω μελετήσει εξαντλητικά, γι' αυτό σας απαντώ και με τόση σιγουριά.*

– *Και τι ακριβώς σημαίνει αυτό;*

– Το άρρεν αυτό έμβρυο έχει δυο κεφάλια, δύο σπονδυλικές στήλες και δυο νευρικά συστήματα, που ενώνονται από τη λεκάνη και κάτω, μία καρδιά, ένα συκώτι, δύο πνεύμονες και μία νεφρική πύελο. Βρισκόμαστε δηλαδή μπροστά σε μια διαστροφή σιαμαίων, η οποία...

Ο γιατρός διέκοψε απότομα τη φράση του, καθώς στην πόρτα του γραφείου του εμφανίσθηκε λάμποντας από ευτυχία η Λάγια.

– Λοιπόν, δεν μού είπατε γιατρέ, το γένος των παιδιών μου!

– Ένα αγοράκι κι ένα κοριτσάκι, βιάστηκε ν' απαντήσει μ' ένα καθησυχαστικό ψέμα ο γιατρός.

– Αγάπη μου, είπε η Λάγια, αγκαλιάζοντας τον Άγγελο, *δεν είμαστε οι πιο τυχεροί κι ευτυχισμένοι άνθρωποι πάνω στον πλανήτη; Για σκέψου! Ένα αγοράκι κι ένα κοριτσάκι!*

– Ναι αγάπη μου, είμαστε οι πιο τυχεροί άνθρωποι στον κόσμο, απάντησε ο Άγγελος αμήχανα, πασχίζοντας να μην προδώσει με την η έκφρασή του και τον τόνος της φωνής του την ψυχική του θύελλα, ενώ μέσα του σάρκαζε την τραγική ειρωνεία της φράσης του, αναλογιζόμενος το ασύλληπτο δράμα, που περίμενε και τους δυο.

– Λοιπόν, θα τα πούμε σε δυο εβδομάδες και μέχρι τότε να προσέχετε, είπε ο γιατρός στη Λάγια.

– Ναι γιατρέ μου και χίλια ευχαριστώ για τα υπέροχα νέα, είπε η Λάγια σφίγγοντας το χέρι του, ενώ ο Άγγελος με μεγάλη δυσκολία έπαιζε τον ευτυχισμένο μελλοντικό πατέρα, μπροστά στο απίθανο δράμα που εκτυλισσόταν μπροστά του και σφίγγοντας τα δόντια του είπε:

– Ωραία, γιατρέ μου, ευχαριστούμε πολύ, θα τα πούμε σύντομα.

Έπιασε τρυφερά από τους ώμους τη Λάγια και της είπε:

– Έλα, πάμε αγάπη μου!

Μόλις έκαναν λίγα βήματα, ο Άγγελος χτύπησε με την παλάμη του το μέτωπό του κι είπε:

– Βρε αγάπη μου, μέσα στη χαρά μας, ξέχασα να πληρώσω τον γιατρό.

Προχώρα εσύ στο αυτοκίνητο και θα έλθω.

Με γρήγορο βήμα απομακρύνθηκε από τη Λάγια, μήπως ήθελε να τον ακολουθήσει και κατευθύνθηκε στο γραφείο του γιατρού.

Μπήκε αποφασιστικά και τον βρήκε καθισμένο στην πολυθρόνα του γραφείου του, με σκυμμένο το κεφάλι του μέσα στα δυο του χέρια.

– Κύριε Μασούκου... είπε αμήχανα.

– Τι είναι αυτό που μας βρήκε γιατρέ μου;

– Τι να πω; Πραγματικά τεράστια κι ανεξήγητη ατυχία. Μόλις το τρίτο κρούσμα, μέσα σε επτά δισεκατομμύρια ψυχές!...

– Συγχωρήστε με παρακαλώ, αν σας κάνω ανόητες ερωτήσεις, αλλά δεν υπάρχει κανένας τρόπος... «θεραπείας», κάποια χειρουργική επέμβαση ίσως...

– Τι να σας πω;... Είναι τόσο φρέσκα και μόλις δύο αυτά τα περιστατικά κι η παγκόσμια ιατρική δεν έχει τα απαραίτητα ιστορικά δεδομένα, για να έχει καταλήξει σε κάποια συγκεκριμένη πρακτική αντιμετώπισής τους...

– Θέλετε να μού πείτε δηλαδή ότι η ιατρική σηκώνει τα χέρια ψηλά;

– Όχι βέβαια. Γίνεται επισταμένη έρευνα. Στο περιστατικό της Βραζιλίας παραδείγματος χάριν, οι γιατροί εξετάζουν τη δυνατότητα, εφ' όσον τα «σιαμαία» έχουν ξεχωριστό εγκέφαλο να αφαιρέσουν ένα απ' τα κεφάλια. Δεν σκέπτονται όμως ακόμη στην παρούσα φάση κάποια χειρουργική επέμβαση και το μέλημά τους είναι η υγεία των νεογνών και να δουν πώς θα αναπτυχθούν. Φοβάμαι λοιπόν ότι αυτή τη στιγμή δεν μπορώ να σας δώσω καμία υπεύθυνη απάντηση. Αφήστε μου λίγες μέρες να το μελετήσω ξανά και να επικοινωνήσω και με συναδέλφους μου στη Βραζιλία και στην Ινδία... Ειλικρινά λυπάμαι, λυπάμαι πολύ, κύριε Μασούκου!

Ο Άγγελος έφυγε από το γραφείο του γιατρού , με κατεβασμένο το κεφάλι, σαν μελλοθάνατος! Εκείνες τις στιγμές περισσότερο τον απασχολούσε πώς θα έλεγε στη Λάγια το τρομερό νέο, από αυτό το ίδιο το νέο! Είναι μερικά πράγματα στη ζωή, που όσο κι αν προσπαθήσεις να βρεις τρόπους και εκφράσεις, για να τα μαλακώσεις, είναι ανέφικτο. Είναι σαν να προσπαθείς να μαλακώσεις το ατσάλι!

Δεν μπορούσε να το χωνέψει. Κάποια κατάρα, σκέφτηκε, πρέπει να έπεσε πάνω μας, την ώρα της μεγαλύτερης ευτυχίας μας, επηρεασμένος ίσως μέσα στην ταραχή του και από την κουλτούρα της καταγωγής του. Το να παίξει θέατρο στη Λάγια, δεν ήταν ίσως ακατόρθωτο, αλλά ήταν πολύ δύσκολο και ψυχοφθόρο. Άλλωστε δεν μπορούσε και δεν έπρεπε να κρατήσει πολύ αυτή η παράσταση. Έπρεπε να ληφθούν αποφάσεις και μάλιστα γρήγορα για την τύχη του δικέφαλου εμβρύου. Κι αυτές τις αποφάσεις έπρεπε φυσικά να τις πάρουν μαζί. Αναρωτήθηκε, αν θα ήταν καλό, αντί να της πει ο ίδιος τα τρομακτικά νέα, να την αφήσει να δει μόνη της την αλήθεια στο επόμενο υπερηχογράφημα, με την παρουσία του γιατρού. Τελικά, κάτω από την τρομακτική πίεση που ένιωθε, σκέφθηκε να δώσει στον εαυτό του μια–δυο μέρες καιρό, για να πάρει την τελική απόφαση...

Μ' αυτές τις σκέψεις, έφτασε στο αυτοκίνητό του, αφού προηγουμένως είχε φορέσει ένα χαρούμενο χαμόγελο... Μόλις μπήκε μέσα, η Λάγια έσκυψε, του έδωσε ένα τρυφερό φιλί και είπε:

– Λοιπόν, πώς σου φαίνεται που θα γίνεις τόσο γρήγορα κι αναπάντεχα μπαμπάς και μάλιστα διδύμων;

– Υπέροχα, αγάπη μου!

– Πρέπει σιγά–σιγά να αρχίσουμε να φροντίζουμε τα προικιά τους, τα κρεβατάκια τους τα καροτσάκια τους, τα ρουχαλάκια τους..

– Ε, ε, πήρες φόρα, αγάπη μου. Μη βιάζεσai τόσο πολύ! Έχουμε ακόμη οκτώ μήνες μπροστά μας...

– Μμμ... Μάλλον δίκιο έχεις, αλλά είναι τόσο μεγάλος ο ενθουσιασμός μου κι η ευτυχία μου και παρασύρθηκα. Ακόμη δεν το πιστεύω και νομίζω ότι θα αργήσω να το συνειδητοποιήσω...

«Τόσο το καλύτερο», σκέφτηκε μέσα του ο Άγγελος και για να ελαφρύνει την ατμόσφαιρα είπε:

– Λέω να πάμε να πάρουμε λουλούδια για τη μανούλα και γλυκά και σαμπάνια, για να το γιορτάσουμε!

– Υπέροχη ιδέα, αγάπη μου!

Η βραδιά πέρασε μέσα σε μια ευφρόσυνη, χαρούμενη ατμόσφαιρα, με τον Άγγελο να δίνει ρέστα στον ρόλο του ευτυχισμένου μελλοντικού πατέρα.

– Στην υγεία των παιδιών μας, είπε σε μια στιγμή η Λάγια, τσουγκρίζοντας το ποτήρι σαμπάνιας του Άγγελου.

– Στην υγειά τους, είπε κι ο Άγγελος, ενώ μέσα του προσευχόταν να γίνει κάποιο θαύμα και να πιάσουν οι ευχές τους!

~ ~

44ο ΚΕΦΑΛΑΙΟ

– Όοοοοχι, Θεέ μου. Όχι! Δεν είναι δυνατόν! Άγγελε
δεν μπορώ...

Είχαν περάσει ήδη τρεις μέρες, που το δίλημμα βασάνιζε και κατάτρωγε τον Άγγελο, χωρίς να καταφέρει ν' αποφασίσει, αν θα το έλεγε στη Λάγια μόνος του ή την ώρα του επόμενου υπερηχογραφήματος, μαζί με τον γιατρό. Τελικά αποφάσισε: θα το έλεγε, μαζί με τον γιατρό, στο επόμενο υπερηχογράφημα. Τηλεφώνησε αμέσως στο μαιευτήριο, από το γραφείο του.

– Καλημέρα, γιατρέ μου, Μασούκου.

– Καλή σας ημέρα, κύριε Μασούκου.

– Γιατρέ, παιδεύομαι όλες τις προηγούμενες μέρες, για να βρω ένα τρόπο να το πω στη γυναίκα μου και σκέφθηκα ότι ο καλύτερος τρόπος να το μάθει είναι να της το πείτε εσείς, στο επόμενο υπερηχογράφημα. Τι λέτε;

– Ναι... Κι εγώ νομίζω ότι είναι η καλύτερη λύση.

– Εντάξει... Πότε λέτε να γίνει αυτό;

– Μα, κάποια στιγμή την άλλη εβδομάδα, που θα έχω προλάβει κι εγώ να συλλέξω όσες περισσότερες πληροφορίες μπορώ. Θα σας τηλεφωνήσω εγώ έγκαιρα, για να κλείσουμε ραντεβού

– Εντάξει, γιατρέ μου. Χίλια ευχαριστώ!

Ο Άγγελος ένιωσε λίγο ξαλαφρωμένος. Δεν είχε λυθεί βέβαια ούτε το βασικό πρόβλημα ούτε ο αντίκτυπος που θα είχε πάνω στη Λάγια, με όποιο τρόπο κι αν το μάθαινε. Πίστευε όμως ότι είχε βρει πραγματικά τον λιγότερο συγκριτικά επώδυνο τρόπο για να μάθει το τραγικό νέο.

Όταν βγήκε από αυτό το δίλημμα, η σκέψη του γύρισε στο βασικό πρόβλημα. Τι θα έκαναν; Πώς θα αντιμετώπιζαν αυτό το τραγικό λάθος της φύσης; Θα ήταν δυνατή η ιατρική διόρθωσή του; Τι είχε φταίξει; Κι αν η επιστήμη δήλωνε αδυναμία, θα άφηναν αυτό το πλάσμα να δει το φως της ζωής; Και τι ζωή θα ήταν αυτή; Ένα βιολογικό τέρας, πώς θα ήταν δυνατόν ν' αποτελέσει μέλος της κοινωνίας; Ένιωσε μια ανατριχίλα να διαπερνά τη ραχοκοκαλιά του κι ένα περίεργο θυμό, σ' αυτές τις σκέψεις. Γιατί; Γιατί να συμβεί αυτό σ' αυτούς, ανάμεσα σε επτά δισεκατομμύρια ανθρώπους;

«Δεν βοηθάνε σε τίποτα αυτές οι σκέψεις, αυτή την ώρα», σκέφτηκε κι αποφάσισε να τις διώξει από το μυαλό του, έως ότου θα είχε μια καθαρή και οριστική εικόνα του προβλήματος. Τότε θα ήταν η κατάλληλη ώρα για ερωτήσεις, απαντήσεις κι αποφάσεις. Ένα ήταν σίγουρο στο μυαλό του: όποια κι αν ήταν η εξέλιξη, δεν θα ήταν καθόλου ευχάριστη. Και μ' αυτή την τελευταία σκέψη, αφοσιώθηκε στη δουλειά του...

Το Σαββατοκύριακο ήταν ένα από τα πιο δύσκολα, που είχε περάσει ποτέ ο Άγγελος. Η Λάγια έλαμπε ολόκληρη από χαρά και ευτυχία, σαν μια ανοιξιάτικη, πλουμιστή πεταλούδα, που φτεροκόπαγε από ανθό σε ανθό, σαν χελιδόνα που κελαηδούσε ευλογώντας την άνοιξη. Κι όσο την έβλεπε έτσι ο Άγγελος τόσο περισσότερο μάτωνε η ψυχή του, ενώ παράλληλα έπρεπε να προσποιείται ότι συμμερίζεται τη χαρά της! Το πρωί της Δευτέρας ο Άγγελος σηκώθηκε νωρίς κι έφυγε όσο πιο γρήγορα μπορούσε, πριν ξυπνήσει η Λάγια κι υποχρεωθεί να δώσει άλλη μια τραγική παράσταση!

Γύρω στις δώδεκα το μεσημέρι χτύπησε το τηλέφωνό του κι η γραμματέας του τού είπε ότι τον ζητούσε ο γιατρός.

– Καλημέρα, γιατρέ μου και καλή εβδομάδα.

– Γεια σας, κύριε Μασούκου, επίσης. Τι θα λέγατε να κάνουμε το υπερηχογράφημα αύριο κατά τις έξι το απόγευμα;

– Ναι, όσο γρηγορότερα τόσο το καλύτερο, αλλά να ρωτήσω και τη γυναίκα μου και θα σας ξαναπάρω.

– Εντάξει, θα περιμένω τηλεφώνημά σας.

Ο Άγγελος τηλεφώνησε αμέσως στη Λάγια κι εκείνη του είπε χαρούμενη ότι είχε ένα επαγγελματικό ραντεβού, αλλά θα το ακύρωνε.

Έτσι, την επομένη στις έξι ακριβώς μπήκαν στο γραφείο του γιατρού, που ετοίμασε αμέσως τη Λάγια για το υπερηχογράφημα, ενώ ο Άγγελος προσπαθούσε να προετοιμάσει ψυχολογικά τον εαυτό του, γι' αυτό που θα ακολουθούσε. Θα χρειαζόταν κάθε ικμάδα ψυχραιμίας και τεράστιο κουράγιο, για να συμπαρασταθεί στην αγαπημένη του.

Οι πρώτες εικόνες άρχισαν να εμφανίζονται στην οθόνη, όταν μετά από λίγα δευτερόλεπτα, η Λάγια είπε στον γιατρό ανήσυχη:

– Γιατρέ, βλέπω καλά ή με γελούν τα μάτια μου;

– Τι εννοείτε, κυρία Μασούκου;

– Βλέπω δύο κεφαλάκια, αλλά ένα μόνο κορμάκι; Τι είναι αυτό;

– Θα σας εξηγήσω, μόλις τελειώσουμε το υπερηχογράφημα.

– Δηλαδή, τι θα μού εξηγήσετε; ρώτησε στα όρια του πανικού η Λάγια.

– Ηρεμήστε, κυρία Μασούκου. Έχουμε ένα πρόβλημα, αλλά...

– Πρόβλημα, τι πρόβλημα; ρώτησε πιο έντονα αυτή τη φορά, σχεδόν υστερικά, διακόπτοντας τον γιατρό.

Ο γιατρός έκλεισε τον υπολογιστή, αφού είχε δει ό,τι χρειαζόταν έδωσε χαρτοπετσέτες στη Λάγια, της είπε να σκουπισθεί από το ζελέ και να πάνε στο γραφείο του, για να της εξηγήσει. Η Λάγια σηκώθηκε από το κρεβάτι της εξέτασης, πέταξε νευρικά τις χαρτοπετσέτες στο πάτωμα, κατέβασε τη μπλούζα της κι είπε:

– Γιατρέ, θα τρελαθώ! Πείτε μου αμέσως, τι συμβαίνει, τι είναι αυτό που είδα στην οθόνη... Έχω στην κοιλιά μου ένα τέρας; ρώτησε με βραχνή φωνή η Λάγια, ακολουθώντας τον γιατρό στο γραφείο του.

– Όχι, κυρία Μασούκου, αλλά αν δεν ηρεμήσετε, δεν θα μπορέσουμε να συζητήσουμε. Καθίστε, της είπε καθώς είχαν μπει ήδη στο γραφείο του.

– Τι να καθίσω γιατρέ μου και πώς να ηρεμήσω; Για να κάτσω είμαι εγώ τώρα ή για να πέσω από το μπαλκόνι;

– Αγάπη μου, ησύχασε, όλα θα πάνε καλά, της είπε ο Άγγελος, πιάνοντάς τη τρυφερά από τους ώμους κι άσε τον γιατρό να μας εξηγήσει, τι ακριβώς συμβαίνει.

– Ωραία, να κάτσω. Σας ακούω... είπε η Λάγια επιθετικά, σχεδόν εχθρικά, λες κι έφταιγε για όλα ο γιατρός, ενώ ο Άγγελος κάθισε δίπλα της στον καναπέ και της κρατούσε τρυφερά το χέρι.

– Κοιτάξτε, κυρία Μασούκου, το πρώτο και κυριότερο που χρειάζεσθε τώρα είναι ψυχραιμία και κουράγιο, για να αντιμετωπίσουμε το πρόβλημα, με τον καλύτερο δυνατό τρόπο.

– Τι πρόβλημα, Άγγελέ μου, είπε λυγμικά η Λάγια, σφίγγοντας με όλη τη δύναμή της το χέρι του άντρα της.

– Κυρία Μασούκου, δεν ξέρουμε ακόμη την αιτία, αλλά δυστυχώς αντιμετωπίζουμε ένα σπανιότατο και πολύ σοβαρό πρόβλημα, που συναντάται μόλις για τρίτη φορά σε σας στα παγκόσμια ιατρικά χρονικά. Κυοφορείτε σιαμαία, τα οποία δυστυχώς έχουν δυο κεφαλάκια, αλλά ένα μόνον κορμάκι!

– Όοοοοχι, Θεέ μου. Όχι! Δεν είναι δυνατόν! Άγγελε δεν μπορώ... είπε ξέψυχα η Λάγια κι έγειρε στην αγκαλιά του λιπόθυμη.

Ο γιατρός πετάχτηκε απ' τη θέση του πήγε στη Λάγια και φωνάζοντας τη νοσοκόμα, άνοιξε το ένα της βλέφαρο κι έπιασε το σφυγμό της.

— *Φέρε γρήγορα, είπε στη νοσοκόμα, αιθέρα, ένα ποτήρι νερό και μια ηρεμιστική ένεση. Δεν είναι τίποτα, μια απλή λιποθυμία*, είπε καθησυχαστικά στον Άγγελο, που είχε σκύψει ανήσυχος πάνω από τη Λάγια και της χάιδευε το πρόσωπο.

~ ~

45ο ΚΕΦΑΛΑΙΟ

– Καλύτερα να μην είχα συνέλθει ποτέ!

Όταν μισάνοιξε τα μάτια της η Λάγια, έδειχνε χαμένη. Το σοκ κι η ηρεμιστική ένεση είχαν σχεδόν ακυρώσει την επαφή της με το περιβάλλον! Σιγά–σιγά άρχισε να αποκτά πλήρως τις αισθήσεις της, ενώ ο Άγγελος τής κρατούσε συνεχώς το χέρι

– Άγγελέ μου...

– Ναι καρδιά μου!

– Άγγελέ μου, τι έγινε, τι συνέβη; Πες μου ότι βλέπω απλώς ένα εφιάλτη.

– Ησύχασε, καλή μου, όλα θα περάσουν.

– Πώς θα περάσουν Άγγελε;

– Λάγια μου, αυτό που προέχει αυτή τη στιγμή είναι να είσαι εσύ καλά. Τα υπόλοιπα θα τα αντιμετωπίσουμε μαζί.

Η Λάγια, καταπονημένη απ' το σοκ, τη λιποθυμία και την ηρεμιστική ένεση, έσφιξε ελαφρά το χέρι του Άγγελου, έγειρε πάλι στην αγκαλιά του κι έκλεισε τα μάτια της... Μετά από λίγο, άνοιξε πάλι τα μάτια της, ανασηκώθηκε και κάθισε κανονικά στον καναπέ, κρατώντας πάντα το χέρι του Άγγελου και κοιτάζοντάς τον βαθειά στα μάτια, αναζητώντας βοήθεια. Την ίδια στιγμή, γύρισε ο γιατρός που είχε βγει από το γραφείο του κι είπε:

– Απ' ό,τι βλέπω με χαρά, συνήλθατε εντελώς, κυρία Μασούκου.

– Καλύτερα να μην είχα συνέλθει ποτέ!

– Τ' είναι αυτά που λες, αγάπη μου; της είπε ο Άγγελος, σαν να τη μάλωνε.

– Για όνομα του Θεού, κυρία Μασούκου, μην κάνετε τέτοιες ανόητες –επιτρέψτε μου– σκέψεις και μαζέψτε τα κουράγια σας, γιατί η πικρή αλήθεια είναι ότι θα τα χρειασθείτε!

– Να τα κάνω τι;

– Να αντιμετωπίσουμε το πρόβλημα, αγάπη μου, παρενέβη ο Άγγελος.

– Να αντιμετωπίσουμε το τέρας με τα δυο κεφάλια; ρώτησε επιθετικά η Λάγια, που τινάχθηκε ξαφνικά σαν ελατήριο και όρμησε τρέχοντας προς την ανοιχτή μπαλκονόπορτα, αιφνιδιάζοντας τους δυο άντρες.

Ο Άγγελος πάγωσε κι έμεινε ακίνητος, ενώ ο γιατρός, που ήταν πιο κοντά της, έτρεξε πίσω της και πανικοβλημένος, μήπως η Λάγια στην ασταθή ψυχολογική κατάσταση που βρισκόταν επιχειρούσε να αυτοκτονήσει, έκανε σχεδόν μια βουτιά, την έπιασε από τη μέση και την έριξε κάτω. Πέφτοντας όμως η Λάγια, χτύπησε το κεφάλι της στην κουπαστή του μπαλκονιού κι έμεινε ακίνητη, ενώ αίμα άρχισε να τρέχει απ' το κεφάλι της. Ο Άγγελος, που εν τω μεταξύ είχε ανακτήσει την ψυχραιμία του κι είχε προστρέξει στο μπαλκόνι, έσκυψε πάνω από τη Λάγια εξαιρετικά ανήσυχος κι όταν είδε το αίμα και τη Λάγια αναίσθητη τρομοκρατήθηκε.

– Μην ανησυχείτε, του είπε ο γιατρός. Το τραύμα είναι επιπόλαιο. Έχασε τις αισθήσεις της από το τράνταγμα. Λυπάμαι, αλλά νόμιζα ότι θα πηδούσε από το μπαλκόνι!... Βοηθήστε με να τη μεταφέρουμε στον καναπέ.

Τη σήκωσαν την έβαλαν στον καναπέ κι ο γιατρός κάλεσε αμέσως φορείο και την πήγαν στο χειρουργείο, για να ελέγξουν το τραύμα στο κεφάλι της.

Το τραύμα ήταν πράγματι αμβλύ, επιφανειακό και το μόνο που χρειαζόταν ήταν αντισηπτική προστασία και επίδεση. Η Λάγια φάνηκε να συνέρχεται, αλλά ο γιατρός διέγνωσε βαριά διάσειση και απώλεια μνήμης.

– Θα την κρατήσω μια–δυο μέρες, κύριε Μασούκου, για προληπτικούς λόγους, είπε ο γιατρός στον Άγγελο.

– Δε μάς έφταναν τα βάσανά μας, ήρθε κι αυτό τώρα...

– Γι' αυτό μην ανησυχείτε. Η απώλεια μνήμης είναι παροδική κι ίσως βοηθήσει κι εμάς και τη γυναίκα σας.

– Τι εννοείτε;

– Έχουμε μπροστά μας δύσκολες αποφάσεις, στις οποίες καλό είναι να μη συμμετέχει η σύζυγός σας.

– Δηλαδή;

– Κοιτάξτε, όλες οι πληροφορίες που μπόρεσα να συλλέξω αυτές τις ημέρες από συναδέλφους και απ' τη Βραζιλία και απ' την Ινδία είναι αποκαρδιωτικές. Ο κανόνας είναι ότι τέτοια πλάσματα γεννιούνται νεκρά.

– Ναι, αυτά μου τα έχετε πει ήδη και τα ξέρω. Το θέμα είναι, ποιες επιλογές έχουμε τώρα, είπε ανυπόμονα ο Άγγελος.

– Θα ερχόμουν και σ' αυτό... Οι συνάδελφοί μου είναι βέβαιοι ότι αυτά τα πλάσματα δεν έχουν καμία τύχη επιβίωσης. Παράλληλα μού εξήγησαν ότι ο «χωρισμός» τους απαιτεί μια μακάβρια επιλογή, δηλαδή ποιο από τα δύο κεφάλια θα κρατήσουν, άρα ποιο από τα δύο πλάσματα θα σκοτώσουν. Τέλος, μού είπαν ότι κι αν ακόμη κάποιος αποφάσιζε να προχωρήσει στον χωρισμό, υπάρχει τεράστιο ποσοστό κινδύνων για το πλάσμα, που θα αποφασίσουν να κρατήσουν στη ζωή, τον ακριβή χαρακτήρα των οποίων δεν μπορούν να προσδιορίσουν, ελλείψει ακριβώς προηγουμένου και...

– Επομένως; ρώτησε ανυπόμονα ο Άγγελος, διακόπτοντας τον γιατρό.

– Επομένως, η δική μου επιστημονική γνώμη είναι να προχωρήσουμε αμέσως σε άμβλωση, για να μην αναγκαστούμε να σκοτώσουμε

κυριολεκτικά μετά το ένα πλάσμα, να μην καταδικάσουμε το άλλο –αν επιζήσει– σε μια ζωή κόλαση και να απαλλάξουμε εσάς και κυρίως τη μητέρα από ένα τραγικό μαρτύριο, οποιαδήποτε έκβαση κι αν έχει η παρέμβασή μας...

– Τα ακούω πολύ λογικά όλα αυτά που μού λέτε γιατρέ, αλλά δεν μπορώ να βγάλω κι από τη σκέψη μου ότι παίζουμε τους μικρούς Θεούς!

– Έχετε απόλυτο δίκιο, αλλά δυστυχώς, πολλές φορές η δουλειά μας, αλλά και ο όρκος μας μάς υποχρεώνει να πάρουμε τέτοιες τραγικές αποφάσεις.

– Ναι, έτσι είναι δυστυχώς, αλλά υπάρχει κι ένα άλλο πρόβλημα.

– Εννοείτε να αποφασίσουμε εμείς οι δυο, ερήμην της μητέρας;

– Ακριβώς!

– Αντίθετα, νομίζω ότι το χτύπημα και η απώλεια μνήμης της γυναίκας σας επαληθεύει το «ουδέν κακόν, αμιγές καλού».

– Τι εννοείτε;

– Εννοώ ότι η σύντροφός σας αυτή τη στιγμή, εκτός από την παροδική απώλεια μνήμης παρουσιάζει και μια έντονη ψυχολογική αστάθεια.

– Συγχωρήστε με, αλλά δεν καταλαβαίνω, πού ακριβώς βρίσκεται το «καλό».

– Θα σας εξηγήσω αμέσως. Η ψυχολογική αστάθεια σίγουρα δεν θα της επέτρεπε να συμμετέχει σε μια τέτοια σκληρή συζήτηση και μια πιθανόν «δολοφονική» απόφαση κι αντίθετα μάλλον θα όξυνε το ψυχολογικό τραύμα, με απρόβλεπτες συνέπειες. Εξ άλλου, η απώλεια μνήμης, θα απομακρύνει χρονικά το γεγονός απ' τη συνείδησή της και θα το αντιμετωπίσει λιγότερο επώδυνα, όταν το πληροφορηθεί και θα...

– Ή θα εξαγριωθεί και θα κατηγορήσει και τους δυο μας, που τολμήσαμε να πάρουμε μια απόφαση, χωρίς τη δική της συμμετοχή, που αφορά το δικό της σώμα και το δικό της παιδί, έστω κι αν είναι τέρας! διέκοψε τον γιατρό ο Άγγελος. Κι αυτό ίσως επίσης να επιδεινώσει την ψυχολογική

της αστάθεια.

– Ναι, δεν το αποκλείω... Δεν ξέρω...Αυτή είναι δική σας απόφαση. Η δική μου επιστημονική σύσταση είναι να προχωρήσουμε αμέσως στην άμβλωση.

Ο Άγγελος κοίταξε τον γιατρό στα μάτια για μερικά δευτερόλεπτα και του είπε:

– Πόσο χρόνο έχω γιατρέ, για να αποφασίσω.

– Δεν επείγει τόσο η άμβλωση, αλλά το θέμα είναι να γίνει, πριν επανέλθει η μνήμη της κυρίας Μασούκου...

– Ναι, σωστά! Αύριο το πρωί θα σας απαντήσω.

– Προτού φύγετε, θέλω να σας ζητήσω μια χάρη.

– Παρακαλώ!

– Αν δεν έχετε αντίρρηση, θα ήθελα να πάρω το DNA και των δύο σας.

– Ευχαρίστως, αλλά γιατί;

– Κοιτάξτε, δεν πρόκειται να μας βοηθήσει στο βασικό πρόβλημα, που αντιμετωπίζουμε, αλλά θα το ήθελα για καθαρά επιστημονικούς λόγους. Ίσως βρούμε κάτι, που θα βοηθήσει άλλα ζευγάρια συνανθρώπων μας να μη βιώσουν αυτό το δράμα.

– Σύμφωνοι. Καμία αντίρρηση.

– Σας ευχαριστώ πολύ.

– Παρακαλώ, θα τα πούμε αύριο το πρωί.

Ο Άγγελος βγήκε από το γραφείο του γιατρού σκοτεινιασμένος, μ' ένα τεράστιο ψυχολογικό φορτίο να λυγίζει τους ώμους του και κατευθύνθηκε στο δωμάτιο της Λάγιας.

– Πώς είσαι αγάπη μου; τη ρώτησε χαϊδεύοντας το κεφάλι της.

– Μια χαρά, γλυκέ μου, αλλά γιατί είμαι εδώ;

– Έπεσες, χαρά μου και χτύπησες λίγο το κεφαλάκι σου, αλλά δεν είναι τίποτα σοβαρό. Αύριο–μεθαύριο θα πάμε σπίτι.

– Α! Δεν το θυμάμαι!

– Καλύτερα, Λάγια μου. Μακάρι πάντοτε να μη θυμόμαστε τα δυσάρεστα πράγματα της ζωής. Άλλωστε, σού είπα πως δεν υπάρχει κανένας λόγος ανησυχίας.

– Εντάξει, αγάπη μου. Δεν θα πας στο γραφείο σου τώρα;

– Μπα! Είναι αργά πια. Θα δουλέψω λίγο στο σπίτι κι αύριο το πρωί θα έρθω να σε δω, είπε ο Άγγελος και σκύβοντας, της έδωσε ένα απαλό, τρυφερό φιλί στο στόμα και βγήκε από το δωμάτιο.

~ ~

46ᴼ ΚΕΦΑΛΑΙΟ

– Αγάπη μου, πού βρίσκομαι και γιατί είμαι εδώ; Κι εσύ;

Ο Άγγελος, μόλις μπήκε σπίτι του, άφησε τον χαρτοφύλακά του στο γραφείο του, πήγε κατ' ευθείαν στην κρεβατοκάμαρα κι όπως ήταν, με τα ρούχα, έριξε το σώμα του στο κρεβάτι μ' ένα στεναγμό ανακούφισης και μια τρομερή ψυχολογική κόπωση!

Οι σκέψεις άρχισαν πάλι να κονταροχτυπιούνται μέσα στο μυαλό του άναρχα κι ασυνάρτητα, παρά τις συνειδητές προσπάθειες που έκανε να τις βάλει σε μια τάξη. Έκλεισε τα μάτια του, αλλά «έβλεπε». Έβλεπε μια το κυοφορούμενο τέρας και μια τη Λάγια αναστατωμένη κι οργισμένη. Αποφάσισε να σηκωθεί, να κάνει ένα ντους, να φάει κάτι, να πάρει ένα λεξοτανίλ, και να δουλέψει στον υπολογιστή, για να καλμάρει και να μπορέσει να σκεφθεί, για τη μεγάλη απόφαση που έπρεπε να πάρει.

Το χλιαρό νερό, η δουλειά, ένας καφές και το λεξοτανίλ έκαναν τη δουλειά τους κι ο Άγγελος πειθάρχησε το μυαλό του κι άρχισε να εξετάζει μια–μια τις πληροφορίες και τις απόψεις του γιατρού.

Όσο κι αν έψαχνε για αρνητικά στοιχεία στην πρόταση της άμβλωσης, δεν μπορούσε να τα βρει. Ο κυριολεκτικός αποκεφαλισμός ενός πλάσματος, χωρίς καμιά εγγύηση –το αντίθετο– για την τύχη του άλλου, που ή θα πέθαινε επίσης ή –ακόμη χειρότερα– θα είχε διανοητικά ή/ και κινητικά προβλήματα για ολόκληρη τη ζωή του, μέχρι να πεθάνει κι αυτό, ήταν μια μη–λύση! Τι είδους ζωή θα είχε αυτό το πλάσμα μέσα στην κοινωνία, αν επιζούσε; Παράλληλα θα ήταν ένα μόνιμο, τραγικό, αβάσταχτο μαρτύριο για τη Λάγια και τον ίδιο! Όχι, δεν μπορούσαν και δεν έπρεπε να παίξουν κορώνα–γράμματα τη ζωή δύο υπάρξεων και τη δική τους. Η άμβλωση φαινόταν να είναι η μοναδική ρεαλιστική επιλογή, που θα έλυνε αυτόματα όλα τα προβλήματα, εκτός από την αναστάτωση της Λάγιας, που έλπιζε όμως ότι θα μπορούσε να διαχειρισθεί ίσως και με τη βοήθεια ενός ψυχολόγου.

Έτσι πήρε την απόφασή του. Το πρωί θα έλεγε στον γιατρό να προχωρήσει στην άμβλωση, παίρνοντας πάνω του την ευθύνη και της Λάγιας. Μόλις πήρε την απόφαση, ηρέμησε, έκλεισε τον υπολογιστή, ξάπλωσε στο κρεβάτι του και γρήγορα τον πήρε ο ύπνος.

Όταν ξύπνησε, ξανασκέφτηκε αυτά που είχε αναλύσει το προηγούμενο βράδυ, αλλά με ψυχραιμία, ήρεμος και χωρίς άγχος αυτή τη φορά, και βεβαιώθηκε ότι είχε πάρει τη σωστή απόφαση.

Έφτασε στην κλινική κατά τις εννέα το πρωί και πήγε κατ' ευθείαν στο γραφείο του γιατρού.

– *Καλημέρα, γιατρέ.*

– *Καλή σας μέρα, κύριε Μασούκου. Φαντάζομαι ότι θα περάσατε μια δύσκολη νύχτα.*

– *Θα σας φανεί περίεργο, αλλά κοιμήθηκα θαυμάσια, γιατί φρόντισα να πάρω την απόφασή μου, προτού πέσω στο κρεβάτι .*

– *Τι λέτε; Μπράβο ψυχραιμία! Και ποια είναι η απόφαση που πήρατε;*

– *Προχωρήστε γιατρέ αμέσως στην άμβλωση. Μετά από όλα όσα μού είπατε, κρίνω ότι δεν είναι απλώς η καλύτερη, αλλά η μοναδική λύση!*

– *Χαίρομαι που το ακούω, κύριε Μασούκου. Η λύση της δολοφονίας ενός από τα δύο πλάσματα θα εγκυμονούσε φοβερά δεινά και για το μωρό που θα κρατούσαμε στη ζωή προσωρινά και για εσάς. Θα πω να ετοιμάσουν αμέσως το χειρουργείο, για να προλάβουμε και την τυχόν επαναφορά της μνήμης της συντρόφου σας. Γι' αυτό και για να είμαστε σίγουροι εκατό τοις εκατό, θα πω να τη ναρκώσουν. Αν θέλετε, ελάτε μαζί μου, για να σας πάρουν και λίγο αίμα, για την ανάλυση του DNA, που είπαμε.*

– Ωραία, σας ακολουθώ.

Μόλις έδωσε αίμα ο Άγγελος, πήγε στο δωμάτιο της Λάγιας, η οποία όμως κοιμόταν ακόμη. Ίσως πέρασε δύσκολη νύχτα, σκέφτηκε ο Άγγελος, κάθισε στην πολυθρόνα των επισκεπτών κι άνοιξε την εφημερίδα του. Σε λίγη ώρα άκουσε τη νυσταγμένη ακόμη και έκπληκτη φωνή της Λάγιας:

– Αγάπη μου, πού βρίσκομαι και γιατί είμαι εδώ; Κι εσύ;

– Καλημέρα, αγάπη μου, έπεσες χθες στις σκάλες...

– Ποιες σκάλες;

– Του σπιτιού μας.

– Α! Και τι έπαθα;

– Τίποτα το σοβαρό. Απλώς είχες ένα ελαφρό σχίσιμο στο κεφαλάκι σου και ήρθαμε εδώ στην κλινική, όπου στο έραψαν. Έχεις και μια ελαφρά διάσειση, που θα περάσει όμως σε δυο–τρεις μέρες.

– Μμμ... Κι εσύ, τι κάνεις εδώ; Γιατί δεν είσαι στη δουλειά σου;

– Ε, είπα να πω μια καλημέρα στην αγάπη μου, πριν πάω στο γραφείο μου, άλλωστε...

Την ίδια στιγμή, μπήκε στο δωμάτιο ένας νοσηλευτής μ' ένα φορείο, το έβαλε δίπλα στο κρεβάτι της Λάγιας και την παρακάλεσε να κυλήσει πάνω του. Η Λάγια κοίταξε ερωτηματικά τον Άγγελο.

– Πού με πάνε, Άγγελε;

– Να σού κάνουν μερικές εξετάσεις, αγάπη μου, μην ανησυχείς!

Μόλις πήραν τη Λάγια, έφυγε κι ο Άγγελος και πήγε στο κυλικείο να πιει ένα καφέ και να διαβάσει την εφημερίδα του. Σε μία ώρα περίπου, χτύπησε το τηλέφωνό του. Ήταν ο γιατρός, που του είπε ότι όλα πήγαν θαυμάσια. Ο Άγγελος έβγαλε ένα χαμηλό αναστεναγμό κι είπε αυθόρμητα «Δόξα τω Θεώ»! Πλήρωσε, σηκώθηκε και πήγε στο γραφείο του γιατρού, που μόλις τον είδε του είπε:

– *Λοιπόν, όπως σας είπα, κύριε Μασούκου, όλα πήγαν μια χαρά. Η γυναίκα σας είναι τώρα στον θάλαμο ανάνηψης και σε μισή περίπου ώρα θα είναι στο δωμάτιό της. Το έμβρυο θα το διατηρήσουμε, για να κάνουμε επιστημονικές παρατηρήσεις, σε συνδυασμό με τη μελέτη του DNA σας, μήπως καταφέρουμε να βρούμε τα αίτια αυτών των τερατογενέσεων.*

– *Εύχομαι να το πετύχετε. Ξέρετε, σκεπτόμουν ότι είναι μάλλον απαραίτητος ένας ψυχολόγος για τη στήριξη της Λάγιας. Εσείς τι λέτε και ξέρετε κάποιον;*

– *Συμφωνώ απολύτως και ναι, έχω ένα φίλο, πάρα πολύ καλό ψυχολόγο, ο οποίος μάλιστα ειδικεύεται στη στήριξη γυναικών, μετά από αμβλώσεις. Θα σας δώσω τα τηλέφωνά του και μιλήστε του εκ μέρους μου. Λέγεται Γιώργος Πεδοκλής.*

– *Σας ευχαριστώ πολύ. Θα ήταν πολύ να σας ζητήσω, να τον πάρετε τώρα και να του ζητήσετε, αν είναι δυνατόν, να έρθει αμέσως, ώστε να είναι εδώ, όταν ξυπνήσει η Λάγια; Γιατί νομίζω ότι η πρώτη πληροφόρησή της για τα συμβάντα είναι και η πιο σημαντική.*

– *Έχετε δίκιο. Θα το κάνω αμέσως.*

Πράγματι, ο γιατρός σήκωσε το ακουστικό, σχημάτισε τον αριθμό του Πεδοκλή, μίλησε μαζί του κι όταν έκλεισε το τηλέφωνο, είπε στον Άγγελο.

– *Τυχεροί είμαστε! Σε μισή ώρα περίπου θα είναι εδώ ο Γιώργος.*

– *Α, πολύ ωραία! Δεν ξέρετε, πόσο με ανακουφίζει αυτό! Σας ευχαριστώ πολύ και πάλι. Πάω τώρα στο δωμάτιο της γυναίκας μου, για να την υποδεχθώ, όταν τη φέρουν από την ανάνηψη.*

– *Στο καλό να πάτε. Θα τα πούμε...*

~ ~

47Ο ΚΕΦΑΛΑΙΟ

– Τι κάνουμε γιατρέ; Έχω την εντύπωση ότι
επανέρχεται η μνήμη της...

Ευτυχώς, ο ψυχολόγος έφτασε στο δωμάτιο της Λάγιας, προτού την φέρουν από τον θάλαμο ανάνηψης και αφού προηγουμένως είχε ενημερωθεί πλήρως από τον μαιευτήρα της. Χαιρέτισε τον Άγγελο και του ζήτησε πληροφορίες για τη ζωή και τον χαρακτήρα της Λάγιας, καθώς και για την αντίδρασή της, με κάθε λεπτομέρεια, όταν έμαθε ότι κυοφορούσε τέρας.

– Χμ... Δεν είναι εύκολη περίπτωση! Στο παρόν στάδιο μας διευκολύνει βέβαια η αμνησία της, η οποία όμως δεν ξέρουμε, πόσο θα κρατήσει. Και σε κάθε περίπτωση, θα χρειαστεί ψυχολογική υποστήριξη, τόσο από εσάς κυρίως όσο και από εμένα, για αρκετό καιρό.

Δεν είχε καλά–καλά τελειώσει τη φράση του ο Πεδοκλής, όταν στην πόρτα εμφανίσθηκε το φορείο με τη Λάγια. Ο Άγγελος σκέφθηκε ότι δεν είχε συνεννοηθεί ούτε με τον γιατρό της ούτε με τον Πεδοκλή, τι θα της έλεγαν για την παρουσία του δεύτερου, αλλά και για τη δεύτερη επίσκεψή της στο χειρουργείο. Το άφησε στον Πεδοκλή, ελπίζοντας ότι θα έβρισκε εκείνος ένα «αθώο» και αληθοφανή λόγο...

– Καλώς το κορίτσι μου, της είπε ο Άγγελος, που πήγε κοντά της και τη φίλησε στο μέτωπο, ενώ εκείνη δεν μίλησε, αλλά άπλωσε το χέρι της κι έπιασε το δικό του.

Ήταν προφανές ότι ήταν ακόμη υπό την επήρεια της νάρκωσης. Ο νοσηλευτής τη βοήθησε να κυλήσει από το φορείο στο κρεβάτι της, έφτιαξε το μαξιλάρι της κι έφυγε. Η Λάγια γύρισε στο πλάι κι έκλεισε τα μάτια της. Ο Άγγελος βρήκε την ευκαιρία να τραβήξει τον Πεδοκλή έξω από το δωμάτιο και του είπε:

– Γιατρέ μου, έχω δύο ερωτήματα. Τι θα της πούμε για το δεύτερο χειρουργείο και για τη δική σας παρουσία;

– Α, μην ανησυχείτε. Τα έχω σκεφθεί όλα. Για το χειρουργείο θα πούμε ότι παρουσίασε μια μικρή επιπλοκή το τραύμα στο κεφάλι της. Όσο για μένα, θα πούμε την αλήθεια, πως είμαι δηλαδή ψυχολόγος, φίλος του γιατρού της, ειδικευμένος στη στήριξη εγκύων γυναικών.

– Μήπως η αναφορά σας στην εγκυμοσύνη ενεργοποιήσει τη μνήμη της;

– Δεν νομίζω, στην κατάσταση που είναι τώρα, αλλά ακόμη κι αν γίνει αυτό, κάποια στιγμή θα πρέπει να το αντιμετωπίσουμε.

– Καλώς! Εσείς ξέρετε.

Όταν μπήκαν πάλι στο δωμάτιο, η Λάγια γύρισε ανάσκελα, άνοιξε αργά τα μάτια της και κοίταξε τους δυο άνδρες.

– Άγγελέ μου, είπε με αδύναμη φωνή.

– Ναι, αγάπη μου, εδώ είμαι!

– Πού είμαστε, Άγγελε και γιατί είμαι εδώ;

Το γεγονός ότι η Λάγια είχε κάνει ακριβώς τα ίδια ερωτήματα, με τις ίδιες ακριβώς λέξεις, που είχε χρησιμοποιήσει και την πρώτη φορά, έδωσαν στον Άγγελο τη βεβαιότητα ότι η μνήμη της δεν είχε επανέλθει. Το σιγοψιθύρισε στον Πεδοκλή κι έδωσε στη Λάγια την ίδια απάντηση, που της είχε δώσει και την πρώτη φορά. Μετά την απάντηση του Άγγελου, η Λάγια έκανε μια ελαφρά συγκατανευτική κίνηση με το κεφάλι της κι έκλεισε πάλι για λίγο τα μάτια της. Όταν τα ξανάνοιξε, ρώτησε:

– Ο κύριος;

– Ο κύριος Γιώργος Πεδοκλής, κυρά μου είναι φίλος του γιατρού σου, ψυχολόγος και ειδικεύεται στη στήριξη εγκύων γυναικών, που...

– Εγκύων γυναικών; τον διέκοψε η Λάγια. *Και τι θέλει εδώ;*

– Καλημέρα σας, κυρία Μασούκου, ένιωσε την ανάγκη να επέμβει ο Πεδοκλής. *Είμαι εδώ, γιατί είσαστε έγκυος!*

– Άγγελε, τι λέει ο κύριος; είπε η Λάγια, με μια έκφραση έντονης απορίας στο πρόσωπό της.

– Ναι, αγάπη μου! Καλά τα λέει ο κύριος Πεδοκλής. Είσαι έγκυος και μάλιστα σε δίδυμα, ένα αγοράκι κι ένα κοριτσάκι.

Ο Άγγελος ένιωσε ότι πολύ γρήγορα είχε ξεφύγει η συζήτηση περισσότερο απ' ό,τι θα έπρεπε ίσως εκείνη την ώρα και κοίταξε ανησυχητικά τον Πεδοκλή, που του έκανε νόημα να μην ανησυχεί.

– Έγκυος και μάλιστα σε δίδυμα; Μα αυτό είναι υπέροχο αγάπη μου! είπε, ενώ στο πρόσωπό της διαγράφηκε ένα αχνό, αλλά ευτυχισμένο χαμόγελο. Κι αμέσως μετά, ρώτησε με έντονη ανησυχία. *Ελπίζω να μην έπαθαν τίποτα τα παιδιά μας απ' το πέσιμό μου στη σκάλα!*

– Όχι, αγάπη μου, ησύχασε! Είναι και τα δυο μια χαρά! Εμείς θα φύγουμε τώρα, για να ξεκουρασθείς και θα τα πούμε το απόγευμα, ε;

– Ναι, Άγγελέ μου. Εγώ νομίζω ότι θα τον πάρω λιγάκι...

– Γεια σας, κυρία Μασούκου, καλόν ύπνο και όνειρα γλυκά!

Την ίδια στιγμή εμφανίσθηκε στην πόρτα φουριόζος ο μαιευτήρας και είπε στον Άγγελο ότι ήθελε να του μιλήσει. Ο Άγγελος βγήκε έξω από το δωμάτιο τραβώντας μαλακά την πόρτα πίσω του και ρώτησε:

– Τι συμβαίνει, γιατρέ μου;

– Προφανώς από κάποια ακριτομυθία του προσωπικού κυκλοφόρησε στα Μέσα η είδηση για την τερατογένεση, ευτυχώς χωρίς ονόματα. Και

τώρα είναι εδώ κάποιοι δημοσιογράφοι από τα κανάλια και ζητάνε συνέντευξη!

– Ούτε γι' αστείο βέβαια! Εσείς όμως έχετε κάθε δικαίωμα να τους μιλήσετε και να τους πείτε ό,τι θέλετε για το περιστατικό, σε επιστημονική βάση.

– Συμφωνώ απόλυτα. Αυτό ακριβώς είχα σκεφθεί κι εγώ, αλλά είχα καθήκον να σας ενημερώσω.

– Α, και φυσικά, χωρίς ονόματα και λεπτομέρειες, ε;

– Μείνετε ήσυχος!

Αμέσως μετά ο Άγγελος κι ο Πεδοκλής έφυγαν μαζί κι έδωσαν ραντεβού για το απόγευμα στις έξι στο δωμάτιο της Λάγιας. Πρώτος έφτασε ο Άγγελος κι ακολούθησε ο Πεδοκλής πέντε λεπτά αργότερα.

– Γιατρέ μου είδα ένα φρικτό όνειρο!

– Τι όνειρο, κυρία Μασούκου;

– Τι όνειρο; Ένας φρικτός εφιάλτης ήταν! Κάναμε λέει υπερηχογράφημα και ανακαλύψαμε ότι είμαι έγκυος σε δίδυμα, τα οποία όμως δεν ήταν δίδυμα αλλά ουσιαστικά ένα τερατάκι με δυο κεφαλάκια κι ένα μόνο κορμάκι!

– Ίσως σας επηρέασε η νάρκωση, είπε καθησυχαστικά ο Πεδοκλής.

– Μην το σκέφτεσαι, αγάπη μου, ένα όνειρο ήταν... Τα δίδυμα κι εσύ είσαστε μια χαρά! της είπε ο Άγγελος, που αντάλλαξε κάποια ανησυχητικά βλέμματα και νεύματα με τον Πεδοκλή.

– Τι εννοείς; Δικά μου είναι τα δίδυμα; ρώτησε πάλι έκπληκτη η Λάγια.

– Ναι, αγάπη μου, είσαι έγκυος σε δίδυμα κι όπως σού είπα χαίρουν άκρας υγείας!

Όταν μετά από λίγη ώρα έφυγαν οι δυο άνδρες, ο Άγγελος είπε στον γιατρό:

– Τι κάνουμε γιατρέ; Έχω την εντύπωση ότι επανέρχεται η μνήμη της...

– Όχι, μην ανησυχείτε! Τα όνειρα, όπως είναι γνωστό είναι προϊόν του υποσυνειδήτου και όχι του συνειδητού. Άλλωστε είδατε ότι πάλι δεν θυμόταν ότι είναι έγκυος...

– Ναι, σωστά!

~ ~

48ο ΚΕΦΑΛΑΙΟ

– ... αλλά είσαστε αδέλφια με τη σύντροφό σας και μάλιστα μάλλον δίδυμα!

Δυο μέρες μετά η Λάγια πήγε σπίτι τους, ενώ η μνήμη της έδειχνε ελαφρά σημάδια επαναφοράς. Ο Άγγελος παρακολουθούσε με αγάπη και αγωνία την πορεία της και ειδοποίησε τον Πεδοκλή να τους επισκεφθεί την επομένη για καλό και για κακό.

Ένα τηλεφώνημα του μαιευτήρα όμως, στο γραφείο του Άγγελου, την ίδια εκείνη μέρα, έμελλε να προσθέσει ένα πολύ χειρότερο πρόβλημα, από το προηγούμενο, το οποίο, έτσι κι αλλιώς, είχε λυθεί.

– *Καλησπέρα σας, κύριε Μασούκου.*

– *Καλησπέρα γιατρέ μου. Μήπως βρήκατε το αίτιο της τερατογένεσης;*

– *Ναι... Ίσως...*

– *Τι εννοείτε, μ' αυτό το «ναι, ίσως»;*

– *Έχω ένα εξαιρετικά περίεργο και όχι ευχάριστο εύρημα από την ανάλυση και τη σύγκριση των DNA σας!*

– *Δηλαδή;*

– *Δηλαδή, κύριε Μασούκου, λυπάμαι τρομερά, αλλά είσαστε... αδέλφια με τη σύντροφό σας και μάλιστα μάλλον δίδυμα!*

Ο Άγγελος έμεινε για μερικά δευτερόλεπτα άφωνος και μετά είπε, σχεδόν επιθετικά:

– Αδύνατον! Κάποιο λάθος έχετε κάνει!

– Δυστυχώς, δεν έχει γίνει κανένα λάθος!

– Η Λάγια κι εγώ είμαστε δίδυμα αδέλφια, εκείνη λευκή κι εγώ μαύρος! είπε ο Άγγελος με δύσπιστη κατάφαση.

– Μάλιστα.

– Αν σάς πω ότι μου είναι ακόμη εξαιρετικά δύσκολο να το πιστέψω;

– Σάς καταλαβαίνω απολύτως.

– Εσείς με καταλαβαίνετε... Εγώ δεν καταλαβαίνω. Ή μάλλον θεωρώ αδιανόητο αυτό που μού λέτε και αρνούμαι να το πιστέψω! είπε φανερά ταραγμένος ο Άγγελος, ενώ σηκώθηκε απ' την πολυθρόνα του κι άρχισε να περπατάει νευρικά, πάνω κάτω, μονολογώντας, δίδυμα και μάλιστα ετερόχρωμα.

– Κύριε Μασούκου δεν σας κρύβω ότι κι εγώ αντιμετώπισα με μεγάλη απορία και δυσπιστία τα ευρήματα του DNA και γι' αυτό κάναμε τρεις φορές έλεγχο ταυτοποίησης, με το ίδιο πάντα αποτέλεσμα. Επιστημονικά δεν υπάρχει η παραμικρή αμφιβολία ότι είσαστε δίδυμα αδέλφια!

– Μού λέτε δηλαδή ότι είστε απολύτως βέβαιος γι' αυτό, είπε με ερωτηματική κατάφαση ο Άγγελος, θέλοντας ακόμη να ελπίζει παράλογα, ότι αυτό που του έλεγε ο γιατρός οφειλόταν σε κάποιο ιατρικό λάθος και δεν αποτελούσε μια φρικτή πραγματικότητα. Σταμάτησε τον νευρικό βηματισμό του μπροστά στο γραφείο του κι άναψε ένα τσιγάρο.

– Απολύτως! Το DNA δεν ψεύδεται και όπως σας είπα ήδη, δεν άφησε κανένα περιθώριο αμφιβολίας.

– Μάλιστα... είπε σκεπτικός ο Άγγελος και μετά από μερικά δευτερόλεπτα ξαναρώτησε. *Και πώς το ερμηνεύετε αυτό επιστημονικά;*

– Δεν ξέρω, γιατί αφ' ενός είναι η πρώτη φορά που βρίσκομαι μπροστά σ' ένα τέτοιο φαινόμενο και το κυριότερο, δεν μπορώ να σας πω, γιατί

δεν γνωρίζω καν τον τρόπο και τις συνθήκες της σύλληψης. Το μόνο που γνωρίζω είναι πως βρισκόμαστε μπροστά στο δεύτερο μόνο παρόμοιο περιστατικό στα ιατρικά χρονικά, ενώ το πρώτο συνέβη μόλις πριν δύο χρόνια στην Ινδονησία.

– Η Λάγια κι εγώ, δίδυμα αδέλφια! Αυτό πια ξεπερνάει κάθε φαντασία, μονολόγησε πάλι, σαν να μη το πίστευε ακόμη και σχολίασε με πίκρα: *Δύο τέτοια απανωτά χτυπήματα είναι πάρα πολλά για τη Λάγια, αλλά και για κάθε άνθρωπο, όσο δυνατός κι αν είναι.*

– Έχετε δίκιο! Φαίνεται ότι έχετε κάποιο μαγνήτη που προσελκύει σπάνια ιατρικά περιστατικά.

– ...

– Και νομίζω, κύριε Μασούκου, ότι το δεύτερο σπάνιο περιστατικό μπορεί να είναι υπεύθυνο για το πρώτο.

– Αιμομιξία; είπε σκεπτικά ο Άγγελος.

– Ακριβώς! Δεν είμαι βέβαιος ακόμη, θέλω να το ερευνήσω εξαντλητικά, αλλά ναι, είναι το πιθανότερο!

– Αυτό πια δεν είναι ατυχία, είναι κατάρα!

– Καταλαβαίνω απολύτως τον πόνο και την πίκρα σας, κύριε Μασούκου και λυπάμαι πάρα πολύ, που δεν μπορώ να βοηθήσω...

– Το ξέρω... Αυτά τα δύο περιστατικά, γιατρέ μου, δεν είναι απλώς δύο εξαιρετικά οδυνηρά χτυπήματα. Ανατρέπουν και σακατεύουν ολόκληρη τη ζωή δύο ανθρώπων! Σας ευχαριστώ πάντως πολύ και για την επιστημοσύνη σας και, κυρίως, για τη συμπαράστασή σας.

– Ούτε να το συζητάτε κι αν νομίζετε ότι κάποια στιγμή μπορώ να σας φανώ χρήσιμος, είμαι στην απόλυτη διάθεσή σας.

Αυτό πια ξεπερνούσε τις δυνάμεις και τις αντοχές, ακόμη και του Άγγελου. Μόλις βγήκε στον δρόμο, έπιασε με τα δυο του χέρια το κεφάλι του, έσφιξε τα δόντια του και ξέσπασε σε λυγμούς!

Η αποκάλυψη της ύπαρξης μια δίδυμης αδελφής την οποία

μάλιστα είχε ερωτευθεί και την είχε αφήσει έγκυο σ' ένας «τέρας», αποτελούσε μια εντελώς απρόσμενη και βίαιη εισβολή στον προσωπικό, οικογενειακό, επαγγελματικό και κοινωνικό χώρο του, μια πραγματική αρχαία τραγωδία, με όλη τη σημασία των λέξεων, που δεν μπορούσε να συλλάβει ανθρώπου νους! Ήταν μια πέρα από κάθε φαντασία αναπάντεχη ανατροπή των έως τότε δεδομένων της ζωής του. Παράλληλα, τον βασάνιζε το μυστήριο αυτού καθ' εαυτού του γεγονότος των ετερόχρωμων δίδυμων κι η αθέλητη αιμομιξία. Προσπάθησε να ελέγξει την αδρεναλίνη του, για να χειριστεί αυτές τις εξωφρενικές πληροφορίες με ψυχραιμία και να βάλει τη σκέψη του σε τάξη. Όσο πιο μεθοδικά όμως ανέλυε τα γεγονότα τόσο περισσότερα ερωτηματικά και προβλήματα εντόπιζε.

Στη ζωή οι σχέσεις των ανθρώπων διαμορφώνονται και χτίζονται βαθμιαία μέσα στον χρόνο, σκέφτηκε. Εδώ όμως τα πράγματα έγιναν πολύ διαφορετικά. Δυο εντελώς ξένοι μεταξύ τους άνθρωποι, συναντώνται συμπτωματικά σ' ένα περίεργο και κρίσιμο σταυροδρόμι της ζωής τους και δένονται άρρηκτα, συναισθηματικά, ψυχολογικά και ερωτικά με «προξενητή» τον θάνατο, από τον οποίο γλιτώνει ο ένας την άλλη δυο φορές. Αν σ' αυτό προσθέσει κανείς την ετεροχρωμία δίδυμων, την αιμομιξία και το έμβρυο τέρας, έχει το πιο παρανοϊκό και τραγικό σενάριο ζωής!

~ ~

49ᴼ ΚΕΦΑΛΑΙΟ

– Ναι... Βλέπω ότι ξεχνάω πολλά και σημαντικά αυτές τις μέρες...

Ο Πεδοκλής, απόλυτα συνεπής στο ραντεβού του, χτύπησε το κουδούνι στις επτά ακριβώς,

Ο Άγγελος του είπε αμέσως ότι απ' την ανάλυση του DNA αποκαλύφθηκε ότι είναι δίδυμος με τη Λάγια.

– *Τι λέτε;* είπε έκπληκτος ο Πεδοκλής. *Πρώτη φορά ακούω για ετερόχρωμα δίδυμα!*

– *Ναι, άλλο ένα μόνο τέτοιο περιστατικό υπάρχει, πριν μερικά χρόνια στην Ινδονησία.*

– *Τι περίεργα παιχνίδια παίζει η φύση!* φιλοσόφησε ο Πεδοκλής. *Και μόλις μπορέσατε να πείτε «Δόξα τω Θεώ» ήρθε το «Βοήθα Παναγιά».*

– *Ακριβώς! Κι επειδή δεν νομίζω ότι η Παναγιά θα ασχοληθεί μαζί μας, πρέπει να δούμε τι θα κάνουμε.*

– *Αυτές τις τελευταίες, ακόμη τραγικότερες για σας ώρες, κάνατε κάποιες σκέψεις;*

– *Τι να σας πω; Τι σκέψεις να κάνει κανείς, μπροστά στο απόλυτο χάος;*

– *Ναι, καταλαβαίνω... Δεν εννοώ αποφάσεις πάντως. Εννοώ απλές σκέψεις, έστω και φευγαλέες, σαν αυτές που τριγυρίζουν στο μυαλό μας, όταν βρισκόμαστε σε κατάσταση σύγχυσης.*

– Δεν ξέρω... Άλλωστε είμαστε δύο σ' αυτόν τον θανάσιμο χορό.

– Φυσικά! Γι' αυτό δεν μίλησα για αποφάσεις, που σίγουρα δεν μπορείτε να πάρετε μόνος σας, αλλά για κάποιες φευγαλέες τυχόν σκέψεις σας. Ξέρετε, λυπάμαι που επιμένω, αλλά είναι σημαντικό στοιχείο, για να μπορέσω να σας βοηθήσω

– Χμ... Ναι, ας πούμε πως σκέφθηκα, ότι πρέπει κάποια στιγμή να χωρίσουμε δυστυχώς και φυσικά να μην έρθουμε εν τω μεταξύ σε σαρκική επαφή. Φαντάζομαι ότι την ίδια άποψη θα έχει και η Λάγια, όταν το μάθει... Εκτός, αν θέλει να ζήσουμε μαζί, χωρίς σεξ. Κι αν θέλουμε, μπορούμε ν' αποκτήσουμε ένα παιδί είτε με παρένθετη μητέρα είτε με υιοθεσία.

– Ως ψυχολόγος χαίρομαι που σας ακούω έτσι ψύχραιμο κι αποδεικνύεται ότι δεν ήταν μια «φευγαλέα σκέψη», αλλά κάποιες επεξεργασμένες λύσεις στο μυαλό σας, σύμφωνες με τους κανόνες και της υγιεινής και της θρησκευτικής ηθικής.

– Ας πούμε κι έτσι...

– Ωραία! Θέλω να πιστεύω ότι κι η κυρία Βακρίδη θα συμφωνήσει με μια από αυτές τις επιλογές, όταν θα αποκτήσει πλήρως τη μνήμη της και την κρίση της. Εγώ, από τη μεριά μου θα την προετοιμάζω, έως ότου επανέλθει και τότε θα συζητήσουμε κι οι τρεις μαζί το θέμα, αν το κρίνετε σκόπιμο. Μπορώ ν' ανέβω τώρα να τη δω για λίγο;

– Φυσικά! Περάστε! είπε ο Άγγελος και τον οδήγησε στην κρεβατοκάμαρα, στον επάνω όροφο.

Η Λάγια ήταν ανασηκωμένη στο κρεβάτι της κι έβλεπε τηλεόραση.

– Καλησπέρα σας, κυρία Βακρίδη! Πώς είστε σήμερα;

– Ο κύριος; ρώτησε η Λάγια τον Άγγελο.

– Ψυχολόγος είναι αγάπη μου, ειδικευμένος στις έγκυες γυναίκες. Παρακολουθεί εσένα και τα δίδυμα που ετοιμάζεις!

– Α, ναι! Πώς το ξέχασα αυτό; είπε η Λάγια με κάποια ανησυχία.

– Μην ανησυχείς, Λάγια μου. Είναι από την ταλαιπωρία που πέρασες

πέφτοντας από τη σκάλα και...

– Για δες! Ούτε αυτό το θυμόμουνα, είπε εκείνη και σηκώνοντας το χέρι της, έψαυσε απαλά το τραύμα της. Λοιπόν, γιατρέ μου, αν εξαιρέσουμε την αφηρημάδα μου, είμαι μια χαρά, απάντησε στην ερώτηση του Πεδοκλή.

– Χαίρομαι πολύ, που το ακούω, αλλά πρέπει να σας ενημερώσω ότι δεν είσαστε αφηρημένη. Απλώς πάσχετε από μία ελαφρά, προσωρινή απώλεια μνήμης. Και τονίζω το «προσωρινή». Κανένα όνειρο είδατε απόψε στον ύπνο σας;

– Όχι! Ή μάλλον, μπορεί να είδα, αλλά δεν θυμάμαι...

– Ωραία... Σοντούκου παίζετε, κυρία Βακρίδη;

– Τι είναι αυτό;

– Τίποτα, ξεχάστε το. Χαρτιά παίζετε;

– Πού και πού...

– Ωραία, θα σας συνιστούσα να παίζετε συχνότερα αυτόν τον καιρό, για να βοηθήσετε τη μνήμη σας!

– Ναι... είπε σκεπτικά η Λάγια. Βλέπω ότι ξεχνάω πολλά και σημαντικά αυτές τις μέρες...

– Μην ανησυχείτε! Παροδικό είναι, όπως σας είπα, από το πέσιμο που είχατε. Σύντομα θα περάσει. Εγώ θα σας αφήσω τώρα, αλλά θα έρχομαι να σας βλέπω κι αν με χρειασθείτε, κάντε μου ένα τηλεφώνημα, το έχει το τηλέφωνό μου ο σύζυγός σας.

– Σας ευχαριστώ πολύ, γιατρέ μου! Θα γίνω χαρτόμουτρο, αρκεί να μη μου... μείνει! είπε χαμογελώντας η Λάγια, ενώ οι δυο άνδρες αντάλλαξαν χαμόγελα ικανοποίησης από την αντιληπτικότητα και το χιούμορ της.

~ ~

50ᴼ ΚΕΦΑΛΑΙΟ

– Ναι, αλλά δεν βλέπω την κοιλιά μου να μεγαλώνει...

Η Λάγια παρουσίαζε κάθε μέρα βελτίωση. Κάποια στιγμή ρώτησε τον Άγγελο:

– Δεν μου λες, Άγγελε, μού έκαναν κάποια στιγμή υπερηχογράφημα;

– Ναι.

– Και είδαμε ότι είναι δίδυμα, ένα αγόρι κι ένα κορίτσι;

– Ακριβώς!

– Ναι, αλλά δεν βλέπω την κοιλιά μου να μεγαλώνει και δεν έχω την παραμικρή ενόχληση, από αυτές που έχουν οι έγκυες...

– Αγάπη μου, πρώτον, δεν έχουν όλες οι έγκυες γυναίκες ενοχλήσεις και δεύτερον, η κοιλιά μεγαλώνει ανεπαίσθητα τις πρώτες εβδομάδες. Δεν καταλαβαίνω, γιατί ανησυχείς.

– Δεν ξέρω... Κάτι μού λέει ότι κάτι δεν πάει καλά!

– Μην ανησυχείς, αγάπη μου, όλα είναι μια χαρά.

– Α, νομίζω ότι θυμήθηκα και κάτι άλλο... Με πήγαν δυο φορές στο χειρουργείο, έ;

– Ναι.

– *Την πρώτη ήταν όταν έπεσα από τις σκάλες. Τη δεύτερη, γιατί με πήγαν;*

– *Γιατί παρουσίασε μία επιπλοκή το τραύμα, που είχες στο κεφάλι σου.*

– *Χμ... Έχω την αίσθηση ότι κάτι μού κρύβεις, αγάπη μου.*

– *Όχι, χαρά μου, τι να σού κρύψω;*

– *Δεν ξέρω... Απλώς είναι πολύ έντονη αυτή η αίσθηση που έχω!...*

Ο Άγγελος συμπέρανε από αυτόν τον διάλογο ότι η Λάγια βρισκόταν πολύ κοντά στην πλήρη επαναφορά της μνήμης της. Από τη μία πλευρά χάρηκε κι απ' την άλλη αναστατώθηκε, με τη σκέψη των όσων έπρεπε να της πουν και των αποφάσεων που έπρεπε να πάρουν. Θα δεχόταν άραγε η Λάγια κάποια απ' τις δικές του επιλογές ή θα είχανε κι άλλο πρόβλημα από τυχόν επιμονή της να μη χωρίσουν; Τηλεφώνησε στον Πεδοκλή, τον ενημέρωσε για τον διάλογο, που είχε με τη Λάγια και τον ρώτησε, τι θα έπρεπε να κάνουν.

– *Νομίζω, κύριε Μασούκου, ότι είναι προτιμότερο να της μιλήσουμε, πριν από την πλήρη επανάκτηση της μνήμης της.*

– *Θέλετε να πείτε ότι θα εκβιάσουμε την ταχύτερη επαναφορά της μνήμης της, με το σοκ αυτών των πληροφοριών;*

– *Ακριβώς!*

– *Φαντάζομαι ότι για να το προτείνετε, δεν διαβλέπετε κανένα κίνδυνο!*

– *Όχι βέβαια! Το μόνο που μπορεί να συμβεί είναι να μην επανέλθει αμέσως η μνήμη της, αλλά σίγουρα αυτό θα συμβεί γρηγορότερα, μέσα από αυτή τη διαδικασία.*

– *Δεν φοβόσαστε δηλαδή ότι αυτό το σοκ μπορεί να την πάει πάλι πίσω, στην πλήρη αμνησία;*

– *Όχι, δεν νομίζω...*

– *Ωραία λοιπόν. Πότε θέλετε να έρθετε;*

― *Αύριο το απόγευμα στις επτά, σας βολεύει;*

― *Μια χαρά. Σας περιμένουμε λοιπόν αύριο.*

― *Παρακαλώ μόνον να έχετε πρόχειρο αιθέρα, νερό και ηρεμιστικά.*

― *Μείνετε ήσυχος, γιατρέ μου.*

Πράγματι, την επομένη, ένα τέταρτο αργότερα απ' το ραντεβού τους, χτύπησε το κουδούνι ο Πεδοκλής.

― *Καλησπέρα σας, συγγνώμη, που άργησα, αλλά...*

― *Μα, τι λέτε; Περάστε!*

― *Η κυρία Βακρίδη;*

― *Μας περιμένει στο σαλόνι.*

― *Ωραία, πάμε.*

Η Λάγια ήταν ντυμένη πολύ κομψά, όπως πάντα και τους περίμενε καθισμένη στον καναπέ:

― *Καλησπέρα σας, κυρία Βακρίδη.*

― *Καλησπέρα, γιατρέ μου. Καθίστε.*

― *Ευχαριστώ. Πώς είστε σήμερα;*

― *Μια χαρά!*

― *Χαίρομαι! Κυρία Βακρίδη, θυμάσθε ένα άσχημο όνειρο που είχατε δει;* μπήκε αμέσως στο θέμα ο Πεδοκλής.

― *Όχι ακριβώς, αυτή τη στιγμή.*

― *Μας είχατε διηγηθεί ένα εφιάλτη σας, με κάποια δίδυμα...*

― *Α, ναι. Τώρα θυμήθηκα. Που δεν ήταν δίδυμα, αλλά κάτι σαν τερατάκι...*

― *Ναι, κάτι σαν «τερατάκι».*

Ο Άγγελος, που είχε καθίσει δίπλα στη Λάγια, κράταγε το χέρι της και την αναπνοή του, γιατί κατάλαβε ότι είχε φθάσει η στιγμή της πρώτης τραγικής αποκάλυψης, ενώ ο Πεδοκλής πήρε μια βαθειά ανάσα και συνέχισε.

— Λοιπόν, εκείνος ο εφιάλτης, είχε κάποια σχέση με την πραγματικότητα, κυρία Βακρίδη... Μπορώ να σας λέω Λάγια;

— Ναι, φυσικά κι αργήσατε! Τι εννοούσατε όμως λέγοντας ότι ο εφιάλτης μου είχε κάποια σχέση με την πραγματικότητα; ρώτησε σχεδόν τρομοκρατημένη η Λάγια.

— Αγαπητή Λάγια, λυπάμαι πάρα πολύ να σού πω ότι πράγματι δεν ήταν δίδυμα. Ήταν ένα έμβρυο με δύο κεφαλάκια, αλλά με ένα μόνο κορμάκι.

— Όχι Θεέ μου! Δεν είναι δυνατόν! Αν κατάλαβα καλά δηλαδή, μου λέτε ότι αυτή τη στιγμή κυοφορώ ένα τέρας;

— Όχι πια! Ησυχάστε, γιατί...

— Να ησυχάσω; Μη μού λέτε εμένα να ησυχάσω, με ένα τέρας στη μήτρα μου!

Την ίδια στιγμή, γύρισαν οι βολβοί των ματιών της κι έπεσε αναίσθητη στην αγκαλιά του Άγγελου, με σφιγμένες τις παλάμες της κι ασπρισμένες τις κλειδώσεις των χεριών της. Ο Πεδοκλής κατάλαβα αμέσως τα συμπτώματα της υστερίας και πάτησε με δύναμη και με τα δυο του χέρια τις ωοθήκες της, ενώ ο Άγγελος έτρεξε κι έφερε λεξοτανίλ κι ένα ποτήρι νερό. Σε λίγη ώρα η Λάγια συνήλθε κι είπε απολογητικά.

— Με συγχωρείτε!... Το παθαίνω καμιά φορά. Είναι κληρονομικό, ξέρετε...

— Τι λες τώρα, Λάγια; Αισθάνεσαι καλύτερα τώρα;

— Ναι, μόλις περάσει η κρίση, είμαι πάντα μια χαρά, απλώς νιώθω λίγο κουρασμένη.

– Μήπως θέλεις να διακόψουμε για λίγο τη συζήτηση, αγάπη μου και να πας να ξαπλώσεις, να ξεκουρασθείς και να ηρεμήσεις;

– Όχι, Άγγελε, είμαι καλά. Λοιπόν, τι έλεγες Γιώργο;

– Προσπαθούσα απλώς να σου πω ότι το «τέρας», που είδες στο υπερηχογράφημα, δεν είναι πια στη μήτρα σου!

– Τι ; Και πώς έγινε αυτό;

– Σού το πήρε ο μαιευτήρας σου, αγάπη μου…παρενέβη ο Άγγελος.

– Α, ήταν η δεύτερη φορά που με πήγαν στο χειρουργείο, που μού είπες ψέματα ότι ήταν για το κεφάλι μου.

– Ναι, αγάπη μου! Σού είπα ένα λευκό ψέμα, γιατί δεν ήσουν σε θέση…

– Δεν ήμουν σε θέση, για να αποφασίσω για την τύχη μου; Δεν το πιστεύω ότι το έκανες αυτό εσύ, Άγγελε.

– Όχι, Λάγια, δεν ήσουν σε θέση, γιατί έπασχες από αμνησία, όταν χτύπησες σοβαρά στο κεφάλι σου, προσπαθώντας να πηδήξεις από το μπαλκόνι του ιατρείου, γιατί η αλήθεια είναι ότι δεν έπεσες από τις σκάλες, αλλά ότι προσπάθησες ν' αυτοκτονήσεις, όταν έμαθες ότι κυοφορείς ένα τέρας! Και ναι, το έκανα και δεν έχω την παραμικρή ενοχή, γιατί σου έσωσα πιθανόν και πάλι τη ζωή!

– Εγώ προσπάθησα να αυτοκτονήσω; Τι άλλο θ' ακούσω σήμερα;

– Ναι, Λάγια, ναι αγαπημένη μου! Αυτό προκάλεσε την αμνησία σου. Κι αν σ' εκείνη την κατάσταση, που δεν είχες καν συνείδηση του «τέρατος», γιατί το είχες αποδιώξει στο υποσυνείδητό σου, σού λέγαμε την αλήθεια, κανείς μας δεν μπορούσε να προβλέψει, πώς θα αντιδρούσες!

Ο Πεδοκλής είδε ότι είχε χάσει τον έλεγχο κι ότι η συζήτηση ξέφευγε επικίνδυνα. Προσπάθησε να ξαναπάρει την κατάσταση στα χέρια του:

– Λάγια, δεν…

– Εσύ ποιος είσαι, κύριε και γιατί είσαι εδώ; τον έκοψε η Λάγια,

με μια ξαφνική κι αναπάντεχη επιθετική έκρηξη, που είχε πιθανώς ενεργοποιήσει το σοκ της τραγικής πληροφορίας.

― *Είναι ένας καλός φίλος και ψυχολόγος, παρενέβη κατευναστικά ο Άγγελος, που ειδικεύεται στην ψυχολογική βοήθεια εγκύων και σε παρακολουθεί, για να...*

― *Α, πάρα πολύ ωραία! Θα με βγάλετε και τρελή τώρα, τονέκοψε θυμωμένη, δείχνοντας ότι είχε ξαναγυρίσει στο παρόν.*

― *Όχι, καλή μου, όχι αγάπη μου. Άλλο παράνοια κι άλλο αμνησία. Άλλο ψυχίατρος κι άλλο ψυχολόγος.*

― *Λάγια, προσπάθησε πάλι ο Πεδοκλής, όλοι οι άνθρωποι, ακόμη και οι πιο δυνατοί, όπως εσύ, έχουν ανάγκη κάποιας επιστημονικής υποστήριξης, όταν συμβαίνουν στη ζωή τους αναπάντεχα τραγικά γεγονότα, όπως αυτό που συνέβη σε σένα. Είμαι σίγουρος πως γνωρίζεις ότι η ψυχική ειρήνη, ηρεμία και γαλήνη είναι εξαιρετικά σημαντική, όχι μόνον για την ψυχή, αλλά και για το σώμα. Και θέλω να ξέρεις ότι πριν από μερικά χρόνια βρέθηκα περίπου στην ίδια θέση με σένα. Σκοτώθηκε το αγόρι μου, πέντε ετών, σε αυτοκινητικό δυστύχημα, εγώ ήμουν αυτός που οδηγούσε και στο μυαλό μου καρφώθηκε η ιδέα ότι το είχα δολοφονήσει!*

― *Ω, τι λες; Λυπάμαι ειλικρινά, είπε η Λάγια κάπως μαλακωμένα.*

― *Ευχαριστώ πολύ. Αλλά αυτό που ήθελα να σημειώσω είναι πως, παρά το γεγονός ότι εγώ είμαι ψυχολόγος, ζήτησα τότε τη βοήθεια από ένα καλό συνάδελφό μου.*

― *Ναι, ναι, τα ξέρω αυτά. Αλλά το πρόβλημα το λύσατε με την άμβλωση, χωρίς να με ρωτήσετε, ερήμην μου!*

― *Το λύσαμε «ερήμην σου», όπως λες, γιατί όπως σού είπε και ο Άγγελος, δεν ήσουνα τότε σε θέση να πάρεις αποφάσεις, εκτός του ότι θα ήταν πολύ επικίνδυνη για σένα ακόμη κι συμμετοχή σου σε μια τέτοια συζήτηση και στην τελική απόφαση. Θα ξέρεις επίσης ότι σε κάθε άνθρωπο, μία τραυματική εμπειρία –και η άμβλωση είναι πολύ έντονη τραυματική εμπειρία για τις γυναίκες– δημιουργεί περίεργα απωθημένα.*

– Ναι, ναι, τα ξέρω αυτά και μού τα έχετε πει όλοι δέκα φορές. Παρακάτω, είπε επιθετικά η Λάγια.

– Ηρέμησε λίγο, Λάγια και δώσε μου την προσοχή σου, σε παρακαλώ.

– Εντάξει, συγγνώμη, σ' ακούω.

– Κοίτα, Λάγια. Εσύ αυτή τη στιγμή κατατρύχεσαι από τρία αρνητικά και πολύ έντονα συναισθήματα. Πρώτον, ότι έχεις ασύστατες ενοχές, θεωρώντας τον εαυτό σου υπεύθυνο για την απώλεια, ενώ δεν έχεις την παραμικρή ευθύνη. Δεύτερον, ο πόνος από αυτή καθ' αυτή την απώλεια και τρίτον, ότι, χωρίς τη δική σου απόφαση, σού πήραν ένα ζωντανό κομμάτι σου. Σ' αυτά πρέπει να προσθέσεις και την αισθητική πλευρά του θέματος, την απώθηση δηλαδή που σού δημιούργησε η κακομορφία του εμβρύου, με την οποία ήρθες αντιμέτωπη στο υπερηχογράφημα. Είναι πράγματα, που πολύ δύσκολα μπορείς να τα αντιμετωπίσεις και να τα παλέψεις μόνη σου! Όχι εσύ μόνον, αλλά οποιοσδήποτε άνθρωπος. Γι' αυτό λοιπόν είμαι εδώ και σε παρακαλώ θερμά να με βοηθήσεις και να συνεργασθείς μαζί μου, για να περάσεις όσο πιο ανώδυνα είναι δυνατόν αυτή τη μεγάλη φουρτούνα στη ζωή σου.

– Ωραία, τι θέλεις από μένα; ρώτησε η Λάγια, χωρίς ένταση αυτή τη φορά.

– Θέλω να γυρίσεις στη δουλειά σου, να ασχολείσαι συνεχώς με κάτι, κατά προτίμηση ευχάριστο κι όσο είναι ανθρώπινα δυνατόν, να βγάλεις απ' τη σκέψη σου το τραγικό αυτό γεγονός...

– Εύκολο, να το λες, γιατρέ μου!

– Ναι, το ξέρω. Γι' αυτό θα σού δώσω και μια φαρμακευτική αγωγή, για να σε βοηθήσει.

– Υπάρχουν φάρμακα για μια καρδιά κομμάτια και μια ψυχή σμπαραλιασμένη; ρώτησε ειρωνικά η Λάγια.

– Όχι, δεν υπάρχουν. Υπάρχουν όμως φάρμακα για το μυαλό και τα νεύρα, που βοηθάνε να αμβλυνθούν οι πόνοι της καρδιάς και της ψυχής, με τη βοήθεια του μυαλού. Αν εσύ η ίδια δεν βοηθήσεις τον εαυτό σου, κανένα φάρμακο και κανένας γιατρός δεν μπορεί να το κάνει.

– Σύμφωνοι, είπε εντελώς πια ψύχραιμη και παραδομένη η Λάγια. Θα κάνω ό,τι ακριβώς μού πεις, στον βαθμό που θα μπορέσω.

– Είμαι βέβαιος ότι θα μπορέσεις, γιατί είσαι πολύ δυνατός άνθρωπος, Λάγια.

Όταν έφυγε ο γιατρός, αφού έδωσε μια συνταγή με φάρμακα και οδηγίες στον Άγγελο, η Λάγια του είπε.

– Τώρα που είμαστε μόνοι μας οι δυο μας κι είμαι λίγο πιο ήρεμη, μπορείς να μου πεις, τι ακριβώς συνέβη και γιατί;

– Θα το κάνω, αν μου υποσχεθείς ότι είναι η τελευταία φορά, που μιλάμε γι αυτό!

– Στο υπόσχομαι!

– Λοιπόν, όπως ίσως θυμάσαι πλέον, στο δεύτερο υπερηχογράφημα συνειδητοποίησες ότι κυοφορούσες ένα τερατάκι, πράγμα που σού επιβεβαίωσε ο γιατρός σου. Τότε ήταν που αποπειράθηκες ν' αυτοκτονήσεις από το μπαλκόνι του ιατρείου και σ' έσωσε ο γιατρός, κάνοντας μια ηρωική βουτιά και πιάνοντάς σε από τη μέση. Αυτό είχε σαν αποτέλεσμα να πέσεις πάνω στην κουπαστή του μπαλκονιού, να χτυπήσεις το κεφάλι σου και να πάθεις βαριά διάσειση και απώλεια της μνήμης σου, στην οποία συνέβαλε και το ισχυρότατο σοκ που είχες υποστεί από την θέα της αποκάλυψης του τέρατος.

– Α, τώρα εξηγούνται πολλά πράγματα, σχολίασε σκεπτική η Λάγια. Αυτό για το οποίο δεν έχω ακόμη εξήγηση είναι το τέρας κι αν δεν υπήρχε τρόπος να σωθεί.

– Αγάπη μου, αυτό ήταν ένα σπανιότατο λαχείο, που τραβήξαμε, μόλις το τρίτο παρόμοιο περιστατικό στα παγκόσμια ιατρικά ιστορικά. Όσο *για τη συνέχιση της κύησης και τη δυνατότητα διάσωσης αυτού του πλάσματος, θα έπρεπε να δολοφονήσουμε κυριολεκτικά το ένα από τα δύο, χωρίς καμιά εγγύηση όμως, ότι το άλλο θα επιζούσε ή δεν θα είχε φρικτά προβλήματα...*

– Χμ... Καταλαβαίνω. Και τι έφταιξε, Άγγελέ μου; Ποιος ήταν ο λόγος, για τον οποίο, αντί να έχω δυο υγιή δίδυμα στη μήτρα μου, έτρεφα ένα κακόμορφο τέρας;

– Αυτό δεν το ξέρουμε ακόμη. Ο γιατρός σου, κράτησε το έμβρυο και επικοινωνεί με τους συναδέλφους του στη Βραζιλία και την Ινδία –όπου παρουσιάστηκαν τα προηγούμενα δυο ίδια περιστατικά– και ψάχνουν να βρουν τα αίτια αυτών τερατογενέσεων.

– Μάλιστα... Όπως είπες κι εσύ, τραβήξαμε το σπανιότερο και χειρότερο λαχείο!

– Έτσι ακριβώς, αγάπη μου, αλλά πρέπει να το ξεχάσουμε όσο πιο γρήγορα μπορούμε.

– Ναι, έχεις δίκιο... Άλλωστε δεν πιστεύω ότι και το επόμενο θα είναι τερατάκι!

– Σίγουρα όχι, είπε μαγκωμένος ο Άγγελος, με τη σκέψη του στην αιμομιξία, την οποία ούτε καν μπορούσε να υποψιαστεί η Λάγια.

~ ~

51ο ΚΕΦΑΛΑΙΟ

– Τώρα εσύ αγκαλιάζεις την ερωμένη σου ή την αδελφή σου;

Με τη βοήθεια του Πεδοκλή και της φαρμακευτικής αγωγής, η Λάγια άρχισε, μέρα με τη μέρα, να βρίσκει τον εαυτό της. Είχαν περάσει δυο μήνες απ' την άμβλωση, όταν ο Άγγελος ρώτησε τον Πεδοκλή, αν έκρινε ότι είχε έρθει η ώρα να μιλήσουν στη Λάγια για την αιμομιξία κι εκείνος του είπε ότι δεν νόμιζε ότι είναι ακόμη αρκετά ισχυρή για το δεύτερο αυτό σοκ. Ένα μήνα αργότερα όμως, είπε ο ίδιος στον Άγγελο ότι θα μπορούσαν να της αποκαλύψουν το τραγικό μυστικό κι έκλεισαν ραντεβού ένα απόγευμα πάντα στις επτά.

– Πώς νιώθεις σήμερα, Λάγια; ρώτησε ο Πεδοκλής

– Μια χαρά! Καλύτερα από κάθε άλλη φορά, από τότε, που...

– Ωραία! την έκοψε ο Πεδοκλής.

– Λάγια μου, ήρθε η ώρα, να κάνουμε μια συζήτηση με τον γιατρό.

– Βεβαίως, αλλά για ποιο πράγμα;

– Θα σου πει ο γιατρός.

– Δεν μ' αρέσει το ύφος σου Άγγελε. Κάτι μού λέει ότι δεν θα είναι ευχάριστη συζήτηση!

– Λάγια –παρενέβη ο γιατρός– πράγματι δεν θα είναι ευχάριστη η

συζήτηση, αλλά είναι κάποια πράγματα, που πρέπει να γνωρίζεις και δεν έχουμε το δικαίωμα να στα κρύβουμε άλλο, μια κι όπως λες νιώθεις πια δυνατή.

– Ω, Θεέ μου, τι θ' ακούσω πάλι;

– Ναι... έχεις δίκιο και θα σε παρακαλέσω να επιστρατεύσεις κάθε ικμάδα ψυχραιμίας και...

– Γιώργο, είμαι έτοιμη! τον έκοψε η Λάγια. Άσε τους προλόγους και πες μου ακριβώς τι συμβαίνει.

– Λάγια, εσύ κι ό Άγγελος είσαστε... δίδυμα αδέλφια!

– Αν αυτό είναι αστείο, είναι πολύ κακόγουστο!

– Όχι Λάγια, δεν είναι αστείο. Απλώς είναι κι αυτό το δεύτερο μόλις περιστατικό στα ιατρικά χρονικά!

– Δεν είναι δυνατόν! Αυτό είναι κατάρα! Άγγελε, αγάπη μου, τι λέει ο γιατρός;

– Ναι, χαρά μου, δυστυχώς είναι αλήθεια.

– Καλά εσύ μαύρος κι εγώ λευκή, πώς είναι δυνατόν να είμαστε δίδυμοι;

– Άλλο ένα άσχημο παιχνίδι της φύσης, Λάγια, είπε ο Πεδοκλής.

– Να βράσω τα παιχνίδια της φύσης! Όλα πάνω μου βρήκε να τα παίξει; Να βράσω και τα ιατρικά χρονικά και την Ινδονησία. Εδώ, τώρα με τον Άγγελο και με μένα, τι γίνεται. Αυτό μόνο με νοιάζει. Και ξέρω μάλλον την απάντηση, αλλά νιώθω την ανάγκη να κάνω την ερώτηση: δεν υπάρχει η παραμικρή πιθανότητα ιατρικού λάθους, ε;

– Όχι, δυστυχώς, είπαν μ' ένα στόμα ο Άγγελος κι ο Πεδοκλής.

– Κι όλον αυτόν τον καιρό το ήξερες εσύ, Άγγελε και δεν μού το είπες; ρώτησε επιθετικά αυτή τη φορά η Λάγια.

– Δεν μπορούσε να...

– Ο σύντροφός μου είναι κορυφαίος δικαστής και δεν έχει ανάγκη

από δικηγόρους, Γιώργο, επιτέθηκε στον γιατρό αυτή τη φορά, διακόπτοντάς τον. Λοιπόν, Άγγελε;

– Δεν στο είπα, αγάπη μου, για τον ίδιο ακριβώς λόγο, που δεν σού είπαμε και για την άμβλωση. Ένα τέτοιο διπλό, σφοδρό χτύπημα μπορεί να σ' έστελνε σε πραγματική παράνοια ή και σε αυτοκτονία!

– Ωραία! Κι έτσι αποφασίσατε να δολοφονήσετε την ψυχή μου με δόσεις!...

- Καταλαβαίνω ολόκληρο τον πόνο σου και τον θυμό σου, αγάπη μου, αλλά σκέψου, σε παρακαλώ, ότι δεν είσαι το μόνο θύμα αυτού του δράματος. Είσαι το μεγαλύτερο, αλλά όχι το μοναδικό.

Η Λάγια έδειξε να σκέπτεται την τελευταία φράση του Άγγελου και χαμήλωσε τον τόνο της.

- Ωραία, δεν μπορούσες να μού το πεις, για τους λόγους που είπες. Κι όλον αυτόν τον καιρό κάνεις έρωτα με τη δίδυμη αδελφή σου; Θα τρελαθώ απόψε, δεν γλιτώνω!

– Αγάπη μου, όσο κι αν σού φανεί ίσως παράξενο, έκρινα ότι στην κατάσταση που ήσουν τυχόν αρνήσεις μου και αποχή μου από την ερωτική επαφή μου μαζί σου, θα σού γεννούσαν δικαιολογημένα ερωτηματικά και φοβερές υποψίες και θα έπρεπε να σού αποκαλύψω την αλήθεια άκαιρα!

– Αυτό δεν μού φαίνεται απλώς «παράξενο», Άγγελε. Αυτό είναι αδιανόητο και φρικτό! Απορώ, πώς το σκέφτηκες και πολύ περισσότερο, πώς το έκανες!

– Κατ' αρχάς, όπως ίσως θυμάσαι, οι φορές ήταν ελάχιστες κι επειδή με ρώτησες «πώς το έκανα», εγώ μόνον ξέρω, τι πέρασα. Σφράγιζα το μυαλό μου, σταμάταγα την καρδιά μου, δάγκωνα την ψυχή μου και πάσχιζα να οδηγήσω τη σκέψη μου στην εικόνα κάποιας άλλης, ξένης γυναίκας. Και μην ξεχνάς επίσης ότι δεν σε γνώρισα σαν «αδελφή» μου και ποτέ φυσικά δεν σε είχα δει έτσι! Ούτε κι όταν έμαθα ότι είμαστε αδέλφια. Για μένα είσαι και θα είσαι πάντα, η έξυπνη, δυναμική, όμορφη και γοητευτική «άγνωστη», που ερωτεύτηκα τρελά κι είμαι ακόμη

ερωτευμένος μαζί της. Μη με κατηγορείς λοιπόν άδικα για αιμομίκτη!

– Για... στάσου! Τι μου λες τώρα δηλαδή, Άγγελε; Ό,τι μπορεί το «τερατάκι» να ήταν αποτέλεσμα της αιμομιξίας μας; Θεέ μου, λυπήσου με!

– Ναι, υπάρχει μια τέτοια πιθανότητα, Λάγια, παρενέβη ο Πεδοκλής, αλλά και ο μαιευτήρας σου, που ερευνά επισταμένως το θέμα και με τον οποίο μίλησα, δεν έχει καταλήξει ακόμη σε οριστικό συμπέρασμα. Στα άλλα δύο περιστατικά πάντως, δεν υπήρχε θέμα αιμομιξίας, αν σού λέει κάτι αυτό...

– Μού λέει ότι πρέπει να είμαι η πιο άτυχη γυναίκα στον κόσμο!

– Μη βασανίζεις τον εαυτό σου αγάπη μου, της είπε ο Άγγελος, που την πήρε τρυφερά στην αγκαλιά του.

– Τώρα εσύ αγκαλιάζεις την ερωμένη σου ή τη δίδυμη αδελφή σου; είπε με δραματική ειρωνεία η Λάγια.

– Και τις δύο, γλυκειά μου!

– Άγγελε, καταλαβαίνεις ότι εσύ κι εγώ φταίμε γι' αυτό που έγινε, ότι δημιουργήσαμε ένα τέρας, ότι είμαστε εγκληματίες, κακούργοι; είπε με βραχνή φωνή η Λάγια και ξέσπασε σε γοερό κλάμα και λυγμούς

– Έτσι μπράβο! Κλάψε αγάπη μου. Κλάψε να βγάλεις την πίεση και το δηλητήριο από μέσα σου, την παρότρυνε ο Άγγελος.

– Δεν φταίτε εσείς, είπε σπασμένα η Λάγια, ανάμεσα σε λυγμούς! Δεν φταίει κανένας άλλος. Εγώ φταίω. Και δεν είμαι άτυχη. Απλώς με τιμωρεί ο Θεός, για όσα έκανα, πριν σε γνωρίσω, Άγγελε. Ήμουνα μια κακιά, απάνθρωπη σκύλα! Καλά να πάθω! Πληρώνω με τόκο τις αμαρτίες μου!

– Λάγια, μην το κάνεις αυτό στον εαυτό σου, είπε μαλακά ο Πεδοκλής. Μη φορτώνεις τον εαυτό σου με ενοχές, που δεν σού ανήκουν. Ο Θεός, που επικαλείσαι, δεν είναι εκδικητικός. Θα περάσουν όλα γρήγορα και σε λίγο θα χαμογελάς. Τώρα όμως, πρέπει να δείξεις όλη τη δύναμη που έχεις. Να σού θυμίσω μια σοφή προσευχή: «Θεέ μου, δώσε μου αντοχή

να υπομένω αυτά που δεν μπορώ να αλλάξω, δύναμη, για να αλλάξω αυτά που μπορώ και σοφία, για να ξεχωρίζω τα πρώτα από τα δεύτερα». Και σήμερα τα χρειάζεσαι αυτά και τα τρία!

– Έξω απ' τον χορό, πολλά τραγούδια ξέρουν όλοι!

– Όχι, Λάγια, της απάντησε ο γιατρός. Σού είπα άλλωστε ότι κι εγώ βρέθηκα σε παρεμφερή θέση με τη δική σου. Ομολογώ ότι μού πήρε χρόνο και δυσκολεύθηκα πολύ για να απαλλαγώ από τις τύψεις μου, πώς ήμουνα υπεύθυνος για τον θάνατο του γιού μου, αλλά το κατάφερα! Έτσι θα το καταφέρεις κι εσύ.

– Έχει δίκιο ο Γιώργος, αγάπη μου. Δεν βοηθάς ούτε την κατάσταση ούτε εσένα με αυτό το αυτομαστίγωμα. Δέξου ό,τι δεν αλλάζει τίποτα από αυτά που έγιναν και έλα να προχωρήσουμε στη ζωή μας!

– Ποια ζωή μας, Άγγελε; Την αδελφική ή την ερωτική;

– Αυτό θα σού πρότεινα να το συζητήσουμε κάποια άλλη στιγμή, όταν αποκτήσουμε ξανά την ηρεμία μας, γιατί το μυαλό μας δεν είναι καθαρό τώρα και γιατί αποφάσεις, που παίρνονται εν βρασμώ ψυχής, είναι πάντα λανθασμένες!

– Εγώ νομίζω ότι ήρθε η στιγμή να σας αφήσω τώρα, είπε ο Πεδοκλής. Και... Λάγια, μην αμελήσεις να παίρνεις τα φάρμακά σου, αν και το πιο αποτελεσματικό φάρμακο είναι να καταφέρεις να εφαρμόσεις την παροιμία που σού είπα.

– Στο καλό, Γιώργο, σ' ευχαριστώ για όλα και συγχώρεσέ με που σού επιτέθηκα κάποιες στιγμές.

– Ούτε να το συζητάς! Να προσέχεις τον εαυτό σου!

– Γεια σου Γιώργο, τον χαιρέτισε κι ο Άγγελος. Σ' ευχαριστούμε πολύ και θα είμαστε σ' επαφή.

~ ~

52ο ΚΕΦΑΛΑΙΟ

– Δεν ξέρω, Άγγελε. Είναι τόσο μπερδεμένα
όλα μέσα μου!

Η Λάγια, ακολουθούσε σχεδόν κατά γράμμα τις οδηγίες του Πεδοκλή και με τη βοήθεια του χρόνου–γιατρού, βρήκε σιγά–σιγά τον εαυτό της, χωρίς αυτό να σημαίνει ότι είχαν επουλωθεί οι βαθειές πληγές της...

Ο Άγγελος έκρινε κι αποφάσισε ότι μπορούσαν πια να συζητήσουν το μέλλον της σχέσης τους, αφού εν τω μεταξύ απείχαν από οποιαδήποτε σαρκική επαφή. Ήταν όμως μια σοβαρή εκκρεμότητα που τον βασάνιζε κι έπρεπε, με τον ένα ή τον άλλο τρόπο, να λήξει. Πάντοτε άλλωστε μισούσε τις εκκρεμότητες κι ήθελε να τις λύνει το δυνατόν ταχύτερα.

Έτσι ένα βράδυ, μετά το φαγητό, άνοιξε τη συζήτηση.

– Λάγια, αγάπη μου, απόψε σε βλέπω καλύτερα από κάθε άλλη φορά!

– Ναι, βοήθησαν και κάποια καλά νέα από τη δουλειά μου...

– Ξέρεις, νομίζω ότι είναι ώρα να συζητήσουμε λίγο για το μέλλον. Δεν νομίζεις κι εσύ;

– Ναι, να συζητήσουμε ό,τι θέλεις! Αλλά για το μέλλον ποιανού;

– Μα, το δικό μας αγάπη μου!

– Άαα! Το δικό μας. Ναι έχεις δίκιο, γιατί κι εγώ αισθάνομαι άβολα και

στενοχωριέμαι που σε στενοχωρώ κι εσένα.

– Το θέμα δεν είναι η στενοχώρια μας, Λάγια μου, αλλά το αύριο. Έτσι θα πορευτούμε και μέχρι πότε;

– Δεν ξέρω, Άγγελε. Είναι τόσο μπερδεμένα όλα μέσα μου!

– Το καταλαβαίνω. Μην ξεχνάς ότι για το θέμα που συζητάμε, βρισκόμαστε ακριβώς στην ίδια θέση.

– Ναι, βέβαια... Αλλά εσύ το ξεπέρασες και μάλιστα πολύ γρήγορα και πολύ εύκολα!

– Λάγια, ας πούμε τα πράγματα με το όνομά τους. Κι εγώ πέρασα ένα τρομερό σοκ, όταν ανακάλυψα ότι η γυναίκα με την οποία ήμουν ερωτευμένος ήταν αδελφή μου. Μπορεί εσένα να σού φάνηκε «εύκολα και γρήγορα», αλλά εγώ ξέρω, τι τράβηξα, για να το ξεπεράσω. Επιστράτευσα όλες μου τις ψυχικές και πνευματικές δυνάμεις και γιατί σε ήθελα και γιατί δεν έπρεπε να σού δώσω την παραμικρή αφορμή, που θα σου γένναγε υποψίες...

– Ναι, Άγγελε, είμαστε ζευγάρι, είμαστε δίδυμοι, αλλά δεν είμαστε το ίδιο. Εγώ δεν μπορώ να το διανοηθώ, ανατριχιάζω ακόμη και στη σκέψη να κάνω έρωτα με τον αδελφό μου!

– Σε καταλαβαίνω απόλυτα! Κι η θέση σου είναι απολύτως υγιής και λογική. Από την άλλη πλευρά όμως, εγώ «ανατριχιάζω» και « δεν μπορώ να διανοηθώ» τη ζωή μου, χωρίς εσένα!

– Τι να σου πω Άγγελε; Σήμερα που το συζητάμε δεν μπορεί να το χωρέσει το μυαλό μου... Αργότερα ίσως, αν και δεν το βλέπω πολύ πιθανόν.

– Εντάξει. Ας μη βιάσουμε τα πράγματα. Θέλω όμως να μού κάνεις μια μεγάλη χάρη.

– Αν περνάει απ' το χέρι μου...

– Όχι, δεν περνάει απ' το χέρι σου. Περνάει όμως απ' το μυαλό σου και κυρίως απ' την καρδιά σου. Θέλω να σκεφτείς σοβαρά ένα αντικειμενικό *γεγονός. Επί τριάντα πέντε κοντά χρόνια δεν ήξερες τον Άγγελο κι όταν τον γνώρισες, αποφάσισες ότι ήταν ο άντρας της ζωής σου. Και μ' αυτή ακριβώς την εικόνα, αλλά και τη ζωντανή πραγματικότητα έζησες, μέχρι πριν λίγο καιρό, που έμαθες ότι είμαστε αδέλφια. Επειδή ξέρω ότι δεν είσαι θρήσκα, πιστεύω ότι μπορείς να απωθήσεις στην ανυπαρξία την τόσο πρόσφατη αδελφική εικόνα και να κρατήσεις την ερωτική. Αυτή θα είναι μια μεγάλη νίκη και για σένα και για μας!*

– Άγγελε, ξέρεις πολύ καλά, όσο κι εγώ, ότι οι «συνταγές ζωής» γράφονται πολύ εύκολα, αλλά... μαγειρεύονται πολύ δύσκολα. Καλή κι άγια είναι η «συνταγή» σου, αλλά δεν είμαι καθόλου βέβαιη ότι θα καταφέρω να την εφαρμόσω.

– Θα στην κάνω πιο εύκολη αυτή τη «συνταγή». Σκέψου την πιθανότητα να μη χωρίσουμε, να ζούμε μαζί, χωρίς σεξ κι αν ποτέ θελήσουμε ένα παιδί, να το αποκτήσουμε με μια παρένθετη μητέρα, με εξωσωματική ή με υιοθεσία. Τι λες;

– Ω, Άγγελέ μου! Τόσο πολύ μ' αγαπάς λοιπόν, που είσαι διατεθειμένος να ξεχάσεις το σεξ σ' αυτή την ηλικία;

– Δεν είπα κάτι τέτοιο ούτε για μένα ούτε για σένα. Είπα να ξεχάσουμε το σεξ μεταξύ μας.

– Δηλαδή, αυτό που λένε οι σύγχρονοι νέοι «ελεύθερη συμβίωση»;

– Πες το κι έτσι...

– Δεν ξέρω, Άγγελε... Μετά από όλα αυτά που πέρασα και περάσαμε μαζί, δεν είμαι σε θέση αυτή τη στιγμή να πάρω καμιά απόφαση!

– Μού υπόσχεσαι τουλάχιστον ότι θα το σκεφτείς;

– Αυτό, σίγουρα ναι, γιατί κι αν ακόμη δεν το ήθελα, δεν φεύγουν αυτές οι σκέψεις απ' το μυαλό μου. Και μη νομίζεις ότι εμένα δεν με βασανίζει η σχέση μας και το μέλλον μας...

– Ωραία! Πάρε όσο χρόνο χρειάζεσαι κι όταν θα είσαι έτοιμη, με οποιαδήποτε απόφαση, μίλησέ μου.

– Σύμφωνοι, Άγγελε.

– Να πούμε και κάτι τελευταίο, σχετικό;

– Σ' ακούω.

– Εγώ έχω μια τεράστια περιέργεια να βρούμε, πώς από την ίδια μήτρα βγήκαν ένα πανέμορφο λευκό κορίτσι κι ένα μαύρο αγόρι.

– Κι εγώ, αλλά πώς να το βρούμε;

– Δεν ξέρω... Να ξεκινήσουμε από τον πατέρα σου, να πάρουμε κάποιες πρώτες πληροφορίες και μετά, βλέποντας και κάνοντας.

– Τώρα, έκανες διάνα! Ο πατέρας μου βρίσκεται ήδη στα πρώτα στάδια γεροντικής άνοιας!

– Ναι, αλλά στη γεροντική άνοια οι άνθρωποι ξεχνούν πρόσφατα γεγονότα, ενώ θυμούνται ακόμη και με λεπτομέρειες τα παλιά.

– Δεν έχω αντίρρηση. Δεν έχουμε άλλωστε να χάσουμε τίποτα κι έχω και πολύ καιρό να τον δω.

– Πού μένει;

– Σ' ένα ιδιωτικό γεροκομείο.

– Ωραία. Να κανονίσεις να πάμε την άλλη εβδομάδα;

– Ναι, θα το κανονίσω και θα σου πω.

~ ~

53ᴼ ΚΕΦΑΛΑΙΟ

– Χι, χι, χι. Χαριτωμένο το αστείο σου, κόρη μου

Το ιδιωτικό «γηροκομείο» έμοιαζε περισσότερο με ξενοδοχείο πέντε αστέρων. Στην υποδοχή τούς είπαν ότι το δωμάτιο του Λάκη Βακρίδη ήταν στον τέταρτο όροφο, το 401, στη γωνία. Όταν βγήκαν από το ασανσέρ, αντίκρισαν βαριές δρύινες πόρτες, με μπρούτζινους καλογυαλισμένους αριθμούς στις πόρτες των δωματίων. Στάθηκαν για μερικά δευτερόλεπτα μπροστά στο 401. Ελπίζανε κι οι δυο, ότι ο πατέρας της Λάγιας, θα μπορούσε να τους δώσει μια εξήγηση, για τα ετερόχρωμα δίδυμα ή τουλάχιστον κάποια στοιχεία, για να συνεχίσουν την έρευνά τους, για τη λύση του γρίφου.

Ο Άγγελος χτύπησε διακριτικά την πόρτα. Μετά από μερικά δευτερόλεπτα άκουσαν τον θόρυβο συρτών βημάτων κι η πόρτα άνοιξε. Μπροστά τους στεκόταν ένας λίγο σκυφτός άντρας, με κάτασπρα μαλλιά και δυο γαλανά μάτια, που παρά την ηλικία του, έλαμπαν και που καρφώθηκαν με χαρούμενη έκπληξη πάνω στη Λάγια.

– Καλώς την! Τι κάνεις κόρη μου; Τον ξέχασες εντελώς τον γέρο πατέρα σου. Να 'ξερες πόσο σ' έχω πεθυμήσει! Κούκλα είσαι, είπε ο Λάκης, αγκαλιάζοντας σφιχτά και φιλώντας τη Λάγια με λαχτάρα.

– Καλά είμαι πατέρα, κι εγώ σε πεθύμησα και δεν σε ξέχασα καθόλου. Απλώς είχα πολλά ταξίδια στο εξωτερικό αυτόν τον καιρό. Να σου συστήσω τον αδελφό μου, τον κύριο Άγγελο Μασούκου! απάντησε η Λάγια, που έλεγε συνήθως αυτό που ήθελε να πει κατ' ευθείαν και χωρίς περιττές εισαγωγές και γαρνιτούρες.

– Χαίρω πολύ, κύριε Βακρίδη! είπε μαγκωμένα ο Άγγελος.

– Χι, χι, χι, έβγαλε ένα περίεργο, στριγκό γέλιο ο Λάκης. Χαριτωμένο το αστείο σου, κόρη μου, αλλά πολύ άγαρμπο, για να πιάσει...

– Δεν είναι καθόλου αστείο, πατέρα. Μιλάω πολύ σοβαρά. Ο Άγγελος είναι δίδυμος αδελφός μου, είπε η Λάγια, τονίζοντας τις τελευταίες λέξεις της.

– Δεν είναι σωστό, παιδί μου, να κοροϊδεύεις τον γέρο πατέρα σου, είπε ο Λάκης, ενώ περιεργαζόταν τα 216 εκατοστά του μαύρου κορμιού του Άγγελου, από πάνω μέχρι κάτω και ξανά, από κάτω μέχρι επάνω. Πώς είναι δυνατόν ο κύριος...

– Μασούκου. Άγγελος Μασούκου, κύριε Βακρίδη.

– Ναι... Πώς είναι δυνατόν λοιπόν ο κύριος Μασούκου, ένας έγχρωμος, να είναι αδελφός σου; Συγνώμη κύριε, δεν έχει καμιά προσωπική αιχμή η ερώτησή μου και δεν είναι καθόλου στις προθέσεις μου να σας θίξω, αλλά...

– Σάς παρακαλώ, κύριε Βακρίδη, ούτε να το σκέπτεσθε. Κι εγώ στη θέση σας έτσι θα αντιδρούσα κι ίσως πιο έντονα, αλλά η κόρη σας σάς λέει την αλήθεια. Άλλωστε κι εμείς οι δυο είμαστε κατάπληκτοι απ' αυτό το πρωτόφαντο και δυσεξήγητο φαινόμενο, τον διέκοψε ο Άγγελος.

– Κάτσε, πατέρα κι εσύ Άγγελε. Άκου πατέρα και άκου πολύ προσεκτικά.

Ο Λάκης τα είχε κυριολεκτικά χαμένα. Κάθισε αμήχανος, συνεχίζοντας να περιεργάζεται τον Άγγελο, με φανερή απορία, επίμονα και σχεδόν αδιάκριτα, ενώ έπαιζε νευρικά μ' ένα κομπολόι, που πήρε απ' το τραπεζάκι, δίπλα στην πολυθρόνα του. Η Λάγια, διηγήθηκε στον πατέρα της, με κάθε λεπτομέρεια όλα όσα είχαν συμβεί, απ' τη στιγμή που συναντήθηκαν με τον Άγγελο, το ατύχημα, την αρρώστια της, τη μεταμόσχευση, τον ερωτικό δεσμό τους, την εγκυμοσύνη της, με το τραγικό τέλος και πώς ακριβώς έμαθαν, συγκλονισμένοι κι εκείνοι, ότι ήταν δίδυμα αδέλφια.

– Στάσου, στάσου, γιατί εσύ θα με αποτρελάνεις! Είσαστε δίδυμα αδέλφια και εραστές; Δεν γίνονται αυτά τα πράγματα! Δεν γίνεται να βγουν από

την ίδια κοιλιά ένα λευκό κι ένα μαύρο παιδί και μετά να γίνουν ζευγάρι. Αυτό το τελευταίο δεν το θέλει ούτε ο Θεός ούτε οι άνθρωποι! Γι' αυτό έπιασες...ένα τέρας, ήθελε να πει, αλλά πρόλαβε κι άφησε έγκαιρα μετέωρη τη σκληρή φράση του.

– *Όπως σού είπα, δεν το ξέραμε πατέρα ότι είμαστε αδέλφια, όταν ερωτευθήκαμε...* είπε απολογητικά η Λάγια, απαντώντας στην κομμένη φράση του πατέρα της, που είχε καταλάβει όμως αυτό που εκείνος δεν ξεστόμισε.

– *Τι μού λες, λατρεία μου; Πέρασες όλη αυτή την περιπέτεια κι εμένα δεν μού είπες τίποτα;*

– *Δεν ήθελα να σε ανησυχήσω, πατέρα. Δεν είναι καλύτερα, που τα έμαθες τώρα, που όλα έχουν τελειώσει;*

– *Δηλαδή, πάει, τέλειωσε; Δεν διατρέχεις κανένα κίνδυνο, απ' αυτό το λέμφωμα που είπες;*

– *Όχι, πατέρα, είμαι απολύτως καλά,* τον διαβεβαίωσε, αποκρύπτοντας επίτηδες ότι η οριστική εξουδετέρωση του Χότζκιν δεν ήταν ακόμη σίγουρη.

– *Δόξα τω Θεώ,* είπε ο Λάκης, βγάζοντας ένα αναστεναγμό ανακούφισης.

– Ναι, *δόξα τω Θεώ,* επανέλαβε η Λάγια και συνέχισε. *Και για να γυρίσουμε στην αρχή της κουβέντας μας, ήρθαμε σε σένα, πατέρα, για να μας εξηγήσεις, πώς συνέβη αυτό, πώς συνέβη δηλαδή να είμαστε δίδυμοι ο Άγγελος κι εγώ, αλλά από ό,τι είδα, κι εσύ έπεσες απ' τα σύννεφα.*

– *Δεν λες τίποτα! Κεραμίδα! Τι να πω; Αυτό είναι απ' τ' άγραφα!*

– *Ξέρετε, επειδή κι εμείς τα 'χουμε χαμένα, ήρθαμε, μήπως θα μπορούσατε εσείς να μας δώσετε κάποιο στοιχείο, για να λύσουμε αυτό το μυστήριο,* είπε ο Άγγελος.

– *Για να σε βοηθήσω, πατέρα, πες μου σε παρακαλώ, η μητέρα γέννησε δίδυμα;*

– *Ναι παιδί μου, δίδυμα γέννησε, ένα κοριτσάκι, εσένα κι ένα αγοράκι,* αλλά το αγοράκι δεν τα κατάφερε και πέθανε στη γέννα!

– Για... για ξαναπέστο αυτό!

– Ε, τι να ξαναπώ; Σου είπα: δίδυμα γέννησε, αλλά το ένα, το αγοράκι πέθανε στη γέννα.

– Εσύ ήσουν εκεί;

– Ναι... Δηλαδή, έλειπα σε ταξίδι στην Αμερική και γύρισα λίγες ώρες, μετά τον τοκετό, που έγινε με καισαρική τομή και...

– Καλά, άσε τις λεπτομέρειες, τον διέκοψε ανυπόμονα η Λάγια. Δεν μας ενδιαφέρουν. Για, πες μου, το νεκρό βρέφος το είδες εσύ;

– Εεε... Όχι. Τι να δω;

– Λέω, αν σου έδειξαν το νεκρό αγοράκι.

– Όχι, δεν το ζήτησα, δεν εύρισκα τον λόγο...

– Χμ...

– Χμ, τι;

– Σ' αυτό το μικρό κενό της ιστορίας πρέπει να κρύβεται η λύση του μυστηρίου.

– Για στάσου, βρε κόρη μου. Πού πάει το μυαλό σου δηλαδή; Ότι η μητέρα σου –καλή της ώρα όπου κι αν είναι– γέννησε δίδυμα, ένα λευκό κι ένα μαύρο; Αυτό δεν γίνεται!

– Δεν μου λες, πατέρα, συνέχισε τις ερωτήσεις της, σαν να μην είχε ακούσει καν το σχόλιο του πατέρα της. Εσύ γέννησες τα δίδυμα;

– Τι θα πει πάλι αυτό;

– Εννοώ, δικό σου σπέρμα γονιμοποίησε τα ωάρια της μητέρας μου;

– Όοο... Όχι. Το δικό μου σπέρμα ήταν αδύναμο κι η μητέρα σου έκανε εξωσωματική.

– Τι μας λες τώρα; Δηλαδή... δηλαδή, δεν είσαι εσύ ο πατέρας μας! είπε έκπληκτη η Λάγια.

– Αν πατρότητα είναι το σπέρμα, όχι! Εσένα πάντως σ' αγάπησα και σε φρόντισα περισσότερο κι από... σπερματικός πατέρας σου, απάντησε με πικρή τρυφερότητα ο Λάκης.

– Καινούργιο στοιχείο αυτό, επεσήμανε σκεπτικός ο Άγγελος.

– Εγώ πάντως, δεν ξέρω, τι λέτε εσείς για στοιχεία και κενά, εγώ ξέρω ότι απ' την ίδια κοιλιά δεν βγαίνουν ένα μαύρο κι ένα λευκό, είπε πεισματικά ο Λάκης.

– Ναι, έτσι μοιάζει, αλλά, τίποτα δεν είναι αδύνατο! Η φύση παίζει συχνά περίεργα παιχνίδια, σχολίασε ο Άγγελος.

– Λοιπόν, εδώ έχουμε φτάσει σε αδιέξοδο. Ό,τι ήξερε ο κύριος Λάκης μάς το είπε, αλλά αυτό δεν είναι ικανό να λύσει το μυστήριο. Πρέπει να το ψάξουμε αλλού, είπε δηκτικά κι αποφασιστικά η Λάγια.

– Έ, όχι και «κύριος Λάκης», κόρη μου! Σβήνεις σε μια στιγμή τον πατέρα που σε ανάθρεψε με τόση αγάπη; Αυτό δεν το θέλει ούτε ο Θεός ούτε ο διάβολος!

– Δεν ξέρω τι θέλουν αυτοί, αλλά εγώ θέλω να βρω τον πραγματικό πατέρα μου και θα φάω τον κόσμο για να τον ανακαλύψω!

– Σε καταλαβαίνω κόρη μου και να βοηθήσω κι εγώ, αν μπορώ, να τον βρεις, αλλά αυτό δεν είναι λόγος να ξεγράφεις αυτόν που σε μεγάλωσε, είπε με συγκαταβατική πίκρα ο Λάκης.

– Με συγχωρείς, πατέρα, έχεις δίκιο, αλλά το σοκ είναι πολύ ισχυρό, και δεν είναι το πρώτο, για να μπορώ να το χειρισθώ με ψυχραιμία. Εντάξει, σ' ευχαριστώ ειλικρινά για όσα έκανες για μένα, θα μπορούσα να πω ότι σού είμαι και ευγνώμων, αλλά πρέπει να βρω τον βιολογικό πατέρα μου και θα ψάξω παντού! Στην κλινική, στον μαιευτήρα, στο Ληξιαρχείο, δεν ξέρω πού αλλού, αλλά θα κινήσω γη και ουρανό. Σε ποια κλινική γέννησε η μητέρα;

– Σ' ένα μαιευτήριο, που δεν θυμάμαι τώρα τ' όνομά του, πίσω απ' το Χίλτον. Ο Λάκης απαντούσε μηχανικά, προσπαθώντας να

συνειδητοποιήσει, τι ακριβώς συνέβαινε. Δηλαδή, σκεπτόταν, αυτόν τον έγχρωμο γίγαντα, θα τον λέω τώρα εγώ, «γιε μου»;

– *Και ποιος ήταν ο μαιευτήρας της; συνέχισε τις ερωτήσεις η Λάγια.*

– *Χμ... Να δεις, πώς τον έλεγαν... Θυμάμαι το μικρό του, Θανάσης. Το επίθετο τώρα... ήταν νομίζω κρητικό... Α, ναι το θυμήθηκα! Αντωνοράκης.*

– *Έχεις κανένα τηλέφωνό του;*

– *Μετά από τόσα χρόνια, παιδί μου; Άλλωστε τι να το έκανα;*

– *Ναι... Σωστά. Καλά θα ψάξω εγώ να το βρω. Εμείς σ' αφήνουμε τώρα..*

– *Καλή σας μέρα, κύριε Βακρίδη, είπε αμήχανα ο Άγγελος, που δεν του πήγαινε η προσφώνηση «πατέρα»...*

– *Στο καλό... δίστασε λίγο ο Λάκης. Στο καλό παιδιά μου και να με ενημερώσετε κι εμένα για το αποτέλεσμα της έρευνάς σας, ε; Άκου ασπρόμαυρα δίδυμα! μονολόγησε.*

Τα δυο αδέλφια έφυγαν σε λίγο, αφήνοντας τον Λάκη μέσα σε μια θύελλα από απορίες κι ερωτήματα, αδυνατώντας να πιστέψει αυτή την τρελή ιστορία. Μπάαα! Κάποιο λάθος έγινε στην εξέταση του DNA, σκεπτόταν. Δεν μπορεί, δεν έχει ξαναγίνει αυτό. Και καλά, ας παραδεχθώ ότι έγινε. Αφού κι ο γιατρός κι η Ντόρα μού 'παν ότι πέθανε το μωρό. Απλούστατα δεν μου το έδειξαν, για να μην ταραχτώ και δημιουργήσω κανένα θέμα. Εκτός... Εκτός, αν...

Εκείνη ακριβώς τη στιγμή χτύπησε το τηλέφωνό του και διέκοψε τις σκέψεις του Λάκη, που θα έμενε με την απορία...

~ ~

54ο ΚΕΦΑΛΑΙΟ

– Εύρηκα!

Τα δυο αδέλφια πήγαν κατ' ευθείαν στο μαιευτήριο. Δεν φωτίστηκαν όμως περισσότερο. Είχαν περάσει πολλά χρόνια κι απ' αυτούς που δούλευαν εκεί όταν γεννήθηκαν, γιατρούς, νοσοκόμους, διοικητικούς υπάλληλους, πολλοί είχαν φύγει κι όσοι είχαν μείνει, δεν είχαν ιδέα. Ούτε τα αρχεία του μαιευτηρίου, που τα έψαξαν εξαντλητικά, μπόρεσαν να δώσουν κάποια απάντηση στα ερωτήματά τους, μια και ανέφεραν τη γέννηση μόνο της Λάγιας, αφού ο Αντωνοράκης, είχε εξαφανίσει την εγγραφή της γέννησης του Άγγελου.

Στην έξοδο όμως, τούς σταμάτησε μια μελαψή, χοντρή, ηλικιωμένη νοσοκόμα, η ίδια, που είχε παρουσιάσει τα δίδυμα στη Ντόρα. Είχε ακούσει, τι ζητάγανε και δεν δυσκολεύτηκε καθόλου, βλέποντάς τους, να τους συνδέσει μ' εκείνο το σπάνιο περιστατικό. Πιστή όμως στον προσοδοφόρο τότε όρκο της, αφού ήταν μια από τις εξαγορασμένες από τον Αντωνοράκη «σιωπές», δεν ήθελε φυσικά να μπλέξει. Απ' την άλλη, κάτι την έσπρωχνε μέσα της να τους βοηθήσει. Τους σταμάτησε λοιπόν στον προθάλαμο και κοιτάζοντας γύρω της ερευνητικά, μήπως την έβλεπε κανείς, τους είπε με ύφος συνωμοτικό:

– Άκουσα, τι ψάχνετε. Εγώ δεν ξέρω τίποτα, βιάστηκε να διευκρινίσει, αλλά θυμάμαι το όνομα του μαιευτήρα, που έκανε την καισαρική κι έβγαλε ένα λευκό κοριτσάκι κι ένα μαύρο αγοράκι. Τέτοια σπάνια

περιστατικά άλλωστε δεν ξεχνιόνται. Εσείς είσαστε, που... πήγε να ρωτήσει η νοσοκόμα.

– Το αγοράκι, τι έγινε; τη διέκοψε ο Άγγελος.

– Δεν ξέρω, δεν ξέρω τίποτα, απάντησε θορυβημένη η νοσοκόμα. Πέθανε νομίζω, από...

– Το όνομα του γιατρού; την ξαναδιέκοψε η Λάγια.

– Θανάσης Αντωνοράκης.

– Α, καλά θυμόταν ο πατέρας, σχολίασε η Λάγια. Και μήπως ξέρεις, πού μπορούμε να βρούμε αυτόν τον κύριο Αντωνοράκη;

– Δυστυχώς, δεν έχω ιδέα. Πάνε άλλωστε τόσα χρόνια από τότε...

– Καλά, σας ευχαριστούμε πολύ, είπε ο Άγγελος και απευθυνόμενος στην αδελφή του της είπε: Έλα Λάγια, πάμε, δεν υπάρχει τίποτα άλλο να κάνουμε εδώ.

Την επομένη, η Λάγια φώναξε ένα απ' τα τσακάλια της στον «Ζήτα TV» και του ανέθεσε να ανακαλύψει τα ίχνη του Αθανάσιου Αντωνοράκη. Μετά από τρεις ώρες περίπου, έλαβε ένα μήνυμα στο κινητό της απ' τον συνεργάτη της, που της έλεγε ότι ο γιατρός βρισκόταν στον «Λευκό Οίκο», ένα πολυτελή ιδιωτικό «οίκο ευγηρίας», στον Άγιο Στέφανο. Η Λάγια τηλεφώνησε αμέσως στον Άγγελο κι έκλεισαν ραντεβού, για να πάνε εκεί το ίδιο απόγευμα.

– Θα θέλαμε να δούμε τον κ. Αθανάσιο Αντωνοράκη, είπε ο Άγγελος στην κοπέλα, που ήταν στην υποδοχή του γεροκομείου και που στη μπλούζα της έγραφε τ' όνομά της «Μαρίνα».

– Είστε συγγενείς του; ρώτησε η κοπέλα.

– Όχι. Ξεγέννησε τη μητέρα μας.

– Και των δύο;

– Ναι, είμαστε δίδυμα αδέλφια, είπε η Λάγια, που φάνηκε να

διασκεδάζει με την έκπληξη της Μαρίνας, που είχε ζωγραφιστεί έντονη στο πρόσωπό της.

– *Τώρα, τι είδους αστείο είναι αυτό;* ρώτησε η Μαρίνα, μάλλον ενοχλημένη.

– *Ακούστε, δεσποινίς Μαρίνα, το θέμα δεν είναι αν είμαστε ή δεν είμαστε αδέλφια και να μην σας τρώμε κι εσάς τον χρόνο σας. Πείτε μας απλώς, πού μπορούμε να βρούμε τον κύριο Αντωνοράκη,* είπε ο Άγγελος, σε κάπως αυστηρό τόνο.

– *Πρέπει να είναι στο δωμάτιό του, στον δεύτερο όροφο, 207,* είπε η Μαρίνα, που σήκωσε τους ώμους της όταν έφυγαν, ενώ σκέφτηκε «Ο κόσμος είναι τρελός τελικά».

Οι χώροι του «Λευκού Οίκου» ήταν ιδιαίτερα προσεγμένοι, σχεδόν πολυτελείς. Εκτός απ' το προσωπικό με τις λευκές μπλούζες, τίποτα σχεδόν δεν πρόδιδε ότι ήταν γεροκομείο. Έδινε πολύ περισσότερο την εντύπωση μιας μεγάλης βίλας ή ενός ξενοδοχείου. Βρήκαν εύκολα την πόρτα με τον αριθμό 207 και τη χτύπησαν διακριτικά. Μετά από λίγα δευτερόλεπτα, η πόρτα άνοιξε σιγά–σιγά και στο άνοιγμά της εμφανίστηκε ένας άντρας, με πλούσια, μακριά, κυματιστά μαλλιά, τσιγκελωτό μουστάκι και χοντρά μυωπικά γυαλιά.

– *Ο κύριος Αντωνοράκης;* ρώτησε η Λάγια.

– *Μάλιστα. Η κυρία;*

– *Λάγια Βακρίδη, γιατρέ. Να σας θυμίσω... εσείς με φέρατε στον κόσμο.*

– *Ω, τι λέτε, κυρία Βακρίδη, περάστε, παρακαλώ,* είπε ο Αντωνοράκης, δείχνοντας ότι ανέσυρε αμέσως απ' τη μνήμη του τη μητέρα της. *Και ο κύριος;* ρώτησε, όταν μπήκαν κι έκατσαν στον καναπέ του μικρού σαλονιού.

– *Λέγομαι Άγγελος Μασούκου, κύριε Αντωνοράκη κι είμαι δίδυμος αδελφός της κυρίας Βακρίδη.*

Ο Αντωνοράκης κινήθηκε νευρικά πάνω στην πολυθρόνα του, στο άκουσμα της φράσης του Άγγελου, έστριψε με τα δάχτυλά του την άκρη του μουστακιού του κι έκανε μια κίνηση στον αέρα με το χέρι του, σαν να προσπαθούσε να διώξει κάτι.

– *Αδελφός της, ε;* ρώτησε ο Αντωνοράκης, με τρόπο όμως, που έδειχνε ότι δεν περίμενε απάντηση.

– *Ναι, γιατρέ, είμαστε αδέλφια και μάλιστα δίδυμα. Κι επειδή μου δίνετε την εντύπωση ότι θυμάστε πολύ καλά το περιστατικό, να σάς πω ότι ήρθαμε να σας παρακαλέσουμε να μας βοηθήσετε,* είπε η Λάγια.

– *Εγώ, να σας βοηθήσω; Πώς; Σε τι;*

– *Ακούστε, εμείς μάθαμε πολύ πρόσφατα κι εντελώς τυχαία και συμπτωματικά ότι είμαστε δίδυμα αδέλφια,* πήρε τον λόγο ο Άγγελος. *Θέλουμε λοιπόν, σας παρακαλέσουμε, να μας πείτε, τι ακριβώς συνέβη τότε, σ' εκείνο τον τοκετό, ώστε...*

– *Ξέρετε, δεν είναι απλό αυτό που μου ζητάτε,* βιάστηκε ν' απαντήσει λίγο νευρικά ο Αντωνοράκης. *Υπάρχει κατ' αρχήν το ιατρικό απόρρητο και...*

– *Ναι, το καταλαβαίνουμε αυτό,* τον διέκοψε ανυπόμονα η Λάγια, *αλλά εσείς δεν ασκείτε πλέον την ιατρική.*

– *Ναι πράγματι, εδώ και αρκετά χρόνια,* είπε με κάποια νοσταλγία ο Αντωνοράκης, *αλλά ο όρκος ισχύει εφ' όρου ζωής.*

– *Γιατρέ κι εγώ είμαι δικαστής και καταλαβαίνω και σέβομαι απολύτως την ευορκία σας, που σας τιμά. Πρέπει όμως κι εσείς να καταλάβετε ότι, αυτό που έγινε τότε, σημάδεψε τις ζωές δυο ανθρώπων, που ψάχνουν τώρα απελπισμένα να βρουν το νήμα της ζωής τους και το χαμένο κομμάτι της.*

– *Παιδιά μου, μού επιτρέπετε φαντάζομαι να σας λέω παιδιά μου, αφού εγώ σαςέφερα στον κόσμο,* είπε με αλλαγμένη, τρυφερή φωνή ο Αντωνοράκης, δείχνοντας ότι είχε αλλάξει γνώμη, *δεν μου μένει πολύς χρόνος ακόμη. Ένας καρκίνος στο πάγκρεας έχει ορίσει ήδη την ημερομηνία λήξης μου. Άρα σύντομα θα δώσω λόγο στον Δημιουργό μου. Και κάτι μου λέει, ότι στην προκείμενη περίπτωση Εκείνος δεν θα είχε καμία αντίρρηση να καταπατήσω τον ανθρώπινο νόμο, για να υπηρετήσω τον δικό του νόμο της αγάπης. Θα σας πω λοιπόν, τι ακριβώς, πώς και γιατί έγινε τότε και κριτής μου ο Θεός!*

Ο Αντωνοράκης διηγήθηκε όλη την ιστορία, με κάθε λεπτομέρεια, ξεκινώντας απ' την αδυναμία του Λάκη, να κάνει παιδιά, περνώντας στον Καθηγητή Γενετικής, Δαρμετζή, που είχε βρει το κατάλληλο σπέρμα και καταλήγοντας στο απίθανο αποτέλεσμα της κύησης και την απόφαση της Ντόρας να δώσει τον Άγγελο για υιοθεσία. Στάθηκε ιδιαίτερα στους προβληματισμούς της Ντόρας και φρόντισε να τονίσει με έμφαση τους ανθρωπιστικούς λόγους αγάπης για το μαύρο παιδί της, που είχαν οδηγήσει τη μητέρα τους σ' εκείνη την απόφαση. Το μόνο που απέκρυψε, ήταν η παχυλή αμοιβή που είχε εισπράξει, για την «αγαθοεργία» του.

– Κύριε Αντωνοράκη, σας ευχαριστούμε θερμά. Μάς δώσατε πίσω τον χάρτη της ζωής μας κι αληθινά δεν μπορείτε ίσως να φανταστείτε, πόσο σημαντικό είναι αυτό, όχι μόνον για το παρελθόν μας, αλλά και για το μέλλον μας. Σας ευχαριστούμε ειλικρινά, είπε η Λάγια.

– Εγώ, κύριε Αντωνοράκη, ειλικρινά δεν ξέρω, αν πρέπει να σας ευχαριστήσω για τους υπέροχους γονείς που μου δώσατε ή να σας κατηγορήσω, για τη σύμπραξή σας στην παράνομη απομάκρυνσή μου απ' την αγκαλιά της φυσικής μητέρας μου.

– Παιδιά μου, όπως σας είπα ήδη, όντας πλέον πολύ κοντά στον Δημιουργό μου, ομολογώ κι εγώ ότι δεν αισθάνομαι ιδιαίτερα υπερήφανος γι' αυτή την παρέμβασή μου στο θέλημά του, για να μην πω ότι έχω και κάποιες ενοχές. Απλώς χαίρομαι που η έστω ανοίκεια αυτή πράξη μου είχε ευτυχή κατάληξη κι ελπίζω κι εύχομαι να συγχωρεθώ και από εσάς και από τον Κύριό μου, είπε ο Αντωνοράκης, χαιρετώντας και φιλώντας σταυρωτά τα δυο αδέλφια.

– Α, συγνώμη, μάς διέφυγε κάτι. Μια τελευταία ερώτηση, είπε η Λάγια. Πώς εξηγείτε εσείς επιστημονικά το γεγονός ότι γεννήθηκαν δυο ετερόχρωμα δίδυμα;

– Δεν ξέρω. Είσαστε μόλις το δεύτερο τέτοιο περιστατικό, που έχει παρουσιαστεί ποτέ! Δεν είμαι άλλωστε ειδικός στη γενετική... Μια πιθανότητα πάντως είναι να ήταν μιγάς ο δότης του σπέρματος.

– Μιγάς, ε; επανέλαβε ο Άγγελος σκεπτικά. Ευχαριστούμε και πάλι, κύριε Αντωνοράκη.

– Στο καλό παιδιά μου.

Μπερδεμένα κι έντονα σοκαρισμένα έφυγαν απ' τον «Λευκό Οίκο» τα δυο αδέλφια και για αρκετή ώρα δεν αντάλλαξαν ούτε λέξη μέσα στ' αυτοκίνητο του Άγγελου, χαμένα μέσα στις σκέψεις τους, μέχρι που άνοιξαν ταυτόχρονα κι οι δυο το στόμα τους.

Είχαν μπει κι οι δυο ασυνείδητα στην «αδελφική» σφαίρα και δεν τους απασχολούσε εκείνες τις ώρες καθόλου το γεγονός ότι ήταν εραστές, μέχρι που ο Άγγελος, σαν να ξύπνησε από κάποιο όνειρο, είπε:

– Λάγια μου, είμαστε δυο αγαπημένα αδέλφια, που μέσα στη λαχτάρα μας να λύσουμε το μυστήριο, ξεχάσαμε ότι υπήρξαμε εραστές κι εξακολουθούμε να είμαστε ζευγάρι!

– Εγώ προτιμώ να το ξεχνάω, Άγγελε.

– Εντάξει, αλλά ξεχνώντας το δεν λύνεται το πρόβλημα!

– Θα έρθει η ώρα να ασχοληθούμε και μ' αυτό, είπε η Λάγια κι η φωνή της ήταν σαν να έκρυβε κάποια απειλή.

Ο Άγγελος δεν έδωσε συνέχεια στη συζήτηση, γιατί κατάλαβε ότι δεν ήταν καθόλου κατάλληλη στιγμή.

– Εντάξει, όπως θες... είπε με κάποια απογοήτευση στη φωνή του ο Άγγελος.

– Άλλωστε τώρα έχουμε άλλη δουλειά να κάνουμε.

– Τι δουλειά;

– Να βρούμε τον βιολογικό πατέρα μας.

– Δεν το θεωρώ απαραίτητο και σε κάθε περίπτωση δεν βρίσκεται ψηλά στις προτεραιότητές μου!

– Καλά, δεν έχεις καν την περιέργεια, να δεις ποιος σε γέννησε;

– Θ' αλλάξει τίποτα;

– Δεν ξέρω, μάλλον όχι, αλλά εγώ θέλω πάρα πολύ να μάθω, ποιος είναι ο βιολογικός πατέρας μου.

– Εντάξει, αφού το θέλεις τόσο πολύ, να το κάνουμε. Ξέρουμε άλλωστε το όνομα του κατάλληλου προσώπου. Νομίζω ότι ο Δαρμετζής, θα είναι σε θέση να μας λύσει την απορία ή τουλάχιστον να μας δώσει κάποια στοιχεία, για να συνεχίσουμε την έρευνα.

– Σύμφωνοι. Θα βάλω τα σαΐνια μου, να ψάξουν να βρουν, πού βρίσκεται.

Δυο μέρες αργότερα, ο Άγγελος κι η Λάγια βρίσκονταν καθισμένοι στο σαλόνι του σπιτιού του Δαρμετζή.

– Λυπάμαι, αλλά δυστυχώς δεν νομίζω ότι μπορώ να σας βοηθήσω, ήταν η πρώτη απάντηση του Δαρμετζή στη σχετική ερώτηση της Λάγιας.

– Θέλετε να μας πείτε, γιατί; ρώτησε ο Άγγελος.

– Για τον απλούστατο λόγο ότι οι δωρητές σπέρματος καταγράφονται με μια κωδική ονομασία και κανένας δεν γνωρίζει τα υπόλοιπα στοιχεία τους. Και μη σας διαφεύγει το γεγονός ότι ο δωρητής μπορεί να είναι από οποιοδήποτε μέρος του πλανήτη και μπορεί και να μη ζει πια!

– Μήπως, θα μπορούσατε να μας δώσετε τον κωδικό του συγκεκριμένου δωρητή; ρώτησε η Λάγια.

– Κατ' αρχήν απαγορεύεται αυστηρά, αλλά μια κι έχουν περάσει τόσα χρόνια, νομίζω ότι μπορώ να παρακάμψω αυτόν τον κανόνα.

Και λέγοντας αυτά ο Δαρμετζής, κατευθύνθηκε στο γραφείο του, άνοιξε τον υπολογιστή του και μετά από λίγα λεπτά, γύρισε στο σαλόνι, μ' ένα μικρό κομμάτι χαρτί στο χέρι του, που το έδωσε στη Λάγια, που είδε πάνω του γραμμένο ένα κωδικό: TPCHU/281040, Ευχαρίστησαν κι οι δυο τον Δαρμετζή κι έφυγαν. Μόλις έφτασαν σπίτι τους, έπεσαν κι οι δυο μα τα μούτρα στους υπολογιστές τους, ψάχνοντας σε Τράπεζες Σπέρματος, αλλά και αναζητώντας τον κωδικό αυτό με όλες τις μηχανές αναζήτησης. Κάποια στιγμή, η Λάγια φώναξε:

– Εύρηκα!

– Τι βρήκες;

– Σε ποιον ανήκει ο κωδικός. Βρήκα τον βιολογικό πατέρα μας! Είναι ένας γιατρός, και λέγεται Nosa Omokaro, Αμερικανός δεύτερης γενιάς από τη Νιγηρία.

– Χμ... Απ' την πατρίδα των γονιών μου

– Πάω στο βιογραφικό του αμέσως, για να βρω πού είναι τώρα... Ω, να πάρει η ευχή, αναφώνησε μετά από λίγα δευτερόλεπτα!

– Τι συνέβη; Τι έπαθες;

– Σκοτώθηκε, πριν δυο μήνες σε αυτοκινητικό δυστύχημα!... Για δες!

– Τι είναι πάλι;

– Θυμάσai που μας είπαν ότι η πιο πιθανή εξήγηση ετερόχρωμων διδύμων ήταν να είναι ο δότης μιγάς;

– Ναι...

– Ε, έχουμε κι αυτή την επιβεβαίωση. Ο μακαρίτης ο πατέρας μας, αυτός ο Nosa Omokaro, που πέρασε δίπλα μας τόσες φορές, χωρίς ούτε αυτός ούτε εμείς να το ξέρουμε, ήταν μιγάς! Τον θυμάσαι; Ήταν βοηθός

του Galgenovel...

– Ναι, τώρα που το λες... Ας είναι ελαφρό το χώμα που τον σκεπάζει!

– Πολύ αδιάφορο σε ακούω, Άγγελε! Δεν σε νοιάζει καθόλου, που λύσαμε το μυστήριο και που βρήκαμε επί τέλους, έστω και νεκρό, τον βιολογικό πατέρα μας;

– Όχι! Ενδιαφέρον είναι, που λύσαμε αυτόν τον γρίφο, αλλά δεν πρόκειται να επηρεάσει τη ζωή μου. Άλλα είναι αυτά, που επηρεάζουν τη ζωή μου και τη δική σου και σ' αυτά θέλω να επικεντρώσω την προσοχή μου.

~ ~

55ο ΚΕΦΑΛΑΙΟ

– Οι εξετάσεις μου Άγγελε, είναι πολύ χειρότερες!

Η ανάρρωση της Λάγιας από το λέμφωμα νον Χότζκιν συνεχιζόταν με εξαιρετικό ρυθμό, όπως έλεγαν και ο Πέρτογλου, που την παρακολουθούσε εδώ και ο Galgenovel, στον οποίο έστελνε τις εξετάσεις της. Είχε πάρει ήδη αρκετό απ' το βάρος που είχε χάσει, αλλά ένιωθε ακόμη μια ελαφρειά αδυναμία. Τα μαλλιά της είχαν ξαναβγεί, πιο πλούσια και πιο γερά από πριν. Σιγά– σιγά άρχισε να ξαναπαίρνει τα ηνία της δουλειάς της στα χέρια της, προσέχοντας πάντως να μην το παρακάνει, όπως την είχε συμβουλέψει κι ο Πέρτογλου.

Εν τω μεταξύ, οι συνεργάτες της ήταν ευτυχισμένοι με τη μεγάλη αλλαγή στη στάση της και τη συμπεριφορά της, σε σύγκριση με τη Λάγια που γνώριζαν. Ήταν πολύ πιο ήπια, πιο διαλλακτική, λιγότερη αυστηρή, πιο ευγενική, πιο προσηνής, ενώ η σκληρότητα κι η επιθετικότητα, που επεδείκνυε κάποτε είχαν εξαφανιστεί. Παράλληλα, συχνά επαινούσε πλέον δημόσια συνεργάτες της για την καλή δουλειά τους, πράγμα που ποτέ δεν έκανε στο παρελθόν, ενώ όταν είχε πρόβλημα με κάποιο συνεργάτη της, αντί να του βάζει τις φωνές και να τον ταπεινώνει μπροστά στους συναδέλφους του, όπως έκανε παλιά, τον καλούσε στο γραφείο της και συζητούσε μαζί του ήρεμα και καλοπροαίρετα, προσπαθώντας να βρούνε μαζί τη λύση. Ακόμη και το βλέμμα της είχε γλυκάνει, πράγμα που απέδιδαν οι συνεργάτες της σε προσωρινή αδυναμία της, απ' το σοκ και την ταλαιπωρία που είχε περάσει με την περιπέτεια της υγείας της.

Ένα βράδυ, όταν σηκώθηκαν από το τραπέζι, ο Άγγελος είπε στη Λάγια:

– Έρχεσαι δυο λεπτά μαζί μου, στο γραφείο μου;

– Σ' ακολουθώ, είπε εκείνη.

Ο Άγγελος ξεκλείδωσε ένα απ' τα συρτάρια του, έβγαλε τον φάκελο με τη διαθήκη της Λάγιας και της τον έδωσε, λέγοντας:

– Αυτή είναι πια άχρηστη! Κι επειδή έχω ως αρχή, να μη φυλάω άχρηστα χαρτιά, παρ' τη, σε παρακαλώ, και πέταξέ τη.

– Όχι, Άγγελέ μου. Δεν θα την πάρω. Θα σε παρακαλέσω να τη φυλάξεις, έως ότου, σου δώσω την καινούργια, ενημερωμένη διαθήκη μου. Όπως σου είπα, κάποια στιγμή θα πεθάνουμε όλοι, μόνον που δεν ξέρουμε, πότε θα είναι αυτή η στιγμή. Γι' αυτό, καλό είναι να έχουμε τακτοποιήσει όλες τις εκκρεμότητες. Αν μου επιτρέπεις μάλιστα, θα σου συνιστούσα να κάνεις κι εσύ μια διαθήκη.

– Καλά, όπως θες. Όσο για τη δική μου διαθήκη, θα το σκεφτώ και μάλλον θ' ακολουθήσω τη συμβουλή σου.

Κι εκεί, που τους τελευταίους μήνες, έπνεε ούριος άνεμος και το σκάφος της Λάγιας ταξίδευε σκίζοντας με ταχύτητα και σταθερότητα τα κύματα –με μοναδική εκκρεμότητα τη σχέση τους με τον Άγγελο– έπεσε άπνοια. Το άσχημο νέο ήταν ότι για πρώτη φορά εμφάνισαν ελαφρά επιδείνωση οι δείκτες της πορείας της μεταμόσχευσης. Ο Πέρτογλου την καθησύχασε, αλλά της είπε να μην κουράζεται, να προσέχει περισσότερο τη ζωή της και να τηρεί αυστηρά την αγωγή, που της είχε δώσει ο Galgenovel.

Το ίδιο βράδυ, όταν γύρισε ο Άγγελος σπίτι, είπε:

– Τι κάνει η αγάπη μου;

– Υπήρξα και καλύτερα!

– Γιατί, παιδί μου, τι συνέβη;

– Για πρώτη φορά παρατηρήθηκε επιδείνωση των δεικτών μου, που...

– Ε, αυτό είπαμε –όχι εγώ, δηλαδή, οι γιατροί σου– ότι δεν πρέπει να σε ανησυχεί, τη διέκοψε ο Άγγελος.

– Πώς να μη με ανησυχεί, βρε Άγγελε, όταν μετά από τόσους μήνες θετικής πορείας, ξαφνικά πισωγυρίζω;

– Ναι, σύμφωνοι, δεν λέω ότι είναι ό,τι καλύτερο, αλλά μη βιάζεσαι ν᾽ ανησυχήσεις τόσο πολύ. Ξέρεις άλλωστε ότι το κουράγιο σου κι η δύναμή σου είναι τα ισχυρότερα όπλα σου σ᾽ αυτή τη μάχη που δίνεις.

Αυτό όμως δεν ήταν το χειρότερο. Στις νέες εξετάσεις που έκανε, η επιδείνωση των δεικτών ήταν ακόμη μεγαλύτερη, σχεδόν κοντά στο «κόκκινο». Με προβληματικό ήδη το ηθικό της απ᾽ τις προηγούμενες αρνητικές εξετάσεις, η Λάγια πανικοβλήθηκε! Έβλεπε, για πέμπτη φορά, μέσα σε σύντομο χρονικό διάστημα, μετά το ατύχημα με το υδροπλάνο, το λέμφωμα, την κύηση τέρατος, την αποκάλυψη ότι ήταν δίδυμη με τον Άγγελο και τώρα την επιδείνωσή της, να αναποδογυρίζεται πάλι η ζωή της. Η πρώτη αντίδρασή της, μετά την ανακοίνωση των αποτελεσμάτων των εξετάσεων, ήταν φυσικά να πάρει τηλέφωνο το «καταφύγιό» της, τον Άγγελο.

– Γεια σου Άγγελε.

– Καλώς την! Δεν σ᾽ ακούω σε μεγάλα κέφια.

– Σε καθόλου κέφια μ᾽ ακούς!

– Γιατί τι έγινε; Τι συμβαίνει;

– Οι εξετάσεις μου Άγγελε, είναι πολύ χειρότερες και πάω να τρελαθώ.

– Όταν λες «πολύ χειρότερες»;

– Εννοώ, ότι, όπως μου είπε ο Πέρτογλου, είναι κοντά στο κόκκινο!

– Χμ... Λοιπόν, άκου. Οι εξετάσεις δεν είναι πάντοτε ακριβείς και θα πρότεινα να τις επαναλάβεις. Άλλωστε, δεν είναι στο κόκκινο, αλλά «κοντά στο κόκκινο», πράγμα που σημαίνει ότι μπορούν να αναστραφούν. Σε κάθε περίπτωση, θα στείλουμε τις καινούργιες, δεύτερες εξετάσεις στον Galgenovel, να δούμε τι θα πει κι εκείνος. Τέλος, στη χειρότερη *περίπτωση, θα ξανακάνουμε ένα ταξιδάκι στο Χιούστον.*

– Το κάνεις ν' ακούγεται, σαν εκδρομή για πικ–νικ, Άγγελε.

– Όχι, το ξέρω ότι έχεις ταλαιπωρηθεί πάρα πολύ κι ότι δεν είναι καθόλου εύκολο . Αλλά, αν χρειαστεί –που δεν το πιστεύω– θα το ξανακάνεις και θα τον ξεκάνεις μια και καλή αυτόν τον καταραμένο Χότζκιν! Δεν είπαμε, ότι η λατρεμένη αδελφή μου είναι ανίκητη;

– Κάποτε έτσι πίστευα κι εγώ, Άγγελε, αλλά τελευταία έχω αρχίσει ν' αμφιβάλλω σοβαρά!... Σ' ευχαριστώ, πάντως.

– Τηλεφώνησέ μου, μόλις πάρεις τις καινούργιες εξετάσεις, για να τις στείλουμε και να μιλήσουμε με τον Galgenovel.

– Εντάξει, γεια σου.

– Γεια σου, αγάπη μου και μην ξεχνάς, κουράγιο και δύναμη!

Οι επαναληπτικές εξετάσεις δεν ήταν δυστυχώς καλύτερες απ' τις προηγούμενες. Ο Άγγελος τις έστειλε στον Galgenovel και την επομένη έλαβε μήνυμα απελπιστικό. Δεύτερη μεταμόσχευση δεν ήταν δυνατή. Η μόνη λύση που υπήρχε ήταν η συνέχιση της χημειοθεραπείας, με μεγαλύτερη ένταση και μ' ένα καινούργιο, αποτελεσματικότερο σχετικό κοκταίηλ φαρμάκων, που είχε ήδη ανακαλυφθεί. Ο Άγγελος ταράχτηκε κι απογοητεύτηκε. Τι διάβολο είχε πάει στραβά, αφού όλες οι προϋποθέσεις –όπως είχε πει ο γιατρός– ήταν ιδανικές; Μήπως έκανε κάποιο λάθος ο Galgenovel; Και πώς θα το 'λεγε τώρα στη Λάγια; Αποφάσισε να αφήσει τον Galgenovel να χειρισθεί το θέμα.

Έτσι το ίδιο απόγευμα, τον κάλεσαν σε ανοιχτή ακρόαση.

Αφού χαιρετήθηκαν, ο γιατρός μπήκε κατ' ευθείαν στο θέμα:

– Αγαπητή Λάγια, λυπάμαι κι ομολογώ ότι έχω μείνει κατάπληκτος απ' την αναστροφή της θαυμάσιας κατάστασης, στην οποία βρισκόσουν, προτού φύγεις από εδώ. Είσαι βέβαιη ότι ακολούθησες πιστά όλες τις οδηγίες μου και την αγωγή, που σου έδωσα;

– Μέχρι κεραίας, γιατρέ μου, απάντησε εκείνη.

– Γιατρέ, παρενέβη ο Άγγελος, υπάρχει περίπτωση να έπαιξε κάποιο ρόλο η αλλαγή κλίματος;

– Όχι, το αποκλείω. Άλλωστε, έχετε θαυμάσιο κλίμα στην Ελλάδα. Όχι δεν μπορεί να είναι το κλίμα, αλλά ομολογώ ότι η περίπτωση της αδελφής σας μ' έχει εκπλήξει δυο φορές. Την πρώτη ευχάριστα, με τις ιδανικές προϋποθέσεις για τη μεταμόσχευση και την ταχύτατη ανάρρωση και τη δεύτερη δυσάρεστα, με την αναπάντεχη κι ανεξήγητη για μένα, αναστροφή της αναρρωτικής πορείας της.

– Γιατρέ μου, ό,τι έγινε, έγινε! είπε η Λάγια, που παρακολουθούσε ανέκφραστη τον διάλογο των δύο ανδρών. Τώρα, τι κάνουμε;

– Το μοναδικό όπλο, που έχουμε πλέον είναι ένα καινούργιο, πιο δυνατό και πιο αποτελεσματικό κοκταίηλ χημειοθεραπευτικών φαρμάκων.

– Δεν υπάρχει δηλαδή περίπτωση δεύτερης μεταμόσχευσης...

– Όχι! Λυπάμαι...

– Κι οι πιθανότητες αυτής της νέας χημειοθεραπείας ποιες είναι;

– Δυστυχώς Λάγια, είναι μειωμένες, σε σύγκριση με τη μεταμόσχευση.

– Πόσο μειωμένες δηλαδή; επέμεινε εκείνη.

– Κοίταξε, Λάγια, καταλαβαίνω απόλυτα την ανησυχία σου και την ανάγκη σου να ξέρεις. Απλώς δεν υπάρχει πλέον απολύτως κανένας άλλος τρόπος αντιμετώπισης του προβλήματος, απολύτως καμία άλλη μέθοδος ή θεραπεία, εκτός απ' τη χημειοθεραπεία και βρίσκομαι σε πλήρη αδυναμία να σού δώσω ποσοστά επιτυχίας, γιατί...

– Δηλαδή, το ποσοστό επιτυχίας είναι κάτω από δέκα τοις εκατό; επέμεινε και πάλι η Λάγια, διακόπτοντας τον γιατρό.

– Σού επαναλαμβάνω ότι καταλαβαίνω και συμμερίζομαι απόλυτα την ανάγκη σου να ξέρεις, αλλά δυστυχώς, κανένας πάνω σ' αυτή τη γη δεν μπορεί να σου δώσει τις απαντήσεις που ψάχνεις. Όχι τουλάχιστον επιστημονικές κι αξιόπιστες. Αυτό που πραγματικά χρειάζεσαι, είναι η δύναμη και το κουράγιο, με τα οποία αντιμετώπισες τη μεταμόσχευση *και να προσευχόμαστε, αυτή τη φορά οι εκπλήξεις να 'ναι ευχάριστες!*

– Μάλιστα!... Πάμε δηλαδή, στο άγνωστο με βάρκα την ελπίδα, είπε φανερά απογοητευμένη η Λάγια κι αποχαιρετώντας τον γιατρό έκλεισε το τηλέφωνο.

Η Λάγια αντέδρασε μάλλον ήρεμα μετά απ' αυτό το τηλεφώνημα, αλλά ο Άγγελος μετέφρασε αυτή την ηρεμία σε απόγνωση και υποταγή στη μοίρα κι όχι σε εσωτερική δύναμη αντίστασης και θέληση για ζωή, εκτίμηση που επιβεβαιώθηκε σχεδόν αμέσως, όταν η Λάγια του είπε:

– Άγγελε, πάρε με σε παρακαλώ στην αγκαλιά σου, και σφίξε με δυνατά! Μόνο μέσα στην αγκαλιά σου νιώθω καλά και ασφαλής!

Ο Άγγελος μετακινήθηκε πάνω στον καναπέ προς τη μεριά της, την πήρε στην αγκαλιά του και τη φίλησε τρυφερά στο μέτωπο, ενώ εκείνη κούρνιασε σαν μικρό παιδί μέσα στα τεράστια χέρια του κι αναλύθηκε σε λυγμούς. Ο Άγγελος ταράχτηκε και βάλθηκε να της χαϊδεύει αμήχανα τα μαλλιά, ενώ της είπε:

– Έλα, Λάγια μου, έλα καλή μου, θα δεις που γρήγορα θα περάσει κι αυτό και θα γίνει άλλο ένα κακό όνειρο, χωρίς όμως κι ο ίδιος να το πιστεύει με τη σιγουριά, που είχε την προηγούμενη φορά.

Ούτε ο ίδιος όμως, πίστευε αυτά τα παρηγορητικά λόγια, που είπε στη Λάγια. Αντίθετα ήταν εξαιρετικά ανήσυχος κι απογοητευμένος και φοβόταν ότι αυτή τη φορά η Λάγια δεν θα τα κατάφερνε...

~ ~

56ο ΚΕΦΑΛΑΙΟ

– ... αλλά θα ζητήσουμε και τη βοήθεια του Θεού

Την επομένη ο Πέρτογλου επικοινώνησε με τον Galgenovel, ο οποίος του έστειλε το καινούργιο κοκταίηλ και ακριβείς οδηγίες για τη χορήγησή του. Και, ω του θαύματος, στις πρώτες έξι εβδομάδες, οι δείκτες της Λάγιας σημείωσαν βελτίωση. Δεν έφτασαν βέβαια στις προηγούμενες άριστες τιμές τους, αλλά το εξαιρετικά σημαντικό ήταν η απόδειξη ότι το νέο φάρμακο ήταν αποτελεσματικό.

Η Λάγια ξαναζωντάνεψε κι άρχισε να βλέπει πάλι με αισιοδοξία το μέλλον, παρά το γεγονός ότι αυτό το ισχυρότερο φάρμακο είχε και ισχυρότερες παρενέργειες, που τρεις ημέρες κάθε εβδομάδα την έθεταν «εκτός λειτουργίας», με πυρετό, αναγούλες και εξάντληση, ενώ τα μαλλιά της έπεσαν πάλι γρήγορα. Το τελευταίο δεν την απασχόλησε σχεδόν καθόλου. Το ήξερε πια το κόλπο: με μερικά ωραία τυρμπάν αποκατέστησε και πάλι την αισθητική του κεφαλιού της.

Τα κακά προμηνύματα ήρθαν τον δεύτερο μήνα, όταν ξαφνικά και παρά τη συνέχιση της χημειοθεραπείας, οι δείκτες της Λάγιας άρχισαν πάλι να επιδεινώνονται. Όπως ήταν φυσικό, θορυβήθηκε πολύ, αλλά ο Πέρτογλου προσπάθησε να την καθησυχάσει, λέγοντας ότι, αφ' ενός, δεν είχε ολοκληρωθεί ο κύκλος της θεραπείας και αφ' ετέρου ήταν μακριά ακόμη απ' τα όρια του συναγερμού. Τέλος, είπε, είχαν παρατηρηθεί στο παρελθόν ανάλογες περιπτώσεις προσωρινής επιδείνωσης, με θετική όμως τελική έκβαση. Η ένεση ηθικού όμως του Πέρτογλου, κράτησε πολύ λίγο, μόλις ένα μήνα, γιατί οι δείκτες παρουσίασαν καινούργια επιδείνωση και, σαν να μην έφτανε αυτό, η Λάγια εμφάνισε τα πρώτα συμπτώματα δερματοπάθειας, γεγονός που καταρράκωσε πλέον τη Λάγια κι έριξε το ηθικό της στο Ναδίρ.

Παρά το ότι ο Πέρτογλου ήταν σε συνεχή επαφή με τον Galgenovel, τα δυο αδέλφια αποφάσισαν να μιλήσουν ξανά οι ίδιοι προσωπικά με τον γιατρό τους. Έτσι, ένα απόγευμα πήραν πάλι τηλέφωνο τον Galgenovel σε ανοιχτή ακρόαση.

– Καλημέρα γιατρέ!

– Καλημέρα κι από μένα, είπε η Λάγια. Σας πήραμε, γιατί τα πράγματα δεν πάνε καθόλου καλά, όπως θα σας έχει ενημερώσει ο κύριος Πέρτογλου και θέλαμε να μιλήσουμε απ' ευθείας μαζί σας, για να μας βοηθήσετε.

– Ναι, με ενημερώνει τακτικά ο συνάδελφός μου και τηλεφωνικά και με e–mails και μπορώ να πω ότι έχω μια σχεδόν πλήρη εικόνα, είπε ο Galgenovel.

– Και τι σας λέει αυτή η εικόνα; ρώτησε ο Άγγελος.

– Δεν μπορώ να πω ότι είναι ευχάριστη, αλλά δεν θα τη χαρακτήριζα κι απελπιστική. Αυτό που με απασχολεί περισσότερο, δεν είναι τόσο η πορεία των δεικτών, όσο η αρχή δερματοπάθειας της Λάγιας.

– Κι εμένα γιατρέ μου, αυτό μ' έχει θορυβήσει πιο πολύ, σχολίασε η Λάγια.

– Ναι, καταλαβαίνω και σ' ένα βαθμό έχεις δίκιο. Έδωσα πάντως σήμερα το πρωί οδηγίες στον κύριο Πέρτογλου και για την αντιμετώπιση της δερματοπάθειάς σου και για την προσαρμογή της φαρμακευτικής αγωγής σου στα νέα δεδομένα, με στόχο να βελτιώσουμε τους δείκτες σου.

– Το παιχνίδι είναι παλιό και μάλλον ξέρω την απάντησή σας, αλλά δεν μπορώ ν' αποφύγω τον πειρασμό και να μη σας ρωτήσω, τι ποσοστό επιτυχίας μού δίνετε, είπε η Λάγια και συνέχισε. Καταλαβαίνετε, γιατρέ, ότι έχουν εξαντληθεί πια εντελώς τα κουράγια μου, έχω τεράστια αγωνία

και μετράω κάθε σας λέξη, περιμένοντας...

– Ναι, Λάγια, σε καταλαβαίνω απολύτως και –πίστεψέ με– συμμερίζομαι την αγωνία σου, γι' αυτό και θα κάνω ό,τι περνάει απ' το χέρι μου, για να σε βοηθήσω. Δεν μπορώ όμως ούτε προφητείες να κάνω ούτε ψεύτικες ελπίδες να σου δώσω. Είναι σίγουρα μια κρίσιμη κατάσταση, για την αναστροφή της οποίας θα χρησιμοποιήσουμε όλα τα μέσα που μας δίνει σήμερα η ιατρική επιστήμη, αλλά θα ζητήσουμε και τη βοήθεια του Θεού.

– Ευχαριστούμε γιατρέ, καλή σας μέρα, είπαν κι οι δυο μαζί, ενώ κάθε άλλο παρά θετικά άκουσαν την αναφορά του Galgenovel στη βοήθεια του Θεού...

Έμειναν κι οι δυο για κάποια δευτερόλεπτα σιωπηλοί, κοιτάζοντας ο ένας τον άλλο, ενώ η Λήδα σκούπισε με τα δάχτυλά της δυο δάκρυα, που δεν μπόρεσε να συγκρατήσει.

– *Τι κατάλαβες, Άγγελε;* μίλησε πρώτη η Λάγια, με ελαφρά σπασμένη φωνή.

– *Κατάλαβα ότι βρισκόμαστε σε μια πάρα πολύ κρίσιμη καμπή, αλλά κι ότι δεν πρέπει να απελπιζόμαστε και κυρίως να μην παραιτηθείς, γιατί υπάρχουν ακόμη ζωντανές ελπίδες.*

– *Εγώ κατάλαβα το αντίθετο! Και ξέρεις γιατί; Γιατί ο Galgenovel επικαλέστηκε τη βοήθεια του Θεού!*

– *Έλα, Λάγια μου, αυτό ήταν απλώς ένα σχήμα λόγου, που έχει ξαναχρησιμοποιήσει άλλωστε ο Galgenovel, οποίος απ' ό,τι έμαθα είναι και θρήσκος,* είπε ο Άγγελος, για να εμψυχώσει την αδελφή του, παρά το ότι δεν πίστευε ούτε ο ίδιος αυτά που έλεγε και συμπλήρωσε, για να τ' ακούσει κι ο εαυτός του. *Δεν είναι λόγος αυτός, για να πανικοβληθούμε. Και σου θυμίζω ότι, τώρα, περισσότερο από κάθε άλλη φορά, χρειάζεσαι όλα τα κουράγια σου και τις δυνάμεις σου.*

– *Κι εγώ σου λέω να θυμηθείς, αυτό που σου είπα πριν από λίγο.*

Δυστυχώς, όπως αποδείχθηκε, η Λάγια είχε δίκιο. Παρά την καινούργια θεραπευτική αγωγή και την ειδική φαρμακευτική επίθεση στη δερματοπάθειά της, τα πράγματα χειροτέρευαν συνέχεια. Η δερματοπάθειά της βρισκόταν σε συνεχή έξαρση και το κορμί της είχε αρχίσει να γεμίζει από εξανθήματα και ξεφλουδίσματα, που προοδευτικά μετατρέπονταν σε επώδυνες μικρές πληγές. Ο Πέρτογλου παράλληλα, δεν μπορούσε να βρει πια ούτε μια αισιόδοξη λέξη να της πει. Ήταν ολοφάνερο ότι και αυτός και ο Galgenovel είχαν σηκώσει τα χέρια ψηλά και περίμεναν πράγματι, όπως είχε πει ο Galgenovel, να κάνει κάποιο θαύμα ο Θεός...

Με μηδενικό ηθικό πλέον, σε μια επίσκεψή τους για θεραπεία, ο Πέρτογλου τής συνέστησε να μπει στο νοσοκομείο, για μια πιο αποτελεσματική παρακολούθηση και αγωγή, αλλά αρνήθηκε. Όταν έφυγαν απ' το ιατρείο του Πέρτογλου, η Λάγια είπε τον αδελφό της ότι ήθελε να συζητήσουν ένα πολύ σοβαρό θέμα.

~ ~

57ο ΚΕΦΑΛΑΙΟ

– ... μια τεράστια χάρη!

Όταν έφτασαν σπίτι τους, η Λάγια είπε:

– Έλα, πάμε να κάτσουμε στο σαλόνι. Θες κάτι να πιεις;

– Ναι, λίγο κονιάκ, σε παρακαλώ.

Ο Άγγελος προχώρησε στο σαλόνι και κάθισε σε μια πολυθρόνα, απέναντι απ' τον καναπέ, ενώ η Λάγια πήγε στο μπαρ, σερβίρισε ένα κονιάκ για τον αδελφό της κι ένα σκέτο ουίσκι για τον εαυτό της και πήγε και κάθισε στον καναπέ, ακριβώς απέναντί του. Η ατμόσφαιρα ήταν βαριά. Πρώτη άνοιξε τη συζήτηση η Λάγια.

– Άγγελε, θέλω να σου ζητήσω μια μεγάλη, μια τεράστια χάρη. Τη μεγαλύτερη χάρη, που μπορεί να κάνει άνθρωπος! Νομίζω ότι μέχρι σήμερα, σου έχω πει πολλές φορές, πόσο μεγάλη είναι η ευγνωμοσύνη μου, για όσα πολλά έχεις κάνει για μένα, αλλά και πόσο απέραντη είναι η αγάπη μου κι η εμπιστοσύνη μου σε σένα. Κι ακριβώς γι' αυτό, επειδή τόσα έχεις κάνει για μένα, αισθάνομαι άβολα να σε φορτώσω κι άλλο, αλλά δεν έχω κανένα άλλο στον κόσμο. Αυτό που θα σου ζητήσω σήμερα, είναι πολύ σημαντικότερο, από όλα μαζί που έχεις κάνει για μένα.

– Να είσαι βέβαιη ότι θα κάνω ό,τι μπορώ, αλλά ποια είναι αυτή η «τεράστια» χάρη;

– Άγγελε, έχω αποφασίσει να δώσω τέλος σ' αυτή τη μαρτυρική ζωή, προτού αρχίσει να διαλύεται κομμάτι–κομμάτι το κορμί μου κι η ψυχή μου,

απ' αυτή την καταραμένη δερματοπάθεια, που εξαπλώνεται συνεχώς. Το σώμα μου, μέρα με τη μέρα, ώρα με την ώρα, μετασχηματίζεται σε μια μεγάλη πληγή. Οι πόνοι είναι αφόρητοι κι οι πληγές σ' όλο το σώμα μου και στα άκρα μου δυσκολεύουν και την παραμικρή και την απλούστερη κίνησή μου. Ακόμη κι ο ύπνος μου έχει καταντήσει μαρτύριο, παρά τα βαριά παυσίπονα και υπνωτικά που παίρνω. Η καθημερινή ταλαιπωρία μου είναι αβάσταχτη πια κι οι ελπίδες μου εξαφανίστηκαν εδώ και αρκετό καιρό. Δεν έχω ούτε ένα λόγο να παρατείνω το μαρτύριό μου και...

– Στάσου, στάσου, αγάπη μου! τη διέκοψε ο Άγγελος. *Αν κατάλαβα καλά, μου λες ότι θέλεις ν' αυτοκτονήσεις;*

– Ακριβώς Άγγελε! Λαχταράω, όσο δεν έχω λαχταρίσει τίποτα στη ζωή μου, να ξεφύγω απ' αυτή την κόλαση και να βρω τη λύτρωση. Κι ο μόνος ορατός, αποτελεσματικός και άμεσος τρόπος για να γλιτώσω, είναι η αυτοκτονία!

– Βρε Λάγια, αγαπημένη αδελφούλα μου, σύνελθε, γλυκειά μου, τι είναι αυτά που λες; είπε ο Άγγελος, ενώ ταυτόχρονα σηκώθηκε, πήγε κάθισε στον καναπέ δίπλα της, την αγκάλιασε τρυφερά και τη φίλησε στο μέτωπο.

Αυτή η κίνηση αγάπης και τρυφερότητας πυροδότησε την έκρηξη του συσσωρευμένου πόνου, πίκρας κι απόγνωσης της Λάγιας, που ξέσπασε σε γοερούς λυγμούς, πέφτοντας στην αγκαλιά του Άγγελου, ενώ το καταταλαιπωρημένο σώμα της τρανταζόταν ανεξέλεγκτα. Ο Άγγελος την κράτησε σφιχτά πάνω του και της χάιδευε το χωρίς μαλλιά κεφάλι της, ενώ απ' τα μάτια του άρχισαν να κυλάνε δάκρυα. Ο πόνος του ήταν διπλός. Εκείνη τη στιγμή πόναγε και για την αδελφή του και για την αγαπημένη του σύντροφο Προσπάθησε να ηρεμήσει και ανακτώντας κάπως με πολύ κόπο την ψυχραιμία του, είπε:

– Έλα, Λάγια μου, έλα καλή μου. Ξέσπασε! Βγάλε από μέσα σου το δηλτήριο, αλλά δεν είναι κουβέντες αυτές. Η αυτοκτονία είναι το καταφύγιο των αδύναμων και των δειλών. Κι εσύ δεν ήσουνα ποτέ ούτε αδύναμη ούτε δειλή.

– Ακριβώς, Άγγελε! «Δεν ήμουνα», είπε η Λάγια, ανάμεσα σε λυγμούς. Τώρα είμαι και αδύναμη και δειλή και –το χειρότερο– τρομοκρατημένη κι απελπισμένη.

– Λάγια μου, σε καταλαβαίνω απόλυτα, αλλά...

– Όχι, Άγγελε! Δεν με καταλαβαίνεις! είπε με ένταση εκείνη. Όχι γιατί δεν έχεις κατανόηση, αλλά γιατί ούτε η φαντασία σου μπορεί να συλλάβει, τι περνάω. Δεν αν–τέ–χω άλ–λο! Πώς να στο πω; Και στο κάτω–κάτω δεν χρωστάω σε κανένα τίποτα, εκτός απ' το τεράστιο χρέος μου σε σένα, που όπως έχω πει, έτσι κι αλλιώς, δεν θα μπορέσω ποτέ να στο εξοφλήσω. Δεν έχω να δώσω λογαριασμό σε κανένα για τη ζωή μου, που έχει καταντήσει ζωντανός θάνατος. Άλλωστε ο πραγματικός θάνατος είναι πολύ κοντά κι όταν έρθει να με πάρει, εγώ δεν θα είμαι πια «εδώ», ενώ τώρα είμαι εδώ κι είναι κι αυτός εδώ δίπλα μου, συνεχώς, σε κάθε βήμα μου, σε κάθε κίνησή μου, σε κάθε σκέψη μου, κάθε στιγμή! Γιατί λοιπόν να περιμένω να με πάρει και να μην του δοθώ αμέσως , για να γλιτώσω απ' αυτό το μαρτύριο; Γι' αυτό πήρα αυτή την απόφαση και δεν μπορεί κανείς στον κόσμο να μου την αλλάξει! Ούτε εσύ, Άγγελε!

– Ωραία, ας πούμε, ότι έτσι είναι τα πράγματα. Συγχώρεσέ με, αλλά δεν κατάλαβα μέχρι τώρα, ποια είναι η μεγάλη χάρη που θες από μένα;

– Την απόφαση την έχω πάρει Άγγελε, αλλά φοβάμαι ή μάλλον είμαι βέβαιη, ότι τη συγκεκριμένη στιγμή θα δειλιάσω. Φοβάμαι ότι το πανίσχυρο ένστικτο της αυτοσυντήρησης δεν θα μου επιτρέψει να «πατήσω τη σκανδάλη». Γι' αυτό, σε παρακαλώ, σε ικετεύω, να με βοηθήσεις να φύγω!

– Αδύνατον! Ούτε να το σκέπτεσαι! Μου είναι εντελώς αδιανόητο να κάνω κάτι τέτοιο, αντέδρασε αυθόρμητα κι έντονα ο Άγγελος και πιάνοντας και τα δυο χέρια της συνέχισε. Μου ζητάς να σε δολοφονήσω, να δολοφονήσω το αίμα μου, την αδελφούλα μου, τη λατρεία μου. Δεν μπορώ, Λάγια μου. Απλώς δεν μπορώ!

– Μπορείς Άγγελε! Θα μπορέσεις, για χάρη μου. Δεν σού ζητάω άλλωστε να πάρεις ένα πιστόλι και να με πυροβολήσεις. Σου ζητάω να βρεις ένα τρόπο να φύγω, χωρίς να εξαρτάται απ' τη δική μου θέληση η τελευταία *κίνηση που θα με λυτρώσει, χωρίς καν να το καταλάβω... και με τρόπο και σε χρόνο, που δεν θα γνωρίζω, είπε ικετευτικά.*

– Δεν ξέρω, Λάγια... Ειλικρινά δεν ξέρω. Πέρα απ' αυτά όμως, φοβάμαι ότι βιάζεσαι λίγο. Καταλαβαίνω –όσο μπορώ– το μαρτύριό σου, αλλά δεν έχει καν ολοκληρωθεί ο κύκλος της θεραπευτικής αγωγής σου. Συμφωνώ ότι, οι ελπίδες έχουν μειωθεί δραματικά, αλλά υπάρχει ακόμη μια μικρούλα τόση δα –αν θέλεις– ελπίδα να κερδίσεις τη μάχη. Δεν μπορείς να κάνεις λίγη υπομονή ακόμη;

– Όχι, Άγγελε. Δεν μπορώ, γιατί δεν θέλω. Μακάρι να μπορούσα να φύγω αυτή τη στιγμή, που μιλάμε και μου κρατάς τρυφερά τα χέρια.

– Ωραία. Τότε να σου ζητήσω κι εγώ μια χάρη, σε ανταπόδοση αυτών που λες ότι έχω κάνει εγώ για σένα και στο όνομα της αγάπης μας.

– Τι χάρη;

– Να αναβάλεις για τρεις μόνο μέρες την απόφασή σου! την παρακάλεσε ο Άγγελος, περισσότερο για να μπορέσει να κερδίσει λίγο χρόνο για το εαυτό του, ώστε να επεξεργασθεί τη δραματική έκκληση της Λάγιας, να δει, αν και πώς θα μπορούσε να πραγματοποιήσει αυτή την αδιανόητη για εκείνον επιθυμία της.

Η Λάγια κοίταξε βαθειά και με μεγάλη ένταση μέσα στα μάτια τον αδελφό της και για μερικά δευτερόλεπτα έμεινε σιωπηλή. Μετά, με σπασμένη φωνή, είπε αργά, τονίζοντας τις λέξεις:

– Άγγελε, αυτό μοιάζει με εκβιασμό, αλλά θα το κάνω, γιατί μού το ζητάς εσύ και γιατί σ' αγαπώ βαθειά. Θέλω όμως, να ξέρεις ότι είναι μια μεγάλη θυσία!

– Σ' ευχαριστώ, αγάπη μου, σ' ευχαριστώ πολύ, είπε συγκινημένος ο Άγγελος, που αγκάλιασε πάλι σφιχτά την αδελφή του. *Να δεις, που όλα θα πάνε καλά στο τέλος. Όπως ξέρεις, δεν είμαι θρήσκος. Κάθε άλλο. Έχω όμως ένα περίεργο προαίσθημα και μια βαθειά πίστη ότι ο Θεός απλώς μας δοκιμάζει κι ότι τελικά θα κάνει το «θαύμα» του*

– Μακάρι να είχα κι εγώ την ίδια πίστη, είπε με πίκρα η Λάγια.

Ο Άγγελος ήταν ικανοποιημένος με τον εαυτό του, που είχε καταφέρει ν' αποσπάσει απ' τη Λάγια αυτή την παράταση, αλλά χιλιάδες άλλες δυσάρεστες σκέψεις, ανολοκλήρωτες και αλληλοσυγκρουόμενες βασάνιζαν το μυαλό του. Αν δεν υπήρχε άμεση βελτίωση της κατάστασης, ποιο τρόπο θα εύρισκε να βοηθήσει την αδελφή του να φύγει; Δεν της το είχε υποσχεθεί ρητά βέβαια, αλλά ήταν μια έμμεση, αλλά σαφής δέσμευση, ένας σιωπηλός όρος της «συμφωνίας» που είχαν κάνει. Πέρα απ' αυτό όμως, μήπως η Λάγια είχε δίκιο, αναρωτήθηκε.

Είχαν περάσει ήδη δυο μέρες απ' τη συζήτησή του με την αδελφή του κι όχι μόνον δεν υπήρχε το παραμικρό σημάδι βελτίωσης, αλλά η κατάστασή της χειροτέρευε πολύ γρήγορα. Είχαν ήδη αρχίσει να αποκολλώνται μικρά κομμάτια σάρκας απ' το σώμα της. Ο Πέρτογλου είχε αυξήσει τις πιέσεις του, για να μπει στο νοσοκομείο, αλλά εκείνη εξακολουθούσε να αρνείται πεισματικά, αφού στο μυαλό της ήταν η «αυτοκτονία» της, που με κανένα τρόπο δεν θα μπορούσε να γίνει μέσα στο νοσοκομείο. Παράλληλα η Λάγια εύρισκε διάφορες αφορμές να υπενθυμίζει στον Άγγελο την υπόσχεσή του, διακριτικά, αλλά πιεστικά.

Τα βαριά βήματα του θανάτου, που πλησίαζε τη Λάγια, έκαναν τον Άγγελο να αναλογισθεί τη δική του ζωή. Η υιοθεσία του, που την πληροφορήθηκε βέβαια πολλά χρόνια αργότερα, το σχολείο, το Χάρβαρντ, η γνωριμία και ο γάμος του με τη Λήδα, η μάχη του με τη διαφθορά και η θριαμβευτική νίκη του, που άλλαξε πραγματικά τη μοίρα του τόπου του, τα παιδιά του, το δυστύχημα με το υδροπλάνο, το ταξίδι στο Χιούστον, η μεταμόσχευση, ο συγκλονιστικός έρωτας με τη Λάγια, ο χωρισμός του από τη Λήδα, η κυοφορία του τέρατος, η τυχαία αποκάλυψη της δίδυμης αδελφής του, η λύση του γρίφου, κι η τραγική κατάληξη της θεραπείας της Λάγιας.

Ήταν μια ζωή γεμάτη, ουσιαστική, παραγωγική, ευτυχισμένη κι ευλογημένη, μέχρι πού γνώρισε τη Λάγια. Από εκείνη τη στιγμή κι ύστερα ήρθαν τα πάνω κάτω κυριολεκτικά. Δεν μπορώ όμως να έχω το παραμικρό παράπονο, σκέφθηκε. Λίγοι άνθρωποι είχαν καταφέρει τόσα πολλά και σημαντικά, είχαν απολαύσει τόση αγάπη κι είχαν κερδίσει τη γενική εκτίμηση και τον σεβασμό. Κάποια στιγμή κάτι θα στράβωνε. Στράβωσε πολύ βέβαια, αλλά κάπου μέσα του πίστευε ότι θα ξανάβρισκε τις ισορροπίες του.

Μ' αυτή την τελευταία σκέψη του, θυμήθηκε την υπόσχεση που είχε δώσει στη Λάγια κι άρχισε να ψάχνει τον τρόπο... Μετά από λίγη ώρα, ένα θλιμμένο χαμόγελο χαράχθηκε στο πρόσωπό του, κράμα ικανοποίησης και πίκρας. Είχε βρει τον τρόπο! Την επομένη ασχολήθηκε με την εξασφάλιση των μέσων, που θα χρησιμοποιούσε, για το τελευταίο ταξίδι της Λάγιας, στο οποίο δεν θα τη συνόδευε αυτή τη φορά. Μετά έκλεισε κάποιες επαγγελματικές εκκρεμότητες και πήγε να προμηθευθεί το «δρεπάνι», μια κι είχε αποδεχθεί τον ρόλο του χάρου!

~ ~

58° ΚΕΦΑΛΑΙΟ

– Ανακοπή καρδιάς

Το επόμενο απόγευμα πήρε απ' το γραφείο του ένα κουτί με σοκολατάκια κι ένα μικρό πακετάκι, με ένα ισχυρό υπνωτικό και μια θανάσιμη ένεση, που είχε προμηθευθεί και που ήξερε από φίλους του ιατροδικαστές ότι η συγκεκριμένη ουσία δεν αφήνει ίχνη και ξεκίνησε για το σπίτι του. Τον υποδέχθηκε η Λάγια εξαντλημένη, με μάτια κόκκινα και πρησμένα απ' το κλάμα.

– Σου έφερα λίγα σοκολατάκια, που ξέρω ότι σ' αρέσουν.

– Ευχαριστώ πολύ Άγγελε, αλλά άλλο πράγμα περίμενα να μου φέρεις, είπε με νόημα, ξετυλίγοντας με αργές κινήσεις και δυσκολία το κουτί, αφού δεν τη βοηθούσαν τα πληγιασμένα απ' τη δερματοπάθεια χέρια της.

– Μη βιάζεσαι! Η προθεσμία, που μού έδωσες δεν τέλειωσε. Θα έρθει κι η σειρά αυτού που περιμένεις, είπε ο Άγγελος.

– Εντάξει, είπε η Λάγια, σαν να είχε καταλάβει και πιάνοντας τον Άγγελο απ' το χέρι συνέχισε. Έλα να κάτσεις μαζί μου στον καναπέ.

– Θα 'ρθω, αλλά θέλω να πιω ένα ουΐσκυ. Να σου βάλω κι εσένα ένα;

– Ναι... Σ' ευχαριστώ.

Ο Άγγελος πήγε στο μπαρ, έβαλε δυο γερά ουΐσκυ, κι έριξε στο ένα το ισχυρό υπνωτικό που είχε μαζί του. Πήγε στον καναπέ, έδωσε στη

Λάγια το ουΐσκυ της, τσούγκρισαν τα ποτήρια τους κι ο ήχος τους έφτασε στ' αυτιά του Άγγελου σαν ήχος καμπάνας σε επικήδεια λειτουργία, που του προκάλεσε μια έντονη εσωτερική ταραχή.

Όταν τέλειωσαν το ποτό τους, κάθισαν αγκαλιασμένοι, έχοντας ανεβάσει τα πόδια τους πάνω στον καναπέ, με τα γόνατά της Λάγιας διπλωμένα να κουρνιάζουν στην κοιλιά του Άγγελου και τις κνήμες της κολλημένες πάνω στους μηρούς του. Το μαύρο και το άσπρο ήταν πάλι ενωμένα, σε μια στάση που θύμιζε έντονα την εμβρυακή θέση τους μέσα στη μήτρα, που τα γέννησε. Ξέσπασαν κι οι δυο σε λυγμούς τρέμοντας, ενώ χάιδευαν ο ένας τον άλλο, απελπισμένα. Σε λίγο τα βλέφαρα της Λάγιας άρχισαν να βαραίνουν και μετά από λίγο κοιμήθηκε από το ισχυρό ναρκωτικό. Ο Άγγελος περίμενε μερικά ακόμη λεπτά κι όταν βεβαιώθηκε ότι το υπνωτικό είχε κάνει καλά τη δουλειά του, απεγκλωβίσθηκε μαλακά απ' την αγκαλιά της Λάγιας, σηκώθηκε από τον καναπέ, έβγαλε από το πακετάκι τη σύριγγα και το ενέσιμο υγρό και το πέρασε στη σύριγγα.

Τα χέρια του άρχισαν να τρέμουν ελαφρά και κατάλαβε ότι η πίεσή του είχε πάει στα ύψη. Τι πάω να κάνω τώρα εγώ, σκέφθηκε. Να σταματήσω μια καρδιά να χτυπάει, να δολοφονήσω ένα άνθρωπο, να παίξω τον ρόλο του Θεού; Πως θα το κουβαλάω αυτό στην υπόλοιπη ζωή μου; Άφησε πάνω στο τραπεζάκι του σαλονιού τα εργαλεία του θανάτου, πήγε στο μπάνιο κι έριξε μπόλικο νερό στο πρόσωπό του, που ήταν κατάχλωμο. Κοιτάχθηκε στον καθρέφτη κι είδε τα χαρακτηριστικά του τραβηγμένα, σκληρά, αλλοιωμένα, σαν να είχε ασχημύνει! Κι όμως, πρέπει να το κάνεις, του είπε μια άλλη φωνή, όχι μόνο γιατί το υποσχέθηκες, αλλά κι επειδή θα λυτρώσεις μια ανθρώπινη ύπαρξη, που λατρεύεις απ' τον πόνο, την ταλαιπωρία, τον ευτελισμό και τον ψυχικό θάνατο. Κι η λατρεία, η αληθινή λατρεία είναι σκληρή, Άγγελε. Η Λάγια είναι ήδη νεκρή, συνέχισε η ίδια φωνή, εσύ δεν έχεις παρά να υπογράψεις τη ληξιαρχική πράξη.

Γύρισε στο σαλόνι πιο ψύχραιμος, ήπιε τρεις μεγάλες γουλιές ουΐσκυ, αλλά μόλις ξανάπιασε τη σύριγγα στο χέρι του, το είδε πάλι να τρέμει ελαφρά! Ήπιε μονορούφι το υπόλοιπο ουΐσκυ του, πήρε μια βαθειά ανάσα και ξεγύμνωσε λίγο το αριστερό στήθος της Λάγιας.

Το κάποτε αλαβάστρινο αυτό τορνευτό στήθος ήταν πλαδαρό, γεμάτο κοκκινίλες, ξεφλουδίσματα και μικρές πληγές. Αυτή η εικόνα έσβησε και το τελευταίο ίχνος δισταγμού απ' τη σκέψη του Άγγελου. Έπιασε μαλακά τη ζαρωμένη ρώγα της και πέρασε τη βελόνα μέσα από τη μικρή τρυπίτσα της θηλής. Πήρε άλλη μια βαθειά ανάσα και βύθισε αποφασιστικά, με δύναμη, τη μακρυά βελόνα στο στήθος της Λάγιας.

Αμέσως μετά έπεσε εξουθενωμένος στην πολυθρόνα, έβαλε το κεφάλι του μέσα στα χέρια του και ξέσπασε σε γοερούς λυγμούς! Μέσα στην οδύνη του, συνειδητοποίησε ότι έπρεπε να φύγει από τον τόπο του «εγκλήματος» όσο πιο γρήγορα μπορούσε. Με δάκρυα στα μάτια κι αφού βεβαιώθηκε ότι η καρδιά της Λάγιας είχε σταματήσει, μάζεψε το πακετάκι, το μπουκαλάκι με το ενέσιμο, τη σύριγγα και τα δυο ποτήρια από το ουΐσκυ, πήγε στην κουζίνα, τα έβαλε σε μια πλαστική σακούλα, άνοιξε την πόρτα κι έφυγε βιαστικά. Μπήκε στο αυτοκίνητό του, πήγε προς τη Βουλιαγμένη, σταμάτησε σ' ένα απ' τα λιμανάκια, έβαλε μια βαριά πέτρα στην πλαστική σακούλα και την πέταξε μακριά στη θάλασσα.

Γύρισε στο σπίτι τους μετά από δυο ώρες περίπου και τηλεφώνησε στην αστυνομία, ανακοινώνοντας τον θάνατο της Λάγιας, που κειτόταν νεκρή στον καναπέ.

Κάθισε στο γραφείο της κι είδε ένα φάκελο, με το όνομά του απ' έξω. Τον άνοιξε κι είδε ένα χειρόγραφο σημείωμά της.

«Ακούω πλέον τα βήματα του θανάτου δίπλα μου... Μέρες ίσως με χωρίζουν από το αγκάλιασμά του και νιώθω την ανάγκη να αφήσω αυτές τις τελευταίες σκέψεις μου...

Μοίρα κακή με χώρισε μόλις γεννήθηκα απ' τον αδελφό μου, τον Άγγελο και σημάδεψε άσχημα τη ζωή μου. Στο πρώτο μισό της απόλαυσα επιτυχία και δόξα, χωρίς αγάπη, ξοδεύοντας τον εαυτό μου και λερώνοντας την ψυχή μου, με πράξεις απαράδεκτες και απ' τον Θεό και απ' τους ανθρώπους.

Στο δεύτερο μισό, απόλαυσα την απόλυτη αγάπη και αφοσίωση, αλλά το λέμφωμα νον Χότζκιν μαύρισε τον ουρανό μου.

Ο Άγγελος κι η αρρώστια μου με έκαναν ένα άλλο, καλό άνθρωπο κι έβαλα μοναδικό στόχο στη ζωή μου να ξεπληρώσω τις αμαρτίες μου.

Δυστυχώς, δεν προλαβαίνω... Ο άγγελος, ήρθε αργά στη ζωή μου κι ο διάβολος κερδίζει οριστικά το παιχνίδι!

Ζητώ συγγνώμη, από σένα, λατρεμένε μου Άγγελε, απ' τη Λήδα και τα παιδιά σου και από όλους όσους ηθελημένα ή αθέλητα έβλαψα και θέλω να ελπίζω ότι εκεί που θα πάω, ένας άλλος άγγελος θα έρθει κοντά μου έγκαιρα αυτή τη φορά!...».

Ο Άγγελος δίπλωσε σχεδόν ευλαβικά το σημείωμα, το έβαλε στον φάκελο και το ακούμπησε εκεί που το βρήκε.

Η νεκροψία έδειξε ανακοπή καρδιάς!

~ ~

59ο ΚΕΦΑΛΑΙΟ

– Σκέφθηκα απλά, μήπως χρειάζεσαι βοήθεια και
μήπως μπορώ εγώ να κάνω κάτι...

Το βράδυ εκείνο πήγε και κοιμήθηκε σ' ένα ξενοδοχείο, αλλά οι εφιάλτες τον ακολούθησαν κι εκεί! Φρικτοί εφιάλτες, που τον έκαναν να πετάγεται κάθε τόσο απ' τον ύπνο του και να χαίρεται που ήταν όνειρα κι όχι πραγματικότητα. Στο τελευταίο όνειρο εκείνης της νύχτας ήταν η Λάγια, πιο όμορφη από κάθε άλλη φορά, μ' ένα πλατύ χαμόγελο στο πρόσωπό της, στη ράχη ενός τεράστιου, πουλιού, με φτέρωμα σε εκτυφλωτικά χρώματα, που έκανε κύκλους πάνω από ένα καταπράσινο λιβάδι, ενώ εκείνη σιγοτραγουδούσε ένα νανούρισμα. Στο κέντρο του λιβαδιού στεκόταν ο Άγγελος. Ξαφνικά το πουλί έκανε μια κάθετη βύθιση και καθώς πέρασε ξυστά απ' το κεφάλι του, ο Άγγελος άκουσε τη Λάγια να του λέει σχεδόν ψιθυριστά: «Σ' ευχαριστώ πολύ, λατρεία μου! Είμαι καλά!». Μετά από αυτό, κοιμήθηκε ήρεμα, μέχρι το πρωί.

Πήγε στο σπίτι του, έκανε μπάνιο, άλλαξε και πήγε στο γραφείο του. Μέσα του πάλευαν η ικανοποίηση, που είχε καταφέρει να λυτρώσει την αδελφή του και μεγάλο έρωτά του απ' το φρικτό μαρτύριό της και ενοχές για την «αντιποίηση αρχής» του χάρου!

Έπινε την πρώτη γουλιά του πρωινού καφέ του, όταν η γραμματέας του τού είπε ότι τον ζητούσε στο τηλέφωνο η Λήδα. Ο Άγγελος τα έχασε! Πες της ότι δεν ήρθα ακόμη, είπε στη γραμματέα του, για να κερδίσει χρόνο, να συνέλθει από την έκπληξη και να αποφασίσει, πώς θα χειριζόταν αυτή την επικοινωνία. Τι να ήθελε άραγε η Λήδα; Τι ήταν αυτό που την είχε κάνει να σπάσει την αμοιβαία υπόσχεση «σιγής ασυρμάτου», που είχαν τηρήσει απαρέγκλιτα κι οι δυο τους; Ήταν πάλι κάποια διαίσθηση ή είχε μάθει κάτι κι αν ναι, από πού; Κατάλαβε ότι ο μόνος τρόπος, για να πάρει απαντήσεις στα ερωτήματά του ήταν να της μιλήσει. Έτσι, μετά από λίγα λεπτά, σήκωσε το τηλέφωνο και διστακτικά στην αρχή κι αποφασιστικά μετά πληκτρολόγησε τον αριθμό της Λήδας.

– Καλημέρα Λήδα, είπε μαγκωμένα. Έμαθα ότι με ζήτησες.

– Ναι, Άγγελε, σε ζήτησα, γιατί μόλις χθες το βράδυ μου είπαν τα παιδιά την τραγική κατάσταση της Λάγιας.

Το ένα ερώτημα του Άγγελου είχε απαντηθεί, γιατί μέσα στις τραγικές αυτές, κυριολεκτικά θανάσιμες ώρες και στην ταραχή του είχε ξεχάσει ότι είχε περιγράψει στα παιδιά του την κατάσταση της Λάγιας.

– Και; ρώτησε αμήχανα.

– Να, σκέφτηκα ότι τέτοιες ώρες, όλα τα άλλα προβλήματα, η πίκρα, ο πόνος κι οι εγωισμοί πρέπει να παραμερίζονται. Σκέφθηκα απλά, μήπως χρειάζεσαι βοήθεια και μήπως μπορώ εγώ να κάνω κάτι…απάντησε η Λήδα, με φανερή αμηχανία κι αυτή.

Ένας κόμπος ανέβηκε στον λαιμό του Άγγελου, που με ελαφρά σπασμένη φωνή είπε:

– Λήδα… πώς μπορείς και ξεπληρώνεις το κακό που σού έκανα με αυτή τη γενναιοδωρία και μεγαλοσύνη ψυχής;

– Άλλο ο πόνος κι άλλο η αγάπη κι η έγνοια, Άγγελε. Κι εγώ δεν έχω πάψει να σ’ αγαπάω και να σε νοιάζομαι. Πες μου λοιπόν, αν μπορώ να κάνω κάτι για…

– Δεν μπορείς, δυστυχώς, Λήδα μου, γιατί χθες το βράδυ η Λάγια λυτρώθηκε, έφυγε!

– Τι λες, Άγγελε; Πώς;

– Μάλλον ανακοπή... είπε ο Άγγελος αποκρύπτοντας τον δικό του ρόλο.

– Πότε είναι η κηδεία;

– Μεθαύριο, στις δώδεκα το μεσημέρι, στο Πρώτο.

– Θέλεις να έρθω με τα παιδιά;

– Λήδα μου, με πονάει γλυκά αυτή η γενναιοψυχία σου. Δεν ξέρω... Αν πραγματικά το θέλεις εσύ και τα παιδιά, για μένα θα ήταν βάλσαμο!

– Το θέλω Άγγελε και νομίζω ότι και τα παιδιά θα το θέλουν. Ξεχνάς; Είσαι ακόμη άντρας μου, είναι παιδιά σου κι η Λάγια ήταν αδελφή σου και θεία των παιδιών μας. Αυτό είναι το σήμερα. Όλα τα άλλα ήταν το χθες, που πέρασε κι έφυγε... Μην ξεχάσεις να ειδοποιήσεις και τον πατέρα της.

– Ναι, δίκιο έχεις. Δεν το είχα σκεφτεί. Θα το κάνω σε λίγο.

– Χρειάζεσαι μήπως να σού στείλω κανένα κουστούμι απ' αυτά, που έχεις αφήσει εδώ;

– Όχι. Έχω μια μαύρη γραβάτα...

– Κουράγιο, Άγγελε!

– Σ' ευχαριστώ πολύ, κυρά μου και μην σού περάσει ούτε στιγμή η ιδέα ότι κι εγώ έπαψα ποτέ να σ' αγαπώ!

Μόλις έκλεισε το τηλέφωνο, ο Άγγελος, προσπαθούσε να συνταιριάξει την οδύνη απ' τον θάνατο της Λάγιας και τις ενοχές για τον δικό του θανάσιμο ρόλο, με την ελπίδα που γέννησε η σπάνια σε γενναιοψυχία κι αγάπη στάση της Λήδας.

Αυτό το αντιφατικό, ασπρόμαυρο κράμα συναισθημάτων, προκάλεσε μια εσωτερική έκρηξη, που τον διέλυσε! Έσκυψε πάνω στο γραφείο του, με το κεφάλι του ανάμεσα στα δυο χέρια του και ξέσπασε τρέμοντας ολόκληρος σε λυγμούς, που ακούγονταν σαν ανατριχιαστικό γέλιο…

Ο θάνατος είχε ξεθωριάσει τα προβλήματα κι είχε μαλακώσει τις καρδιές.

Η ζωή απαιτούσε επιτακτικά τη συνέχισή της!

ΤΕΛΟΣ

~ ~

Ο ΣΥΓΓΡΑΦΕΑΣ

Θαλής Π. Κουτούπης

Γεννήθηκε: Το έτος 1941, στην Αθήνα. Δια-ζευγμένος.

Σπουδές: Πτυχιούχος Πολιτικών και Οικο-νομικών Επιστημών και τελειόφοιτος Νομικής του Πανεπιστημίου Αθηνών.

Σταδιοδρομία

Δημοσιογραφία: Συντάκτης, χρονογράφος, σχολιαστής και αρχισυντάκτης σε εφημερίδες και περιοδικά της Αθήνας, 1958-67 και 1974-81. Σχολιάζει την επικοινωνιακή, πολιτική και κοινωνική επικαιρότητα στο "Marketing Week", 1982- σήμερα.

Διαφήμιση: Συνδιευθυντής και Διευθυντής Δημιουργικού της διαφημιστικής εταιρίας "Interad", 1974-81. Διευθύνων Σύμβουλος της εταιρίας "Leo Burnett",1981-86.

Δημόσιες Σχέσεις

– Διευθυντής της μεγαλύτερης τότε εταιρίας Δημοσίων Σχέσεων «Interpress» ΕΠΕ, 1968-82. Σύμβουλος και Διευθυντής Επικοινωνίας της Νέας Δημοκρατίας, 1978-79 και 1987-89. Κεντρικός Εισηγητής του Εθνικού Συμβουλίου Επικοινωνίας της Ελλάδας προς το Εξωτερικό 1997-98) . Ελεύθερος επαγγελματίας, 1986-σήμερα. Εξωτερικό Μέλος του Δ.Σ. του ΤΕΙ Αθήνας (Δεκ. 2012 -). Το μόνο εκλεγέν μη «ακαδημαϊκό» Εξωτερικό Μέλος του Δ.Σ. του ΤΕΙ Αθήνας, από τον Δεκέμβριο 2012. Ειδικός Σύμβουλος Υπουργού Εξωτερικών, Δ. Αβραμόπουλου (Ιαν. – Ιούλ. 2013 -).

– Πρωτοπόρος στον χώρο των δημοσίων σχέσεων, της εταιρικής και πολιτικής επικοινωνίας και της χορηγίας.

– Διδάσκει Δημόσιες Σχέσεις, Διαφήμιση και Χορηγία σε κρατικές και ιδιωτικές σχολές, 1971-σήμερα.

– Έχει συμμετάσχει σε μεγάλο αριθμό ελληνικών και διεθνών συνεδρίων ως εισηγητής.

– Εκατοντάδες άρθρα και συνεντεύξεις του έχουν δημοσιευθεί στα Έντυπα και Ηλεκτρονικά Μέσα Ενημέρωσης, στα οποία φιλοξενείται συχνότατα.

– **Εργα:** Συνέγραψε και εξέδωσε τα πρώτα στην Ελλάδα πρακτικά εγχειρίδια: «Εφαρμοσμένες Δημόσιες Σχέσεις», 1974, «Η Διαφήμιση και τα Μυστικά της», 1986, «Χορηγία: Πρακτικός Οδηγός για Χορηγούς και Επιχορηγούμενους», 1996. "Ο Σκορπιός είχε ωροσκόπο Δίδυμο», μυθιστόρημα, 2002, «Ο Θεός δεν είχε αντίρρηση...», μυθιστόρημα, 2005, «Τριλογία Εμπορικής Επικοινωνίας - Πρακτικοί Οδηγοί Δημοσίων Σχέσεων, Διαφήμισης και Χορηγίας» 2005, «Αντίστροφη Μέτρηση», μυθιστόρημα, 2007, «Αποτυπώματα» πολιτικοκοινωνικά σχόλια της δεκαετίας 2000-2009, Δεκέμβριος 2009. Διευθυντής έκδοσης έντεκα «Who 's Who», «333 Απλοί Τρόποι να Αντιμετωπίσετε την Κρίση», 2013. «Ανάμεσα στο Άσπρο και στο Μαύρο», μυθιστόρημα, 2014.

Κοινωνική Δράση

Μέλος της Διεθνούς Ένωσης Δημοσίων Σχέσεων (IPRA), από το 1969 και Εθνικός Συντονιστής για την Ελλάδα (1997-99). Διετέλεσε μέλος του Δ.Σ. της Ένωσης Διαφημιστικών Εταιρειών Ελλάδας (1981-85) και της Ελληνικής Εταιρίας Δημοσίων Σχέσεων. Ίδρυσε τον Σύνδεσμο Αποφοίτων Σχολής Μωραΐτη, του οποίου και διετέλεσε Πρόεδρος (1985-87). Επίτιμο μέλος του Ομίλου για τις Επιχειρήσεις και τον Πολιτισμό (ΟΜ.Ε.ΠΟ.).

Διεύθυνση

Ηρακλειδών 46 – 152 34 Χαλάνδρι – Τηλέφωνο: 210-685.14.10 - Φαξ: 210-684.24.85 – Ηλεκτρονική διεύθυνση: aithalis@aithalis.gr – URL: www.aithalis.gr